Corina Bomann

LES HÉRITIÈRES DE LÖWENHOF

La Promesse de Solveig

Roman

Traduit de l'allemand par Corinna Gepner

CHARLESTON

PREMIÈRE PARTIE

1967

CHAPITRE 1

— Voilà, jeunes gens, ce sera tout pour aujourd'hui !

Le Pr Kersten ferma son livre et chassa une poussière imaginaire sur le revers de sa blouse blanche. Pourquoi la portait-il en cours puisque nous n'y faisions pas de dissections ? C'était sans doute une habitude dont il ne se départirait jamais.

Des dizaines de doigts martelèrent les tables de l'amphi, comme de coutume pour marquer la fin du cours. Puis les étudiants se levèrent entre les rangées de bancs.

Ma voisine fit de même. Son nom était Katrina Vaderby, mais tout le monde, à l'exception des professeurs, l'appelait Kitty. Une boucle brune lui tomba sur le front lorsqu'elle mit son écharpe. Kitty était mon amie, je partageais avec elle une chambre à la cité universitaire. Autrefois, ma mère avait été propriétaire d'une maison à Stockholm, mais elle l'avait vendue afin de renflouer Löwenhof après la guerre.

— Hé, Solveig, si je proposais à Kersten de faire ma thèse sur les MST chez les chevaux ? lança-t-elle avec un gloussement en rangeant ses affaires.

— Surtout pas ! Tu le traumatiserais !

Des larmes de rire me montèrent aux yeux. Kitty avait toujours en réserve une remarque de ce genre. C'était une des raisons pour lesquelles je l'appréciais tant.

Le Pr Kersten était de la vieille garde. Il enseignait déjà à l'époque de la guerre et n'allait pas tarder à prendre sa retraite. Il était peu probable qu'il puisse encadrer nos travaux de thèse.

— La dourine est un sujet grave ! poursuivit-elle en imitant l'intonation de Kersten. La Pr Rubinstein l'a dit la semaine dernière : les chevaux atteints doivent parfois être achevés…

— C'est plutôt avec elle que tu devrais faire ton doctorat, répliquai-je. Elle a une vision moderne des choses. Moi, si je fais une thèse, ce sera avec Rubinstein.

Nous sortîmes de l'amphi de la Veterinärhögskolan. Des étudiants bavardaient un peu partout en petits groupes, certains vêtus de couleurs vives en dépit du froid hivernal. À côté d'eux, j'avais l'air un peu terne avec mon manteau en laine gris et mes grosses bottes marron. Seul le bonnet vert tilleul que j'avais acheté dans un grand magasin mettait une touche de gaieté dans ma tenue. Kitty trouvait que cette teinte m'allait bien et faisait ressortir mes yeux verts, héritage de mon père.

— Qu'est-ce que tu fais pour les vacances ? lui demandai-je.

Je n'étais pas rentrée à Löwenhof depuis Noël. Je me réjouissais d'avoir enfin le temps d'y faire des promenades à cheval, puis de m'installer pour lire dans le salon bien chauffé de ma grand-mère.

— Je ne sais pas encore très bien, répondit Kitty. On avait prévu de partir au ski, mais Marten parle d'aller en France. Par ce temps ! Non, mais tu imagines ?

— Dans le Sud, il fait sûrement beau et chaud.

De quoi se plaignait-elle ? Marten Ingersson était aux petits soins pour elle et l'idée d'un voyage en France paraissait très romantique. Peut-être comptait-il en profiter pour la demander en mariage ?

— La France, c'est mieux en été, non ? Et puis Marten veut prendre la voiture.

— L'avion serait plus simple.

— Et plus cher, soupira Kitty. Je nous vois déjà traverser le Danemark, l'Allemagne et le Luxembourg dans sa petite Fiat pourrie… Le temps qu'on arrive, les vacances seront finies. J'aimerais avoir ta chance.

— Comment ça ?

— Sören et toi vous auriez les moyens de vous offrir l'avion.

— C'est ce que tu crois.

Kitty semblait ne pas vouloir comprendre que titre de noblesse ne rimait pas toujours avec richesse. Si Löwenhof était un domaine réputé, ma grand-mère et ma mère avaient bien du mal à le faire vivre. L'époque où l'on achetait les chevaux en grande quantité était révolue. Nos fructueuses relations commerciales d'autrefois avec la maison royale s'étaient interrompues depuis longtemps. Par ailleurs, ma mère était très prise par l'administration d'Ekberg, notre autre domaine. Il rapportait bien, aussi aurait-elle pu engager un régisseur, mais Mathilda Lejongård voulait être seule aux commandes.

— Et puis j'aime beaucoup être à Löwenhof, poursuivis-je. En ville, je ne peux pas faire de cheval et ça me manque.

— Ici, tu devrais créer un club de jogging comme il en existe en Amérique.

— Très drôle…

J'aimais me dépenser physiquement, mais courir n'avait rien à voir avec chevaucher à travers champs.

Kitty regarda sa montre.

— Bon, il faut que j'aille au cours de Hansen. Je t'envie d'avoir atterri chez Harland.

— Il est tout aussi exigeant que Hansen.

— Mais beaucoup plus séduisant, répliqua-t-elle avec un claquement de langue.

Elle me quitta avec un petit sourire pour rejoindre son amphi.

Je sortis sur le pas de la porte et levai la tête. C'était encore l'hiver mais, ces derniers jours, le temps s'était légèrement amélioré. En ce mois de février, il me semblait déjà sentir l'approche du printemps – ou était-ce mon imagination ? Le campus changerait complètement d'aspect avec l'arrivée des premiers bourgeons.

Le printemps avait beau revenir chaque année, on avait toujours l'impression de voir la verdure pour la première fois. Étrange, tout de même, comme l'hiver nous faisait oublier la beauté.

À cet instant, une main se posa doucement sur ma taille. Je me retournai dans un sursaut et mon regard plongea dans les yeux marron de Sören Lundgren.

— Hello, ma belle, tu rêvais ? demanda-t-il.

Et, sans attendre ma réponse, il me donna un baiser. La chaleur de ses lèvres me fit oublier que nous étions sur le campus, exposés à la vue de tous.

Au début, nous avions recherché la discrétion, mais plus d'une fois je m'étais surprise à être fière d'avoir un homme tel que lui à mon côté. Nous avions à présent dépassé le stade du secret et des baisers dérobés, et je ne m'inquiétais plus qu'on nous voie ensemble. J'en étais même venue à le souhaiter. Je voulais qu'on nous envie !

— Hé ! lâchai-je. Qu'est-ce que tu fais ici ? Je croyais que tu travaillais au cabinet aujourd'hui.

Sören avait presque terminé ses études. Pour l'heure, il effectuait un stage chez un vétérinaire dans la banlieue de Stockholm, où il soignait essentiellement des chiens et des chats.

— Il est fermé, mon chef est malade. Je lui ai pourtant dit que je pouvais me débrouiller seul, mais il n'a rien voulu entendre.

— Tu n'as pas encore le droit d'exercer.

— C'est pourtant moi qui fais l'essentiel du boulot. J'aurais aimé un peu plus de confiance.

— Moi, j'ai confiance en toi, répliquai-je en lui donnant un baiser taquin.

— Alors ça va ! Tu n'aurais pas un peu de temps à me consacrer ?

— Non, j'ai cours avec le Pr Harland.

— Ah, le bellâtre ! s'exclama-t-il en riant.

— Ce n'est pas un bellâtre ! Qu'est-ce que vous avez tous ? Je ne vois en lui qu'un enseignant compétent.

— Pour qui toutes les filles de la fac se pâment – sauf toi, apparemment.

— C'est pour toi que je me pâme. Et puis Harland a 40 ans ! Il serait un peu vieux pour moi, non ?

— Ça ne semble pas gêner les autres. Sans compter qu'il gagne sûrement bien sa vie.

— Et moi je suis une aristocrate, rétorquai-je en levant le nez avec une fierté feinte. Ce n'est pas avec de l'argent qu'on m'impressionnera.

— Avec quoi, alors ? demanda-t-il en passant ses bras autour de mes hanches.

— Tu le sais très bien !

Je l'embrassai et lui jetai un sourire éloquent. Quel dommage que je doive aller à ce séminaire !

— Quel est le programme de ce soir ? s'enquit Sören.

— Il faut que je fasse mes bagages. Ça te dirait de m'accompagner à Löwenhof ?

Sören pencha la tête de côté.

— Tout dépendra de la façon dont se passe la soirée.

Je haussai les sourcils.

— Aurais-tu l'intention de m'empêcher de faire mes valises ?

— Peut-être.

— Et pourquoi donc ? Tu as d'autres projets pour les vacances ?

— Retrouve-moi ce soir ici, sur le campus, répondit-il, évasif.

— Tu veux admirer les étoiles filantes ?

Je levai les yeux. Des traînées nuageuses traversaient le bleu hivernal du ciel. S'il se couvrait, la nuit serait très noire.

— J'ai mieux à t'offrir. Fais-moi confiance, répondit-il avec un sourire prometteur.

Mon cœur s'accéléra. J'adorais qu'il me fasse des surprises tout en détestant qu'il se refuse à me donner le moindre indice. S'il projetait un voyage, il fallait pourtant que j'avertisse ma famille. Ma grand-mère ne supportait pas que je m'absente sans prévenir.

— OK, dis-je, sachant qu'il serait inutile de l'interroger.

Ma voix dut trahir un brin d'irritation, car Sören fronça légèrement les sourcils.

— Ça va ? demanda-t-il.

— Bien sûr, répondis-je avec le sourire. Je suis curieuse, c'est tout.

— Bon, dit-il avec soulagement. Je te promets une belle surprise.

— Je n'en doute pas.

Je pris sa nuque dans mes mains et nous nous embrassâmes de nouveau. Quelqu'un lança un sifflet grivois, mais nous n'y prêtâmes pas attention. À cet instant, nous nous sentions invincibles.

Le cœur battant, j'arrivai peu avant 8 heures du soir sur le campus. Seules quelques rares fenêtres du bâtiment principal étaient encore éclairées. S'il y avait parfois des cours en soirée, les enseignements étaient généralement terminés à cette heure. Bientôt, il n'y aurait plus dans les couloirs que le personnel d'entretien.

Pourquoi Sören avait-il souhaité que nous nous retrouvions ici ? En temps normal, nous allions dans un café. Les abords de l'université ne manquaient ni de bistrots ni de restaurants.

Le froid s'insinuait sous mon manteau. Ma perplexité se teinta d'une légère contrariété. Huit heures moins cinq. Mais où était-il ? Cela dit, il n'était pas en retard. Pourquoi étais-je arrivée si tôt ? Sans doute pour échapper aux questions de Kitty. Lorsqu'elle avait appris que Sören me préparait une surprise, elle s'était livrée aux spéculations les plus folles.

« Et s'il avait prévu de t'enlever et de t'emmener à Davos ? avait-elle lancé. Ou en Italie ?

— Dans ce cas, il m'aurait conseillé de prendre quelques vêtements.

— Peut-être qu'il s'en est occupé. Il connaît sûrement assez bien ton corps pour pouvoir évaluer tes mesures.

— Kitty ! » m'étais-je exclamée avec indignation.

Elle n'en avait pas moins raison. Sören et moi nous abandonnions aux plaisirs de l'amour aussi souvent que possible. Vivre séparés semblait avoir pour effet d'attiser notre désir. Lorsque j'étais chez lui, en général le weekend, j'avais envie d'y rester pour toujours.

Je jetai un coup d'œil autour de moi. Tenaillée par l'inquiétude, j'avais les doigts glacés.

Des pas se firent soudain entendre derrière moi.

— Ah, te voilà ! lança Sören comme si j'étais arrivée en retard. Tu es prête ?

— Prête pour quoi ?

Sören sortit de sa poche quelque chose qui ressemblait à une chaussette d'homme de couleur sombre. J'eus un mouvement de recul.

— N'aie pas peur, je veux juste te bander les yeux.

— Avec une chaussette ?

— Ce n'est pas une chaussette. Allez, fais-moi plaisir !

— Bon, d'accord.

Je me tournai et sentis alors que la « chaussette » était en réalité un bout de tissu en soie. Sören me le plaça sur les yeux et le noua derrière ma tête. Puis il posa sa main sur mon bras.

— Tu n'as pas l'intention de m'enlever, j'espère ?

— Non, mais il ne faut pas que tu voies la surprise avant d'être sur place.

Il me guida dans la neige jusqu'à ce qui me parut être un trottoir. Un bâtiment nous renvoya l'écho de nos pas. Puis Sören fit brusquement halte.

— On y est, annonça-t-il.

Lorsqu'il m'eut ôté le bandeau, je vis sur le sol une mer de bougies qui formaient un grand cœur.

— Qu'est-ce que ça veut dire ? demandai-je.

— Tu vas comprendre tout de suite.

Il me fit pénétrer dans le cœur, puis il s'agenouilla devant moi tel un chevalier prêt pour l'adoubement. Il tira de nouveau quelque chose de sa poche. Cette fois, un petit écrin. Il l'ouvrit, prit l'objet qui s'y trouvait et me le tendit.

— Solveig Lejongård, commença-t-il, tu es l'amour de ma vie. Depuis que je t'ai rencontrée, je ne peux plus imaginer vivre sans toi. Chaque journée passée sans te voir me cause une profonde souffrance. Je t'en prie, mets un terme à mes tourments, accepte de devenir ma femme !

J'en eus le souffle coupé. Mon cœur battait la chamade, je n'en croyais pas mes oreilles. Nous n'avions jamais vraiment parlé de mariage. Et voilà qu'il me faisait une demande !

— Mais tu es fou ! lâchai-je.

— C'est bien possible. Mais tu le savais déjà. Alors, quelle est ta réponse ? Tu veux bien d'un époux à l'esprit dérangé ?

Je ne pouvais imaginer vivre avec un autre que lui. Il était si aimant, si attentif ! Mes parents me jugeaient trop jeune pour m'engager, mais je ne partageais pas leurs réticences.

— Oui ! m'exclamai-je. Oui, je le veux.

Je me penchai pour l'embrasser.

— Attends, dit-il en me prenant la main. Laisse-moi d'abord te mettre la bague.

Il la glissa à mon annulaire gauche et me baisa la main. Une vague de bonheur me traversa. Bientôt, je serais sa femme ! Lorsqu'il m'eut lâchée, je l'embrassai passionnément.

Puis nous nous assîmes sur l'escalier et, blottis l'un contre l'autre, nous contemplâmes les bougies qui s'éteignaient peu à peu. Ma tête reposait sur son épaule. Nous aurions dû évoquer nos projets d'avenir mais, en cet instant, tout ce que je voulais était sentir sa présence. Savourer le bonheur qui m'était accordé.

Nous sursautâmes en entendant la porte s'ouvrir derrière nous. C'était une femme de ménage, qui jeta sur les bougies un regard réprobateur.

— J'espère que vous allez me nettoyer tout ça ! grogna-t-elle.

— Oui, ne vous inquiétez pas, j'ai apporté ce qu'il faut, répondit Sören en tirant de sa poche un sac-poubelle.

J'eus peine à me retenir de rire. Sa poche était décidément inépuisable : bandeau pour les yeux, bague de fiançailles, sac-poubelle…

— Je viendrai vérifier, hein ! Si vous ne m'avez pas débarrassé ça demain matin, j'en parlerai au recteur.

Comment comptait-elle faire ? Connaissait-elle le visage et le nom de tous les étudiants ? C'était peu probable. Il ne fallait y voir qu'une menace en l'air.

— Comme il est romantique de devoir faire le ménage après une demande en mariage ! fis-je observer quand la femme eut regagné le bâtiment.

— Oh, pour ce qui est du romantisme, attends qu'on soit à la maison, répliqua-t-il.

— Pourquoi tu ne m'as pas fait ta demande chez toi ?

— Ç'aurait été trop banal. Et puis je ne savais pas comment tu réagirais. Je ne voulais pas prendre le risque que tu démolisses tout dans l'appartement.

J'éclatai de rire. J'étais habituée à sa verve mais, ce soir-là, il paraissait particulièrement en forme.

— Est-ce que j'ai jamais cassé quelque chose ? demandai-je. C'est toi qui as laissé tomber le vase de ta tante Clara.

— Ce machin était une horreur.

— Pourtant, tu as eu l'air très ennuyé.

Allongeant le cou, je l'embrassai sur les lèvres.

— Merci, dis-je. C'est une des plus belles demandes en mariage que j'aie reçues.

— Tu ne vas pas établir de comparaisons, j'espère.
— Je pense qu'on ne peut pas faire mieux que toi.
— Alors je suis rassuré.

Il passa son bras autour de mes épaules et nous nous embrassâmes longuement. Je sentis le désir monter en moi. Si nous avions été chez lui, je l'aurais entraîné vers le lit. Mais il avait raison : il avait donné à sa demande un tour particulier qui s'accordait bien avec nous.

Nous nous étions rencontrés sur le campus. À l'époque, je commençais tout juste mes études et j'avais encore du mal à me débrouiller à Stockholm. Pour moi qui avais grandi à Löwenhof, cette ville était complètement nouvelle. Kitty et moi venions de faire connaissance et je n'étais pas sûre de parvenir à cohabiter avec elle au foyer.

Un jour, mon chemin avait croisé celui de Sören. Ce n'était plus un adolescent mais un homme fait. Je ne savais pas encore qu'il n'avait que deux ans de plus que moi. Il paraissait beaucoup plus mûr. Il m'avait adressé un sourire si éclatant que j'en étais restée figée sur place. Profondément troublée, j'avais failli manquer mon cours. Et ce sourire m'avait si bien poursuivie que j'en avais ensuite raté le bus que je prenais pour rentrer au foyer. Puis j'avais passé une partie de la nuit sans trouver le sommeil.

Je n'espérais pas le revoir. De toute façon, il était sans doute chargé de cours à l'université. Il ne s'abaisserait pas à fréquenter une petite étudiante. Je n'en avais pas moins ouvert l'œil. Cette brève rencontre avait suffi pour graver ses traits en moi. Mais je ne l'avais pas recroisé.

Contre toute attente, Kitty et moi étions devenues amies. Et, alors que j'avais presque oublié l'homme aux yeux marron et au sourire radieux, j'étais tombée inopinément sur lui. Il patientait au pied de l'escalier sur lequel nous étions assis en cet instant, et il m'avait souri. Saisie, j'avais laissé échapper mon sac à dos.

« *Hej*, avait-il dit. Ça te dirait d'aller prendre un café ?

— Je... pourquoi... euh... » avais-je bafouillé en rougissant.

Toutes ces semaines que j'avais passées à le chercher... Et voilà qu'il surgissait devant moi, comme guidé par mon désir de le revoir.

Son rire avait accru ma confusion. Quelle gourde, tout de même ! Kitty aurait répondu par l'affirmative, glissé son bras sous le sien et, ni une ni deux, elle serait partie avec lui.

« Je t'ai fait peur ? avait-il demandé. Excuse-moi, ce n'était pas mon intention. J'ai pensé que c'était le bon moment pour t'aborder. Ça fait des semaines que je ne pense plus qu'à toi. »

Je n'en avais pas cru mes oreilles. Est-ce qu'il me menait en bateau ?

« Non, je... je suis surprise, c'est tout. »

Je m'étais ressaisie. Où était le problème ? Ne rêvais-je pas depuis longtemps d'être remarquée par un jeune homme ?

« Alors ? Tu as le temps de prendre un café ? À moins que tu ne sois attendue ?

— Non. Je veux dire, oui, j'ai le temps. Et personne ne m'attend, sauf peut-être ma coturne. »

Il m'avait adressé un sourire rêveur.

« Oh ! s'était-il soudain exclamé. Excuse-moi, je ne me suis pas présenté. Je m'appelle Sören Lundgren.

— Solveig Lejongård », avais-je répondu en lui tendant gauchement la main.

Il l'avait serrée avec des doigts glacés. Il était aussi anxieux que moi, ce qui m'avait semblé plutôt sympathique.

Nous étions allés dans un petit bistrot, avions commandé un café et étions restés un moment face à face sans savoir quoi dire. Au cours des semaines écoulées, j'avais été si occupée à le chercher que je n'avais pas réfléchi plus loin.

« Tu n'es pas le seul à avoir repensé sans arrêt à notre rencontre, avais-je dit, rompant le silence. J'avais fini par désespérer de te revoir.

— J'ai été malade, avait-il répondu. La grippe. Elle n'a pas épargné grand monde. »

En effet. Autour de moi, elle avait fait des ravages. J'avais trouvé miraculeux que Kitty et moi ne l'ayons pas eue, dans un bâtiment où pourtant la moitié des résidents avaient été touchés.

« Il m'a fallu un moment pour me remettre. Après quoi j'ai dû rattraper les cours. Mes amis croyaient que je m'étais découvert une vocation d'ermite.

— Et moi qui pensais que ta présence sur le campus avait été accidentelle…

— Notre rencontre est le fruit du destin, non ? avait-il dit en souriant.

— Le destin, oui », avais-je répété en baissant les yeux vers mon café d'un air gêné.

Après avoir ramassé les bougies éteintes en braves étudiants que nous étions, nous nous rendîmes chez Sören. Il habitait un petit appartement à proximité du campus. Ce logement appartenait à un de ses oncles, qui se trouvait pour plusieurs années en Amérique et semblait nourrir le projet d'y rester. J'aimais ces quelques pièces. Sören les avait peintes en jaune et orange, si bien qu'il y régnait une ambiance estivale en toute saison.

Une fois mariés, dans un premier temps nous pourrions y vivre ensemble. Sören voulait ouvrir un cabinet pour les animaux de compagnie. Peut-être accepterait-il de s'établir à Kristianstad ? Je pourrais travailler avec lui tant que ma mère serait en état d'administrer Löwenhof. Elle avait eu 53 ans en novembre et ne faisait pas son âge. Lorsqu'elle passerait la main, je reprendrais à mon tour le domaine. Ma voie était toute tracée.

Mais cette perspective était encore loin. J'avais rencontré l'homme de ma vie et j'allais devenir sa femme. Pour le reste, on verrait.

À peine avions-nous passé la porte que je l'embrassai.

— Qu'est-ce que… ? dit-il, un peu surpris.

— Tu ne voulais pas nous ménager une soirée romantique ? Si on commençait tout de suite ?

— Mais j'ai d'abord quelque chose à préparer.

— Je n'ai pas besoin de préparatifs, juste de toi.

À cet instant, je ne souhaitais qu'une chose : l'aimer jusqu'à l'épuisement. Avec ou sans pétales de rose sur le lit.

Sören laissa tomber le sac contenant les bougies et me serra contre lui. Je sentis sans équivoque qu'il était dans les mêmes dispositions que moi. Nous nous embrassâmes avec passion, puis je l'entraînai dans la chambre.

— On devrait peut-être attendre la nuit de noces, plaisanta-t-il tandis que je lui ôtais son pull.

— Je crains que tu ne doives renoncer au rêve d'épouser une jeune vierge, répliquai-je.

Avant qu'il puisse répondre, je lui fermai la bouche d'un baiser et nous nous laissâmes tomber sur le lit.

CHAPITRE 2

Le matin suivant, nous nous réveillâmes tard. Kitty s'inquiétait-elle de mon absence ? Elle avait sûrement compris que j'avais passé la nuit chez Sören. Ces derniers temps, il m'était arrivé plus d'une fois de le faire durant la semaine.

Je sentais sur ma peau la chaleur du soleil qui traversait les vitres. Tournant la tête, je vis le visage de Sören : ses paupières aux cils sombres étaient closes et une mèche lui tombait sur le front. Je tendis instinctivement la main pour la repousser. Lorsque mes doigts effleurèrent sa peau, il ouvrit les yeux.

— Bonjour, dit-il avec un entrain suspect pour quelqu'un qu'on prenait au réveil.

— Bonjour ! Tu ne dormais pas, hein ?

— Non, je contemplais ma belle fiancée dans son sommeil.

— Et pourquoi tu faisais semblant ?

Je caressai sa joue légèrement piquante. J'aimais cette sensation, surtout lorsqu'il m'embrassait. Réussirais-je à le convaincre de se laisser pousser la barbe ?

— Pour que toi aussi tu aies la possibilité de me regarder. Je ne pouvais pas deviner que tu passerais immédiatement à l'attaque.

— Tu n'aimes pas ça ?

— Oh si, j'adore quand tu te jettes sur moi !

Il m'enlaça sous la couverture.

Je sentis le désir monter en moi. J'aurais volontiers passé plus de temps au lit avec lui, mais j'avais dit à ma mère que j'arriverais dans la journée. Et je voulais lui apprendre au plus vite la bonne nouvelle.

— À Löwenhof, nous aurons tout le temps de nous aimer, répliquai-je en l'embrassant. Maintenant, il faut se lever.

— Rien qu'un baiser, répondit-il en m'attirant dans ses bras.

Nous récupérâmes mes bagages au foyer et nous mîmes en route. Par chance, Kitty n'était pas là, ce qui m'évita d'avoir à répondre à un millier de questions. Il y avait à peu près six heures et demie de route jusqu'à Löwenhof. Nous avions décidé de nous partager le trajet : j'assurerais les trois premières heures, après quoi Sören prendrait le relais.

J'aimais conduire. À Stockholm, j'en avais peu l'occasion, car je faisais l'essentiel de mes déplacements en bus. Sans compter que je n'avais pas de voiture. Heureusement, Sören ne partageait pas l'avis de son père, selon qui une femme n'avait pas à prendre le volant.

À mi-chemin, nous fîmes halte sur une aire de repos peu fréquentée à cette période de l'année.

— Qu'est-ce que tu dirais de faire un grand périple ? demandai-je à Sören tandis que nous sortions nos provisions de voyage. Pour notre lune de miel, par exemple.

— J'avais plutôt pensé à la Méditerranée, au sud de la France. On pourrait loger à Nice et à Saint-Tropez et nous amuser à observer le gratin.

— Bonne idée, répondis-je en souriant.

Je m'abstins de lui rappeler que je faisais moi aussi partie du « gratin ». Même si Löwenhof avait ses plus beaux jours derrière lui. Cependant je n'avais rien de commun avec les dames qu'on voyait dans les magazines avec leurs lunettes de soleil, leurs tenues de grands couturiers et leurs bijoux. Je me sentais plutôt simple.

— Je me pencherai sur la question lorsque la date de notre mariage sera fixée, dit Sören, radieux. Tu as une idée du calendrier ?

— Ça dépend entièrement de mes parents.

— Tu penses qu'ils seront contre ?

— Non, sûrement pas ! Pour ma mère tu es le gendre idéal.

— Oh, là là ! Elle te l'a dit ?

— Non ! répliquai-je en éclatant de rire. Mais il y a des signes qui ne trompent pas. Un mariage comme le nôtre nécessite de longs préparatifs. Ça fait longtemps qu'on n'a pas organisé de grande fête à Löwenhof. Il faudra inviter beaucoup de monde, famille, amis, partenaires commerciaux…

— Ah bon, eux aussi ?

— Oui, sinon ils seraient vexés. Et puis il y a ta famille, tes amis.

— Mes partenaires commerciaux, ajouta-t-il, moqueur. Je me demande si le Dr Larsen viendrait.

Larsen était le vétérinaire chez qui il effectuait son stage.

— Si tu le souhaites, on l'invitera. J'aimerais beaucoup qu'on puisse fêter notre mariage dans le jardin. Tu l'as vu en été, il est magnifique.

— Oh oui !

— Et tu sais qu'à cet égard je suis très vieux jeu.

— En effet. Heureusement que sur d'autres plans tu es très moderne...

— Par conséquent, juin ou juillet me semblerait tout indiqué.

— Juin ou juillet ? Formidable ! Je craignais déjà d'avoir à supporter plusieurs années de fiançailles.

— L'époque de mon arrière-grand-mère Stella est loin.

— La femme à l'air sévère qu'on voit sur le tableau dans le vestibule ?

Ma grand-mère ne parlait pas souvent d'elle, mais le portrait en question laissait deviner la rigueur des règles qui avaient dû régner autrefois au domaine. Les fiançailles de plusieurs années étaient alors sans doute aussi courantes que le port du corset.

— Sa sévérité peut se comprendre. Elle a perdu son époux et son fils alors qu'elle était encore dans la fleur de l'âge. Il y a de quoi avoir l'air un peu revêche. Cela étant, je la trouve très digne.

— Et très démodée.

— Ce sera aussi notre cas dans un siècle, mon cher.

Je plongeai mon regard dans le sien. Que serait-ce de vieillir avec lui ? Comment nos enfants nous verraient-ils ? J'en souhaitais au moins deux. Il serait sans doute difficile de concilier une activité professionnelle et l'éducation des enfants, mais je ne voulais renoncer ni à l'une ni à l'autre.

Après notre brève pause, nous reprîmes la route. On voyait encore par endroits quelques amas de neige, mais les routes étaient dégagées.

Sören avait pris le volant et j'étais heureuse de pouvoir me reposer. J'avais la nuque crispée après ces longues heures de conduite auxquelles je n'étais pas habituée.

Le bruit du moteur me rendait somnolente. Je rabattis la capuche de ma veste et fermai les yeux. Quelle robe revêtirais-je pour le mariage ? Une longue ou une courte ? Ma mère serait évidemment pour une robe longue, mais j'aurais bien aimé choisir une tenue semblable à celles que portait la princesse Grace de Monaco pour les grandes occasions. Je ferais sûrement sensation. Sur cette pensée, je sombrai dans un profond sommeil.

CHAPITRE 3

Je me trouvais dans une prairie verdoyante sous un soleil radieux. L'air était empli d'un doux parfum. Des abeilles bourdonnèrent au-dessus de ma tête, suivies par un papillon. Je les regardai disparaître dans le ciel bleu de l'été, puis je baissai les yeux.

J'avais dans les mains un bouquet de lis blancs et portais une robe à jupe cloche bordée de dentelle fine. Je savais, sans les voir, que des rubans blancs étaient entrelacés dans mes cheveux. J'avais très tôt refusé l'idée du voile de mariée : ce symbole archaïque de virginité me paraissait hors de propos pour une future mariée qui avait déjà eu des relations intimes avec celui qu'elle allait épouser.

Le jour de mon mariage. Je sentis la joie éclore en moi tel le calice d'une rose. Levant les yeux, je vis une petite église. C'était celle du village, pourvue d'un clocher blanc que je ne lui connaissais pas. Avait-on fait des travaux en mon absence ? Mais c'était sans importance : seul comptait le fait que j'allais me marier. Lorsque les cloches s'ébranlèrent, je me mis en marche vers l'église, devant laquelle s'était rassemblée une foule de gens. Je ne reconnus personne. Pourtant, ma famille aurait dû être là, ainsi que Kitty.

Ils sont sans doute à l'intérieur, me dis-je en tournant les yeux vers ma gauche. L'usage voulait que le père de la mariée conduise sa fille à l'autel, mais j'étais seule. Avait-il oublié ?

Je fus prise de l'envie de partir à sa recherche, puis me ravisai en songeant qu'il était trop tard. Les premiers accords de l'orgue retentirent dans l'église. Sören m'attendait devant l'autel, il fallait que j'y aille.

— Solveig ? dit soudain quelqu'un.

Regardant autour de moi, je ne vis que des visages inconnus auxquels ne pouvait appartenir cette voix familière.

Quand je reportai mon regard vers l'église, elle avait disparu. Le reste du paysage s'évanouit peu à peu et tout devint noir autour de moi.

— Solveig !

De nouveau cette voix. J'émergeai lentement de l'obscurité. Respirer était douloureux, j'avais la gorge et la bouche horriblement sèches. Mes yeux s'ouvrirent mais, dans un premier temps, je ne distinguai rien d'autre qu'une boule lumineuse au plafond.

Puis, au-dessus de ma tête, je discernai une barre métallique à laquelle était fixée une sorte de poignée. En arrière-fond, très loin, un bip récurrent.

— Solveig, Dieu soit loué !

Je voulus tourner la tête, impossible : mon cou paraissait enserré dans quelque chose et j'avais un voile devant les yeux. Que m'arrivait-il donc ? Où étais-je ?

La dernière chose dont je me souvenais, c'est que Sören et moi étions partis pour Löwenhof. Nous avions échangé nos places à mi-parcours et je m'étais accordé un petit somme...

Pourquoi n'étais-je plus dans la voiture ?

À côté de moi, on repoussa une chaise. Ce bruit me donna la chair de poule. Puis une douleur me traversa le bras comme si l'on m'avait administré une décharge électrique.

— Solveig, tu m'entends ? demanda la voix tandis que quelque chose assombrissait la lumière au-dessus de moi.

L'ombre acquit peu à peu des contours et je reconnus alors le visage de Mathilda Lejongård, ma mère. Elle avait gardé toute sa beauté, même si sa chevelure montrait un nombre croissant de mèches blanches. Elle avait une coupe moderne, mi-longue. Une ride d'anxiété s'était creusée entre ses sourcils.

— Maman, chuchotai-je d'une voix à peine audible.

— Ma fille, répondit-elle tandis que ses yeux s'emplissaient de larmes. Quelle chance que tu sois de nouveau parmi nous !

Je ne compris pas. Où aurais-je pu aller ? Pourquoi pleurait-elle ?

Les bip s'intensifièrent, puis j'entendis les battements de mon cœur. Ma mère tendit la main et me caressa précautionneusement le front.

— Où... suis-je ? articulai-je péniblement.

J'avais du mal à parler, mais je recouvrais peu à peu mes esprits, et mon cœur s'accéléra sous l'effet de la crainte. Pourquoi tout était-il soudain si étrange ? Que s'était-il passé ?

— Tu es à Kristianstad, chérie, répondit ma mère. À l'hôpital.

Kristianstad, l'endroit où j'étais née. La ville n'était pas loin de Löwenhof. Mais que faisais-je à l'hôpital ? Ma mère sembla deviner les questions qui m'agitaient.

— Vous avez eu un accident dans un bois près de Kristianstad. Heureusement, un automobiliste se trouvait derrière vous. Il est allé chercher les secours.

Ses paroles s'abattirent sur moi telle une averse glacée. Un frisson désagréable me parcourut l'échine.

Ainsi nous avions eu un accident ? Mais alors pourquoi ne me souvenais-je de rien ? Était-ce arrivé pendant que je dormais ? Avais-je perdu la mémoire ?

— Et lui, où est-il ? m'enquis-je à voix basse.

— Lui qui ? demanda ma mère en levant les yeux comme s'il y avait une autre personne dans la pièce.

Était-ce le cas ? Je ne pouvais toujours pas bouger la tête.

— Sören, poursuivis-je. Il est blessé lui aussi, c'est ça ?

Quelqu'un se leva et s'approcha de moi.

— Oui, dit la voix de ma grand-mère.

Son visage apparut à son tour au-dessus de moi. Ses cheveux argentés étaient soigneusement ondulés et sa silhouette mince était vêtue d'un tailleur bleu. La couleur d'Agneta Lejongård. Quoique âgée de 80 ans, elle faisait beaucoup plus jeune.

— Mais ne t'inquiète pas pour lui, il est entre de bonnes mains. Dans l'immédiat, il faut que tu te rétablisses.

— Qu'est-ce qui m'est arrivé ? demandai-je.

Je ne percevais rien qu'une douleur sourde dans le bras et les battements de mon cœur. Cela mis à part, j'avais l'impression de ne plus avoir de corps.

— Tu as une commotion cérébrale, répondit ma mère. Une jambe et un bras cassés, trois côtes abîmées et un tassement des vertèbres cervicales. C'est la raison pour laquelle on t'a mis une minerve.

Voilà donc pourquoi je ne pouvais pas remuer la tête.

— Mais je ne sens rien, répondis-je. Sauf le bras...

— Tu es sous antalgiques. Tu es restée inconsciente trois jours.

Elle fut interrompue par une porte qui s'ouvrait.

— Désolé, mesdames, mais je dois vous prier de bien vouloir quitter la pièce, lâcha une voix d'homme grave et très déterminée.

Un médecin, pensai-je aussitôt.

— Elle s'est réveillée, expliqua ma mère. Et elle a dit qu'elle sentait son bras.

Le médecin s'approcha de moi. C'était un homme aux tempes grisonnantes, qui devait approcher de la cinquantaine. Son regard bleu m'observa avec attention. Je tentai un sourire.

— Mademoiselle Lejongård ? demanda-t-il.

— Oui, c'est moi, répondis-je.

Il sourit, puis sortit de sa poche de poitrine une petite lampe dont il se servit pour examiner mes yeux. Une violente douleur me traversa le crâne et je fermai les paupières.

— C'est bon, vous pouvez rouvrir les yeux, dit-il. Votre mère vous a-t-elle expliqué ce qui s'était passé ?

— Oui, l'accident. Mon…

Je m'interrompis. J'avais failli dire « mon fiancé ». Était-ce ainsi que ma mère et ma grand-mère devaient apprendre la nouvelle ? Non, j'attendrais que Sören et moi soyons rétablis.

— Oui ? demanda le médecin.

— Mon ami… Est-ce qu'il va bien ?

Il lança un coup d'œil rapide à ma mère.

— Ses blessures sont plus graves que les vôtres. Mais ne vous inquiétez pas, nous faisons tout notre possible.

Sören était grièvement blessé. Mon estomac se noua. J'aurais voulu crier, mais je n'en avais pas la force.

— L'infirmière va vous apporter à boire. Votre mère et votre grand-mère vont vous laisser, vous avez besoin de repos.

Comme si je n'avais pas dormi plusieurs jours ! Mais il avait raison. Plus les sensations revenaient, plus mon corps me paraissait de plomb.

— Au revoir, chérie, dit ma mère en se penchant pour m'embrasser sur le front. Je reviendrai demain.

— Merci, Maman.

Ma grand-mère s'approcha à son tour et me caressa les cheveux.

— À bientôt, ma petite, prends soin de toi. En tout cas, je passerai une nuit plus tranquille.

— Je me rétablirai, ne t'en fais pas, *Mormor*, répondis-je en m'efforçant à nouveau de sourire, en vain.

Après leur départ, un flot de pensées m'envahit. Comment avions-nous pu avoir un accident ? Sören était un conducteur expérimenté et il n'y avait pas de verglas. Regardant par la fenêtre, je ne vis que le ciel gris et quelques branches nues. Comment mes parents avaient-ils été informés ? La police avait dû les appeler, peut-être même se présenter directement au manoir. J'eus le cœur lourd en imaginant la réaction de ma famille. Ma mère avait dû décider de se rendre sur-le-champ à l'hôpital. Et ma grand-mère… Sans doute était-elle restée un moment comme paralysée. Je savais qu'elle avait autrefois connu de graves accès de dépression. Depuis ma naissance, toutefois, son état s'était amélioré. « Tu es la lumière de l'espoir, Solveig, m'avait-elle dit un jour qu'elle m'expliquait une fois de plus la signification de mon prénom, “voie du soleil”. Tu es le soleil de Löwenhof, l'avenir. »

Tout ce que j'espérais, c'était que ma grand-mère, ma *mormor*, comme je l'appelais, ne retomberait pas dans un de ces états de sidération que m'avait décrits ma mère.

La nuit, je demeurai longtemps sans pouvoir dormir, tourmentée que j'étais par la pensée de Sören. Comment allait-il ? Ses parents étaient-ils au courant ? Étaient-ils à son chevet, comme ma mère et ma grand-mère l'avaient été au mien ?

Je regrettais que nous ne les ayons pas informés de nos fiançailles. Sören n'avait pas semblé vouloir le faire, sans doute pour ne pas contrarier mes plans. Peut-être aussi ses parents étaient-ils déjà au courant de ses projets.

Je finis par m'endormir et ne me réveillai qu'au moment où l'infirmière arriva avec le petit déjeuner. Je n'avais pas grand appétit. J'étais encore sous antalgiques, mais mon bras et ma jambe plâtrés me handicapaient sérieusement. Je me forçai tout de même à manger, ce qui me valut des félicitations lorsqu'elle revint récupérer le plateau.

— Pourriez-vous me dire comment va mon ami, Sören Lundgren ? demandai-je. Il a été amené ici en même temps que moi.

— Je vais me renseigner, ma petite, répondit-elle sur un ton maternel avant de ressortir.

Les minutes passèrent. Combien de temps lui fallait-il pour obtenir l'information ? Elle avait d'autres patients à sa charge. Je m'efforçai de réprimer mon impatience, me répétant qu'elle finirait bien par revenir.

Cependant mon attente demeura vaine.

En revanche, j'eus droit à la visite d'un groupe de quelques hommes et d'une femme en blanc, pour la plupart équipés d'un stéthoscope. Toutes proportions gardées, ils me rappelèrent mes condisciples lorsqu'ils sortaient de la salle où ils avaient disséqué un cheval ou quelque autre animal.

— Bonjour, mademoiselle Lejongård, comment vous sentez-vous aujourd'hui ? demanda le médecin que j'avais vu la veille et qui se présenta comme le Dr Marold.

— Bien, répondis-je. Enfin, aussi bien que possible étant donné les circonstances. Mais les médicaments antidouleur sont efficaces.

— Parfait ! déclara-t-il en sortant une petite lampe de sa poche. Je vais effectuer quelques tests. Ne vous inquiétez pas, ce sera rapide. C'est juste pour déterminer ce qu'il en est de votre commotion cérébrale.

L'après-midi, ma mère revint me voir, cette fois en compagnie de mon père, qui semblait avoir quelques cheveux gris de plus.

— Eh bien, ma fille, tu nous as causé une sacrée frayeur, dit-il en me caressant doucement la joue.

Il sentait le bois fraîchement scié – sans doute venait-il de faire une réparation. Autrefois, il avait travaillé dans la menuiserie de son père. Je me rappelais vaguement que nous étions allés il y a très longtemps à Stockholm chez mes grands-parents paternels. J'ignore ce qui s'était passé entre eux et mon père, mais cela devait avoir été grave car, par la suite, nous n'étions plus jamais retournés les voir. Plus tard, j'avais appris qu'ils étaient morts tous les deux en l'espace d'un an.

Je n'avais gardé quasiment aucun souvenir d'eux, mais l'odeur du bois m'évoquait chaque fois leur existence. Cette odeur faisait partie de mon père au même titre que sa veste en tweed et sa cravate.

— Nous avons cru mourir de peur.

Et dire que cela aurait dû être une journée de joie…

J'eus de nouveau envie de leur apprendre mes fiançailles, mais je décidai d'attendre encore un peu.

— Je ne sais même pas ce qui s'est passé, répondis-je. Vous avez parlé avec la police ?

À mon réveil ma mère m'avait donné quelques explications, mais tout ce que j'avais retenu c'était que notre voiture avait atterri dans le bois.

— Il semblerait que vous soyez entrés en collision avec un animal, poursuivit mon père. Le garde forestier a trouvé un cerf mort pas loin de la voiture. D'après ses blessures, votre véhicule lui serait rentré dedans.

Les larmes lui montèrent aux yeux, lui qui pleurait si rarement.

— Sören a manifestement tenté de l'éviter et, ce faisant, il a frôlé un arbre et la voiture a fini dans le fossé.

— Pourquoi je ne m'en souviens pas ? soupirai-je. Je dormais, c'est vrai, mais j'aurais tout de même dû percevoir quelque chose.

— D'après le médecin, tu as perdu la mémoire de ces instants, ce qui est courant dans ce genre de situation.

— Et puis ç'a sans doute été trop rapide, ajouta ma mère. Tu as perdu conscience avant même de te réveiller. D'ailleurs il est peut-être préférable que tu n'aies gardé aucun souvenir de l'accident.

J'acquiesçai tout en me disant que j'aurais quand même préféré me rappeler ce qui l'avait causé.

— Je dois te saluer de la part de Svea. Elle est venue nous voir la semaine dernière. Ses rhumatismes la font un peu souffrir, mais elle est restée vaillante.

Notre ancienne cuisinière avait pris sa retraite quelques années plus tôt. Elle m'avait toujours glissé des biscuits en cachette lorsque je faisais mon apparition à la cuisine. Parfois, aussi, elle me parlait de l'époque où mon arrière-grand-mère vivait encore. J'avais toujours l'impression que ses récits sortaient d'un livre de contes de fées. Mais quelle raison aurait-elle eue de les inventer ?

— Merci, ça me fait plaisir, dis-je. Elle n'arrive pas à quitter Löwenhof, hein ?

— Lorsque j'avais ton âge, un peu plus jeune peut-être, ça me surprenait beaucoup. Aujourd'hui, je sais que cette maison a quelque chose qui nous attache à elle. Même si on s'en éloigne pour un temps, on finit toujours par y revenir tôt ou tard. Et on le fait parce qu'on le veut, pas parce que les circonstances nous y forcent, du moins en apparence.

Je savais qu'elle parlait d'expérience. Elle était rentrée à la prière d'Agneta, qui lui avait demandé son aide. Cependant, m'avait-elle confié, même à l'époque où elle travaillait au Grand Hôtel à Stockholm, elle avait conservé une profonde nostalgie du domaine.

Moi aussi je brûlais de rentrer à Löwenhof. Cette chambre d'hôpital m'était insupportable. Je rêvais de chevaucher dans les bois et les prairies. À cette saison on n'y voyait pas encore de verdure, mais je voulais retrouver ce sentiment de liberté que j'aimais tant. Et, plus encore, je voulais pouvoir aller voir Sören, lui dire que j'allais bien.

Nous interrompîmes notre conversation en entendant frapper à la porte.

— Entrez ! lança mon père.

Une infirmière apparut.

— Un monsieur de la police souhaiterait vous parler.

Mon père me regarda.

— Tu te sens en état de le recevoir ?

Mon estomac se noua. Un policier. Sans doute voulait-il savoir ce qui avait provoqué l'accident. J'acquiesçai. Maintenant ou plus tard, quelle importance ?

L'homme était jeune, à peine plus âgé que Sören.

— Bonjour, dit-il, je suis l'agent Ole Nilsson, de la police de Kristianstad. Votre médecin m'a fait savoir qu'on pouvait vous parler. Si cela ne vous dérange pas, j'aimerais vous poser quelques questions au sujet de l'accident.

— Allez-y, répondis-je.

— Pourriez-vous me décrire ce qui s'est passé ? D'après nos estimations, il devait être 7 heures du soir lorsque votre véhicule a heurté un cerf.

— Je dormais, je ne me souviens de rien. Quand je me suis réveillée, j'étais dans ce lit.

— Savez-vous si le conducteur avait consommé de l'alcool ? Était-il particulièrement fatigué ?

— Sören n'avait pas bu. Quant à être fatigué... Nous sommes partis de Stockholm vers midi. J'ai assuré la première moitié du trajet, après quoi je lui ai passé le volant.

Le crayon du policier grattait le papier.

— Ce genre d'accident peut arriver à tout moment, non ? poursuivis-je.

— Certains indices laissent penser que M. Lundgren a réagi avec retard, expliqua le policier. Quelles sont vos relations avec lui ? Est-ce une de vos connaissances ?

— C'est mon ami.

Je regardai ma main gauche. Je n'avais plus ma bague de fiançailles mais, d'après ce que m'avait dit l'infirmière, mes bijoux se trouvaient dans le tiroir de la table de chevet.

— Ami en quel sens ? S'agissait-il d'amitié ou d'une relation plus intime ?

— Monsieur l'agent, je vous en prie ! s'emporta ma mère. Quel rapport avec l'accident ? Vous ne croyez tout de même pas que M. Lundgren ait voulu tuer ma fille ?

Le policier rougit.

— Non, pas du tout. Mais on m'a demandé de recueillir ces informations.

— Nous sommes ensemble depuis longtemps, répondis-je. Et je suis sûre qu'il n'avait aucune intention de me faire du mal. Ç'a dû être un stupide hasard. En tant que future vétérinaire, je sais que c'est surtout le soir que le gibier se met en chasse. L'hiver, notamment, les bêtes se déplacent souvent à proximité des routes. Il n'y a donc rien de mystérieux dans tout ça, à moins que vous ne nous cachiez quelque chose.

Gêné, le policier replaça son crayon dans sa poche de poitrine.

— Excusez-moi, je ne voulais pas vous mettre en colère. En cas de dommages corporels on fait une enquête afin de déterminer si le chauffeur a fait preuve d'imprudence.

— Alors vous feriez mieux d'attendre de pouvoir lui parler, répliquai-je avec plus de vivacité que je n'en avais eu l'intention.

J'étais irritée que Sören puisse se voir soupçonner d'une imprudence coupable. N'avait-il pas été lui-même gravement blessé ?

— Je peux vous assurer que Sören Lundgren ne s'est pas montré irresponsable, poursuivis-je. Nous nous aimons. Aucun de nous ne causerait de préjudice à l'autre par négligence.

Le policier sortit une carte de sa poche.

— Je vous remercie. S'il vous revient autre chose, appelez-moi à ce numéro, je vous prie.

— Je n'y manquerai pas.

— Je vous souhaite un bon rétablissement. Tout finira par s'éclaircir.

Il prit congé de mes parents et sortit.

— Accuser Sören d'imprudence, marmonnai-je, furieuse. Comme s'il était capable de ça !

— Ça n'empêche pas qu'il ait pu être fatigué, objecta prudemment mon père.

— Il n'était pas fatigué ! Pas à 7 heures du soir, sans compter que j'avais effectué la première moitié du trajet.

— Pourtant, tu as éprouvé le besoin de dormir. Ce n'est donc pas impossible.

— Tu crois vraiment qu'il se serait montré irresponsable ?

— Calme-toi, Solveig, intervint ma mère. La police fait son travail. Tu as été blessée. Pour de simples raisons d'assurance, déjà, on doit établir sans le moindre doute si l'accident était évitable ou pas.

— Mais qu'est-ce que ça change ? On a été blessés tous les deux et le cerf ne peut pas être poursuivi en justice.

— Un accident aussi grave nécessite une enquête. Quelqu'un doit payer les dommages.

— Ce sera à la compagnie d'assurances de Sören de s'en charger.

— En effet.

Je me sentis soudain terriblement fatiguée. Avant la visite du policier, je n'avais pas imaginé un instant qu'on puisse faire porter la responsabilité de l'accident à Sören.

— Tu as besoin de repos, nous allons te laisser, dit ma mère en me caressant les cheveux.

Je hochai faiblement la tête. J'étais heureuse de voir mes parents, mais l'interrogatoire du policier m'avait épuisée.

— Je reviendrai demain, promit ma mère. Peut-être avec Grand-mère. Au revoir, chérie.

L'infirmière à qui j'avais demandé des nouvelles de Sören revint me voir dans la soirée.

— Excusez-moi pour cette longue attente, dit-elle en s'approchant de mon lit pour arranger les oreillers. Il y a eu un changement d'équipe peu après le petit déjeuner.

— Vous avez pu apprendre quelque chose ?

Elle acquiesça, la mine sombre.

— Oui, il a été transféré hier à Stockholm.

— Pourquoi ? demandai-je, effrayée.

— Ses blessures sont très graves, il est dans le coma. L'hôpital universitaire de Stockholm est bien mieux équipé que nous.

Et moi qui m'étais promis d'aller le voir dès que je pourrais me déplacer avec des béquilles ! *Il est loin à présent*, songeai-je, les larmes aux yeux.

— Pour autant que nous le sachions, il va aussi bien que possible, poursuivit l'infirmière. Il recevra les meilleurs soins là-bas, j'en suis sûre.

— Je l'espère, répondis-je en me mettant à pleurer.

La situation me paraissait si terrible, si incroyable ! Quelques jours plus tôt, il n'y avait pas de couple plus heureux que nous et voilà que j'étais dans cet hôpital et Sören à Stockholm. Et personne ne pouvait dire s'il s'en sortirait. Je n'étais peut-être qu'une étudiante en médecine vétérinaire, mais je savais ce que signifiait le coma.

— Nous voulions nous marier ! sanglotai-je. Nous avions prévu d'annoncer nos fiançailles à mes parents.

L'infirmière posa sa main sur mon bras.

— Je suis vraiment désolée, ma petite. Mais je suis sûre qu'ils le remettront sur pied à Stockholm. Et vous n'aurez pas le temps de dire ouf qu'il sera de nouveau auprès de vous et qu'il vous épousera.

J'acquiesçai tout en sachant que ces propos avaient pour seul but de me tranquilliser.

CHAPITRE 4

Je fus condamnée à l'immobilité deux semaines durant. Ma mère venait me voir tantôt avec ma grand-mère, tantôt avec mon père. Parfois aussi seule. Elle prenait place presque quotidiennement sur la petite chaise blanche à côté du lit.

— Tu n'as pas besoin de venir tous les jours, lui fis-je remarquer une fois. Tu as suffisamment de travail avec Ekberg et Löwenhof.

— Je n'ai qu'une fille, rétorqua-t-elle. Je veux être sûre qu'on s'occupe bien de toi.

— Mais oui, Maman, on me traite avec mille précautions ! Si seulement je savais comment va Sören... Est-ce que tu pourrais me rendre un service ?

— Tout ce que tu voudras, chérie.

— Ça t'ennuierait d'aller à Stockholm prendre de ses nouvelles ?

— Je doute qu'on me laisse le voir. Nous n'avons aucun lien de parenté.

— À ce propos, Maman, il faut que je te dise quelque chose.

— Oui ? repartit-elle en haussant les sourcils comme si elle redoutait une mauvaise nouvelle.

Je serrai les lèvres. Les choses n'auraient pas dû se passer ainsi. Nous serions arrivés à Löwenhof. Ma mère, d'abord surprise par la présence de Sören, se serait réjouie de le revoir. Puis nous aurions annoncé nos fiançailles au cours du dîner. Passé le premier instant de stupéfaction, mes parents et ma grand-mère auraient exprimé toute leur joie. Mais cette scène n'existerait désormais que dans mon imagination.

À présent, toutefois, il était important que ma mère soit au courant.

— Sören m'a demandé ma main.

— Pardon ?

— Il m'a fait une demande en mariage et je l'ai acceptée. Nous sommes fiancés, Maman.

Je regardai ma main gauche. Je n'avais pas réussi à sortir la bague du tiroir.

— Regarde dans la table de chevet si tu ne me crois pas.

Ma mère paraissait figée sur place. Avais-je eu raison de lui apprendre la nouvelle ? Elle s'exécuta. Le petit anneau d'or brilla à la lumière du néon au-dessus de ma tête.

— Nous voulions vous faire la surprise. J'ai pensé que vous en seriez heureux.

— J'en suis très heureuse, dit-elle en se forçant à sourire. C'est formidable. Mais…

Elle s'interrompit, les larmes aux yeux.

— Mais quoi ? demandai-je doucement.

— J'aurais tant souhaité que vous puissiez nous l'annoncer tous les deux.

— Moi aussi, dis-je, bouleversée.

Ma mère se pencha et me prit dans ses bras. Tandis que nous pleurions ensemble, je sentis que ces larmes m'apportaient du soulagement.

— Si tu expliques que nous sommes fiancés, on t'autorisera peut-être à le voir, repris-je lorsque nous nous fûmes calmées.

Elle me glissa la bague au doigt.

— Il faut que tu la portes. Tout le monde doit savoir que tu es fiancée.

Je regardai ma main aux doigts légèrement gonflés avec le sentiment d'avoir retrouvé une partie de moi-même.

— Tu vas en informer Grand-mère ?

— Tu ne préfères pas le faire toi-même ?

— Non, dis-le-lui. Je sais combien tu détestes les secrets.

— Ça, c'est vrai !

— Quand Sören et moi serons rétablis, on fêtera ça. Tu iras le voir ?

— Je vais commencer par appeler l'hôpital. M. et Mme Lundgren sont-ils au courant ?

— Aucune idée. C'est aux parents de la future mariée qu'on fait la demande.

— C'est vrai, répondit ma mère en me caressant la main avec un sourire. Mais les temps ont changé à ce que je vois.

— Je savais que vous n'auriez rien contre, sinon j'aurais attendu votre autorisation.

— Et les parents de Sören ?

— Ils ne m'ont jamais manifesté aucune hostilité, au contraire.

— Dans ce cas je vais les contacter. Ils pourront sûrement me donner des nouvelles de leur fils. D'accord ?

— Très bien.

— Bon. Si ça se trouve, j'arriverai même à les joindre ce soir.

Elle s'interrompit comme si elle prenait note mentalement de quelque chose.

— Que souhaiterais-tu porter pour ton mariage ? reprit-elle après un instant.

Sa question me fit penser au rêve étrange que j'avais fait, dans lequel j'étais vêtue d'une robe longue. Peut-être était-ce l'occasion de formuler mon souhait d'une robe courte ? Une petite voix me conseilla d'attendre, mais je refusai de l'écouter.

— Une robe au-dessus du genou.

— Les dames d'un certain âge en auront une syncope. Une jeune mariée ne montre pas ses genoux avant la nuit de noces.

— Je crains que Sören ne les ait déjà vus, et même plus d'une fois.

Ma mère ne vint pas le lendemain. J'espérais que l'hôpital ou les Lundgren l'avaient autorisée à voir Sören. Peut-être même était-il déjà en état de recevoir des visites. Rongée par l'inquiétude, je m'accrochais à l'espoir que les médecins de Stockholm puissent accomplir un miracle.

Lorsque ma mère reparut, le surlendemain, j'eus un instant de frayeur en voyant sa mine grave. Avait-elle de mauvaises nouvelles à m'apprendre ?

— Tu as pu joindre les Lundgren ?

— Oui, répondit-elle en s'asseyant à mon chevet. Ce sont des gens très sympathiques. Sören est toujours en réanimation. Son état est stable, mais il y a peu de chances qu'il se réveille dans l'immédiat.

J'eus la sensation qu'un poids me tombait sur la poitrine. Il n'avait pas repris conscience. Le fait que son état soit stable n'avait rien de rassurant, il pouvait s'aggraver à tout instant.

— Tu leur as parlé des fiançailles ?

— Oui, je leur ai demandé s'ils étaient au courant. Ils m'ont répondu qu'il n'avait que ça à la bouche. Sa mère voulait même t'offrir la bague de fiançailles de sa propre mère, mais Sören a insisté pour en acheter une lui-même.

Je regardai ma main. La petite pierre brillait de mille feux. J'avais passé beaucoup de temps à la contempler.

— Il va falloir s'armer de patience, poursuivit Mathilda. Mais je suis sûre que tout s'arrangera.

— Espérons.

Les pensées se bousculaient dans mon esprit. Que ressentait-on lorsqu'on était dans le coma ? Sören entendait-il les bruits autour de lui ? Percevait-il quelque chose ?

— Grand-mère a été ravie de la nouvelle, dit ma mère, me ramenant à l'instant présent. Elle trouve que vous formerez un très joli couple.

« Formerez »... Si elle se montrait optimiste, pourquoi voir les choses en noir ? Agneta avait traversé tant d'épreuves. Si quelqu'un avait eu à souffrir des coups du sort, c'était bien elle.

— Qu'est-ce qu'elle a dit à propos de la robe ?

— Je ne lui en ai pas encore parlé. Une émotion par jour, c'est bien assez. J'aurais voulu aller voir Sören, mais j'ai préféré m'en tenir à la volonté des médecins.

J'acquiesçai, le cœur lourd.

— Peut-être qu'on me laissera bientôt sortir, répondis-je.

Je savais pourtant qu'une fracture ne guérissait pas en quelques jours. D'autant plus que celle de ma jambe était compliquée. Si cela se trouvait, j'aurais besoin de béquilles pendant un temps. Mais peu importait. Ce qui comptait, c'était que Sören se rétablisse, qu'il se réveille. Au besoin, il me ferait franchir le seuil de son appartement avec mon plâtre.

— Je l'espère, dit ma mère. Rentrer à la maison te ferait du bien. Les chevaux regrettent ton absence.

— Salue-les de ma part, répondis-je avec un faible sourire. Et merci d'avoir fait le nécessaire.

— Je continuerai à prendre des nouvelles de Sören. S'il y a du neuf, je te le dirai.

Ma mère me donna un baiser sur le front et resta encore un moment assise à mon côté, sans parler.

Une semaine plus tard, on m'enleva la minerve.

— Vos côtes mettront un certain temps à guérir, m'expliqua le Dr Marold après m'avoir auscultée.

— Nous sommes en période de vacances, ça devrait aller, répondis-je avec un demi-sourire. Mais pour les sorties à cheval je vais devoir attendre un peu, n'est-ce pas ?

— Avec un bras et une jambe plâtrés ce serait effectivement difficile… Cela dit, même après être sortie de l'hôpital il faudra que vous évitiez tout choc.

Je ne l'ignorais pas. Les os mettaient plus de temps à se ressouder qu'une écorchure à se refermer. Trois semaines s'étaient écoulées depuis l'accident. Que pouvait bien faire Sören ? Était-il sorti du coma ? Se demandait-il où j'étais ? Comment j'allais ? Ah, si seulement j'avais pu le voir !

Le médecin remit son stéthoscope dans sa poche. Je sentis qu'il avait encore quelque chose à me dire.

— Mademoiselle Lejongård, dit-il en échangeant un regard avec l'infirmière. Ce matin, nous avons reçu un appel de la mère de M. Lundgren, qui nous a priés de vous transmettre une nouvelle.

Une nouvelle concernant Sören ? Pourquoi sa mère n'avait-elle pas demandé à me parler directement ? Envahie par une angoisse diffuse, j'essuyai mes paumes moites sur ma chemise de nuit.

— J'ai le regret de vous annoncer que votre fiancé est décédé la nuit dernière.

Je le fixai, incrédule. Autour de moi le monde commença à perdre ses contours. Mon esprit se refusait à croire ce qu'il venait d'entendre.

— Ce n'est pas possible !

— Hélas si. Ne sachant comment vous réagiriez, Mme Lundgren a préféré passer par nous. Mais…

Il s'interrompit en me voyant secouer la tête.

— Je n'ai que des blessures sans gravité. Comment se fait-il qu'il soit tombé dans le coma ?

— Vous avez eu beaucoup de chance. L'essentiel du choc a eu lieu du côté conducteur. M. Lundgren a été très gravement blessé à la tête, ce qui a finalement entraîné la mort cérébrale. Mes collègues de Stockholm l'ont opéré et, dans un premier temps, ont pensé qu'il se rétablirait. Mais son état s'est brusquement dégradé et…

Le visage du médecin se brouilla devant mes yeux. J'eus un instant d'insensibilité physique complète, puis mes côtes se rappelèrent à mon souvenir lorsque j'éclatai en sanglots.

Marold ne venait-il pas de me conseiller de me ménager ? Et voilà que son annonce réduisait mon univers en miettes. Il me dit quelque chose, mais je ne l'entendais plus. Mon regard se tourna vers la fenêtre, d'où l'on avait vue sur la cour. Sören n'était pas mort. On avait eu beau le transférer à Stockholm, il me semblait encore sentir sa présence auprès de moi. Il ne pouvait pas avoir quitté ce monde.

— Mademoiselle Lejongård ? dit la voix inquiète de Marold.

— Oui ? répondis-je distraitement, arrachée à mon rêve et ramenée à l'horrible réalité.

Il me posa la main sur le bras.

— Je suis profondément désolé. J'aurais souhaité que nous puissions faire plus pour lui, mais malheureusement cela n'a pas été possible. Si vous le souhaitez, je vous envoie notre pasteure.

— Je n'en ai pas besoin, répliquai-je brusquement en essuyant mes joues.

Curieux, je ne m'étais pas aperçue que je pleurais. J'avais la sensation de ne plus avoir de corps.

— Vous êtes sûre ? Si vous changez d'avis, n'hésitez pas. Et nous sommes là pour vous aider en cas de nécessité.

— Merci, répondis-je avec peine.

On me ramena dans ma chambre en fauteuil roulant. Le couloir m'apparut soudain comme un interminable tunnel dont les murs me renvoyaient sans cesse les funestes paroles du médecin. « Votre fiancé est décédé la nuit dernière... décédé... décédé... »

Quand nous fûmes arrivées, une seconde infirmière aida sa collègue à me remettre au lit, redressa le dossier de la couchette et rabattit la couverture.

— Si vous avez besoin de quoi que ce soit, n'hésitez pas à sonner.

La porte retomba derrière elles. Je tournai les yeux vers la fenêtre. Les arbres nus étiraient leurs branches vers le ciel plombé. Quelques moineaux passèrent. Tout paraissait comme d'habitude et, pourtant, tout avait changé.

Sören était mort, m'avait-on dit. Je ne pouvais pas le croire. Il m'était si proche ! Je sentais encore l'odeur de sa peau, la douceur de ses baisers. C'était irréel ! Comment pouvait-il avoir disparu à jamais ?

Une violente douleur me traversa la poitrine et je pus enfin pleurer.

L'après-midi, je reçus la visite de ma mère et de ma grand-mère. L'esprit vide, le cœur en deuil, je ne tournai même pas la tête à leur entrée.

— Solveig ? demanda Mathilda en refermant doucement la porte tandis que ma grand-mère s'asseyait à mon chevet. Chérie ? Comment te sens-tu ?

Elle s'approcha du lit. Je sentis le délicat parfum de lavande qu'elle ne portait que pour les occasions spéciales. Tournant légèrement le regard, j'aperçus une manche noire. Elles étaient au courant. Pourquoi n'était-ce pas ma mère qui m'avait appris la nouvelle ? Mais cela n'aurait rien changé : je venais de perdre la personne qui m'était la plus chère au monde et, avec elle, mon avenir.

— J'aurais voulu pouvoir venir plus tôt, dit-elle. Je sais que le médecin t'a mise au courant. J'aurais préféré que Mme Lundgren m'appelle plutôt que lui.

Je la regardai. Elle était pâle, les yeux rougis. Elle avait eu de l'affection pour Sören.

— Ça n'aurait pas changé grand-chose, hein ? articulai-je avec autant de mal que si j'avais pris un somnifère.

— Je suis tellement désolée, chérie.

Comme elle me prenait dans ses bras, j'éclatai en sanglots et je m'abandonnai à la chaleur de son étreinte pour donner libre cours à mes larmes. Lorsque je me fus un peu calmée, elle s'assit sur le bord du lit.

— Quand est-ce arrivé ? m'enquis-je.

Le Dr Marold m'avait dit que Sören était mort la nuit précédente, mais je voulais en savoir plus, apprendre ce qui s'était produit, s'il aurait pu en réchapper.

— Est-ce vraiment important ? intervint ma grand-mère. Tu ne devrais pas te tourmenter.

Me tourmenter ? Je ne pouvais guère avoir encore plus mal…

— Je voudrais savoir, *Mormor*, répondis-je à voix basse.

— Peu après minuit, répondit ma mère. L'hôpital a appelé les Lundgren. Les médecins avaient remarqué que depuis deux jours son rythme cérébral faiblissait. L'électroencéphalogramme ne montrait plus d'activité. Le corps de Sören était encore en vie puisqu'il était placé sous assistance respiratoire, mais son cerveau était mort. Après avoir expliqué la situation aux Lundgren, les médecins s'en sont remis à leur décision. Comme il n'y avait plus d'espoir, on a débranché les appareils. Sören s'est éteint paisiblement.

Chaque mot me faisait l'effet d'un coup de poignard. Je voyais Sören devant moi, raccordé à des tuyaux, une aiguille dans le bras, le corps enveloppé de pansements, le teint livide.

J'inspirai profondément. Jusque-là, sa mort avait été une abstraction. À présent, elle avait un visage. Si effrayant qu'il soit, je préférais cela à l'ignorance.

— Merci, dis-je en prenant la main de ma mère.

Agneta luttait contre les larmes. Elle sortit un mouchoir en dentelle de sa manche et se tamponna les yeux.

— Mme Lundgren a dit quand aurait lieu l'enterrement ?

— Non, elle était trop bouleversée, elle voulait juste que tu sois au courant. Et puis de toute façon il est peu probable que tu puisses y assister. Les médecins ne te laisseront pas sortir, tu n'es pas encore rétablie.

— Mais il faut que j'y sois ! m'exclamai-je avec effroi. Je suis sa fiancée !

— Ta santé passe avant tout. Tu as eu un grave accident. Lorsqu'on t'enlèvera ton plâtre, tu devras réapprendre à marcher. Et tes côtes ne sont pas encore guéries…

— Mais si je m'y rends en fauteuil roulant ? Ça doit être possible, non ?

J'avais le sentiment de vivre un second déchirement.

— Je poserai la question au médecin, répondit ma mère à contrecœur. S'il est d'accord, nous trouverons une solution. Mais je ne te promets rien.

J'acquiesçai. Que pouvais-je faire d'autre ? J'étais prisonnière de cette chambre d'hôpital.

CHAPITRE 5

— L'ENTERREMENT AURA LIEU VENDREDI prochain, m'annonça ma mère en entrant dans ma chambre. Je n'ai malheureusement pas pu en savoir plus. La pauvre Mme Lundgren n'arrêtait pas de pleurer, impossible d'avoir un échange avec elle.

Vendredi. Dans quatre jours. Les médecins m'avaient dit que je devrais rester encore au moins deux semaines à l'hôpital. Ma fracture se résorbait de façon satisfaisante, mais la guérison était encore loin. Quant à ma jambe valide, elle était affaiblie par le temps que je passais couchée et tremblait lorsque je prenais appui dessus. Je me sentais sans énergie. Pourtant, je tenais absolument à être auprès de Sören, à le voir une dernière fois.

— J'ai parlé au Dr Marold, poursuivit ma mère.

— Et alors, qu'est-ce qu'il a dit ?

— Solveig…

— Je sais, l'interrompis-je. Je ne suis pas en état d'y aller. Je le vois bien. Mais je voudrais juste dire adieu à Sören.

Ma mère me caressa les cheveux.

— Je comprends. Mais il n'aurait pas voulu que tu prennes de risques, n'est-ce pas ? Il aurait compris que tu ne sois pas là, et les Lundgren le comprendront eux aussi.

Je me sentis envahie par la rage. Bien sûr que Sören aurait compris ! Mais il était mort. Et ses parents ? J'avais survécu, ne me devais-je pas d'être là ?

Les jours suivants, je passai le plus clair de mon temps à échafauder des scénarios en ne cessant de solliciter l'autorisation du Dr Marold pour me rendre à l'enterrement. Certes, Stockholm était loin et je ne pourrais faire l'aller-retour dans la journée. Mais je voulais désespérément être là.

« Je ne peux pas prendre cette responsabilité, tentait-il de me faire comprendre. Même si votre mère vous accompagne. Vous êtes encore sous médication et, comme vous avez passé beaucoup de temps allongée, vous êtes fragile. Votre souhait d'assister à l'enterrement de votre fiancé est tout à fait compréhensible, mais en tant que médecin je ne peux pas vous y autoriser. »

Chaque fois, j'en pleurais. Pourquoi fallait-il que Stockholm soit si loin ? Pourquoi le sort s'était-il montré si cruel à notre égard ? Si nous étions partis un jour, voire une heure plus tard, tout se serait peut-être bien passé.

Lorsque arriva le jeudi, j'étais résolue à partir par mes propres moyens. Tout ce dont j'avais besoin, c'était d'une chaise roulante et d'un taxi. Quand le médecin fut sorti et qu'on eut débarrassé le plateau du déjeuner, je décidai de mettre mon plan à exécution. Les infirmières ne reviendraient pas avant le soir et ma mère n'avait pas prévu de visite ce jour-là. Je l'appellerais dès que je serais chez les Lundgren.

Le plus difficile restait à faire : arriver jusqu'à l'armoire, me vêtir chaudement et m'installer dans le fauteuil roulant pour pouvoir quitter ma chambre.

Je me redressai et commençai par dégager ma jambe plâtrée de la sangle qui la maintenait en suspension. En quelques secondes, je fus trempée de sueur. J'avais sous-estimé la difficulté de la tâche. Une fois que j'eus terminé, je passai à l'étape suivante : sortir de mon lit. Je sentis un tiraillement douloureux dans la jambe et mon bras plâtré me donnait l'impression de ne pas m'appartenir. Mon cœur battait à se rompre. Cela ne fit toutefois que renforcer ma détermination. Il fallait que j'y arrive !

Je passai tant bien que mal mes jambes par-dessus le bord du lit et essayai de me lever. Un instant, j'eus la certitude que j'allais réussir. Puis je me sentis faiblir. J'avais mal aux hanches, un élancement me traversa le ventre. Soudain, les bruits qui m'entouraient disparurent, seul demeura le grondement des battements de mon cœur.

Tout devint noir devant mes yeux. Je tentai instinctivement de me raccrocher à quelque chose, mais une force irrésistible m'attira vers le bas.

Lorsque je repris conscience, le Dr Marold était penché sur moi.

— Mademoiselle Lejongård ? demanda-t-il tandis qu'il examinait mes yeux avec sa lampe. Vous m'entendez ?

— Qu'est-ce qui s'est passé ? m'enquis-je, encore tout étourdie.

— Vous vous êtes évanouie. Qu'est-ce que vous vouliez faire ? Aller aux toilettes ? Vous auriez pu sonner l'infirmière.

J'aurais pu abonder dans son sens, cela aurait été plus simple. Mais, à cet instant, j'étais trop faible pour mentir.

— Je voulais aller à l'enterrement de mon fiancé.

— Dites-moi, mademoiselle Lejongård, vous ne croyez tout de même pas que vous auriez pu faire le voyage sans problème ?

Je serrai les lèvres. Je n'avais guère songé à ma santé. Tout ce qui m'importait, c'était d'être auprès de Sören lorsqu'on le mettrait en terre.

Deux infirmières entrèrent.

— Il n'y a pas lieu de s'inquiéter, leur dit le médecin. Aidez-moi à la remettre au lit, s'il vous plaît.

Les deux femmes m'attrapèrent sous les bras tandis que Marold me soutenait les jambes. Ils me recouchèrent.

Je bouillonnais de rage. Mais contre qui diriger ma colère ? Contre mon corps, qui ne m'obéissait pas ? Contre les médecins, qui n'avaient pas été capables de me remettre sur pied à temps pour que je puisse accompagner Sören vers sa dernière demeure ?

— Mademoiselle Lejongård, vous avez eu une brusque chute de tension. Je vous avais dit que votre état était encore chancelant. Honnêtement, je ne sais même pas comment vous avez fait pour quitter votre lit.

— Avec de la volonté on arrive parfois à soulever des montagnes, m'entendis-je répondre.

À l'instant où je prononçais ces paroles, je me sentis profondément ridicule. Dire que j'avais eu la prétention de me rendre à Stockholm dans l'état où j'étais ! À supposer que je sois arrivée jusqu'au taxi, je me serais sans doute évanouie en cours de route et le chauffeur m'aurait immédiatement ramenée à l'hôpital.

Le médecin réprima un sourire.

— Plus de tentative de fuite, vous m'entendez ? Je pourrais évidemment vous laisser sortir à vos risques et périls, mais j'ai des obligations à l'égard de votre famille. Vous n'êtes pas sans savoir que les Lejongård subventionnent notre établissement.

— Et ce depuis des décennies, oui.

Marold prit une profonde inspiration.

— Encore une fois, je comprends parfaitement que vous souhaitiez assister à l'inhumation de votre fiancé. Malheureusement, ce n'est pas possible. Vous sortirez de l'hôpital quand vous pourrez le faire sans danger pour vous. C'est une décision d'ordre médical. Je ne veux pas que votre état s'aggrave. J'espère que nous nous sommes bien compris ?

J'acquiesçai.

— Docteur ? demandai-je alors.

— Oui ?

— Serait-il possible de faire quelque chose pour remédier à mon état de faiblesse ? J'aimerais tellement pouvoir bouger ! Et je ne dis pas ça par désir de m'enfuir de nouveau. Rester couchée m'épuise. Je ne suis pas habituée à l'inactivité prolongée.

Le médecin me considéra avec attention.

— Je vais m'arranger pour que vous puissiez faire un peu d'exercice à partir de la semaine prochaine, répondit-il au bout d'un instant. Vous êtes une jeune femme sportive. Cela améliorera peut-être votre état général. Mais vous ne quitterez le lit que lorsque je vous le dirai !

— Promis, docteur, dis-je en me laissant retomber sur mes oreillers.

Cette discussion m'avait redonné un petit coup de fouet, mais après le départ de Marold et des infirmières je fus assaillie par le désespoir. Je ne pourrais ni faire mes adieux à Sören ni être une dernière fois auprès de lui.

Je passai les jours suivants dans une sorte de brouillard. Je prenais docilement mes médicaments, mangeais ce qu'on me donnait sans me soucier de ce que j'avais dans mon assiette – ce qui valait peut-être mieux. Lors des visites médicales, j'étais capable de m'entretenir avec les médecins mais, une fois seule, je retombais dans ma léthargie. Je ne retenais rien de leurs propos. Mon esprit n'était occupé que de Sören. J'étais désespérément à la recherche de mon bien-aimé sans parvenir à le retrouver dans ce brouillard.

En présence de mes parents ou de ma grand-mère, je m'efforçais de ne rien laisser paraître, ce qui me coûtait une énergie folle. Dieu sait si je les aimais, mais j'étais soulagée lorsqu'ils repartaient et me laissaient seule à mes pensées.

Mon unique rayon de soleil était le temps que je passais avec ma physiothérapeute. Elle me faisait travailler ma jambe et mon bras valides. La position couchée avait affaibli mes muscles, mais ces moments d'exercice pourtant pénibles m'offraient un peu d'oubli et m'insufflaient l'espoir de pouvoir bientôt rendre visite à Sören.

L'enterrement avait eu lieu sans moi.

Une seule fois, lui et moi avions parlé de la mort. Très impressionnée par ma première dissection, je lui avais fait part de mon bouleversement et m'étais enquise de ce que devenaient les restes des animaux. Il m'avait répondu qu'ils étaient incinérés, ajoutant que lui aussi souhaitait l'être à sa mort.

« Je n'ai pas envie d'être dévoré par les vers. J'aimerais mieux que mes cendres soient dispersées dans les airs ou permettent à un arbre de croître.

— Arrête, c'est macabre, avais-je protesté. Nous avons encore toute la vie devant nous.

— Mais la mort fait partie de la vie, non ? Un jour, ce sera notre tour. »

Il m'avait prise dans ses bras.

« Et toi, qu'est-ce que tu souhaites ? » m'avait-il demandé.

Heureusement j'étais enveloppée par la chaleur de son étreinte, sinon je n'aurais pas supporté le froid intérieur qui m'avait envahie.

« Je ne sais pas. Au cimetière du village, il y a un caveau sinistre où les membres de ma famille sont enterrés depuis le XVIIe siècle. Honnêtement, ça me fait un peu peur.

— Peut-être qu'on fera une exception pour toi.

— Non, tout le monde est inhumé à cet endroit. Moi, je préférerais être enterrée quelque part sous un arbre, dans la nature. »

Il avait déposé un baiser sur mon crâne et observé un instant de silence, pensif.

« Mais nous sommes encore jeunes », avait-il dit en manière de conclusion.

Nous étions sortis au soleil et n'avions plus jamais reparlé de la mort.

Mes parents, qui avaient assisté aux obsèques, m'avaient rapporté que Sören avait été incinéré conformément à ses vœux. L'idée qu'il ne restait plus que ses cendres m'avait fait fondre en larmes. N'aurais-je pas dû insister pour être présente ? Mais je connaissais trop bien la réponse à cette question : mon corps ne m'avait pas permis d'être là.

CHAPITRE 6

Un matin, le médecin m'annonça qu'on allait me poser un plâtre de marche. Ce qui signifiait que j'allais pouvoir sortir de l'hôpital.

Je m'étais déjà exercée avec ma thérapeute à me déplacer avec des béquilles. Je n'avais plus à craindre de m'évanouir lorsque je me redressais dans mon lit ou prenais appui sur ma jambe saine. Et je me débrouillais déjà beaucoup mieux avec mon plâtre.

Si j'avais enfin accepté de n'avoir pu assister à l'enterrement de Sören, je ne parvenais toujours pas à surmonter le choc de sa mort.

— Votre jambe se remet de façon satisfaisante et je suis sûr que cela vous fera du bien de retrouver votre environnement familial, dit le Dr Marold en souriant. Une infirmière va vous conduire au service de chirurgie afin qu'on vous change votre plâtre. Ensuite, vous pourrez rentrer chez vous. Y a-t-il quelqu'un à prévenir ?

— Ma mère, à Löwenhof.

Lorsqu'on m'eut posé mon nouveau plâtre, une infirmière me reconduisit dans ma chambre et m'aida à m'habiller. Le pantalon que je portais au moment de l'accident était inutilisable, il avait fallu le couper. Cependant ma mère, toujours prévoyante, m'avait apporté un sac de voyage avec le nécessaire. Dont un pantalon de survêtement de mon père beaucoup trop grand pour moi. Je n'étais pas un modèle d'élégance, mais quelle importance ? Sören n'était plus là pour le voir.

Ma mère arriva en voiture une heure plus tard. Je m'étais installée dans le hall avec mon sac et tous les coussins nécessaires. En me voyant, son visage s'éclaira d'un sourire.

— Enfin ! s'exclama-t-elle en me prenant dans ses bras.

Cette fois, elle portait un tailleur bleu et sentait le muguet, le parfum qu'elle mettait lorsqu'elle avait un rendez-vous professionnel.

— Grand-mère sera folle de joie. Mme Johannsen est en train de confectionner une montagne de biscuits. J'ai préparé moi-même ta chambre et réussi à dénicher quelques fleurs.

— Merci, Maman, répondis-je, sensible à ces attentions tout en sachant qu'elles ne pouvaient apaiser ma souffrance.

Je me relevai en m'aidant des béquilles ainsi que me l'avait appris la thérapeute, plaçai mon poids sur ma jambe saine et coinçai les béquilles sous mes aisselles.

— Tu as fait d'énormes progrès, constata ma mère avec fierté. Tu verras, bientôt tu pourras remonter à cheval.

— La gymnastique a été très utile. Mais allons-y, j'ai du mal à rester longtemps dans cette position.

Elle acquiesça et ramassa mon sac d'un geste décidé. Nous descendîmes lentement la rampe réservée aux fauteuils roulants. Ma mère m'aida à m'installer sur la banquette arrière de la voiture et prit place au volant. Le moteur se réveilla bruyamment. Mon père avait acheté la vieille Volvo d'occasion et passait nombre de ses week-ends à l'entretenir. Une activité inconcevable pour l'époux d'une Lejongård cinquante ans plus tôt. Mais les titres de noblesse n'avaient plus autant d'importance, et même les familles relativement fortunées n'avaient pas toujours les moyens de payer un chauffeur.

D'ordinaire, le bruit du moteur exerçait sur moi un effet soporifique mais, cette fois, je me sentais pleinement réveillée, presque en alerte. J'avais les mains moites, les muscles crispés. Ma mère était une bonne conductrice, elle n'avait jamais eu d'accident. Mais mon subconscient paraissait empli d'appréhension. Pour me distraire de ma peur, je me forçai à regarder les immeubles de Kristianstad, puis les arbres qui bordaient la route, sans toutefois que cela produise l'effet escompté.

Mon inquiétude ne s'apaisa que lorsque nous arrivâmes en vue du portail de Löwenhof.

— Est-ce que ça va, chérie ? demanda ma mère en jetant un coup d'œil dans le rétroviseur.

Avait-elle remarqué ma peur ?

— Oui, c'est bon, Maman.

À Löwenhof, le temps semblait s'être arrêté. Rien n'avait changé depuis mon dernier séjour à Noël. La neige avait fondu, mais l'air restait froid et coupant. Les têtes de lion sur la façade du manoir parurent me saluer d'un rugissement. Grand-mère m'avait parlé de Sture et de Bror, les deux lions au sujet desquels son frère et elle avaient inventé des histoires dans leur enfance. Dans l'une d'elles, ils observaient les convives de la fête de la Saint-Jean, commentant leurs propos de remarques humoristiques. Qu'auraient-ils trouvé à dire sur ce qui m'était arrivé ?

À présent, je me sentais plus à l'aise avec mon plâtre de marche, et l'attelle qui maintenait mon bras était nettement plus agréable que le plâtre, qui avait provoqué d'insupportables démangeaisons. À en croire les médecins, je n'en aurais bientôt plus besoin.

— Tu veux que je t'aide ? s'enquit ma mère, soucieuse.

— Non, ça va aller.

Gravir le perron avec un plâtre et des béquilles était laborieux, mais je voulais essayer, sentir l'effort et la douleur. Au bout de quelques marches, toutefois, le souffle me manqua. Je fis halte et respirai à fond, ce qui restait douloureux en raison de mes côtes endommagées. Puis je me tournai vers ma mère.

— Je crois que j'aurais tout de même besoin de ton bras.

Elle acquiesça et me soutint jusqu'en haut de l'escalier.

— On devrait peut-être se procurer un fauteuil roulant, fit-elle observer. Ça te permettrait de te déplacer plus librement.

— Non, c'est inutile. Le médecin m'a recommandé de marcher. Sinon je m'affaiblirai.

— Tu es très courageuse.

— Je veux reprendre des forces, c'est tout, répliquai-je avec amertume.

Celle-ci n'était pas due au fait que je me sentais faible et limitée dans mes mouvements. Je n'avais rien dit à ma mère de ma tentative avortée d'aller à Stockholm. Et le Dr Marold ne lui en avait manifestement pas parlé, ce dont je lui étais reconnaissante.

Ma grand-mère m'attendait dans le vestibule. Ses cheveux étaient relevés en un chignon dont pas une mèche ne dépassait. Sa jupe grise à carreaux et son pull-over bleu foncé lui donnaient une allure très moderne. Heureusement qu'elle avait quitté son costume noir…

— Solveig, ma petite ! s'écria-t-elle en se dirigeant vers moi.

Elle me prit dans ses bras et je sentis la force de son étreinte.

— Je suis si contente que tu sois de retour ! Je vais enfin pouvoir dormir tranquille.

— Mais, *Mormor*, à l'hôpital j'étais en parfaite sécurité.

— Je sais, mais j'éprouve toujours une certaine inquiétude quand un de mes proches s'y trouve. Je préfère que tout le monde soit en bonne santé.

La famille entretenait une relation ambivalente avec l'hôpital de Kristianstad. Pourtant, seul un de ses membres y était mort : le frère de ma grand-mère.

— Souviens-toi que nous sommes plus nombreux à y être nés qu'à avoir succombé entre ses murs, répondis-je. C'est un lieu de vie, pas de mort.

Sören lui non plus ne s'était pas éteint dans ce lieu. Sa mort aurait-elle pu être évitée si on ne l'avait pas transféré à Stockholm ? Je chassai énergiquement cette pensée.

— Tu devrais peut-être commencer par te reposer, dit-elle. Ta chambre est prête. Si tu as besoin de quoi que ce soit, tu n'as qu'à sonner, la cuisinière nous avertira.

— Merci, *Mormor*, répondis-je en l'embrassant.

Autrefois, sonner faisait aussitôt apparaître une domestique qui exauçait tous vos souhaits. À présent, il ne restait plus que Mme Johannsen, la cuisinière. Quelques femmes de ménage venaient trois fois par semaine, sinon l'essentiel du personnel était employé aux écuries, où il était indispensable. Nous nous occupions nous-mêmes des tâches ménagères. Depuis que ma mère avait acheté un lave-linge, nous nous chargions de nos vêtements ou les apportions au pressing à Kristianstad. En fait, nous étions un foyer normal, si ce n'est que nous habitions un gigantesque manoir.

Ma mère m'aida à monter l'escalier. Je regrettai que nous n'ayons pas d'ascenseur. Cependant je n'avais pas le choix. Le rez-de-chaussée était occupé par le salon, la salle à manger, la vaste salle de bal – que nous n'utilisions plus guère –, le fumoir, un autre salon et, tout au fond, le vestiaire. Même si elle l'avait voulu, ma mère n'aurait pu m'aménager un endroit où loger temporairement. Heureusement, ma chambre se trouvait au premier.

Arrivée sur le palier, je m'arrêtai pour souffler.

— Ça va ? demanda ma mère avec inquiétude.

— Oui. Si je fais ça tous les jours, je retrouverai rapidement ma forme.

Une voix venant d'en bas ne lui laissa pas le temps de répondre.

— Mathilda, tu aurais un instant ?

— Vas-y, dis-je. Je peux me débrouiller.

— Tu es sûre ?

— Maman, je t'en prie !

Elle hocha la tête avec un air de doute.

— Bon... Je remonte te voir dès que j'ai fini.

Elle me lâcha à contrecœur tandis que je me remettais en mouvement. Ma démarche manquait assurément d'élégance, mais les seuls témoins de ma maladresse étaient les membres de notre famille, dont les portraits me contemplaient de leurs yeux éteints.

J'étais soulagée que ma mère ait dû me laisser. Cela me permettait de m'absorber dans mes pensées sans avoir à sauver les apparences. Au bout de quelques pas, je dus faire une brève halte : j'étais en sueur et mon cœur battait à coups redoublés.

Je m'étais arrêtée devant une pièce demeurée dans le même état depuis plus de vingt ans. C'était la chambre où avait vécu Ingmar, le cousin de ma mère, devenu par la suite son frère adoptif. Les liens qui attachaient ma mère aux Lejongård étaient un peu complexes. En réalité, Agneta était ma grand-tante mais, comme elle avait adopté Mathilda, elle était désormais ma grand-mère. Et je la considérais comme telle.

C'était là qu'Ingmar avait passé son enfance ainsi que les vacances durant ses études à Stockholm. Tout était resté comme au jour de l'année 1941 où il avait quitté le manoir pour la dernière fois. Son blaireau reposait encore dans la coupe posée devant la fenêtre. Quelque temps plus tard, il s'était abîmé en mer avec son avion.

Ma grand-mère veillait sur cette pièce comme s'il s'était agi d'un musée. On avait le droit d'y entrer, mais il ne fallait toucher à rien. C'était une sorte de sanctuaire. Quand je l'eus compris, mon désir de la visiter s'éteignit. Seule Agneta y venait de temps à autre pleurer son fils défunt. Ces jours-là, je l'évitais, car son deuil était une ombre qui la suivait partout et obscurcissait ce qui l'entourait. D'ailleurs, en général elle se terrait ensuite dans sa propre chambre pour ne reparaître que le soir ou le lendemain.

Un peu plus loin, une autre porte donnait elle aussi dans une pièce lourdement chargée d'histoire. Mais pour d'autres raisons. Ingmar avait un frère jumeau, Magnus. J'avais toujours trouvé absurde l'idée couramment admise que chez les jumeaux l'un incarnait le côté sombre, l'autre la lumière. À Stockholm, je connaissais des jumelles qui étaient toutes les deux des femmes formidables. Mais, avec Ingmar et Magnus, ce cliché paraissait conforme à la réalité.

Je n'avais vu Magnus qu'en de rares occasions. Il vivait à Stockholm, où il gagnait sa vie en tant qu'écrivain. C'était un homme taciturne, renfermé, sujet à des accès de méchanceté. Agneta l'avait déshérité, ce qui ne l'empêchait pas de passer de temps à autre au manoir. Parfois en compagnie de son fils Finn, que je n'avais jamais pu supporter. Il ressemblait en tout point à son père, physiquement et par le caractère. Chaque fois qu'ils venaient, c'était pour nous rendre la vie difficile à ma mère et à moi. Chassant la pensée de Magnus, je rassemblai mes forces pour rejoindre ma chambre.

Elle se trouvait tout au bout du couloir. J'ignorais à qui elle avait appartenu, car elle avait été rénovée de fond en comble avant ma naissance. Quelques Norvégiens qui avaient fui leur pays occupé par les nazis l'avaient repeinte. Pour ce faire, ils avaient utilisé un rouleau de peinture à motifs, si bien que les murs paraissaient semés de fleurs.

Quelques années plus tôt, ma mère m'avait proposé de faire tapisser la chambre avec du papier peint – denrée encore rare à l'époque de ma naissance. Mais j'aimais ce revêtement, avec ses couches de peinture soigneusement appliquées. Les raccords avaient fait l'objet d'un soin particulier pour produire un effet de régularité.

L'homme qui avait repeint ma chambre y avait mis beaucoup d'enthousiasme. Je regrettais de ne pas l'avoir connu. Comme beaucoup d'autres, il était retourné dans sa patrie. Je savais juste qu'il était peintre et que la situation en Norvège lui avait inspiré si peu d'espoir qu'il avait emporté les rouleaux de peinture hérités de sa grand-mère pour le cas où il aurait à s'établir en Suède. Heureusement, cela n'avait pas été nécessaire.

Je passai le doigt sur la peinture, qui paraissait en relief, puis refermai la porte derrière moi. Cette pièce avait toujours été mon refuge, mon royaume, l'endroit où je pouvais agir à ma guise. Mes parents et ma grand-mère frappaient toujours avant d'entrer.

Je me traînai jusqu'à mon lit, sur lequel reposait une couverture de couleur bois de rose, et m'assis avec un soupir. Le plâtre de marche était beaucoup plus agréable que celui qui m'avait tenue clouée au lit, mais les jours d'immobilité que j'avais connus m'avaient affaiblie. Je me laissai tomber sur le dos. Un bref élancement me traversa le bras. Je regardai le plafond. La rosace en plâtre surmontant le globe en suspension datait de l'époque où la pièce était encore éclairée par un lustre à bougies. Je la trouvais belle et j'étais heureuse qu'on ne l'ait pas fait disparaître lorsque la chambre avait été rénovée. Pour le reste, l'ameublement était passablement démodé.

La richesse des Lejongård remontait à loin et, depuis quelque temps déjà, on s'efforçait surtout de recycler ce qui était encore utilisable. Même la chambre que je partageais avec Kitty au foyer paraissait en meilleur état. À Löwenhof, le temps semblait s'être arrêté à l'époque des corsets, des crinolines et des chapeaux à plumes. Si cela ne m'avait guère frappée autrefois, j'en étais devenue plus consciente. Peut-être, après tout, devrais-je faire rafraîchir ma chambre ? Acheter des meubles plus modernes ? Cela ne plairait sans doute pas à ma grand-mère, mais dans cette pièce c'était moi qui décidais.

Deux ans plus tôt, un grand magasin de meubles nommé Ikea avait ouvert à Stockholm. Ce qu'il proposait n'était pas mal du tout. D'après Sören, c'était ce qu'il fallait pour aménager un premier appartement. Je me rendais compte à présent qu'il n'avait cessé de lâcher des remarques trahissant son souhait de vivre avec moi. Pourquoi n'avions-nous pas décidé plus tôt de nous marier ?

La pensée de Sören dissipa le plaisir que j'avais éprouvé à l'idée de réaménager ma chambre. Indépendamment du fait que mon père avait vitupéré un temps contre Ikea, qu'il accusait de ruiner les petits fabricants de meubles, me fournir là-bas ne ferait que me rappeler le souvenir de mon bien-aimé. Du bonheur qui nous avait paru à portée de main. Mes yeux se remplirent de larmes et je touchai ma bague de fiançailles. En fait, j'aurais dû l'enlever, mais je ne m'en sentais pas capable. Pas encore. Envahie par la souffrance, j'éclatai en sanglots.

Malgré la sollicitude dont on m'entourait, mon humeur s'assombrissait de jour en jour. J'avais refusé la proposition de ma mère d'aller avec elle à Stockholm voir la tombe de Sören. J'avais pris ma faiblesse pour prétexte, mais en vérité je ne voulais plus sortir. Je me montrais exagérément sensible à tout. Quand il y avait du soleil, je fermais les rideaux. Quand il pleuvait, je me terrais dans mon lit. Je me retirais en moi-même afin de m'accrocher à mes souvenirs.

De temps en temps, je recevais la visite du médecin du village, un jeune homme du nom d'Erik Hansson, qui avait succédé au Dr Bengtsen Jr. Hansson. Il était très gentil, mais ne pouvait pas grand-chose. Un jour, j'avais entendu une discussion entre ma mère et lui devant ma chambre.

« Ne serait-elle pas en train de faire une dépression ? s'était-elle interrogée.

— Je ne crois pas, avait-il répondu. Cela dit, dans sa situation, un épisode dépressif n'aurait rien d'étonnant. Laissez-lui le temps de se remettre. »

Cette réponse lui avait valu un bon point de ma part.

Je n'étais pas en dépression : j'avais le cœur brisé. Mon avenir, ma vie, tout avait été bouleversé par la mort de Sören. Je ne savais plus quoi faire. Je n'étais même pas sûre qu'il vaille la peine de poursuivre mes études. Tout avait changé. Je n'éprouvais plus d'intérêt pour ce qui m'avait paru important autrefois.

Deux semaines plus tard, nous retournâmes à Kristianstad pour qu'on me retire mes deux plâtres. Je fus surprise de l'intense activité qui régnait à l'hôpital. J'en avais gardé un tout autre souvenir. Mais, lors d'une simple consultation, on ne retirait assurément pas la même impression qu'au cours d'un séjour de longue durée.

Je montai l'escalier en boitillant, heureuse à la perspective d'être enfin libre de mes mouvements. Soudain, je crus voir Sören devant moi. Mon estomac se noua, comme chaque fois que son souvenir m'assaillait à l'improviste. Lorsque j'étais avec d'autres, je m'efforçais de dissimuler ma douleur. Je ne m'y abandonnais que dans la solitude. Il m'arrivait cependant d'être impuissante face à l'irruption du chagrin.

Une fois arrivées dans le service de chirurgie, nous prîmes place dans la salle d'attente. Je sentais sur moi le regard de ma mère. Elle semblait deviner mes pensées, mais elle s'abstint de tout commentaire, sachant que je répondais invariablement « Bien » lorsqu'on me demandait comment j'allais. La tristesse était devenue chez moi un état normal et permanent.

— Mademoiselle Lejongård ! lança à cet instant la voix de l'infirmière.

— Tu y vas toute seule ? demanda ma mère comme si j'étais une enfant.

— Oui, je peux me débrouiller.

Le Dr Marold m'attendait derrière la porte.

— Heureux de vous revoir, mademoiselle Lejongård. Installez-vous ! dit-il en désignant la table d'examen.

L'effrayante scie électrique posée sur un plateau à côté de la table m'inspira une légère anxiété qui chassa aussitôt ma tristesse.

— Comment allez-vous ? s'enquit-il lorsque je fus étendue sur la couchette.

— Bien. Et ça ira encore mieux quand je serai débarrassée de ces plâtres.

— Et intérieurement ? poursuivit-il avec un regard scrutateur en se tapotant le cœur.

— Ça ne fait que six semaines, répondis-je. C'est un peu tôt pour aller mieux, vous ne croyez pas ?

Le médecin acquiesça en jetant un regard soucieux sur ma bague de fiançailles.

— Évidemment. C'est bien pour ça que je vous pose la question. Vous avez vécu un événement tragique. Comment vous en sortez-vous ?

J'aurais pu évoquer les doutes qui me tourmentaient. Les journées que je passais dans ma chambre à contempler les rideaux ou les motifs de peinture sur les murs. Mais je ne voulais pas parler de ça. Je ne voulais pas lui dire que je m'interrogeais sur la pertinence de continuer mes études. Dans le fond, ça ne le regardait pas.

— C'est dur, mais ma famille m'aide beaucoup, répondis-je. Et j'ai encore un peu de temps avant le début du prochain semestre.

— Si vous avez besoin d'un soutien, n'hésitez pas. Nous avons de bons psychologues ici.

— Merci, j'apprécie, mais ce ne sera pas nécessaire. Cela dit, si j'en ressens le besoin, je ferai appel à vos collègues.

— Bien, répondit Marold en se tournant enfin vers ma jambe. Dans ce cas, je vais vous libérer de ce monstre. Après quoi je vous ferai une dernière radio du bras et de la jambe pour vérifier l'état de guérison des os.

Une fois qu'il m'eut débarrassée des plâtres et confirmé que tout allait bien, je ressortis du cabinet de consultation.

J'avais décidé de garder dans un premier temps une béquille. Ma jambe blessée était encore faible, elle était plus mince que l'autre et très pâle.

— Comment ça va ? demanda ma mère lorsque je l'eus rejointe.

— Comme tu vois. Je conserverai la béquille jusqu'à ce que je puisse de nouveau marcher correctement. Ah, je voulais te demander… Est-ce que tu as dit au médecin que j'étais dépressive ?

— Pas du tout. Pourquoi ? Il a abordé le sujet ? Il a insisté pour que tu voies quelqu'un ?

— Non, il s'est juste montré très soucieux de mon état psychologique.

— Le Dr Marold te suit depuis ton admission à l'hôpital. Il me paraît naturel qu'il s'inquiète pour toi. Un accident comme celui que vous avez eu ne cause pas que des dommages physiques.

— Maman, écoute-moi, dis-je tout bas en lui prenant la main. Je ne suis pas dépressive. Mon état n'a rien à voir avec celui qu'a connu Grand-mère autrefois. J'ai besoin de temps, c'est tout. Mes os non plus ne se sont pas ressoudés du jour au lendemain. Il faut que je digère le fait d'avoir perdu une des personnes qui comptaient le plus pour moi. Sören et moi voulions nous marier. Nous voulions fonder une famille. Ces projets ne se réaliseront jamais.

Je sentis que ma mère aurait voulu pouvoir m'assurer qu'un jour je rencontrerais de nouveau l'amour, que j'aurais moi aussi une famille. Cependant elle n'en fit rien.

— Nous te laisserons tout le temps dont tu as besoin, répondit-elle. En tout cas, ne crois pas que je fasse quoi que ce soit derrière ton dos. Aucun de nous n'agirait contre ton gré. Tu es une femme adulte.

J'acquiesçai, même si ces derniers temps, je m'étais parfois sentie rabaissée à un statut d'enfant.

— Excuse-moi, dis-je. Ce n'était pas un reproche. C'est juste que les questions de Marold m'ont mise mal à l'aise. Si on rentrait, maintenant ? Cet hôpital me fait constamment penser à l'accident et à Sören.

— Bien sûr. Et si tu veux, je dirai à la cuisinière de te préparer un bon petit dîner.

J'opinai. Pour le coup, je me sentais vraiment infantilisée : tu t'es cogné le genou ? Tiens, un bon chocolat chaud te remettra d'aplomb.

Cependant, quoique ayant encore le réflexe de me materner, ma mère ne me prenait pas pour une enfant. Elle ne savait tout simplement pas comment me soulager de la souffrance et des souvenirs qui me hantaient.

CHAPITRE 7

LE PRINTEMPS FIT SON ARRIVÉE avec un soleil radieux et de lumineux tapis de crocus. Le nouveau semestre devait débuter dans quelques semaines. Je n'avais pas vu le temps passer. Mes journées s'étaient fondues les unes dans les autres comme les couleurs dans les aquarelles que réalisait parfois ma grand-mère.

Un matin, je remarquai que la lumière qui pénétrait dans ma chambre avait changé. Elle paraissait plus… verte. Surprise, je me levai et m'approchai de la fenêtre avec curiosité. Repoussant les rideaux, je vis que le domaine avait recouvré ses couleurs. Le voile gris s'était dissipé.

Je me retournai : la couette rose sur mon lit, le rouge intense du capitonnage des sièges, le rose éclatant des fleurs sur le petit tableau accroché au mur. Jusqu'aux motifs du tapis qui ressortaient avec une netteté accrue. Je restai un moment à fixer le sol comme si je le voyais pour la première fois.

Puis je regardai mes mains. Mon bras anciennement plâtré était encore amaigri, mais à cet instant je reprenais conscience de son existence. Et c'était pareil pour ma jambe : elle restait faible, mais je la sentais ! Je percevais de nouveau mon corps !

Avais-je donc surmonté le premier choc ? Étais-je revenue à la vie ? Je pris ma béquille et me rendis en clopinant dans la salle de bains. Ma jambe se fortifiait peu à peu. Et, lorsque l'eau coula sur mon corps, je me surpris à sourire. Je savourais cette sensation ! Une chose à laquelle je n'avais jamais prêté attention comme en cet instant.

Puis j'enfilai mon pull-over et mon pantalon noirs. En jetant un coup d'œil dans le miroir, je me trouvai l'air rongée par la souffrance. Quoique ayant dormi tout mon soûl, j'avais des cernes sombres sous les yeux et les cheveux en désordre. Avec un soupir, je les tressai, puis descendis dans la salle à manger.

Mes parents et ma grand-mère eurent l'air surpris de me voir arriver de si bon matin.

— Tu es déjà debout, Solveig ? s'étonna Agneta.

— Bonjour, répondis-je. Oui, je me suis réveillée un peu plus tôt aujourd'hui.

Mes parents échangèrent un regard : c'était la première fois depuis longtemps que je prononçais une phrase entière.

— Comment vas-tu, chérie ? s'enquit ma mère en se levant pour me servir du café.

— Bien, répondis-je. Mieux.

Ils se regardèrent de nouveau avec stupéfaction. S'imaginaient-ils que mon chagrin avait disparu d'un coup ? Ce n'était pas le cas. Je continuais à le sentir au fond de moi, mais le voile sombre qui s'étendait sur tout ce qui m'entourait avait disparu.

— J'aimerais me rendre à l'endroit où ça s'est passé, dis-je en m'asseyant, sans savoir d'où me venait ce besoin que j'exprimais soudain sans détour.

C'était la première fois depuis longtemps que je parlais à table. En temps normal, je me bornais à un bref « bonjour » avant de boire mon café en silence. Je me forçais également à avaler quelque chose afin de ne pas subir les exhortations de ma grand-mère à me nourrir correctement. Mais je n'étais en mesure ni d'apprécier ce que je mangeais, ni de prêter attention aux propos qui s'échangeaient. Je ne remarquais que les regards soucieux posés sur moi.

Mon souhait fit donc sensation. Mes parents et ma grand-mère me regardèrent comme si j'avais fait ma réapparition après une longue période d'invisibilité. L'arôme du café me revigorait et l'odeur des petits pains frais me fit venir l'eau à la bouche. Oui, j'étais en train de renaître à la vie.

— Tu crois que c'est indiqué ? demanda ma mère.

— Je voudrais le voir, rien de plus. Rassembler enfin les pièces manquantes du puzzle.

— Tu sais où ça s'est produit ?

— Peu avant Kristianstad, je suppose.

— Oui, à une dizaine de kilomètres de la ville, dit mon père. Je peux t'y conduire si tu veux.

Face au regard de reproche que lui lancèrent les deux femmes, il haussa les épaules.

— Pourquoi faudrait-il qu'elle reste dans l'ignorance ? demanda-t-il. Ce n'est pas simple de surmonter un choc pareil. Ça l'aidera peut-être de voir le lieu de l'accident. Parfois, il vaut mieux se confronter à la réalité que se ménager inutilement.

— Merci, Papa.

Il fit un signe de tête. Je sentis que ma mère avait quelque chose sur le cœur, cependant elle s'abstint de tout commentaire. Elle s'inquiétait. Mais je n'allais quand même pas continuer à ruminer dans ma chambre ! Je voulais enfin agir. Y voir plus clair. Je portai la main à ma bague de fiançailles, puis je pris un petit pain.

— Tu as tout ? s'enquit mon père lorsque je m'installai sur le siège passager.

Il avait acheté une petite camionnette afin que nous puissions faire les courses pour le domaine.

— Je n'ai besoin que de mon sac et de mes papiers.

— Parfait, alors allons-y.

Il démarra dans un bruit de ferraille. Comme la voiture de ma mère, la camionnette n'était pas de première jeunesse, mais encore vaillante.

— Je ne crois pas t'avoir jamais parlé d'Ingrid, n'est-ce pas ? demanda-t-il lorsque nous eûmes quitté Löwenhof.

— Ta première femme ? Je t'ai entendu faire allusion à elle.

— Oui, mais tu ne connais pas toute l'histoire. Au moment où la guerre a éclaté, je vivais en Norvège. Quand les nazis ont envahi le pays, ils ont immédiatement commencé leurs opérations de « nettoyage », comme ils disaient. Les Juifs et les communistes ont été poursuivis et traqués. Moi, j'ai cru qu'Ingrid, quoique juive, serait en sécurité auprès de moi. Mais je me trompais. Les nazis ont débarqué chez nous pour l'emmener. Comme elle résistait, ils l'ont abattue sur place.

— Mais c'est affreux ! m'exclamai-je, épouvantée.

— Oui. Je me suis longtemps jugé responsable de sa mort. Je me disais que nous aurions dû nous réfugier en Suède dès le début de la guerre. Que j'aurais dû savoir qu'ils se comporteraient en Norvège comme dans leur propre pays. Mais je n'ai rien fait. Aujourd'hui encore, il m'arrive d'en ressentir du remords.

— Mais tu n'y étais pour rien ! Comment aurais-tu pu savoir ce qui allait se passer ? répliquai-je, envahie par une profonde compassion.

Je savais qu'il s'était produit un drame dans sa vie durant la guerre, mais il ne m'en avait jamais parlé.

— Je me demande parfois s'il aurait été bon que je retourne sur les lieux une fois la guerre terminée. Mais je n'ai pas eu le courage de revoir l'endroit où on l'avait tuée. Je craignais de tomber sur quelqu'un de sa famille. De m'entendre reprocher le manque de réactivité dont j'avais fait preuve.

Il s'interrompit un instant, le regard fixé sur la route.

— Pourtant, ç'aurait sans doute mis fin à ce cycle infernal de pensées, reprit-il.

— Il n'est peut-être pas trop tard pour le faire ? Aujourd'hui, les déplacements sont plus faciles et…

— Non. Quand on m'a restitué mon entreprise à Oslo, je l'ai immédiatement vendue. Je ne voulais plus la voir. C'était trop de souffrance.

Je n'avais aucune peine à l'imaginer. Cependant nous ne parlions pas de la même chose. Ingrid n'était pas morte dans un accident, mais abattue par un soldat. Mon père n'en était pas responsable. Mais moi ? Je me sentais coupable. Peut-être n'aurais-je pas dû dormir pendant le trajet. J'avais remis nos vies entre les mains de Sören. M'étais-je montrée égoïste ?

— Enfin, quoi qu'il en soit, je trouve bien que tu commences à te confronter à ce qui s'est passé. Ces dernières semaines, je me suis beaucoup inquiété à ton sujet.

— Tu craignais qu'il m'arrive la même chose qu'à Grand-mère ?

— Oui. Agneta est une femme très forte, mais la force seule est impuissante face à l'obscurité quand elle s'est nichée au cœur de l'individu pour mieux le détruire. Agneta a bien failli succomber. Son équilibre actuel tient aux médicaments qu'elle prend. Lorsque nous avons appris ton accident, Mathilda a eu très peur pour elle.

— Mais elle n'a pas sombré.

— Non, parce que tu étais vivante. L'espoir l'a soutenue.

Je baissai les yeux vers ma main gauche. Je n'avais pu me résoudre à ôter ma bague de fiançailles. Le matin, je me réveillais parfois avec le projet de passer un coup de fil à Sören. Je l'avais fait si souvent lorsque j'étais à Löwenhof et lui à Stockholm. Puis je me rappelais qu'il n'était plus là. Que la bague n'était qu'un souvenir.

— Je ne suis pas comme Grand-mère, répondis-je. Je voulais être seule… J'avais besoin de temps. Il fallait que je m'habitue à l'idée que Sören n'était plus là. Il compte encore pour moi bien plus que je ne saurais le dire.

— C'est tout à fait normal.

— Je trouverai le moyen de surmonter ça. Mais j'ignore combien de temps ça prendra. Et je ne sais pas non plus de quoi mon avenir sera fait désormais. Sören m'avait donné une direction, un but. Est-ce que j'arriverai à les conserver ?

— Je suis sûr que oui.

Mon père lâcha un instant le volant pour me prendre la main. Aussitôt je me raidis.

— N'aie pas peur, dit-il en reprenant le volant. Je fais attention.

Nous traversâmes Kristianstad, qui paraissait très printanier avec ses perce-neige sur les pelouses. Lorsque nous approchâmes du bois, je me sentis les mains moites, le cœur battant et l'estomac noué. À présent, j'étais sûre d'avoir dormi tout le trajet. Sans mon père, en effet, je n'aurais pas pu identifier l'endroit où s'était produit l'accident. Ainsi c'était là ? Avait-il assisté à la récupération de l'épave ?

Une seconde, j'eus envie que nous continuions à rouler sans marquer de halte, mais mon père ralentit, puis s'arrêta sur le bord de la route. On ne voyait rien de particulier, sans doute avait-il simplement cherché le bon endroit où se garer.

— Le lieu de l'accident se trouve un peu plus loin, expliqua-t-il de fait en descendant de la camionnette.

J'eus un instant d'hésitation. Désirais-je encore le voir ? Que se passerait-il si soudain surgissaient toutes les images enfouies jusque-là dans mon subconscient ? Pourtant, c'est bien pour cette raison que j'étais là. Je voulais savoir si j'aurais pu empêcher l'accident.

— Ça va ? s'enquit mon père en me regardant avec attention.

— Bien sûr, répondis-je avec une assurance que j'étais loin de ressentir.

Je ne voulais pas qu'il prenne prétexte de mon émotion pour mettre fin à notre équipée.

— Bon, alors suis-moi.

Il glissa ses mains dans ses poches et se mit en route. Je lui emboîtai craintivement le pas. Quelle était la distance qui nous séparait de la chaussée ? Un mètre ? Un demi-mètre ? Je me figeai sur place en voyant apparaître en sens inverse deux véhicules. Allaient-ils déraper ? Ils nous dépassèrent sans dommages, faisant simplement gicler au passage quelques gouttes d'eau.

Peu après, nous arrivâmes sur les lieux. Entre-temps, il avait reneigé, mais on distinguait encore clairement l'endroit où les roues s'étaient enfoncées dans l'herbe. Le fossé, situé nettement plus bas, était bordé d'arbres dont l'un avait perdu un gros morceau d'écorce. Les broussailles qui tapissaient le fond avaient été écrasées. L'asphalte montrait encore des traces de freinage. Sören avait réagi, mais apparemment trop tard.

Je frissonnai. Des images me traversèrent subitement, non des souvenirs, mais une représentation fictive de l'événement. Je vis un cerf déboucher du bois, Sören sursauter. Je crus entendre le crissement des pneus, un vilain raclement, puis un craquement métallique sourd. Du verre vola en éclats, les roues patinèrent. Le moteur était-il encore allumé ? Hurlait-il ? Ou bien le silence s'était-il abattu sur la scène ?

Le visage de Sören m'apparut, le front ensanglanté, les yeux ouverts mais éteints. Y avait-il du sang sur l'arbre endommagé ? Je fus soudain prise de nausée. Je respirai à fond, mais cela n'eut aucun effet ; la bile s'accumulait dans ma bouche. Affolée, je me cramponnai à la veste de mon père.

— Partons, articulai-je péniblement, le souffle court. Je… je ne peux plus…

Mon père se plaça devant moi pour masquer le fossé, mais rien n'y fit. Je me penchai et vomis. J'avais les genoux en coton, la jambe droite douloureuse.

— Ça va aller, chérie, l'entendis-je dire tandis qu'il me caressait le dos pour me calmer. On repart dès que tu te sens mieux.

Mais je ne me sentais pas mieux, j'eus même l'impression que mon état ne s'améliorerait jamais. Je plissai les paupières pour chasser les images qui m'avaient envahie. Mais elles étaient dans ma tête…

Je finis par me ressaisir. Mon père me raccompagna à la camionnette et m'aida à m'asseoir.

Nous rentrâmes en silence. Il aurait voulu parler, je le sentais, mais il s'en abstint. Je n'avais pas de mal à imaginer ce qu'il aurait dit. Qu'il était normal de réagir ainsi en revenant à l'endroit où l'on avait failli mourir. Or je ne voyais rien d'anormal à ma réaction. Je me demandais simplement si je n'aurais pas mieux fait d'attendre un peu plus. Mes études m'avaient appris à examiner les faits et à m'interroger sur leurs causes. Là, je sentais que j'avais outrepassé mes forces.

Lorsque nous arrivâmes à Löwenhof, mon père s'arrêta devant le portail.

— Je sais combien c'est dur pour toi, dit-il. Mais tu as bien fait de retourner sur les lieux de l'accident. C'est important. J'espère que tu as bien conscience que ce n'était pas ta faute.

— Si j'avais été réveillée…

— Non ! L'endroit est traître. Tu l'as vu. Sören n'avait pas le choix. Soit il fonçait dans le cerf, soit il atterrissait dans le fossé. Il a pris une décision, celle de te protéger.

— Mais…

— Après le drame, j'ai parlé avec le garde forestier. L'animal a surgi sur la gauche. Une fois blessé, il a dévalé le talus et parcouru encore quelques mètres. La voiture lui avait effleuré le poitrail et abîmé le cou. Si vous l'aviez percuté de plein fouet, Dieu sait ce qui se serait produit. Sören a eu le bon réflexe : il a braqué. Si tu avais été réveillée, ça n'aurait fait aucune différence. En tentant de redresser le volant, tu aurais sans doute été blessée beaucoup plus gravement. Ne l'oublie pas. Personne ne te juge responsable de quoi que ce soit. Tu n'aurais rien pu faire.

J'écoutai parler mon père les yeux voilés de larmes. Puis je me penchai et le serrai dans mes bras. Le cycle infernal des reproches ne s'était pas interrompu, mais il avait perdu de sa force.

Pour me calmer, je décidai de faire un tour dans le domaine. Les mains dans les poches de mon manteau de laine, je déambulai sans but dans le jardin, essayant d'ordonner les images qui me poursuivaient en contemplant les sentiers boueux, l'herbe encore brune ici et là et les crocus. Au bout d'un moment, je m'assis sur un banc de pierre. Le jardin anglais datait de mon arrière-grand-mère Stella – un style apparemment en vogue à son époque. À présent, il était à l'abandon. Les jardiniers coûtaient cher et nous nous concentrions plutôt sur l'entretien des écuries.

— Alors, ma petite ? dit derrière moi la voix d'Agneta.

Je me retournai. Elle me regardait, vêtue d'un épais manteau un peu démodé.

— Comment tu te sens après ta petite excursion avec ton père ?

— Mal, répondis-je en toute sincérité. Revoir l'endroit... Ç'a été terrible.

— Tu t'es souvenue de quelque chose ?

— Non, mais j'ai soudain eu l'impression d'assister à la scène comme dans un film. Du coup, je n'ai pas observé les lieux de près. Je ne suis pas descendue dans le fossé, je n'ai pas examiné l'arbre...

— Ce n'était sûrement pas nécessaire, dit ma grand-mère en venant s'asseoir à côté de moi. Voir l'horreur de loin, c'est déjà beaucoup.

— En tout cas, j'ai compris ce qui avait pu se passer. Je ne veux plus jamais retourner là-bas.

— Rien ne t'y oblige. Mais peut-être auras-tu envie de te rendre un jour à un autre endroit, dit-elle avec un regard éloquent.

Elle parlait de la tombe de Sören. Jusque-là, j'avais refusé de la voir. Je savais qu'il avait cessé de vivre, mais contempler sa pierre tombale aurait scellé sa disparition.

Et sans doute signifié ma résignation à sa mort. Mon acceptation.

— Il me manque tellement ! répondis-je en fondant en larmes.

Agneta me prit dans ses bras et me serra contre elle.

— Bien sûr. Mais… il n'aurait sans doute pas voulu que tu passes ta vie à le pleurer.

— Non… Peut-être que je suis prête à aller sur sa tombe après tout, dis-je en m'essuyant les yeux.

— Bien, très bien. Une tombe a quelque chose d'apaisant, tu sais ? De loin, cela paraît effrayant. Mais quand on est devant et qu'on se sent proche de celui ou celle dont on pleure la perte, on est envahi par un calme réconfortant. On peut tout dire à un défunt : nos secrets seront bien gardés.

— C'est pour ça que tu te rends chaque semaine au caveau familial ?

— Oui, répondit-elle en tournant les yeux vers le bois qui s'étendait derrière notre propriété. J'ai perdu tant d'êtres chers dans ma vie. Chaque deuil a assombri un peu plus mon âme. J'espère ne plus avoir à subir pareille épreuve ! Être la prochaine à partir.

— Mais tu n'as pas l'âge de partir ! protestai-je.

— C'est ce que disent toujours les jeunes gens. Mais si, je suis vieille, très vieille. Et je n'aurais pas la force de surmonter un nouveau deuil. Le soir où la police nous a informés de votre accident, j'ai pensé : ça y est, tu vas perdre la personne à laquelle tu tiens le plus. J'ai passé trois jours à ton chevet en compagnie de ta mère. Tu étais inconsciente. Elle est étrange, l'obscurité que je porte. Les premiers jours, j'arrive encore à fonctionner. Puis elle s'insinue en moi comme un poison lent et m'entraîne irrésistiblement. Je la sentais déjà venir quand tu as rouvert les yeux. Le médecin a sonné la fin de l'alerte au bon moment.

Le vent qui caressait nos visages emportait ses paroles au loin. Elle posa ma main contre sa joue.

— Ta naissance m'a procuré une joie que je n'avais pas ressentie depuis longtemps. En dépit de la présence et de la sollicitude de ta mère, la mort d'Ingmar avait privé mon univers de toutes ses couleurs. Tout était couvert d'un voile noir.

— Tu venais aussi de perdre ton mari, répliquai-je.

— C'était différent. Ingmar, lui, représentait tous mes espoirs. C'est terrible d'être privé de ça.

— Sören aussi représentait mon espoir, l'espoir d'avoir une famille, un avenir.

— Tu as peut-être du mal à le croire, mais ton avenir est encore devant toi. En mai, tu auras 22 ans. À mon époque, on t'aurait considérée comme une enfant ; on ne devenait majeure qu'à 25 ans. Tu n'as pas terminé tes études. Tu peux faire tant de choses !

— Grand-mère…

— Quoi ? Je n'ai pas raison, peut-être ? Regarde-moi ! Lorsque j'ai perdu mon premier amour, ou plus exactement lorsqu'il m'a quittée parce que j'allais devenir plus riche que lui, j'ai cru que je ne pourrais plus jamais aimer. Mais l'amour est revenu, puis reparti. Lorsque Lennard est mort, j'ai su que, cette fois, c'en était fini, mais j'étais déjà en passe de devenir une vieille femme. J'avais un demi-siècle d'existence derrière moi. Toi, tu es jeune, belle et intelligente. Et même si ta vie ne se déroule pas comme tu l'avais prévu, elle empruntera une autre voie, qui t'apportera peut-être autant de satisfaction.

— J'ai peine à l'imaginer.

— C'est naturel, le drame que tu as vécu est encore si proche… À la mort de mon fils, j'ai éprouvé un grand sentiment d'irréalité. Son accident d'avion est survenu loin de nous. Son cercueil n'a pas été ouvert : on voulait nous épargner la vue de sa dépouille. J'en ai conservé une sorte d'incrédulité.

Est-ce pour cela qu'elle a laissé la chambre d'Ingmar comme de son vivant ? me demandai-je soudain.

— Toi non plus, tu n'as pas assisté consciemment à l'accident. Ton esprit se refuse peut-être encore à accepter ce qui s'est passé.

— Mais je sais que Sören est mort. On n'oserait tout de même pas me tromper sur ce point, n'est-ce pas ?

— Bien sûr que non ! Mais ça ne veut pas dire pour autant que ta raison a admis ce fait. Ou peut-être est-ce ton cœur qui résiste ?

C'était sans doute juste. Sinon, pourquoi la disparition de Sören aurait-elle continué à me faire tant souffrir ?

— Pour tourner la page, il te faudra ôter cette bague de fiançailles et te rendre sur la tombe de Sören. Si tu ne le fais pas, ton esprit continuera à croire qu'il s'est simplement absenté et qu'un jour il reviendra. En te prouvant à toi-même qu'il est mort, tu pourras faire ton deuil.

— Ce n'est pas mon esprit qui doute, mais mon cœur.

— Alors confronte-le à l'irrévocable. Montre-lui le lieu où repose désormais ton bien-aimé. Va là-bas, parle avec Sören et sache que même s'il ne te répond pas, il est là.

— *Mormor,* tu es capable de garder un secret ?

— Demande à ta mère, elle te répondra que oui, dit-elle avec un demi-sourire.

— J'avais décidé d'aller à l'enterrement. Je voulais m'y rendre par mes propres moyens, mais je me suis évanouie avant même d'arriver à l'armoire de ma chambre.

— Et les médecins n'en ont rien dit à ta mère ? se récria-t-elle.

— Apparemment pas. Ou alors elle n'en a rien laissé paraître. Ne t'inquiète pas, ça n'a pas eu de conséquences. J'aurais tellement voulu être auprès de lui ! Mais maintenant… Je ne sais pas pourquoi j'hésite tant à me rendre au cimetière.

— Par crainte de perdre tout espoir ? N'aie pas peur. Une tombe, c'est un lieu de rassemblement. Tu connais notre caveau familial. Ils sont tous là, réunis dans cet endroit. Ça te semble peut-être macabre, mais moi j'y trouve du réconfort. Mes parents y sont, mon frère, mon époux, mon fils. Et un jour, je les y rejoindrai.

— Ne dis pas ça, Grand-mère ! protestai-je, quoique ne croyant plus depuis longtemps à l'immortalité des membres de ma famille.

— C'est la vérité. Un jour viendra où nous serons tous réunis dans ce caveau. Cette pensée m'apporte du réconfort.

— Alors je ne reposerai pas auprès de Sören ?

— Non. Mais il faut espérer que ton cœur s'ouvrira de nouveau à l'amour. Et que, cette fois, ce sera pour la vie.

Elle m'embrassa sur la tempe, me serra contre elle et se leva.

— Appelle sa mère. Et rends-toi sur sa tombe. Peut-être, alors, seras-tu débarrassée de ces terribles images qui te hantent et se sont substituées à une réalité que tu n'as pas pu connaître.

— Merci, *Mormor*, chuchotai-je en pressant sa paume contre ma joue.

Les mains moites, je fixais le téléphone installé dans le bureau. Sachant que M. et Mme Lundgren travaillaient tous les deux, j'avais décidé d'appeler en début de soirée. Ils seraient sûrement rentrés.

L'antique appareil qui avait servi du temps d'Agneta avait été remplacé par un téléphone noir, mais se trouvait encore quelque part dans la maison, parmi les objets que nous conservions comme si nous avions prévu d'ouvrir un jour un musée. Enfant, j'avais joué avec ce vieil engin, m'entretenant avec des partenaires commerciaux imaginaires et les invitant à venir prendre le thé au manoir. Téléphoner ne m'avait jamais impressionnée. En cet instant, pourtant, il me semblait me trouver face à une technologie inconnue et aux effets imprévisibles.

Quelle serait la réaction des Lundgren ? Le cœur battant, je sortis de ma poche mon carnet d'adresses. La sonnerie me parut venir de très loin.

— Lundgren, répondit une voix féminine.

— Edda ? dis-je prudemment. C'est moi, Solveig.

Dès ma première visite chez eux, Mme Lundgren m'avait proposé que nous nous tutoyions.

Le silence qui suivit ma phrase accrut mon appréhension.

— Solveig ! Quel plaisir de t'entendre ! répondit enfin la mère de Sören.

Elle semblait épuisée, mais pas hostile. C'était une femme brune, un peu ronde, que j'avais souvent vue avec un tablier. Elle portait généralement les cheveux relevés en chignon. La mère typique, celle que n'avait jamais été Mathilda.

— Je... je suis tellement désolée, balbutiai-je. J'aurais tant voulu que les choses se passent autrement.

— Moi aussi...

— Je voulais savoir... Sören... J'aurais aimé aller sur sa tombe.

— Mais tu peux le faire quand tu veux, Solveig. Tu n'as pas besoin de ma permission pour ça.

— Je sais, mais...

Je me tus, ne sachant comment poursuivre.

— Et si on se retrouvait là-bas ? proposa Edda, venant à mon secours. Ce serait l'occasion de discuter un peu.

— Est-ce que je pourrais d'abord le voir seule ? m'enquis-je d'une voix tremblante. Ne m'en veux pas, je serais ravie de te voir. Mais... c'est encore un peu tôt...

— Oh...

— On parlera une autre fois, d'accord ?

— D'accord, répondit-elle. Une autre fois.

Je la sentis déçue. N'aurais-je pas dû prendre contact avec elle depuis longtemps ? Mais je savais que je n'étais pas encore prête à la voir. Il fallait d'abord que j'aille sur la tombe de Sören, que mon âme et mon cœur puissent enfin se convaincre de sa mort.

Ma mère eut l'air un peu surprise lorsque je lui parlai de mon échange téléphonique avec Edda. Je l'avais rejointe dans la bibliothèque, où elle aimait se retirer avant le dîner, une fois sa journée de travail achevée. Elle avait sur les genoux un livre ancien dont je ne distinguais qu'une page illustrée de gravures.

— Tu es sûre que c'est une bonne idée ? demanda-t-elle. Ton père m'a dit que votre visite sur les lieux de l'accident t'avait secouée.

Il fallait s'attendre à ce qu'on en reparle au dîner. Mais j'étais prête. Le premier choc était passé, je me sentais mieux. Comme si je commençais à m'extirper d'un trou sombre. J'avais fait le premier pas, je devais en faire un deuxième pour accéder à la lumière. Quelque difficile qu'il puisse être.

— Oui, j'en suis sûre, répondis-je. J'ai parlé avec Grand-mère. Elle m'a fait comprendre que mon âme et mon cœur avaient besoin de voir ce que ma raison sait déjà. Ils veulent une preuve, et je la leur donnerai.

Après un instant de réflexion, ma mère acquiesça.

— J'aimerais bien t'accompagner, dit-elle.

— Je ne sais pas si c'est une bonne idée, répliquai-je. Je préférerais être seule avec Sören.

— Pourtant, ton père s'est rendu avec toi sur le lieu de l'accident.

— Ce n'est pas pareil. Là, il s'agit de sa tombe. C'est un peu comme si... lui et moi on se rencontrait une dernière fois. Tu n'as jamais été présente quand on se voyait.

— Mon intention n'était pas de me rendre avec toi sur sa tombe. Comme tu le sais, ton autre grand-mère est enterrée au même endroit. Il faut absolument que je fasse le nécessaire avant que l'administration du cimetière ne me rappelle à l'ordre.

C'était évidemment un prétexte, la tombe de ma grand-mère Susanna étant régulièrement entretenue. Un jardinier veillait à la fleurir au gré des saisons.

— Tu y tiens vraiment, Maman ?

Elle haussa les sourcils.

— Qu'est-ce que tu crains, ma fille ? La tombe de Sören et celle de ma mère ne sont pas voisines. Je serai à un bout du cimetière et toi à l'autre. On décidera de l'endroit où se retrouver.

Je poussai un profond soupir. Elle voulait sans doute simplement s'assurer qu'il ne m'arriverait rien.

— Edda m'a proposé qu'on se voie, mais j'ai refusé. Elle a paru déçue, même si elle m'a assuré que ça ne posait pas de problème.

— Je le serais aussi si tu m'interdisais de t'accompagner à Stockholm. Mais si je viens avec toi, tu n'as pas à avoir mauvaise conscience. Pendant le trajet, nous pourrons parler ou jouer aux cartes. Le trajet passera plus vite.

— Maman, je n'ai plus 5 ans !

— Pas besoin d'être un enfant pour s'ennuyer dans le train !

Je soupirai.

— Solveig, je t'en prie ! dit ma mère en me prenant la main. Je ne veux pas te laisser aller seule à Stockholm. Ton père m'a raconté ce qui s'est passé ce matin. Je veux juste que tu aies quelqu'un sur qui t'appuyer si le désespoir t'envahit. Ou si tu as simplement besoin de la présence d'un proche. On n'est pas obligé de tout surmonter seul.

Elle avait raison… À la vue de la tombe, je m'effondrerais, c'était certain. Pourtant, je voulais absolument être seule, me sentir perdue. Mais il était vain d'essayer de la dissuader.

Elle savait ce que c'était d'être complètement désorienté. Elle avait connu cela en découvrant le secret de ses origines. Moi, je n'avais pas eu à affronter ce genre d'épreuve. Ma mère m'avait dit d'emblée qu'elle n'aurait jamais de secrets pour moi. Avait-elle tenu parole ? Je n'aurais su le dire. Chacun conservait par-devers soi des choses strictement intimes. Mais sans doute avait-elle voulu parler de secrets qui m'auraient concernée. Et de cela je lui étais reconnaissante.

— Bon, dis-je. Alors viens avec moi.

— Merci, répondit-elle avec un soupir de soulagement.

— C'est moi qui te remercie, répliquai-je. Merci de ne pas m'abandonner à mon sort.

— Ça n'arrivera jamais, sois-en sûre, répliqua-t-elle en m'embrassant sur le front.

CHAPITRE 8

Nous partîmes une semaine plus tard. Le temps était devenu plus agréable, le soleil brillait dans un ciel bleu qui aurait mieux convenu à l'été qu'à un mois d'avril capricieux.

Les autres voyageurs étaient des hommes d'affaires et des couples d'un certain âge qui s'accordaient quelques jours dans la capitale. Je remarquai que nos tenues de deuil suscitaient la curiosité.

— Ça faisait longtemps que je n'avais pas voyagé en train, fit observer ma mère après un long moment passé à regarder par la fenêtre.

De fait, lorsqu'elle me rendait visite à Stockholm, elle prenait toujours la voiture.

— C'est curieux toutes les pensées qui vous viennent en train.

— Quelles pensées ? demandai-je.

— Je me remémorais des événements de ma jeunesse. Un jour, je me suis enfuie du domaine avec le cheval sur lequel j'avais appris à monter. Je croyais qu'il me suffirait d'atteindre la gare pour tout laisser derrière moi. Évidemment, c'était une erreur.

— Grand-mère est allée te récupérer à Stockholm.

Ma mère m'avait raconté cette histoire bien longtemps auparavant, un jour que j'avais menacé de fuguer si je n'obtenais pas gain de cause. Elle m'avait alors parlé de cet épisode de son adolescence. « Réfléchis-y à deux fois, avait-elle ajouté. Où que tu ailles, Grand-mère te retrouvera. » Ce n'était pas une menace, juste un constat.

— Oui, répondit-elle avec un sourire rêveur. Je n'y songeais plus du tout, et voilà que ça m'est revenu en mémoire. Mais je ferais mieux de ne pas me perdre dans mes souvenirs. J'ai eu de la chance dans la vie. Mon existence aurait pu être très différente.

— Plus difficile ?

— Oui. Heureusement, ça n'a pas été le cas. Même s'il m'est arrivé de penser que je vivais le pire.

— Combien de temps Grand-mère va-t-elle continuer à se réfugier dans la chambre d'Ingmar ? demandai-je après un instant de silence.

Ma mère me jeta un regard surpris, puis haussa les épaules.

— Sans doute jusqu'à la fin de ses jours. Certains deuils ne finissent jamais, même s'ils perdent en intensité. Cela dit, telle que je la connais, elle pourrait tout aussi bien annoncer de but en blanc qu'elle veut en faire un salon de musique.

Elle me regarda avec attention.

— Ton chagrin s'apaisera au fil du temps. Et tu n'auras pas besoin d'une pièce pour lui donner corps, n'est-ce pas ?

— Cette pièce est en moi. Sören aura toujours une place dans mon cœur.

— Et c'est bien ainsi. Si seulement il pouvait en aller de même pour Agneta ! Cette chambre… chaque fois que je passe devant, j'en ai la chair de poule. C'est comme si l'esprit d'Ingmar était encore là.

— Qu'est-ce qui se passera par la suite ? Je veux dire quand…

— Je préfère ne pas y penser pour l'instant, me coupa-t-elle. Grand-mère va bien, dans l'immédiat c'est tout ce qui compte pour moi.

— Mais, un jour, il faudra bien y penser.

Conserverait-elle à son tour la pièce en l'état ? Ingmar avait été comme un frère pour elle. Et, s'ils n'avaient pas été apparentés, peut-être aurait-il été question d'amour entre eux. Le jour où elle m'en avait parlé, je m'étais posé beaucoup de questions. Si ma mère n'avait pas été une Lejongård, il est probable qu'elle aurait épousé Ingmar. Et alors je m'étais dit qu'il ne serait peut-être pas parti en Norvège. Qu'il serait devenu mon père. Ou celui d'un autre enfant qui n'aurait pas été moi.

— Nous verrons ça le moment venu, répondit ma mère, m'arrachant à mes réflexions. On gardera sans doute un objet en souvenir. Mais la chambre… Je ne crois pas. Dresser un monument à un défunt ne me paraît pas une bonne chose. C'est au fond de son cœur qu'il faut préserver son souvenir. Je pense que c'est ce que Sören aurait souhaité : que tu le gardes dans ton cœur.

Mes yeux s'emplirent de larmes. Oui, ma mère avait raison. Il s'y trouvait déjà.

— Son souvenir sera toujours en moi, répondis-je.

Et, le regard tourné au-dehors, je regardai les vertes forêts céder progressivement la place aux champs puis à la ville.

Des chants d'oiseaux nous accueillirent lorsque nous arrivâmes au cimetière, quelques heures plus tard. Les arbres étaient encore nus, mais on voyait déjà poindre des bourgeons. Sous peu, avec l'aide du soleil, les tombes seraient protégées par un épais dais de feuilles.

Nous fîmes halte au portail comme si nous étions soudain indécises.

— Tu ne préfères pas que je t'accompagne ? Au cas où tu ne trouverais pas la tombe ?

— La mère de Sören m'a indiqué l'emplacement.

— Bien, alors allons-y.

J'acquiesçai. Ma mère m'accompagna quelques mètres, puis s'engagea dans l'allée où était située la tombe de Susanna tandis que je prenais la direction opposée. Une curieuse souffrance se faisait jour en moi, qui n'était pas physique. Tous ces noms inscrits sur les pierres devant lesquelles je passais avaient appartenu à des gens qui avaient aimé et haï, ri et pleuré. Qui avaient vécu. Désormais, il ne restait d'eux que leur nom et le souvenir que leurs proches conservaient dans leur cœur.

Certains étaient morts très âgés, d'autres dans leur prime jeunesse. Quel gâchis ! Une partie d'entre eux n'avaient pas eu le temps de fonder une famille. À l'image de Sören.

Des larmes coulèrent sur mes joues, que j'essuyai à la hâte. *Pas encore,* me morigénai-je. *Garde tes larmes pour Sören.*

Je mis un moment à trouver le nom des Lundgren. Sören avait été enterré à côté de ses grands-parents. Sa tombe étroite n'avait pas encore de pierre tombale. Le petit monticule qui surmontait l'urne était couvert de fleurs fanées. Une des couronnes affichait « À notre cher fils », une autre, « À notre ami et condisciple ». Une troisième couronne était posée à la tête de la tombe, là où la croix de bois portant son nom marquait l'emplacement de la future stèle. Les roses s'étaient flétries, mais on voyait qu'elles avaient été rouges.

Sur le ruban était inscrit « À mon amour ». Mon cœur s'accéléra. Qui pouvait avoir déposé cette couronne ? Me penchant pour dégager le ruban, dont une partie était dissimulée par les fleurs, je distinguai mon prénom.

Surprise, j'eus un mouvement de recul. Une couronne à mon nom ? Venait-elle de mes parents ? Pourquoi ma mère ne m'en avait-elle rien dit ? Avait-elle préféré se taire en me voyant bouleversée par le récit qu'elle m'avait fait de la cérémonie funèbre ? Ou était-ce tout simplement un oubli ?

J'eus besoin d'un moment pour me ressaisir. Soudain, je fus prise de l'intense désir de toucher Sören. Je posai la main sur la tombe, mais elle n'y rencontra que des pierres et de la terre. L'idée me traversa qu'il aurait peut-être mieux valu placer la dépouille dans un cercueil. Au moins, j'aurais su qu'il se trouvait sous mes doigts. Mais cela aurait contrevenu à son souhait.

Mon cœur se serra et je soupirai. Les larmes ne venaient plus. J'en fus étonnée. Leur source s'était-elle déjà tarie ? Sören me faisait-il ainsi comprendre que je ne devais plus pleurer ? Il avait toujours dit qu'il préférait me voir rire. Mais il était encore trop tôt pour cela.

— Comment je vais faire sans toi ? demandai-je.

Ma question demeura sans réponse. Un souffle de vent fit voleter quelques feuilles sèches qui se posèrent doucement sur le sol.

Après avoir passé une demi-heure sur la tombe, je pris congé de Sören.

— Je reviendrai, dis-je tout bas, craignant qu'on me prenne pour une folle si l'on m'entendait parler à voix haute.

Arrivée à l'endroit où je devais retrouver ma mère, à côté du portail, je m'assis sur un petit banc. Elle n'était pas encore là. Je l'attendis en contemplant les arbres et en écoutant le vent chasser les feuilles mortes dans les allées.

— Tu n'imagines pas dans quel état se trouvait la tombe, dit soudain une voix derrière moi.

Ma mère se frotta les mains pour en ôter un restant de sable et s'assit à côté de moi.

— Des feuilles, des rameaux... Je sais que le jardinier reviendra dans quelques semaines, mais je ne pouvais pas la laisser comme ça.

— J'ai vu la couronne, déclarai-je. Elle devait être très jolie.

— J'ai oublié de t'en parler, je suis vraiment désolée. Tu étais si triste de ne pas avoir pu assister à l'enterrement...

— Merci, dis-je en lui prenant la main.

— C'était le moins que je puisse faire.

Elle me prit dans ses bras et me serra contre elle tandis que je fondais enfin en larmes.

Une fois rentrée à Löwenhof, je m'approchai de la commode dans laquelle je rangeais mes affaires. À en croire *Mormor*, je devais faire comprendre à mon cœur que Sören était mort. Je m'y étais employée en me rendant au cimetière. Mais pouvais-je ôter ma bague de fiançailles sans autre forme de procès ? « Jusqu'à ce que la mort vous sépare », disait-on lors de la cérémonie nuptiale. Seule la mort pouvait séparer les amants. Physiquement du moins. Car l'amour, lui, continuait à vivre dans les cœurs.

En dépit de mon chagrin, j'étais condamnée à l'impuissance. Cette bague n'avait pas le pouvoir de ramener Sören à la vie. Quant à moi, je n'avais plus le droit de la porter. Mais je la garderais en souvenir de lui et du bonheur que nous avions connu.

Je pris une profonde inspiration et la fis glisser de mon doigt. Je la contemplai un dernier instant à la lueur de la lampe, puis je la rangeai dans le tiroir.

CHAPITRE 9

À LA FIN DES VACANCES, le train pour Stockholm était bondé. Je vis de nombreux passagers de mon âge qui regagnaient sans doute leur université. Je ne distinguai parmi eux aucun visage familier, mais il faut dire qu'à Löwenhof j'avais mené une vie si retirée que je ne connaissais pas grand monde à Kristianstad.

J'avais prévu de lire, cependant j'étais trop nerveuse pour me concentrer. J'appréhendais de retrouver mes camarades. Pourtant, en dehors de Kitty, personne ou presque n'avait été au courant de mes relations avec Sören. Mais lui aussi avait des condisciples et des amis, lesquels étaient plus nombreux que les miens. Ils ne m'avaient pas laissé un grand souvenir – il est vrai que je n'avais d'yeux que pour Sören. Comment avaient-ils réagi à l'annonce de sa mort ? Comment se comporteraient-ils lorsque nous nous croiserions ?

L'annonce du contrôleur m'arracha à mes tristes pensées. Absorbée par mes doutes et mes questions, je ne m'étais pas aperçue que nous arrivions à Stockholm.

Tournant le regard au-dehors, je vis les immeubles familiers, les voitures dans les rues, les passants qui faisaient leurs courses. Tout était comme à l'ordinaire.

Le printemps donnait toutefois à la capitale une certaine douceur. En sortant de la gare, je fus accueillie par un soleil radieux qui faisait briller les vieilles façades blanches. Un musicien assis sur un banc jouait de la guitare. Des pigeons tournoyaient au-dessus des gens dans l'espoir de récolter quelques miettes. Sur le trottoir opposé, un groupe d'enfants bruyants faisait visiblement une excursion. J'aurais presque pu croire que je retrouvais la ville que j'avais toujours connue.

Je me rendis en bus au cimetière. Je ne voulais pas commencer le semestre sans avoir d'abord rendu visite à Sören. En ouvrant le portail, je fus envahie par la tristesse. La nuit, quand le sommeil tardait à venir, je pleurais en pensant à lui. Il m'arrivait de ressortir la bague de fiançailles du tiroir et de la contempler. Mais dans la journée je sentais que mon chagrin devenait supportable lorsque j'avais de quoi m'occuper.

Les cailloux crissaient sous mes chaussures tandis que je marchais dans les allées. Ici et là, un visiteur s'affairait à débarrasser la tombe d'un proche des feuilles mortes et des rameaux de sapin afin de faire de nouvelles plantations. Les oiseaux chantaient dans les arbres.

Une pierre avait enfin été posée sur la tombe de Sören. Du granit suédois, sans doute, avec une inscription simple et moderne surmontée d'une petite colombe. Le tertre funéraire avait disparu, remplacé par une bordure de buis. Le vase placé au pied de la tombe contenait des fleurs fraîches. Je m'accroupis et posai la main sur la pierre, dont la froideur me transperça.

— Je suis revenue, dis-je tout bas. Je… je voulais que tu saches à quel point tu me manques.

Je souhaitais qu'il entende ma voix, même si ce désir était absurde.

— Je ne sais pas quoi faire. Un moment, j'ai pensé lâcher mes études. Et puis il s'est passé quelque chose : j'ai aidé une des juments ! C'était à la fois formidable et angoissant. Tu aurais été fier de moi. Et dire que je n'ai même pas encore mon diplôme !

Je sentis venir les larmes, mais j'avais le sourire aux lèvres. Il était si libérateur de pouvoir lui parler.

Je poursuivis mon récit : la solitude des nuits, les ténèbres dans lesquelles je m'étais débattue, le lent retour de la lumière dans mon âme. On aurait pu croire que je me justifiais d'être encore en vie. Mais c'était ce que Sören aurait voulu, je le savais. Lorsque le cerf avait surgi devant la voiture, il avait réagi de manière à me protéger.

— Bon, chuchotai-je. C'est tout pour aujourd'hui. Je reviendrai, promis.

Je pressai deux doigts contre mes lèvres, puis les posai sur la pierre.

En arrivant au foyer à la vieille façade de brique, je me sentis prise d'appréhension. Kitty n'était pas au courant de l'accident. Au cours des vacances, j'avais reçu d'elle une carte postale de France à laquelle je n'avais pas répondu, puisqu'elle était à l'étranger. Et puis je préférais lui apprendre la nouvelle de vive voix. Cela étant, je craignais que ce ne soit encore plus dur que de parler à une tombe. Kitty serait bouleversée.

En ouvrant la porte, je la vis assise sur le vieux canapé gris qu'elle avait rapporté de chez elle. Pour le reste, les chambres contenaient tout ce dont nous avions besoin : vieilles étagères en bois pour les livres, bureaux, lits – un bric-à-brac de meubles de tous les styles qui paraissaient dater de l'immédiat après-guerre. Dans cet environnement, le canapé apportait aux yeux de Kitty une touche d'originalité et de confort. Moi aussi, j'aimais m'y installer.

Mon amie paraissait heureuse. Un sourire rêveur sur les lèvres, elle contemplait le soleil de l'après-midi qui, à cette saison, restait un peu plus longtemps au-dessus de l'horizon. Visiblement, le voyage avec Marten avait été un franc succès.

— *Hej*, Solveig ! s'exclama-t-elle en me voyant entrer.

Elle se leva d'un bond et se précipita vers moi pour me serrer impétueusement dans ses bras. Puis elle me lâcha et me considéra avec perplexité.

— Qu'est-ce qui se passe ? Pourquoi tu es en noir ?

Sur le moment, je fus incapable d'articuler un mot.

— Il est arrivé quelque chose à ta grand-mère ?

— Non, dis-je enfin en secouant la tête. Sören et moi… on a eu un accident de voiture alors qu'on allait à Löwenhof. Il est…

Incapable de poursuivre, j'éclatai en sanglots.

— Quoi ? Mais ce n'est pas possible ! se récria Kitty, horrifiée. Pourquoi je n'en ai rien su ?

— Tu étais loin, répondis-je d'une voix entrecoupée. Et je n'ai pas eu la force de t'écrire.

Elle me reprit dans ses bras.

— Tu ne peux pas savoir quel chagrin ça me cause, dit-elle en me caressant les cheveux.

Je pleurai un long moment dans ses bras, comme si je venais d'apprendre la funeste nouvelle. Jusque-là, j'avais renfermé en moi le fait que Sören n'était plus là. Ma famille le savait, mais elle faisait partie de mon cercle d'intimes. Kitty était la première personne extérieure à qui j'en parlais. Tout à coup, c'était comme si la disparation de mon fiancé devenait réelle.

Quand je me fus calmée, Kitty me conduisit jusqu'au canapé. Nous y avions passé des nuits entières à discuter. Mon amie avait toujours su me libérer de mes doutes et m'encourager. Elle ne posa pas de questions, se bornant à écouter mon récit, de la demande en mariage de Sören à mon réveil à l'hôpital. Des larmes brillaient dans ses yeux.

— Pourquoi ce monde est-il si foutrement injuste ? demanda-t-elle en essuyant ses joues. Je voudrais tellement pouvoir t'aider, mais je ne vois pas comment.

— Ça m'aide déjà beaucoup que tu m'aies écoutée, répondis-je.

— Peut-être, mais ça me met en rage. On aurait dû passer les vacances tous ensemble…

— On ne peut pas revenir en arrière. Malheureusement.

— Tu as réfléchi à ce que tu allais faire maintenant ? m'interrogea Kitty avec une pointe d'inquiétude.

— Qu'est-ce que tu veux que je fasse ? répondis-je tristement. J'ai pensé un temps à laisser tomber les études, et puis j'ai décidé de continuer. On a besoin de moi au domaine. Une fois mon diplôme en poche, je rentrerai à Löwenhof. Et là on verra.

— À t'entendre, on croirait que tu as tiré un trait sur ta vie.

— Qu'est-ce que je peux encore espérer ? Je ne sais pas ce que l'avenir me réserve. Je sais juste qu'il faut que je termine ma formation. Je ne pense pas pouvoir jamais retrouver un homme comme Sören. Mais peut-être que ce n'est pas la volonté du destin.

— Qu'est-ce que tu racontes ? Moi je te le dis : un jour, tu retomberas amoureuse. Tu as l'avenir devant toi.

— Tu parles comme ma grand-mère, dis-je, les larmes aux yeux.

— Et tu l'aimes ta grand-mère, n'est-ce pas ?

— Oui, mais pour l'instant j'ai du mal à croire qu'un jour ça puisse aller mieux.

— Ce n'est pas étonnant. Que dirais-tu d'une tasse de thé ? Et ensuite on passera la soirée à parler. Ou pas, comme tu préfères.

— Merci.

Kitty se leva et sortit de la chambre. Le foyer disposait d'une cuisine commune tout équipée.

Mon regard se posa sur le coin de la chambre occupé par mon amie. Elle avait déjà défait ses valises. Quelques livres neufs étaient posés sur sa table de chevet légèrement bancale. Je sentis alors que j'avais bien fait de reprendre le chemin de l'université.

Kitty revint quelques minutes plus tard avec un gobelet contenant une boule à thé. Une odeur de menthe se répandit dans la pièce.

— Tiens, bois, ça va te réchauffer.

Elle posa le gobelet devant moi sur la petite table couverte de magazines et de livres. Puis elle s'assit à mon côté et me passa le bras autour de la taille. Nous restâmes un long moment silencieuses, plongées dans nos pensées.

Lorsque je me réveillai, le lendemain matin, Kitty était déjà partie. Les cours ne commençaient qu'à 9 heures, mais elle avait sans doute une affaire à régler. À côté de mon lit était posé un petit plateau en plastique avec une assiette contenant un escargot à la cannelle. « Bonjour, chérie, on se voit tout à l'heure à la fac », avait écrit Kitty sur un bout de papier. Elle avait dû repartir de chez elle avec une bonne provision de pâtisseries maison.

Ce petit cadeau n'était pas nécessaire, car j'avais moi aussi apporté un monceau de gâteaux et d'autres provisions, mais il m'alla droit au cœur.

Il était peu probable que quiconque au foyer ait appris ce qui m'était arrivé, mais je n'en craignais pas moins la réaction des autres à ma vue. Je me levai et me rendis dans la salle de bains commune. Je saluai rapidement une étudiante qui se coiffait devant le miroir d'un lavabo et m'engouffrai dans une cabine de douche. Lorsque j'en ressortis, je constatai avec soulagement qu'elle n'était plus là.

De retour dans ma chambre, je glissai l'escargot dans ma boîte à casse-croûte et la rangeai dans mon sac. Quelles matières avions-nous aujourd'hui ? Peu importe, je verrais bien.

En sortant du foyer, je vis arriver le bus. J'accélérai le pas et parvins à l'attraper *in extremis.* Une fois à l'intérieur, debout parmi les étudiants et les employés de bureau, je pris conscience que, durant quelques secondes, je n'avais pas pensé à Sören. Cela me faisait du bien de reprendre mes habitudes et d'avoir un objectif. À Löwenhof, j'avais plus d'une fois perdu la notion du temps faute d'avoir de véritables tâches à accomplir. Là-bas, on faisait les choses quand c'était nécessaire. Seuls mes parents avaient un agenda et des rendez-vous. Être à Stockholm m'empêcherait peut-être de ruminer, même si la présence de Sören sur le campus avait été un élément essentiel de ma vie. Il me manquerait, c'était certain. Sans doute continuerais-je à espérer le voir déboucher d'une allée ou me surprendre en quelque autre endroit. Mais au moins j'avais un but et je me promis de m'y consacrer entièrement. Cela apaiserait peut-être mon chagrin.

Sur le campus, je croisai une femme vêtue de noir. Je me figeai sur place : c'était la mère de Sören, un sac à la main. Je me souvins avec horreur que j'avais promis de lui donner signe de vie, ce dont je m'étais finalement abstenue. Je fus prise de remords. Impossible de faire comme si je ne l'avais pas vue. Je pris une profonde inspiration.

— Bonjour, Edda, dis-je.

— Bonjour, Solveig. Je suis heureuse de te voir, dit-elle avec un sourire que démentait la tristesse de son expression.

— Je... bafouillai-je tandis que la gêne se peignait dans son regard. Excuse-moi de ne pas t'avoir rappelée.

— Ce n'est pas grave. Tu avais besoin de temps, comme nous d'ailleurs.

— Oui, mais j'aurais quand même dû venir vous voir.

Embarrassée, je baissai les yeux. Si seulement j'étais partie un peu plus tôt, je me serais épargné cette rencontre.

— Je sais combien tu aimais Sören.

Nous échangeâmes un regard, puis nous nous tombâmes dans les bras en pleurant.

— J'ai tant de chagrin, ne cessais-je de répéter. Il me manque tellement !

— Il nous manque aussi, répondait Edda.

Au bout d'un moment, je parvins à me reprendre. Il fallait absolument que nous parlions. Mon cours allait commencer sous peu, mais je pouvais sans problème arriver avec un peu de retard.

— Je peux t'inviter à prendre un café ? demandai-je en essuyant mes larmes.

En pareille situation, Sören avait toujours un mouchoir à portée de main. Peut-être était-ce pour cela que je n'en avais jamais sur moi.

— Avec plaisir si tu as le temps. En fait, j'étais venue te donner quelque chose.

— J'ai le temps, oui, repartis-je promptement.

J'expliquerais au professeur ce qui s'était passé, il comprendrait. Sinon, eh bien, je ferais l'heure de colle qu'il m'infligerait.

Nous nous rendîmes dans un petit café situé à proximité du campus. Il n'avait rien de très accueillant et ses murs carrelés me rappelaient notre salle de dissection mais, à cette heure, il était presque désert et le café était bon.

Lorsque nous eûmes passé notre commande, Edda sortit de son sac un objet assez grand, enveloppé dans du papier marron.

— Tiens, c'est pour toi.

— Qu'est-ce que c'est ? demandai-je, surprise.

— Des livres.

— Des livres ? répétai-je sans comprendre.

— Ils sont chers et les étudiants ne sont pas riches. Voilà pourquoi j'ai souhaité te donner les manuels de Sören. Il avait presque terminé sa formation, et toi tu as encore un an à faire.

Elle me faisait cadeau des livres de Sören ?

— Mais je ne peux pas accepter ! m'exclamais-je, effrayée.

— S'il te plaît, insista Edda. Je ne sais pas quoi faire d'autre pour toi. Lorsque nous avons appris l'accident, j'ai évidemment pensé à Sören, mais aussi à toi. J'ai espéré très fort que tu ne sois pas grièvement blessée. Et puis ta mère a appelé et, quand j'ai appris que tu allais mieux, je me suis sentie très soulagée. Au moins Sören ne t'avait pas entraînée dans la mort… J'avais l'impression que nous avions conservé une fille.

Prise d'un profond désarroi, je secouai la tête. Mes remords ne faisaient que croître. Je n'étais même pas allée la voir pour la réconforter et elle m'offrait les manuels de Sören.

— Il n'est pas responsable de ce qui est arrivé, dis-je. Un cerf a surgi à l'improviste sur la route. Si j'avais été au volant, il se serait sans doute produit la même chose.

— La police pense qu'il a pu s'endormir.

— Certainement pas ! Moi, j'étais fatiguée et je me suis assoupie. Mais Sören avait le sens des responsabilités. S'il s'était senti gagné par le sommeil, il aurait fait halte. Jamais il ne nous aurait mis en danger.

Le regard d'Edda exprimait le doute. Qu'est-ce que la police leur avait raconté ?

— Personne ne saura jamais ce qui s'est vraiment passé, n'est-ce pas ? répondit-elle tristement.

— Si seulement j'avais été réveillée, si j'avais pu faire quelque chose pour éviter ça... Je... j'ai vu l'endroit de l'accident...

Edda me prit la main avec un profond soupir.

— Ne t'inquiète pas, personne ne t'accuse de quoi que ce soit. Mais fais-moi plaisir, prends les livres. Ils font partie des dernières choses qui restent de lui.

Je pensai soudain que Mme Lundgren devait être en train de vider son appartement. Devais-je lui proposer mon aide ?

À cet instant, le garçon arriva avec le café, dont l'arôme corsé me revigora.

— Tu es sûre que tu veux me les offrir ? m'assurai-je. C'est un souvenir...

— Oui, mais ne vaudrait-il pas mieux que tu puisses t'en servir ? Si personne ne les lit, ce n'est que du papier relié. Sören a fait quelques remarques dans la marge. Tu y trouveras peut-être du réconfort. Accepte ce cadeau, je t'en prie. Nous n'avons rien d'autre à te donner.

— Mais ce n'est pas nécessaire.

— Ces ouvrages sont utiles, tu en auras besoin. Lorsqu'on est submergé par le désespoir, lorsqu'on ne trouve plus de sens à sa vie, on a besoin de quelque chose à quoi se raccrocher. Peut-être ces ouvrages t'aideront-ils à passer ce cap si difficile. Tu n'as pas l'âge de te cramponner à une tombe.

Je regardai Edda, puis baissai les yeux sur les livres.

— Merci, répondis-je finalement en posant la main sur le paquet. Je les accepte avec plaisir.

— J'en suis heureuse, chez toi ils seront à leur place.

— J'aurais beaucoup aimé être ta belle-fille, dis-je.

— Et moi, j'aurais aimé que tu le sois. Nous pouvons peut-être rester amies ? Nous n'avons plus que toi.

— Bien sûr, répondis-je en lui pressant la main.

Ébranlée par cette rencontre et le cadeau d'Edda, j'eus envie de rentrer au foyer et d'enfouir ma tête dans mes oreillers. Mais je repensai alors à la promesse que j'avais faite à Sören sur sa tombe. Je ne pouvais pas abandonner, il fallait que je continue, pour nous deux. Aussi coinçai-je le paquet sous mon bras et entrai-je dans le bâtiment de l'université.

— Où étais-tu ? demanda Kitty en me voyant arriver dans l'amphi.

Ce jour-là, nous avions le deuxième cours en commun.

— Je suis tombée sur la mère de Sören. Elle était venue me donner ça, répondis-je en posant le paquet sur le pupitre.

— Sören t'a légué quelque chose ?

— Non… Ce sont ses manuels de dernière année.

— Ses manuels ? s'étonna Kitty.

— Oui. Elle a pensé qu'ils me seraient utiles.

— Elle a raison. Cela dit, ils te rappelleront continuellement son souvenir. Comment veux-tu passer à autre chose si tu les as tout le temps sous les yeux ?

— Mais je ne veux pas passer à autre chose ! En tout cas pas tout de suite. J'apprécie ce geste.

— Je comprends, mais je trouve ça un peu sinistre.

— De toute façon je n'oublierai jamais l'homme que j'ai le plus aimé au monde, répliquai-je en souriant. Au fait, merci pour l'escargot à la cannelle. Tu es la meilleure compagne de chambre qu'on puisse rêver.

Je passai la soirée plongée dans les manuels de Sören, les feuilletant page à page en quête des traces qu'il y avait laissées. L'idée de Kitty selon laquelle il s'y trouvait peut-être une lettre à mon intention se révéla infondée. Par endroits, Sören avait inscrit des remarques dans la marge, mais elles étaient purement scientifiques. Qu'avais-je donc espéré ? Un message d'amour caché ?

Alors que je prenais un manuel que je n'avais pas encore ouvert, je vis quelque chose dépasser entre les pages. C'était une photo, un peu abîmée, qui nous représentait à la plage, Sören et moi. Une des premières photos de nous. Le cliché était en noir et blanc, mais je me souvenais que je portais un bikini orange et Sören un maillot bleu. Avec ses lunettes de soleil, on aurait dit une vedette de cinéma.

Je retrouvai instantanément toutes les impressions sensorielles de ce moment, comme si j'avais été aspirée dans le passé. Je sentis l'odeur de l'huile solaire, du varech échoué sur le sable, des petites saucisses chaudes qu'un marchand vendait sur son étal. Je goûtai de nouveau la glace que nous avions achetée pour nous rafraîchir. Et je perçus la présence de Sören, la chaleur de sa peau, ses baisers. Je revis ses yeux et, un bref instant, ce fut comme s'il n'avait pas disparu.

Je pressai la photo sur mon cœur. Son effet sur moi était à la fois angoissant et merveilleux. Désormais, Sören ne me quitterait plus. Avec le temps, les impressions que ce cliché éveillait en moi s'affaibliraient sans doute, mais c'était mille fois mieux qu'une pierre tombale. Edda était-elle au courant de la présence de cette photo ?

En tout cas, je fus heureuse de l'avoir. Et je me jurai de ne jamais m'en séparer.

DEUXIÈME PARTIE

1968

CHAPITRE 10

— TU NE DEVRAIS PAS POUSSER LA JUMENT comme ça, lança ma mère, postée à la clôture du pré. Les chemins sont glissants. Si elle dérape, vous risquez de tomber et de vous rompre les os.

Je ralentis aussitôt l'allure. Arrivée à la clôture, je flattai le cou de ma monture et mis pied à terre.

— Ne t'inquiète pas, Maman. Il n'y a quasiment pas de neige sur les sentiers. Et puis, je suis toujours très prudente.

— Oui, mais on ne sait jamais. Et je n'ai pas envie que tu te retrouves de nouveau à l'hôpital, Solveig.

— Qu'est-ce que tu fais ici ? demandai-je.

D'ordinaire, Mathilda Lejongård avait mieux à faire que regarder sa fille monter à cheval.

— J'étais sortie me promener. L'inventaire annuel est fatigant, je me sentais oppressée entre mes quatre murs.

— Tu es sûre que ça va ? m'enquis-je. Tu me le dirais s'il y avait un problème, n'est-ce pas ?

— Bien sûr, je n'ai pas de secrets pour ma fille. Rien de plus que les difficultés qui nous poursuivent depuis des décennies. Après la guerre, nos affaires n'ont connu qu'un bref regain. Le plus dur a été la défection de la maison royale, qui nous a rayés de la liste de ses fournisseurs pour avoir refusé de vendre des chevaux aux nazis.

— Mais ça fait plus de vingt ans que la guerre est finie.

J'étais née un jour avant la fin officielle du conflit mondial. Je connaissais l'histoire de Clarence von Rosen, l'écuyer du roi, qui avait été un fervent adepte de l'idéologie nazie. Comme ma grand-mère refusait catégoriquement toute idée de commerce avec les Allemands, il avait fait en sorte de nous discréditer auprès de la famille royale. Et, comme c'était lui qui était chargé de l'acquisition des chevaux pour la cour, nous avions bientôt disparu de la liste des fournisseurs. Il en était resté ainsi, alors même que Rosen était mort depuis dix ans.

— Il me semble pourtant que nous continuons à en subir les conséquences, répliqua ma mère. Et quand je pense à l'époque des grands bals… Ils devaient être magnifiques. J'en ai connu la fin et je regrette que tu ne saches pas ce que c'était.

— Les temps ont changé. La chasse n'est plus au goût du jour, mais nous continuons à célébrer la fête de la Saint-Jean. À laquelle s'est ajoutée celle du crabe.

— Il y a aussi la Sainte-Lucie.

— Oui, j'ai failli l'oublier.

Quoique passée de mode, la fête de la Sainte-Lucie était l'une de mes préférées.

— Les gens qui en ont les moyens préfèrent organiser des soirées.

— Où est l'intérêt ? Tout le monde peut le faire.

— C'est sûr, même la maison royale. En tout cas, c'est ce que j'ai lu dans un des magazines de Kitty.

— Agneta dirait qu'il y a eu une époque où les Lejongård étaient invités à la cour. Je crains que, là-bas, on ait oublié notre existence.

— Tu es bien pessimiste, Maman. Je trouve plutôt agréable de ne pas avoir à rappliquer à chaque anniversaire d'un membre de la famille royale et de ne pas me voir continuellement rappeler que nous sommes les plus fidèles soutiens de la royauté. Pour autant que je sache, ça fait un bout de temps que nous n'avons pas eu à jouer les défenseurs de la monarchie. Et la guerre de Trente Ans est loin.

Ma mère me regarda avec un sourire malicieux.

— Ta grand-mère n'apprécierait pas de t'entendre parler ainsi.

— Ah bon ? Pourtant, elle n'a pas cessé de nous répéter qu'elle aurait préféré devenir peintre.

— Tu es injuste. Elle avait peut-être d'autres projets dans la vie, mais ça ne signifie pas qu'elle se sentait dégagée de ses obligations familiales. Elle aurait tout à fait pu refuser son héritage.

— Mais alors qui aurait administré le domaine ?

— Il y a toujours une alternative.

Je n'insistai pas. Lorsqu'il était question de sa mère adoptive, Mathilda pouvait se montrer très protectrice.

— En ce qui me concerne, j'ai toujours voulu m'occuper de chevaux, m'empressai-je de répondre. Et je suis heureuse que Grand-mère m'ait poussée à continuer dans cette voie.

Nous marchâmes un moment en silence. Du givre gouttait des arbres. De mystérieux craquements se faisaient entendre un peu partout. C'était encore l'hiver, mais la vie commençait à se manifester.

— Comment tu te sens ? demanda soudain ma mère.

Un frisson me parcourut l'échine. Je savais ce qu'elle voulait dire. Cela faisait un an jour pour jour que s'était produit l'accident qui avait coûté la vie à Sören. Voulant échapper aux pensées qui m'assaillaient, j'étais partie à cheval de bon matin. Lorsque je chevauchais, le monde disparaissait. Il n'y avait plus que ma monture et moi. Sa force et sa grâce. Et la nature tout autour. Même si pour le moment elle était encore figée sous la neige.

— Ça va, répondis-je.

En réalité, je n'aurais su comment décrire mon état. Physiquement, j'étais en pleine forme. Je n'avais gardé aucune séquelle de mes blessures. Mais je conservais au fond du cœur une cicatrice qui se réveillait parfois très douloureusement. Comme en ce jour. Cependant, nulle part je n'aurais pu me soustraire au chagrin.

— Mais il me manque tellement…

Je baissai la tête. En général, je m'efforçais de ne pas penser à ce qu'aurait été ma vie si le cerf n'avait pas croisé notre route. Pourtant, à cet instant, la souffrance était trop vive. À ce jour, nous aurions été mariés depuis plus de six mois…

Ma mère posa sa main sur la mienne.

— Excuse-moi, je n'aurais pas dû te poser la question.

— Je ne t'ai pas attendue pour y penser. Mais, quand je t'ai dit que ça allait, ce n'était pas un mensonge. Je vais bien. Sauf que parfois je suis reprise par le chagrin.

Je repensai à la photo de Sören et moi sur la plage. Je l'avais toujours sur moi et, comme je la contemplais très souvent, elle avait fini par s'abîmer. Mais son effet demeurait puissant et elle m'aidait à aller de l'avant.

— Tu t'es rétablie physiquement, mais je vois bien que ta tristesse n'a pas disparu.

— C'est juste une question de temps.

— La douleur d'un amour perdu ne disparaît jamais. Elle devient simplement plus supportable. Ta grand-mère a longtemps pleuré son époux et son frère. Très longtemps. Et sans doute continue-t-elle à le faire. Et la chambre d'Ingmar est un témoignage visible de l'affliction que lui a causée la perte de son fils.

Je la regardai. Mathilda Lejongård avait eu la grande chance de ne pas perdre l'amour de sa vie. Elle avait connu bien des péripéties avant de pouvoir épouser mon père, mais ils avaient fini par se retrouver. Elle était la plus heureuse de nous trois.

Au manoir nous attendait un véhicule bleu surdimensionné. Une Cadillac comme on n'en voyait que dans les films américains. James Dean avait-il ressuscité pour venir nous rendre visite ?

— Qui est-ce ? s'étonna ma mère.

— Je ne sais pas. Un de tes partenaires commerciaux ?

— Aucun n'a une voiture pareille.

— Ou alors un collectionneur qui veut acheter notre vieux tas de ferraille ?

— Cette antique voiture date du temps d'Agneta !

— Peut-être que Grand-mère a passé une annonce. La Cadillac n'est pas non plus dernier cri…

— Bon, je vais voir qui est notre mystérieux visiteur.

— Je m'occupe de Mira et j'arrive.

Pendant que ma mère gravissait le perron, je reconduisis la jument à l'écurie. Qui pouvait bien être l'énigmatique conducteur de la Cadillac ? Ou était-ce une femme ? Une des relations d'Agneta qui venaient parfois jouer aux cartes et prendre le café s'était-elle offert un caprice extravagant ?

Dans l'écurie, j'entendis la voix de notre écuyer, Sven Bergmann, qui discutait avec son équipe. Je les saluai, fis entrer la jument et lui ôtai sa selle. Agneta m'avait raconté que, autrefois, il y avait un grand nombre de valets au domaine et qu'elle n'avait jamais eu à panser elle-même sa monture. Moi, j'aimais bien m'en charger. À Stockholm, je n'avais vu que des chevaux malades. Avoir affaire à des bêtes en bonne santé me faisait du bien.

Lorsque j'eus terminé, je me hâtai de regagner le manoir. La porte de la salle à manger était grande ouverte, mais le visiteur ne se trouvait pas dans la pièce. Je montai rapidement dans ma chambre. Pas question de me présenter en tenue d'équitation : quand on parlait affaires, je représentais notre maison à l'égal de ma mère et de ma grand-mère.

Une fois dans ma chambre, je me déshabillai en un tournemain. Depuis quelques semaines déjà, je ne portais plus exclusivement du noir, mais je continuais à mettre les pulls que j'avais achetés durant la période de deuil. Je n'éprouvais pas l'envie de renouveler ma garde-robe.

Cependant cette visite m'intriguait et me fit presque regretter de n'avoir rien de mieux à me mettre. Une étrange excitation s'était emparée de moi. Qui étaient ces gens venus en Cadillac ? J'enfilai un chemisier blanc et ressortis de ma chambre.

Les visiteurs étaient dans le bureau. J'entendis des voix d'homme parler anglais. Le propriétaire de la voiture était-il américain ? Peut-être un acteur de cinéma qui s'était égaré et arrêté pour nous demander son chemin ? Non, dans ce cas, on ne l'aurait pas reçu dans le bureau. Les visites privées étaient accueillies au salon.

Je passai la main sur mon chemisier pour le lisser, puis j'ouvris la porte. Les conversations cessèrent instantanément, et quatre paires d'yeux se tournèrent vers moi.

Mathilda et Agneta étaient assises en compagnie de deux hommes qui n'auraient pu être plus différents l'un de l'autre. Le plus âgé avait les cheveux blonds, un large sourire comme ceux que l'on voyait sur les publicités de cigarettes, et le teint bronzé. Le soleil semblait cependant avoir exigé son tribut, car il avait de nombreuses rides autour des yeux et sa peau avait l'aspect d'un cuir tanné. Il m'évoqua l'ancien président John F. Kennedy, assassiné quelques années plus tôt. L'autre, qui était plus jeune et plus pâle, avait les cheveux sombres, légèrement bouclés, un menton carré et des yeux bruns dont la couleur me rappela ceux de Sören.

— Je vous présente ma fille Solveig, dit alors ma mère en anglais.

Les deux hommes se levèrent pour me saluer.

— Michael Roscoe V., dit le plus vieux avec un accent américain. Mais vous pouvez m'appeler Mike. Dans notre famille, il est de tradition de prénommer le fils aîné Michael. C'est mon arrière-arrière-grand-père qui a donné l'exemple.

— Ce n'est pas un peu compliqué au quotidien ? demandai-je.

— Nous avons l'habitude. Quand ma mère appelle l'un de nous, son intonation nous renseigne tout de suite, expliqua-t-il avec un sourire contagieux. Et voici mon ami Jonas Carinsson.

Carinsson me tendit la main.

— Enchanté, mademoiselle Lejongård, dit-il en suédois.

J'en fus surprise, car je m'étais attendue à ce qu'il soit américain lui aussi.

— M. Roscoe a fait le long voyage depuis l'Amérique pour voir nos chevaux, dont il a beaucoup entendu parler, m'expliqua ma mère.

Comment pouvait-il avoir eu connaissance de notre domaine par-delà l'océan ?

— Il a lu un article sur nous dans une revue spécialisée, poursuivit-elle en m'invitant à les rejoindre.

Je m'assis sur le petit canapé à côté de ma grand-mère, qui observait les deux hommes avec attention.

— Si vous vouliez bien nous permettre de jeter un coup d'œil sur vos chevaux, nous vous en serions infiniment reconnaissants, reprit Roscoe.

Il parlait lentement, comme pour s'assurer que nous le comprenions. Ce qui n'était pas nécessaire. Ma mère avait appris l'anglais à l'école de commerce, et moi au lycée, ce qui était courant. J'avais aussi quelques condisciples anglais à l'université.

— Ça ne pose aucun problème.

Je sentais sur moi le regard du Suédois. L'homme était séduisant et il paraissait ne pas l'ignorer. Cependant je n'étais pas intéressée. Même si M. Roscoe achetait quelques chevaux, on ne le verrait pas longtemps à Löwenhof. Alors pourquoi perdre mon temps à penser à lui ?

— Ma fille Solveig va vous montrer les écuries.

Moi ? Je la regardai avec effroi. La propriétaire du domaine, c'était elle. Ou plus exactement ma grand-mère.

— C'est très aimable à vous, déclara Carinsson.

Je faillis refuser cette mission, mais la présence de nos visiteurs me retint de le faire. Chacune de nous représentait Löwenhof.

— Très bien, dis-je. Si nous y allions dès maintenant ?

— Avec plaisir ! répondit l'Américain. Je brûle d'impatience !

Je descendis dans le vestibule en compagnie de nos visiteurs, ne sachant trop quoi leur dire et ignorant pour quelle raison ma mère ne s'était pas proposée pour leur servir de guide. Sans doute voulait-elle m'obliger à ne plus éviter le contact des hommes.

Au cours de l'année écoulée, je m'étais sciemment dérobée à toute occasion de rencontre. Je ne voulais pas de nouvel ami. Tout ce que je souhaitais, c'était réussir au mieux mes examens.

— Notre domaine possède une très longue histoire, comme vous le montre ce tableau, dis-je en désignant une représentation du manoir que l'un de nos ancêtres avait reçue en cadeau du roi. La Scanie ayant été danoise, le roi avait installé sur ses terres de fidèles vassaux suédois chargés de les administrer et de préserver la paix. Les Lejongård ont même servi le roi Gustave II Adolphe durant la guerre de Trente Ans. La couronne nous a donc jugés suffisamment loyaux pour nous confier la mise au pas des rebelles scaniens.

— Des francs-tireurs, j'imagine, qui ont dû essayer de s'emparer du domaine, fit remarquer Carinsson.

— En effet, répondis-je, surprise par sa connaissance de l'histoire. La façade arrière montre encore des impacts de balles. Mais les Lejongård ont fini par gagner la sympathie des gens du cru. On dit qu'un de nos ancêtres a négocié un cessez-le-feu avec les rebelles. Des chevaux contre la paix.

— Un bon marché, intervint Roscoe. Au Texas, les ranchs ont procédé de la même façon pour conclure la paix. Les chevaux ont toujours représenté une bonne monnaie d'échange.

— Malheureusement, les temps ont changé. Plus personne ou presque n'achète de chevaux. Même la cour préfère la voiture au carrosse – sauf en certaines occasions, bien sûr.

— Et comment parvenez-vous à vous maintenir à flot ? s'enquit Carinsson.

— Grâce à l'élevage. Et nous avons aussi des clients de longue date qui ont besoin de chevaux pour leurs haras. Nos étalons figurent depuis le début dans le registre d'élevage établi par la Suède. La qualité de nos chevaux est remarquable, comme vous pourrez le constater.

Mon discours paraissait terriblement prétentieux, mais la question de Carinsson m'avait agacée. En quoi le regardait la façon dont nous gagnions notre vie ? Voulait-il m'entendre dire que Löwenhof avait perdu de sa splendeur ? Je n'allais tout de même pas déplorer notre situation devant un Américain désireux d'acquérir des chevaux !

Nous traversâmes la cour pour rejoindre les écuries. À cette heure, elles étaient propres et bien rangées, et nos bêtes mâchaient tranquillement leur avoine. Dans l'air flottait une odeur de foin et de paille à laquelle se mêlaient les effluves si caractéristiques des chevaux.

Je montrai d'abord les étalons à Roscoe.

— Magnifiques ! s'extasia-t-il. Ils sont splendides ! Mes voisins en seront verts de jalousie !

Tournant le regard vers Carinsson, je le vis examiner les poutres d'un œil critique. Y trouvait-il quelque chose à redire ? Elles étaient vieilles mais impeccables !

Roscoe voulut voir les chevaux de plus près et entrer dans le box d'un de nos meilleurs étalons. Il s'enquit de son nom et du nombre de poulains qu'il avait engendrés.

— Il s'appelle Roi-Soleil, c'est un arrière-petit-fils d'Étoile du soir, un cheval que ma grand-mère aimait beaucoup.

— Un bien beau nom !

— Et un merveilleux étalon. Il a donné naissance à vingt poulains, dont certains appartiennent aujourd'hui à des écuries réputées en Italie et en France.

— Formidable ! J'aurais bien besoin d'une bête comme celle-là.

Ses paroles me causèrent une frayeur. Voulait-il acheter notre Roi-Soleil ? Il fallait absolument que je l'en dissuade !

— Je suis ravie de votre enthousiasme, monsieur Roscoe, répondis-je. Mais que diriez-vous de poursuivre la visite ? Vous verrez quelques-uns des descendants de ce cheval. Je suis sûre qu'un jour ils seront d'aussi bons étalons que lui.

— Et si c'est lui que je veux ?

— Roi-Soleil n'est pas à vendre. Il représente un capital trop important pour le domaine.

L'Américain parut se demander quel prix il devait en offrir lorsque M. Carinsson lui effleura le bras.

— Nous ferions mieux de poursuivre notre visite avec la jeune dame. Tu trouveras sûrement ce que tu cherches.

— OK, répondit Roscoe en jetant un regard de regret à Roi-Soleil.

L'étalon souffla et secoua la tête comme pour signifier son refus de changer de propriétaire.

Je conduisis nos visiteurs dans l'écurie suivante et remarquai, là aussi, que M. Carinsson examinait soigneusement les lieux.

— Ce bâtiment est plus ancien que le précédent, expliquai-je. Il a été construit en 1750, à l'époque où notre famille a véritablement commencé à s'intéresser à l'élevage de chevaux. Avant, elle était davantage tournée vers l'agriculture. On élevait des chevaux et on les vendait à l'armée, mais ce n'était pas l'activité principale du domaine. La situation s'est inversée au XVIIIe siècle.

Roscoe paraissait fasciné.

— C'est le moment où mes ancêtres sont arrivés en Amérique. Ils étaient pauvres comme Job, mais avec le temps ils ont bâti une fortune.

— Très impressionnant.

— Merci, vous êtes bien aimable. Mais il est plus impressionnant encore qu'en dépit de toutes les guerres des bâtiments historiques tels que celui-ci soient restés debout dans cette bonne vieille Europe.

— Les guerres que la Suède a connues n'ont pas entraîné beaucoup de destructions, répliquai-je. L'essentiel des combats ont eu lieu en dehors des villes. Et puis la Suède a surtout été active de l'autre côté de la Baltique. À cela s'ajoute que le pays ne s'est engagé dans aucun conflit depuis le XIXe siècle. Et nous devons à notre vieux roi d'avoir été épargnés durant la dernière guerre mondiale.

Une certaine fierté transparaissait dans mes propos. Nous étions un pays pacifique et moderne. Et Löwenhof pouvait se prévaloir d'avoir refusé de vendre ses chevaux à une nation belliciste – même si cela nous avait coûté cher.

L'Américain examina avec attention les bêtes installées dans le bâtiment. Il savait les approcher avec sympathie. Celles qu'il achèterait seraient entre de bonnes mains. Ce qui m'inquiétait, en revanche, c'était le long voyage qui les attendait.

— Dans le cas où vous souhaiteriez acquérir des chevaux, comment envisagez-vous leur transport ? m'enquis-je.

Au cours de mes études, j'avais appris que les chevaux voyageant par bateau étaient souvent touchés par la fièvre ou par des maladies respiratoires en raison de la mauvaise qualité de l'air dans les cales.

— Je les ramènerai par avion, répondit l'Américain. Il y a encore dix ans, nous le faisions par bateau, mais cela nuisait à leur santé. On ne peut pas se permettre de perdre des animaux de prix.

— Vous avez raison. À l'université, nos professeurs nous disaient que le transport en avion était de loin préférable, pour la simple raison déjà qu'il était nettement plus court.

Du coin de l'œil je vis sourire Carinsson. Jugeait-il ma remarque stupide ? Pourtant, je n'avais pas trouvé ridicule qu'on nous parle du stress que représentait un voyage pour les bêtes.

— Oui, c'est aussi ce que disent mes vétérinaires. Ça coûte évidemment plus cher, mais en ce qui me concerne ce n'est pas un problème. Après tout, nous transportons des joyaux sur pattes.

— C'est une jolie image, je m'en souviendrai. Et si nous poursuivions la visite ? Vous trouverez peut-être une bête qui vous plaît.

— À vrai dire, c'est Roi-Soleil que j'aurais souhaité acheter. Mais s'il n'est pas à vendre…

— En effet, j'en suis désolée, répondis-je avec autant d'amabilité que possible.

— OK, alors allons voir les autres.

Notre tour terminé, nous retournâmes au manoir, où ma mère nous attendait.

— J'aimerais acheter quinze de vos chevaux, annonça l'Américain avec un geste théâtral probablement destiné à souligner son enthousiasme. Cinq étalons et dix juments. Ils constitueraient un apport bienvenu à mon haras. Des bêtes solides, de bonne race. Je regrette de ne pas vous avoir connus plus tôt.

Les yeux de ma mère brillèrent, mais elle recouvra immédiatement son professionnalisme.

— Alors parlons affaires. Avez-vous déjà arrêté votre choix ou préférez-vous attendre la fin de notre discussion ?

— J'aimerais mieux attendre, oui, répondit-il.

M. Carinsson parut ne pas souhaiter prendre part à la négociation.

— Verriez-vous une objection à me montrer le jardin ? me demanda-t-il.

J'en fus surprise. N'avait-il pas vu tout ce qu'il avait à voir au domaine ?

— J'ai aperçu quelques ravissantes statuettes. Aviez-vous un jardin anglais dans le temps ?

— Oui, c'est mon arrière-grand-mère Stella qui l'a fait aménager. Mais il n'est plus entretenu, malheureusement.

— Pourrions-nous tout de même aller le voir ? Ne vous inquiétez pas, je ne mords pas.

Croyait-il sérieusement que j'avais peur de lui ? Je me savais capable de ramener un chien rebelle à la raison et n'éprouvais aucune crainte face à des bêtes nettement plus grandes que moi. Pourquoi aurais-je dû redouter sa présence ?

— Bon, d'accord, répondis-je. Mais n'espérez pas trop de cette visite. La plupart des « statuettes », comme vous dites, ne sont pas en bon état. Et, l'été, quand le jardin est en fleurs, on les distingue à peine. Ma grand-mère préfère les décors plus naturels.

— C'est une bonne chose, répliqua-t-il. La modernité fait son entrée jusque dans les jardins des châteaux. J'ai entendu dire que la famille royale allait charger un des meilleurs jardiniers paysagistes de Suède de réaménager une partie des jardins du palais. Il était temps que ces vieilleries disparaissent.

« Vieilleries » ? Les jardins royaux ? J'aurais bien aimé voir la réaction des Bernadotte... Sans répondre, je ressortis avec lui.

Notre jardin anglais avait effectivement piètre allure. On aurait dit un cimetière à l'abandon. Heureusement, le printemps lui redonnerait du lustre. Carinsson l'examina avec attention.

— Je vous ai vu sourire lorsque j'ai parlé du transport des chevaux, dis-je. Y avait-il quelque chose d'absurde dans mes propos ?

— Pas du tout. J'ai juste été surpris que ce soit pour vous un sujet de préoccupation.

— C'est bien naturel lorsqu'on élève des bêtes, répliquai-je. Et puis je me destine à être vétérinaire. On s'inquiète forcément de ce que deviendront les chevaux qu'on accompagne depuis leur naissance.

Carinsson opina.

— Vous saviez que le premier transport aérien de chevaux datait de 1924 ?

— Non. Nous nous concentrons plutôt sur les aspects médicaux des différents moyens de transport.

— Eh bien, maintenant vous le savez. En 1924, un jockey a fait avec son cheval le trajet en avion de France en Angleterre. L'animal a débarqué le matin ; à midi il a pris part à la course prévue et, le soir, il mangeait tranquillement du foin dans son écurie habituelle. Fascinant, vous ne trouvez pas ?

— En effet.

Pourquoi me racontait-il tout cela ? Ce n'était pas dépourvu d'intérêt, mais son savoir me surprenait.

— Je trouve formidable qu'on puisse désormais voyager plus vite et épargner aux chevaux le stress d'un long trajet, approuvai-je.

Carinsson se frotta le nez. Il avait vraiment un comportement étrange.

— Je m'étonne un peu que vous vous intéressiez aux moyens modernes qui existent à présent pour transporter les chevaux, fit-il observer après un silence. Vos écuries datent pourtant d'avant 1924.

— Quel rapport ? demandai-je en m'arrêtant.

— Vous parlez de progrès, mais ici le temps semble s'être arrêté.

— Il ne s'est pas arrêté. Nous avons introduit dans l'élevage les acquis de la modernité et, sur le plan médical, nous sommes parfaitement à la page. Je suis capable d'en juger, même si je n'ai pas encore mon diplôme.

— Ah oui ? Sauf votre respect, vos écuries sont légèrement démodées, rétorqua-t-il en affichant de nouveau un sourire moqueur. Avez-vous déjà pensé à les moderniser ? Si vous continuez ainsi, vous aurez de plus en plus de mal à attirer les clients. Même si vous vous préoccupez du transport par avion.

Ses paroles m'ébranlèrent. Nos écuries avaient besoin d'être rénovées, je le savais. Mais nous n'avions pas l'argent nécessaire. Et cela ne signifiait pas que le temps s'était arrêté. Ce discours heurtait ma fierté. Nos écuries étaient propres et bien entretenues, les chevaux étaient en pleine forme. Mais Carinsson se comportait comme si les bâtiments étaient à l'abandon et abritaient de vieux canassons affamés et négligés.

— La baisse de la clientèle vient plutôt de ce qu'on ne se déplace plus en fiacre, objectai-je.

— Et que comptez-vous faire pour améliorer la situation ?

— Améliorer la situation ? m'étonnai-je. Qu'est-ce qu'on y peut si les gens n'ont plus besoin de chevaux ?

— De nos jours, l'homme voyage dans l'espace. La noblesse suédoise gagnerait sans doute à être un peu plus en phase avec son temps.

— Mais nous le sommes ! ripostai-je en me contenant avec peine.

Ce Carinsson débarquait chez nous avec un Américain que l'état de nos écuries semblait ne pas déranger, et il se croyait en droit de m'expliquer que la noblesse suédoise devait se moderniser ?

— Alors vous devriez le montrer en rénovant vos écuries. On se croirait au début du siècle.

Si je m'étais écoutée, je l'aurais planté là. Manifestement, il n'avait demandé à visiter le jardin que pour se moquer de moi.

— Avec des installations modernes, vous montrerez que vous êtes dans la course, poursuivit-il. Que vos bêtes soient répertoriées dans un antique registre d'élevage ne vous permettra plus très longtemps de garder la tête hors de l'eau. À l'heure actuelle, de nombreux haras suédois peuvent se vanter d'avoir d'excellents étalons.

— Et ils ont tous des écuries ultramodernes ?

— Pour la plupart, oui. Et ils s'efforcent d'élargir le cercle de leurs clients. En démarchant des acheteurs outre-mer, par exemple.

— Mais, dans ce cas, pourquoi avez-vous amené M. Roscoe chez nous ?

— Je n'y suis pour rien. Il avait entendu parler de votre domaine. Plus exactement, il avait lu un article dessus dans une vieille revue. Il pensait pouvoir y dénicher des trésors. Le voyant si enthousiaste, j'ai décidé de l'accompagner. Si j'avais su que vous n'aviez pas encore mis un pied dans la modernité…

— … vous lui auriez déconseillé de venir ? demandai-je en me maîtrisant à grand-peine.

Pour un peu je l'aurais giflé.

— Non, mais j'aurais été préparé.

Préparé ? Préparé à quoi ? Qu'avait-il attendu de la visite d'un grand domaine ?

— En tout cas, votre ami paraît enthousiaste.

— En effet. Mais, dès qu'il est question de chevaux, il ne voit pas plus loin que le bout de son nez. Pour lui, les bêtes pourraient aussi bien brouter derrière une clôture branlante entre des cactus et des buissons épineux. Cela dit, il sait reconnaître un bon étalon et ce dont il a besoin pour redonner du sang neuf à son haras. Votre Roi-Soleil serait parfaitement à sa place chez lui.

— Peut-être, mais il joue un rôle essentiel dans notre élevage. Il faudrait que ma mère n'ait plus toute sa tête pour le lui vendre.

— J'ai compris. Mais, pour en revenir aux bâtiments… j'ai maintenant une bonne vision d'ensemble. Et je dois dire que je suis surpris qu'un domaine comme Löwenhof en soit resté à l'avant-guerre. Ne l'oubliez pas, la première impression peut être décisive. De bons chevaux ne suffisent pas toujours. Certains clients veulent pouvoir être sûrs qu'ils ont été élevés avec tous les apports des connaissances actuelles.

Je pinçai les lèvres, craignant de me laisser aller à des paroles que je regretterais par la suite. Cela étant, je ne voyais pas quels arguments j'aurais pu avancer pour contrer son discours.

— Vous voulez dire que, de nos jours, les gens ne jugent que sur les apparences ?

— C'est dans l'ordre des choses, jeune comtesse. Pour rester dans la course, il faut déjà paraître à la page. Mes amis et moi avons un dicton : « Si tu veux devenir un homme d'affaires, prends-en l'habit. » Et ça marche.

Ses paroles me poursuivirent tandis que nous retournions au manoir. Une odeur de café régnait dans le vestibule. C'était l'heure du *fika*, la pause-café. Notre cuisinière ne proposait plus les traditionnelles sept sortes de biscuits, mais préparait des escargots à la cannelle et d'autres viennoiseries qu'on pouvait réchauffer au four.

Dans le bureau, nous retrouvâmes ma mère et un Roscoe tout sourires. Sans doute restait-il à déterminer quels chevaux il choisirait, mais l'affaire semblait conclue.

— Votre mère est vraiment formidable ! s'extasia l'Américain avec l'exubérance qui lui était propre.

J'étais heureuse de le revoir et d'échapper ainsi à la compagnie de ce type impossible qui voulait me convaincre de moderniser nos installations pour nous remettre à flot.

— Réfléchissez à ce que je vous ai dit, lâcha Carinsson avant de se tourner vers son ami.

Je lui jetai un regard furieux. Non mais pour qui se prenait-il ?

— Si vous voulez bien me permettre de vous inviter à notre *fika*, dit ma mère.

— Votre *fika* ? s'étonna Roscoe.

— La pause-café, traduisit son compagnon. En Suède, on prend le temps de boire le café et de bavarder.

Il tourna les yeux vers moi. Mais je n'avais aucune envie de me joindre à eux.

— Excusez-moi, j'ai à faire, répondis-je.

Et, sans attendre la réaction de ma mère, je quittai la pièce. J'avais besoin d'un bon bol d'air.

J'aurais aimé me dispenser de prendre congé des deux hommes, mais nous venions de vendre quinze chevaux et j'avais déjà séché le café. Je leur serrai la main en formulant secrètement le vœu de ne jamais revoir Carinsson. S'il nous trouvait si démodés, il n'avait qu'à aller au diable.

— Ce n'est pas magnifique ? s'exclama ma mère lorsque nos hôtes furent repartis dans leur véhicule clinquant. Quinze chevaux pour un élevage américain. Et M. Roscoe est prêt à en offrir un prix très généreux.

— C'est formidable, répondis-je. J'espère seulement qu'il ne changera pas d'avis.

— Comment ça ?

J'hésitai. Devais-je lui rapporter ma conversation avec Carinsson ?

— Qu'est-ce qui se passe ? insista-t-elle. Tu n'as pas voulu prendre le café avec nous. Il y a eu un problème ?

— Si ça se trouve, M. Carinsson est en train de dissuader son ami d'acheter nos bêtes.

— Comment ça ?

Je m'en voulais de lui gâcher cet instant de joie. Sans compter que Carinsson s'était peut-être simplement permis une mauvaise plaisanterie. Il savait que je n'avais aucun pouvoir de décision. Sa façon de m'appeler « jeune comtesse » m'était restée en travers de la gorge… Cependant ma mère et moi avions pour principe tacite de ne rien nous cacher en ce qui concernait le domaine.

— Il m'a dit que nous étions démodés, répondis-je. Nos écuries lui paraissent antiques et il y voit la raison de nos difficultés.

La mine de ma mère s'assombrit.

— Mais c'est ridicule ! Nos écuries sont en parfait état. C'est vrai, les bâtiments sont anciens, mais quoi de plus normal ? Löwenhof a trois cents ans d'âge !

— C'est ce que je lui ai dit. À quoi il a répondu que nous devrions au moins faire semblant d'avoir une vaste clientèle.

— Mais nos affaires marchent bien ! Sauf que les temps ont changé. Pour faire de l'argent, aujourd'hui, il faudrait vendre des voitures.

— Il pense que nous continuons à fonctionner comme au début du siècle.

— Quelle insolence ! s'exclama ma mère, outrée. S'il avait osé me dire ça, il aurait été bien reçu !

— Il n'en a sans doute pas eu le courage. Il a préféré s'adresser à la fille de la maison.

— Et dire qu'ils avaient l'air si sympathiques tous les deux…

Elle tourna brièvement les yeux vers les portraits exposés au mur, dans l'escalier, puis reporta son regard sur moi.

— Tu es sûre d'avoir bien compris ? demanda-t-elle. Peut-être qu'il plaisantait.

— Non, je ne crois pas. Et maintenant il doit être en train de livrer ses impressions à son ami.

— Ça ne veut pas dire qu'il tentera de le faire revenir sur sa décision.

— Il a soutenu que Roscoe n'y connaissait rien. Qu'il était seulement capable de reconnaître un bon cheval, dans une écurie moderne comme dans un vulgaire champ de cactus.

Ma mère se mit à faire les cent pas. Avais-je tort de lui confier mon exaspération ?

— Ne t'inquiète pas, poursuivis-je. Je pense que ça ne nous causera pas de préjudice. Ce type est juste un imbécile. On ne le reverra sans doute jamais.

— Non, il ne faut pas prendre ça à la légère. On croit que ce genre de remarque ne porte pas à conséquence, et puis on prend un coup de poignard dans le dos.

Nous en avions déjà fait l'amère expérience, et notre réputation en avait pâti. La vente de la maison que ma mère possédait à Stockholm avait amélioré notre situation financière, mais nous saluions chaque transaction avec joie, fût-elle minime. Il n'arrivait pas souvent qu'on veuille nous acheter une quinzaine de chevaux ou plus.

Les paroles de ma mère me rendirent pensive. J'aurais voulu être en mesure de lui assurer que Carinsson ne pouvait pas nous nuire, mais je n'avais aucune certitude sur ce point. Il connaissait le milieu des éleveurs. Une remarque dévalorisante lâchée devant un client pouvait se répandre comme une traînée de poudre et avoir un effet dissuasif sur d'autres acheteurs potentiels. Et, si on ne lui opposait aucun démenti, les acquéreurs cesseraient rapidement de s'adresser à nous.

— Bon, attendons, il n'y a rien d'autre à faire, conclut ma mère. Nous ne pouvons tout de même pas courir après ce Carinsson et le menacer de représailles s'il s'avise de nous dénigrer publiquement.

— En effet… Gardons espoir.

Je serrai ma mère dans mes bras.

— Tout ira bien, dis-je en essayant d'ignorer la petite voix qui me chuchotait que Carinsson avait sans doute raison dans son appréciation de la situation.

Nos craintes se révélèrent heureusement infondées. Un mois après la visite de M. Roscoe arrivèrent deux énormes camions chargés de transporter les chevaux vers l'aéroport. Des véhicules impressionnants, qui m'inspirèrent un grand respect. La remorque me paraissait trop longue pour que le chauffeur puisse la voir dans son intégralité. Ne risquait-il pas d'écraser quelqu'un ? Ces hommes étaient investis d'une terrible responsabilité ! La bâche portait le nom d'une entreprise spécialisée dans le transport animalier. J'aurais souhaité pouvoir les accompagner afin de m'assurer que tout se passait bien. Mais, dès l'instant où nos chevaux auraient mis le sabot dans les camions, ils ne nous appartiendraient plus.

M. Roscoe fit son apparition à la suite des poids lourds, heureusement sans Carinsson, mais toujours dans sa gigantesque Cadillac. Il descendit de voiture avec un large sourire. Si son ami lui avait livré le fond de sa pensée sur nos installations, il n'en laissait rien paraître.

— Mesdames, je vous salue ! dit-il.

Il se dirigea vers nous les bras grands ouverts comme pour nous donner l'accolade, mais il nous serra sagement la main.

— Ravie de vous revoir, monsieur Roscoe, répondit ma mère. Je constate que vous n'avez pas regardé à la dépense pour transporter nos bêtes en toute sécurité.

— En effet, dit-il, flatté. Mais je suis certain que je n'aurai pas à regretter cet investissement.

— Nous sommes très heureuses d'avoir pu faire affaire avec vous.

Je saisis sans peine le sous-entendu de sa remarque.

— Ce sont des bêtes splendides. Je ne manquerai pas de dire le plus grand bien de votre magnifique domaine.

Je lui sus gré de ses paroles, même si elles étaient dictées par la seule politesse.

Nous prîmes la Cadillac pour nous rendre aux prés. Nous avions rassemblé les chevaux vendus dans un enclos spécial. Il faisait beau et curieusement les bêtes paraissaient détendues. Ce n'était pas toujours le cas avant un transport. Certaines semblaient sentir qu'elles allaient quitter leur foyer et réagissaient avec nervosité.

— Qu'avez-vous prévu pour les accueillir dans l'avion ? m'enquis-je tandis que nos palefreniers commençaient à faire monter les chevaux dans les camions.

— Nous disposons de box spéciaux en aluminium qui limitent le risque de blessures. Il peut y avoir des turbulences et, même si le trajet est sensiblement moins long qu'en bateau, une chute n'est pas à exclure. Dans ces nouveaux box, les chevaux ne courent aucun danger.

— Le transport par voie maritime est bien pire, fit remarquer ma mère. Après la guerre, nous avons vendu quelques bêtes en Norvège. La traversée a été un véritable enfer en raison de la houle. Non seulement les chevaux ont souffert d'éraflures et de contusions, mais certains sont tombés malades après coup. Et leurs propriétaires ont dû patienter longuement avant leur rétablissement.

— Nous n'aurons pas ces problèmes. La seule chose à laquelle ils devront s'habituer, c'est la chaleur. Et les serpents à sonnette. Mais je suis sûr que ça se passera très bien.

— Les serpents à sonnette ? me récriai-je. Vous en avez beaucoup dans votre ranch ?

— Non, répondit-il en éclatant de rire. Mais nous sommes au Texas. Il nous arrive d'en voir. À une époque, nous avons eu dix chevaux du Montana. Il ne leur a pas fallu plus de quelques semaines pour savoir de quels serpents se méfier. Mais, ne vous inquiétez pas, nous avons de l'antivenin. Et mes hommes ont toujours un œil sur les bêtes. Elles seront en parfaite sécurité, je peux vous l'assurer.

En réalité, ce n'était plus notre problème. À présent que Roscoe avait acheté les chevaux, il pouvait faire ce qu'il voulait. Nous n'en demeurions pas moins inquiètes.

— Votre ami ne vous accompagne pas aujourd'hui ? s'enquit ma mère.

Sa question me déstabilisa légèrement. Qu'espérait-elle savoir ?

— Vous voulez parler de Jonas ? Il avait trop à faire. Il est venu avec moi la dernière fois parce que nous avions déjà travaillé ensemble dans un autre secteur. Mais je crois désormais pouvoir me débrouiller seul dans votre beau pays.

Ma mère me lança un regard éloquent. Cette réponse sentait l'échappatoire. Y avait-il eu un différend entre les deux hommes ? Roscoe s'était-il insurgé contre les critiques de Carinsson ?

Pendant que le chargement se poursuivait, Roscoe et elle parlèrent de l'Amérique et de la rapidité avec laquelle changeait le monde.

— Puis-je vous inviter à dîner ? demanda ma mère lorsque l'opération fut achevée.

C'était un simple geste de politesse. Elle n'ignorait pas que Roscoe était sur le départ.

— Je vous remercie, mais je dois malheureusement me rendre à l'aéroport. Je ne veux pas abandonner mes précieuses bêtes.

— Je vous comprends.

Ils se serrèrent la main.

— Ce fut un plaisir, mademoiselle Lejongård, dit-il ensuite en se tournant vers moi.

— Pour moi aussi, monsieur Roscoe. Je vous souhaite un bon voyage. Si vous pouviez nous envoyer un petit mot, une fois rentré, pour nous dire comment s'est passé le transport, nous en serions ravies.

— Très volontiers.

Sur ce, il prit congé. Ma mère et moi suivîmes du regard les camions qui s'éloignaient, la Cadillac dans leur sillage.

— Dommage que nous n'ayons pas davantage de clients comme lui, soupira Mathilda. Cette vente nous a rapporté une somme appréciable, mais ça ne suffira pas à maintenir Löwenhof à flot sans le secours du domaine d'Ekberg. Allons, rentrons.

— Tu as raison. Mais que cela ne nous empêche pas de trinquer pour l'occasion. C'est tout de même notre première grosse commande depuis un an.

CHAPITRE 11

Les premiers mois de mon dernier semestre passèrent, et la date de l'examen approchait. Cette fois, je ne pourrais rentrer pour la fête de la Saint-Jean, au grand désappointement de ma mère.

— Tu ne peux pas réviser ici ? demanda-t-elle.

— Non. J'aurais trop envie de faire du cheval. En ville, je prends le bus, ça n'a rien d'excitant.

Si j'étais navrée de la décevoir, je me disais que, de toute façon, une fois mon diplôme en poche, je serais à demeure à Löwenhof.

Notre promotion était en ébullition. Certains avaient leurs notes de cours sur eux en permanence et ne perdaient pas une occasion de se plonger dans leurs révisions. Seule Kitty paraissait à peu près détendue.

— Ne te rends pas malade, lâcha-t-elle un jour en me voyant entourée d'une montagne de livres et de classeurs alors qu'il faisait un temps magnifique. Tu ferais mieux de sortir profiter du soleil.

— Le soleil ne me sera d'aucune utilité à l'examen, rétorquai-je.

Ce jour-là, elle avait déjà essayé de m'arracher à mes révisions. Je n'avais pas cédé, sachant combien j'aurais du mal à m'y remettre si je l'écoutais.

— Si, si, à condition que tu ailles t'installer dans le parc. Allez, prends tes affaires et cherche-toi une petite place à l'ombre sous un arbre.

— À cette heure, il est trop fréquenté et trop bruyant, objectai-je.

— Tu n'as qu'à te poser dans un endroit calme. Allez, tu es en train de te transformer en ermite, ce n'est pas bon.

Comprenant qu'il était vain de résister, je me levai en soupirant et fis mon sac.

— Pourquoi tu tiens tant à m'expédier dehors ? demandai-je tout de même, sentant qu'il y avait anguille sous roche. Tu n'attendrais pas Marten par hasard ?

Kitty rougit, gênée.

— Tu me connais trop bien, il va falloir que je trouve d'autres subterfuges, répliqua-t-elle.

— Eh oui ! lançai-je en attrapant mon sac.

Non loin du campus se trouvait un petit parc où, l'après-midi, les étudiants s'installaient pour travailler ou bavarder. Il n'était pas facile d'y dénicher un coin tranquille.

Cette fois, pourtant, j'eus de la chance et je repérai un emplacement libre sous un chêne noueux un peu isolé. Je posai mon sac et m'assis entre deux grosses racines faisant comme les accoudoirs d'un fauteuil. Je sortis mon classeur et l'ouvris. Le vent bruissait dans le feuillage et des oiseaux gazouillaient. Une pause idyllique. L'après-midi, le foyer était particulièrement bruyant : les murs étaient minces et certains étudiants se sentaient hélas à tort une vocation musicale.

Plongée dans mes cours, j'oubliai le monde autour de moi. Jamais je n'avais à ce point apprécié d'être tranquille.

— Vous saviez qu'en 1943 on avait parachuté des mules en Birmanie ? dit soudain une voix.

Du coin de l'œil, j'aperçus une silhouette. Je crus tout d'abord qu'il s'agissait d'un de mes condisciples – ils étaient coutumiers de ce genre de propos farfelu. Mais en levant les yeux je vis un costume beige, puis une chemise blanche et une cravate verte. Et, plus haut, le visage encadré de boucles de Jonas Carinsson. Saisie, je faillis laisser échapper mon crayon.

— Qu'est-ce que vous faites ici ? demandai-je.

— J'avais envie d'une petite promenade après mon rendez-vous d'affaires. Et voilà que je vous ai vue, seule et perdue au pied d'un arbre.

Je haussai les sourcils. Pourquoi m'avait-il adressé la parole ? Regrettait-il ce qu'il m'avait dit lors de notre rencontre à Löwenhof ? Il aurait mieux fait de m'oublier !

— Je ne suis ni seule ni perdue, ripostai-je. Je révise pour mes examens.

— Ah, c'est vrai ! Vous voulez devenir vétérinaire, dit-il avec un sourire.

Je commençai à me demander si notre rencontre était vraiment le fruit du hasard. Sachant que les chevaux de M. Roscoe étaient arrivés à bon port et s'étaient bien acclimatés, je n'escomptais pas revoir son acolyte.

— Pourquoi êtes-vous ici, monsieur Carinsson ? insistai-je.

— Je voulais vous demander de m'accorder une minute, mademoiselle Lejongård.

— Comment avez-vous su où j'étais ? Stockholm est grand. À votre place, je serais allée à Löwenhof.

— Oh, mais c'est ce que j'ai fait. Votre grand-mère a eu l'amabilité de m'apprendre que vous étiez à l'université et que vous prépariez votre examen. Alors je me suis rendu sur le campus. Et qui voilà ?

Je maudis Kitty. Notre chambre au foyer se prêtait-elle vraiment à un rendez-vous galant avec son Marten ? Mais j'étais coincée : planter là Carinsson n'aurait fait qu'aggraver la mauvaise opinion qu'il avait déjà de notre famille.

— Malheureusement j'ai à faire, comme vous le voyez, répondis-je, peu désireuse de passer du temps avec lui.

— Il vous arrive tout de même de faire une pause, non ?

— Qu'est-ce que vous me voulez ? demandai-je. Me redire à quel point nous sommes rétrogrades ? M'expliquer que le système de l'aristocratie a vécu ?

Il me lança un regard surpris, puis baissa les yeux avec gêne.

— Je ne me doutais pas que je vous avais blessée.

— Vous ne m'avez pas laissé un très bon souvenir, rétorquai-je.

Ce n'était pas tout à fait vrai. Par moments, j'avais éprouvé pour lui une certaine sympathie. Mais ses propos sur nos écuries m'avaient fâchée.

— J'en suis désolé. Il va falloir que je corrige cette mauvaise impression. Alors ? Est-ce que je peux vous inviter ?

— Et, en guise de biscuits pour accompagner le café, vous m'expliquerez comment moderniser nos installations ? Dans ce cas, c'est à ma mère que vous devriez soumettre vos suggestions.

— Non, c'est à vous que je veux le faire.

— Je ne suis pas la propriétaire du domaine. Dans les faits, il appartient à ma grand-mère, et ma mère en est l'administratrice.

— En dépit de l'estime que j'ai pour votre mère, quoique je la connaisse peu, j'aimerais mieux discuter avec quelqu'un qui incarne l'avenir. Ou bien avez-vous d'autres projets dans la vie que de reprendre le domaine ? Dans les familles nobles, il est d'usage que les enfants suivent les traces de leurs parents.

Si je m'étais écoutée, je l'aurais envoyé au diable. En quoi mon avenir le regardait-il ? Pourquoi se montrait-il si insistant ?

— Non, un jour, c'est moi qui serai à la tête de Löwenhof.

— Si le domaine existe encore.

Je lui jetai un regard furieux.

— Allons, venez ! dit-il avec un sourire qui se voulait engageant. Je vous promets d'être sage. Je souhaite sincèrement vous aider. Il serait regrettable que Löwenhof, avec sa longue histoire, disparaisse corps et biens.

Löwenhof, disparaître corps et biens ? Quelle absurdité ! Je sentis toutefois que je n'arriverais pas à me débarrasser de lui.

— Bon, d'accord ! Je vous écoute, répondis-je avec un soupir en refermant mon manuel.

J'aurais préféré poursuivre mes révisions, mais en cédant j'espérais trouver l'occasion de mettre un terme définitif à nos échanges.

— Si nous allions discuter ailleurs ? Dans un café, par exemple. Nous serions plus à l'aise.

— Si vous y tenez… Mais pas longtemps, j'ai du travail.

— Je savais que vous étiez un esprit raisonnable, comtesse Lejongård.

Je remis mes livres dans mon sac et j'emboîtai le pas à Carinsson. Mais, au lieu de se diriger vers un des cafés des environs, il regagna sa voiture, un cabriolet rouge flambant neuf avec des sièges en cuir crème.

— Qu'est-ce que c'est que ça ? laissai-je échapper.

— Ma voiture.

— Mais pour quoi faire ? Il y a tout ce qu'il faut de petits cafés dans le coin.

— Ce n'est pas le décor qui convient à mon projet.

Je haussai les sourcils.

— S'il vous plaît, j'aimerais vraiment vous inviter, déclara-t-il en ouvrant la portière passager. Je me doute que vous n'avez pas envie de m'écouter, mais, même si ce que j'ai à vous dire vous déplaît, vous aurez au moins bu un bon café. Et vous aurez quelque chose à raconter.

J'hésitais. À quoi cela rimait-il ? Voulait-il acheter le domaine ? Sans doute était-ce pour cela qu'il essayait de m'impressionner.

Je montai à contrecœur dans la voiture. C'était la première fois que j'étais dans un cabriolet. En arrivant à destination j'aurais sans doute l'air d'un épouvantail échevelé, mais quelle importance ? Carinsson s'installa au volant et démarra.

Nous nous rendîmes dans le centre-ville. Carinsson se gara à proximité d'une des plus belles rues commerçantes de Stockholm, puis descendit m'ouvrir galamment la portière.

— Vous voyez, ce n'était pas si terrible, dit-il.

— Nous ne sommes pas encore au café.

Je regardai autour de moi. Vitrines exposant les nouvelles collections de printemps ainsi que des bijoux étincelants, terrasses de café inondées de soleil. Un groupe de touristes nous dépassa. Les femmes arboraient des tenues aux couleurs vives et se protégeaient à l'aide de chapeaux. Les hommes, en bras de chemise, montraient des visages rougis par la chaleur.

Je n'étais pas venue dans ce quartier depuis une éternité. La mort de Sören avait éteint en moi tout désir de divertissement. La mode m'était devenue indifférente. Je me sentis soudain vieux jeu et mal fagotée avec mon pantalon bleu, mon chemisier blanc et mon cardigan gris. Mais peut-être cela faisait-il partie de la stratégie de Carinsson ? Commencer par déstabiliser l'adversaire pour mieux frapper ?

Nous nous rendîmes dans un élégant petit café dont la façade datait du XVIIIe siècle. Après les propos qu'il m'avait tenus, je me serais plutôt attendue à ce qu'il choisisse un établissement chic et moderne.

— Alors comme ça on a parachuté des mules en Birmanie ? dis-je une fois que nous fûmes installés. J'espère qu'il ne leur est rien arrivé.

L'idée d'une mule accrochée à un parachute aurait pu être comique si elle avait été évoquée par un autre que Carinsson.

— Je ne saurais hélas vous répondre. Mais, cette méthode de déchargement ayant été abandonnée, je suppose qu'elle n'a pas été un franc succès.

J'opinai sans savoir que dire, me sentant peu à peu reprise par la colère que j'avais éprouvée lors de notre première rencontre, alors même qu'il s'était jusqu'à présent tenu à carreau. Heureusement, l'arrivée du garçon m'arracha à mes pensées.

— Il faut absolument que vous goûtiez une de leurs pâtisseries, me conseilla Carinsson. Ça vous aiderait à vous concentrer sur vos révisions.

— Je me contenterai d'un café.

Carinsson commanda un gâteau de princesse.

— Vous ne voulez vraiment pas essayer ? Jenny Åkerström ne pourrait faire mieux.

Depuis quand les hommes s'intéressaient-ils à celle qui avait inventé la recette de la *prinsesstårta* ? Je n'en avais encore jamais rencontré qui soit au fait de cet événement culinaire.

— Merci, mais je n'en ai pas envie, répliquai-je.

En réalité, j'aimais beaucoup ce gâteau vert recouvert de pâte d'amande. Notre cuisinière le réussissait merveilleusement. Mais je ne souhaitais pas prolonger plus que nécessaire ma conversation avec Carinsson. Au besoin je pourrais m'éclipser et prendre le bus pour retourner à l'université.

— Vous avez des notions de sport hippique ? demanda Carinsson lorsque le garçon fut reparti.

Je lui jetai un regard consterné.

— Bien sûr. Et j'ai aussi appris quels dégâts il peut causer lorsque les cavaliers forcent leur monture à dépasser ses limites : rupture de tendon, fracture, épuisement…

— Certes, mais avez-vous examiné la question de plus près ? En dehors des courses de chevaux auxquelles assistent des dames au sang aussi bleu que le vôtre et invariablement coiffées de larges chapeaux ?

— Monsieur Carinsson, rétorquai-je, j'ignore ce que vous avez en tête. Pourriez-vous parler clairement en vous abstenant de toute insinuation ?

— Mais je n'ai rien insinué du tout !

— Vous avez pourtant dit que nous étions démodés.

— Parce que c'est faux, peut-être ?

— Au revoir, monsieur Carinsson, rétorquai-je en me levant. Je vous laisse mon café.

Il bondit de sa chaise et me retint par le poignet.

— Attendez ! Je ne vous ai pas amenée ici pour vous blesser. Je souhaiterais simplement vous faire une proposition. Restez, je vous en prie. Je vous promets que vous serez enthousiasmée par ce que j'ai à vous dire.

Je me rassis à contrecœur sous les regards des autres clients. Il ne serait sans doute pas très indiqué de gifler Carinsson s'il continuait à se montrer insolent...

— Donc, je reprends. Je crois comprendre que vous êtes familière des blessures sportives, mais moins du sport hippique. C'est bien ça ?

— En effet, répondis-je avec aigreur. Quel rapport avec Löwenhof ?

— Eh bien, j'ai constaté que vous aviez des difficultés. Elles ne sont peut-être pas patentes et vous pourriez sans doute poursuivre vos activités quelques années encore. Mais ce n'est pas ce que vous souhaitez, n'est-ce pas ? Si vous étiez à la tête de Löwenhof, vous feriez sûrement en sorte de le préserver pour les générations futures.

— Bien sûr. Mais je ne vois pas ce que le sport hippique vient faire là-dedans.

— C'est pourtant évident, non ? Vous avez des chevaux remarquables. Michael Roscoe a dit que beaucoup d'éleveurs américains en seraient verts de jalousie. Dans le secteur hippique, les sportifs sont toujours à la recherche de bêtes de valeur. La plupart possèdent leur propre haras ou sont sponsorisés par l'un d'eux. Et c'est là que Löwenhof entrerait en scène.

— Vous voulez dire que nous devrions nous engager dans la course hippique ? Vous savez comment les chevaux sont traités ?

— Non, ce n'est pas ce à quoi je pensais. Je l'avoue, il m'arrive de faire un tour aux courses et de parier un peu d'argent. Mais j'avais une autre idée en tête.

— C'est-à-dire ?

— Le jumping ou le dressage.

— Ça ne peut pas nous intéresser.
— Pourquoi ?
— Nous n'avons aucune expérience en ce domaine. Et je doute qu'un des cavaliers qui ont pignon sur rue puisse concourir en notre nom. Sans compter que je n'ai pas de frères et sœurs.
— Et qu'en est-il de vous ?
— Vous croyez que j'aurais choisi d'étudier la médecine vétérinaire si j'avais eu l'ambition de participer à des championnats internationaux ?
— Et si vous faisiez venir un sportif de haut niveau ? Si vous transformiez Löwenhof en un haras où l'on pratique le dressage ou le jumping ?
— Et où voulez-vous que je trouve des entraîneurs et des cavaliers ?
Nous fûmes interrompus par le garçon, qui arrivait avec notre commande. Cette fois, l'arôme du café me noua l'estomac. Carinsson voulait peut-être nous aider, mais il ne m'en était pas plus sympathique pour autant. Sa suggestion me paraissait irréaliste. La reconversion qu'il évoquait n'était pas à notre portée.
— Nous ne connaissons rien au jumping ou au dressage.
— Il suffit de faire appel à des gens compétents…
Je secouai la tête.
— Je suis complètement ignorante en la matière. Cela signifierait avoir un cavalier qui nous représente. Et d'autres installations. Une carrière, un manège.
— Mais mon idée ne vous paraît pas inintéressante ?
— Elle n'est pas mauvaise, c'est évident, dus-je reconnaître. Mais je ne vois pas comment nous pourrions la mettre en œuvre. Nous manquons d'argent. Pourquoi croyez-vous que nous prenions si grand soin de ce que nous avons ? Nous ne pouvons pas faire autrement.

— Je crois avoir entendu dire que vous aviez un autre domaine.

Sa remarque me surprit. Tenait-il cette information de ma mère ou s'était-il renseigné sur notre famille ?

— Oui, et c'est une chance. Sinon nous aurions dû vendre Löwenhof depuis longtemps.

Voilà que je me mettais à discuter pour de bon avec lui…

Carinsson opina, prit une gorgée de café et réfléchit.

— Imaginez que vous puissiez acquérir une notoriété mondiale. Avoir votre propre haras et des chevaux présents dans le monde entier, que ce soit pour le dressage ou le jumping. Imaginez que des champions d'Europe ou du monde achètent vos bêtes et les mènent à la victoire. Löwenhof retrouverait alors son lustre d'antan.

Cette perspective aurait sans nul doute ravi ma mère et ma grand-mère. Pour ma part, je la trouvais séduisante. Mais comment faire ? Nous avions perdu la faveur du roi. Nous n'avions aucune relation dans le monde du sport équestre. Nous étions irrémédiablement sur le déclin.

— C'est une belle idée, répondis-je. Mais je crains qu'elle soit irréalisable.

— Pourquoi ?

— Ma mère est trop occupée à maintenir à flot Löwenhof et Ekberg pour avoir le temps d'établir des relations avec le monde du sport.

— Et vous ? Vous êtes jeune ! Vous serez bientôt diplômée. Vous n'avez pas à vous occuper de l'administration du domaine. Vous pourriez être son ambassadrice.

— Pourquoi faites-vous ça ? demandai-je avec perplexité.

— Quoi donc ?

— Pourquoi essayez-vous de nous aider ? Pourquoi vous creuser la tête à propos de quelque chose qui en fin de compte ne vous concerne pas ?

Carinsson parut réfléchir.

— Je n'aime pas voir se perdre des ressources précieuses. Or Löwenhof appartient au patrimoine suédois.

— Là, vous exagérez.

— Vous croyez ? C'est vous-même qui nous avez montré les tableaux exposés au manoir et raconté l'histoire du domaine. Löwenhof est une mine d'or ! Qui plus est d'intérêt national. Il faut juste lui redonner de la visibilité.

— Vous voulez dire organiser des bals magnifiques comme du temps de ma grand-mère ? Cette époque est révolue.

J'avais conscience que la tristesse transparaissait dans mes paroles. Carinsson se renversa dans son siège en poussant un soupir ; il était frustré. Il leva la main et se massa la racine du nez.

— Mademoiselle Lejongård, reprit-il après un instant de silence. Je ne suis pas votre ennemi, quoi que vous ayez pu penser lors de notre rencontre.

— Nous savons quelles conséquences peuvent avoir les propos malveillants. Il se peut que notre attachement à la tradition nous nuise, mais le plus grand préjudice que nous ayons connu nous a été infligé par des personnes qui voulaient nous pousser dans une voie qui n'était pas la nôtre. Aussi nous accueillons avec prudence les propositions qui nous paraissent ne pas convenir.

— Vous croyez donc que je pourrais me répandre en propos malveillants à votre égard ?

Je serrai les lèvres. Mieux valait ne pas lui dire combien ses remarques nous avaient inquiétées. Ni que nous avions craint qu'il puisse dissuader son ami Roscoe d'acheter nos bêtes.

— Croyez-moi, vos ennemis ne sont pas ceux qui vous mettent face à vos erreurs, reprit-il comme je ne répondais pas. Mais ceux qui se taisent. Parce qu'ils gardent pour eux ce qu'ils pensent et en font part à d'autres. Moi, quand j'ai une critique à faire, je la fais. Et je l'adresse à l'intéressé, à personne d'autre. En l'occurrence, je vous dis que vous courez à votre perte. Vous avez besoin d'idées neuves, vous devez vous adapter au temps présent. Je veux bien croire que la faveur de la cour a longtemps évité tout désagrément à Löwenhof, mais nous n'en sommes plus là. La maison royale n'a plus la même importance qu'autrefois. Ce sont désormais d'autres personnes qui suscitent l'admiration. Les sportifs sont les rois de demain. Si vous voulez continuer à élever des chevaux et préserver Löwenhof de la ruine, vous devez agir. Et surtout arrêter de croire que le monde entier est votre ennemi. Comprenez que vous n'avez plus assez d'importance pour qu'on veuille vous nuire.

Je sentis les larmes me monter aux yeux. Chaque phrase m'avait fait l'effet d'un coup de poignard. Peut-être était-ce dû au ton de Carinsson, ou au fait qu'il avait raison et que je ne voulais pas l'admettre. Peut-être aussi regrettais-je de ne pas pouvoir donner suite à sa proposition. Ce qui était sûr, en tout cas, c'est qu'il était allé trop loin dans son discours et que je ne voulais pas fondre en larmes devant lui.

Nous restâmes un moment silencieux. Les yeux rivés sur ma tasse, j'essayais de me reprendre. Je regrettai à nouveau qu'il ne se soit pas adressé à ma mère. Elle aurait su lui tenir tête. Lorsqu'elle négociait, les hommes éprouvaient du respect pour elle et ne la voyaient pas comme une pauvre idiote à laquelle il fallait apprendre son métier.

— Je crois qu'il est temps que j'y aille, merci pour le café, dis-je avec raideur en me levant.

Cette fois, il ne pourrait me retenir.

— Cela signifie-t-il que vous ferez fi de mes conseils ? demanda Carinsson, déçu.

— Non, mais je vous le répète, je n'ai pas le pouvoir de changer quoi que ce soit. Peut-être que nous finirons par disparaître, peut-être pas. On verra.

Sur quoi je pris mon sac et quittai le café au plus vite, afin de ne pas lui laisser voir combien ses propos m'avaient bouleversée.

Je passai une bonne heure à errer dans la ville en me repassant notre discussion. Lorsque je regagnai le foyer, Kitty ouvrit avant même que j'aie pu glisser la clé dans la serrure.

— Je savais que c'était toi, lança-t-elle en me prenant par le bras pour m'attirer dans la pièce.

— Qu'est-ce qui se passe ? m'inquiétai-je.

Marten semblait ne plus être là. Il n'était pas dans les habitudes de Kitty de guetter mon retour. Y avait-il eu un problème ?

— Tu t'es disputée avec Marten ?

— Non, pourquoi ? s'étonna-t-elle. C'est de toi qu'il s'agit.

J'eus un instant de doute. Avais-je oublié quelque chose sous l'arbre, perdu un objet en chemin ?

— Toi, tu es un sacré numéro, poursuivit-elle avec un sourire entendu.

— Comment ça ? Quelqu'un a demandé à me voir ?

— Pour ça oui ! Un bel homme en costume cravate. Il voulait savoir si une Solveig Lejongård habitait ici.

Un homme en costume cravate ? Je n'en connaissais pas trente-six. Un frisson me parcourut l'échine.

— Il a dit son nom ?

— Oui, et il m'a donné ça pour toi. Pour le cas où tu changerais d'avis.

Elle me tendit une minuscule enveloppe, juste assez grande pour contenir une carte de visite. « Jonas Carinsson – Agence de publicité Carinsson & Partner », était-il inscrit dessus. Au dos figuraient une adresse à proximité du port et un numéro de téléphone.

— Comment tu as réussi à attirer dans tes filets un homme pareil ? s'enquit Kitty, le regard brillant. Si je n'avais pas Marten, je serais jalouse.

— C'est lui qui est venu à moi, répondis-je en posant la carte sur la table disposée près de l'armoire. Plus exactement à nous, à Löwenhof. Il accompagnait un Américain qui voulait acheter des chevaux. Et il semble penser que nous aurions besoin d'une campagne de pub.

— Une campagne de pub ? Il m'a plutôt donné l'impression de vouloir sortir avec toi.

— Ah, Kitty, ça m'étonnerait, soupirai-je. Je lui ai fait comprendre que ses idées n'étaient pas très réalistes, mais apparemment il est du genre têtu.

— S'il s'obstine, c'est peut-être que tu l'intéresses.

— Moi, en tout cas, il ne m'intéresse pas, répliquai-je promptement. Et maintenant il me faut absolument un café sinon je vais m'endormir sur la *Physiologie du cheval.*

Sur ces mots, je ressortis pour me rendre dans notre cuisine commune. J'étais sûre que Kitty examinait déjà la carte de plus près, essayant d'y déceler des indices cachés. Elle en serait pour ses frais. Carinsson semblait vouloir avoir gain de cause, mais je ne donnerais pas suite.

CHAPITRE 12

Je me consacrai à mes révisions jusqu'à me sentir dévorée par mes livres et mes notes. Certains jours, je ne me nourrissais que de biscuits et de café. Et, pour être au calme, il m'arrivait d'étudier la nuit et de dormir le jour. J'avais les yeux cernés et, par moments, j'avais l'impression que tout le savoir acquis allait s'évaporer sans crier gare.

Kitty s'en tirait visiblement mieux. Elle continuait à sortir le soir et paraissait nettement plus reposée.

— Pourquoi tu t'imposes ce rythme d'enfer ? me demanda-t-elle un matin au petit déjeuner, alors que je luttais contre le sommeil. Tu es une fille intelligente. Presque tout ce que tu t'acharnes à te faire rentrer dans le crâne s'y trouve déjà.

— Je veux avoir les meilleures notes possible.

— Pour quoi faire ? Pour ouvrir un cabinet, il suffit que tu aies ton diplôme.

— Mais, si par la suite je veux faire une thèse, il vaudrait mieux que je réussisse haut la main. Sinon j'aurai peut-être du mal à trouver un directeur de recherche. Et puis ma mère tient à ce que j'aie de bons résultats. Elle a tout de même obtenu son diplôme avec mention très bien.

— Ta mère a fait une école de commerce à Kristianstad. Terminer avec « mention très bien » n'était pas difficile. À l'université, c'est différent.

— Elle est très ambitieuse et aimerait si possible que je fasse encore mieux. Si je rapporte une fois de plus un « passable », elle me sonnera les cloches.

Je me rappelai sa réaction lorsque je n'avais obtenu que la moyenne à mon premier examen. Elle avait passé des jours à me demander si j'étais sûre d'avoir choisi la bonne orientation. Mais je m'étais ressaisie et nous avions même fêté au champagne ma première « mention très bien ».

— Dans ce cas… répondit Kitty. Mes parents, eux, ils s'en fichent du moment que je suis reçue. Quand j'aurai mon diplôme, j'emménagerai avec Marten et j'ouvrirai mon cabinet. Et personne ne me demandera quelles notes j'ai eues.

Nous passâmes les épreuves écrites et je fus très soulagée en recevant mes premiers résultats. Je n'étais pas la meilleure de ma promotion, mais mes notes étaient plus qu'honorables. Il ne restait qu'un examen oral à passer.

Le jour dit, j'arrivai devant la salle où siégeaient les examinateurs. Je m'assis sur un siège et, pour tromper ma nervosité, me mis à compter les fleurs imprimées sur la robe d'une condisciple qui attendait son tour.

C'était la dernière épreuve. J'étais sur le point d'atteindre le but que je m'étais fixé. Je glissai ma main dans ma poche et sortis la photo de Sören. Du doigt, je caressai son visage, remarquant au passage que le cliché était usé et pâli.

— C'est ton ami ? s'enquit ma voisine.

Nous avions suivi les mêmes cours, mais nous ne nous étions jamais parlé.

— Oui, répondis-je laconiquement.

— Il est très beau garçon. J'imagine que vous allez bientôt vous marier ?

Ses paroles m'atteignirent en plein cœur. N'était-ce pas la première idée qui venait à l'esprit lorsqu'on voyait quelqu'un contempler amoureusement une photo ?

— Je ne sais pas, dis-je en m'efforçant de retenir les larmes que je sentais venir. On verra.

Ce n'était pas le moment de pleurer ni de me laisser envahir par une nouvelle vague de chagrin.

Ma voisine me lança un regard perplexe et parut gênée.

— Solveig Lejongård ! lança à cet instant une voix masculine.

En levant les yeux, je reconnus le Pr Kersten. Je remis hâtivement la photo dans ma poche et j'inspirai un grand coup avant de jeter un regard à ma voisine.

— Bonne chance ! dit-elle avec un sourire timide.

— Merci, à toi aussi, répondis-je avant d'entrer dans la salle.

Mon cœur s'accéléra lorsque je vis les examinateurs. Heureusement, j'oubliai sur-le-champ mes tristes pensées : à présent, je n'étais plus qu'une étudiante sur le point de décrocher son diplôme.

Le temps de l'épreuve, je perdis toute conscience de ce qui m'entourait. L'air confiné de la pièce sentait l'après-rasage et d'autres odeurs indéfinissables. Je me concentrai sur les questions, je débitai machinalement les réponses en m'efforçant de ne penser à rien d'autre, de crainte de perdre le fil.

La photo de Sören me porta chance. Je ressortis avec la certitude d'avoir surmonté le dernier obstacle. En même temps, j'éprouvais un étrange sentiment. Je tournai le regard vers l'endroit où Sören m'avait fait sa demande en mariage. À quoi aurait ressemblé cette dernière journée d'examen s'il avait été encore en vie ? M'aurait-il concocté une surprise ?

Je fus prise de nostalgie en repensant à toutes les discussions que nous avions eues sur notre avenir. À présent, je n'entendais plus que le murmure du vent qui apportait la fraîcheur du large, le froissement d'un sac en papier chassé sur l'allée en ciment et le claquement d'une machine à écrire venant du secrétariat du doyen.

Je ressortis la photo de ma poche et retournai en pensée au jour de mon tout premier examen. Sören m'avait attendue à l'extérieur, plus nerveux que je ne l'étais moi-même. Pour l'avoir passé lui aussi, il connaissait les chausse-trapes de la pharmacologie.

« Alors ? avait-il demandé. Comment ça a marché ?

— Très bien, avais-je répondu. C'était difficile, mais je crois avoir correctement répondu à la plupart des questions.

— La plupart ? Je suis resté deux semaines sans te voir. J'espère que ce sacrifice a été compensé par d'excellentes réponses ! »

Il avait chassé une mèche qui me tombait sur le visage et promené doucement ses doigts sur ma joue. Un frisson m'avait parcourue. Sören voulait que je réussisse. Aussi n'avait-il pas protesté lorsque j'avais refusé toute sortie pendant ces quinze jours.

« Je pense m'être bien débrouillée, avais-je répondu. Nous aurons bientôt les résultats.

— Qu'est-ce que tu dirais de fêter ça ?

— Mais tu ne sais même pas encore si j'ai été reçue !

— Je ne le sais pas, mais je le sens. Tu as tendance à te sous-estimer. C'est peut-être ton éducation aristocratique mais, crois-moi, tu es bien meilleure que tu ne le penses. »

Et il m'avait embrassée. Il me taquinait souvent à propos de mes origines, notamment parce que je faisais tout pour qu'on les oublie. Je me perdis dans le souvenir de ses lèvres et de ses bras qui me serraient contre lui.

— *Hej !* cria soudain une voix qui me ramena aussitôt dans le présent.

Un instant, je crus qu'il s'agissait de Sören. Me retournant en sursaut, je vis Kitty traverser la pelouse à grandes enjambées.

Je me ressaisis avec peine et remis la photo dans ma poche. Comment avais-je pu prendre la voix de mon amie pour celle d'un homme ? Ma raison me jouait-elle des tours ? Avais-je passé trop de temps sur mes livres ces dernières semaines ?

— Alors, comment ça se présente ? Je peux te féliciter ?

— Oui, répondis-je après un dernier instant de confusion. Apparemment, j'ai réussi. Reste à savoir avec quelle note, mais l'examen s'est bien passé. Très bien, même.

Kitty applaudit en poussant une exclamation de joie et me sauta au cou.

— C'est formidable ! Il faut fêter ça !

— Avec plaisir !

Nous l'avions toutes deux bien mérité. Kitty avait eu sa dernière épreuve quelques heures plus tôt et nous étions à la veille de quitter l'université.

— Alors ce soir on sort. J'ai entendu dire qu'il y avait un super orchestre de jazz qui allait jouer dans le jardin d'hiver de l'hôtel Hellsten. On va se faire belles et on passera une soirée comme dans les années 1920.

— Tu sais, ce n'est pas la peine de porter une robe des années 1920 pour aller écouter du jazz, la taquinai-je.

— Mais ce serait tellement chouette ! On nous regardera comme si on venait d'un autre monde.

— Pour ça, il faudrait plutôt qu'on s'habille comme dans un film de science-fiction. Tu n'aurais pas du papier alu dans ton armoire ?

— Non, mais j'ai quelques tenues qui pourraient faire années vingt. Je n'ose pas te demander de retourner chez toi fouiller parmi vos robes d'autrefois.

— Ce serait un peu juste. Mais, en dehors du fait que ma grand-mère n'est jamais allée danser dans des clubs de jazz en robe à franges avec un bandeau à plume autour du front, ces affaires seraient sûrement trop petites pour moi. Je suis beaucoup plus grande qu'elle.

Je songeai soudain qu'il fallait que j'appelle mes parents et ma grand-mère pour les informer de ma réussite.

— Dans ce cas on fera avec ce que j'ai. Mes robes devraient t'aller.

Je n'en doutais pas. Je lui avais plus d'une fois emprunté un vêtement lorsque j'avais rendez-vous avec Sören.

— Parfait, dis-je. On a bien mérité de passer une bonne soirée.

— Et comment ! répliqua Kitty en glissant son bras sous le mien. Maintenant, offrons-nous une pâtisserie.

Nous ne rentrâmes au foyer qu'en fin d'après-midi. Nous croisâmes quelques camarades qui avaient eux aussi réussi l'examen. Une jeune femme assise dans un coin pleurait. Même si on pouvait repasser les épreuves, l'échec était toujours douloureux.

Nous entamâmes notre métamorphose en début de soirée. Kitty, qui avait emprunté à la bibliothèque un album sur les années vingt, s'efforça de nous créer des tenues appropriées avec ce dont nous disposions.

Finalement, nous nous retrouvâmes en robe tube, avec un long collier de fausses perles et des pinces dans les cheveux pour essayer de dompter nos boucles rebelles.

— Ça ne fait pas vraiment années folles, lâchai-je tandis que j'enfilais avec peine les étroits gants en satin que Kitty s'était achetés après que nous avions vu un film avec Audrey Hepburn.

— C'est toi qui n'as pas voulu retourner à Löwenhof fouiller parmi vos trésors.

— Il aurait fallu que je dispose d'une fusée.

Je me regardai dans la glace. Le vert bouteille foncé de ma robe me faisait paraître un peu pâle, mais ma tenue était tout à fait honorable. Et puis je n'avais personne à impressionner. Nous voulions simplement passer une agréable soirée entre filles.

À cet instant, on frappa à la porte.

— Tu attends quelqu'un ? demandai-je, surprise.

— Bien sûr ! s'exclama joyeusement Kitty en courant ouvrir. Marten nous accompagne.

Ah ? Sans que je sache pourquoi, cette nouvelle m'atteignit douloureusement. J'avais pensé que nous passerions simplement un moment agréable, Kitty et moi. Sans hommes.

Elle sauta au cou de son ami et l'embrassa avec passion. Je détournai le regard avec gêne. Autrefois, l'effusion des couples ne me dérangeait pas. À présent, cela m'était pénible et suscitait en moi une pointe de jalousie.

— Salut, Solveig ! lança Marten quand Kitty l'eut lâché. Je vois que ces dames sont prêtes.

— Salut, Marten, répondis-je en m'efforçant de faire bonne figure.

Pourquoi Kitty ne m'avait-elle pas informée qu'il viendrait avec nous ? Au moins j'aurais été préparée. Ou j'aurais pu décider de rester au foyer.

— Oui, on est prêtes ! s'écria Kitty. Alors, comment tu nous trouves ? Ça fait années vingt, non ?

— Vous êtes toutes les deux ravissantes ! répondit-il en me faisant un clin d'œil.

En dépit de mes efforts, je ne parvins pas à m'arracher un sourire. Marten parut ne pas le remarquer. Il enlaça la taille de Kitty, qui se serra contre lui avec un air enamouré. Au bord des larmes, je détournai de nouveau les yeux. Kitty ne cherchait pas à me faire du mal, elle était animée des meilleures intentions. Il fallait absolument que je me reprenne.

— Bon, on y va ? demanda-t-elle.

— Oui, c'est parti, répliquai-je avec un entrain forcé.

Dans le taxi, Kitty et Marten parlèrent de leurs examens et de leurs prochaines vacances. Ils essayaient de m'inclure dans la conversation, mais la situation avait quelque chose d'étrange. Je me sentais comme la cinquième roue du carrosse. Kitty aurait tout aussi bien pu passer la soirée seule avec son ami.

Mais, à présent que nous étions en route, mieux valait que j'en prenne mon parti. Si cela se trouvait, la soirée serait plaisante. Je n'avais qu'à imaginer que Marten était une amie qui plaisantait avec Kitty.

Une fois arrivés, nous descendîmes de voiture et nous dirigeâmes vers l'élégant établissement. Ma mère avait autrefois travaillé dans un hôtel semblable. Lorsqu'elle évoquait cette période de sa vie, ses yeux brillaient d'enthousiasme. Et elle ne manquait jamais d'ajouter que c'était cet hôtel qui lui avait rendu mon père, après les longues années de séparation qu'ils avaient connues.

Nous laissâmes Marten s'occuper des billets et nous rendîmes au vestiaire. Nous n'avions pris qu'une cape. Cela suffisait pour nous protéger de la fraîcheur nocturne et nous donnait de surcroît l'impression d'être des princesses.

— Il est vraiment formidable, tu ne trouves pas ? s'extasia Kitty. J'ai beaucoup de chance d'avoir rencontré un homme tel que lui.

— Tu as raison, répondis-je aussi gaiement que possible. Vous avez déjà parlé de mariage ?

— Et comment ! Marten a voulu me laisser le temps de finir mes études. Maintenant, on va pouvoir fixer une date. Je tiens à ce que tu sois ma demoiselle d'honneur !

— Avec grand plaisir !

Si tout s'était passé comme nous l'avions souhaité, Sören et moi, j'aurais été mariée depuis un an déjà. Peut-être même aurais-je passé mon dernier examen enceinte…

— Ah, vous voilà ! lança Marten en agitant les billets. J'ai réussi à nous obtenir une table.

— Comment tu as fait ? demanda Kitty.

— J'ai usé de mon charme.

— Pas trop, j'espère ! rétorqua-t-elle avec une jalousie feinte.

— Mais non, je n'aime que toi, tu le sais bien. Sans compter qu'Ove n'est pas franchement mon genre, ajouta-t-il en désignant le réceptionniste, qui donnait ses billets à un couple d'un certain âge.

Puis il offrit son bras à Kitty.

— Tu prends mon autre bras, Solveig ? proposa-t-il. Avec tous les hommes qui sont ici, je serais ravi de servir de protecteur à ces dames.

— Merci, je crois que ce ne sera pas nécessaire, repartis-je en souriant. Je vous suis.

Pendant que Marten et Kitty me précédaient, je regardai autour de moi. La plupart des gens étaient venus accompagnés. Je ne vis quasiment pas de femme seule. Même les veuves, vêtues de noir, étaient avec quelqu'un. Cela me porta un nouveau coup.

Soudain, sans savoir pourquoi, je pensai à Carinsson. Nous n'avions fait aucune tentative pour nous revoir. Cela dit, j'avais conservé sa carte. Je ne savais pas à quoi elle pourrait me servir, mais je n'avais pas eu le cœur de la jeter. Peut-être afin de ne pas oublier la nécessité d'agir si nous voulions que Löwenhof survive.

Kitty aurait été ravie que je renoue le contact. Elle m'avait tannée une semaine durant avec le séduisant visiteur, puis avait fini par comprendre que c'était peine perdue.

En entrant dans le jardin d'hiver, on avait effectivement l'impression de faire un voyage dans le passé. L'hôtel devait dater de la fin du XIXe siècle et, s'il avait été modernisé, il avait conservé le charme de cette époque. Les sièges capitonnés étaient revêtus d'un tissu rouge brillant imprimé de motifs délicats, les tables avaient de lourds plateaux en verre. Quant au parquet, il ressemblait à celui de la grande salle de bal de Löwenhof. Et, comme dans le salon de ma grand-mère, il y avait d'antiques et gigantesques palmiers ainsi que d'autres plantes tropicales dont certaines avaient été importées tout droit de leur contrée d'origine.

Les clients portaient évidemment des tenues modernes mais si élégantes que nous ne déparions pas.

Les instruments avaient été installés sur une estrade. Un jeune homme en bras de chemise apporta une autre guitare, qu'il plaça sur un support. Il régnait un léger brouhaha de voix et de rires. L'impatience du public était palpable.

Lorsqu'un homme vêtu d'un smoking élégant vint annoncer l'orchestre, les conversations se turent sur-le-champ. Les musiciens firent leur apparition, vêtus de vestes bleues. La chanteuse portait une robe bustier également bleue et ses boucles d'oreilles étincelèrent à la lumière des projecteurs.

On entendit les premiers accords et, lorsque la voix rauque de l'artiste s'éleva, j'oubliai presque que la soirée aurait été mille fois plus belle si Sören avait été à mon côté. Je me laissai porter par la musique. Le groupe interpréta de nombreuses chansons modernes, mais aussi d'autres, que je connaissais pour les avoir entendues sur les vieux disques de ma mère. Elle aurait été enthousiasmée par ce concert.

À quoi avaient pu ressembler les bals autrefois organisés au manoir ? Tout à coup, je fus prise de nostalgie en pensant à Löwenhof. J'étais heureuse d'y retourner bientôt. Là-bas, je serais tranquille et n'aurais pas constamment sous les yeux le bonheur des couples qui m'entouraient.

À l'entracte, on ouvrit le buffet. Je n'avais pas vraiment d'appétit, mais pour éviter toute question je pris quelques jolis petits fours ainsi que des fruits. Tout en grignotant, j'essayais de dissimuler mon désarroi. Kitty s'était éclipsée avec Marten. À notre table, la quatrième place était demeurée vide, personne n'étant venu seul au concert.

Mon regard tomba sur un couple dont la femme avait une bonne vingtaine d'années de moins que son compagnon. Ils roucoulaient encore plus ostensiblement que Kitty et Marten. Autour d'eux, on faisait comme si l'on ne voyait rien. Les gens riaient, bavardaient. Tout le monde paraissait passer un bon moment. Je regrettai de ne pas avoir apporté de livre – au moins j'aurais eu de quoi m'occuper.

Lorsque Kitty et Marten reparurent, je vis de légères traces de rouge à lèvres sur le col du jeune homme. Mon amie paraissait un peu grise.

— Quelle tristesse que Sören ne soit plus là ! dit Marten alors que les musiciens revenaient sur la scène. Je l'appréciais vraiment. On aurait voyagé ensemble, tous les quatre, on se serait bien amusés.

Je vis Kitty lui donner une légère bourrade, mais fis comme si je n'avais rien remarqué.

— Merci, c'est gentil. Pourtant la vie continue, n'est-ce pas ?

La remarque pouvait paraître expéditive, mais aurait-il mieux valu lui révéler comment je me sentais ? Que je ne m'étais toujours pas remise de la mort de Sören ? Que mon cœur lui appartenait encore et que je n'imaginais pas pouvoir un jour m'éprendre d'un autre ?

Heureusement, l'orchestre se remit à jouer. Cette fois, pourtant, le charme était rompu. Les paroles de Marten me poursuivaient. Si Sören avait été là…

Lorsque la chanteuse entonna une chanson évoquant un amour perdu, je n'y tins plus. Je me sentais près de perdre la maîtrise dont j'avais fait preuve jusque-là. Je ne voulais pas gâcher la soirée à Kitty et Marten, mais je ne pouvais plus rester assise à leurs côtés comme si de rien n'était.

— Excusez-moi, il faut que je prenne l'air, dis-je en me levant.

Du coin de l'œil, je vis Kitty me regarder avec surprise, mais sans attendre sa réponse je me faufilai entre les tables en direction de la sortie.

Mon regard se tourna vers le vestiaire. Et si je reprenais ma cape et rentrais au foyer ? Kitty en serait fâchée, mais quand je lui aurais expliqué... Après un instant d'indécision, je résolus finalement de me réfugier sur la terrasse qui jouxtait le jardin d'hiver. Elle était déserte et plongée dans l'obscurité. Les grandes baies vitrées du jardin éclairé formaient un contraste qui correspondait bien à mon état intérieur. Les auditeurs du concert paraissaient heureux, ils étaient venus avec leurs proches et envisageaient la vie avec confiance. Moi, j'étais seule et je me sentais mal à l'aise parmi tous ces couples. Le pire, c'est que j'aurais pu être une des leurs. Que moi aussi j'aurais pu connaître le bonheur.

Un sanglot monta en moi. En serait-il toujours ainsi ? Serais-je à jamais incapable d'oublier Sören ? Mais comment aurais-je pu y parvenir ? Sa mort avait ouvert en moi une blessure inguérissable.

Un crissement m'arracha à mes tristes pensées. Tournant les yeux, je vis une silhouette émerger de l'obscurité. La lumière du jardin d'hiver tomba sur du satin crème.

— Ça va ? demanda Kitty en me caressant doucement le dos.

— Oui, répondis-je en essayant vainement de sourire.

Dire que j'étais jalouse de mon amie ! J'en fus honteuse.

— J'avais juste besoin de prendre l'air.

— Je crois que tu as besoin de plus que ça, repartit Kitty en posant son bras sur mes épaules. Excuse-moi d'avoir invité Marten. Comme il a toujours beaucoup d'humour, j'ai pensé que ça te ferait du bien. Mais je me suis rendu compte que ça avait pour seul effet de renforcer ton sentiment de solitude.

J'aurais pu prétendre que son initiative avait été bienvenue, mais ç'aurait été mentir. Leur bonheur me faisait mal.

— Je suis vraiment désolée, répondis-je. Je suis ravie de te voir heureuse. Mais je n'arrête pas de me demander…

— Ce que serait ta vie si Sören était là ?

— Oui, lâchai-je sans plus pouvoir retenir mes larmes.

— Elle aurait assurément été plus belle, dit tristement Kitty. Et Marten aurait été moins seul : il aurait eu quelqu'un avec qui parler de trucs de mecs. Mais là…

Je pris la main de Kitty. À présent que nous avions notre diplôme, nos chemins allaient se séparer. Nous nous ferions bien sûr la promesse de rester en contact, mais y parviendrions-nous ? Kitty avait Marten, elle ouvrirait son cabinet. Quant à moi, je retournerais à Löwenhof sans savoir si je m'installerais à mon compte ou si je devrais travailler au domaine. Mais je ne voulais pas que la soirée s'achève sur cette note de tristesse.

— Heureusement que tu ne m'as pas imposé de cavalier, repris-je. Je t'en aurais voulu.

— Je n'aurais jamais eu cette cruauté, répliqua Kitty en riant. Je sais combien tu détestes qu'on joue les entremetteurs. Tu es assez grande pour te trouver toi-même un ami. Un jour, l'amour frappera de nouveau à ta porte, j'en suis persuadée. Peut-être sous les traits d'un séduisant publicitaire.

— Certainement pas ! Tout ce qui l'intéresse, c'est le domaine. Et je ne suis malheureusement pas en situation de suivre ses conseils, ils sont irréalistes. Mais, si je rencontre quelqu'un, tu seras la première à le savoir. Laisse-moi juste un peu de temps. Je ne peux pas oublier si vite l'homme avec qui j'ai failli faire ma vie.

Kitty me prit dans ses bras et nous restâmes un moment enlacées.

— On rentre à l'université ? proposa-t-elle lorsqu'elle m'eut lâchée.

— Non. Le concert n'est pas terminé. Retournons dans la salle et profitons de la soirée. Je vais me ressaisir, promis.

— D'accord. Et moi je te promets de ne plus faire de câlins à Marten.

— Ne te gêne pas pour moi. J'y survivrai.

Cela resterait douloureux, mais je n'avais pas le droit de lui gâcher son plaisir. C'était mon amie.

CHAPITRE 13

LORSQUE J'ARRIVAI À KRISTIANSTAD, je fus surprise d'être attendue non par ma mère, mais par un de nos valets d'écurie. Olaf Persson travaillait chez nous depuis plusieurs années.

— Bonjour, monsieur Persson, dis-je. Qu'est-ce que vous faites de si bon matin à la gare ?

— Votre mère m'a envoyé vous chercher, répondit-il en prenant ma valise. Je suis chargé de vous conduire au domaine.

— Pourquoi n'est-elle pas venue ?

— Elle et votre père ont un rendez-vous professionnel.

Un rendez-vous professionnel ? Pourquoi ne m'en avait-elle rien dit ? Je me sentis soudain mal à l'aise. Y avait-il un problème avec la comptabilité ? Un souci avec le service d'inspection vétérinaire ? Je repensai à mon échange avec Carinsson, aux insuffisances qu'il avait pointées… Avait-il envoyé quelqu'un inspecter nos écuries ? Je sentis la colère m'envahir. Ce type m'avait laissé sa carte, je devais l'avoir quelque part. S'il était vraiment derrière tout ça, il allait m'entendre !

— Ça vous ennuie si je prends le volant ? demandai-je.

Je continuais à éprouver de l'appréhension lorsque j'étais simple passagère.

— Pas du tout.

Mon cœur battit la chamade durant tout le trajet. J'avais du mal à me concentrer. Peut-être aurais-je dû laisser Olaf conduire en fin de compte. Il avait sorti un carnet de sa poche et prenait des notes. Mes pensées tournaient en boucle et j'étais rongée par l'incertitude.

Lorsque nous arrivâmes en vue du manoir, j'avais les mains moites et la nuque raide. Le sang bruissait dans mes oreilles. Je m'engageai dans l'allée. Peu avant d'atteindre la rotonde, je remarquai une grande voiture noire, que je pris d'abord pour un corbillard avant de reconnaître avec soulagement une limousine.

Je remerciai Olaf et conduisis la voiture au garage, situé à côté des écuries. Le hangar qui le jouxtait abritait un antique carrosse ainsi que notre toute première voiture. Inutile de dire qu'ils n'avaient pas vu la lumière du jour depuis une éternité.

En sortant du garage, je tombai sur notre écuyer. Sven Bergmann avait le milieu de la trentaine. Il était si grand que même moi, qui n'étais pourtant pas petite, je devais lever la tête pour lui parler.

— Bonjour, monsieur Bergmann, dis-je.

— Bonjour, mademoiselle Solveig, répondit-il en me tendant la main. Nous sommes heureux que vous soyez parmi nous. Tout se passe bien à Stockholm ?

— J'ai réussi mes examens.

— Félicitations ! Alors on vous verra plus souvent ici ?

— Dans l'immédiat, oui. J'ai l'intention de faire une thèse, mais d'abord je vais profiter de l'été. Qui est-ce ? demandai-je en désignant la limousine.

— Aucune idée, répondit l'écuyer en fronçant les sourcils. Il est arrivé ce matin avec un épais dossier.

— C'est peut-être un client ou un fournisseur.

Bergmann secoua la tête.

— Dans ce cas, ils seraient allés aux écuries. Mais, depuis son arrivée, rien. Ils sont tous dans le bureau.

— Merci, répondis-je, inquiète. Je vais aller voir.

Je gravis le perron quatre à quatre et j'entrai en coup de vent dans le vestibule, où ma grand-mère essuyait ses joues humides de larmes.

— *Mormor*, qu'est-ce qui se passe ? lançai-je, effrayée.

— Solveig ! Tu es déjà là !

— Oui, Olaf Persson est venu me chercher à la gare. Il paraît que Maman a un rendez-vous professionnel ?

Elle serra les lèvres.

— Qui est l'homme à la voiture noire ?

Comme elle hésitait, je la pressai.

— C'est un banquier, répondit-elle à contrecœur. On a refusé de nous accorder un crédit supplémentaire. Or nous n'avons pas de quoi payer les impôts. Voilà pourquoi Mathilda a arrangé un rendez-vous.

Le foncier était très élevé, je le savais, tout comme la valeur fiscale du manoir. Jusque-là, nous avions toujours été en mesure de nous acquitter de nos impôts. Mais l'année qui venait de s'écouler n'avait apparemment pas permis de faire rentrer assez d'argent.

— Telle que la situation se présente, nous allons devoir vendre Ekberg ou Löwenhof, ajouta ma grand-mère.

Ces paroles me firent l'effet d'une gifle. Vendre Löwenhof ? Le berceau de notre famille ? Ou Ekberg, qui avait été la propriété de l'époux d'Agneta avant de revenir par héritage à Mathilda ? Nous n'y passions guère plus d'une quinzaine de jours par an puisqu'il était excellemment administré par la famille.

— Étant donné les circonstances, tu imagines bien que c'est sur Löwenhof que risque de se porter le choix. Ekberg assure nos revenus. Jamais je n'aurais cru que la maison de mes ancêtres puisse un jour finir dans une salle d'enchères.

Elle fondit en larmes. Je la pris dans mes bras, moi-même sous le choc.

— Ne pleure pas, Grand-mère. On trouvera peut-être une solution.

— Laquelle ? répliqua-t-elle, désespérée. Plus personne n'achète nos chevaux ! On n'en a plus besoin de nos jours ! Et les revenus des saillies ne suffisent plus.

Elle tremblait de tous ses membres. Ou était-ce moi ? Je n'avais pas imaginé un seul instant que nous puissions être obligés de quitter le domaine. Qu'étaient les Lejongård sans Löwenhof ?

Comme les pleurs d'Agneta s'entendaient dans toute la maison, je résolus de la reconduire dans sa chambre. Ce faisant, j'essayai de la calmer. Mais, à vrai dire, je ne savais quelle alternative proposer. Vendre Ekberg nous rapporterait beaucoup, mais nous perdrions nos moyens de subsistance. À moins d'un revirement de situation…

C'est alors que je repensai aux discours de Carinsson. Les idées qu'il m'avait exposées étaient très ambitieuses et, hélas, irréalisables. En l'absence d'emprunt, en tout cas. Et son projet impliquait que nous conservions Löwenhof. Quelle serait la décision de ma mère ?

J'aidai ma grand-mère à se coucher et lui caressai doucement les cheveux. Elle pleurait encore, mais à vrai dire je préférais cela à la voir se murer dans le silence au risque de sombrer dans la dépression.

— Nous trouverons une solution, répétai-je autant pour moi que pour elle.

Je ne voulais pas abandonner tout espoir. Löwenhof était mon foyer, le pays des merveilles de mon enfance, et le perdre me serait aussi douloureux que la mort de Sören.

Le banquier resta encore deux heures dans le bureau de ma mère. Quoique dévorée par la curiosité, je ne pus me résoudre à les rejoindre. Lorsque Agneta se fut endormie, je regagnai ma chambre et me mis à faire les cent pas. Je ne cessais de tourner et retourner le problème dans tous les sens et mes pensées finissaient toujours par me ramener à Jonas Carinsson.

Je me rappelais chaque mot de nos échanges. Aurais-je dû me montrer plus aimable avec lui ? Mais il avait reproché à ma famille d'avoir échoué à s'adapter aux nécessités du présent. Aurais-je dû accueillir ses idées avec plus d'intérêt ? En réalité, je savais depuis mon adolescence que notre maison avait perdu son rang et que l'époque de notre fortune financière était révolue.

À présent, nous courions au désastre. Même si nous le voulions, nous ne serions pas en mesure de moderniser nos écuries et d'intéresser des sportifs de haut niveau. À moins de vendre Ekberg. Mais mes parents s'y refuseraient à coup sûr.

Et si je reprenais contact avec Carinsson ? Cela dit, il ne voudrait peut-être plus entendre parler de moi. Il devait me prendre pour une gosse arrogante et gâtée.

On frappa à la porte.

— Entrez ! lançai-je.

Le visage las de ma mère apparut dans l'entrebâillement.

— Tu as un instant, Solveig ?

— Bien sûr, Maman. Comment ça s'est passé avec le banquier ?

— Grand-mère t'a expliqué la situation ?

— Plus ou moins. Elle était désespérée.

— Ça se comprend. Nous n'allons pas pouvoir payer nos impôts. L'année dernière, nous avons enregistré une énorme baisse de revenus.

— Malgré la vente réalisée avec Roscoe ?

— Une goutte d'eau dans l'océan. La banque ne veut plus nous prêter d'argent. Elle menace même de dénoncer l'emprunt que nous avons en cours.

— Nous avons des retards de paiement ?

— Malheureusement, oui. La prochaine échéance tombe dans une bonne semaine. Si nous ne l'acquittons pas...

Les yeux de ma mère se remplirent de larmes. Elle porta son mouchoir à son nez.

— J'ai tellement espéré pouvoir redresser la barre ! Mais j'ai été dépassée par la situation.

Je m'approchai d'elle et la pris dans mes bras. Carinsson avait raison. Nous avions plusieurs trains de retard. Mais comment faire sans argent ? Et voilà qu'à présent la banque nous lâchait !

— On ne peut pas revoir l'échéancier de nos paiements ? demandai-je lorsque ma mère se fut calmée.

— On va essayer, mais on nous a conseillé de vendre le domaine.

— Jamais de la vie ! m'échauffai-je. C'est le berceau de notre famille ! Notre foyer !

— Tu te souviens de la maison jaune que je t'ai montrée à Stockholm ?

— Celle que tu as vendue ?

— Oui. Je l'ai vendue, pourtant j'y avais vécu dix-sept ans de ma vie. Et je l'ai fait pour sauver mon autre foyer.

— Celui dont tu veux te séparer maintenant ?

Quitter Löwenhof me paraissait inconcevable. En revanche, Ekberg m'était demeuré étranger. Je ne m'y étais jamais attachée de la même façon.

Je me laissai tomber sur un siège en poussant un profond soupir. Il y eut un instant de silence.

— Qu'est-ce que tu vas faire ? demandai-je finalement.

— Je ne sais pas. Si nous gardons Löwenhof, je serai obligée de licencier quelques employés. Et de trouver le moyen de monnayer une partie du domaine. Par exemple en vendant nos champs.

Sa voix trahissait la fatigue. Rien de ce qu'elle pouvait proposer ne changerait fondamentalement la donne. Nous pouvions nous débrouiller sans les champs. Mais, si nous nous séparions de plusieurs valets, qui s'occuperait des chevaux ?

— Nous pourrions aussi vendre les bêtes aux enchères. Certains des étalons ont une grande valeur.

Je repensai à l'intérêt de M. Roscoe pour Roi-Soleil. Ma mère pourrait peut-être en obtenir une grosse somme. Mais cet argent ne servirait qu'à rembourser l'emprunt, après quoi nous reviendrions à la case départ. Cela retarderait seulement le moment de la ruine définitive.

— On en reparlera demain, dis-je en me levant.

Je me sentais anesthésiée comme lorsqu'on m'avait appris la mort de Sören. Pourquoi le destin s'acharnait-il ainsi sur nous ?

CHAPITRE 14

Au dîner, l'atmosphère fut tendue. Perdue dans ses pensées, ma mère remuait sa soupe et mon père prenait des notes dans un carnet. Agneta se forçait à manger. Quant à moi, je jouais avec ma serviette. Je n'avais pas d'appétit et me reprochais d'avoir opposé une fin de non-recevoir à Carinsson, qui avait témoigné le désir de nous aider. Si seulement je lui avais laissé une chance ! Il y avait peut-être quelque chose à tirer de ses propositions.

Un cliquetis nous arracha à notre léthargie. Ma grand-mère s'était redressée sur sa chaise, le teint livide.

— Agneta, qu'est-ce qui se passe ? s'inquiéta ma mère.

— Je suis fatiguée, je vais m'étendre un instant.

— Tu es sûre que ça va, *Mormor* ? demandai-je en constatant qu'elle se levait avec peine.

— Oui, ne t'inquiète pas, chérie. C'est le contrecoup de la visite du banquier.

— Je t'accompagne, dis-je en me levant à mon tour.

— Non, laisse, je me débrouille. Je me suis toujours débrouillée.

Comme saisie de vertige, elle se retint un instant au dossier de son siège, puis elle se mit en mouvement.

Je ne voulus pas ajouter à son irritation en allant contre sa volonté mais, en proie à un mauvais pressentiment, je décidai de la suivre. Je sortis de la salle à manger et la regardai se diriger vers l'escalier. C'est alors qu'elle vacilla, puis, sans crier gare, elle se plia en deux avec un gémissement de douleur.

— *Mormor !* m'écriai-je en me précipitant vers elle.

Accroupie sur la marche du bas, elle avait porté une main à sa poitrine. En touchant son épaule, je m'aperçus qu'elle tremblait comme une feuille et que sa peau était glacée et trempée de sueur.

Je n'eus pas besoin d'appeler mes parents, ils accouraient déjà.

— Qu'est-ce qui s'est passé ? demanda mon père. Elle a fait une chute en montant ?

— Non, elle s'est effondrée au pied de l'escalier.

Le pouls d'Agneta était extrêmement faible, ce qui m'affola. Et je sentis son cœur battre à un rythme accéléré.

— Je n'arrive… pas… à… respirer, souffla-t-elle. Mon… cœur… C'est comme… ma mère…

— Mon Dieu ! s'exclama Mathilda. Il nous faut un médecin !

— Appelons une ambulance, renchérit mon père. Agneta doit absolument aller à l'hôpital. Si c'est le cœur, notre médecin ne pourra rien faire.

— L'ambulance mettra trop longtemps à arriver, objecta ma mère. On va l'emmener nous-mêmes.

— C'est risqué, protestai-je. Si son état s'aggrave en cours de route, vous ne pourrez pas l'aider.

Je repris le pouls de ma grand-mère. Il était toujours aussi faible et rapide.

— Nous perdrons un temps précieux à attendre les urgences. Allons-y ! Solveig, appelle l'hôpital s'il te plaît !

Sur quoi elle courut chercher les clés de la voiture.

— Je viens avec vous, déclarai-je.

— Non, répondit mon père. Il faut que l'un de nous reste ici et explique à l'hôpital ce qui se passe.

Tandis qu'il rejoignait ma mère, j'essayai de redresser légèrement Agneta. Elle avait le front en sueur et les joues livides. Je soupçonnais un infarctus, mais je n'avais pas fait médecine. Mes connaissances se bornaient aux animaux.

— Solveig, murmura-t-elle sur un ton haletant, les lèvres bleuâtres. Dans la famille on a le cœur fragile. Si je meurs…

— Ne dis pas ça, répliquai-je avec angoisse. C'est cette histoire avec le banquier qui t'a énervée, c'est tout.

Elle me prit la main.

— Promets-moi que tu ne vendras pas Löwenhof.

Je me crispai intérieurement. Ce n'était pas à moi de prendre une décision pareille puisque, après sa mort, c'était ma mère qui hériterait du domaine. Mais, afin de ne pas l'inquiéter davantage, j'acquiesçai d'un signe de tête.

— Nous ne vendrons pas Löwenhof, je te le promets, dis-je en m'efforçant de retenir mes larmes.

— Bien, répondit-elle avec un petit sourire avant de fermer les yeux.

— Grand-mère ! criai-je, affolée.

Aussitôt, elle rouvrit les paupières.

— Qu'est-ce qu'il y a, chérie ? demanda-t-elle.

— Ne t'endors pas, *Mormor* ! Regarde-moi ! Papa et Maman vont t'emmener à l'hôpital à Kristianstad. Tu vas guérir !

— Je l'espère, dit-elle en passant sa main tremblante sur mes cheveux tandis que son visage se contractait de douleur.

À cet instant, j'entendis le moteur de la voiture à l'extérieur. Mon père apparut peu après, suivi de ma mère.

— On devrait peut-être lui mettre d'autres vêtements ? suggéra-t-elle.

— Non, ça ira comme ça, répondit mon père. Solveig préparera un sac avec des affaires, on le lui apportera plus tard.

Il se pencha vers Agneta. Ils échangèrent quelques mots, puis il la souleva dans ses bras. Elle paraissait aussi légère qu'une plume.

— Appelle l'hôpital, me dit ma mère sur un ton pressant.

Elle me prit dans ses bras. Je ne sais qui de nous deux avait le plus besoin de réconfort à cet instant.

— Je te donnerai des nouvelles au plus vite, ajouta-t-elle.

J'opinai et l'accompagnai à la porte. Mon père avait déjà installé Agneta sur la banquette arrière.

— Soyez prudents ! lançai-je.

Il fit un signe de la main et alluma le moteur. Quand ma mère eut pris place à son côté, il démarra. Le cœur battant, je les regardai s'éloigner jusqu'à ce que les feux arrière du véhicule disparaissent dans le crépuscule. Puis je regagnai le manoir d'un pas chancelant.

S'agissait-il vraiment d'un infarctus ? Et si elle mourait avant d'arriver à l'hôpital ? Nous étions-nous parlé pour la dernière fois ? Cette idée me fit venir les larmes aux yeux.

Mais ce n'était pas le moment de se laisser aller : il fallait que j'appelle l'hôpital. Agneta n'était pas encore morte et je devais faire en sorte que tout se passe bien.

Je montai rapidement au bureau. Le numéro de l'hôpital figurait sur un bout de papier fixé au sous-main.

Je le composai d'une main tremblante et dus laisser sonner un certain temps avant qu'on ne décroche. D'une voix entrecoupée, j'expliquai que mes parents étaient en route pour Kristianstad avec ma grand-mère et qu'ils ne tarderaient pas à arriver.

— Très bien, nous allons faire le nécessaire, répondit l'infirmière. Je vais avertir le Dr Runesson. Et vous, est-ce que ça va ?

— Oui, tout va bien, je suis juste inquiète. Merci beaucoup.

Lorsqu'elle eut raccroché, je restai un moment le combiné à la main, à fixer le tableau accroché au mur. Il représentait Löwenhof peu avant un orage. C'était une des rares œuvres de sa jeunesse que ma grand-mère ait conservées. Elle m'avait expliqué un jour que c'était avec cette peinture qu'elle avait postulé pour entrer à l'Académie des beaux-arts. À la voir, on comprenait qu'elle ait séduit le jury.

Le bruit de la tonalité me ramena dans le présent. Je raccrochai à mon tour et me levai. Ma montre indiquait 9 heures moins le quart. J'avais perdu la notion du temps. Quand mes parents s'étaient-ils mis en route ? Il y avait dix minutes ? Une demi-heure ? Devais-je rester dans le bureau pour attendre leur appel ?

Mon regard tomba sur les fauteuils. C'était là que nous avions discuté avec Roscoe et Carinsson. Carinsson. Depuis quelque temps, je ne cessais de penser à lui. Aurait-il vraiment pu nous aider ? Je finis par regagner ma chambre. Sa carte devait se trouver dans mon portefeuille.

Je la trouvai effectivement parmi une petite liasse de tickets de caisse. Pourquoi les gardais-je, je l'ignorais. En tout cas, grâce à eux la carte ne s'était pas abîmée. Je restai un instant à la contempler. Plusieurs mois s'étaient écoulés depuis notre dernière rencontre. Accepterait-il de me parler si je reprenais contact avec lui ?

Je retournai dans le bureau et posai la carte sur le sous-main. Quelle autre solution me restait-il ? Nous aurions dû réagir depuis longtemps. Peut-être alors que cette terrible épreuve nous aurait été épargnée.

Au bout d'un moment, je remarquai que mes paupières s'alourdissaient. J'eus beau me dire que je devais rester éveillée, je ne pus résister au besoin de fermer les yeux. Le silence m'enveloppa et je me sentis sombrer dans les profondeurs de l'obscurité.

La sonnerie du téléphone me tira de mon assoupissement. Je me réveillai en sursaut et décrochai d'un geste fébrile.

— Lejongård ?

— C'est ta mère, entendis-je à l'autre bout du fil.

— Vous êtes arrivés ? demandai-je en regardant ma montre.

Il s'était écoulé deux heures. Y avait-il eu des complications ?

— Comment va Grand-mère ?

— Elle est encore en soins intensifs. Je suis désolée de t'appeler si tard. À cette heure, il est presque impossible de dégoter de la monnaie pour téléphoner.

— Alors elle n'a pas eu de problèmes durant le trajet ?

— Non. Lorsque nous sommes arrivés, elle n'allait pas bien, mais son état ne semblait pas s'être aggravé. Paul est encore aux urgences. Ah, quelle frayeur, hein ? Comme si on n'avait pas suffisamment de problèmes !

— La priorité, c'est Grand-mère, répondis-je en baissant les yeux vers la carte de visite. Pour le reste, on trouvera une solution.

— Je l'espère. Tu ferais mieux d'aller te coucher, Solveig. On va sans doute devoir demeurer ici encore un moment. On rentrera demain matin.

— D'accord. Tu salueras Grand-mère de ma part, OK ?

— Je n'y manquerai pas. Bonne nuit, chérie !

— Bonne nuit.

Je raccrochai et pris la carte. Il était presque 11 heures du soir, trop tard pour appeler Carinsson. Et puis je n'étais pas encore tout à fait sûre de devoir le faire. J'espérais que la nuit me porterait conseil.

Je ne parvins pas à trouver le sommeil. Je ne cessais de me tourner et me retourner dans mon lit, attentive au moindre bruit. À un moment, je crus que mes parents rentraient. Je courus à la fenêtre mais ne vis personne. Sans doute m'étais-je laissé abuser par la chute d'un objet ou le claquement d'une fenêtre.

Me retrouver seule au manoir m'inquiétait. Enfant, j'imaginais que, la nuit, les fantômes de nos ancêtres donnaient des bals dans la grande salle de fête. Je voyais des silhouettes transparentes vêtues de robes magnifiques tournoyer ensemble ou danser le menuet. À l'époque, cela avait quelque chose de romantique et d'aventureux. À présent, la pensée d'être seule avec les fantômes qui hantaient le manoir m'angoissait. Nombre de nos ancêtres avaient connu un sort tragique.

Des bruits dans la maison pouvaient aussi indiquer une tentative d'intrusion. À Löwenhof, nous n'avions jamais connu cela. Au foyer, en revanche, ce genre d'incident s'était déjà produit. L'idée qu'un inconnu puisse s'introduire dans la maison où l'on se croyait à l'abri était proprement terrifiante. Cependant je me sentais trop épuisée pour vérifier que tout était en ordre. Je finis par sombrer dans un sommeil sans rêves.

J'en fus tirée par une main qui se posait sur mon épaule.

— Bonjour, Solveig, dit la voix de mon père.

— Papa ?

— Excuse-moi si je t'ai fait peur. Je voulais juste que tu saches que je suis rentré.

— Comment va Grand-mère ?

— Pas bien, répondit-il en s'asseyant sur le bord du lit. Elle a eu un infarctus. Les médecins lui donnent un traitement pour fluidifier le sang afin d'éviter la formation d'autres caillots.

— Mais elle est vivante.

— Oui, en soins intensifs. Mathilda est restée à l'hôpital.

— Elle doit être épuisée.

— En effet, mais tu sais comment elle est. Elle ne partira pas avant d'être sûre que ta grand-mère va mieux.

— Elle ne tiendra pas, m'inquiétai-je.

— Nous irons la chercher plus tard, me promit mon père. Tu as préparé le sac avec les affaires d'Agneta ?

— Non, j'ai oublié ! m'exclamai-je, confuse.

— Bon, ne t'inquiète pas, nous avons le temps. Commençons par prendre le petit déjeuner.

J'acquiesçai et serrai mon père dans mes bras.

— J'ai peur pour Grand-mère, avouai-je.

— Moi aussi. Mais elle va se remettre, j'en suis sûr. Les Lejongård sont solides, n'est-ce pas ?

Lorsqu'il eut quitté la chambre, je me rendis dans la salle de bains, où je passai une bonne demi-heure à tenter de chasser ma fatigue.

Une fois prête, je descendis au rez-de-chaussée, où j'entendis mon père parler avec la cuisinière. La table était dressée dans la salle à manger, mais je me dis qu'il serait peut-être plus agréable de prendre le petit déjeuner dans la cuisine. L'absence de ma grand-mère serait moins visible.

En descendant au sous-sol, je croisai mon père.

— Une chose à régler, je reviens tout de suite, m'annonça-t-il.

En entrant dans la pièce, je fus accueillie par une délicieuse odeur de café. Mme Johannsen commençait son service vers 6 heures du matin et repartait dans le courant de l'après-midi après avoir tout préparé pour le dîner. Nous n'avions plus qu'à monter les plats dans la salle à manger. J'avais du mal à croire qu'autrefois nous avions eu une cuisinière à demeure, disponible vingt-quatre heures sur vingt-quatre.

— Bonjour, madame Johannsen, dis-je. Vous avez passé une bonne nuit ?

— Oui, merci. Meilleure que la vôtre apparemment. Votre père m'a expliqué ce qui s'était passé, c'est terrible.

— Oui, mais je suis sûre que ma grand-mère va se rétablir.

— Je l'espère. C'est une femme formidable. Elle est très appréciée au village.

— Merci ! Vous êtes très aimable.

Je me demandai si elle était au courant de la situation du domaine. Ma mère se montrait toujours très franche avec les employés. Mais était-elle allée jusqu'à leur dire que nous étions proches de la faillite ? Que deviendraient-ils alors ? Nos femmes de ménage dépendaient de nous pour vivre, tout comme les valets d'écurie et Mme Johannsen.

Non, elle ne savait sans doute rien encore, sinon elle n'aurait pas témoigné son zèle habituel.

— Je vous monte tout de suite le petit déjeuner.

— Ce n'est pas nécessaire, répondis-je. Mon père et moi pouvons très bien le prendre ici.

— À la table des domestiques ? s'étonna-t-elle. Votre grand-mère ne serait sûrement pas contente.

— Il n'y a que mon père et moi, ce sera largement suffisant pour nous deux. Et vous êtes cordialement invitée à vous joindre à nous si vous le souhaitez.

— Ce n'est pas de refus, merci beaucoup !

Je fis un signe de tête et montai avertir mon père.

— Comme au bon vieux temps, dit-il.

Après le petit déjeuner, je préparai le sac de ma grand-mère et j'y glissai un livre de la bibliothèque. Si on l'autorisait à lire, elle s'ennuierait déjà moins. Cette fois, nous prîmes la camionnette, mon père ayant quelques affaires à régler à Kristianstad. Cela m'évoqua le jour où nous nous étions rendus sur le lieu de l'accident. Mais là c'était l'état de ma grand-mère qui m'angoissait. Pourtant, en cas d'aggravation subite, ma mère aurait sûrement appelé.

— Ne t'inquiète pas, tout ira bien, dit soudain mon père alors que nous étions à mi-parcours, un peu comme s'il essayait de se convaincre lui-même.

— Je l'espère.

Je repensai à la carte de visite de Carinsson. Parviendrais-je, une fois rentrée, à me résoudre à l'appeler ? Lui parler au téléphone serait sans doute moins éprouvant.

Je me rendis compte alors que ce n'était pas la bonne manière de procéder. Si je voulais vraiment prendre cette affaire à bras-le-corps, il fallait que j'aille à Stockholm, que je le rencontre et lui demande son aide. J'en mourrais de honte, mais au pire je me heurterais à un refus.

Quand nous fûmes arrivés à Kristianstad, mon père me déposa devant l'hôpital.

— À tout à l'heure, dit-il. Essaie de convaincre ta mère de rentrer avec nous avant que, là-bas, ils soient obligés de la garder pour épuisement.

— Je m'en occupe, répondis-je.

Il repartit tandis que je me dirigeais vers l'entrée, l'estomac noué. Il n'y avait pas un an et demi que j'avais moi-même été admise dans l'établissement.

Je fus accueillie par l'habituelle odeur de désinfectant. Une infirmière m'indiqua où me rendre.

— Vous pouvez attendre là-bas, déclara-t-elle en désignant une porte. On vous dira si votre grand-mère est en état de recevoir des visites.

Je la remerciai et traversai le hall. Au mur était accrochée une plaque portant les noms des mécènes de l'hôpital. J'y vis celui de notre famille, qui occupait la première place en qualité de donatrice de la première heure. Ensuite venaient les noms d'un certain nombre d'entrepreneurs ainsi que de quelques particuliers. À cet instant, la porte du service de réanimation s'ouvrit pour laisser passer un grand lit blanc poussé par deux infirmières. Je crus que la femme étendue sur le lit était ma grand-mère, mais je m'étais trompée.

Je profitai de ce que la porte était ouverte pour me glisser dans le couloir. J'aperçus ma mère sur une chaise, assoupie la tête sur la main. Dans son sommeil, elle penchait de plus en plus sur le côté.

Lorsque je lui effleurai le bras, elle se réveilla en sursaut et jeta autour d'elle un regard désorienté.

— Ah, c'est toi, chérie, dit-elle en me reconnaissant. Qu'est-ce que tu fais ici ?

— J'ai accompagné Papa. Je suis venue apporter les affaires de Grand-mère. Et Papa m'a chargée de te dire qu'il fallait que tu rentres avec lui. Il se fait du souci.

— C'est gentil de sa part. Et de la tienne. La nuit a été dure, reconnut-elle en passant la main sur son visage.

— Tu as pu dormir un peu ?

Sous ses yeux les cernes sombres donnaient l'impression que son maquillage avait coulé.

— Si on peut dire, répondit-elle en soupirant. J'ai fait de petits sommes, mais je me réveillais au moindre bruit.

— Dans ce cas tu devrais rentrer avec Papa et te reposer un peu. Moi, je reste ici.

— Ça me va, répondit-elle en me caressant la main.

À cet instant, une porte s'ouvrit sur un homme en tenue verte de chirurgien.

— Docteur Runesson ! s'écria ma mère en se levant. Vous auriez une minute ?

— Bonjour, madame Lejongård. Je voulais justement vous voir.

Il serra la main à ma mère, qui en profita pour me présenter.

— Voici ma fille Solveig.

— Ah, la vétérinaire, dit-il en me serrant la main à mon tour. Votre grand-mère a beaucoup parlé de vous.

Sa remarque me laissa penser que l'état d'Agneta ne devait pas être trop grave.

— Comment va-t-elle, docteur ? m'enquis-je.

— Aussi bien qu'elle le peut. Il semblerait qu'un caillot situé dans la jambe se soit détaché pour aller obstruer un vaisseau du cœur. C'est ce qui a provoqué l'infarctus. Par chance, vous avez réagi très vite.

Je préférai ne pas penser à ce qui serait arrivé si l'accident s'était produit de nuit.

— Nous avons immédiatement fait le nécessaire, poursuivit-il. Elle devra rester encore quelques jours en soins intensifs. Après quoi nous la transférerons dans le service de médecine interne.

— Alors elle n'a pas le cœur fragile, comme sa mère ?

— Elle a dit ça ?

— Oui, quand elle s'est effondrée.

— Non, elle a le cœur en bon état. Mais le caillot a endommagé les tissus. Désormais, il va falloir qu'elle se ménage. Et elle devra prendre un traitement anticoagulant pour éviter que ce genre d'incident ne se reproduise. Cela affectera son existence au quotidien, mais avec un peu de chance elle a encore quelques années devant elle.

Je poussai un soupir de soulagement et vis ma mère se détendre un peu.

— Je vous remercie, docteur, dit-elle.

— Est-ce qu'on peut la voir ? demandai-je. Je lui ai apporté quelques affaires.

— Oui, à condition de porter une tenue de protection. Une infirmière s'occupera de votre sac. Nous devons veiller à ce que les patients ne courent aucun risque susceptible d'entraîner des complications.

J'acquiesçai et je tournai les yeux vers ma mère, qui afficha un faible sourire.

— Encore merci, docteur, reprit-elle. Voyez-vous autre chose à…

— Pour l'instant, tout suit son cours comme il se doit. S'il y a du nouveau, je vous contacterai.

Lorsqu'il se fut éloigné, je pris ma mère dans mes bras.

— Je suis tellement contente que ce ne soit pas plus grave ! dis-je.

— Et moi donc ! Il n'aurait plus manqué qu'elle nous lâche !

— Elle ne nous lâchera pas. Viens, allons lui faire une petite visite.

— Vas-y seule. Il faut que je prenne l'air un instant.

Sans doute avait-elle besoin de se calmer après toutes ces heures d'angoisse. J'acquiesçai et me rendis auprès des infirmières pour m'annoncer.

Peu après, je me retrouvai dans la salle de soins intensifs, une grande pièce comportant une demi-douzaine de lits séparés par des rideaux. Un frisson glacé me parcourut l'échine. Était-ce là qu'on m'avait installée lorsque j'étais arrivée inconsciente ? La chambre dans laquelle je m'étais réveillée était différente, mais j'avais sans doute été accueillie ici.

Vêtue d'une blouse d'hôpital, ma grand-mère était couchée dans le lit du milieu, dans la partie droite de la salle. Un moniteur était fixé au-dessus du lit. Elle avait une aiguille de perfusion dans le bras. La bouteille emplie d'un liquide clair attachée à la perche était presque vide.

— *Mormor*, chuchotai-je.

En entendant ma voix, elle ouvrit les yeux.

— Solveig ! s'étonna-t-elle. Qu'est-ce que tu fais ici ?

— Je suis venue prendre de tes nouvelles. Le Dr Runesson nous a autorisées à te voir un instant.

Je baissai la voix afin de ne pas déranger les autres patients.

— C'est gentil ! Comme tu peux le constater, je suis encore en vie.

— Et j'en suis ravie ! répliquai-je en lui prenant la main.

— Attention ! Tu vas arracher l'aiguille ! Ils ont eu assez de mal comme ça à l'enfoncer. Ma peau, on dirait du vieux cuir.

Je lui caressai précautionneusement le bras.

— Excuse-moi. J'aimerais tellement te serrer dans mes bras ! Mais avec tous ces fils...

— On se rattrapera plus tard. C'est tout de même curieux, non ?

— Quoi donc ?

— À quel point la médecine a évolué ces dernières années. Lorsque je suis venue ici pour mon accouchement, tout était si différent ! Aujourd'hui, on entend des bips de tous les côtés, on vous fixe des tuyaux rattachés à des poches de liquide. Je n'aurais jamais pensé voir ça de mon vivant.

— Tu n'es pas si âgée que ça.

— C'est ce que croient toutes les petites-filles qui aiment leur grand-mère. Mais, tu sais, je suis vieille. Vraiment vieille. Je vous ai causé une belle frayeur, hein ?

— Ça, tu l'as dit. Mais tu vas te rétablir, c'est tout ce qui compte.

— Je ferai mon possible... À propos de ce que je t'ai demandé, hier soir... ajouta-t-elle après une courte pause.

— Ne t'inquiète pas pour le domaine, *Mormor*. On trouvera une solution.

— Ne vendez pas Löwenhof, s'il vous plaît ! Je ne sais pas comment ta mère voit les choses, mais moi j'ai la conviction que c'est toi qui redresseras la barre.

Si seulement j'avais su comment faire...

— Tu es une enfant des temps modernes, poursuivit-elle. Tu as plus de facilité à t'inscrire dans le présent que ta mère et moi. Mathilda est une bonne administratrice, mais elle est trop enracinée dans le passé. La guerre a complètement changé la donne. Aujourd'hui, il y a des possibilités qui étaient inimaginables à notre époque.

— Je trouverai, je te le promets. Mais maintenant il faut que tu arrêtes de penser au domaine. Ta santé passe avant tout.

— Bah, ça ira. Le médecin m'a expliqué qu'un caillot s'était formé dans une de mes veines. Ce que la colère peut faire, tout de même ! Elle nous agglutine le sang.

— Je ne crois pas que ce soit la colère. Ce caillot, tu devais l'avoir depuis longtemps. Il a juste choisi le mauvais moment pour aller se promener.

— Il n'avait rien à faire là, répliqua-t-elle en soupirant. Quand on est dans un lit d'hôpital, il nous vient toutes sortes de pensées. Cette nuit, j'ai rêvé de Lennard et d'Ingmar. J'avais l'impression d'avoir déjà un pied au ciel.

— C'était juste un rêve, Grand-mère. Un effet du stress.

— Mais ce serait bien, non ? Si Lennard et Ingmar m'attendaient là-haut ?

— Oui, mais tu t'es déjà dit que tu y retrouverais aussi des gens que tu n'aimes pas ? Ce Rosen, par exemple. Ou d'autres qui se sont mal comportés avec toi.

— Les revoir serait évidemment déplaisant. Mais ils ont dû atterrir en enfer. Or je n'ai pas l'intention de m'y rendre. Lennard et Ingmar intercéderont en ma faveur, dit-elle avec un sourire.

J'avais aussi peu connu son époux que son fils. Cependant ce dernier avait conservé sa chambre au manoir. Son héritage était toujours vivant.

— En tout cas, j'aimerais revoir le roi Gustave V pour lui demander ce qui lui a pris de nous laisser tomber.

— Il n'aimerait sûrement pas que tu le lui rappelles, objectai-je. Tu ferais mieux d'oublier ça. De nos jours, les rois sont plutôt de mauvais clients. Il nous serait plus profitable de pouvoir compter sur quelques hommes d'affaires. Comme ce M. Roscoe.

— C'est bien ce que je disais, répliqua Agneta en levant son bras libre pour me caresser la joue. Tu as une autre façon de penser. Tu n'es pas encombrée par le passé.

Je restai encore un moment auprès d'elle à bavarder de choses et d'autres. Elle voulut à toute force m'apprendre que sa voisine de lit avait été hospitalisée à la suite d'une attaque et qu'un des hommes qui se trouvaient de l'autre côté avait un problème avec son cathéter.

— Tu vois, mon univers s'est considérablement rétréci. Chaque visite de l'infirmière est un événement.

Comme si elle nous avait entendues, celle-ci entra à cet instant. Les dix minutes qu'elle m'avait accordées étaient-elles déjà passées ?

— Je suis désolée, mais il est temps que vous preniez congé de votre grand-mère, dit-elle. Elle a besoin de repos.

— J'ai surtout besoin de distraction, répliqua Agneta. Mais bon… Vas-y, chérie. Je ferai mon possible pour remettre ma vieille carcasse sur pied. Et toi, occupe-toi de Löwenhof. Empêche ta mère de faire des bêtises, d'accord ?

— Ce n'est sûrement pas son intention, mais je discuterai avec elle, promis-je. Ne t'inquiète pas.

Je me penchai pour l'embrasser sur le front.

— À bientôt ! Rétablis-toi, d'accord ? Je reviendrai le plus vite possible.

— À bientôt, chérie ! répondit-elle en s'efforçant de sourire. Salue ton père et ta mère de ma part.

— Bien sûr.

Je saluai l'infirmière d'un signe de tête et sortis du service de réanimation.

Je retrouvai ma mère dans le hall. Assise sur un banc, les mains jointes sur les genoux, elle contemplait un des tableaux exposés au mur.

— Comment va-t-elle ? s'enquit-elle.

— Ça semble aller mieux. Elle m'a raconté quelques anecdotes sur les autres patients.

— Ah, elle t'a parlé du cathéter de M. Nieström ? Il fait tout un cirque quand on le lui change. On a eu droit à son numéro, hier. Lorsqu'on a conduit ta grand-mère dans la salle, il a commencé à se lamenter en prétendant que personne ne s'occupait de lui. L'hôpital est décidément un drôle d'endroit.

— C'est vrai. Malheureusement on n'y échappe pas toujours.

Sören me revint en mémoire et je fus surprise de ne pas avoir pensé plus tôt à lui. Mon inquiétude pour Agneta avait pris le dessus.

— Si on sortait ? proposai-je. On sera sûrement mieux dans le parc.

— Je me sens obligée de rester ici, soupira ma mère. Mais tu as raison. Profitons du soleil en attendant le retour de ton père.

Elle se leva. Je lui pris le bras et nous fîmes tranquillement le tour du bâtiment, qui s'était enrichi de multiples ailes et d'annexes au cours des dernières décennies. Nous nous dirigeâmes vers le petit parc qui accueillait les patients en état de quitter leur chambre. Des oiseaux gazouillaient dans les saules pleureurs et les tilleuls qui bordaient les allées, de superbes massifs de rhododendrons attiraient les abeilles et les roses dressaient leur tête au soleil.

Au bout d'un moment, je posai à ma mère la question qui me taraudait depuis la veille.

— Tu ne crois pas qu'on devrait avertir oncle Magnus ?

Je la sentis aussitôt se raidir.

— Non, riposta-t-elle sur un ton sans réplique.

— Mais c'est son fils ! Il a le droit de savoir comment elle va, non ?

Ma mère s'arrêta et me regarda bien en face.

— Elle a demandé à ce qu'il vienne ?

— Non, mais…

— Alors il vaut mieux ne rien lui dire.

Sa voix était dure. Je savais très bien qui était Magnus et personnellement je n'avais aucune envie de le voir. Pas plus que Finn d'ailleurs. Mais il n'en était pas moins le fils d'Agneta. Peut-être se languissait-elle tout de même de lui ?

— Leur brouille remonte à loin maintenant, poursuivis-je. Entre-temps, il a pu changer, non ?

— Les individus de son genre ne changent pas. Il se pointerait à l'hôpital pour dire : « Hé, mais tu es encore en vie ? Alors pourquoi tu m'as dérangé ? » Non, mieux vaut continuer à le tenir à l'écart. Un jour, il m'a balancé à la figure qu'il ne remettrait les pieds au domaine que lorsque sa mère serait morte et enterrée. Si…

Elle s'interrompit. La simple idée de perdre Agneta lui causait une angoisse terrible. À moi aussi d'ailleurs.

— Le jour où Agneta aura disparu, je l'en informerai. D'ici là, je n'ai rien à lui dire.

Elle serra les lèvres, comme si elle craignait de laisser échapper une parole inconsidérée.

— Lui-même a déjà enfreint ce serment imbécile, objectai-je. Pense à toutes les fois où il est venu demander de l'argent.

Sa dernière visite datait de dix ans, ce dont nous lui étions reconnaissants. Mais son attitude n'en était pas pour autant plus cohérente.

— Je suis contente que sa situation financière ne l'oblige plus à quémander. Espérons que ça dure. Je n'ai aucun désir de le voir ni de lui parler. Et je ne veux surtout pas qu'il se rende compte de l'état dans lequel se trouve Löwenhof. Laissons-le vivre dans son petit monde. Il aura tout le temps de se réjouir de mon échec lorsque le domaine aura fait faillite.

Je pris une profonde inspiration. Je n'aurais pas dû m'aventurer sur ce terrain. Mais, depuis mon accident, je ne voyais plus les choses tout à fait de la même façon. Je voulais croire qu'il y avait du bon chez les individus. Même chez Magnus. Cela dit, ma mère avait sans doute raison.

— Qui sait combien de temps nous pourrons encore aider financièrement l'hôpital, lâcha-t-elle soudain alors que nous avions atteint l'extrémité du parc, d'où l'on embrassait l'ensemble des bâtiments. Dans notre situation…

— Grand-mère m'a arraché une promesse, hier, répondis-je. Et tout à l'heure elle en a reparlé.

— Quelle promesse ?

— Celle de ne jamais vendre Löwenhof.

Ma mère soupira.

— Nous ne devrions pas lui céder sur ce point.

— Tu envisages vraiment de vendre le domaine ? Pour l'instant c'est elle qui en est propriétaire.

— Il va bien falloir prendre une décision, non ? Je n'apprécie pas plus que toi d'être placée au pied du mur, mais, contrairement à Löwenhof, Ekberg nous rapporte.

Elle avait raison, cependant je ne me voyais vraiment pas quitter Löwenhof pour aller vivre à Ekberg.

— Et s'il existait une autre solution ? Une solution que nous n'avons pas encore envisagée ?

— Qu'est-ce que tu veux dire ?

— J'ai peut-être une idée. Je ne sais pas si c'est faisable et si la personne concernée voudra m'écouter, mais ça vaut la peine d'essayer.

— Quelle personne concernée ?

— Je ne peux pas encore te le dire. Si ça ne marche pas, tu seras fâchée.

— Alors tu ferais peut-être mieux de t'abstenir. Nous avons déjà trop d'incertitudes.

— Ça n'exigera rien de plus qu'une visite à Stockholm. Je voudrais tenter le coup, Maman.

J'ignorais moi-même où je puisais le courage de formuler ce désir.

— Ne prends aucune décision concernant Löwenhof pour le moment, l'exhortai-je. Laissons passer la semaine. Si ma démarche se révèle infructueuse, alors nous essaierons autre chose. Dans le cas contraire, il se pourrait que nous sortions enfin de notre marasme.

— Tu ne veux vraiment pas me dire de quoi il s'agit ?

— Plus tard. Nous n'avons pas de secrets l'une pour l'autre, n'est-ce pas ?

Ma mère acquiesça et me prit dans ses bras.

— J'aimerais tellement que tout s'arrange ! Que tout redevienne comme avant.

— Tu sais bien que c'est impossible, repartis-je. Nous devons nous engager dans une nouvelle voie. On y arrivera, tu verras.

CHAPITRE 15

LES MAINS TREMBLANTES, je me tenais devant un immeuble moderne de bureaux situé à proximité du port de Stockholm. Le quartier ne possédait pas la splendeur royale de la vieille ville. Cette rue, dans laquelle se succédaient des blocs gris dont les vitres reflétaient les nuages, aurait tout aussi bien pu se trouver à New York ou à Londres.

Je craignais de susciter l'hilarité de Carinsson en venant frapper à sa porte. Mais j'étais animée par une détermination farouche. J'avais promis à ma mère de trouver une solution. J'avais promis à ma grand-mère que nous ne vendrions pas Löwenhof. Si cela m'obligeait à une démarche humiliante, alors tant pis.

En tournant au coin de la rue, je manquai heurter un petit groupe d'hommes qui rentraient de leur pause déjeuner. J'allais poursuivre ma route après m'être excusée lorsque j'entendis prononcer mon nom.

— Mademoiselle Lejongård ?

Je m'immobilisai. Cette voix ne m'était que trop familière. Je me retournai, consciente d'être devenue la cible de tous les regards.

— Monsieur Carinsson, dis-je en me cramponnant à mon sac.

— En voilà une surprise ! s'exclama-t-il. Que faites-vous donc ici ?

— Je... je... balbutiai-je.

Si j'avais été seule avec lui, j'aurais avoué sans difficulté que j'étais venue le voir. Mais, là, je craignais qu'il m'oppose un refus et me tourne en dérision devant ses compagnons. Cependant il n'était pas question de rester plantée comme une idiote.

— En fait, je souhaitais vous parler.

— Oh ! fit-il en tournant les yeux vers les autres. Allez-y, je vous rejoins.

Ils s'exécutèrent, certains avec un sourire entendu. Au moins, Carinsson ne m'avait pas mouchée, c'était déjà ça.

— Que se passe-t-il ? demanda-t-il lorsque ses collègues se furent éloignés. Vous êtes bien pâle. J'espère qu'il n'y a pas de problème ?

— Si. Le domaine... Le banquier est venu nous voir la semaine dernière. Löwenhof est en faillite. On nous refuse des prêts supplémentaires. La banque nous presse de nous débarrasser de la propriété afin de préserver le domaine d'Ekberg. Ma grand-mère en a été si affectée qu'elle a eu un infarctus.

— Je suis navré de ces mauvaises nouvelles. Si nous allions quelque part pour discuter tranquillement ? Dans mon bureau, par exemple.

— Vous n'avez pas de rendez-vous ?

— J'ai terminé, je suis libre. Venez.

Posant précautionneusement une main sur mon dos, il me donna une légère poussée. Ce dont j'avais besoin. Mes jambes se mirent d'elles-mêmes en mouvement.

Sa réaction m'étonnait. Il aurait très bien pu être fâché. Mais non : il se montrait aimable et disposé à m'écouter. Nous entrâmes dans le bâtiment et traversâmes le hall, dans lequel se tenait un concierge vêtu d'un costume bleu foncé.

— Bonjour, monsieur Nielsen, je suis de retour ! lança Carinsson. Je suis occupé, alors si vous aviez l'amabilité de faire patienter les visiteurs…

— Bien sûr, répondit l'homme en me jetant un regard éloquent.

Je préférai ne pas m'attarder sur ce qu'il pouvait penser.

Un ascenseur nous conduisit au deuxième étage. Là, nous nous dirigeâmes vers une porte vitrée sur laquelle s'affichait en capitales : « Agence de publicité Carinsson & associés ».

La dame de l'accueil, une brune élancée aux cheveux courts et bouclés, vêtue d'une robe d'été rouge et blanc serrée à la taille par une mince ceinture rouge, le salua aimablement avant de tourner le regard vers moi.

— Mlle Lejongård et moi avons une chose importante à discuter, expliqua Carinsson. Si vous vouliez bien prendre les appels dans l'immédiat. Ah, et ce serait très gentil de votre part de nous apporter un café.

— Bien sûr, monsieur Carinsson, dit-elle en se levant avec empressement.

Je la suivis des yeux avec fascination. Ma mère aurait eu bien besoin d'une secrétaire. Pourquoi n'en avait-elle jamais pris ? Certes, nous avions des difficultés financières, mais une employée apte à la seconder aurait sûrement rapporté plus d'argent qu'elle n'en aurait coûté. Tout en lui permettant de se consacrer à d'autres tâches. Mais l'heure n'était plus à ce genre de considérations : nous n'étions même pas sûres de pouvoir conserver Löwenhof.

Le bureau de Carinsson était clair et moderne, avec de grandes fenêtres pourvues d'un store vénitien blanc. La pièce dégageait une cordialité qui m'impressionna.

Carinsson me fit asseoir sur un canapé à motifs colorés. Pendant que j'examinais les affiches probablement conçues par son agence, la secrétaire arriva avec le café.

— Je suis vraiment désolé pour votre grand-mère, dit Carinsson lorsqu'elle fut ressortie. Elle m'a fait l'effet d'une dame très aimable.

— C'est le cas. Mais sa santé laisse à désirer depuis quelque temps.

— Elle est très attachée au domaine, n'est-ce pas ?

— Oui, c'est son foyer. Et l'idée de le perdre lui a brisé le cœur.

Je lui rapportai le discours du banquier et les conséquences qui en découleraient pour Löwenhof.

— Je n'ai pas de peine à imaginer ce que vous pensez, ajoutai-je en manière de conclusion. Elle commence par refuser mes conseils et, maintenant, elle revient frapper à ma porte… Mais le fait est que nous n'avons pas d'argent. Et la banque ne nous en prêtera plus. Pas pour Löwenhof en tout cas.

Je sentis ma gorge se nouer, mais ne voulus pas céder à l'émotion.

— Je n'ai pas été offusqué par votre réaction, répondit Carinsson. Certains clients mettent du temps à accepter mes propositions. Soit qu'ils aient peur du changement, soit qu'ils croient pouvoir faire mieux. Jusqu'à ce qu'ils comprennent qu'il serait plus sage d'en passer par moi.

Son discours pouvait paraître prétentieux mais, en ce qui nous concernait, il avait raison sur un point : nous allions devoir faire appel à lui. Certes, si nous ne nous étions pas rencontrés, il m'aurait fallu trouver autre chose. Mais étant donné la situation je n'avais pas le choix.

— Je ne suis pas du genre à fermer ma porte à ceux qui ont besoin d'aide, poursuivit-il. Cela dit, je vous dois des excuses.

— Des excuses ? m'étonnai-je.

— Lorsque je vous ai parlé des perspectives du domaine, je vous croyais plus solides financièrement... Je ne pensais pas que vous étiez dans de telles difficultés.

— Je vous l'avais pourtant dit ! Nous n'avions pas de quoi construire de nouvelles écuries. Il n'y a plus rien à faire, n'est-ce pas ? Nous allons perdre la propriété familiale.

— N'allez pas trop vite. Il y a toujours des solutions. Il est vrai qu'il vaut mieux pouvoir disposer de moyens financiers. Mais, dans votre cas, il va d'abord falloir trouver à combler le déficit.

— Il semblerait que nous devions nous séparer d'un de nos domaines. Ekberg n'a pas pour nous la même valeur sentimentale que Löwenhof. Mais il rapporte des revenus réguliers. J'aurais peut-être dû faire des études d'économie, finalement.

— Je ne crois pas. Ce qu'il vous faut, c'est quelqu'un qui sache vous conseiller, qui vous montre la voie. Ensuite, vous pourrez agir. Au fait, vous avez dû passer vos examens, non ?

— En effet.

— Et alors ?

— J'ai été reçue avec mention très bien.

— Félicitations !

— Merci.

Je n'avais guère envie de m'étendre sur le sujet. Tout ce que je souhaitais, c'était savoir quoi faire. Mais il fallait être patiente.

— Revenons-en à nos problèmes financiers, dis-je. Je suis venue solliciter votre aide, c'est vrai, mais je doute de pouvoir m'offrir vos services. Un homme comme vous n'a pas besoin de se fatiguer à aider un grand domaine en Scanie.

— Vous avez raison. Cela dit, il m'arrive de travailler à la commission. Je suis payé en cas de réussite. C'est la procédure que j'adopterai avec vous. C'est moi qui suis allé vous chercher, et non l'inverse. Je serais ravi de pouvoir aider ce vieux et magnifique domaine à se tourner vers l'avenir.

— Il y a quelques mois encore, vous disiez que ses meilleures années étaient derrière lui.

— Et c'est vrai. Mais nous pouvons lui réinsuffler un peu de vie, non ? Si nous commencions dès ce soir ?

— Ce soir ? Je comptais rentrer à Kristianstad.

— Je vous propose que nous nous retrouvions pour examiner les alternatives.

— Les alternatives.

Je le considérai avec attention. À quoi pensait-il ? Et pourquoi voulait-il me voir le soir même ?

— Nous mangerons un morceau en discutant tranquillement. Entre-temps, je réfléchirai à ce qui pourrait convenir.

— Et votre rémunération ? Ne devrions-nous pas commencer par établir un contrat ?

— Nous le ferons si mes suggestions vous agréent. Et, dans ce cas, nous irons voir ensemble vos parents pour leur en parler. À moins que votre grand-mère ne vous ait légué le domaine dans l'intervalle.

— Non ! Elle n'a aucune raison de le faire.

— Bien, dit-il en frappant dans ses mains. Alors nous sommes d'accord, n'est-ce pas ? Dites-moi juste où je dois passer vous chercher.

— Au foyer des étudiants.

— Vous ne descendez pas à l'hôtel ?

— Je n'en ai pas les moyens. Et puis je dispose encore de ma chambre pour quelques semaines. Mon amie ne déménagera qu'à la fin août.

— Parfait, alors faisons comme ça, dit Carinsson en se levant. À ce soir, mademoiselle Lejongård.

— À ce soir, répondis-je. Merci de m'avoir reçue.

Il fit un signe de tête et me raccompagna à la porte.

Je redescendis dans le vestibule, le cœur battant jusque dans les tempes. La perspective de ma soirée avec Carinsson me causait une légère appréhension. Que proposerait-il ? Que demanderait-il ? Ma mère serait-elle d'accord ?

En même temps, j'étais fière d'avoir osé entreprendre cette démarche. Et heureuse qu'il ne m'ait pas envoyée sur les roses. Je traversai le hall d'un pas mal assuré et passai devant le concierge. Une fois dehors, je levai les yeux vers le ciel, traversé par quelques cirrus. Une nuée de moineaux voletaient au-dessus des toits.

Ce spectacle m'apaisa un peu. Mais je ne pouvais m'empêcher de me demander ce que m'apporterait la soirée.

Kitty ne fut pas peu étonnée de me voir arriver. J'avais appelé à Löwenhof et informé mon père de la nécessité de différer mon retour. Il avait paru surpris, mais m'avait assuré que cela ne poserait pas de problème.

— Qu'est-ce que tu fais ici ? demanda-t-elle.

Je jetai un regard autour de moi. Kitty était en train de faire ses bagages. La plupart de ses affaires se trouvaient déjà dans de grandes caisses. À l'exception du canapé, tous les meubles appartenaient au foyer. Je priai pour qu'elle ait encore sa garde-robe sous la main. Que j'aie quelque chose à me mettre pour mon rendez-vous avec Carinsson, car je n'avais ni l'envie ni les moyens d'acheter une tenue appropriée.

— Ce soir, j'ai un rendez-vous, expliquai-je. Est-ce que tu me prêterais une robe ?

— Une robe du soir pour un rendez-vous ? releva-t-elle avec un sourire espiègle.

— Ce n'est pas ce que tu crois. Je dois voir quelqu'un au sujet de Löwenhof.

— Et ce quelqu'un ne serait pas le séduisant publicitaire, par hasard ?

— C'est lui, mais je ne cherche pas du tout à l'attirer dans mes filets.

— Ah, tu préfères que ce soit lui qui le fasse ?

— Mais non ! Il doit me proposer des pistes pour redresser la situation. En rentrant je me suis retrouvée face à un désastre.

Nous nous installâmes sur le canapé et je lui racontai ce qui s'était passé.

— J'ai promis à ma grand-mère que nous ne vendrions pas le domaine. Carinsson représente mon unique chance.

— Je suis vraiment désolée de ces mauvaises nouvelles, répondit Kitty en me prenant la main. Je te prêterai ce que j'ai de mieux, en espérant que ce ne soit pas trop grand. Tu as vraiment maigri.

Elle se leva, fouilla dans sa penderie et en sortit une étroite robe noire.

— Elle est un peu trop petite pour moi. Tu devrais l'essayer.

La robe était très jolie et parfaitement adaptée à la circonstance. Ni trop décolletée ni trop courte.

— Avec plaisir, merci ! répondis-je en me levant.

Une heure plus tard, je me tournais et retournais nerveusement devant la glace. J'avais beau me répéter qu'il s'agissait seulement d'un dîner d'affaires, je ne m'en sentais pas moins troublée. C'était curieux.

— Pour un peu je croirais que tu vas à un rendez-vous galant, fit observer Kitty.

— Tu ne vas pas recommencer ! m'exclamai-je. Carinsson va sans doute m'emmener dans un restaurant branché ou très élégant. Je veux juste m'assurer que je suis à peu près potable.

— On n'emmène une femme dans un restaurant élégant que lorsqu'on attend quelque chose d'elle, répliqua Kitty pour me taquiner.

— Ce sera sans doute un de ces endroits fréquentés par les représentants de commerce. Il ne m'a donné aucune précision, mais je préfère parer à toute éventualité.

Je jetai un dernier coup d'œil dans le miroir, puis consultai ma montre.

— Ce Carinsson ne devrait pas plutôt rencontrer ta mère ? demanda Kitty, soudain sérieuse. Le domaine ne t'appartient pas, ce n'est pas toi qui prends les décisions.

— Je sais, mais j'ai promis à ma grand-mère de trouver une solution.

— Bien sûr, répondit-elle, soucieuse. Sois tout de même prudente. Ce type a probablement d'autres intentions.

— Ne t'inquiète pas, dis-je en prenant le foulard qu'elle m'avait également prêté, noir lui aussi, mais orné d'un délicat motif tissé. Qu'est-ce qu'il pourrait vouloir ? Il est tout à fait possible qu'il désire acheter lui-même le domaine ou qu'il ait un investisseur sous la main. Il faut que je tente le coup.

Je marquai une pause. Comment convaincre Kitty que je n'avais pas besoin d'un autre homme dans ma vie ?

— Et puis il a sûrement une femme et des enfants. Si tu avais vu son bureau ! Je suis certaine qu'il possède une belle maison à la campagne, avec une épouse qui n'attend que son retour.

— Bon... Alors bonne soirée. Et ne fais pas de bruit en rentrant. Pour être belle, il faut que je dorme.

— Tu l'es bien assez comme ça, répliquai-je avec un sourire. Je te raconterai demain, d'accord ?

— Tu as intérêt ! lança-t-elle en m'embrassant sur la joue.

Je quittai le foyer très en avance, mais je ne voulais pas me laisser déstabiliser par Kitty. Ses discours avaient semé le doute en moi. Et si Carinsson avait effectivement d'autres intentions ? S'il souhaitait une contrepartie à ses efforts ? Je lui avais dit ne pas avoir d'argent. Alors...

Je repoussai cette pensée. Ce n'était sûrement pas le cas. Les seuls propos déplacés qu'il m'ait tenus concernaient Löwenhof. Il ne m'avait pas fait d'avances.

Un grondement de moteur me fit lever les yeux. Le cabriolet rouge de Carinsson apparut. Lui aussi était en avance – sans doute voulait-il être sûr de trouver à se garer.

Resserrant les pans du foulard sur mes épaules, je sortis du campus et fis halte sur le trottoir. La voiture avait disparu, mais son conducteur ne tarderait probablement pas. Je baissai les yeux vers mes escarpins. Cela faisait si longtemps que je n'en avais pas porté ! Il est vrai que j'avais renoncé à sortir. Il fallait espérer que je n'aurais pas le malheur de trébucher ou de me tordre la cheville.

Un instant plus tard, Carinsson déboucha au coin de la rue en lissant sa veste, très élégante ce soir-là.

— Ah, vous êtes déjà là ! lança-t-il en me tendant la main. Bonsoir, heureux de vous voir.

Il sentait l'après-rasage et une montre coûteuse étincelait à son poignet. Il avait mis un nœud papillon, ce qui me confirma dans l'idée que nous irions dans un restaurant chic.

— On dirait que ça vous surprend, répondis-je.

— Vous auriez pu changer d'avis.

— Je ne serais pas venue vous voir si la nécessité ne s'en était pas fait sentir.

— Et je suis ravi que nous puissions enfin mettre les choses en route. Venez, ma voiture est garée tout près d'ici.

— Où est-ce qu'on va ? demandai-je tandis que nous rejoignions son cabriolet.

— À une réception.

— Une réception ? m'étonnai-je.

— Oui. Il arrive que certains hauts fonctionnaires du sport organisent des soirées pour trouver des sponsors et élargir leur cercle de relations. Et nous avons la chance qu'un des responsables de la discipline du dressage en Suède donne ce soir une grande réception.

— Vous voulez que j'intéresse des cavaliers à notre cause ?

J'étais stupéfaite. Je croyais qu'il m'inviterait au restaurant pour m'exposer ses plans. Et voilà qu'il me traînait à une réception où je n'avais absolument pas ma place.

— Non, je souhaiterais que vous fassiez du sponsoring.

— Pardon ?

— Oui, que vous preniez en charge tous les coûts d'un cavalier, de sa tenue au fourrage de sa monture.

— J'espère que vous plaisantez !

Carinsson éclata de rire.

— Vous démarrez vraiment au quart de tour ! fit-il remarquer.

— Et si vous arrêtiez un instant de vous moquer de moi ? Je ne plaisante pas lorsqu'il s'agit de Löwenhof, vous avez dû le remarquer.

— Ça oui ! Bon, reprenons. Vous conviendrez qu'on ne peut s'intéresser qu'à une chose qui existe, n'est-ce pas ?

— C'est juste, répondis-je en me contraignant au calme.

— Il se trouve que je m'y connais plutôt bien en matière de publicité. En ce qui vous concerne, il ne s'agit évidemment pas de beurre ou de sacs à main. Mais vous avez un nom. De nos jours, les produits à eux seuls ne suffisent plus : il faut une marque. Or Löwenhof est une marque, plus exactement il pourrait le redevenir. Les gens sont avides de nouveauté et, si vous leur en offrez, je pense que vous aurez de bonnes perspectives de succès.

— Nous vendons des chevaux. À moins de parvenir à créer un cheval ailé ou une licorne, je ne vois pas ce que nous pourrions proposer de nouveau.

— On peut rendre les chevaux plus performants, non ?

— Oui, mais par des moyens qui nuisent à leur santé.

— Je ne pensais pas à cela, mais à une bonne politique d'élevage. Il doit être possible, en choisissant bien les géniteurs, de faire naître des poulains qui les surpassent en force, en intelligence ou en rapidité, n'est-ce pas ?

— Bien sûr.

— Et en tant que vétérinaire, vous devez savoir ce qu'est l'hérédité, j'imagine.

— En effet.

— Bien. Alors, à compter d'aujourd'hui, nous allons commencer à installer le nom Lejongård dans la tête des gens susceptibles d'être intéressés par votre produit, autrement dit vos chevaux. Je parie qu'aucun des invités de cette réception ne le connaît.

— Vous pensez vraiment que nous manquons à ce point de notoriété ?

— Qui faites-vous figurer sur vos listes lorsque vous organisez des fêtes ?

— Des partenaires commerciaux et quelques relations.

— Vous voyez bien ! Et, ces partenaires, j'imagine que ce sont des fournisseurs et des clients.

— Nous subventionnons l'hôpital de Kristianstad depuis ses débuts, répliquai-je, m'attirant un sourire ironique.

— C'est bien ce que je disais : vous ne connaissez personne dans le monde du sport équestre. Dans le meilleur des cas, vous avez affaire à des cavaliers amateurs qui s'achètent un cheval pour parader devant leurs voisins ou promener leur épouse et leurs enfants. Nous, nous avons besoin de gens qui voient dans les chevaux une marchandise de prix. Comme ces cheiks de la péninsule Arabique qui montent en puissance. Ils possèdent des écuries remplies de chevaux qu'ils engagent de manière lucrative dans le sport hippique.

— Et qu'est-ce que je suis censée faire ? demandai-je, étourdie par son discours.

— Être là, c'est tout. Sourire, serrer des mains. Et raconter l'histoire de votre famille à ceux qui souhaitent l'entendre. Sans oublier de mentionner le registre d'élevage dont vous êtes si fière.

— Vous voulez que j'essaie de vendre nos chevaux à ces gens ?

— Non, je voudrais que vous bavardiez avec eux. Ne dites pas que vous vendez vos chevaux. Soyez présente, rien de plus. Du reste, avec votre physique, je pense que vous n'aurez aucune peine à les intéresser.

Il parlait comme s'il n'y avait rien de plus facile à faire. Or je n'étais pas douée pour la conversation, à moins qu'il ne s'agisse de mon métier. Et je me voyais mal expliquer que je comptais faire ma thèse sur les maladies articulaires des chevaux.

Cependant je m'abstins de toute remarque. J'avais prié Carinsson de m'aider. Dans ces conditions, il fallait que je suive ses conseils.

Nous prîmes la direction du centre-ville, où il fit halte devant un immeuble de trois étages situé non loin du palais, lequel était brillamment éclairé dans la pénombre du soir. C'était un de ces bâtiments classiques qu'on admirait généralement de loin sans bien savoir ce qu'ils abritaient. Services administratifs, ministères, ambassades… Autrefois, ils avaient appartenu à des aristocrates.

J'éprouvais toujours un curieux sentiment lorsque je pensais à mes origines. Quoique descendant d'une vieille famille de la noblesse terrienne, je ne me sentais pas différente des autres. Le sang bleu était une légende… Seule la tradition familiale lui donnait sa dimension d'exception. Mais les vieilles lignées d'artisans n'avaient-elles pas leurs traditions elles aussi ?

Nous nous étions arrêtés devant l'entrée, où des jeunes gens en livrée garaient les voitures des invités. Nous descendîmes du cabriolet et Carinsson confia sa clé à un voiturier.

À la porte, un concierge en frac nous dévisagea avec une certaine arrogance. Carinsson afficha un sourire engageant.

— Jonas Carinsson, venu accompagné, annonça-t-il.

L'homme jeta un bref regard à sa liste et fit un signe d'assentiment.

— Bienvenue, monsieur Carinsson. Mademoiselle.

Mon identité semblait lui être indifférente et, comme Carinsson m'entraînait, je n'eus pas la possibilité de me présenter. Un instant plus tard, je me sentis totalement déplacée. Je ne voyais que des robes roses, bleues ou vertes, des chevelures soigneusement laquées, des souliers argentés à talons hauts. Dans ma petite robe noire j'avais l'air de me rendre à un enterrement.

— Vous auriez pu me dire que nous irions à un bal, protestai-je tandis que nous entrions dans une salle ornée de dorures et éclairée par d'imposants lustres en cristal. J'aurais mis une autre tenue.

— Ce n'est pas un bal mais un gala, rectifia-t-il. Et puis je vous trouve ravissante. Un peu le style Audrey Hepburn, en blonde.

— Je ne ressemble pas à Audrey Hepburn, rétorquai-je. Tout au plus à son habilleuse. Les gens vont vouloir me faire l'aumône.

Carinsson éclata de rire.

— Vous exagérez ! Et puis pourquoi faut-il toujours que vous apportiez la contradiction ? Quand je vous dis que Löwenhof a de l'avenir, vous répondez non. Quand je vous dis que vous avez l'air d'une star de cinéma américaine, vous répondez également non. Acceptez donc ce que je vous dis sans protester !

— Même si ça ne correspond pas à la réalité ?

— Qu'est-ce que vous en savez ? On a souvent tendance à se juger soi-même plus sévèrement que ne le feraient les autres.

— Ça ne semble pas être votre cas.

— Je vous remercie. Mais je peux vous assurer que j'ai aussi mes moments de doute.

Carinsson se fraya un chemin à travers la foule sans regarder à droite ni à gauche et fit halte devant un homme de grande taille qui discutait avec deux autres personnes. Je reconnus le prince Bertil de Suède. Depuis la fin de la guerre, plus aucun membre de la famille royale ne s'était rendu à Löwenhof. Ma mère m'avait parlé d'une chasse à laquelle avait pris part le vieux roi Gustave. Et Agneta avait une foule d'anecdotes à raconter, le prince héritier et son épouse ayant régulièrement séjourné au manoir l'été. Pour ma part, je n'avais jamais rencontré qui que ce soit de la maison royale.

— Bonsoir, Votre Altesse, dit mon compagnon en s'inclinant.

— Carinsson ! s'écria le prince avec un plaisir manifeste. Ravi de vous voir ! Comment vont vos affaires ?

— Au mieux. Je n'ai pas à me plaindre.

— C'est une très bonne nouvelle. Et qui est cette ravissante jeune dame ?

Je fus prise de sueurs froides. Comment était-on censé se comporter avec un membre de la famille royale ? Enfant, je m'entraînais devant la glace à faire la révérence.

— Je vous présente Solveig Lejongård. Vous avez sûrement déjà entendu ce nom.

L'expression de Bertil devint grave. Ce n'était pas bon signe.

Dans le doute, je fis une respectueuse génuflexion.

— Je suis ravie de vous rencontrer, Votre Altesse, dis-je lorsqu'il me tendit la main.

Il y eut un instant de silence. Les interlocuteurs du prince me regardaient comme si j'appartenais à une époque révolue. Je me sentis rougir.

— Vous êtes l'héritière de Löwenhof, n'est-ce pas ? demanda le prince.

— Oui, Votre Altesse. Cela dit, ma mère et ma grand-mère sont encore, Dieu merci, en assez bonne santé pour administrer notre domaine.

— Je suis heureux de l'apprendre, répondit Bertil.

Son air grave me confirma qu'Agneta n'avait pas forcé le trait en affirmant que nous étions tombés en disgrâce.

— Je me souviens de votre grand-mère. Mes parents sont souvent allés passer des vacances au domaine. Nous y avons vécu des étés magnifiques.

— Merci, Votre Altesse.

— Ma mère était très attachée à votre grand-mère. Le saviez-vous ?

— Oui, et la mort de la princesse a bouleversé ma grand-mère. Dans la famille, nous entretenons la mémoire du passé.

Bertil acquiesça, l'air d'avoir été surpris dans une situation embarrassante. Mais ce n'était pas moi qui lui avais rappelé le souvenir de ses vacances à Löwenhof…

— Vous transmettrez mon plus amical salut à votre grand-mère, reprit-il au bout d'un instant. Peut-être aurons-nous l'occasion de nous revoir.

— Ce sera très volontiers.

Il y eut un silence pesant. Les compagnons du prince continuaient à me fixer. J'aurais voulu disparaître sous terre. En quête de soutien, je tournai les yeux vers Carinsson, qui affichait lui aussi un air grave. Avais-je commis un impair ?

— Que diriez-vous d'un petit rafraîchissement ? me proposa-t-il.

J'acquiesçai avec soulagement.

— Si vous voulez bien nous excuser, Votre Altesse, dit-il alors.

Il m'offrit son bras, ce qui fut bienvenu, car j'avais les jambes flageolantes.

— Ça s'est très bien passé, m'assura Carinsson lorsque nous fûmes hors de portée de voix du prince. Vous avez beaucoup impressionné ces messieurs.

— Si vous le dites…

— J'en suis convaincu. Bertil se montre toujours un peu réservé au début. Et puis il y a peut-être eu l'émotion des souvenirs d'enfance.

— Je pencherais plutôt pour la mauvaise conscience. La maison royale nous a laissés tomber comme une vieille chaussette.

— Bertil était encore enfant à l'époque.

— Qu'est-ce que ça change ? Mais bon, je ferais mieux de ne plus ruminer ces vieilles histoires. D'autant plus qu'elles datent d'avant ma naissance.

— Nous héritons de tout ce qui a tracassé nos parents et grands-parents. Il est difficile de s'en affranchir. Mais il faut que vous parveniez à vous en libérer afin de saisir les opportunités qui se présentent.

— Vous avez raison, je ferai de mon mieux.

— Bien, alors si nous goûtions de ce merveilleux caviar ? Et une coupe de champagne ne nous ferait pas de mal, qu'en pensez-vous ?

— Vous voulez dire qu'un petit coup dans le nez m'aidera à surmonter mon manque d'assurance ?

— Vous avez pourtant toutes les raisons d'être confiante. Vous verrez, ces gens sont pour la plupart très aimables. Surtout lorsqu'ils ont affaire à une jolie femme.

Je me sentis rougir. Heureusement, nous arrivions au buffet. Un énorme homard trônait sur une table, rouge et brillant comme s'il avait été en porcelaine.

— Au manoir, nous avons un tableau qui représente un homard comme celui-là, dis-je.

— Vraiment ? repartit Carinsson en remplissant une assiette de caviar et de chair de crabe.

— Oui, il est accroché dans une chambre d'amis.

— Oh ! Alors si j'ai l'occasion de passer la nuit chez vous je tiens à ce qu'on m'attribue celle-là. Cette peinture doit ouvrir l'appétit.

J'éclatai de rire.

— C'est vrai ! Il semble avoir produit cet effet sur l'un des maréchaux du palais. Il adorait le homard et, à table, il fallait lui en servir d'emblée deux ou trois. Des mauvaises langues ont prétendu que c'est pour cette raison que ses cheveux ont fini par virer au rouge. Si l'on songe que les flamants roses tirent leur couleur de la consommation d'un certain type de crevette...

Carinsson me considéra un instant en souriant.

— Vous êtes une femme très intéressante, mademoiselle Lejongård.

— Merci, je crois que je connais tout simplement trop d'histoires. Notre maison en regorge et chaque génération apporte sa contribution.

— Et vous, quelle histoire pensez-vous ajouter ?

— Celle de la renaissance de Löwenhof, si possible.

— Parfait, répondit-il en me tendant l'assiette. Mangez un morceau et, ensuite, nous réfléchirons à ce qui s'offre à nous.

— Je croyais que c'était pour vous ! m'exclamai-je en contemplant avec horreur la montagne de caviar et de crabe qu'il m'avait donnée. Comment voulez-vous que je mange tout ça ?

— Le contenu de cette assiette est à la mesure de la tâche qui vous attend, répliqua-t-il. Prenez une bouchée après l'autre.

Et avec un clin d'œil il se détourna pour se servir à son tour.

Lorsque je fus venue à bout de ma portion, il me semblait que les coutures de la robe de Kitty allaient craquer. Mais je me sentais plus assurée et plus calme.

Nous fîmes ensuite un tour dans la salle. Carinsson me présenta à des propriétaires de grandes écuries, des entraîneurs et des sportifs. Alors que je m'entretenais avec un homme qui se vantait d'avoir augmenté de vingt pour cent la vitesse de ses chevaux de course, je remarquai un groupe de femmes dont l'une ne cessait de tourner le regard vers moi.

— Qui est cette femme ? demandai-je à Carinsson après avoir pris congé de l'éleveur. On dirait qu'elle me connaît.

— Maud von Rosen, répondit-il.

Je manquai m'étrangler avec ma gorgée de champagne.

— Von Rosen ? demandai-je, effrayée. La fille de Clarence von Rosen ?

— Sa petite-fille. Pourquoi réagissez-vous ainsi ? Et comment connaissez-vous le vieux Clarence ?

— Ce sont mes parents et mes grands-parents qui l'ont connu. Durant la guerre, il a usé de sa position pour nous discréditer auprès du roi. De notre côté, nous hébergions des réfugiés norvégiens persécutés par les nazis.

— Pour quelle raison aurait-il fait cela ? Tout le monde sait que c'était un adepte du national-socialisme et qu'il appelait de ses vœux une alliance avec Hitler, mais…

— Précisément. Pour autant que je sache, notre refus de vendre des chevaux aux nazis lui a déplu.

— Pourtant, Hitler misait plutôt sur les autoroutes et les véhicules lourds.

— Ça ne l'empêchait pas de vouloir acquérir des chevaux. Pour ses défilés, ses parades aux flambeaux et que sais-je encore. Mais, à Löwenhof, la règle voulait qu'on ne vende pas de bêtes dans des régions en guerre. Ma grand-mère n'y a pas dérogé en 1914, et elle a fait de même lors du conflit suivant. Or, peu après le début de la guerre, on nous a annoncé que nous ne fournirions plus la cour. À dater de ce moment, ç'a été la dégringolade.

Je sentis la colère m'envahir. La famille de Rosen nous avait causé un préjudice considérable sans pâtir des fâcheuses sympathies de Clarence durant la guerre. Et moi, une Lejongård, je me retrouvais à amadouer des responsables sportifs pour qu'ils condescendent à travailler avec nous !

Carinsson parut deviner ce qui se passait en moi. Il se frotta les sourcils comme s'il était assailli par une migraine subite, regarda Maud von Rosen, puis se tourna de nouveau vers moi.

— Je comprends votre colère, dit-il. Mais ne serait-ce pas une satisfaction appréciable de gagner Maud von Rosen à la cause de Löwenhof ?

— Vous plaisantez, j'espère ! m'exclamai-je, horrifiée.

— Pas du tout ! L'histoire que vous évoquez remonte à loin. Et Maud, je le sais, est quelqu'un de très aimable. Venez, je vais vous présenter à elle.

Je le suivis à contrecœur.

— Je vois que la crème du sport de dressage est présente ce soir, dit Carinsson lorsque nous eûmes rejoint les trois femmes. J'ai failli ne pas vous reconnaître dans vos tenues de soirée, mesdames.

— Allons donc ! répliqua l'une d'elles, une brune au front haut qui arborait une coiffure courte et bouclée. Nous nous sommes vus en de si nombreuses occasions, monsieur Carinsson ! Vous ne pouvez pas croire que nous ne fréquentons que les haras !

Je sentis le regard de Maud von Rosen se faire plus insistant. Avec sa robe violette elle ressemblait à une comtesse anglaise. Sa parenté avec Clarence von Rosen était évidente : elle avait hérité de son nez et de ses yeux. Ma grand-mère m'avait montré une photo de lui dans un ouvrage sur le sport hippique. À cet instant, je trouvai étrange que nous n'ayons pas pensé plus tôt à entrer en contact avec cette discipline.

— Qui est la jeune femme qui vous accompagne ? s'enquit Maud.

— Solveig Lejongård, vétérinaire fraîche émoulue et propriétaire du domaine le plus ravissant qu'il m'ait été donné de voir.

— Löwenhof, dit Maud von Rosen en me tendant la main tandis qu'un frisson me parcourait l'échine. Mon grand-père en parlait souvent. Je n'ai malheureusement pas eu l'occasion de le visiter. Je suis Maud von Rosen, enchantée.

— Ravie de vous rencontrer, répondis-je en essayant de dissimuler ma nervosité. Il est regrettable que vous ne soyez pas encore venue chez nous.

— Il n'est pas trop tard pour bien faire, intervint Carinsson. Et voici Ulla Håkansson et Ninna Swaab.

Je saluai les deux autres femmes en imaginant la surprise de *Mormor* lorsque je lui rapporterais ma rencontre avec la petite-fille de Clarence von Rosen.

— Quels chevaux élevez-vous à Löwenhof ? s'enquit Ulla Håkansson avec un intérêt sincère.

Les trois femmes étaient brunes et de taille à peu près égale, si bien que de loin on aurait pu les prendre pour des sœurs.

— Des Suédois à sang chaud, répondis-je. Nos étalons ont toujours figuré dans le registre d'élevage établi par notre pays.

— Alors je devrais peut-être passer vous voir. Je cherche des chevaux de remplacement pour l'entraînement et les tournois. Mon Ajax restera toujours inégalé, mais je suis sûre qu'il existe de nombreux talents à découvrir.

Maud von Rosen leva brièvement les yeux au ciel.

— Saviez-vous qu'à l'origine le Suédois à sang chaud était destiné à la cavalerie ? demanda-t-elle.

— En effet, répondis-je avec une certaine raideur. Au XVIIIe siècle, mes ancêtres ont livré des milliers de chevaux à l'armée suédoise. Heureusement, notre pays a décidé de se tenir durablement à l'écart des conflits et n'a plus été disposé à envoyer ces bêtes se faire massacrer dans des combats inutiles.

Maud me considéra un instant en silence, puis un petit sourire apparut au coin de ses lèvres.

— Ce changement de politique a dû vous mettre en difficulté.

— C'est vrai, mais nous avons toujours trouvé un moyen de nous assurer des contrats.

Je me sentis soudain baignée de sueur. Maud me donnait l'impression d'en savoir bien plus sur ma famille que moi sur la sienne. Sentiment fort désagréable.

— Et puis n'est-il pas préférable d'utiliser les chevaux à des fins pacifiques ? poursuivis-je. Ça me briserait le cœur de savoir que nos bêtes subissent le feu de l'artillerie. Encourager cela équivaut à penser que les chevaux n'ont pas d'âme.

Il y eut un silence. Maud paraissait gênée. Ninna Swaab me fit un signe d'approbation.

— Je partage votre avis, dit finalement Ulla Håkansson. Il n'y a pas de créatures plus douces et plus pacifiques que les chevaux. Pourquoi faudrait-il les exposer à la canonnade ? Nous avons bien de la chance de vivre en temps de paix. Pour ma part, jamais je ne mettrais Ajax en danger de mon plein gré.

Je souris, heureuse de cette convergence de vues. Finalement, Carinsson avait été bien inspiré de m'amener à cette soirée.

Les heures suivantes passèrent à la vitesse de l'éclair. Le brouhaha permanent m'étourdissait et je profitai d'un moment où mon compagnon était accaparé par un invité pour m'excuser et me mettre à la recherche d'un endroit calme. Je me réfugiai sur un balcon.

Tout en contemplant le ciel nocturne, j'essayai de mettre de l'ordre dans mes pensées et mes impressions. Mon échange avec Maud von Rosen et ses deux amies s'était bien passé, mais la réaction du prince Bertil continuait à me tracasser. En tant que président du comité olympique suédois, il connaissait sûrement une foule de sportifs de haut niveau, et parmi eux des cavaliers. S'il formulait une critique à l'égard de Löwenhof, personne ne prendrait même la peine de venir voir nos chevaux. Il s'était montré aimable, mais pas franchement enthousiaste.

— Ah, vous voilà, dit soudain la voix de Carinsson. Vous admirez la beauté de la nuit ?

— J'avais besoin de calme, expliquai-je. Je n'ai pas l'habitude de ce genre de soirée.

Carinsson vint se placer à côté de moi.

— Je n'ai pas de mal à le croire. Mais, si ça peut vous réconforter, sachez que vous avez fait très bonne impression.

— Sans doute, répondis-je tristement.

— Sans doute ?

— Je me demande si ça a du sens. À présent, les gens connaissent mon nom et nous avons rappelé au prince l'existence de notre famille. Malheureusement, on aurait dit que j'incarnais son pire cauchemar.

— Je reconnais que d'habitude il est plus chaleureux. Il a semblé paralysé face à vous. Mais il ne me semble pas que ç'ait été de l'antipathie. Et encore moins le refus de votre famille de vendre des chevaux aux nazis. L'histoire a montré que votre mère et votre grand-mère avaient pris la bonne décision. Et ce que vous avez dit aux trois dames était parfait. Vous vous êtes fait au moins une amie : Ulla Håkansson milite beaucoup pour qu'on traite correctement les chevaux.

Carinsson marqua une pause, puis il me prit la main.

— Ne soyez pas si négative. Les temps changent, vous verrez. Löwenhof reviendra sur le devant de la scène, c'est certain.

Je le regardai, les paupières lourdes, avec l'envie de céder au sommeil. Lui, au contraire, paraissait vibrer d'énergie. Il me fit soudain penser à Sören, ce qui me fut douloureux.

— J'aimerais être plus positive, répondis-je. Mais depuis l'accident…

Je m'interrompis. Carinsson était pour moi un inconnu. Quelques heures plus tôt encore, il m'agaçait profondément. Et voilà que j'étais sur le point de lui raconter ma vie !

— Quel accident ?

— Mon fiancé et moi… Nous étions en route pour Löwenhof, nous voulions annoncer nos fiançailles à ma famille. Mais un cerf a traversé la route. Mon ami est mort et moi…

Bien des gens auraient dit que j'avais eu beaucoup de chance. Que la possibilité m'avait été donnée de pouvoir continuer à vivre. Or je me rendais compte que, depuis plus d'un an, je me fermais à la vie.

— Je suis profondément désolé de ce que vous m'apprenez, répondit Carinsson sans lâcher ma main. La perte de votre grand amour a dû être terrible.

— Elle l'est encore. Et je crains d'avoir perdu la faculté de considérer l'avenir avec optimisme. J'envisage toujours le pire. Je n'ai plus confiance en la vie.

— Vous avez tort. La situation s'améliorera pourvu que vous le vouliez. Ce soir, vous avez fait le premier pas. Vous vous êtes montrée, vous vous êtes très bien battue. Vous avez rappelé à la famille royale l'existence des Lejongård. On vous avait manifestement oubliés parce que vous êtes des personnes aimables et tranquilles.

Il aurait dû voir ma mère ou ma grand-mère en colère… Mais il avait raison : nous ne faisions pas tout un plat de notre nom et du domaine familial.

— Pourquoi faites-vous tout cela ? demandai-je. Löwenhof pourrait très bien vous être indifférent.

Carinsson baissa les yeux. Pour la première fois, je le vis hésiter à répondre.

— Pour être franc, je le fais à cause de vous.

— À cause de moi ? m'étonnai-je.

— Il y a en vous quelque chose qui m'intéresse beaucoup. D'un côté, vous êtes têtue, de l'autre, vous avez un besoin évident de protection. Vous êtes très intelligente tout en ayant la modestie de ceux qui vivent à la campagne. Vous êtes très différente des gens d'ici.

— Des femmes, vous voulez dire.

— Oui.

Nous nous regardâmes un moment en silence. Je ne savais trop quoi penser de l'aveu qu'il venait de me faire.

— Mademoiselle Lejongård, dès l'instant où je vous ai vue, j'ai ressenti le besoin de vous aider. J'ai passé des heures à réfléchir, vous étiez constamment présente à mon esprit. Lorsque vous avez quitté le café après notre discussion, j'étais sûr que je ne vous reverrais jamais. Ce qui ne m'a pas empêché de continuer à penser à vous. Et lorsque vous avez sollicité mon aide, je ne pouvais que répondre favorablement à votre demande.

— Et que voulez-vous en échange ? demandai-je. Nous avons parlé de commission.

— Je ne veux rien. Le travail que j'effectue pour le comité olympique suédois est bénévole et Löwenhof pourrait constituer pour moi un agréable passe-temps. Cela dit, je serais très heureux que nous puissions devenir amis.

— Amis ?

Je le considérai avec perplexité. Son discours indiquait qu'il souhaitait être plus qu'un ami pour moi. Sinon, m'aurait-il avoué qu'il pensait souvent à moi ? En dépit des refus que j'avais opposés à ses propositions concernant le domaine ?

— Oui, amis. Qu'en pensez-vous ?

— Il faut que j'y réfléchisse…

— Vous n'avez pas besoin de décider sur-le-champ. L'amitié est un processus qui demande du temps. Si vous me laissez prendre une place dans votre vie, je vous promets de tout faire pour vous aider. Les amis sont là pour ça, non ?

— Oui, mais l'amitié repose sur la réciprocité, objectai-je. Or je crains de ne pas pouvoir vous donner beaucoup.

— C'est à voir. Peut-être que vous pourriez m'accompagner à d'autres galas ? Ce serait drôle d'observer les gens se demander qui vous êtes. Nous aurions peut-être même les honneurs de la presse.

— M'auriez-vous caché quelque chose ? Seriez-vous aussi une vedette de cinéma ou le fils illégitime d'un millionnaire américain ?

— Je connais effectivement un millionnaire américain. Cela dit, nos relations ne vont pas jusqu'à m'assurer une place dans la rubrique des potins mondains. Mais ce sera peut-être le cas lorsqu'un cavalier rattaché à Löwenhof deviendra champion olympique en saut d'obstacles.

— Vous croyez vraiment cela possible ?

— Vous devriez rêver un peu, mademoiselle Lejongård. Parfois, ça aide à donner corps à ses objectifs...

Je souris, envahie par une confiance soudaine. Peut-être serait-ce effectivement une bonne chose d'avoir un ami tel que Jonas Carinsson.

— Quelle est la suite du programme ? demandai-je. Concernant le domaine, je veux dire. Cette soirée n'est pas tout, j'imagine.

— Bien sûr que non. Nous devons réfléchir au plus vite à la façon de financer la reconversion.

— Ce qui suppose d'abord de sortir Löwenhof du rouge.

— Oui, et c'est pourquoi je vous demanderai de bien vouloir me retrouver à mon bureau demain, après-demain et le jour suivant en début d'après-midi, à 2 heures. Nous verrons tout cela dans le détail et nous discuterons de la manière de convaincre votre mère.

— Trois jours ? me récriai-je. Et moi qui comptais rentrer dès demain.

— Vous voulez revenir les mains vides après vous être risquée à faire le voyage jusqu'à la ville ?

— Vous oubliez que j'ai vécu ici quelques années. J'ai encore ma chambre au foyer.

— Bien, alors la question de l'hébergement est réglée. Venez à mon bureau comme je l'ai dit et nous concocterons un plan qui suscitera l'enthousiasme général, je vous le garantis. Y compris celui de votre délicieuse grand-mère.

— Ma délicieuse grand-mère s'étonnera de ne pas me voir à l'hôpital, répliquai-je.

— Votre mère lui expliquera. Et vous lui causerez bien plus de joie en revenant avec une solution, vous ne croyez pas ?

Il semblait sincère et son regard brillait d'ardeur.

— D'accord, dis-je. Rendez-vous demain à 2 heures.

— Parfait !

Pendant le trajet de retour, je contemplai les enseignes lumineuses et les fenêtres sombres des immeubles. Il était minuit passé, la plupart des gens étaient couchés. Le foyer était lui aussi plongé dans l'obscurité.

— Je vous accompagne jusqu'à la porte ? proposa Carinsson.

— Ce ne sera pas nécessaire. Ici, on croise tout au plus des chats errants, mais pas d'esprits malins.

Nous nous regardâmes un instant, puis je lui tendis la main.

— Merci pour tout, monsieur Carinsson.

Il opina, prit ma main et la baisa.

— Bonne nuit, comtesse Lejongård.

— Bonne nuit.

Après son départ, je me sentis à la fois fatiguée et revigorée. Le souvenir du contact de ses lèvres sur ma peau me fit frissonner. Quelle soirée !

À la porte du bâtiment, je retirai mes escarpins et montai l'escalier sur la pointe des pieds. Un rai de lumière filtrait sous une porte. J'entendis des sanglots – sans doute un chagrin d'amour. Arrivée devant notre chambre, j'ouvris tout doucement afin de ne pas réveiller Kitty, mais la lumière jaillit : mon amie s'était installée sur le canapé, sans doute pour ne pas manquer mon retour.

— Tu rentres déjà ? me dit-elle sur un ton de léger reproche.

— Comment ça, « déjà » ? Il est minuit passé.

— Je ne t'attendais pas si tôt, répliqua-t-elle avec un large sourire. Alors, comment c'était ?

— Passionnant ! Et éprouvant. Il m'a emmenée à une réception. Un gala organisé pour les responsables du sport de haut niveau. J'y ai rencontré quelques personnes intéressantes.

— Tu te fiches de moi ! Il te parle d'un dîner et ensuite il te traîne à une réception de sportifs ?

— Je t'avais pourtant dit qu'il s'agissait de Löwenhof, tu ne veux pas m'écouter ! Nous devions parler stratégie et je crois maintenant avoir compris où il veut en venir.

— Ah ? soupira Kitty, déçue. Quel ennui…

— Mais qu'est-ce que tu croyais ? rétorquai-je en me laissant tomber à côté d'elle sur le canapé. Qu'il allait me faire franchir le seuil de sa maison dans ses bras et que nous passerions une nuit torride ?

— C'est un peu ce que j'espérais, oui.

— Mais il n'y a pas que ça dans la vie ! Ce soir, il m'a rendu un grand service. Tous ces gens… J'ai réalisé que nous aurions dû réagir bien plus tôt. J'ai rencontré le prince Bertil, les meilleurs cavaliers suédois, des entraîneurs, des responsables du sport hippique…

— Tu as vu le prince Bertil ? s'étonna Kitty.

— Je lui ai même parlé. Quand il était enfant, il a passé quelques étés à Löwenhof.

— Attends un peu, la famille royale vous rend régulièrement visite ? Tu ne m'avais pas dit ça ! Le prince héritier actuel est vraiment mignon !

— Ça remonte à loin, Kitty. Depuis, les relations se sont interrompues. Mais cette rencontre avec le prince… Dans un premier temps, j'ai eu des doutes.

Mais finalement c'est une bonne chose que j'aie pu lui rafraîchir la mémoire.

— Pour lui donner mauvaise conscience ?

— Entre autres, répondis-je en bâillant, les paupières lourdes. Si on continuait cette conversation demain ? Je tombe de sommeil.

— Il ne s'est vraiment rien passé de plus avec ce Carinsson ? Il se démène sacrément pour toi, non ?

J'aurais pu lui rapporter notre échange sur le balcon, sa proposition que nous devenions amis, mais je savais qu'ensuite elle ne me lâcherait plus. Elle semblait obsédée par le désir que je retrouve l'amour.

— Non, mais il va falloir que je reste trois jours de plus. Il m'a donné rendez-vous à son bureau. Avec un peu de chance nous arriverons à sauver Löwenhof.

— Je te le souhaite, répondit Kitty en me donnant un baiser sur le front. Dors bien.

— Toi aussi.

Le lendemain, je me réveillai vers midi et m'étonnai de ne pas être à Löwenhof. Puis le souvenir des événements de la veille me revint. J'avais rendez-vous en début d'après-midi avec Carinsson.

Quoique ce soit pour la bonne cause, j'éprouvai un certain remords à annoncer à ma mère au téléphone que je ne rentrerais que dans trois jours.

— Grands dieux, mais qu'est-ce que tu as à faire à Stockholm ? demanda-t-elle.

— Je ne peux pas encore te le dire. Mais je crois avoir trouvé un moyen de garder Löwenhof.

— Tu *crois* ?

— J'en suis certaine, rectifiai-je. M. Carinsson et moi...

— Carinsson ? Le type qui a dénigré le domaine ?

— Il ne l'a pas dénigré, il en a juste souligné les faiblesses.

— Alors comme ça tu l'as recontacté ? Pourtant, tu lui en voulais. Et nous avions toutes les raisons de craindre qu'il nous ait discrédités.

— Je ne l'ai pas recontacté à proprement parler. Il est revenu vers moi il y a quelques semaines pour me proposer son aide. À l'époque, son discours m'a paru irréaliste, mais maintenant... Nous sommes acculés, Maman ! Il faut agir sans tarder !

— Et c'est pour ça que tu cherches une alliance avec l'ennemi ?

— M. Carinsson n'est pas notre ennemi. Ce qui ne signifie pas que nous n'en ayons pas eu par le passé. Mais ce n'est pas le moment d'en reparler. Nous allons élaborer un plan et je t'en dirai plus à mon retour.

— Je ne suis pas à l'aise avec tout ça. Et s'il n'était pas sincère ? S'il en avait après toi...

— Ne t'inquiète pas, Maman. J'ai la situation bien en main. Et Carinsson est réellement désireux de nous venir en aide. J'ai mis un temps à le comprendre parce qu'il s'est montré très abrupt dans ses discours. Mais nos relations se sont améliorées et je suis convaincue qu'il peut nous être d'une grande utilité.

Je lui aurais volontiers rapporté que j'avais vu le prince Bertil, mais je repoussai cela à plus tard. Sans compter que Carinsson m'avait priée de ne rien dévoiler de notre stratégie pour le moment.

— Bon, alors fais ce que tu peux. Nous avons jusqu'à la semaine prochaine pour reprendre contact avec la banque et lui faire part de notre décision. Ça nous laisse encore un peu de temps.

Trois jours, ce n'était pas beaucoup, mais j'espérais que nos rendez-vous nous permettraient de monter un projet susceptible de convaincre la banque.

— Comment va Grand-mère ?

— Mieux, apparemment. D'après le médecin le caillot s'est dissous. Elle devra tout de même rester encore quelques jours à l'hôpital. Elle a demandé où tu étais.

— C'est bien ce que je pensais. Je lui avais promis de revenir la voir au plus vite.

— Si tu rentres dans trois jours, il est fort possible qu'elle soit sortie de l'hôpital, répliqua ma mère sur un ton de reproche.

— Embrasse-la de ma part. Et si elle n'est pas encore rentrée à mon retour, j'irai la voir sans délai.

— D'accord.

Ma mère paraissait épuisée. Je n'avais qu'une vague idée du fardeau qui devait peser sur ses épaules.

— Sois prudente, d'accord ? ajouta-t-elle. Et n'engage aucune démarche avec ce Carinsson sans m'en avoir d'abord parlé.

— Maman, répondis-je en soupirant, pour autant que je sache, Grand-mère est encore la propriétaire du domaine et toi son administratrice. Il n'est absolument pas en mon pouvoir de faire quelque affaire que ce soit. Je veux aider, c'est tout. C'est bien le sens des discussions que j'ai avec Carinsson. Fais-moi confiance, d'accord ? Tout ira bien.

— Je l'espère. À bientôt, chérie.

— À bientôt.

Je raccrochai et restai un moment les yeux rivés sur l'appareil. Quelqu'un frappa à la vitre de la cabine.

— Hé, vous n'êtes pas la seule à vouloir téléphoner !

Je sortis. À présent, j'avais besoin d'un endroit tranquille. Il était temps que j'aille rendre visite à Sören.

CHAPITRE 16

— Monsieur Carinsson est à vous dans un instant, asseyez-vous, je vous prie, me dit la secrétaire lorsque j'arrivai à l'heure dite au bureau.

Je pris place sous une reproduction aux couleurs criardes. Que pensait ma grand-mère de l'art actuel, elle qui avait reçu une formation très classique ? Nous n'avions jamais parlé de l'art moderne. Je me promis de le faire lorsqu'elle serait rentrée au manoir.

Je tournai le regard vers la fenêtre. Ma visite au cimetière m'avait procuré un grand calme. À présent, toutefois, je me sentais gagnée par l'excitation. En arrière-fond j'entendais des voix sans comprendre de quoi on parlait. Carinsson devait être en rendez-vous. Quelques minutes passèrent. La secrétaire prit un appel – un client qui semblait vouloir un rendez-vous dans les plus brefs délais. Il devait être un peu pénible, car je la vis lever les yeux au ciel.

Peu après, la porte du bureau s'ouvrit. Un claquement de hauts talons résonna dans la pièce. La femme qui sortit en compagnie d'un homme portait une élégante robe fourreau bleue qui s'harmonisait à merveille avec ses cheveux blond paille. On aurait dit qu'elle se rendait à une réception. Moi, je ne réussirais sans doute jamais à marcher avec une telle grâce sur des talons aiguilles.

— Mademoiselle Eklund, monsieur Viström, ce fut un plaisir, dit Carinsson.

Il serra la main à l'homme et fit un baisemain à la femme. Il les suivit du regard tandis qu'ils quittaient le secrétariat, puis se tourna vers moi.

— Ah, vous êtes déjà là ! s'exclama-t-il en s'approchant.

Déjà ? Je consultai l'horloge : 2 h 10. Était-il habitué à ce que ses clients manquent de ponctualité ?

— Ravi de vous revoir, mademoiselle Lejongård, poursuivit-il sur un ton nettement plus formel que la veille.

— C'est moi qui vous remercie de me recevoir, répondis-je en remarquant que la secrétaire nous observait avec attention.

— Alors, voyons ce que nous pouvons faire.

Il me fit entrer dans son bureau et me désigna le canapé.

— Excusez mon retard, dit-il en débarrassant la petite table du plateau qui avait servi pour les clients précédents. Mlle Eklund est mannequin et doit devenir le nouveau visage d'une entreprise de produits de beauté très célèbre. Malheureusement, son agent parle plus qu'il ne le devrait et je crains par ailleurs que la dame ne donne du fil à retordre aux photographes. Mais son look est à la mode. Les gens voient en elle la Suédoise type.

— Aïe… C'est vraiment ce qu'ils croient ?

— Oui, cheveux blond paille, yeux bleus, sourire éclatant : voilà l'image qu'on se fait de nous dans le monde. Vous lui correspondez d'ailleurs très bien.

— Mais je ne suis pas mannequin, ripostai-je. Et mes cheveux sont un peu plus foncés.

— Ils sont suffisamment blonds, en tout cas, pour que vous répondiez à ce stéréotype. En termes publicitaires j'entends. Si vous voulez bien m'excuser…

Il sortit avec le plateau et revint un instant plus tard.

— Sybilla va nous apporter du café, annonça-t-il.

Il respira à fond, puis prit une chemise qui se trouvait sur son bureau.

— Venons-en à vous et à Löwenhof.

— Vous avez ouvert un dossier ? demandai-je, surprise.

Cela datait-il de la veille ou l'avait-il fait dès notre rencontre ?

— Bien sûr, comme pour tous mes clients. C'est toujours l'occasion d'en apprendre davantage et de faire des expériences nouvelles. J'aime bien en garder la trace pour pouvoir ensuite examiner ce qui a fonctionné ou pas.

Il ouvrit la chemise, qui contenait déjà quelques documents.

— Vous devriez faire de même avec vos clients, ajouta-t-il.

— C'est déjà le cas. Le bureau de mes parents est rempli de dossiers.

— De quand date le plus ancien ?

— De mon arrière-grand-père, j'imagine.

— Ha ! C'est bien ce que je pensais. Pourquoi vous ne vous débarrassez pas de tout ce fatras ? Il ne fait que vous entraver.

— Ces documents ont une valeur historique ! protestai-je.

— Exactement ! Ils seraient plus à leur place dans un service d'archives ou un musée. Dans votre bureau, vous ne devriez avoir que les dossiers des dix dernières années, pas plus. Sinon, le poids de l'histoire finira par vous étouffer.

Il y a encore quelques semaines, je me serais insurgée contre ce type de propos. Mais, en examinant le bureau de Carinsson, je ne pus que lui donner raison. Notre pièce de travail était sombre, encombrée de papiers et de documents. La sienne, au contraire, était aérée et accueillante. On y réfléchissait sans doute de façon bien plus profitable.

— J'en toucherai un mot à ma mère, dis-je.

— Vous ne protestez pas ? s'étonna Carinsson. C'est un jour à marquer d'une pierre blanche !

— Je m'améliore. Ce matin, je vous ai même défendu contre ma mère.

— Pourquoi ça ? Elle et moi ne nous sommes vus qu'une seule fois.

— Je lui avais rapporté ce que vous m'aviez dit lors de votre visite des écuries. Ça ne lui a pas plu.

— Les chiens ne font pas des chats, n'est-ce pas ? fit-il observer en riant. Mais, si vous tenez de votre mère, je peux espérer la convaincre elle aussi.

Je l'observai tandis qu'il se plongeait dans son dossier. Il semblait ne pas m'en vouloir. Et, plus généralement, le fait qu'on ne partage pas ses idées paraissait ne pas le déranger. Cela l'incitait seulement à changer de stratégie pour atteindre son but.

— Je me suis un peu renseigné, dit-il au bout d'un instant. Discrètement, bien sûr. Le nom de Löwenhof suscite l'embarras et la perplexité. Le déclin de votre réputation est sans doute bien antérieur à la perte de vos contrats avec la cour. Et, comme on n'a plus entendu parler de vous, le domaine a sombré dans l'oubli.

Je me demandai à quel moment nous avions véritablement commencé à perdre pied.

— Mais ce n'est pas une raison pour vous inquiéter, poursuivit Carinsson en voyant ma mine sombre. Le fait qu'on vous ait oubliés vous protège aussi des ragots malveillants. Ce ne sont pas de mauvaises bases pour un nouveau départ.

— À l'époque, les gens n'ont pas dû apprécier que le domaine soit administré par une femme. Officiellement, personne n'a mis de bâtons dans les roues à ma grand-mère. Mais, en coulisse, il a dû se passer des choses qu'elle ignorait. Ma mère m'a dit une fois que les tâches de gestion n'étaient pas son fort.

— C'est bien possible. Les gens n'expriment pas toujours le fond de leur pensée. Ils ne vous plantent pas nécessairement un poignard dans le dos, mais ils vous occasionnent de petites égratignures qui ne cessent par la suite de saigner. Arrive alors un jour où l'on s'est vidé de son sang. Excusez cette comparaison, mais c'est peut-être ce qui s'est passé avec votre grand-mère. Dans un premier temps, on est simplement victime de rumeurs. Puis on arrive prétendument trop tard pour un appel d'offres ou alors on se voit préférer quelqu'un d'autre, une fois, deux fois, puis systématiquement. Et on vous oppose toujours de bonnes raisons : vous n'êtes pas assez performant, ou l'autre est meilleur. Et, quels que soient les efforts qu'on fournit, ils sont voués à l'échec. On s'interroge sur les erreurs qu'on a pu commettre, alors que ce sont les autres qui vous barrent la route. À un moment donné, on finit par renoncer et se laisser gagner par l'indifférence.

— Le sort de Löwenhof n'est pas du tout indifférent à ma grand-mère !

— Non, mais elle et votre mère semblent persuadées que la situation est sans issue. Il nous appartient de les convaincre du contraire.

Au cours des heures qui suivirent, nous analysâmes en détail ce qui avait pu nous conduire à l'échec. Le bilan était si effrayant que je ne pus m'empêcher de fondre en larmes. Si elle avait été dûment conseillée, ma grand-mère aurait pu redresser la barre. Au lieu de quoi elle avait eu à se battre contre sa propre mère et avait peu à peu perdu toute vision d'ensemble.

— Il ne faut surtout pas le lui dire, déclarai-je en me tamponnant les yeux. Elle en aurait un deuxième infarctus.

— Ne vous inquiétez pas, je ne lui en toucherai pas un mot. Mais il faudra que votre mère le sache. Tenir les registres de comptes ne suffit pas. Vous n'avez jamais fait le nécessaire en matière de marketing. La publicité existait déjà dans les années trente et quarante.

— Vous oubliez la guerre.

— Croyez-vous vraiment que la guerre ait été seule responsable de votre déclin ? Les combats ne se sont pas déroulés sur le sol suédois, et nous avons continué à vivre normalement. Nous avons connu le rationnement, c'est vrai, et les importations en provenance des pays en guerre ont quasiment cessé. Mais l'économie est restée en activité. Dans leur grande majorité, les entreprises n'ont pas souffert du conflit. C'est dans l'esprit des gens qu'ont eu lieu les plus gros dégâts. Ils redoutaient en permanence la catastrophe. Si vous saviez ce que m'a raconté ma mère ! Pour elle, manquer de sucre était un désastre.

— Löwenhof a accueilli des réfugiés norvégiens. D'ailleurs c'est comme ça que ma mère a retrouvé mon père.

— Il est norvégien ?

— Non, suédois. Mais il s'était installé en Norvège pour y diriger une entreprise de meubles. La guerre lui a tout pris, y compris sa première femme.

— J'en suis désolé, répondit Carinsson en marquant une pause de sympathie. Lorsqu'on doit s'occuper de réfugiés, il va de soi qu'on a moins de temps pour la gestion. Cela dit, je ne comprends pas pourquoi votre mère n'a pas commencé à faire de la publicité pour le domaine dans les années cinquante.

— À l'époque, nos affaires étaient encore relativement satisfaisantes parce qu'on avait besoin de chevaux de l'autre côté de la Baltique. Les haras avaient repris leurs activités.

Carinsson opina et nota ce que je venais de dire.

— Bon, déclara-t-il. Je crois maintenant avoir un bon aperçu de la situation. Ekberg est prospère et pourrait sans problème assurer la subsistance de votre famille. Löwenhof, qui n'est absolument pas rentable, a pour vous une grande valeur sentimentale. Or quel médecin voudrait priver ses patients de leur cœur ?

— Vous semblez avoir un faible pour les comparaisons médicales.

— Peut-être parce que mon père était médecin. Il aurait souhaité que je le sois aussi. Malheureusement pour lui, j'ai développé une véritable fascination pour la publicité.

— Dès votre enfance ?

— Et vous ? répliqua-t-il. Quand avez-vous su que vous vouliez devenir vétérinaire ?

— Vers 11 ou 12 ans, je crois. J'ai toujours aimé les chevaux, mais c'est sans doute dû à mes origines.

— Et quel a été le déclencheur ? L'amour que vous aviez pour les chevaux ou autre chose ?

Je repensai soudain à cet après-midi d'automne où l'un de nos valets était venu chercher ma mère en catastrophe. Prise de curiosité, je l'avais suivie. Le jaune et le rouge des feuilles brillaient au soleil et une brume légère flottait au-dessus des prés. Ma mère était déjà entrée dans l'écurie lorsque j'avais prudemment pénétré dans le bâtiment. J'avais alors entendu un bruit horrible.

— Un de nos chevaux souffrait d'un volvulus intestinal, poursuivis-je tout haut. Les soigneurs ne s'en étaient pas aperçus. La bête hurlait de douleur. Je n'avais jamais entendu ça. Personne ne pouvait rien pour elle et il a fallu attendre presque une heure l'arrivée du vétérinaire de Kristianstad. Et alors il était trop tard. Nous avons dû la faire piquer. C'était une de nos meilleures juments. En plus elle venait d'avoir un poulain. Je n'ai pas fermé l'œil de la nuit. Et, quelques jours plus tard, j'ai su ce que je pouvais faire pour que ça ne se reproduise pas.

— Vous avez décidé que vous seriez vétérinaire au domaine pour éviter des drames de ce genre.

— C'est ça. Cela dit, je n'avais pas réalisé que ça prendrait un certain nombre d'années.

— Mais vous n'avez pas renoncé à votre rêve.

— Non. Et comme vous le savez, il est devenu réalité.

Je me remémorai aussi ce jour, durant ma convalescence, où j'avais aidé la jument d'un paysan. J'avais compris alors qu'il ne fallait pas que j'abandonne, je devais poursuivre dans cette voie. Cependant, ne voulant pas évoquer Sören, je gardai ce souvenir pour moi. J'avais parlé de lui à Carinsson lors de la réception, c'était bien suffisant.

— C'est une histoire très touchante, dit-il.

— Et vous ? Vous ne m'avez pas raconté ce qui a provoqué votre intérêt pour la publicité.

— Rien d'aussi spectaculaire en tout cas. Mon père avait un faible pour les antiquités. Comme il voulait me le faire partager, il m'emmenait le week-end avec lui dans toutes sortes de magasins farfelus. Parfois aussi nous allions au marché aux puces. Un jour, je suis tombé sur un carton rempli de vieux panneaux en fer-blanc. C'étaient des panneaux publicitaires pour toutes sortes de produits : bains de bouche, pommades, peignes à barbe, potions médicinales, confitures. Tout ce dont les gens ont besoin. J'ai été captivé par ces plaques colorées qui exprimaient tant de choses sur un si petit espace. Les illustrations excitaient mon imagination, m'invitaient à réfléchir à ce qui avait présidé à leur création et à l'effet qu'elles étaient censées produire. À un moment donné, j'ai commencé à les collectionner et pris la décision d'en créer à mon tour.

— Vous aviez quel âge à l'époque ?

— Huit ou 9 ans.

— Vous me charriez !

— Pas du tout !

Carinsson se leva et alla ouvrir un tiroir de son bureau.

— J'avais beau être très jeune, je savais déjà que je ne ferais pas le métier de mon père. J'ai toujours trouvé la médecine un peu angoissante. Venez voir.

Je me levai à mon tour et le rejoignis. Le tiroir contenait des dossiers suspendus. Carinsson sortit de l'un d'eux un panneau publicitaire. Sur un fond vert foncé se détachait une femme avec un tablier blanc qui tenait un petit paquet de lessive. Son sourire évoquait celui d'une vedette de film muet.

— Voici le premier panneau que j'ai acheté au marché aux puces avec mon argent de poche. La femme représentée a l'air joyeuse alors que faire la lessive est tout sauf une tâche facile.

— Votre mère souriait-elle ainsi en lavant son linge ?

— Non, nous avions des domestiques pour s'en charger. Ma mère s'occupait plutôt de soigner ses migraines.

— On dirait que vous ne l'aimez pas beaucoup.

— Ma mère était comme elle était. Je n'ai aucun reproche à lui faire. Et puis on ne dit pas de mal des morts.

— Oh, votre mère est…

— Mes parents sont morts tous les deux il y a cinq ans dans un accident en mer. Ils se rendaient à une régate au Danemark lorsqu'ils ont été surpris par une tempête. Le bateau a chaviré. Leurs corps ont été retrouvés quelques jours plus tard sur la côte danoise.

— Quelle horreur ! m'exclamai-je. C'est une mort affreuse !

— Oui. J'ai été anéanti par leur disparition. À l'époque, j'étais encore étudiant et j'ai cru que mon univers allait s'effondrer.

— Je comprends. J'ai ressenti la même chose après la mort de mon fiancé.

Voilà qu'en dépit de mes résolutions je lui parlais de nouveau de Sören. Sans que je comprenne pourquoi, Carinsson était parvenu à gagner ma confiance.

— Qu'est-ce que vous avez fait ? demandai-je.

— Je me suis replié sur moi-même pendant un temps, et puis j'ai compris que rien ne pourrait les ramener à la vie. Je n'avais pas d'autre solution que poursuivre ce que j'avais commencé et essayer de me montrer digne d'eux. Même dans un domaine que mon père désapprouvait. Et, comme vous voyez, j'ai à peu près réussi.

— Vous avez même parfaitement réussi !

— Merci. Je suis sûr que ce sera aussi votre cas. Et que vous pourrez vous dire que votre fiancé aurait été fier de vous.

— Malheureusement, il n'est plus là pour le voir.

— Est-ce si important ? Ce qui compte, c'est que vous alliez mieux et que vous ayez conscience de l'importance de votre action. Vous êtes vétérinaire, maintenant, et vous allez faire remonter la pente à Löwenhof.

— Pas moi : ma mère.

— Non, vous, répliqua-t-il. Voyons maintenant comment y parvenir.

CHAPITRE 17

Le lendemain de notre dernière séance de travail, en sortant du foyer pour me rendre à la gare, je tombai sur Carinsson, nonchalamment adossé à sa voiture.

— Bonjour, mademoiselle Lejongård, lança-t-il.

— Qu'est-ce que vous faites ici ? m'enquis-je, surprise.

— Je suis venu vous chercher.

Compte tenu de l'échéance imminente qui pesait sur Löwenhof, nous étions convenus de nous rendre sans attendre au domaine pour exposer notre plan à mes parents. Je n'étais pas certaine qu'il serait bien reçu car, sur un point au moins, il était très audacieux. Cependant Carinsson et moi n'avions pas prévu de nous revoir avant mon départ. J'avais pensé arriver la première afin de préparer le terrain auprès de ma mère.

— Vous voulez me conduire à la gare ?

— Non, à Löwenhof. Pourquoi croyez-vous que j'aie fait le plein ?

— Je préfère prendre le train.

— Mais non, venez ! Je suis un bon conducteur, il n'y a pas de neige et vous ne vous ennuierez pas, j'en suis sûr.

Il prit une grande inspiration.

— Je sais, la dernière fois que vous avez fait ce trajet avec un homme, ça s'est terminé de façon dramatique. Mais ce n'est pas une fatalité.

La panique m'envahit.

— Pour être honnête, j'ai peur de faire le voyage en voiture avec vous, déclarai-je tout de go.

— Et le train, vous n'en avez pas peur ? Un train, ça peut dérailler, et alors vous vous retrouvez sens dessus dessous dans un wagon avec cinquante autres voyageurs et leurs bagages.

— Merci de me gâcher le dernier espoir que j'avais de faire le trajet tranquille, grognai-je.

— Mais non ! s'exclama-t-il en éclatant de rire. Tout ce que je souhaite, c'est vous redonner confiance en vous ramenant chez vous saine et sauve. Vous retrouveriez ainsi une partie de votre insouciance d'autrefois.

Pensait-il que j'en avais besoin ? Semblais-je encore rongée par le chagrin ? L'angoisse qui me nouait l'estomac ne voulait pas céder. En même temps, ma pusillanimité m'irritait. Pourquoi hésitais-je ainsi à monter en voiture avec lui ? Je l'avais déjà fait. Mais nous étions restés en ville…

— Allons, venez. Je vous promets un voyage divertissant. J'ai un autoradio. Si vous ne supportez plus mon bavardage, vous pourrez écouter de la musique.

Je me secouai.

— Bon, d'accord, dis-je.

— Vraiment ?

J'acquiesçai d'un signe de tête.

— Formidable !

Pendant que Carinsson me débarrassait de mon sac, je me retournai et vis Kitty le nez collé contre la vitre de notre chambre. Voyant que je la regardais, elle leva le pouce. Je lui fis signe en retour.

— Qui est-ce ? s'enquit Carinsson.

— L'amie avec qui je partage ma chambre.

— Ah, la jolie fille à qui j'ai remis ma carte !

— Exactement.

— Elle va croire que vous avez un soupirant.

— Je lui ai parlé de vous. Elle a été déçue. Elle nous imaginait déjà sous les traits du couple idéal.

— Elle semble avoir des vues très romantiques.

— Oui, et surtout elle pense que j'ai besoin d'un autre homme.

— Il faut dire qu'avec une femme telle que vous… Je m'étonne que les hommes ne se bousculent pas à votre porte.

— C'est parce que je ne le souhaite pas, répliquai-je en prenant place dans la voiture. Et maintenant, allons-y avant que je change d'avis et vous demande de me déposer à la gare.

— Aucune chance !

Quoique un peu tendue, je dus reconnaître que le trajet fut plutôt agréable. Carinsson ne se montra guère loquace, laissant à la radio le soin de meubler le silence. Qui plus est, j'avais l'impression qu'il roulait plus lentement qu'à son habitude pour me ménager.

Lorsque nous eûmes dépassé Kristianstad, dans le courant de l'après-midi, je me sentis soulagée. Nous avions laissé derrière nous l'endroit de l'accident et je sentais le sang revenir dans mes mains glacées. Carinsson avait raison : je n'avais rien à craindre.

— Si vous voulez, je peux conduire sur la dernière partie du trajet, dis-je en remarquant qu'il bâillait.

— Vous avez le permis ?

— Bien sûr !

— Alors pourquoi vous n'avez pas de voiture ?

— Ma famille en possède une. À Stockholm, je n'en ai pas besoin, je prends le bus. Et le train pour les longs trajets. Et puis je n'ai pas les moyens d'acheter un véhicule. Mais quand je suis à la maison, je conduis. Il m'arrive même de me servir de la camionnette de mon père.

— Bien, répondit Carinsson en se garant sur le bas-côté. Alors je vous laisse le volant. Mais, attention, cette voiture ne se comporte pas comme une camionnette.

Nous échangeâmes nos places.

— Merci pour votre confiance, dis-je en démarrant.

Effectivement, le cabriolet ne réagissait pas du tout comme la camionnette ou notre vieille voiture. Lorsqu'il partit en flèche avec un grondement furieux, je poussai un cri d'enthousiasme.

— Allez-y doucement, tout de même ! intervint Carinsson, qui avait pâli.

— Il faut juste que je me rode, répondis-je.

Mon cœur battait d'excitation, ce qui me surprit. Je n'avais pas conduit depuis longtemps et cette route était liée pour moi au drame qui s'y était déroulé. Le blanc qui subsistait dans ma mémoire s'était rempli de pensées et de spéculations sur ce qui avait pu se passer au moment de l'accident. Mais, pour l'heure, je ne ressentais que la joie de me familiariser avec ce véhicule.

Lorsque le portail du domaine fut en vue, je ralentis et mis le clignotant. Je m'engageai prudemment dans l'allée sablée qui menait au manoir. Carinsson avait repris des couleurs, mais paraissait encore tendu.

— Vous conduisez comme un bolide, fit-il remarquer. Je ne m'y attendais pas.

— Vraiment ?

— Ah, ça oui ! Mais c'était fascinant de vous observer.

— Comment ça ?

— De vous voir cette bravoure. Lors de notre première rencontre, vous avez montré de la fierté, mais vous paraissiez craintive.

— Craintive ?

— Vous sembliez avoir peur du changement. De la nouveauté. Et voilà que vous venez de conduire une deux cents chevaux. En appuyant sur le champignon.

Il avait raison. Ce qu'il ignorait, en revanche, c'était la sensation de bien-être que j'éprouvais en cet instant. J'avais l'impression de m'être débarrassée d'une gangue.

Il faisait beau, l'air sentait l'herbe coupée et la paille – des sensations auxquelles j'avais cessé de prêter attention ces derniers mois. J'arrêtai la voiture devant l'entrée, sûre que ma mère ne tarderait pas à se montrer. Le rugissement du cabriolet ne passait pas inaperçu.

Comme pour me donner raison, elle apparut sur le seuil, vêtue d'un tailleur rouille et d'un chemisier blanc, comme si elle sortait d'un rendez-vous.

— *Hej*, Maman ! lançai-je en montant le perron. Je suis de retour !

— Je vois ça, répondit-elle avec perplexité en me serrant dans ses bras. Je suis contente que tu sois là. Et tu n'es pas venue seule.

— M. Carinsson a eu l'amabilité de m'amener. Le voyage a été formidable.

Je la lâchai et me retournai.

— Ravi de vous revoir, madame Lejongård, dit Carinsson en lui tendant la main.

— Tout le plaisir est pour moi, répondit poliment ma mère, quoique avec une certaine réserve.

Lorsque je l'avais appelée la veille pour lui annoncer la visite de Carinsson, elle n'avait pas paru enchantée. « Tu ne crois pas que nous pouvons nous débrouiller seuls ? » avait-elle demandé. J'avais réussi à la convaincre qu'il valait la peine de l'écouter.

— Nous ne vous attendions pas si tôt, dit-elle en l'invitant à entrer.

— Il faut dire que votre fille est une conductrice très rapide, répondit-il avec un sourire. Personnellement, il m'aurait fallu plus que vingt minutes pour faire le trajet depuis Kristianstad.

— Vous exagérez, répliquai-je, ne voulant pas que ma mère s'inquiète *a posteriori*.

Pendant que Carinsson s'installait dans sa chambre – j'avais prié ma mère de lui attribuer celle où était exposée la nature morte au homard –, je m'enquis de mon père.

— Il est allé voir Grand-mère ?

— Non, il a dû se rendre à Ekberg pour un problème de moissonneuse. Il y a aussi deux ou trois choses à régler.

— Et Grand-mère, comment va-t-elle ?

— Elle s'inquiétait à ton sujet, mais sinon tout va bien.

— Il y a un problème, Maman ? Je te sens nerveuse.

— Rien, rien. C'est juste que… Je sors d'un rendez-vous.

— Un rendez-vous désagréable ?

— Non… mais je ne suis pas sûre que nous ayons encore besoin des services de M. Carinsson.

— Ah bon ? fis-je en haussant les sourcils.

— C'est-à-dire… poursuivit-elle en se pétrissant les mains. Je ne pensais pas en parler avant le retour de ton père, mais il ne reviendra peut-être pas avant plusieurs jours et je ne voudrais pas retenir inutilement notre visiteur.

— Tout ça est bien mystérieux. De quoi s'agit-il ?

— Attendons d'être avec M. Carinsson, proposa-t-elle. Lorsqu'il verra que sa présence n'est plus nécessaire, il pourra repartir dès demain.

— Depuis quand sommes-nous si inhospitaliers ? m'étonnai-je. Nous pourrions très bien attendre demain pour avoir cette discussion.

— Je crains que non. Il faut que je donne une réponse rapide à la proposition qui m'a été faite. En réalité, j'aurais dû signer dès aujourd'hui, mais il faut d'abord que j'en parle à ta grand-mère.

— Et quelle est cette offre ? Tu n'en parais pas ravie.

— Je vous en parlerai tout à l'heure. Il faut d'abord que je reprenne mes esprits.

Je soupirai. Que se passait-il donc ? Qu'avait-elle bien pu fabriquer ?

— Prends le temps de défaire ton sac et on se retrouve dans mon bureau, d'accord ?

Je la regardai s'éloigner avec une certaine perplexité.

Nous nous réunîmes une demi-heure plus tard. Ma mère paraissait encore plus nerveuse, comme si elle avait commis un acte répréhensible.

Nous nous installâmes sur le vieux canapé en cuir et elle servit le café. Les biscuits proposés en accompagnement répandaient une odeur délicieuse, mais je n'avais pas faim. J'étais à la fois inquiète et agacée. Ma mère savait pourtant que je travaillais à trouver une solution. Pourquoi n'avait-elle pas attendu mon retour ?

— J'ai reçu une proposition d'un groupe hôtelier, annonça-t-elle enfin. Le propriétaire souhaiterait créer un centre équestre. Nous pourrions laisser une grande partie des chevaux sur place et emmener les autres à Ekberg.

J'ouvris de grands yeux. Tous ces mystères pour ça ? Un hôtel ? Je lui avais pourtant fait part du vœu exprès d'Agneta.

— Mais tu ne peux pas faire ça ! me récriai-je. Il n'est pas question que Löwenhof devienne un hôtel !

— Solveig, sois raisonnable ! Nous n'avons pas le choix !

— Si ! M. Carinsson et moi avons passé les trois derniers jours à chercher une solution. Et toi tu pars bille en tête et tu brades ta maison à une grande entreprise hôtelière ! Grand-mère ne donnera jamais son accord !

Ma mère serra les lèvres. Je jetai un coup d'œil à Carinsson. Il paraissait gêné par ma violente sortie. Ou était-ce de la déception face à cette précipitation ?

— Et c'est quoi cette offre que tu dois signer tout de suite ? poursuivis-je. Tu es sûre que ces gens sont sérieux ? On ne prend pas une décision aussi importante dès le premier rendez-vous. Moi, je te dis que ce sont des escrocs !

— Vous me permettez de jeter un coup d'œil sur ce document ? intervint Carinsson.

Son calme me surprit. Ma mère parut déconcertée, mais lui tendit une mince liasse de papiers contenant sans doute le contrat de vente.

Il la remercia et commença à lire attentivement le dossier. Je bouillais de fureur. Ma mère m'avait toujours associée à son travail. Et voilà qu'elle prenait une initiative cruciale sans même m'en avoir informée ! Pourquoi ne m'avait-elle rien dit la veille, lorsque je l'avais appelée ?

J'aurais peut-être pu la dissuader. Et puis j'étais très embarrassée vis-à-vis de Carinsson. Il s'était donné tellement de mal !

Tandis que j'essayais à grand-peine de me ressaisir, Carinsson continuait sa lecture. Puis il prit un instant de réflexion.

— Excusez-moi de vous dire les choses si crûment, dit-il enfin. Mais cette offre est du grand n'importe quoi.

— Du grand n'importe quoi ? répéta ma mère, stupéfaite.

— Tu vois ? laissai-je échapper malgré moi. Je te disais bien que c'était suspect.

— Ils essaient manifestement de profiter de vos difficultés. Vous leur avez exposé la situation du domaine, n'est-ce pas ?

Ma mère acquiesça.

— Ça explique pourquoi on vous met un pistolet sur la tempe en exigeant votre signature immédiate. Ces gens savent que vous avez besoin de l'argent. Mais, quand vous aurez réglé votre dette avec le produit de la vente, il ne vous restera que le remords d'avoir négligé d'examiner une solution plus profitable.

Mathilda reprit les papiers et les considéra comme si les chiffres avaient mystérieusement changé en quelques minutes.

— Nous n'avons pas le choix, répéta-t-elle. Löwenhof est en faillite, on ne peut plus rien faire pour le sauver.

— Si, et c'est la raison de ma présence ici.

Il marqua une pause.

— Mais, avant d'entrer dans le vif du sujet, je vais vous expliquer ce qui cloche dans cette offre. Je ne voudrais pas que vous me soupçonniez d'agir dans mon propre intérêt et de vous détourner d'une proposition avantageuse.

Il reprit la liasse et nota quelque chose au stylo sur la première page.

— Votre interlocuteur est un rusé filou. Il est prêt à vous payer ce que vaut le manoir, mais Löwenhof comporte aussi un certain nombre d'hectares de terrain. S'ils ne sont pas exploités par le domaine, ils sont inutilisables. Les paysans du voisinage en auraient l'utilité, mais pour cela il faudrait les vendre en parcelles. Or je pense que c'est ce que prévoit de faire votre hôtelier. Voici le prix que vous seriez en droit d'exiger.

Il montra à ma mère les calculs qu'il avait faits.

— Il n'acceptera jamais ! se récria-t-elle.

— Je sais. Je voulais simplement vous montrer que vous vendez votre domaine très en dessous de sa valeur.

— Mais comment trouver un acheteur qui voudra bien payer cette somme ?

— Ce n'est pas nécessaire. Ce qu'il faut, c'est vous débarrasser de ce crédit et conserver Löwenhof.

— C'est impossible.

— Non, à condition de vendre vos champs. Vous n'en avez pas besoin, le fourrage vous pouvez le faire venir d'Ekberg. Il faut réduire les frais au maximum.

Il reprit la feuille et la retourna.

— Voilà ce que vous pourriez espérer retirer de la vente de vos terres. Cela vous permettra de réunir la somme nécessaire pour moderniser vos installations. Tout ce qu'il vous faut, c'est un peu de courage et de confiance en votre fille.

Ma mère tourna les yeux vers moi. Elle paraissait près de fondre en larmes, mais assurément pas de joie. Plutôt de rage. Cependant je ne savais à qui s'adressait sa colère : à Carinsson, au propriétaire de la chaîne d'hôtels ou à moi ?

— Et, pour rassembler encore un peu plus d'argent et pouvoir engager une rénovation plus complète, vous devriez peut-être aussi vendre une partie des champs d'Ekberg.

Ma mère le regarda comme s'il l'avait giflée.

— C'est Ekberg qui nous fait vivre !

— Quelques hectares de moins n'y changeront rien.

— Certes, mais nos revenus seront diminués d'autant.

— En effet. Mais songez combien il serait profitable de faire de Löwenhof une marque internationalement reconnue dans le monde du sport et de l'élevage équin. À l'heure actuelle, certains chevaux se vendent à des prix à six ou sept chiffres.

Il laissa à ma mère le temps d'assimiler ce qu'il venait de dire.

— Ces derniers jours, nous avons entrepris quelques démarches importantes pour commencer à positionner Löwenhof, poursuivit-il.

— Quelles démarches ? demanda ma mère en me regardant avec colère.

— Nous nous sommes rendus à une soirée de gala où il y avait tout le gratin du sport, répondis-je. J'y ai fait la connaissance de responsables sportifs et de jockeys qui seraient potentiellement intéressés par nos chevaux.

Une ride se creusa entre ses sourcils.

— Je sais ce que tu penses, dis-je.

Ma colère n'avait pas disparu, mais le calme de Carinsson l'avait fait passer au second plan.

— Tu es vraiment sûre de vouloir vendre Löwenhof à des hôteliers ? Nos ancêtres ne méritent pas ça. Et ça ne plairait pas du tout à Grand-mère. La vente du domaine la tuerait. Tu sais quelle promesse elle m'a arrachée…

— Une promesse que tu n'es pas en mesure de tenir.

— Si vous vendez quelques hectares, ce sera tout à fait possible, intervint Carinsson. Je ne dis pas que ce sera facile. Les acheteurs, il faudra les trouver. Mais j'ai des amis très compétents dans l'immobilier. Qui sait, un producteur de céréales pourrait être intéressé par la création d'une succursale en Scanie.

— Et pourquoi pas ouvrir une clinique vétérinaire pour les chevaux ? lâchai-je.

Cela faisait longtemps que je rêvais d'exercer à Löwenhof. Alors autant voir les choses en grand. Carinsson m'avait poussée dans ce sens.

— Les propriétaires de chevaux de la région et même de toute la Scanie feraient peut-être appel à nous, poursuivis-je en remarquant du coin de l'œil que Carinsson hochait la tête en signe d'approbation. Nous pourrions devenir une clinique réputée.

— Voilà une excellente idée, mademoiselle Lejongård, déclara Carinsson. Ça augmenterait vos revenus et accroîtrait la notoriété du domaine.

— Mais nous sommes un haras, objecta ma mère.

— De nos jours, il est bon d'offrir des prestations diversifiées, expliqua Carinsson. Une clinique vétérinaire ferait valoir vos compétences. Le comité olympique suédois choisit ses partenaires en fonction de leur caractère innovant afin de faire mieux que les concurrents étrangers.

— La clinique pourrait effectivement remplir ce rôle, renchéris-je. Et peut-être qu'un jour un de nos chevaux sera en mesure de participer à un tournoi.

— Tu sais ce que je pense de ces épouvantables courses, répliqua ma mère.

— Je ne parlais pas de ça, mais de dressage et de saut d'obstacles.

— Tout ça me paraît trop incertain, répondit-elle en posant la main sur l'offre du groupe hôtelier.

Elle n'envisageait tout de même pas de l'accepter après ce que Carinsson venait de lui expliquer ?

— Je comprends vos doutes, intervint-il. Mais n'oubliez pas que les incertitudes du présent seront payantes d'ici quelques années, et ce à long terme. Vous y laisserez inévitablement quelques plumes, mais je crois sincèrement que vous renaîtrez de vos cendres. Et l'idée de votre fille d'ouvrir une clinique vétérinaire est tout simplement géniale.

— Je ne sais pas... répondit ma mère, dépassée. Tout est devenu si compliqué. Il va être difficile de remplacer notre régisseur d'Ekberg, sous peu je serai très occupée...

Sa réponse me surprit. Elle avait mentionné le départ de l'intendant le mois précédent, mais j'ignorais qu'elle n'avait pas pu en recruter un autre.

— Dans ce cas, lâchai-je, confie-moi les rênes de Löwenhof.

— Mais tu es vétérinaire, tu ne connais rien à la gestion d'un domaine !

— Un jour, j'en hériterai, objectai-je. Alors pourquoi ne pas commencer dès maintenant ?

— Beaucoup de propriétaires de haras ont un autre métier, renchérit Carinsson. J'en connais un qui possède une entreprise de transport, et d'autres qui sont vétérinaires. Rien ne s'oppose à ce cumul. Votre fille a grandi au domaine, il est devenu une part d'elle-même. Vous devriez lui donner sa chance.

Ma mère me regarda, les lèvres tremblantes. Elle paraissait sur le point de fondre en larmes.

— On devrait peut-être faire une pause, suggérai-je, sentant qu'elle avait besoin d'un répit.

— Très bien, approuva Carinsson. Je vais sortir faire une petite promenade, ça vous laissera la possibilité de parler en tête à tête.

— Bonne idée, répondis-je. Nous allons faire un tour, nous aussi. Mais le parc est grand, comme vous avez pu le constater.

— Oui, oui, je me souviens très bien de notre première visite, répliqua-t-il avec un large sourire.

Sur ce, il quitta le bureau. Nous l'imitâmes un instant plus tard.

Au jardin, les oiseaux chantaient et une brise légère faisait bruire le feuillage. Le soleil approchait de l'horizon. Il était encore suffisamment haut pour dispenser sa lumière mais, dans quelques heures, il ferait nuit. L'air s'était un peu rafraîchi, ce qui me fit du bien. J'étais encore sous le choc du projet de vente de ma mère.

— Pourquoi tu t'es adressée à cet homme ? s'enquit-elle alors que nous nous dirigions vers le pavillon.

Elle paraissait plus calme, mais je la sentais tendue.

— C'est lui qui est venu me trouver il y a de ça quelques mois, répliquai-je. Je t'en avais parlé.

— Oui, et tu m'as dit aussi que ses propositions t'avaient déplu.

— Je crois que j'ai mal interprété ce qu'il m'a dit alors. Je me suis sentie agressée personnellement. Mais j'ai fini par comprendre que nous devions agir. Et qu'il avait sans doute raison.

— Nous ne pourrons l'affirmer que lorsque nous aurons trouvé un acheteur pour les terres.

— Nous le trouverons. Il est préférable d'opter pour cette solution que de vendre la propriété familiale à un hôtelier. Qu'est-ce qu'il en ferait ? Un centre de promenade à dos de poney pour citadins stressés ? Et nos chevaux, qu'est-ce qu'ils deviendraient ? Un nouveau propriétaire sera-t-il capable de reconnaître leur valeur ? Et s'ils finissaient dans un cirque ou loués à des touristes ? Si tu veux mon avis, nos bêtes ne méritent pas ça.

— C'est vrai, reconnut ma mère en resserrant son châle autour de ses épaules. Mais nous n'avons pas le choix.

— Si ! Sans compter que la vente des terres devrait nous rapporter une jolie somme. Et alors nous pourrions garder les deux domaines.

Elle ne répondit pas et marcha un moment en silence à mon côté.

— Alors comme ça tu as parlé avec le prince Bertil ? demanda-t-elle soudain.

— Oui, répondis-je, surprise par sa question.

— Il a dû être gêné de se retrouver devant une Lejongård.

— Il a effectivement paru surpris.

— Quand on pense qu'il est venu plusieurs fois à Löwenhof dans son enfance... Ce Rosen nous a vraiment causé un grand tort.

— J'ai discuté avec sa petite-fille.

— Bertil a une petite-fille ?

— Non, je parlais de Rosen. Elle s'appelle Maud et il semblerait qu'elle fasse partie de la sélection suédoise pour les Jeux olympiques. Elle pratique le dressage.

— Les gens comme eux retombent toujours sur leurs pieds. À l'époque, nous aurions dû faire comprendre au roi que nous n'étions pas les méchants de l'histoire.

— Vous aviez d'autres soucis en tête, il fallait s'occuper des réfugiés. Et puis le roi ne pouvait pas ignorer que les Lejongård ne soutenaient pas les pays belligérants, votre position durant la Première Guerre mondiale l'avait montré. Gustave V n'a-t-il pas lui-même défendu la neutralité de la Suède contre vents et marées ?

— Si seulement la cour ne nous avait pas complètement oubliés ! répondit-elle avec un sourire triste. C'est drôle, non ? À l'époque, je me fichais complètement de nos relations avec elle. Mais nous aurions connu un tout autre sort si nous avions continué à bénéficier de la faveur du roi.

— Nous ne sommes plus au XIXe siècle, Maman. Nous n'avons plus besoin d'être dans les petits papiers d'un roi. Il faut aller de l'avant, essayer des choses nouvelles.

— Par exemple, ce que propose Carinsson ?

— Par exemple, ce que je propose. Confie-moi l'administration.

— Tu n'as aucune formation en la matière !

— Grand-mère n'en avait pas davantage. Et puis rien ne m'interdit d'apprendre. Avec toi. Je peux aussi suivre des cours du soir.

Pour réaliser mon projet, j'étais même prête à faire passer ma thèse au second plan.

— Ça t'engagerait dans une autre voie que celle que tu as choisie.

— Ce n'est pas comme ça que je vois les choses. Je vais monter une clinique vétérinaire pour les chevaux. Je pourrais trouver d'autres médecins qui travaillent pour nous, ce qui me laisserait le temps de gérer nos affaires. Löwenhof va renaître ! J'y arriverai, j'en fais le serment.

— Tu as raison, répondit ma mère en souriant. Il est temps que les Lejongård s'émancipent et n'attendent plus après la cour.

— Ça veut dire que tu me confies l'administration du domaine ?

— Ta grand-mère est la seule à pouvoir le faire. Mais si c'est réellement ce que tu souhaites, j'abonderai dans ton sens.

— C'est ce que je souhaite, répondis-je, envahie par une joyeuse excitation.

Mon père rentra finalement dans la soirée. La présence de Carinsson le surprit, mais ma mère l'informa rapidement du motif de sa visite en passant toutefois sous silence son intention première de vendre le manoir. Nous dînâmes dehors et bavardâmes un moment. Carinsson raconta sur son métier quelques anecdotes qui me donnèrent l'impression que nous ne vivions pas sur la même planète. Je me rendis compte une fois de plus combien nous menions une existence éloignée de la modernité.

Le lendemain matin, Carinsson prit ses dispositions pour repartir de bonne heure. Comme je lui proposais d'attendre le petit déjeuner, il refusa au motif qu'il avait un rendez-vous important en début d'après-midi.

— On peut dire que nous avons réussi, n'est-ce pas ? dit-il alors qu'il portait son sac à la voiture. Vos parents sont des gens formidables. Je suis très heureux que nous ayons pu les convaincre. Ce projet de clinique vétérinaire est magnifique.

— Je me suis laissé inspirer par votre approche.

À cet instant, ma mère arriva avec un petit paquet à la main.

— Comme vous ne pouvez pas rester pour le petit déjeuner, notre cuisinière vous a préparé quelques provisions de voyage, dit-elle.

— C'est très aimable à vous, merci beaucoup !

— Il serait bon que vous soyez présent lorsque la propriétaire du domaine rentrera de l'hôpital. Elle devrait être de retour dans quelques jours. Que diriez-vous de revenir nous voir ?

— Avec grand plaisir ! Le trajet n'est pas si long et, d'après ce que m'a dit votre fille, il est facile de se rendre en train jusqu'à Kristianstad. Tenez-moi au courant et je repasserai.

— Ma fille s'en chargera, dit-elle en lui serrant la main. Bon retour. Je serai ravie de vous accueillir à nouveau.

— Ce fut un plaisir, me dit Carinsson en posant le paquet sur le siège passager. J'espère que nous aurons bientôt l'occasion de nous revoir.

— Moi aussi.

Nous nous serrâmes la main et échangeâmes un regard. Carinsson s'installa dans son cabriolet et démarra. Je le suivis des yeux tandis qu'il se dirigeait vers le portail, avec un curieux sentiment de regret à le voir s'éloigner.

CHAPITRE 18

QUELQUES JOURS PLUS TARD, on nous informa que ma grand-mère pouvait sortir de l'hôpital. Nous lui avions annoncé avec ménagement qu'il y aurait des changements à Löwenhof. Ma mère lui avait soigneusement caché qu'elle avait eu le projet de vendre le domaine. Lorsque j'avais parlé de la clinique vétérinaire, elle m'avait pris la main, le regard brillant d'enthousiasme.

« Je savais que tu trouverais une idée », m'avait-elle chuchoté.

Je n'en éprouvais pas moins une certaine appréhension à l'idée de sa rencontre avec Carinsson. L'apprécierait-elle ? Et pourquoi cela me tenait-il tant à cœur ?

J'appelai Carinsson peu avant notre départ pour Kristianstad.

— Maintenant, c'est du sérieux, dis-je. Je vous conseille d'apporter une bonne réserve de munitions. Avec ma grand-mère la lutte peut être féroce.

— Plus féroce qu'avec votre mère ?

— Elle est parfois un peu spéciale. Elle abondera dans votre sens pour ce qui est de garder le domaine, mais vous devrez tout lui expliquer dans les moindres détails.

— Je pense qu'elle n'aura pas de mal à confier la gestion du domaine à sa petite-fille.

Je souris en mon for intérieur. *Non, sûrement pas.* Lorsque nous lui avions exposé ce point en lui demandant ensuite son autorisation, elle avait accepté sans hésiter.

— Alors, on se voit après-demain, n'est-ce pas ? Ça me laisse le temps de préparer votre chambre.

— Vous me redonnerez celle avec le tableau du homard ? Il est tellement appétissant !

— Si vous voulez.

— Ah oui, je veux !

— Alors d'accord, répondis-je sans pouvoir m'empêcher de sourire.

Le matin qui précéda l'arrivée de Carinsson, j'eus le plus grand mal à me lever. J'avais passé la nuit à me tourner et retourner dans mon lit, essayant d'imaginer comment se déroulerait la discussion. À présent, j'avais l'esprit complètement embrumé.

Pour m'éclaircir les idées, je sortis après le petit déjeuner et me rendis à cheval au village. Quelques corneilles croassaient dans les arbres, comme pour appeler l'automne. Le feuillage encore vert commençait à pâlir par endroits. Des gouttes de rosée scintillaient dans les toiles d'araignées qui s'étiraient dans les buissons.

Arrivée au cimetière, je mis pied à terre, j'attachai mon cheval et je franchis le portail. Une grive indignée s'envola sur mon passage en protestant. En quoi avais-je pu la déranger ?

Je longeai l'allée jusqu'au caveau de notre famille. Enfant, je m'ennuyais toujours terriblement lorsque nous allions au cimetière. Si j'avais pu, j'aurais joué dans les allées, mais le regard sévère de ma mère m'en dissuadait. Pendant qu'elle et ma grand-mère allaient changer les fleurs dans le caveau, je contemplais les pierres tombales. À l'époque, la mort me paraissait encore très abstraite. J'avais du mal à imaginer que des gens reposaient sous les tertres funéraires. Mais ce temps-là était révolu.

Arrivée au caveau, je sortis la clé de sa cachette sous une pierre et j'ouvris la porte. À l'intérieur, il n'y avait pas l'électricité. Nous disposions toutefois d'une lampe de poche et d'une lanterne. Je pris la lampe et j'en promenai le faisceau dans l'entrée. Les fleurs étaient fanées, le vent avait fait passer quelques feuilles sous la porte, par l'interstice.

Le frisson qui me parcourut ne venait pas seulement du froid glacial qui régnait là. Si au manoir j'avais baigné dans les histoires de nos ancêtres en vivant entourée de leurs portraits, en ce lieu leur présence était presque palpable. Les os qui reposaient dans les niches avaient pour certains plus de trois siècles. Et j'avais la sensation d'être observée par un millier d'yeux.

La lampe à la main, je me dirigeai vers la tombe d'Ingmar.

— *Hej*, dis-je d'une voix qui résonna sourdement dans le caveau. Je sais, ça fait longtemps que je ne suis pas venue. Et en fait vous ne me connaissez pas, mais… Je voulais juste vous dire que je m'apprêtais à suivre vos traces. Si le ciel existe, ce serait bien que vous puissiez m'apporter un peu de soutien. Et veiller sur Grand-mère. Nous avons tous tellement besoin d'elle.

Je ne m'attendais pas à recevoir de réponse, mais, qui sait… Mes visites à la tombe de Sören m'avaient beaucoup aidée. J'avais toujours le sentiment qu'il était à mon côté. Et j'avais éprouvé la même chose au moment de mon examen de fin d'études.

Je restai encore un moment à parler à voix basse des mois écoulés, de la maladie d'Agneta et de la situation désastreuse de Löwenhof. Puis je pris congé et me dirigeai vers la sortie. Au passage, j'emportai les fleurs fanées. Dehors, un pigeon s'envola en me manquant de peu. Il disparut d'un bruyant battement d'ailes dans l'épaisse frondaison.

Était-ce un signe ? Probablement pas. Cependant cette visite m'avait au moins permis de dissiper les sombres nuages qui m'obscurcissaient l'esprit.

En rentrant, je croisai un taxi. J'eus un instant de perplexité, puis je compris que Carinsson avait dû prendre l'avion pour Kristianstad et poursuivre en taxi jusqu'à Löwenhof. Lorsque j'arrivai sur la place ronde, devant le manoir, il n'y avait personne. Ma mère l'avait probablement déjà fait entrer. Emplie de joie, je gravis le perron quatre à quatre et traversai le vestibule comme une flèche. Je pensais les trouver au salon, mais j'entendis des voix en provenance de la salle à manger. On lui avait sans doute proposé un petit déjeuner étant donné l'heure matinale à laquelle il était arrivé. En entrant dans la pièce, je le vis effectivement attablé, entouré de corbeilles de pain, de petits pots de beurre et de confiture, un café fumant devant lui.

— Bonjour et bon appétit ! lançai-je. Vous êtes bien matinal.

— Mademoiselle Lejongård, répondit-il en posant sa serviette et en se levant.

Dans son costume gris clair il avait une allure renversante.

— J'ai pris le premier avion à destination de Kristianstad. Votre mère m'a dit que vous étiez sortie à cheval ?

— Je suis allée au cimetière chercher du soutien auprès de nos ancêtres.

— Dans ce cas, il faudra que je donne le meilleur de moi-même.

— C'est déjà ce que vous faites ! Prenez tranquillement votre petit déjeuner, je redescends dans un instant.

Je montai en hâte dans ma chambre, me sentant soudain l'envie de faire des efforts vestimentaires. Je passai en revue le contenu de ma penderie. La journée s'annonçait chaude, mais sans excès. Je choisis une robe verte à manches courtes qui m'arrivait au genou, avec un délicat motif de vrille florale. C'est celle que j'avais portée pour fêter ma réussite aux examens. Elle aurait plu à Sören.

Lorsque je redescendis, Carinsson était encore dans la salle à manger. Je rejoignis ma grand-mère au salon.

— Ton ami est là, dit-elle.

— Maman l'a invité à prendre le petit déjeuner.

— Elle a eu raison, répondit-elle en se levant du canapé. Je devrais peut-être me procurer une canne. Depuis mon séjour à l'hôpital, j'ai l'impression d'être encore plus soumise à la pesanteur.

— Tu n'es pas complètement remise. Mais ça va aller. La canne, c'est prématuré.

— Facile à dire lorsqu'on a ton âge. Un jour, toi aussi tu auras besoin de quelque chose pour te soutenir.

— Alors prends mon bras, *Mormor.*

Elle m'examina des pieds à la tête.

— Tu t'es fait belle, déclara-t-elle. Cet homme semble être important à tes yeux.

— C'est pour le domaine qu'il est important.

— Ah… Alors conduis-moi auprès de notre sauveur.

Nous sortîmes du salon pour nous rendre dans la salle à manger. Carinsson avait une discussion animée avec mon père au sujet de la stratégie publicitaire d'Ikea.

— Ah, Agneta, bienvenue ! lança ma mère, comme soulagée, en se levant promptement de son siège.

Lorsque mon père pestait après Ikea, elle paraissait toujours vouloir prendre la fuite.

— Monsieur Carinsson, poursuivit-elle, vous connaissez déjà ma mère adoptive.

Carinsson se leva, ferma sa veste et s'approcha d'Agneta pour lui faire un baisemain accompagné d'une courbette.

— Je suis ravi de vous revoir.

— Vous étiez venu avec l'Américain qui nous a acheté des chevaux l'année dernière, n'est-ce pas ?

— C'est exact.

— Comment va votre ami ? Roscoe, c'est ça ?

— Il va bien, merci. Les chevaux se sont parfaitement acclimatés. Une des juments a même déjà mis bas.

— Des chevaux de Löwenhof en Amérique, dit Agneta. Mon père en rêvait, malheureusement il n'a pas réussi à vendre de bêtes de l'autre côté de l'Atlantique. Enfin… je me réjouis de votre présence. Mathilda et Solveig m'ont déjà longuement parlé des nouveaux projets, mais je suis curieuse de vous entendre sur les opportunités qui s'offrent à nous.

Un sourire apparut sur ses lèvres.

— La première fois que je vous ai vu, ça ne m'a pas frappée, mais maintenant que je vous regarde, vous me rappelez quelqu'un de ma jeunesse.

— Oh… Auriez-vous connu mon père ?

— Je ne sais pas… Que faisait-il ?

— Il était médecin à Stockholm.

— Alors non, ce n'est pas ça. Vous avez une ressemblance avec un... un ami que j'ai eu autrefois. Il y a longtemps...

Elle parut s'absorber dans ses pensées, puis secoua la tête.

— C'est sans doute l'âge, reprit-elle. Les vieilles gens ont vu tant de visages dans leur vie qu'ils croient déceler partout des ressemblances. Ne faites pas attention à mes propos.

— J'espère seulement que la personne en question vous a laissé un bon souvenir.

— Très bon. Et très triste. Mais vous n'êtes pas lui, ce qui me donne de l'espoir.

Durant les heures qui suivirent, nous pesâmes le pour et le contre des solutions que nous avions envisagées. On voyait bien que Carinsson travaillait dans la publicité : l'enthousiasme avec lequel il dépeignait les changements proposés m'évoquait les réclames de la télévision.

Agneta l'écoutait avec un grand intérêt – personne n'aurait pu croire qu'elle se relevait tout juste d'un infarctus. Elle posait des questions et racontait de temps à autre des anecdotes du temps où la publicité concernait davantage les bains de bouche et la Gomina que les haras.

Vers midi, toutefois, je notai qu'elle paraissait fatiguée. Elle s'excusa et se retira.

— Je crois que nous devrions nous aussi faire une pause, déclara ma mère en jetant un coup d'œil sur sa montre.

Nous nous rendîmes dans le jardin pour le déjeuner. Comme Agneta ne nous rejoignait pas, je fus prise d'une légère inquiétude.

— Je monte voir comment va Grand-mère, annonçai-je.

Le regard de Carinsson était posé sur moi. L'attention qu'il me portait éveilla en moi un sentiment que je n'avais pas éprouvé depuis la mort de Sören.

On n'entendait aucun bruit dans la chambre d'Agneta. Peut-être s'était-elle endormie. Notre longue discussion l'avait indiscutablement fatiguée. Je frappai et, comme elle ne répondait pas, j'entrouvris la porte. La pièce était plongée dans une semi-pénombre.

— Grand-mère ? demandai-je. Tu ne déjeunes pas avec nous ?

— Je n'ai pas faim, répondit-elle.

J'entendis grincer le lit, puis il y eut un bruit de pas. Peu après, on repoussa les rideaux et le soleil inonda la chambre de sa lumière.

— J'ai simplement pris un moment de repos, expliqua-t-elle. Les visites me fatiguent.

— Alors ce n'est pas ce qu'a dit M. Carinsson qui t'a affectée ?

Son manque d'appétit ne laissait pas de m'inquiéter.

— Ce Carinsson a l'air d'un garçon épatant, répliqua Agneta. Cette idée de vendre du terrain n'est pas mauvaise. Je pense depuis longtemps qu'Ekberg est trop grand pour être administré par une seule famille. Quant à Löwenhof... Honnêtement, nous pouvons nous passer des champs.

— Alors nous sommes d'accord.

— Le cœur de notre activité a toujours été l'élevage de chevaux. Mon père exploitait les terres uniquement parce qu'il ne voulait pas les vendre. Sans compter que c'était une autre époque : on vivait en autosubsistance.

Elle s'interrompit pour me regarder avec attention.

— L'idée de la clinique vétérinaire me plaît vraiment. Tout comme le projet de nous orienter vers le sport hippique. J'ai le sentiment que nous nous engageons sur la bonne voie. Je regrette simplement de ne pas y avoir pensé moi-même. Sans en avoir vraiment conscience, j'espérais toujours que nous regagnerions les faveurs de la cour.

— Nous n'avons pas besoin des Bernadotte. Nous pouvons nous débrouiller seuls, j'y emploierai tous mes efforts.

— Je le sais, mon enfant. Allez, descends rejoindre les autres. En tant que nouvelle gérante du domaine, il faut que tu sois au courant de ce qui se dit.

— Je suis juste montée te voir. Nous faisons une pause.

— Que veux-tu qu'il m'arrive ? Je suis une vieille femme, c'est vrai, mais dans l'immédiat j'ai repoussé l'échéance. La mort n'aura pas si facilement Agneta Lejongård.

Je souris. Ma grand-mère avait souvent eu affaire à la mort, parfois même celle-ci l'avait fait sombrer dans les ténèbres du désespoir. Mais elle disait vrai : cet infarctus n'avait pas eu raison d'elle.

— Je suis heureuse que tu t'investisses autant pour le domaine.

— C'est ma maison. Et puis je t'avais fait une promesse.

— Quand on se croit à l'article de la mort, on réclame toutes sortes de garanties.

— Je pense que ce n'était pas la peur de mourir. Tu ne veux absolument pas que le domaine soit vendu. Et je veillerai à ce que ça n'arrive pas.

Je la pris dans mes bras et l'embrassai sur la joue.

— Vas-y, répondit-elle. Je te suis dans un instant. Encore un petit moment de respiration et je serai prête pour le déjeuner.

— D'accord. Mais je compte sur toi, hein ? Je ne voudrais pas que ta glycémie chute et que tu tombes dans les pommes pendant notre réunion.

— Pas d'inquiétude, je suis forte comme un cheval !

Son rire, qui n'était vraiment pas celui d'une vieille femme, m'accompagna dans le couloir.

Le soir, je fis avec Carinsson un dernier tour du domaine. Le soleil couchant baignait la propriété d'un rouge éclatant.

— Ces derniers jours ont été plutôt excitants, non ? dit-il. D'abord ce projet de vente au groupe hôtelier, et maintenant le redécoupage des biens fonciers. Votre mère a eu du mal à choisir les terres dont il fallait se séparer.

— Ekberg est son héritage. Elle aurait dû l'administrer avec son cousin Ingmar, mais il est mort pendant la guerre.

— Il était en Allemagne ?

— Non, en Norvège. Son avion s'est abîmé en mer.

— C'est très triste.

— Ça remonte à loin. Même si ma grand-mère continue à entretenir sa mémoire. Sa chambre est restée dans l'état où elle était autrefois.

— Vous voulez dire qu'elle est inoccupée depuis plus de vingt ans ?

— Vingt-sept ans pour être exact. Ma grand-mère adorait son fils. De temps en temps, elle s'assied dans sa chambre et s'abandonne à ses souvenirs. Elle en a besoin, vous comprenez ?

— C'est curieux l'effet que peut avoir sur nous la perte d'un être cher, n'est-ce pas ? dit Carinsson après un instant de réflexion.

— C'est vrai.

— On se cramponne à l'image qu'on a du défunt, à notre amour pour lui, alors que cet amour ne débouche sur rien. On continue à l'aimer tout en sachant que c'est vain.

— Vous ne croyez pas au ciel ?

— Pas au sens où on l'entend. Je pense qu'on doit se créer son propre ciel ici et maintenant. Attendre d'être réuni avec ceux qu'on a aimés n'a aucun sens.

— C'est une vision des choses très déprimante.

— C'est la réalité et il ne sert à rien de vouloir se la dissimuler.

— Je trouve tout de même qu'entretenir le souvenir de ceux qu'on a perdus a du sens. Même si ça me gêne qu'on ait fait de cette chambre un musée.

— Ça empêche votre grand-mère de surmonter la perte de son fils. À ce que je vois, elle a une fille adoptive merveilleuse, un gendre formidable et une petite-fille idéale. Tout le monde n'a pas cette chance. Cette pièce ne fait que lui dérober son énergie. Mais je suppose qu'elle refuserait d'entendre ce discours.

— Cette chambre est taboue. Nous n'en parlons pas, nous la laissons simplement en l'état.

Nous fîmes halte en bordure du parc. Au-dessus des bois, le ciel s'était paré de teintes rouges et violettes. Plus haut, on voyait briller la première étoile.

— C'est vraiment magnifique, ici, fit remarquer Carinsson. Quand je pense qu'à Stockholm les façades cachent une grande partie du ciel…

— Les bois nous dissimulent tout de même l'horizon, mais vous avez raison : ici, le ciel procure une sensation très différente. Il est plus vaste.

Carinsson posa sa main sur mon bras. Je me tournai vers lui. Nous nous regardâmes et, soudain, j'eus la sensation d'un embrasement entre nous. Son regard me brûlait comme s'il voyait au fond de mon âme. Il me prit doucement la main et je fus envahie par un violent désir de m'en remettre à son soutien, de me retrouver dans ses bras.

— Mademoiselle Lejongård, je...

Avant qu'il ait pu poursuivre, le souvenir de Sören me traversa comme un éclair. Je vis son visage, je crus entendre son rire.

Je reculai brusquement, sentant mon cœur tressauter comme si j'étais au bord d'une crise de panique.

— Ça va ? s'inquiéta Carinsson. Vous êtes si pâle tout à coup...

— Non, je...

Je ne pouvais pas avouer que la pensée de Sören était venue s'interposer.

— J'ai un peu la tête qui tourne, c'est tout.

— Je vous ai peut-être trop sollicitée ?

— Non, la journée a été longue, rien de plus. Nous devrions rentrer.

— Très bien, répondit-il, un peu gêné. N'hésitez pas à me dire si vous me trouvez trop pressant, n'est-ce pas ?

— Vous ne l'avez pas été. Ça n'a rien à voir avec vous. C'est juste que... ma raison me joue parfois des tours.

— Comment ça ?

— J'aime autant ne pas le dire. C'est trop tôt. Quoi qu'il en soit, je vous remercie pour tout et me réjouis à l'idée de notre collaboration à venir.

Il souhaitait clairement davantage qu'une simple relation de travail. Mais je ne pouvais pas répondre à son désir de rapprochement. Mon corps et ma raison venaient de me faire savoir sans équivoque qu'aller au-delà de l'amitié ne serait pas une bonne idée.

— Très bien, répondit-il en baissant les yeux d'un air désemparé. Mais sachez que vous pourrez toujours compter sur moi.

— Merci, j'en suis très heureuse. Nous sommes amis, n'est-ce pas ?

— Nous sommes amis, confirma-t-il avec un sourire.

TROISIÈME PARTIE

1969

CHAPITRE 19

Le début de l'année 1969 représenta un tournant décisif pour Löwenhof. La banque avait accepté notre plan de reconversion, ce qui nous avait ôté un grand poids. Il n'avait pas été facile de trouver des acquéreurs pour le terrain. Mais, peu avant la fête de la Sainte-Lucie, M. Carinsson avait réussi à convaincre un entrepreneur désireux de construire un petit hôtel. Quant aux terres d'Ekberg que nous avions prévu de céder, elles furent rachetées par un voisin, ce dont ma mère fut ravie. Un des grands fermiers avec qui elle avait de bonnes relations souhaitait étendre sa surface cultivable. En début d'année, nous avions donc suffisamment d'argent en caisse pour commencer les travaux de transformation des bâtiments.

Ces bonnes nouvelles rassérénèrent tout le monde au domaine. Si notre souhait de renoncer à l'essentiel de nos activités agricoles avait dans un premier temps provoqué la consternation des villageois, leur inquiétude avait fait place à la joie lorsque nous leur avions assuré à la faveur d'une réunion que tous les employés des écuries resteraient en place. Un grand nombre de familles du village avaient un père ou un fils qui travaillait chez nous.

J'étais désormais la nouvelle administratrice de Löwenhof. Nous avions fêté cela au champagne, autour d'un somptueux dîner concocté par Mme Johannsen. Entre-temps, je m'étais inscrite à un cours du soir pour me former à la gestion. J'avais pour l'heure repoussé à une date indéterminée mon projet de faire une thèse de médecine vétérinaire. Je m'y attellerais lorsque l'avenir de Löwenhof serait assuré.

Nous avions recommencé à vendre des chevaux et nos étalons reproducteurs étaient de plus en plus sollicités. Les efforts de Jonas Carinsson pour nous mettre en contact avec des sportifs de haut niveau avaient également porté leurs fruits. Nous n'avions pas affaire à de grands noms, mais nous étions en rapport avec des haras qui nous achetaient des bêtes afin de préparer la relève.

Il y eut aussi le mariage de Kitty avec Marten Ingersson. Alors qu'elle mettait son voile de mariée, elle me confia qu'elle était enceinte de trois mois. Elle travaillait à présent dans un cabinet vétérinaire. Son rêve de se mettre à son compte n'était pas près de se réaliser, mais cela ne semblait pas l'inquiéter. De toute façon, elle allait devenir mère et, visiblement, cette perspective la ravissait.

J'avais toujours su que la vie se montrerait généreuse avec mon amie et je souhaitais de tout mon cœur qu'elle soit heureuse. Cependant, lorsqu'elle arriva devant l'autel, où je l'attendais en ma qualité de demoiselle d'honneur, la pensée que Sören n'était plus là me déchira le cœur. J'avais tant rêvé de mon mariage avec lui ! Un rêve brisé par l'accident qui lui avait coûté la vie. Comme j'aurais aimé qu'il soit à mon côté !

Cependant Kitty était si rayonnante que mon chagrin passa au second plan. La cérémonie religieuse fut suivie d'une fête joyeuse au terme de laquelle Kitty me promit que je serais la marraine de son enfant. J'aurais voulu pouvoir la retenir, sachant qu'en dépit des serments que nous nous étions faits nos relations s'espaceraient. Mais peut-être réussirions-nous à préserver notre amitié ?

Un mois après la fête de la Saint-Jean, que nous avions comme toujours célébrée avec les voisins et les villageois, je priai ma grand-mère de me laisser regarder le débarquement sur la Lune. Nous avions installé un téléviseur dans sa chambre afin qu'elle ait un peu de distraction le soir, quand elle ne pouvait pas dormir, ou l'après-midi lorsqu'elle se reposait. Elle ne marquait pas un grand intérêt pour cet appareil, mais je l'avais parfois surprise à regarder une émission ou un film.

— Est-ce vraiment nécessaire ? grogna-t-elle. Il sera l'heure de dormir ! Tu pourrais tout aussi bien suivre l'événement à la radio. Essaie de capter la BBC, elle fera un reportage détaillé.

— Comment le sais-tu ?

— Je l'ai lu dans le journal.

— Notre journal parle de la BBC ?

Elle me racontait n'importe quoi pour avoir la paix. Mais je ne voulais pas renoncer à assister de visu à l'alunissage.

— Écoute, *Mormor*, c'est un événement unique ! Aucun homme ne s'est encore posé sur la Lune ! Je veux absolument voir les astronautes sortir de la fusée et marcher sur la Lune. La radio, ce n'est pas suffisant. Et puis je parie que tu n'as jamais rien connu de si impressionnant.

— J'ai déjà vu des astronautes, au journal télévisé. Mais bon, si tu y tiens... J'aurai tout le temps de dormir lorsque je serai morte.

— Ne dis pas des choses pareilles ! Tu auras sûrement l'occasion d'assister à de nombreux alunissages. Mais, le premier, c'est spécial. Tu pourras écrire à ton amie Marit pour lui en parler.

— Pas besoin, elle l'aura sûrement vu. Sa maison de retraite a installé la télévision.

— Tu ne le regretteras pas, insistai-je. C'est un événement unique dans l'histoire. Un rêve devenu réalité.

— C'est vrai, jusqu'ici ce n'était qu'un rêve, alimenté par l'imagination des romanciers.

— Bien, alors on se retrouve dans ta chambre après-demain soir.

— D'accord. Mais tu n'as pas intérêt à t'endormir !

— Sûrement pas !

Aussi émue que si j'allais à un rendez-vous galant, deux jours plus tard je me levai en pleine nuit à l'heure dite et me glissai dans la chambre de ma grand-mère. Dans l'attente de mon arrivée, elle semblait n'avoir pas fermé l'œil et avait placé quelques coussins dans son dos pour être plus à l'aise.

— Ah, voilà notre astronaute ! lâcha-t-elle lorsque j'entrai.

— Ce serait formidable de voguer dans l'espace, mais je doute de pouvoir un jour le faire.

— Et pourquoi pas ?

— Ça demande un très long entraînement. Et puis ils n'envoient que des hommes.

— Ce n'est pas tout à fait vrai. Il y avait aussi une Russe, non ? Valentina quelque chose.

— Depuis quand tu t'intéresses aux voyages dans l'espace ? m'étonnai-je.

— Je lis le journal, figure-toi. Je trouve scandaleux que, de nos jours, les gens n'accordent plus à la presse l'attention qu'elle mérite et qu'on se contente de parcourir un article ici et là. Moi, je lis le journal de *A* à *Z*.

À cet égard elle se montrait effectivement d'un grand sérieux. Lorsqu'elle n'avait rien d'autre à faire, elle pouvait passer des heures plongée dans sa lecture.

— Toi aussi, tu brûles d'impatience, répliquai-je en allumant la télévision.

Il fallait attendre un peu avant d'obtenir l'image.

— À mon âge, on est parfois tourmenté par tant de pensées qu'on ne parvient pas à dormir. Alors pourquoi faire semblant ?

— Tu as souvent des insomnies ?

— De temps en temps. Et puis je recommence à dormir comme une marmotte. Ça va, ça vient.

Le téléviseur affichait à présent une mire accompagnée d'un sifflement assourdissant. Je baissai le volume.

— Tu vois, il n'y a pas de retransmission ! s'exclama ma grand-mère.

— Patience, je vais trouver la bonne chaîne.

Cependant, j'eus beau tourner le bouton, mes efforts restèrent vains. Pourtant, on parlait beaucoup des voyages dans l'espace. Nous en avions même discuté à l'université car, avant d'envoyer des hommes dans le cosmos, on avait procédé à des essais avec des singes et des chiens.

Au bout d'un long moment, je tombai enfin sur ce que je cherchais.

— La réception est lamentable, grommela Agneta. Il y a tellement de friture qu'on croirait qu'ils diffusent en direct de l'espace.

L'image était en effet très mauvaise, et il faudrait sans doute un bout de temps avant qu'il se passe enfin quelque chose. Un présentateur à l'air fatigué donnait des explications. Je montai le son, mais n'obtins qu'un bruit de fond.

— Je vais essayer d'améliorer les choses, dis-je en manipulant l'antenne.

Je la tournai dans tous les sens sans obtenir de résultat appréciable.

— Et si on transportait l'appareil dans une autre pièce ? suggéra ma grand-mère.

— Il est trop lourd. On aurait dû le placer sur une table roulante.

— Voilà ce que c'est quand on vit dans un trou perdu. Je me demande si la réception est aussi mauvaise à Kristianstad.

— Je ne sais pas. On devrait peut-être installer une antenne sur le toit.

— Pour qu'elle nous ramollisse le cerveau ?

— Parce que tu crois qu'il vaut mieux l'avoir dans la pièce ? Si on découvre un jour que les ondes radio sont nocives pour le cerveau, on sera tous dans de beaux draps. Ça fait des décennies qu'on écoute la radio.

Je donnai un petit coup au téléviseur, ce qui améliora instantanément l'image.

— Qu'est-ce que tu as fait ?

— Aucune idée, répondis-je, effrayée, en levant les mains. Mais cette fois ç'a l'air bien.

— Alors viens tout doucement t'asseoir à côté de moi. Un autre choc pourrait dérégler l'image.

J'ignorais si les secousses influaient réellement sur la qualité de la réception, mais je fus soulagée de voir que l'image et le son se maintenaient tandis que je prenais place sur le lit.

— Tu veux que j'aille chercher des biscuits ? demandai-je. Pour l'instant, il ne se passe pas grand-chose.

— Si tu quittes la pièce, la réception va redevenir mauvaise.

— Dans ce cas, je redonnerai une petite tape à l'appareil.

Je me levai et me glissai précautionneusement hors de la chambre. J'aurais bien voulu que mes parents soient là, mais ils étaient partis à Ekberg régler quelques affaires. Là-bas, nous n'avions pas de téléviseur, en revanche nous disposions de la radio. J'étais certaine qu'à cet instant ils étaient à l'écoute de l'événement.

Lorsque je revins, quelques messieurs discutaient à l'écran de ce que signifiait pour l'être humain se poser sur la Lune. De temps à autre, on quittait le studio pour l'intérieur de la fusée, où une caméra était braquée sur la surface de la Lune. Tout paraissait si irréel ! On ne pouvait s'empêcher de se demander ce que l'homme allait faire dans un endroit pareil. Mais qui sait ? Un jour, peut-être, on construirait des villes sur la planète Mars ?

Il ne se passait toujours rien ou presque. Comme on ne savait pas quand aurait lieu l'alunissage, on diffusait des images d'archives et on montrait la salle de contrôle.

— Ton oncle Ingmar aurait adoré ça, dit ma grand-mère à voix basse. Le progrès le passionnait. Il se serait sans doute fourré dans la tête de monter lui aussi un jour dans une fusée.

— Il aurait aujourd'hui 54 ans, c'est ça ?

— Oui, et il ne se passe pas un jour sans que je pense à lui.

— Je sais, répondis-je en posant mon bras sur ses épaules.

— Quand je ne serai plus là, vous veillerez à préserver son souvenir ?

Pensait-elle à sa chambre ?

— Bien sûr, répondis-je.

Elle fit un signe de tête et demeura songeuse.

— Regarde, ils alunissent ! m'écriai-je.

Les présentateurs traduisaient à présent les échanges radio entre Houston et les astronautes tandis que nous voyions un pied métallique se poser sur le sol poussiéreux.

Ça n'avait rien de palpitant et, pourtant, c'était un événement incroyable. Rien que l'idée, déjà, que des hommes puissent se trouver sur la Lune ! Enfant, je pensais que c'était une grande lanterne suspendue dans le ciel afin qu'il ne fasse pas trop noir la nuit.

— Mais on ne voit rien ! se plaignit ma grand-mère.

— À quoi tu t'attendais avec une caméra embarquée dans un vaisseau spatial ? C'est déjà un miracle qu'ils puissent nous envoyer des images !

— Ça n'empêche…

— La réception s'améliorera peut-être quand les astronautes sortiront de la fusée.

— Alors ce serait bien qu'ils se dépêchent. Une vieille femme comme moi n'a plus beaucoup de temps devant elle.

— Ils sont dans un espace privé d'air, répondis-je en souriant. Ils ne savent pas ce qui les attend. Peut-être même qu'ils sont en état d'apesanteur. Sans compter qu'ils doivent se plier aux directives de la Terre.

Je me sentais dans une situation pas très éloignée de celle de Neil Armstrong et de ses camarades. Nous aussi, nous abordions un monde nouveau. Sans savoir ce qui nous attendait et si nos efforts seraient couronnés de succès. Mais contrairement à eux nous étions sur la

Terre et n'avions pas à craindre d'être irrémédiablement entraînés dans l'espace.

— Ah, on dirait que ça commence. J'ai un peu l'impression d'avoir la cataracte, mais il y a un truc qui bouge.

— Ça doit être un des astronautes, supputai-je en plissant les yeux. Il sort de la fusée !

Nous regardâmes la silhouette floue descendre l'échelle. Au comble de l'excitation, les présentateurs parlaient sans discontinuer. Comment réagiraient-ils s'il y avait un problème ?

Au bout d'un instant, l'astronaute s'arrêta, puis remonta dans la fusée.

— Il a changé d'avis ?

Finalement il reparut, s'immobilisa quelques secondes et posa le pied sur le sol lunaire. On entendit vaguement Neil Armstrong prononcer les mots « *small step for man* », « petit pas pour l'homme », puis « *mankind* », « humanité », mais on ne comprit pas sa phrase parce que le présentateur avait repris la parole.

— Tu vois ? dis-je. Il a mis le pied sur la Lune. Et il n'a pas été précipité dans l'espace.

Quelle sensation pouvait-il bien éprouver à cet instant ?

— Où sont les autres ?

— Ils attendent dans la fusée. Pour le cas où il y aurait du danger, j'imagine.

— Tu veux dire qu'ils l'ont laissé sortir en éclaireur ?

— Il faut bien que quelqu'un se dévoue, non ? Je crois qu'ils ont tiré au sort qui serait le premier à sortir.

— Je ne sais pas si je dois l'envier ou avoir pitié de lui. Après tout, il pourrait très bien mourir.

L'image était floue et la perspective toujours semblable, cependant nous restions fascinées par ce spectacle commenté par les échanges radio.

— Je trouve très bien que tu engages Löwenhof dans une nouvelle voie, dit soudain ma grand-mère en me prenant la main. J'ai longtemps pensé que le changement était dangereux – alors même que je l'ai appelé de mes vœux quand j'étais jeune. Mais avec l'âge on devient craintif. On recherche la sécurité sans se rendre compte qu'on se coupe de tout. Tu es notre avenir, notre nouveau soleil. Löwenhof sera encore là quand tu deviendras toi-même grand-mère.

Aurais-je un jour des petits-enfants ? Pour l'instant, je n'avais même pas de mariage en vue. Mais, d'une manière ou d'une autre, il y aurait toujours une nouvelle génération.

Nous restâmes devant l'écran jusqu'à l'aube, à regarder les astronautes marcher sur la Lune. Je finis par m'endormir et, lorsque je me réveillai, la chambre était inondée de lumière.

Ma grand-mère, tout habillée, semblait debout depuis un bon moment.

— Ah, je vois que tu as ouvert les yeux ! dit-elle. Il y a un appel pour toi.

— Un appel ? demandai-je d'une voix ensommeillée. Quelle heure est-il ?

— Bientôt midi.

Midi ! Je me redressai en sursaut.

— Pourquoi tu ne m'as pas réveillée plus tôt ? m'écriai-je en repoussant la couverture. La moitié de la journée est déjà passée !

— Oui, mais n'oublie pas que nous avons regardé l'alunissage.

Je cherchai mes pantoufles du pied.

— Qui est au téléphone ?

— Carinsson, il dit que c'est urgent.

— Urgent ?

Voilà qui n'était pas de bon augure. Y avait-il un problème ? Avait-il eu vent d'un élément qui pouvait contrecarrer nos plans ?

— Comment il t'a semblé ?

— Très neutre, je dirais.

Il était manifestement inutile de la sonder davantage. Je me rendis en hâte dans le bureau.

— Allô ? fis-je en espérant qu'il n'avait pas raccroché.

— Bonjour, mademoiselle Lejongård, répondit Jonas sur un ton qui trahissait un sourire. Comment allez-vous ? Vous ne semblez pas très réveillée.

— Neil Armstrong m'a empêchée de dormir, expliquai-je en réprimant un bâillement.

— Vous avez regardé l'alunissage ?

— Bien sûr ! Nous n'allions tout de même pas manquer ça à Löwenhof !

— Alors comme ça vous avez un pied dans notre époque, répliqua-t-il en manière de plaisanterie.

— Vous ne vous en étiez pas aperçu ? Nous sommes pourtant sur le point de bouleverser notre vie de fond en comble. De faire nous aussi notre alunissage.

— Cette comparaison ne m'était pas venue à l'esprit, mais elle me fournit une bonne transition. J'ai été intégré dans la sélection de l'équipe olympique.

— Dans quelle discipline ?

— La plus difficile de toutes : le marketing. On m'a chargé ce jour même d'assurer les relations publiques du comité. Et c'est la raison pour laquelle on m'a invité à une nouvelle réception. Vendredi prochain. Pour que je rencontre des gens.

— Eh bien… Toutes mes félicitations !

— Merci. Mais je ne vous appelle pas uniquement pour vous l'annoncer. Je me demandais si vous accepteriez de m'y accompagner.

— Vous ne pensez pas que ça risque d'attirer l'attention ?

— Pourquoi ?

— Les gens pourraient croire que nous sommes ensemble.

Il y eut un silence. L'avais-je pris de court ?

— Cela vous serait désagréable ? demanda-t-il.

— Non, pas du tout... Je suis désolée que vous ayez pu le penser, mais je...

— Ce sera une soirée importante, alors n'hésitez pas à arborer vos bijoux de famille.

— Je doute que nous ayons ça en magasin. Ou alors ils prennent la poussière dans notre vestiaire. Mon arrière-grand-mère devait avoir des bijoux, mais ni ma grand-mère ni ma mère ne les ont jamais portés.

— Dans ce cas vous devriez le faire. S'ils ne sont pas trop ternis.

— Chez nous, rien ne perd son éclat, rétorquai-je. Parfois, il suffit d'un petit coup de chiffon...

— Je garderai ça en tête, c'est une bonne devise. Alors, vous viendrez ?

— Je suppose que je n'y couperai pas, hein ? Cela dit, je laisserai les bijoux ici.

— Non, prenez-les ! Vous êtes une Lejongård ! Il faut que ça se voie !

— Bon, d'accord, je dépoussiérerai notre couronne comtale.

Carinsson en resta coi.

— Vous en avez une ? reprit-il après quelques secondes. Vous devriez me faire visiter vos caves, un de ces jours. J'aimerais bien savoir quels autres secrets vous dissimulez.

— Ce n'est pas là que nous les conservons, il y fait trop humide. Il faut plutôt monter au grenier, répondis-je avec un large sourire. Ce qui me donne une idée : je vous lance moi aussi une invitation.

— Ah ? s'étonna Carinsson. Vous inaugurez déjà vos nouvelles installations ?

— Mais non, qu'est-ce que vous croyez ? Les ouvriers ne se sont mis à la tâche qu'au printemps. J'aimerais bien vous inviter à notre dégustation annuelle de crabe.

— Une dégustation de crabe ?

— Oui. Vous n'avez jamais entendu parler de ça ?

— Si, bien sûr. Mais je n'aurais pas pensé que vous puissiez en organiser une. Vous n'avez pas de rivière à proximité, que je sache.

— Nous avons un lac. Où il n'y a pas de crabes… Mais quelle importance ? Les gens d'ici saisissent toutes les occasions de faire la fête. C'est une tradition relativement nouvelle chez nous, qui a été instaurée par ma mère. Comme nous n'organisons plus de chasse, nous invitons les gens à venir manger le crabe vers la mi- ou la fin août. Alors, qu'en dites-vous ?

— Il y aura des VIP ?

— Le directeur de l'hôpital de Kristianstad, des partenaires commerciaux, des amis et tous les villageois avec le pasteur.

— Oh, alors si le pasteur est là, je peux difficilement refuser.

— Ce qui veut dire que vous viendrez ? Même si le roi et le prince héritier ne nous honorent pas de leur présence ?

— Aïe, dans ce cas il faut que je réfléchisse, répliqua-t-il en riant. Mais non, évidemment que je viendrai ! Ce sera un plaisir. Jusqu'ici, je n'ai vu que le manoir et les écuries. Vous pourriez peut-être en profiter pour me montrer le coin.

— Très volontiers !

— Alors c'est d'accord. On se voit vendredi à Stockholm et fin août à Löwenhof pour manger le crabe.

— Je vous apporterai une invitation. Mes parents et ma grand-mère seront heureux de vous revoir.

Nous prîmes congé l'un de l'autre et je raccrochai. Je restai un instant les yeux dans le vague, un sourire aux lèvres, envahie par un sentiment d'intense bien-être.

Avec sa première invitation, Carinsson m'avait prise de court. Je n'avais pas pu me préparer. Cette fois, j'avais tout le temps voulu. Mais ce n'était pas ce qui causait ma joie : il avait pensé à moi, il voulait de nouveau que je l'accompagne. Sans que je sache pourquoi, cet intérêt m'était précieux.

En sortant du bureau, je tombai sur ma grand-mère.

— Tu es radieuse, fit-elle remarquer. Tu as eu une agréable conversation téléphonique ?

Légèrement embarrassée, je m'éclaircis la gorge.

— Oui. M. Carinsson souhaite que je l'accompagne à une réception la semaine prochaine. En l'honneur des Jeux olympiques. On l'a chargé d'élaborer une campagne publicitaire pour nos sportifs.

— Les Jeux olympiques ont besoin de publicité ? Et toi, quel sera ton rôle, là-dedans ? Tu figureras sur l'affiche ?

Je gloussai comme une gamine.

— Mais non ! Tout le gratin du sport hippique y sera ainsi que le prince Bertil. Peut-être qu'on arrivera à en tirer un bénéfice pour Löwenhof.

— En « tirer un bénéfice », répéta-t-elle avec une certaine indignation. Tu parles comme ce banquier.

— C'est mon cours de gestion, repartis-je en riant. Tu verras, l'année prochaine, je ferai encore mieux que mère en ce domaine.

— Ah non, s'il te plaît ! Quand elle est en plein inventaire, c'est insupportable !

J'éclatai de rire, puis une idée me vint.

— Ça te dérangerait si j'empruntais un de nos bijoux de famille ? Juste pour cette fois…

— Tu sais qu'ils ont appartenu à ton arrière-grand-mère.

— Oui, et je connais leur histoire. Mais, d'après M. Carinsson, je devrais montrer que je suis une Lejongård.

— Parce qu'il sait ce que c'est, être une Lejongård ? Nous ne sommes pas connues pour nous trimballer comme des sapins de Noël.

— Non, mais un peu de faste ne nuirait pas, n'est-ce pas ? Je ne cherche pas à briller de mille feux comme Stella dans le tableau que tu as peint. Je voudrais juste pouvoir dire, si on m'adresse un compliment sur mes bijoux : « Ils ont appartenu à mon arrière-grand-mère. » Ça sonnerait tout de même mieux que : « Je les ai achetés dans un grand magasin. »

— Tu as raison, soupira Agneta comme si je la forçais à ouvrir une porte qu'elle aurait voulu garder fermée. Alors débarrassons-nous de cette corvée au plus vite, ça te va ?

— Là, tout de suite ? m'étonnai-je tandis que mon estomac se manifestait bruyamment.

— D'accord, j'ai compris, après le repas.

— Merci ! répondis-je avec enthousiasme en lui appliquant un baiser sur la joue.

Le grenier était plus poussiéreux que je n'en avais gardé le souvenir. Autrefois, les domestiques y faisaient régulièrement le ménage pour le cas où nous aurions eu besoin de ce qui y était entreposé. Mais, depuis que nous avions renoncé à leurs services, plus personne ne s'en chargeait faute de temps.

— On ne devrait pas se séparer d'un certain nombre de choses ? demandai-je en regardant autour de moi. Il y en a beaucoup dont on obtiendrait un bon prix.

— Si tu as le temps de t'en occuper, pourquoi pas ? Mais je crois savoir qu'à l'heure actuelle tu suis une formation en gestion et que tu œuvres à la rénovation du domaine.

— Effectivement ! Cela dit, j'aurais le temps de m'en charger. Parmi ces meubles, il y en a peut-être qui pourraient être vendus aux enchères.

Ma grand-mère promena autour d'elle un regard triste.

— C'est sûr. Mais ces objets m'évoquent des souvenirs. Certains étaient déjà anciens dans mon enfance. Mon frère et moi avons passé beaucoup de temps au grenier, à nous raconter des histoires. À l'époque, il n'était pas si encombré.

— Je comprends. Mais ça ne nous empêche pas de vendre ce dont nous n'avons vraiment plus besoin. Je doute, par exemple, que les chaises Louis XIV reviennent un jour à la mode. En revanche, les musées seraient ravis d'acquérir ces belles pièces. Ils pourraient plus facilement les restaurer que nous. Et ça ne te priverait de rien.

— J'y réfléchirai.

Agneta s'approcha d'un vieux buffet et ouvrit un tiroir. Il contenait un coffret qui paraissait plus que séculaire. Il avait dû être argenté, mais avait noirci avec les années. Elle souffla sur le couvercle pour en ôter une fine couche de poussière.

— Il vient de ta mère ? demandai-je.

— Oui. Elle adorait les coffrets et les cassettes. Sans doute parce qu'ils se prêtent à merveille à la conservation des secrets.

— Et ses bijoux sont dedans ? m'étonnai-je. Pourquoi tu ne le descends pas ? Tu pourrais aussi le mettre dans un coffre-fort.

— C'est comme pour les meubles qu'on a entreposés ici : ils sont magnifiques, mais on n'en a plus l'usage. Ce ne sont pas les bijoux de la couronne, comme ceux de la reine d'Angleterre. Ils n'ont pas besoin d'une protection particulière. L'oubli est leur meilleure sauvegarde.

Elle posa le coffret devant elle et l'ouvrit, dévoilant un inextricable enchevêtrement de colliers, de pendentifs et de bagues qui paraissaient en bien meilleur état que l'écrin. Mon attention fut attirée par une chaîne avec un médaillon.

— Ce médaillon me plaît bien, dis-je en le prenant.

— Oh non ! lança ma grand-mère en l'interceptant. C'était un de ses objets les plus intimes.

— Qu'est-ce qu'il contient ?

Elle le serra dans sa main, comme si elle craignait que je le lui enlève de force.

— Rien.

— Rien ? Alors pourquoi tu réagis comme ça ? Allons, ta mère n'aurait sans doute vu aucune objection à ce que je le regarde de plus près.

— Si, ça lui aurait déplu. Je ne souhaite pas que tu l'ouvres. Ce qu'il contient te perturberait.

— Mais enfin, *Mormor*, de quoi s'agit-il ?

— Nous sommes ici pour te chercher un bijou, répliqua-t-elle avec une certaine brusquerie en faisant disparaître la chaîne dans la poche de sa jupe. Choisis-en un et ne me pose plus de questions sur cet objet, qui n'aurait pas dû être là.

Je la regardai avec surprise. Il était rare qu'elle m'oppose un refus. Et la fermeté qu'elle y mettait m'inspira une certaine crainte. Que pouvait donc contenir le médaillon ? Le portrait d'un amour passé ? D'un enfant dont personne ne devait apprendre l'existence ? Mieux valait ne plus en parler.

— Bon, répondis-je en me raclant la gorge avec embarras. Alors tu pourrais peut-être m'aider à choisir.

Elle resta un moment la tête baissée, puis elle poussa un profond soupir.

— Excuse-moi, repris-je en lui posant la main sur le bras. Je n'aurais pas dû insister.

— C'est bon, répondit-elle, la voix légèrement enrouée. Tu ne pouvais pas savoir.

Elle fouilla dans le coffret et en sortit une petite pochette en velours gris souris.

— Ouvre-la, dit-elle. Ma mère a reçu ce bijou de son mari, mais elle ne l'a jamais vraiment aimé.

— Tu me donnes un bijou que mon arrière-grand-mère n'aimait pas ? demandai-je en haussant les sourcils.

— Ouvre la pochette et tu comprendras.

Elle contenait une chaîne en argent d'allure très ancienne ornée de pierres vertes.

— Elle est magnifique ! m'exclamai-je, stupéfaite, en la faisant précautionneusement glisser entre mes doigts.

En la regardant de plus près, je vis que les maillons avaient l'air de feuilles entrelacées, tandis que les pierres ressemblaient à de petits bourgeons verts sur le point d'éclore.

— Ce sont de vraies pierres ?

— Oui, il s'agit de péridots, si l'on en croit le bijoutier. Mon père a reçu ce collier d'un partenaire commercial avec qui il était ami. Cet homme nous avait acheté des chevaux et, en signe de gratitude, avait offert ce collier à mon père à l'intention de ma mère. Il ignorait qu'elle avait les yeux bleus et pas verts.

— Ce bijou lui déplaisait parce qu'il ne s'accordait pas avec la couleur de ses yeux ?

— En effet. Elle portait surtout des pierres blanches, bleues, parfois noires, qui s'harmonisaient avec ses tenues. Elle n'aimait pas particulièrement le vert, et encore moins cette teinte. Elle trouvait que ça ressemblait à du verre coloré.

— Ce n'était pas très gentil pour celui qui lui avait fait ce cadeau.

On m'avait rapporté quantité d'anecdotes sur ma grand-mère Stella, et celle-ci cadrait bien avec son caractère compliqué.

— Après ça, mon père ne lui a plus jamais offert de pierres vertes. Tu vois, tout arrive en son temps. Ce bijou t'attendait. Tu es la première femme de notre famille à avoir les yeux verts, un héritage de ton père. Quand tu commenceras à vendre tout ce bazar, essaie d'imaginer ce que tes petits-enfants penseraient de ces objets. Il y en a beaucoup qui n'intéresseront plus jamais personne, mais sois tout de même prudente dans tes choix. Ce qui paraît aujourd'hui superflu et sans valeur pourrait un jour se révéler très précieux.

— Oui, Grand-mère.

Cela dit, je ne voyais pas ce que des jeunes gens d'aujourd'hui auraient pu faire de ces meubles. Quant au collier, sa présence dans le coffret était plutôt due à l'oubli et à la négligence. Mais, quoi qu'il en soit, j'étais contente d'avoir trouvé un bijou que je puisse porter à la réception. Sans compter qu'il s'accompagnait d'une jolie histoire que je pourrais éventuellement raconter.

CHAPITRE 20

Je m'inspectai avec nervosité devant le miroir de ma chambre d'hôtel. Nous étions vendredi soir. Je portais une robe verte quasi sans manches à ample jupe en tulle dont le bord était ourlé de minuscules paillettes. La couleur de ma tenue s'harmonisait à merveille avec mes yeux. Ma mère m'avait relevé les cheveux, comme le lui avait appris la femme de chambre d'Agneta, bien des années plus tôt. Que ma grand-mère ait eu une femme de chambre, à l'instar d'une reine, me paraissait étrange, comme si elle avait vécu dans un conte de fées.

— Tu es ravissante, dit ma mère.

Elle ouvrit la petite pochette en velours, en sortit le collier et me le mit autour du cou. Les pierres étincelèrent à la lumière du plafonnier.

Ce voyage à Stockholm avec ma mère m'avait donné la curieuse impression d'être accompagnée d'un chaperon. Comme je ne disposais plus de ma chambre au foyer étudiant, il avait fallu trouver un autre hébergement. Ma mère avait insisté pour que nous descendions au Grand Hôtel, où elle avait travaillé plusieurs années. Entre-temps, le personnel avait changé, mais elle avait eu grand plaisir à me faire visiter l'établissement et à me raconter des anecdotes.

— Tu devrais aussi prendre ça au cas où l'air se rafraîchirait, dit-elle en me tendant un grand châle de laine vert.

Elle l'avait porté deux ou trois fois, mais elle n'aimait pas tout ce qui était écharpe ou cape.

— Tu ne crois pas que c'est un peu rustique pour cette robe ? demandai-je.

— C'est vrai, mais tu seras peut-être contente de l'avoir. Les Lejongård font partie de la noblesse terrienne, nous n'avons pas, nous n'avons plus de capes en soie.

— Bon, je le prends, répondis-je en espérant que je n'en aurais pas besoin. Passe une bonne soirée, Maman.

— Toi aussi, ma fille.

Je descendis en ascenseur et fus surprise de tomber sur Carinsson, qui m'attendait dans un fauteuil du hall, le nez plongé dans un journal.

Je m'approchai discrètement de lui. Il était si absorbé par sa lecture qu'il me remarqua seulement au moment où je me raclai la gorge.

— Bonsoir, monsieur Carinsson, dis-je. Ce journal paraît fort intéressant.

— Pas autant que vous, répliqua-t-il en se levant pour me faire un baisemain. Vous êtes superbe, mademoiselle Lejongård.

— Attendez de voir le châle que ma mère m'a donné.

— Vous êtes venue avec votre chaperon ?

— Non, elle a ses propres projets pour la soirée. Elle a prévu de sortir avec une vieille amie et rentrera sans doute plus tard que moi.

— Alors ne perdons pas de temps, les réjouissances nous attendent. Je suis certain que la vue de l'endroit où a lieu la réception suffira à vous ravir.

— Voilà qui est bien mystérieux. Où allons-nous ?

En m'invitant, Carinsson ne m'avait pas précisé où se déroulerait la soirée.

Au bout d'un assez long trajet, nous nous engageâmes dans une rue bordée de luxueuses bâtisses.

— Le palais des Rosen se trouve tout près, indiqua Carinsson. Enfin, leur ancien palais.

— C'est là qu'a lieu la réception ? demandai-je, soudain refroidie.

— Non, ne vous inquiétez pas. Mais il est sur notre chemin et je souhaitais vous le montrer. Pour votre édification.

— Qu'est-ce que vous voulez dire ?

— Je vous raconterai quelque chose qui pourra, ou non, vous servir.

— On ne devrait pas déjà être à la soirée ?

— Ne craignez rien, le fantôme du vieux Clarence ne nous hantera assurément pas.

Nous fîmes halte devant un grand immeuble de six étages, dont le dernier sous les combles. Deux d'entre eux étaient pourvus de balcons et les autres fenêtres étaient somptueusement décorées. Je distinguai les armoiries des Rosen : trois roses sur un écusson.

— La demeure est très imposante, dis-je.

— Et encore, vous n'en voyez qu'une façade. Magnifique, hein ? L'endroit accueillait les précieux chevaux de Rosen. Les domestiques entraient par la rue parallèle.

— Étonnant.

— Eh bien, sachez que Rosen a été obligé de vendre cette maison en 1905 en raison de difficultés financières.

— Vraiment ? m'étonnai-je.

— Oui, il l'a vendue à son frère. Rien que pour les impôts, déjà, il fallait débourser cinq cent cinquante mille couronnes.

— Une fortune, chuchotai-je en examinant les fenêtres, toutes différentes les unes des autres.

— Oui, ce n'est pas d'aujourd'hui qu'on paie des impôts exorbitants dans ce pays, répliqua Carinsson en riant. Rosen n'avait pas les moyens d'acquitter ses charges. En 1940, le bâtiment a été transformé en immeuble locatif.

— Difficile de croire que Rosen ait pu connaître de telles difficultés.

— C'est le lot de tout homme d'affaires. Il y a une chose que vous devriez garder présente à l'esprit : Rosen, lui, a dû se séparer de sa demeure. Löwenhof est toujours là, d'une part, et n'a pas changé de propriétaire, d'autre part. Vous avez fait mieux que lui. Vous avez une chance de pouvoir mettre en œuvre les changements qui s'imposent. Lorsque nous entrerons dans la salle de réception, où se trouvera Maud, vous le ferez à l'instar d'une reine, car vous représentez votre maison, que vous n'avez pas eu à vendre pour payer vos impôts. Vous pouvez en être fière.

Je contemplai un moment la façade de l'ancien palais des Rosen en me demandant à quoi l'intérieur avait pu ressembler avant son découpage en appartements.

Et dire que notre manoir aurait pu connaître un sort similaire… Que seules les armoiries ou, dans notre cas, les têtes de lion auraient pu rappeler à présent qu'il avait appartenu autrefois aux Lejongård…

— Merci de m'avoir amenée ici, dis-je. Je n'avais jamais vu ce palais. Et, pour autant que je sache, même ma grand-mère ignore cette histoire.

— J'espère qu'elle vous accompagnera le temps nécessaire. Avoir sous les yeux la faillite d'un ennemi peut aider à ne pas se laisser abattre. Et, maintenant, allons-y ou le buffet ouvrira sans nous.

Nous nous arrêtâmes quelques rues plus loin devant un hôtel qui, à en juger par sa façade, devait avoir à peu près le même âge que le palais des Rosen. On entendait de la musique, à laquelle se mêlaient des voix et des rires. Dans le hall, nous fûmes accueillis par un homme élégamment vêtu qui, après avoir consulté la liste des invités, nous fit entrer dans la salle.

Il n'y avait guère de monde au vestiaire, la plupart des convives étant venus sans manteau. Pour ma part, j'avais laissé mon châle dans le cabriolet, ce dont je me félicitai : l'air était déjà chaud.

La salle était magnifiquement décorée de roses jaunes et de rubans bleus, les couleurs de la Suède. Nous prîmes place à une table de quatre.

— Nos compagnons seront les Bikelund. Lui travaille dans la sellerie. Il fabrique des selles et des harnais pour l'équipe nationale. C'est un homme d'un tempérament joyeux, qu'il ne faut pas trop écouter lorsqu'il a bu.

— Vous le connaissez ?

— Il a fait appel à mes services pour son entreprise.

— Les relations ont visiblement une grande importance au comité olympique.

— Elles sont le sel de la terre !

Les convives entraient à présent dans la salle. Nos voisins de table arrivèrent avec un certain retard. M. Bikelund était effectivement un homme jovial.

— Carinsson, mon garçon, comment allez-vous ? s'écria-t-il.

— Très bien, monsieur Bikelund, et vous-même ? Votre digne épouse ne cesse de rajeunir !

Mme Bikelund tapota ses boucles d'un air flatté. Je ne pouvais juger si elle paraissait vraiment plus jeune qu'à l'ordinaire, mais Carinsson semblait avoir trouvé le ton juste.

— Et vous, Carinsson ? Vous vous êtes enfin casé ?

— Navré de vous décevoir. Je vous présente Solveig Lejongård, la petite-fille de la comtesse Agneta Lejongård.

— Jamais entendu parler, lâcha Bikelund. Ce qui ne change rien au fait que vous soyez une ravissante jeune dame. Très heureux de faire votre connaissance.

— Moi de même, répondis-je.

— Ainsi, vous êtes fille de comte, poursuivit-il. Et dire que certains parlent de la dégénérescence de la noblesse… Vous pourriez en remontrer à toutes les femmes de la cour.

Ce compliment proféré face à son épouse me fit rougir. Du coin de l'œil je notai le petit sourire de Carinsson.

— Les dames de la cour vous tiendraient rigueur de vos propos, répliquai-je en espérant clore le sujet.

Heureusement, Mme Bikelund vint à mon secours.

— Voyons, Harald ! lança-t-elle. Tu embarrasses la jeune dame.

— Oh, mais ce n'était pas mon intention, s'empressa-t-il de répondre. C'est qu'il ne m'arrive pas tous les jours de dîner avec une jeune comtesse.

Je jetai un regard à Carinsson. Il n'avait sans doute pas eu son mot à dire sur le plan de table, mais j'aurais préféré un voisin moins bavard.

Bikelund commença aussitôt à l'informer des dernières nouveautés.

— J'ai appris que les Américains étaient en train d'élaborer de nouveaux licous. Je vais devoir envoyer un espion là-bas si je ne veux pas que ces types me mangent la laine sur le dos.

Il éclata de rire, tandis que sa femme paraissait gênée. Elle souriait tout en semblant l'implorer du regard de ne pas parler à tort et à travers.

Lorsque tous les convives furent arrivés, le prince Bertil fit son apparition sur une estrade, elle aussi décorée aux couleurs de la Suède. Vêtu d'un frac avec cummerbund et d'une écharpe bleu, jaune et blanc, il avait fière allure. C'était la première fois que je le voyais dans ses fonctions officielles.

— Mesdames et messieurs, permettez-moi de vous souhaiter la bienvenue au nom du comité olympique suédois, commença-t-il. Vous le savez, une mission importante nous attend.

Il parla des Jeux olympiques qui se dérouleraient en Allemagne, mais aussi d'autres compétitions à venir. Je me pris à rêver qu'un jour, un cheval et un cavalier de Löwenhof remportent une médaille pour la Suède. Pourquoi ma mère n'avait-elle jamais nourri ce projet ?

— Je voudrais profiter de l'occasion pour rappeler le souvenir de notre vieil ami Carl Clarence von Rosen.

Cette phrase me ramena aussitôt dans le présent. Le prince marqua une pause, comme pour souligner ce qu'il venait de dire. Un frisson me parcourut. Clarence von Rosen.

— Voilà désormais quatorze ans qu'il est mort, mais son œuvre s'est perpétuée dans l'excellence de nos cavaliers. Lorsque nous enverrons les meilleurs de nos sportifs à Munich, dans trois ans, il sera dans nos cœurs.

C'est grâce à lui que le sport hippique suédois a atteint un niveau mondial.

— Il aurait sûrement été ravi de retourner en Allemagne, me glissa Carinsson à l'oreille. Lui qui ne jurait que par Nuremberg.

— Nuremberg ? répétai-je sans comprendre.

Il secoua la tête.

— Pas maintenant. Je vous raconterai plus tard.

Le prince poursuivit son discours en rappelant les mérites de Rosen. Celui-ci avait effectivement fait beaucoup pour le sport hippique en tant que membre du comité olympique suédois. Il avait fréquenté l'École d'équitation de Vienne et, à son retour en Suède, s'était inspiré de ce qu'il y avait appris. C'était lui qui avait structuré le sport hippique dans notre pays.

Lorsqu'on ouvrit le buffet, les Bikelund se levèrent et se dirigèrent vers la longue table où l'on commençait déjà à s'agglutiner.

— Beau discours, hein ? dit moqueusement Carinsson.

— Je dois reconnaître que Rosen a joué un rôle important. Ce qui ne me le rend pas plus sympathique, cela dit.

— C'est votre droit le plus strict. Venez, allons chercher quelques petites choses à grignoter.

— Avec plaisir, mais vous ne voulez pas d'abord m'expliquer votre allusion à Nuremberg ?

— Dans ce cas, nous ferions mieux de nous isoler un instant. Personne ne doit entendre ce que je vais vous dire.

Nous sortîmes de la salle de bal. Le hall était désert et il n'y avait personne au vestiaire.

— J'ai fait quelques recherches, commença Carinsson après s'être assuré que nul ne pouvait nous écouter. Il n'a pas été facile d'obtenir des informations, car son fils était un homme respecté et sa petite-fille occupe une position élevée au comité olympique. Mais j'ai mes sources et mes amis. On m'a dit qu'il s'était arrangé pour vous discréditer parce que vous n'aviez pas voulu vendre de chevaux aux nazis.

— C'est exact.

— Apparemment, il entretenait des liens étroits avec eux. Après les Jeux olympiques de Berlin, en 1936, il aurait été invité au congrès annuel du parti à Nuremberg. Il paraît qu'il s'entendait à merveille avec les nazis. Et qu'il aurait encouragé la création d'un parti national-socialiste suédois.

J'en restai bouche bée.

— Et si on rendait cette information publique ? m'entendis-je dire.

— Ça ne me paraît pas une bonne idée. Rosen jouit d'une grande considération et sa famille ferait tout pour préserver la réputation du vieux patriarche. Tous les documents écrits sont sous clé. C'est un miracle que mon ami ait pu découvrir ce dont je viens de vous faire part. Je suis sûr que dans cette salle beaucoup de gens sont au courant, mais qu'ils refuseraient de le reconnaître. On reste loyal à son égard même après sa mort parce qu'on espère tirer avantage de sa famille.

— Nous n'avons rien à attendre de ce côté, répliquai-je. Si je racontais à ma grand-mère l'estime publique dont jouit cet homme, elle serait folle de rage.

— À l'heure actuelle, vous êtes en train d'opérer un lent retour vers ces cercles. Votre position n'est pas assurée, et les Rosen ont beaucoup d'amis. Des amis qui ne se souviennent pas nécessairement de vous, mais qui pourraient vous mettre des bâtons dans les roues. On préférera vous discréditer plutôt que d'admettre que le héros du sport hippique suédois était adepte d'une idéologie qui a coûté la vie à des millions d'individus et causé tant de souffrances en Europe.

Devoir garder le silence me paraissait d'une insigne lâcheté. Je ne me sentais pas appartenir au monde de ces hommes en frac noir et de ces femmes étincelantes de bijoux, même si certains d'entre eux faisaient également partie de l'aristocratie. Et ce que je venais d'entendre aggravait encore mon sentiment d'isolement.

— À quoi pensez-vous ? demanda Carinsson en me prenant la main.

— L'honnêteté n'est pas toujours une vertu en ce monde, répondis-je.

— C'est parfois ce qu'on serait tenté de penser, en effet. Mais, croyez-moi, celui qui agit à l'encontre de la justice finit toujours par commettre une erreur. Et alors ses victimes sont réhabilitées. Regagnons notre table avant que les Bikelund nous soupçonnent d'avoir pris une chambre, dit-il avec un clin d'œil.

Nos voisins s'étaient rassis à leur place, lui avec une assiette débordante de mets.

— Ah, vous voilà ! lança-t-il. J'espère que la jeune dame n'est pas indisposée ?

— Non, c'est moi qui avais un peu chaud, répliqua Carinsson. Je voulais me débarrasser discrètement de ma veste, mais hélas la dame du vestiaire n'était pas là.

— Elle a dû faire une pause cigarette, répondit Bikelund en se remettant à manger.

Nous passâmes le reste de la soirée à aller de table en table pour bavarder avec d'importants décideurs du comité olympique. Tout en souriant et en faisant des politesses, je ne pouvais oublier que tous ces gens avaient été partie prenante de la toile au milieu de laquelle s'était autrefois tapi Clarence von Rosen, telle une grosse araignée.

Le prince Bertil s'éclipsa malheureusement très tôt, car il partait le lendemain pour l'Allemagne. Aussi n'eûmes-nous pas l'occasion de lui parler. C'était peut-être une bonne chose : je ne sais pas si j'aurais été capable de garder le silence au sujet de Rosen.

Tard dans la soirée, les invités se sentirent suffisamment encouragés par le vin qu'ils avaient bu pour se risquer sur la piste de danse. Carinsson m'invita à danser.

— Je vous préviens, dis-je lorsqu'il plaça doucement une main sur ma taille et que de son autre main il prit la mienne avec délicatesse. Je danse encore plus mal que ma mère. Mon père a toujours beaucoup de mal à la guider.

— C'est sans doute parce qu'elle a une forte personnalité.

— Et que nous n'avons guère eu l'occasion de pratiquer ces dernières années. Nous continuons d'organiser des fêtes, mais le temps des bals est loin.

— Vous paraissez le regretter, répondit-il tandis que nous nous lancions.

Heureusement, il s'agissait d'une danse simple et facile à suivre.

— Je n'ai pas connu cette époque, répliquai-je. Mais on m'en a parlé. Quand j'étais enfant, il m'arrivait de me glisser la nuit dans notre salle de bal et d'imaginer à quoi pouvaient ressembler nos fêtes d'autrefois.

Carinsson réfléchit un instant.

— Vous savez que je cultive volontiers l'utopie. Pourquoi ne pas redonner vie à la tradition des bals à Löwenhof ?

— Pour quelle occasion ?

— Un gala sportif, par exemple. Je suis sûr qu'une petite partie de campagne constituerait une distraction bienvenue.

— C'est une excellente idée !

Carinsson sourit.

— Quoi ? dis-je.

— Vous vous êtes vraiment améliorée, déclara-t-il. Je me rappelle une époque pas si lointaine où vous auriez refusé catégoriquement ma suggestion.

— Vous oubliez qu'entre-temps je suis devenue l'administratrice du domaine.

Il me considéra un instant, puis il leva la main pour repousser une mèche qui s'était détachée de mon chignon. Ce faisant, il m'effleura très précautionneusement le visage.

Mon cœur s'accéléra et ma main trembla dans la sienne. J'eus soudain l'impression que tout le monde nous regardait.

— Si nous cherchions un endroit plus tranquille ? proposai-je. J'aurais bien besoin d'une petite pause.

— Bien sûr. J'espère que je ne vous ai pas…

— Non, non, rien à voir avec vous. Je prendrais volontiers un moment pour me reposer et discuter. Qu'en pensez-vous ?

Il m'offrit son bras et nous sortîmes sur un balcon d'où l'on avait une vue magnifique sur la ville.

— Vous n'avez pas oublié que, la prochaine fois, ce sera à vous de venir chez nous, j'espère ? Je vous ai invité à manger le crabe.

— Je n'ai pas oublié, répondit-il avec douceur.

— Prévoyez une tenue plus décontractée, le beurre tache.

— Ce n'est pas un problème. À côté de chez moi, il y a une laverie où la lessive est si efficace qu'on pourrait s'en servir pour purger des canalisations bouchées.

— Vous l'avez essayée ?

— Non ! répliqua-t-il en éclatant de rire. Mais ne vous inquiétez pas, je ne vous discréditerai pas auprès de vos amis : même un paysan ne trouvera rien à redire à ma mise.

— Vous comptez donc venir en bleu de travail et en bottes ?

— Oui, si de votre côté vous portez un tablier et un foulard.

— Désolée, mais là je passe mon tour. Enfin bon, venez comme vous voulez. L'essentiel étant que vous veniez.

— Je n'y manquerai pas.

Il me regarda, puis, passant son bras autour de moi, il m'attira à lui. Mon cœur se mit à battre à coups redoublés et je sentis des picotements dans tout le corps. Je n'avais aucune raison de le repousser. Au cours des derniers mois, il était devenu plus qu'un ami. Pourtant, à l'instant où ses lèvres effleurèrent les miennes, j'eus un mouvement de recul.

Carinsson me considéra avec étonnement.

— J'ai fait quelque chose qu'il ne fallait pas ?

— Non, ce n'est pas ça, mais...

Comment lui dire que le souvenir de Sören m'empêchait de l'embrasser ?

— Excusez-moi, je ne savais pas... Je ne voulais pas...

— Ça n'a rien à voir avec vous, répondis-je, tandis que les larmes me montaient aux yeux.

Bon sang, pourquoi mon corps continuait-il à me jouer des tours ? Contre quoi me rebellais-je ?

— Je... je ne peux pas. Pas encore...

Mais quand ? demanda une petite voix dans ma tête. *Quand permettras-tu de nouveau à un homme de t'approcher ?*

Je regardai Carinsson à travers un voile de larmes. Il paraissait blessé, ce dont je ne pouvais lui tenir rigueur.

Une fois de plus, je me dérobais. Alors que mon cœur me poussait vers lui…

— Je devrais peut-être vous reconduire à votre hôtel, reprit-il. Il est tard.

J'acquiesçai en essuyant mes larmes. Il n'était pas très indiqué de pleurer quand on portait du mascara. Mais je n'avais pu m'en empêcher. J'éprouvais une honte profonde. Carinsson en avait tant fait pour moi ! Je savais qu'il était amoureux de moi. Pis encore, je partageais ses sentiments, mais je n'étais pas en mesure de les lui montrer.

Nous quittâmes la réception et regagnâmes sa voiture en silence. Aucun de nous ne dit un mot durant le trajet.

— Je suis vraiment désolé, déclara Carinsson lorsqu'il se fut arrêté devant le Grand Hôtel.

— Non, c'est moi qui le suis. Je regrette d'avoir réagi comme ça.

— Vous ne vouliez pas m'embrasser, j'aurais dû le comprendre.

— Ce n'est pas ça, mais…

— Vous aimez toujours votre fiancé, n'est-ce pas ?

J'acquiesçai.

— Dans ce cas, il faudra que je l'accepte, répondit-il en baissant les yeux. Bonne nuit, mademoiselle Lejongård. Merci de m'avoir accompagné.

Ce ton de politesse formelle me brisa le cœur. Pourquoi n'étions-nous pas depuis longtemps passé au tutoiement ? Pourquoi nous comportions-nous encore comme si nous n'étions rien de plus que des partenaires commerciaux ?

— Bonne nuit et merci pour tout, chuchotai-je en descendant du cabriolet.

Sans répondre, Carinsson redémarra et s'éloigna.

Une fois remontée dans ma chambre, je m'assis au bord du lit et sortis la photo de Sören. L'écho d'un été lointain. D'un amour passé. Pourquoi mon cœur ne pouvait-il s'en détacher ?

Mes larmes avaient séché et ma honte avait fait place à la réflexion. Jonas Carinsson était devenu plus qu'un ami proche. Pourtant, le souvenir de Sören me poussait à garder mes distances. N'était-il pas temps de faire définitivement mes adieux à mon amour défunt ?

Je sursautai en voyant la porte s'ouvrir. Ma mère parut surprise à ma vue.

— Qu'est-ce qui se passe ? demanda-t-elle. Ça ne va pas ?

— Si, mais…

Devais-je lui rapporter que Carinsson avait voulu m'embrasser ? Elle risquait de le prendre pour un vulgaire tombeur.

— Quoi donc ? s'enquit-elle en s'asseyant à mon côté.

Quand elle vit la photo de Sören dans ma main, elle me caressa doucement les cheveux.

— Encore ? dit-elle. Ça fait plus de deux ans.

— Je n'arrive pas à me détacher de lui. Tout à l'heure… Tout à l'heure, Carinsson a voulu m'embrasser, mais j'ai reculé.

— Il a voulu t'embrasser ? Contre ton gré ?

— Non, pas contre mon gré. Je l'apprécie. Je l'apprécie même beaucoup. Mais… j'ai l'impression de tromper Sören. Pourtant, il aurait voulu que je sois heureuse, non ?

Ma mère observa un instant de silence. Puis elle me prit la photo avec douceur.

— C'est une jolie photo, dit-elle. Où l'as-tu trouvée ?

— Peu après mon retour à l'université, Mme Lundgren m'a apporté quelques livres de Sören. Je les ai feuilletés, pour voir s'il avait fait des annotations sur les pages. J'étais à la recherche de traces. Cette photo se trouvait dans l'un des ouvrages.

Le bout des doigts me picotait tandis que ma mère avait le petit cliché dans les mains. Je me sentais telle une toxicomane à qui on aurait arraché sa drogue.

— La mère de Sören a eu une attention très délicate. Mais je crains qu'elle ne t'ait pas rendu service.

Avec un soupir, elle reposa la photo sur le dessus-de-lit. Ma main se tendit comme d'elle-même pour la récupérer. Oui, une vraie toxicomane.

— Je comprends ce que ça représente pour toi, poursuivit ma mère avec douceur. Mais il serait peut-être temps que tu tournes la page. Ces derniers mois, nous avons procédé à de tels changements ! Toi-même tu m'as exhortée à vivre dans le présent. C'est aussi ce que tu devrais faire, tu ne crois pas ? Sören était un homme merveilleux et un bon compagnon pour toi. Mais il est mort. Rien ne le ramènera à la vie. Tu ne peux pas retenir le passé et il ne serait pas bon que tu continues à vivre dans un temps qui n'est plus. Lâche Sören. Laisse-le partir. Si ce Carinsson t'inspire vraiment des sentiments, alors exprime-les. Sépare-toi de cette photo, range-la quelque part où elle puisse reposer en paix.

Ma mère avait raison, mais je me sentais réticente à suivre ses conseils. La photo de Sören m'avait accompagnée dans toutes mes décisions importantes. Elle avait été ma bouée de sauvetage. Si je m'en débarrassais…

— Je vais y réfléchir, répondis-je en caressant du pouce le visage de Sören.

— C'est bien, répondit ma mère, sentant qu'il valait mieux ne pas insister.

Elle m'embrassa sur la tempe et se leva.

CHAPITRE 21

L'ORGANISATION DE LA FÊTE DU CRABE m'aida à me changer les idées. Je n'en cessais pas moins de me demander si Carinsson tiendrait sa promesse de venir. J'avais terriblement envie de le revoir. Nous n'avions pas repris contact depuis la réception. Il ne m'avait pas appelée et je n'osais pas me manifester.

J'avais longuement réfléchi à ce que ma mère m'avait dit, mais je ne pouvais me résoudre à suivre son conseil. J'arrivais tout au plus à ranger la photo dans un tiroir pendant quelques heures, notamment lorsque j'étais plongée dans mes manuels. Mais ensuite je la ressortais.

Heureusement, il y avait beaucoup à faire : envoyer les invitations, appeler les fournisseurs – il nous fallait du crabe et bien d'autres choses, comme des chaises et des tables.

Ma grand-mère, qui avait refusé dans un premier temps de se débarrasser de certains objets relégués au grenier, proposa d'organiser une petite brocante et, pourquoi pas, d'en offrir quelques-uns en lots à l'occasion d'une tombola.

— Tu as bien dit qu'on devait vendre tout ce bazar, non ? conclut-elle.

— Tu crois vraiment que le moment serait bien choisi ?

— Pourquoi pas ? La fête du crabe attire beaucoup de monde. Et nos invités seront peut-être ravis de cette distraction après s'en être mis plein la lampe.

— Alors d'accord. Je vais faire un tri et tu me diras ce que tu souhaites garder.

J'étais contente de pouvoir m'atteler à cette tâche mais, tandis que je m'activais au grenier, je ne cessais de penser à Carinsson. Que faisait-il en ce moment ? Songeait-il à moi ?

J'avais le cœur terriblement lourd. Lorsque je me couchai, le soir venu, j'étais épuisée. Je m'endormis avec la photo de Sören sur ma table de chevet. Je rêvai que je l'enterrais pour la deuxième fois. Le cercueil était ouvert. Sören était habillé comme le jour de nos fiançailles. Il avait dans les mains un bouquet de fleurs des champs. Alors que je tentais d'empêcher les porteurs de le descendre dans la fosse, il ouvrait les yeux.

« Laisse-les faire, déclara-t-il. Ils ont raison.

— Non, protestai-je. Tu seras enterré sans aucune protection.

— C'est très bien comme ça. Laisse-moi partir », m'exhorta-t-il avec un doux sourire.

Sur ce, les hommes firent descendre le cercueil.

Je me redressai en sursaut et regardai autour de moi. Le cimetière avait disparu, seul m'entourait le silence régnant au manoir. Le souffle court, je me laissai retomber sur mes oreillers. Il n'était pas là. La tombe était close depuis des années, ses cendres reposaient dans une urne. Et ce qu'il m'avait dit…

« Laisse-moi partir. »

Se pouvait-il que je retienne à mon insu son esprit dans ce monde ? Ou ma raison voulait-elle me faire comprendre qu'il était temps de passer à autre chose ?

Au matin de la fête du crabe, on aurait dit que c'était jour de grande lessive. Plusieurs vieilles bassines en zinc avaient été installées dans la cuisine et dans la buanderie pour accueillir les crabes que nous apporterait un pêcheur de la région. Il les recueillait dans les cours d'eau environnants ; nous n'avions plus ensuite qu'à les faire cuire.

— Quel dommage que nous n'ayons pas de rivière, me dit Mme Johannsen lorsque je descendis à la cuisine voir si tout se passait bien. Ma mère vient de la province de Småland, où elle attrapait elle-même des crabes.

— Personnellement, je m'en passe. On peut vraiment se faire mal quand le crabe se défend.

— C'est une question de technique. Si on les saisit comme il faut, ils ne peuvent pas nous pincer.

Le pêcheur arriva quelques heures plus tard avec son camion bleu, sur la bâche duquel était peinte une grande ancre. M. Nyehus était fier d'avoir eu un père qui avait fait des campagnes de pêche. Lui-même possédait un chalutier, mais n'avait jamais quitté la Baltique. Cette ancre était pour lui comme les armoiries de sa famille.

Je lui souhaitai la bienvenue et le conduisis dans la cuisine. Il fut étonné du nombre de bassines que nous avions préparées.

— Vous n'aurez pas besoin de tout ça, fit-il observer.

— Il faut que les crabes aient leurs aises, expliquai-je.

— Pour quoi faire ? Ils seront vite mangés. Ma mère avait une recette délicieuse. Si vous voulez, je vous la donne.

Mme Johannsen mit ses poings sur ses hanches.

— La recette de votre mère est sûrement excellente, m'empressai-je de répondre, mais nous avons notre propre façon de les cuisiner. Question de tradition, n'est-ce pas.

Il opina, grommela dans sa barbe et ressortit de la cuisine.

— Non, mais quelle insolence ! grogna Mme Johannsen. Comme si je n'étais pas capable de préparer des crabes !

— Il n'y entendait pas malice, répondis-je pour l'apaiser. Il est très fier de sa famille, c'est tout.

— Et moi de la mienne ! Ma mère faisait les meilleurs crabes de la région, elle m'a enseigné sa recette.

— Je suis sûre que nos invités seront ravis.

Peu après, M. Nyehus revint avec des seaux remplis de crabes, qu'il vida dans les bassines.

Pendant que Mme Johannsen et lui s'engageaient dans une âpre discussion sur la bonne façon de préparer le crabe, je sortis jeter un coup d'œil sur le petit vide-greniers que nous avions installé près du manoir. Comme aucun de nous n'avait le temps de s'en occuper, nous avions demandé à deux jeunes femmes du village de se charger de la vente. En guise de salaire, elles recevraient un bijou de leur choix. J'étais curieuse de voir comment cela se passerait. Nous avions disposé tous les petits objets sur des tables : jolis coffrets, bijoux, nœuds de ruban, petites images, épingles de cravate pour les hommes, jouets anciens. Nous avions gardé les pièces qui avaient le plus de valeur pour pouvoir les vendre aux enchères en une autre occasion. Mais ce que nous présentions était déjà magnifique.

— Il est vraiment temps de se débarrasser de tout ça, hein ? dit ma mère, qui m'avait rejointe.

— Oui, ça fera de la place pour les choses nouvelles.

— Et c'est une bouffée d'air frais. Ces vieux murs vont enfin respirer un bon coup.

Elle tourna les yeux vers moi.

— Comment tu te sens ? demanda-t-elle inopinément.

— Comment veux-tu que je me sente ? Plutôt bien, je dirais.

— Plutôt ?

— J'ai peur qu'il ne vienne pas, avouai-je en tripotant ma manche.

— Il n'a pas donné de nouvelles ?

— Non. Je crois qu'il en a plus qu'assez de moi.

— Parce que tu as refusé une fois de l'embrasser ? Si ses sentiments pour toi sont sincères, il te l'aura pardonné.

— Il avait l'air vraiment blessé. Et ce n'est pas la première fois que je le tiens à distance. Il a dû se rendre compte que ça ne menait à rien.

— Ou peut-être qu'il attend un signe de ta part. Pourquoi tu ne l'appelles pas ?

— Je ne voudrais pas l'entendre me dire qu'il se désintéresse de moi.

— Ah, Solveig ! répondit ma mère en me prenant dans ses bras. Je suis sûre que tu rencontreras de nouveau l'amour.

— J'espère...

J'espérais surtout que ce nouvel amour serait Jonas Carinsson.

— Tu t'es séparée de la photo ?

— Non, je n'ai pas pu. Mais, si Carinsson vient, je jure de le faire.

— Abstiens-toi de jurer. Et ne fais pas dépendre cette décision de sa venue. Tu dois te débarrasser de cette photo parce que tu sens que ce serait bon pour toi. Moi aussi, j'ai eu dans le temps un objet qui m'a aidée.

— Le briquet ?

— Ça fait des années que je n'y ai pas touché. Je le conserve parce que c'est le dernier souvenir qui me reste de l'homme qui a veillé sur moi pendant douze ans. Mais, au bout d'un moment, j'ai compris que je n'en avais plus besoin. J'étais capable d'avancer seule dans la vie. Si l'heure est venue, lâche cette photo. Laisse partir Sören. Mais fais-le parce que tu le veux, pas dans l'espoir que ce geste te soit utile. Sören ne mérite pas ça.

— Tu as raison, dus-je reconnaître, même si j'avais espéré de sa part une autre réponse.

L'après-midi, c'en fut fait des derniers instants de nage insouciante dans les bassines. L'un après l'autre, les crabes atterrirent dans les marmites de Mme Johannsen tandis que nous nous préparions à accueillir les premiers invités.

J'étais nerveuse. Ce n'était pas la première fois que nous organisions une fête et que je devais prononcer un discours. Lors de notre dernière célébration de la Saint-Jean, j'avais salué les convives en ma qualité de nouvelle administratrice du domaine. Je ne m'en sentais pas moins comme à l'aube d'un examen.

Nos hôtes arrivèrent. Après les avoir accueillis, nous les accompagnâmes au jardin. Seul Carinsson manquait à l'appel. Inquiète, je regardai ma montre. Mes craintes allaient-elles s'avérer ? Avait-il renoncé à venir ?

— Tu as l'air anxieuse, fit remarquer ma grand-mère en me voyant postée à l'entrée.

Je ne pouvais me résoudre à ouvrir les festivités. Du reste, j'avais encore quelques minutes.

— Je me sens comme avant mon examen final.

Je ne lui avais pas encore parlé de mes sentiments pour Carinsson.

— Pourtant, ce n'est pas la première fois que tu parles en public !

— J'ai quand même le trac.

— Pourquoi ? Tu n'as en face de toi que des gens que tu connais depuis toujours. Dis-leur : « Allez-y, faites la fête ! » Ils seront ravis. Ce n'est pas comme si la cour était présente.

À cet instant, on entendit gronder un moteur. Je me retournai précipitamment.

Ce n'était pas le cabriolet de Carinsson, mais une grande berline noire, accompagnée d'une autre. Un instant, je crus qu'il s'agissait de voitures de police. L'estomac noué, je vis plusieurs hommes descendre des véhicules, dont Jonas Carinsson.

— Avec qui est-il venu ? s'enquit ma grand-mère en plissant les yeux.

Je lui pris la main.

— Mais c'est le prince Bertil !

Et elle qui venait de rappeler l'absence de la cour…

— Vraiment ? demanda ma mère, qui nous avait rejointes. Mais oui, c'est bien lui ! Qu'est-ce qu'il vient faire ici ?

— Ton ami a dû le prier d'être son voisin de table, railla Agneta.

Je me sentis comme paralysée. Carinsson avait amené le prince ! J'ignorais ce qui était le plus embarrassant : qu'il s'agisse d'une fête très simple ou que nous n'ayons pas invité le prince de notre propre initiative. Cependant il n'était pas d'usage de convier la famille royale pour ce genre d'occasion. Et puis, face au silence persistant de la cour, nous avions fini par renoncer.

— Et maintenant, qu'est-ce qu'on fait ? demandai-je, prise de panique.

Les deux hommes montaient déjà le perron.

— On les salue, bien sûr, répliqua ma grand-mère en redressant les épaules.

Les paillettes de sa robe étincelèrent au soleil. La brise apportait une odeur de foin séché.

— On se croirait revenu au bon vieux temps, chuchota ma mère, tout émue. Je me souviens de nos chasses d'automne. L'arrivée du roi était toujours un événement. Même si j'étais alors trop jeune pour en mesurer le sens.

Nous suivîmes ma grand-mère. Le prince et Carinsson étaient presque arrivés en haut de l'escalier. Lorsque je croisai le regard de Jonas, il eut un bref sourire, puis reprit sa mine solennelle.

— Bienvenue dans notre maison, dit Agneta.

— Ravi de vous revoir, comtesse Lejongård, répondit Carinsson en s'inclinant pour lui baiser la main.

J'admirai la maîtrise de ma grand-mère, qui devait être au comble de l'émotion.

— Veuillez excuser la liberté que j'ai prise de vous amener un invité supplémentaire. Mais, lorsque Son Altesse Royale a appris que vous donniez une de vos célèbres fêtes, Elle a émis le souhait de m'accompagner. Je n'ai eu garde de refuser et j'espère que cela ne vous dérange pas.

— Les membres de la famille royale sont toujours les bienvenus ici, répondit-elle en tendant la main à Bertil et en faisant une révérence d'une élégance parfaite. Je suis heureuse de vous revoir après tout ce temps, Votre Altesse.

Le prince semblait embarrassé, ce qui me laissa penser que l'idée de cette visite n'émanait pas de lui. Mais je savais par expérience combien Carinsson pouvait se montrer convaincant.

— Vous êtes trop aimable, comtesse Lejongård. Je suis ravi de revenir dans ce lieu que j'ai connu enfant. Pour autant que je me souvienne, vous fêtiez toujours la Saint-Jean, et mon père a plusieurs fois participé à votre chasse d'automne.

— Nous avons renoncé à la chasse pour des raisons écologiques. À la place, nous célébrons désormais la fête du crabe. J'espère que vous y trouverez quelque plaisir en dépit de sa simplicité.

— Je n'ai aucun doute là-dessus, répondit Bertil, qui parut plus à l'aise.

Il se tourna vers mes parents et échangea quelques mots avec eux.

— Nous avons déjà eu le plaisir de nous rencontrer, n'est-ce pas ? dit-il ensuite en s'adressant à moi.

— Oui, Votre Altesse, et je suis ravie que vous soyez venu. Les visites de la famille royale ont toujours été un grand événement à Löwenhof.

Le prince inclina la tête d'un air flatté. Cela m'incita à faire preuve d'audace.

— Si notre modeste fête vous plaît, je serais ravie que vous me permettiez de vous inviter aux autres festivités que nous organisons. Il est très regrettable que cette belle tradition se soit un peu perdue.

Sans me laisser démonter par le regard effrayé de ma mère, je fixai Bertil en souriant.

— Ce serait avec grand plaisir, répondit-il. Il est temps que nos familles rétablissent des relations de confiance, vous ne croyez pas ?

— Je partage tout à fait votre avis, Votre Altesse.

Nous nous regardâmes et je sentis sa cuirasse se craqueler pour laisser apparaître sa personnalité chaleureuse.

— Je vous remercie d'être venu, dis-je à Carinsson en lui tendant la main.

— Mais je vous l'avais promis, répliqua-t-il avec un sourire.

Notre arrivée au jardin avec le prince suscita quelque étonnement parmi nos invités. Lorsque nos nouveaux convives eurent pris place, ma mère se tourna vers moi.

— Solveig, tu veux bien m'accompagner à la cuisine, s'il te plaît ?

Je tournai le regard vers Carinsson, qui ne me lâchait pas des yeux. Je lui adressai un signe de tête et lui souris. Il ignorait sûrement que sa venue me causait bien plus de joie que celle du prince.

— Bien sûr, répondis-je en lui emboîtant le pas.

— Ce Carinsson est décidément plein de surprises, dit-elle lorsque nous fûmes hors de portée de voix de nos hôtes.

— C'est le moins qu'on puisse dire.

— Et tu n'étais pas au courant ?

— Non, comment j'aurais pu l'être ? Nous ne nous sommes pas reparlé depuis Stockholm.

Ma mère marmonna quelque chose que je ne compris pas, puis nous entrâmes dans la cuisine. Mme Johannsen avait disposé les plats sur la grande table à laquelle les domestiques prenaient autrefois leurs repas : un amoncellement de crabes, de pommes de terre, de salades et de pain. Les tonneaux de bière avaient déjà été installés à l'extérieur, dans un endroit ombragé.

— Comment faut-il interpréter ça ? s'interrogea ma mère, qui jouait nerveusement avec une serviette.

— Ce cher Carinsson a décidément toujours un atout dans sa manche. Il espère sans doute que la présence du prince nous fera une bonne publicité. Si ça se trouve, les photographes sont déjà à l'affût dans les buissons sans que nous les ayons remarqués. Il est également possible qu'il veuille montrer au prince nos récentes avancées.

— Alors c'est une chance que les travaux progressent bien. Je m'attendais vraiment à tout sauf à ça. Et nous avec notre vide-greniers !

— Je doute que ça dérange le prince. D'ailleurs, peut-être qu'il y trouvera un objet qui lui plaît.

— Seigneur, et s'il insistait pour payer ?

— Tout ira bien, fais-moi confiance, répliquai-je en lui prenant la main. Ce ne sont pas quelques assiettes dépareillées ou du bric-à-brac qui lui feront prendre la fuite. S'il est là, c'est sans doute qu'il avait envie de se détendre un moment, comme autrefois.

— Tu as probablement raison.

— Je crois qu'il est temps que j'ouvre la fête, non ?

— Oui, vas-y, je te rejoins.

Dehors, je m'attardai un instant pour regarder nos invités. On n'aurait pu imaginer compagnie plus disparate, mais ils étaient tous rassemblés autour d'une longue table. Ma grand-mère les avait priés de se serrer un peu sur les bancs afin de faire de la place au prince et à ses gardes du corps. J'avais l'impression d'avoir toute la Suède sous les yeux.

Le discours me vint avec une facilité surprenante. Ma nervosité avait presque entièrement disparu, remplacée par un sentiment de joie et de confiance. Jonas était venu ! Cela ne voulait évidemment pas dire qu'il me pardonnait mon attitude à la réception. Mais il était là, tout sourire. Pour l'instant, je n'avais pas besoin de plus.

Quoi qu'il en soit, le prince paraissait nettement plus détendu que lors de la soirée où je l'avais rencontré. Il bavardait gaiement avec ses voisins. Carinsson était décidément un magicien.

— Que diriez-vous d'accueillir l'année prochaine quelques-uns des cavaliers sélectionnés pour les Jeux olympiques afin qu'ils s'entraînent chez vous ? suggéra Bertil après que nous eûmes goûté les premiers crabes, excellemment préparés par Mme Johannsen.

Ma mère avala de travers.

— Vous parlez sérieusement ? demandai-je tandis qu'elle tentait de réprimer un accès de toux.

— Oui. À ce que je vois, Löwenhof est en train de se moderniser tout en restant fondamentalement fidèle à ce qu'il est. Ici, les cavaliers pourraient travailler sans être sous les feux des médias. La période précédant les Jeux sera éprouvante et chez vous ils pourraient allier entraînement et détente.

Ma mère regarda Agneta, je regardai Carinsson. Il fit comme si de rien n'était, mais je devinai que l'idée venait de lui. Ce devait être pour cette raison qu'il avait proposé au prince de l'accompagner à notre fête.

— À quelle discipline pensez-vous ? demandai-je. Le sport hippique compte de nombreuses catégories.

— Il me semble que Löwenhof pourrait accueillir notre équipe de dressage. Le saut d'obstacles nécessite un parcours dont vous ne disposez malheureusement pas, mais la nouvelle grande carrière me paraîtrait idéale pour le dressage. Par ailleurs, les cavaliers préparant l'épreuve du concours complet d'équitation trouveraient ici d'excellentes conditions d'entraînement.

Je tournai les yeux vers ma mère et ma grand-mère. Elles paraissaient un peu sceptiques, mais j'avais conscience du magnifique cadeau qui nous était fait.

— Vous avez parfaitement raison, Votre Altesse. La carrière a été conçue pour habituer les chevaux à être montés, mais elle est très spacieuse. Et le beau paysage des environs offrira toutes les difficultés nécessaires à ceux qui s'entraîneront pour le concours complet d'équitation. Votre proposition me ravit !

— Vous m'en voyez très heureux, sourit le prince. Et ces dames, qu'en pensent-elles ?

Je regardai ma mère. Nous ne pouvions refuser pareille offre, même si cela signifiait pour nous le double de travail.

— Ma petite-fille a raison, répondit Agneta. C'est une merveilleuse opportunité, que nous acceptons avec plaisir. À condition que les athlètes n'aient rien contre…

— Ils n'y trouveront rien à redire ! s'exclama Bertil en frappant dans ses mains. C'est parfait ! Je prendrai contact avec eux dès mon retour. Depuis la soirée de gala à laquelle votre petite-fille a participé, beaucoup parlent de Löwenhof et paraissent impatients de voir à quoi ressemble le domaine.

Je lus de la fierté dans le regard de ma mère.

— Si vous vouliez bien nous tenir informés lorsque vous en saurez plus, Votre Altesse, dit-elle enfin. Tout sera aménagé à l'entière satisfaction de vos cavaliers.

— J'en suis convaincu, répondit le prince en levant son verre d'aquavit. À Löwenhof et à la famille Lejongård !

— À Löwenhof ! approuvèrent nos invités.

Un peu plus tard, alors que le soir s'annonçait, je m'éloignai un instant pour marcher un peu. J'avais la tête bourdonnante. Le matin, j'avais pensé qu'il s'agirait d'une fête simple et joyeuse et que, si Carinsson venait comme il l'avait promis, je pourrais lui montrer autre chose que ce qu'il connaissait. Et voilà que nous étions sur le point de devenir un des lieux d'entraînement des athlètes de la sélection olympique !

— Ah, vous êtes là ! dit une voix accompagnée d'un craquement.

Je m'arrêtai et me retournai. Carinsson tentait de se frayer un chemin entre les buissons. Il avait voulu prendre un raccourci.

— Attention à ne pas déchirer votre chemise, lançai-je. Dès qu'on sort des allées, ça peut être risqué.

— Vraiment ? Alors c'est une chance que je vous aie trouvée. Vous devez bien connaître l'endroit, j'imagine.

— Un peu, répondis-je en souriant. C'est une grande et belle surprise que vous nous avez faite. Merci !

— Bah… Ce n'est rien. Le prince avait besoin d'un peu de distraction et il s'est trouvé que j'étais là au bon moment.

— Un peu de distraction ? Et la proposition d'envoyer les cavaliers de la sélection olympique s'entraîner ici ? Je doute que le prince Bertil y ait vu une distraction.

— Si on prend distraction au sens de changement, si. Envoyer les athlètes ici constitue un changement.

— L'idée ne vient pas de lui, n'est-ce pas ?

— Officiellement, si. Mais je reconnais que j'y suis un peu pour quelque chose.

— Je le savais !

— En tout cas, le prince a dit vrai. Vous avez fait très bonne impression lors des deux soirées auxquelles vous m'avez accompagné. Les gens ont été admiratifs de votre présence et de vos projets. Un jour, vous serez la maîtresse de ce domaine. Et je crois qu'il ne tardera pas à sortir du rouge.

— Parce que je vous ai écouté ?

— Non, parce que vous avez eu le courage de venir me trouver.

Il s'interrompit et me considéra un instant.

— Mademoiselle Lejongård, voilà un moment que nous travaillons ensemble, et je crois que nous nous comprenons plutôt bien.

— En effet, répondis-je, traversée par un curieux frisson.

Carinsson enveloppait toujours son propos d'une foule de mots, mais cela me plaisait.

— Me permettriez-vous de vous appeler Solveig ? En retour, je vous proposerais volontiers de m'appeler Jonas.

— Comme celui qui a été avalé par la baleine ?

— Je ne sais pas si ma mère avait la Bible en tête au moment où elle était dans la salle d'accouchement. Mais personnellement j'aime bien mon prénom.

Je me sentis rougir comme si j'avais bu trop de schnaps.

— D'accord, répondis-je. Vous pouvez m'appeler Solveig.

— Vraiment ? Sans discuter ? Pas besoin de réfléchir ?

— Non, cette fois je n'ai pas de doutes.

Nous échangeâmes un sourire. Puis il me prit la main.

— Et si nous passions au tutoiement ? Maintenant que je vous ai impressionnée avec mon idée d'amener le prince, ce ne serait pas mal, non ?

— M. Carinsson… Je veux dire, Jonas…

Son désir de rapprochement était encore plus perceptible que lors du gala.

— Oui ? fit-il. Vous trouvez que je vais trop loin ?

— Non, je… C'est juste que…

Pourquoi hésitais-je ? Sören était mort depuis plus de deux ans ! Et même si je continuais à contempler sa photo, je sentais que mon chagrin avait diminué. Je faisais la leçon à mes parents et à ma grand-mère pour qu'ils aillent de l'avant et regardent vers l'avenir. Et je n'arrivais pas à accepter que l'homme qui travaillait activement à améliorer mon sort et celui de ma famille me tutoie ?

— Vous savez, ce n'est pas une obligation, dit Carinsson, légèrement froissé. Nous pouvons très bien continuer à nous vouvoyer. Après tout, nous sommes collègues, n'est-ce pas ?

— Non, Jonas, je... Vous pouvez tout à fait me dire « tu ». Je veux dire... Ça fait déjà un petit moment qu'on se connaît.

— Sérieusement ? demanda-t-il, rasséréné. Vous êtes sûre que ça vous convient ? Ou c'est juste pour ne pas me décevoir ?

— Ça me convient, sincèrement. J'hésitais à cause de mon fiancé, c'est tout. Mon défunt fiancé, ajoutai-je pour éviter qu'il se méprenne. Je vous ai... Je t'ai parlé de lui.

— Oui, tu l'as fait. J'espère que ce garçon t'appréciait à ta juste valeur. J'ai rarement rencontré pareille fidélité par-delà la mort. Je crois que ma mère en aurait été capable, mais sinon je ne vois pas.

Il avait conservé ma main dans la sienne et me regardait. La chaleur de son corps me troublait. Je ressentis des picotements dans le ventre.

— Il est d'usage de sceller le tutoiement par un baiser, je crois.

— À condition d'avoir d'abord trinqué.

— Je crois avoir ma dose de schnaps. Je passerais volontiers tout de suite au baiser.

Il me sourit. Peut-être avais-je bu moi aussi beaucoup de schnaps. En tout cas, comme je me rapprochais insensiblement, il m'attira doucement à lui. Nos lèvres se rencontrèrent, pas de manière passionnée, avec une certaine retenue, mais un frisson me traversa tout entière.

Je m'appuyai contre la poitrine de Jonas et il m'enlaça. Nous nous embrassâmes de nouveau, cette fois avec une ardeur croissante. Je m'attendais à une résistance de ma raison, mais l'image de Sören ne vint pas s'interposer entre nous, ce dont je fus heureuse.

— Si j'avais su qu'il fallait que je vienne avec un prince pour que tu m'embrasses... dit-il ensuite.

— Je t'aurais embrassé même sans prince.

J'avais les joues brûlantes, les jambes en coton. Heureusement qu'il me tenait.

— Pardonne-moi d'avoir hésité. Je... j'ai eu tant de mal à le quitter. Il a été mon premier amour.

— C'est tout à fait compréhensible.

Il m'embrassa de nouveau et me caressa la joue.

— Tu es une femme merveilleuse, tu sais ? Une telle fidélité à l'égard d'un homme... J'espère un jour en être aussi digne que...

— Sören, il s'appelait Sören.

Prononcer son nom me parut étrange, mais j'eus l'impression ce faisant d'exaucer la prière qu'il m'avait faite dans mon rêve.

— Tu l'es. Ça fait un moment que je le sais, mais il fallait que je sois prête à me séparer de lui.

Nous restâmes un instant enlacés.

— Et si nous retournions à la fête bras dessus bras dessous ? suggéra-t-il avec un sourire malicieux.

— Allons-y en douceur. Ma mère est encore sous le choc de l'apparition du prince. Je ne voudrais pas la bouleverser davantage. Ne m'en veux pas, j'aimerais bien garder ça secret pour le moment.

— Parfait, laissons-nous du temps.

Il m'embrassa et je sentis son désir. J'en éprouvais autant à son égard et, si je m'étais écoutée, je me serais laissée tomber dans l'herbe avec lui.

— On y retourne ou on fait encore un petit tour ? demanda-t-il.

— Marchons un peu, dis-je en lui prenant la main.

— Et si on nous voit ?

— Se tenir par la main n'est pas défendu, n'est-ce pas ?

Ce soir-là, je l'entraînai discrètement dans ma chambre. Nous voulions nous laisser du temps avant de dévoiler notre relation, mais nous étions impatients de satisfaire le brûlant désir qui nous animait.

Nous nous déshabillâmes mutuellement, prîmes le temps de nous découvrir et, lorsque nous nous unîmes, j'eus l'impression que le mur que j'avais élevé autour de moi tombait en poussière. Je m'abandonnai entièrement et il me fit l'amour avec ménagement alors même qu'il n'avait pas à me témoigner d'égards particuliers. Je le désirais ardemment, je n'en doutais plus et, lorsque nous atteignîmes l'orgasme presque en même temps, je sus que cette nuit resterait à jamais gravée dans ma mémoire.

Ensuite, nous restâmes dans les bras l'un de l'autre, à regarder la pièce.

— La décoration des murs est très intéressante, fit observer Jonas en promenant son pouce autour de mon nombril. Vous les avez peints ?

— Un des réfugiés de Norvège avait apporté des rouleaux de peinture à motifs, expliquai-je. Il a peint la pièce pour nous remercier de l'avoir accueilli.

— C'est très beau. Il est vraiment regrettable que ce type de décoration intérieure soit passé de mode.

— Tu trouves ? Toi qui aimes tant ce qui est moderne !

— C'est vrai, mais j'ai un faible pour le savoir-faire artistique. Le moment venu, je te trouverai quelqu'un qui transformera cette chambre en une forêt de conte de fées. Les murs m'évoquent les haies de roses dans *La Belle au bois dormant.*

— Ah oui ? J'y voyais plutôt des vrilles florales.

— En effet, mais, quand on les examine attentivement, on distingue les épines. C'est une véritable œuvre d'art.

— Alors je suis heureuse que tu sois venu et que tu m'aies réveillée d'un baiser. Au propre comme au figuré.

— Et moi, je suis heureux d'avoir décidé d'accompagner Roscoe. Je n'en avais pas envie, mais je ne pouvais pas refuser ça à un vieil ami.

— C'est une chance ! Même si, au début, je t'ai trouvé insupportable. Je crois que je n'étais pas prête à entendre la vérité.

— Je reconnais que j'aurais pu être plus gentil. Je ne pouvais pas savoir…

Il s'interrompit.

— … que nos relations évolueraient de cette façon ?

À l'instant où je prononçai ces paroles, elles me parurent étranges. Qu'est-ce que cela voulait dire au fond ? Nous nous étions embrassés, nous avions fait l'amour. Si l'on en croyait les discours que tenaient à l'heure actuelle les étudiants qui manifestaient dans les rues, cela ne signifiait pas grand-chose.

— Oui. Je n'aurais jamais pensé pouvoir conquérir ton cœur.

L'avait-il conquis ? Je n'aurais su le dire. Je savais juste qu'il était bon d'être étendue à son côté, de l'embrasser et de l'aimer.

CHAPITRE 22

Je passai les mois qui suivirent sur un petit nuage. La semaine, Jonas et moi nous appelions très souvent. Et nous nous retrouvions deux ou trois week-ends par mois. Chaque fois que j'entendais sa voix, je retrouvais mon émoi des débuts. Par ailleurs, j'étais galvanisée par ce qu'il fallait mettre en place pour l'entraînement des cavaliers de l'équipe olympique. Il restait encore beaucoup à faire, mais nous savions que nous serions dans les temps.

Au printemps 1970, je reçus une invitation pour le baptême du premier enfant de Kitty. Elle avait arrêté temporairement de travailler, mais cela ne semblait pas l'inquiéter. Lorsqu'elle m'appela, elle se plaignit surtout d'avoir la silhouette gâtée par la grossesse et des jambes comme des poteaux. Mais il n'en fut plus question quand j'allai les voir, Marten, elle et la petite Frieda. Le baptême, célébré en famille, fut merveilleux. Kitty ne manqua évidemment pas de m'interroger sur ma vie amoureuse. Lorsque je lui parlai de Jonas, elle me prit les mains et les serra fortement dans les siennes.

— Cette fois, ça se passera bien, déclara-t-elle. Je le sens. Tu trouveras le bonheur !

Mon optimisme semblait donner des ailes à ma grand-mère. Elle s'attela énergiquement à la tâche de surmonter le passé. À ma grande surprise, elle commença à vider la chambre d'Ingmar et à ranger ses affaires dans des caisses. Elle fit le tri de ce qui irait au grenier et de ce que nous pouvions éventuellement vendre. Ingmar n'avait jamais rien possédé qui ait de la valeur, mais il avait un grand nombre d'albums sur l'aviation. Les maquettes qu'il avait construites étaient de petites œuvres d'art. Seule la première qu'il avait réalisée trouva place dans la bibliothèque. Agneta ne voulut pas exposer les autres.

Le papier peint qu'elle choisit pour la pièce était étonnamment moderne et coloré. Nous descendîmes son vieux chevalet du grenier et je me rendis à Kristianstad pour acheter des toiles et des tubes de peinture. Ma grand-mère serait sans doute en pensée auprès de son fils lorsqu'elle se rendrait dans cette pièce, mais elle s'adonnerait à une activité qui lui plaisait au lieu de rester plongée dans le passé.

La rénovation de l'ancienne chambre d'Ingmar sembla produire des effets dans tout le manoir. On aurait dit que le voile sombre qui pesait sur Löwenhof avait enfin disparu. À présent, le bonheur pouvait y faire son entrée.

Le jour de l'arrivée des cavaliers de la sélection olympique, à la fin du mois de juin, l'effervescence régnait dans la maisonnée. Les jeunes filles que nous avions engagées pour nous aider se comportaient comme si nous attendions le roi en personne. Elles n'arrêtaient pas de faire des messes basses. À un moment donné, je les entendis se demander à quoi ressembleraient ces hommes. Ignoraient-elles donc que nous recevrions surtout des femmes ? D'ailleurs l'équipe de dressage était exclusivement féminine. Maud von Rosen en faisait partie.

Ma grand-mère s'était montrée réservée lorsque je lui avais parlé de ma rencontre avec elle à Stockholm. Mais je ne m'inquiétais pas trop. Maud était une femme aimable, très différente de son grand-père. J'étais curieuse de voir comment se passerait son séjour chez nous.

Comme Agneta ne supportait pas bien la chaleur, elle se tenait la plupart du temps au salon, où régnait une température agréable. Allongée sur une chaise longue au milieu des grandes plantes qui occupaient la pièce, elle avait l'air d'une reine dans sa robe turquoise mi-longue.

— Alors, nos invités sont arrivés ? demanda-t-elle.

— Pas encore, mais ils ne devraient pas tarder.

— Tu as accompli un travail formidable en un an.

— Ça n'aurait jamais été possible sans l'aide de Jonas.

— Ce garçon semble te faire beaucoup de bien.

— Ah, *Mormor*...

Mais il était inutile de feindre la désinvolture. Elle connaissait l'attachement que nous avions l'un pour l'autre. Cela faisait presque un an que nous étions ensemble.

— Tu es radieuse.

— Nous... Je... Oui, ça se passe très bien entre nous.

— Assez bien pour que vous puissiez penser au mariage ?

Je rougis.

— Nous n'y avons pas encore réfléchi. Nous aimons être ensemble. Pour le reste on verra.

— Bon, très bien. Mais sois tout de même prudente, s'il te plaît.

— Pourquoi ?

— Il arrive que le meilleur des hommes cache un secret peu plaisant. Prenez le temps de bien vous connaître, hein ?

— Qu'est-ce que tu veux dire ? demandai-je en fronçant les sourcils.

— Il y a eu dans ma vie deux hommes avec qui j'ai cru avoir rencontré le grand amour. Je pensais au mariage. Le premier m'a laissé tomber et l'autre… Il n'était pas celui qu'il prétendait être. Et il a profondément marqué le cours de ma vie, comme tu le sais.

J'acquiesçai. Ma mère m'avait dit un jour que Magnus et Ingmar n'étaient pas les fils de Lennard. Et que c'était la raison pour laquelle Magnus avait rompu avec sa mère.

Nous fûmes interrompues par le Klaxon d'une camionnette.

— Ça doit être eux ! m'exclamai-je. Je vais sortir les accueillir.

— Dans cette tenue ? demanda ma grand-mère en désignant le jean que Kitty m'avait acheté en Amérique.

— Je pense que nos hôtes s'en remettront. D'ailleurs il faut qu'on ait l'air modernes, non ?

Je l'embrassai sur le front et sortis à la hâte.

La première cavalière était Ulla Håkansson, dont l'amour qu'elle portait à son cheval Ajax était déjà presque légendaire. Lorsque le véhicule se fut arrêté, je descendis le perron.

Ulla Håkansson sortit de la cabine du conducteur, ce qui me parut un peu étrange. Elle portait des bottes rustiques, une salopette et une chemise en toile. Ses cheveux étaient dissimulés sous un foulard de couleur vive. On racontait qu'elle n'aimait pas laisser son cheval seul – c'était manifestement vrai.

— Je suis ravie de pouvoir vous accueillir ici, madame Håkansson, dis-je en lui tendant la main. J'espère que vous avez fait bon voyage.

— Oui, merci. Le trajet a été long, mais nous avons rencontré peu de circulation. Je suis heureuse d'être ici, votre domaine est vraiment idyllique.

— Vous êtes très aimable. Nous espérons que vous trouverez tout ce dont vous avez besoin pour l'entraînement. J'ai déjà beaucoup entendu parler d'Ajax.

Jonas m'avait conseillé de lui faire compliment de son cheval. La sympathie d'Ulla Håkansson allait à qui témoignait de l'intérêt à son favori.

— Je crois qu'il est temps que je vous le présente.

Elle se retourna et fit un signe au chauffeur. Celui-ci descendit du van, me salua et nous suivit jusqu'à la rampe. Lorsqu'il ouvrit les portes, une odeur de foin et de cheval s'échappa de la remorque.

Ajax était un sang-chaud suédois avec une robe marron foncé, des marques blanches sur les membres et une large tache blanche sur la tête. Ses muscles étaient bien dessinés sous son pelage luisant. Il était presque aussi beau que notre Roi-Soleil.

Ulla avait également pris une autre monture. Si Ajax se retrouvait dans l'incapacité de participer à la compétition, elle avait une solution de rechange.

— Mais ce sera vraiment en dernier recours, déclara-t-elle en flattant le cou d'Ajax.

— Si nous allions voir l'écurie ? proposai-je.

Je la conduisis fièrement au nouveau bâtiment, où les conditions de température et d'humidité étaient meilleures. Ulla parut cependant un peu déçue.

— Je croyais que les chevaux seraient installés dans les anciennes écuries. Elles sont si romantiques ! On croirait voir les palefreniers s'activer dans le fenil.

— Nous avons choisi le bâtiment moderne pour pouvoir offrir le meilleur cadre de vie possible à vos bêtes. Les vieilles écuries sont effectivement romantiques, j'en suis bien d'accord, mais l'aération n'y est pas optimale. Nos propres chevaux y sont habitués, mais ils n'ont pas de performances à accomplir.

— J'aurais tout de même aimé y jeter un coup d'œil si vous le permettez.

— Bien sûr. Je vous les montrerai très volontiers. Par ailleurs, vous serez entièrement libre de vos mouvements et pourrez entrer partout où se trouve une porte ouverte.

Les autres dames arrivèrent peu après. Maud von Rosen était déjà vêtue de son costume d'équitation comme si elle voulait commencer l'entraînement sans attendre. Je sentis cependant qu'elle avait une autre idée derrière la tête : elle souhaitait montrer par là qu'elle était la star de l'équipe. La modestie n'avait jamais été la qualité principale de la famille Rosen. Son cheval portait le glorieux nom de Lucky Boy.

Ninna Swaab, quoique née à Copenhague, vivait en Suède et concourait dans l'équipe nationale. Elle était un peu plus décontractée et paraissait moins obsédée par l'idée de remporter la victoire. Elle était venue avec deux chevaux, Casanova et Caspar. Deux hommes l'accompagnaient, qu'elle présenta comme des « cavaliers professionnels » et qui étaient chargés de l'échauffement des bêtes avant le dressage.

J'en fus étonnée, car j'avais cru que cette tâche revenait au cavalier en titre. Cela étant, les hommes me parurent sympathiques et je ne doutai pas qu'ils plairaient aux jeunes filles que nous avions engagées.

Pendant qu'on faisait sortir les chevaux des vans, Maud vint me trouver.

— J'aurais souhaité parler à votre grand-mère, dit-elle avec une étrange nervosité. Ça me tient à cœur.

— Bien sûr, je vais l'en informer. Sa santé étant un peu chancelante, elle ne sort pas beaucoup en ce moment, mais elle sera ravie de faire votre connaissance.

— Merci.

Je l'invitai à me suivre, curieuse de savoir comment se déroulerait la rencontre. Quand nous fûmes devant le salon, je priai Maud de patienter un instant.

J'ouvris précautionneusement la porte et me dirigeai vers la chaise longue. Agneta était en train de trier un paquet de cartes à jouer. Dans le temps, elle avait manifesté peu d'intérêt pour les « jeux de hasard », comme elle disait. Cela avait toujours été l'apanage des hommes de la maison et elle avait mis fin à cette tradition lorsqu'elle avait repris le domaine. Cependant, depuis son séjour à l'hôpital, je la surprenais parfois avec un jeu dans les mains. Je ne savais trop ce qu'elle en faisait, sinon qu'elle triait les cartes en fonction de leur couleur et de leur valeur.

— *Mormor*, tu aurais un moment ? demandai-je en m'asseyant à côté d'elle.

— Pour toi toujours, chérie, répondit-elle en ramassant les cartes avec un semblant de gêne, comme si je l'avais surprise dans une occupation intime.

— Maud von Rosen est arrivée. Elle souhaiterait te parler.

Elle me regarda, la mine impassible, et ne répondit pas.

— J'ignore ce qu'elle veut, poursuivis-je, un peu décontenancée, mais elle semble y tenir.

— Je trouve que j'en fais déjà assez en l'accueillant dans ma maison alors que son grand-père nous a ruinés.

— Tu ne peux pas dire ça. La rupture de nos relations commerciales avec la cour n'a pas été la seule cause de nos difficultés financières. Nous aurions dû penser bien plus tôt à moderniser nos installations et à nouer des relations dans le sport hippique. L'époque des chevaux de cavalerie était déjà passée depuis longtemps.

Elle pinça les lèvres.

— Écoute, insistai-je à voix basse en lui prenant les mains. Ce n'est qu'une conversation. Peut-être qu'elle souhaite restaurer les relations entre nos deux familles. Fais-moi plaisir, accepte de la recevoir.

Après un instant de réflexion, elle acquiesça.

— Ce n'est peut-être pas plus mal de régler deux ou trois choses au terme d'une vie.

— Ta vie est loin d'être finie, *Mormor* !

— Espérons-le. Je n'en juge pas moins judicieux de faire un peu le ménage en attendant. Tu as raison, il faut que je parle avec cette femme. Qui sait si j'aurai encore l'occasion de m'entretenir avec une Rosen.

— Je vais le lui dire, répondis-je en me levant.

Lorsque je revins avec Maud von Rosen, ma grand-mère s'était levée. Debout devant la chaise longue, le corps bien droit, le regard étincelant, elle paraissait tout sauf aimable ou soumise. Elle entendait manifestement montrer à Maud qu'elle avait affaire à une égale.

— Comtesse Lejongård, dit Maud en faisant une génuflexion.

Elle aurait pu s'en dispenser, les nobles ne s'inclinant que devant le roi.

— Mademoiselle von Rosen, repartit Agneta en s'inclinant légèrement à son tour et en lui tendant la main. Ma petite-fille m'a dit que vous souhaitiez me parler.

— C'est exact, et je suis heureuse que vous me donniez cette opportunité.

— Voyez-vous un inconvénient à ce que Solveig soit présente ?

— Je peux très bien attendre dehors, répliquai-je, peu désireuse d'être témoin d'une dispute.

— Non, vous pouvez tout à fait entendre ce que j'ai à dire, répondit Maud.

— Alors asseyez-vous, je vous prie, dit ma grand-mère en désignant les chaises placées de l'autre côté de la table tandis qu'elle-même reprenait place sur la chaise longue. Vous avez fait bon voyage ?

— Oui, excellent. Et je suis ravie d'être dans ce merveilleux endroit dont j'ai tant entendu parler.

— Votre grand-père a sans doute évoqué les chasses auxquelles il a pris part.

Je sentis mon estomac se nouer. Allais-je assister à une confrontation ?

— En effet, répondit Maud. Nous avons tous nos histoires, n'est-ce pas ? Et, malheureusement, tout ne s'est pas déroulé comme nous l'aurions souhaité les uns et les autres.

Tendue, Agneta avait le regard rivé sur son interlocutrice.

— Je sais que mon grand-père vous a porté préjudice. Son... idéologie...

— Vous voulez dire sa sympathie pour les nazis, l'interrompit ma grand-mère, qui s'efforçait visiblement de se contenir.

Maud baissa la tête.

— Si vous voulez. Oui, sa sympathie pour les idées national-socialistes l'a conduit à juger que ne pas apporter son soutien à Hitler était un signe de faiblesse. Du reste c'est aussi ce qu'il a pensé du roi lorsque celui-ci a refusé d'entraîner son pays dans la guerre.

— Sauf qu'il ne le lui a pas dit, n'est-ce pas ? Et qu'il n'a pas non plus fait en sorte qu'il soit destitué.

— Non, bien sûr que non. Je comprends ce que vous voulez dire. Et vous avez raison. Mon grand-père pensait que Löwenhof n'avait pas les moyens de s'adapter aux exigences d'un monde nouveau.

— Le monde qu'il se dépeignait et qui heureusement n'a jamais eu la possibilité d'exister.

— Oui, et croyez-moi, je suis heureuse que ses idées n'aient pas pu s'imposer en Suède. Cela dit, il en est résulté un préjudice qu'il n'était pas facile de réparer.

— Je dirais plutôt que personne ne s'est soucié de le réparer après la mort de votre grand-père.

— En effet. Après la guerre, tout est allé si vite ! Et quand le roi est mort…

— … on nous a oubliés. Le grand écuyer n'était plus issu de votre famille, mais celui qui a occupé la fonction par la suite ne savait rien des Lejongård et de leurs liens séculaires avec les Bernadotte.

Maud garda un silence gêné. Elle n'était pour rien dans les manigances de son grand-père et ce qui s'était ensuivi.

— J'en suis profondément navrée, reprit-elle. Et je voudrais vous présenter mes excuses pour l'injustice que ma famille a commise envers la vôtre.

Agneta observa un instant de silence. Non par plaisir, sans doute plutôt parce que ces quelques mots étaient bien maigres après des décennies de colère.

— J'apprécie votre démarche à sa juste valeur, répondit-elle finalement. Pendant toutes ces années, je me suis demandé quand on prendrait conscience de l'erreur commise à notre endroit. Et maintenant je suis arrivée au terme de ma vie. Je ne peux pas effacer ce qui a été fait, mais, il y a quelques mois, nous avons renoué des relations avec la cour. Vous en êtes l'illustration, puisque le prince Bertil a souhaité que vous et vos collègues veniez vous entraîner ici. Nous avons accédé à son souhait avec joie. Et j'accepte vos excuses.

— Je vous en remercie, répondit Maud, soulagée.

Je pensai un instant que ma grand-mère assortirait son pardon d'une condition, mais qu'aurait-elle pu exiger ? Que la famille Rosen se tienne à l'écart de nos affaires ? Peut-être nous apporterait-elle de nouveaux partenaires commerciaux. C'était sans doute ce qu'elle escomptait.

— J'aurais souhaité pouvoir vous restituer les contrats d'autrefois, ajouta Maud avec un léger embarras. Mais je ne suis qu'une cavalière de dressage. Notre famille a perdu de son influence.

— Je mentirais en disant que ces contrats sont sans importance, mais, ainsi que me l'a fait comprendre ma petite-fille, il est plus prudent aujourd'hui d'explorer d'autres voies. J'espère que vous passerez un bon séjour à Löwenhof. Dans le temps, nous recevions la famille royale. À présent, nous sommes heureux de vous accueillir, vous et vos collègues. N'hésitez pas à nous faire part de vos besoins.

Sur ces mots, elle se leva. Cette discussion l'avait fatiguée. Elle n'en tendit pas moins la main à Maud avec un regard ferme, indiquant par ce geste qu'elle souhaitait à présent être seule.

— Je vous remercie, comtesse, répondit Maud en lui serrant la main. Je serais ravie que nous ayons d'autres occasions de nous entretenir.

— Nous en aurons assurément. Vous êtes là pour un certain temps, j'imagine.

— Bien sûr.

Elles échangèrent un sourire, puis je raccompagnai Maud à la porte.

— Merci, dis-je tandis que nous traversions le vestibule en direction de l'escalier. Toute cette histoire a été très éprouvante pour ma grand-mère.

— Je n'ai aucune peine à l'imaginer. Mon grand-père parlait rarement de l'époque où il avait été grand écuyer. Cependant il était fier d'avoir causé la disgrâce de la famille Lejongård. Il pensait que le domaine n'aurait jamais dû revenir à une femme et que votre grand-père était une mauviette.

Quoi qu'elle ne fasse que rapporter les opinions du vieux Rosen, ce qu'elle m'apprenait là me hérissa. Quelle impudence, tout de même !

— Je suis comme tous les enfants, j'aime mon grand-père, poursuivit-elle. Ce qui ne m'empêche pas d'être en désaccord avec un grand nombre de ses idées. Dont son opinion de votre famille.

— Qui a bénéficié de nos contrats ? m'enquis-je.

— Un de ses amis, bien sûr. Ce que je trouve encore plus répréhensible. Et le fait que le roi n'ait pas protesté montre que mon grand-père ne s'était pas trompé sur son compte : c'était un faible. Laisser tomber des alliés de longue date n'est pas une grande preuve de caractère.

— Nous avons toujours pensé que votre grand-père avait agi de son propre chef.

— Non, ce n'est pas le cas. Et le roi s'est en partie laissé gagner par son discours idéologique. C'est une chance que cette funeste guerre se soit terminée à temps. Si elle s'était prolongée, la Suède aurait peut-être été à son tour entraînée dans le conflit.

Les paroles de Maud ne cessaient de résonner dans mon esprit tandis que je la conduisais à sa chambre.

— Nous y sommes, annonçai-je lorsque nous fûmes arrivées dans l'aile est du manoir. Ces pièces accueillaient autrefois nos invités.

J'ouvris la porte. La chambre était encore meublée à l'ancienne, mais la literie était récente. Nous ne voulions pas que nos hôtes aient l'impression d'être dans un musée.

— Mon grand-père a-t-il logé ici ? demanda Maud en regardant autour d'elle.

— Non, mais un grand nombre de messieurs de haut rang ont posé leur tête sur ces oreillers.

— J'espère que vous n'avez pas de revenants, dit Maud en haussant un sourcil.

— Il arrive que les fantômes de quelques rebelles scaniens du XVIIe siècle se remettent à tirer sur le manoir, mais dans l'ensemble tout est très calme.

Nous nous regardâmes et éclatâmes de rire.

Dans les heures qui suivirent, nous vîmes également arriver les participants au concours complet d'équitation, dont Jan Jönsson, un homme très séduisant, de grande taille, aux traits bien dessinés, qui occuperait sûrement les conversations des domestiques. Je dus reconnaître qu'il était fort attirant. Si je l'avais rencontré avant de faire la connaissance de Jonas, qui sait ce qui serait advenu…

Je saluai ces messieurs et les remis entre les mains du personnel chargé de les conduire à leurs chambres. Peu après, je fus abordée par un entraîneur.

— Nous aurions besoin d'un bon parcours avec des obstacles naturels, m'annonça-t-il. Auriez-vous l'amabilité de nous faire visiter les environs ?

— Avec grand plaisir.

Après m'être assurée que l'équipe masculine était bien installée, je rejoignis l'entraîneur. Nous allâmes chercher des montures dans notre écurie. Mon accompagnateur se montra impressionné.

— Il est vraiment regrettable qu'on n'ait vu aucune de ces magnifiques bêtes dans un tournoi. Elles sont excellemment dressées, souples et fortes. Exactement ce dont nous aurions besoin pour notre équipe.

— Malheureusement, nos chevaux ne sont pas entraînés à répondre aux exigences qui sont les vôtres.

— Aucune importance, on pourrait les former. En tout cas, leurs qualités sont prometteuses. Je proposerai à M. Jönsson de faire un tour d'essai avec une de vos bêtes. C'est notre meilleur cavalier et ce défi l'intéressera sûrement. Cela lui permettrait aussi de voir si l'une d'elles pourrait lui convenir.

Ses paroles m'électrisèrent. Si Jönsson achetait un de nos chevaux, ce serait pour nous un grand pas en avant. D'autres cavaliers découvriraient alors notre existence, de même que les entraîneurs et la presse. Dispenser à ce cheval l'entraînement adéquat prendrait évidemment un certain temps, mais peut-être participerait-il un jour à un championnat. Ou aux Jeux olympiques.

— Mademoiselle Lejongård ? reprit l'entraîneur, m'arrachant à mes rêves.

— Oui ? Oh, excusez-moi, je me demandais quel était le cheval qui conviendrait le mieux à M. Jönsson.

— Nous devrions lui laisser le soin d'en décider. Il a l'œil… Ma monture, par exemple…

— Elle s'appelle Fiancée du vent.

— Une jument qui répond vraiment bien, elle a de la puissance. Je lui en parlerai, mais il préférera sans doute un étalon.

— Je suis sûre qu'il trouvera ce qu'il lui faut. Et ce serait pour nous un grand honneur.

Au cours de notre promenade d'exploration, nous arrivâmes devant une tranchée qui servait à drainer les champs par temps de fortes pluies.

— Voilà un endroit qui me paraît correspondre à nos besoins.

— Attention, il est dangereux, fis-je observer.

Ma mère m'avait raconté qu'Ingmar avait fait une chute dans ce fossé alors qu'il voulait le franchir d'un bond avec son cheval. J'en frissonnai rétrospectivement.

— Vous voyez comme il est profond. Un de vos cavaliers pourrait tomber…

L'entraîneur se mit à rire.

— Les parcours de compétition proposent des fossés nettement plus profonds et des obstacles d'une hauteur considérable. J'associerais bien la haie, là-bas, et ce fossé. Il faut que ces messieurs se démènent un peu !

Le soir, tout le monde se rassembla dans le jardin autour d'une grande table. Pour un peu, on aurait cru que nous fêtions une deuxième fois la Saint-Jean. L'ambiance était bonne, on riait beaucoup et, à mesure que l'heure avançait, les plus réservés commencèrent à se dégeler.

— Mon époux veut faire son chemin avec l'équipe néerlandaise, expliqua Ninna Swaab, qui m'avait paru timide et peu loquace dans un premier temps. Il ne croit pas aux chances de l'équipe suédoise. Nous allons lui montrer qu'il se trompe, mesdames, n'est-ce pas ?

— Ses arguments sont compréhensibles, déclara Jan Jönsson. Les chances de faire carrière sont effectivement plus élevées au sein de l'équipe néerlandaise.

— Alors pourquoi tu es là ? riposta Maud von Rosen.

— Parce que je crois être un des meilleurs cavaliers de Suède. Et puis jamais je ne trahirais mon pays, répliqua-t-il en levant son verre à la santé de son interlocutrice.

— Quoi qu'il en soit, je me suis juré de battre mon mari, reprit Ninna. Comme ça, j'aurai quelque chose à lui opposer quand il recommencera à se croire plus malin que moi.

Après le dîner, Jönsson vint me trouver.

— Nils m'a rapporté que vos chevaux lui paraissaient à l'aise sur les parcours tout-terrain, dit-il. Vous serait-il possible de me faire visiter vos écuries demain ?

— Certainement. Cela étant, l'été, la plupart de nos chevaux sont dans les prés. Nous ne gardons à l'intérieur que les montures dont nous nous servons et les juments pleines pouvant mettre bas à tout instant.

— J'aurais aimé les voir tous. À moins qu'ils ne soient pas à vendre.

— Beaucoup le sont. Mais vous devriez vérifier au préalable qu'ils répondent à vos exigences. Pour notre part, nous les trouvons excellents, cependant un cavalier tel que vous a naturellement d'autres prérequis.

— Vous avez raison, répondit-il en souriant. Mais je suis sûr que nous dénicherons la perle rare.

Il resta un instant à me considérer.

— Que diriez-vous d'une petite sortie, demain ?

— Après le petit déjeuner ? proposai-je.

— Oui, très bien ! Voilà une agréable perspective.

— Je vous donne rendez-vous dans le vestibule. Bonne nuit !

Une fois remontée dans ma chambre, je constatai que mon cœur battait la chamade. Je m'étais longtemps tenue à l'écart des hommes et, comme s'ils l'avaient senti, nul ne s'était risqué à m'aborder. Puis j'avais noué une relation avec Jonas. Et voilà qu'en quelques minutes ce Jönsson était parvenu à me troubler. Que m'arrivait-il ?

Je me laissai tomber sur le bord de mon lit. Mon regard se porta sur le tiroir de la table de nuit où je conservais la photo de Sören. Non, pas question de la ressortir. Je ne possédais pas de photo de Jonas, rien à quoi me raccrocher lorsque nous étions loin l'un de l'autre. Mais en avais-je réellement besoin ? Son esprit, ses idées régnaient en ces lieux. Sans lui, jamais je n'aurais pu réaliser tant d'avancées.

Je me levai avec détermination et me plantai devant le miroir. La femme qui me regardait n'était plus la jeune étudiante impressionnable, mais la maîtresse de Löwenhof. C'était elle qui administrait le domaine, elle aussi qui décidait de laisser ou non tel homme l'approcher. Jönsson n'était rien de plus qu'un hôte de passage. Je ne mettrais pas en péril ma relation avec Jonas pour lui.

Le crissement de mes pas sur le gravier de la cour était accompagné par le bruyant gazouillis des oiseaux. Je m'étais levée très tôt après avoir passé une nuit agitée. À présent, toutefois, je me sentais l'esprit clair et alerte. La vue des vans garés à côté des nouvelles écuries m'emplit de fierté. Tout paraissait si vaste, si spacieux, si moderne ! Et nous ne nous arrêterions pas là.

Pour l'instant, la clinique vétérinaire restait encore dans les limbes, mais je savais où je la construirais. Dans nos plans, nous lui avions réservé un emplacement. Je la voyais déjà en imagination : une bâtisse de deux étages tenant le milieu entre modernité et style ancien. On pourrait éventuellement aménager un appartement à l'étage supérieur pour le cas où il deviendrait nécessaire de faire appel à un autre vétérinaire. Il faudrait aussi songer à bâtir des logements pour les aides-soignants, car une clinique se devait d'avoir du personnel.

Un sourire rêveur sur les lèvres, j'entrai dans le vieux bâtiment, où nous gardions nos chevaux de selle. Nos valets l'avaient bien retapé, mais il était évident qu'un jour nous ne pourrions plus l'utiliser que pour isoler les bêtes convalescentes. Les nouvelles écuries, pour l'heure occupées par les chevaux de nos hôtes, seraient bien plus adaptées à l'hébergement de nos précieux pensionnaires. Les mesures de sécurité avaient été renforcées. Ainsi, nous avions fait installer un mécanisme grâce auquel, en cas de danger, la porte extérieure pouvait s'ouvrir et celles des box se déverrouiller, ce qui permettait aux chevaux de fuir. Une idée toute nouvelle, que Jonas avait lui aussi jugée excellente.

Après réflexion, je choisis un étalon à la robe isabelle que j'avais rarement monté, mais qui était remarquable.

— Et moi qui pensais être arrivé trop tôt, dit la voix de Jönsson derrière moi.

Me retournant, je le vis à la porte de l'écurie.

— Vous êtes déjà debout ? m'étonnai-je.

— Quand je suis dans un nouvel environnement, j'ai besoin d'un temps d'adaptation pour retrouver un bon sommeil. Ce sera sans doute pareil au village olympique.

— Ce n'est pas idéal pour l'entraînement...

— En effet, et le médecin de l'équipe ne sera pas content de moi.

Il promena son regard sur les box.

— Vous avez des bêtes magnifiques.

— Ce sont les chevaux de selle et d'élevage avec lesquels nous comptons travailler dans les jours et les semaines qui viennent, répondis-je.

J'étais soulagée qu'il ait abandonné le sujet du sommeil pour celui des chevaux. Je n'avais rien décelé d'équivoque dans ses propos, mais l'imaginer au lit me rendait nerveuse.

— Les autres sont au pâturage.

— Ceux qui ont une valeur moindre ?

— Les chevaux de trait et quelques bêtes plus âgées pour lesquelles nous ne trouverons pas d'acquéreur.

— Et celles que vous gardez ici ne sortent pas ?

— Si, mais nous les mettons dans un autre pré. Et nous séparons les étalons des juments afin de mieux pouvoir en surveiller la reproduction.

— Ce qui signifie que les autres peuvent s'accoupler librement ? demanda-t-il en me lançant un regard qui accrut les picotements que je ressentais dans le bas-ventre.

— En effet, mais pas de manière incontrôlée. Sinon nous aurions des dizaines de poulains par an, ce qui nous obligerait à nous agrandir.

Je mis un peu plus de distance entre nous en ouvrant la porte du box.

— Tenez, voici Miracle, un de nos meilleurs pensionnaires.

— J'espère qu'il fait honneur à son nom.

— Nous verrons bien.

— Je suis un très bon cavalier, répliqua-t-il en se rapprochant de nouveau. Et très doux.

Sa main se posa sur la mienne. La première stupeur passée, je pris une profonde inspiration. J'étais une femme d'affaires, je n'étais pas là pour le plaisir de nos invités. Jönsson avait beau être très attirant, son comportement n'en était pas moins déplacé.

— Écoutez, dis-je en retirant ma main. Vous êtes un homme très séduisant, mais mon cœur est déjà pris et je n'ai pas l'intention d'aller voir ailleurs.

— Ai-je été si explicite que ça ? demanda-t-il avec un sourire contrit.

— Plus qu'explicite. Et vous m'en voyez très flattée. Mais je ne suis pas de ces femmes qui se prêtent volontiers à ce genre d'aventure. Je peux vous proposer une affaire intéressante. Peut-être aussi mon amitié. Ça dépendra de la façon dont se passe la semaine.

— Je ne voulais pas vous offenser…

— Je ne le suis pas, répondis-je avec plus d'indulgence en le regardant droit dans les yeux. Mais j'ai aussi le droit de vous dire clairement ce que je ressens. Je suis une femme d'affaires, je ne suis pas en quête d'un mari. Si je vous ai proposé cette sortie, c'est uniquement pour vous montrer le parcours ainsi que nos chevaux. J'espère que vous l'accepterez.

Il parut confus et légèrement effrayé, cependant je sentis que j'avais bien fait. Un homme tel que lui était sans doute accoutumé à avoir toutes les femmes à ses pieds. Pour ma part, je ne voulais que Jonas et ne comptais pas mettre notre relation en danger.

— Il faudra donc que je m'y résigne ? demanda Jönsson avec un air de regret.

— En effet. On se voit après le petit déjeuner ?

Il acquiesça et se détourna.

Après son départ, je poussai un grand soupir de soulagement. Miracle tendit la tête vers moi et m'effleura l'épaule de son museau, comme s'il avait senti mon agitation intérieure. Je lui tapotai doucement le cou et refermai le box.

Après notre échange à l'écurie, je ne comptais pas revoir Jönsson de sitôt. Il avait sans doute escompté conclure notre sortie par un rendez-vous galant, mais je lui avais ôté ses espérances.

Je ne m'en rendis pas moins à l'écurie pour sortir Miracle. C'était vraiment une bête magnifique. Si elle ne suscitait pas l'intérêt de Jönsson, je ferais en sorte de la mettre en valeur auprès des autres cavaliers. On n'avait pas tous les jours la chance de tomber sur un diamant brut de cette qualité. Je le sellai et lui mis la bride avec grand soin.

Lorsque j'eus terminé, j'entendis des pas crisser sur le gravier. Jönsson fit son apparition en tenue d'équitation et s'arrêta à distance convenable. Je réprimai un sourire.

— Où est votre monture ? m'enquis-je.

— J'aurais bien aimé vous en emprunter une. Cette petite merveille, par exemple.

— Très volontiers, répondis-je en lui tendant les rênes. Faites connaissance, tous les deux, je vais prendre un autre cheval.

Je retournai à l'écurie chercher un étalon car Mira, ma vieille jument, ne pourrait soutenir le rythme de son rejeton Miracle.

Une fois mon cheval sellé, je le fis sortir. Je vis Miracle donner une petite bourrade amicale dans la main de Jönsson, ce qui était bon signe. Celui-ci avait un bon contact avec les chevaux.

— Je vois que vous vous êtes fait un ami, fis-je observer.

— Oui, il est très confiant. Il faut voir s'il le restera quand je serai sur son dos.

La sortie fut plus agréable que je ne m'y étais attendue. Jönsson était bien meilleur cavalier que moi et chevauchait comme si Miracle et lui se connaissaient depuis des siècles. Lorsque nous atteignîmes les pâturages, où une bonne centaine de chevaux broutaient ou se reposaient à l'ombre des arbres, il parut impressionné.

— Autrefois, nous en avions bien davantage, expliquai-je. Du temps de mon grand-père, Löwenhof en comptait dans les deux cents. Mais aujourd'hui les chevaux ne jouent plus le même rôle au quotidien. Nous avons dû nous spécialiser.

— Je pense que vos bêtes ont de bonnes chances de se faire une réputation dans le monde du sport. Je regrette vraiment de ne pas avoir connu votre domaine plus tôt.

— Mieux vaut tard que jamais, non ?

— J'envie l'homme à qui vous avez donné votre cœur, sincèrement.

— À cause des chevaux ?

Comptait-il recommencer à me faire du plat ?

— Non, pour votre façon d'aborder les choses. Je suis fasciné par les femmes qui ont une forte volonté. J'ai tout de suite vu que c'était votre cas.

— Merci, ce compliment me touche.

— Je serais ravi que vous vouliez bien me confier Miracle. Il est encore trop tôt pour le faire participer à des compétitions, il lui faudrait un entraînement approprié. Mais à mon avis il devrait pouvoir faire sensation d'ici deux ou trois ans.

— Voilà une belle perspective ! Reparlons-en quand nous serons rentrés, si vous le voulez bien. À condition que votre entraîneur ne vous accapare pas.

— Oh, il le fera, aucun doute. Mais je m'arrangerai pour trouver un moment.

Il marqua une pause.

— Excusez-moi pour ce matin, reprit-il ensuite. Mon attitude était déplacée.

— Il ne s'est rien produit qui nécessite des excuses, repartis-je. Nous nous sommes expliqués et pour moi l'affaire est réglée.

CHAPITRE 23

LES JOURNÉES PASSAIENT À LA VITESSE DE L'ÉCLAIR. Nous n'avions pas un instant de repos : les tâches d'organisation étaient multiples et il fallait aussi tenir à distance les photographes qui ne cessaient de faire leur apparition. Ignorant tout de ce qui se passait en coulisse, nos cavaliers étaient absorbés par leur travail et leurs espoirs de remporter une médaille.

Heureusement, Jönsson s'abstint de toute autre manœuvre d'approche. Je sentais son regard me suivre et savais qu'il ne s'était pas tout à fait résigné à avoir avec moi des relations strictement professionnelles ou peut-être amicales. Mais nous n'étions pour ainsi dire jamais seuls, ce qui me facilitait la tâche. En ce qui concernait Miracle, en tout cas, Jönsson était convaincu de pouvoir en faire un futur champion, et son entraîneur partageait ses vues. J'avais donc bon espoir de pouvoir le lui vendre.

Mes parents étaient repartis pour Ekberg voir si tout se passait bien, aussi avais-je plus de travail. Mais, lorsque je pouvais me distraire un moment, j'allais regarder les cavalières de dressage. J'étais fascinée par la « danse » qu'effectuait leur monture. Moi qui croyais connaître les chevaux, qui les savais intelligents et vifs, je les observais avec stupéfaction changer d'allure, se déplacer latéralement, puis effectuer des cabrioles.

Jonas fit son apparition peu avant la fin de la période d'entraînement. Son cabriolet rouge suscita quelque émoi parmi les domestiques.

— Je te dois des remerciements, dis-je après l'avoir salué.

— Pour quelle raison ?

— Tu m'as redonné la possibilité de rêver.

— Vraiment ? Pourtant, tu n'as même pas encore vu les aspects les plus intéressants de ma personne, répliqua-t-il avec un sourire effronté.

— Je parlais des chevaux ! Figure-toi que Jönsson envisage d'en acheter un ou deux. L'entraîneur les trouve excellents sur le terrain et pense que d'ici deux ou trois ans ils devraient pouvoir participer à des compétitions.

— Mais c'est formidable ! s'exclama Jonas en me prenant dans ses bras. Cela dit, méfie-toi de Jönsson. C'est un tombeur.

— Je m'en suis aperçue.

— Quoi ? Il a tenté sa chance avec toi ?

— Il m'a fait des avances, mais je l'ai remis à sa place en lui expliquant que mon cœur était déjà pris. Et, comme tu le sais, je ne le donne pas à la légère.

— Oh, ça oui, je le sais ! répondit-il en m'embrassant. Tu n'imagines pas à quel point tu me rends heureux !

Ce soir-là, le ciel se couvrit, prémices d'un orage. Rien d'étonnant après la chaleur persistante que nous avions eue ces derniers temps. Je fis un ultime tour d'inspection, puis regagnai le manoir. Jonas m'attendait chez moi. Il s'était déjà mis au lit. Officiellement, il était hébergé dans la chambre où était accrochée la nature morte au homard car, même si mes parents et ma grand-mère n'ignoraient rien de nos relations, nous ne voulions pas contrevenir devant eux aux bonnes mœurs. Mais en réalité Jonas passait la nuit chez moi.

— Tiens donc, une visite masculine, lâchai-je en refermant la porte. Ne savez-vous donc pas qu'il est contraire à la morale de s'installer nu dans le lit d'une femme ?

— Qui a dit que j'étais nu ? répliqua-t-il avec un sourire.

Il glissa la main sous la couverture et en rapporta un petit sachet.

— Tu as des préservatifs ? demandai-je en déboutonnant mon chemisier.

— Bien sûr ! Je suis un homme responsable !

— Je viens de me faire prescrire la pilule.

Connaissant son opinion sur le sujet, je n'en avais pas parlé à ma mère. Or ce nouveau médicament donnait aux femmes une liberté que n'avaient pas connue les générations précédentes.

— Tu sais que tu m'excites incroyablement ? dit Jonas en rabattant la couverture.

Je haussai les sourcils. Effectivement, je semblais lui faire beaucoup d'effet… Je le rejoignis dans le lit et m'assis à califourchon sur ses cuisses. Il se redressa, m'enlaça et m'embrassa avec passion. Je le sentais trembler de désir. Ses mains glissèrent vers le bas, il me caressa et, lorsque je le laissai me pénétrer, nous commençâmes à nous mouvoir à l'unisson sans cesser de nous embrasser. Un gémissement m'échappa, je sentais approcher l'instant de la jouissance, mais je parvins à le retarder encore un peu. Je continuai à chevaucher Jonas avec lenteur, le regard rivé sur lui. Il était incroyable de l'avoir là, de le sentir en moi. Nous atteignîmes simultanément l'orgasme.

Quelques minutes plus tard, un coup à la porte me fit sursauter.

— Un instant ! lançai-je.

J'enfilai précipitamment ma robe de chambre et allai ouvrir. C'était un de nos valets, qui logeait dans l'aile autrefois réservée aux domestiques. Il rougit en me voyant dans cette tenue.

— Excusez-moi de vous déranger, Mademoiselle, mais il y a un problème.

— Lequel ?

— Les chevaux se sont échappés.

— Quels chevaux ? demandai-je, soudain prise de panique.

— Ceux des cavaliers. Je… je ne sais pas ce qui a pu se passer. Ils sont sortis par la porte après qu'une branche a chuté sur le toit.

Une branche ? Le dispositif de sécurité ! songeai-je aussitôt. Nous l'avions fait installer pour permettre aux chevaux de fuir en cas d'incendie. Il y avait un interrupteur qu'on actionnait de l'extérieur. Quelqu'un avait-il ouvert aux bêtes ? Ou s'agissait-il d'un incident technique ?

— Un instant, j'arrive !

Le palefrenier opina et redescendit rapidement. Je me dirigeai vers la penderie.

— Qu'est-ce qui se passe ? s'enquit Jonas en se redressant.

— Les chevaux se sont échappés de la nouvelle écurie. Quelque chose a dû déclencher le dispositif de sécurité.

J'enfilai à la hâte un pantalon et un pull-over, imaginant déjà ce qui nous attendait s'il arrivait quelque chose à ces précieuses bêtes. Le domaine serait ruiné !

— Je t'accompagne, on les cherchera ensemble, annonça Jonas en se levant.

— Mais tu ne montes pas à cheval !

— J'ai ma voiture ! rétorqua-t-il en se rhabillant précipitamment. Vas-y, je te rejoins.

— J'ai peur, avouai-je.

— Je sais, mais tu y arriveras. J'arrive tout de suite !

Je vis par la fenêtre que les valets et les assistants des cavaliers s'étaient rassemblés sur la rotonde devant l'entrée du manoir. La plupart avaient déjà des chevaux.

Dans le vestibule, je tombai sur Maud von Rosen et Ninna Swaab. Il n'y avait pas trace d'Ulla Håkansson ni de Jan Jönsson, mais ils ne tarderaient sans doute pas à faire leur apparition. Les deux femmes étaient livides.

— Où sont les chevaux ? demanda Maud, déjà informée de l'incident. Nous avons entendu un choc violent.

— Je vais voir ce qui se passe, gardez votre calme. Je vous conseille d'attendre ici. Je ne voudrais pas qu'il vous arrive quoi que ce soit.

Elles acquiescèrent et je sortis sous la pluie. Des éclairs zébraient le ciel et les murs du manoir renvoyaient l'écho des coups de tonnerre.

— Il faut récupérer les chevaux ! criai-je aux hommes. Ils ont dû s'éparpiller dans les prés, peut-être aussi dans les champs. Prenez les vans et rapprochez-vous le plus possible afin qu'on puisse rassembler les bêtes. Mais soyez prudents, l'une d'elles pourrait débouler sur la route ! M. Bergmann dirigera les opérations. Je vous suis dans un instant.

Les hommes acquiescèrent et l'écuyer forma aussitôt des groupes qui partirent sur-le-champ. De mon côté, je courus chercher une monture. Le vent tirait sur mes vêtements, la pluie me fouettait le visage. Feuilles et rameaux volaient dans les airs. Pour rejoindre l'ancien bâtiment, je devais passer devant nos installations modernes.

La rafale qui avait arraché la grosse branche et l'avait précipitée sur le toit devait avoir été violente. À la lumière de l'éclairage extérieur, je vis qu'elle s'était abattue sur l'avant du toit. J'entrai dans le bâtiment. Les lampes oscillaient dans le courant d'air, mais à l'intérieur on ne voyait pas trace de dégâts. Cela dit, l'écurie n'était pas entièrement déserte : deux chevaux se trouvaient encore dans leur box, Lucky Boy et Ajax. Pour une raison inconnue, le mécanisme de sécurité n'avait pas déverrouillé ces portes. J'avais beau être soulagée de les voir sains et saufs, ce dysfonctionnement me mit en rage. S'il y avait eu un incendie, ces deux-là n'auraient pas survécu. Mais, au moins, les précieux chevaux de Maud et d'Ulla étaient là. Je leur flattai l'encolure, puis repartis.

Dans nos anciens bâtiments, quelques-unes des portes de box avaient été endommagées par les bêtes. Sans doute serait-il judicieux d'installer là aussi un dispositif de sécurité. Mais je repoussai cette pensée. Nous avions vingt-cinq fugitifs ; ils avaient pu se disperser dans toute la région. Nos terres étaient clôturées, mais l'obstacle était facile à surmonter pour des chevaux affolés.

— Ah, tu es là ! dit la voix de Jonas. Les hommes sont déjà partis.

— Ils connaissent les bêtes et savent où chercher. Est-ce que tu peux monter en selle derrière moi ?

— Non, mais je peux te conduire.

— Et si un cheval se précipite devant la voiture ? Sans compter que tu ne pourras pas accéder aux endroits dépourvus de routes ou de sentiers.

— On avisera. Au moins, on sera plus vite sur place en cas de besoin. Et je ferai attention. Allez, on va y arriver !

Je le suivis et nous nous mîmes en route sur-le-champ. L'orage grondait toujours et, de temps à autre, des éclairs tressaillaient dans le ciel, baignant le paysage d'une lumière crue. Les phares du cabriolet repoussaient l'obscurité tandis que je cherchais à distinguer les lampes signalant la présence des hommes. Au bout d'un moment, nous aperçûmes le premier groupe. Il avait encerclé quelques-uns des chevaux en fuite et tentait à présent de les attraper.

— Ils vont se débrouiller, déclara Jonas en repartant après une brève halte. Laisse-les faire leur travail.

Nous arrivâmes un instant plus tard devant un petit sentier latéral qui bifurquait sur la droite. Je reconnus aux fanions qui le bordaient qu'il faisait partie du parcours d'entraînement pour le concours complet d'équitation. Nous nous y engageâmes avec prudence, car un cheval effrayé pouvait à tout instant déboucher d'un buisson.

— Là, devant ! cria Jonas.

Je crus d'abord qu'il avait repéré un cheval, mais il s'agissait de nos hommes. Nous nous arrêtâmes et l'un d'eux, le palefrenier de Jönsson, accourut tandis que je bondissais hors de la voiture.

— Un des chevaux est tombé dans le fossé, m'apprit-il. Il nous faut un vétérinaire. Et les pompiers.

— Je suis vétérinaire, répliquai-je.

Les hommes, debout de part et d'autre du fossé, en éclairaient le fond de leurs lampes. En approchant, suivie de Jonas, j'entendis le hennissement désemparé de la bête coincée dans la tranchée, qui était remplie d'eau jusqu'à mi-hauteur.

Je reconnus aussitôt le deuxième cheval de Ninna Swaab. Ce constat me mit au bord des larmes. Mais ce n'était pas le moment de flancher.

— Éclairez-moi ! lançai-je aux hommes.

Je descendis dans le fossé et m'approchai lentement de la bête. L'eau était glacée et, en un instant, mes vêtements furent trempés. Mais je m'en rendis à peine compte tant j'étais tenaillée par la peur. La tête et le cou de l'animal se trouvaient heureusement hors de l'eau, mais si le fossé continuait à se remplir il risquait de se noyer. Il fallait le sortir de là sans délai !

Il soufflait avec nervosité et tressaillit lorsque je le touchai. Il essaya de remuer les jambes, mais en fut empêché par l'étroitesse de la tranchée. Un hennissement d'angoisse lui échappa.

— Il me faut des cordes et quelque chose pour le protéger des frottements et des chocs ! criai-je. On va devoir le hisser prudemment hors du fossé !

Tandis que deux des hommes repartaient chercher l'équipement de sauvetage, je m'efforçai de calmer l'étalon. Et s'il s'était cassé une ou plusieurs jambes ? S'il souffrait de blessures internes ? Que ferais-je alors ? *Quelle calamité !* songeai-je, les larmes aux yeux.

L'orage paraissait s'éloigner, mais le vent demeurait violent. Les trombes d'eau avaient laissé place à une petite bruine qui picotait désagréablement la peau. J'avais des fourmis dans les pieds et mon corps n'avait qu'une envie : échapper à ce trou humide. Je sentais cependant que ma présence faisait du bien au cheval.

— Est-ce que ça va ? demanda Jonas, posté au bord du fossé. Tu veux que je te rejoigne ?

— Non, reste là-haut. La bête est complètement affolée.

— Elle est blessée ?

— Je pourrai le savoir lorsqu'on l'aura sortie de là.

Nous éprouvions tous deux le même sentiment d'impuissance, mais nous n'avions pas le choix : il fallait attendre.

Au bout d'un moment qui me parut durer une éternité, mes gens revinrent enfin avec des couvertures, des courroies et des cordes.

— Accrochez les courroies aux cordes, on les passera sous le ventre du cheval, ordonnai-je. Vous êtes combien là-haut ?

— Dix !

— Ce n'est pas assez ! Il nous faudrait encore deux ou trois hommes, il est lourd.

— Et si on se servait des chevaux ? suggéra un des cavaliers professionnels. Ils ont une force de traction plus puissante.

— D'accord ! Mettez-vous en position !

Je me retournai vers l'étalon.

— On va te sortir de là, je te le promets, chuchotai-je.

Il ne me comprenait pas, mais au moins il n'était pas seul dans cette tranchée.

— Mademoiselle Lejongård, vous devriez remonter ! cria l'écuyer, qui venait d'arriver et se penchait au bord du fossé. Je peux très bien descendre.

— Où en êtes-vous avec les autres chevaux ?

— Nous avons retrouvé ceux qui s'étaient rendus au village ainsi que quelques autres qui avaient rejoint les pâturages, comme s'ils savaient que leurs compagnons étaient là-bas.

— Par conséquent, ils sont en sécurité.

— En effet. Je ne sais pas ce qu'il en est de l'autre groupe, mais ceci me paraît plus urgent. Vous voulez que je vous aide à remonter ?

— Pas encore. La bête a confiance en moi. Je vais la sangler et, ensuite, je sortirai de là.

Après avoir fait le nécessaire, je m'extirpai du fossé avec l'aide de Jonas et de M. Bergmann. Les rafales de vent me faisaient grelotter dans mes vêtements trempés.

Les hommes s'attelèrent aux cordes tandis que je me postais au bord de la tranchée afin de pouvoir immédiatement prendre l'étalon en charge dès qu'il aurait été hissé. L'écuyer donna le signal de tirer. Les cordes gémirent et le cheval émit un souffle d'angoisse. Je n'avais malheureusement pas de tranquillisant sous la main.

Il hennit craintivement tandis qu'on le soulevait. On entendit un bruit de succion, puis sa tête apparut. Les hommes continuaient à tirer pendant que le tonnerre grondait au-dessus de leur tête. Une lueur éclaira brièvement l'horizon, la tempête malmenait les arbres et les buissons. On entendit gémir, puis de nouveau souffler et hennir. L'écuyer intervint pour éviter que la tête de l'animal ne retombe.

Le reste du corps apparut quelques minutes plus tard. La robe grise était à présent noire de boue. Le cheval dégoulinait et tremblait d'épuisement. Je m'approchai de lui, avec prudence, mais il resta allongé sur le sol sans broncher, le souffle haletant. Une angoisse me prit : sa colonne vertébrale était-elle endommagée ?

Je m'agenouillai lentement à côté de sa tête.

— C'est bien, chuchotai-je. Repose-toi. Ça va aller.

Je lui palpai le cou avec autant de douceur que possible. À la lumière des phares de la voiture de Jonas, je ne distinguais pas grand-chose, mais il ne semblait pas avoir subi d'atteintes. L'étalon émit un son grave qui ressemblait à un grognement, puis il essaya soudain de se redresser. Il secoua la tête, je reculai. Quoique soulagée, je savais que ses efforts pour s'asseoir ne signifiaient pas que ses jambes étaient indemnes.

— Du calme, du calme, dis-je en lui caressant le cou.

Il avait encore le licou que je lui avais passé.

— Monsieur Bergmann, pourriez-vous tenir le licou, je vous prie ? demandai-je en me relevant. Je tenterai une première auscultation dès qu'il se sera remis debout.

— Il a sans doute une fracture, commenta l'écuyer en s'exécutant. Le fossé est très profond.

— C'est à voir, répondis-je sans vouloir m'avancer.

Quelques minutes passèrent. Le cheval respirait lourdement. Autour de lui, chacun paraissait retenir son souffle. Je tournai les yeux vers Jonas, qui se tenait avec les autres. Était-ce un effet du faible éclairage ? Il me parut pâle.

Puis une secousse traversa le corps de la bête. Nous reculâmes tandis qu'elle se relevait. Quoique encore légèrement tremblantes, ses jambes semblaient la soutenir sans problème. Je m'approchai prudemment, la caressai, puis commençai à palper ses pattes. Les os étaient bien en place. S'il y avait eu une fracture, je l'aurais vue. En revanche, les tendons étaient crispés et, lorsque je les effleurai, l'étalon tressaillit.

— Faites-le marcher un peu, ordonnai-je à l'écuyer.

En l'observant, je poussai un soupir de soulagement : les jambes paraissaient intactes, le cheval se déplaçait comme si de rien n'était. Son pelage montrait quelques éraflures et il devait également avoir des contusions, mais rien qui soit susceptible de mettre fin à sa carrière.

— Ramenez-le à l'écurie, dis-je à Bergmann. Et bouchonnez-le avant que sa propriétaire le voie.

— Bien sûr, répondit l'écuyer.

Il conduisit l'étalon jusqu'au van, garé à quelque distance, tandis que les hommes se tournaient vers les autres chevaux qui attendaient d'être ramenés au domaine. Je rejoignis Jonas. J'étais épuisée, mes vêtements trempés me collaient au corps. Le vent n'était pourtant pas glacé, mais je tremblais de froid, de désespoir, de faiblesse.

— Maman m'a raconté que son cousin Ingmar avait fait une chute dans ce fossé alors qu'il voulait le franchir avec son cheval. Il est trop large et trop profond, il faudrait le faire combler.

Jonas m'entoura de son bras.

— Tu auras tout le temps d'y réfléchir. Pour l'instant, je te propose qu'on rentre, tu es frigorifiée.

— Tu voudrais bien me rendre un service ?

— Je t'écoute.

— Tu pourrais aller à Kristianstad et sortir le vétérinaire du lit ? L'examen superficiel que j'ai pratiqué n'a rien révélé de grave, mais Ninna insistera sûrement pour qu'on fasse des radios. Demande-lui s'il peut venir avec son appareil de radiographie portatif.

— Pas de problème, dis-moi juste de quel médecin il s'agit.

— C'est le Dr Borlind, je vais te donner son adresse.

Je marquai une pause et me laissai aller contre Jonas.

— Tout allait si bien, repris-je. Et puis ça ! Et si l'autre groupe n'avait pas récupéré tous les chevaux ?

— Je suis sûr qu'ils l'ont fait. Ou qu'ils le feront. Regarde, l'orage s'est éloigné et le vent s'apaise. Les bêtes ne tarderont pas à se calmer et, demain, tout sera rentré dans l'ordre.

J'aurais bien voulu le croire, mais je redoutais la réaction des cavaliers. Des chevaux qui s'échappent, cela n'avait rien d'exceptionnel. Mais le moment était plus que mal choisi.

— Tu veux qu'on aille voir comment se débrouillent les autres ? proposa Jonas.

— Non, je préfère que tu te rendes chez le vétérinaire.

— D'accord, mais laisse-moi te ramener d'abord au manoir. Tu ne peux pas rester dans cet état, déclara-t-il en désignant mes vêtements.

— Très bien.

Je donnai quelques dernières directives à nos hommes, puis suivis Jonas jusqu'au cabriolet.

Il me déposa au manoir et repartit aussitôt pour Kristianstad. Je gravis péniblement le perron, essayant de m'affermir intérieurement contre les reproches qui m'attendaient. Ma responsabilité avait été mise en défaut. Au pire, nous nous retrouverions à la case départ. Non, c'était plus grave que ça : auparavant, nous n'avions plus de réputation à défendre. Là, si nous étions discrédités, il serait beaucoup plus difficile de remonter la pente.

Les cavalières de dressage m'attendaient dans le vestibule. Jönsson se tenait un peu à l'écart, avec ceux de ses palefreniers qui étaient déjà rentrés. Je lui parlerais dans un second temps. Les femmes, vêtues sommairement d'un pantalon et d'un pull, les cheveux en désordre, se précipitèrent vers moi.

— Comment vont les chevaux ? demandèrent-elles en chœur. Ils sont en sécurité ?

— Oui, mais une de vos bêtes a fait une chute dans un fossé, madame Swaab.

Ninna porta la main à sa bouche dans un geste d'effroi.

— Laquelle ? Casanova ?

— Non, l'étalon gris.

— Caspar !

— Nous l'avons sorti de l'eau avec toutes les précautions nécessaires et le premier examen n'a rien montré de grave. Quelques écorchures et égratignures, c'est tout. Il y avait de l'eau dans le fossé, ça a amorti sa chute.

— Oh, mon Dieu ! s'exclama-t-elle en éclatant en sanglots. Il aurait pu se noyer.

— Mis à part le choc, il est en bonne santé, lui assuraije. M. Carinsson est allé chercher mon collègue de

Kristianstad, qui a un appareil de radiographie portatif. Comme ça, nous ne prendrons aucun risque. Mais je pense sincèrement qu'il n'a rien de grave.

Ninna se recroquevilla, puis se mit à faire les cent pas. Je poursuivis en indiquant que mes valets et le personnel des cavaliers étaient en train de ramener les autres chevaux à l'écurie.

— Ne vous inquiétez pas, tout ira bien, dis-je à Ninna. Dans sa malchance Caspar a eu de la chance.

La jeune femme s'immobilisa et me lança un regard furieux.

— Comment une chose pareille a-t-elle pu arriver ? Je croyais que vos écuries étaient sûres !

— Elles le sont, répliquai-je.

— Je crains d'avoir été la cause de cet incident, intervint alors Ulla Håkansson. Avant de me coucher, j'ai voulu faire une dernière visite à Ajax. Je n'ai pas dû bien réenclencher le verrou.

— Je pense que vous n'y êtes pour rien, repartis-je. Les portes de nos écuries sont équipées d'un mécanisme de sécurité spécial. En cas d'incendie, nous pouvons déverrouiller les box de l'extérieur, ce qui donne aux chevaux la possibilité de fuir. L'interrupteur a dû être actionné d'une manière ou d'une autre. Il est possible qu'en tombant sur le toit une branche ait endommagé le dispositif. Quoi qu'il en soit, les portes se sont ouvertes et les chevaux, déjà apeurés par l'orage et le choc de la branche sur le toit, se sont échappés.

Accablée de fatigue, je m'interrompis un bref instant.

— J'appellerai notre assureur, repris-je en m'adressant à Ninna. Il paiera les dommages subis par votre cheval. Mais je ne pense pas que ce soit grave. Lucky Boy et Ajax, eux, sont restés bien tranquillement dans leur box.

Je passai sous silence le fait que les portes étaient demeurées fermées. Il faudrait remédier au problème. Et revoir le système de sécurité que nous avions mis en place.

Maud et Ulla échangèrent un regard surpris, puis sourirent.

— Comme s'ils savaient à quel point nous tenons à eux, dit Ulla. Est-ce que je peux le voir ? Ainsi que les autres ?

— Bien sûr.

Je proposai à Ninna de faire une visite à Caspar.

En sortant, j'échangeai quelques mots avec Jönsson, que ses hommes avaient informé du déroulé de l'incident. Par chance, il prit les choses avec humour. Entre-temps, presque tous les chevaux avaient été reconduits au domaine. Lorsque nous traversâmes la cour, on était en train de décharger le dernier van. L'étalon de Ninna avait repris sa place dans son box. Il avait été dûment bouchonné, si bien qu'il paraissait tout à fait comme d'habitude.

Ninna s'approcha de lui, enfouit son visage dans sa crinière et le caressa.

— Mais qu'est-ce qui t'a pris ? demanda-t-elle tout bas.

Maud et Ulla se dirigèrent vers leurs chevaux. J'étais heureuse de les voir tous indemnes. Les palefreniers avaient immédiatement fait le nécessaire pour qu'ils réintègrent leur box en bon état. J'étais fière d'eux.

Maud et Ulla montèrent enfin se coucher tandis que j'attendais Jonas et mon collègue vétérinaire en compagnie de Ninna. Installées dans les anciens quartiers des cochers et des chauffeurs, nous bûmes du café pour rester éveillées. Nous ne parlâmes pas beaucoup. Ninna devait sans doute passer et repasser en pensée tout ce qui aurait pu arriver.

— Un jour, j'ouvrirai ici une clinique vétérinaire, dis-je afin de la détourner de ses inquiétudes. Nous aurons notre propre appareil de radiographie. Nous sommes en train de rénover le domaine et j'aimerais pouvoir avancer plus vite.

— C'est une bonne idée, répondit-elle avec un brin de sécheresse.

Avec un soupir je fis tourner le gobelet dans ma main. Le café me maintenait éveillée sans toutefois chasser ma fatigue physique.

— Je me fais beaucoup de reproches, poursuivis-je. Les portes de l'écurie n'auraient pas dû s'ouvrir.

— La tempête était violente. Et c'est une bonne chose d'avoir installé un système permettant aux chevaux de fuir en cas d'incident ou de tout autre problème.

— Sauf qu'il est fragile, comme nous l'avons vu. Je vous promets que ce genre de chose ne se reproduira pas.

Ninna me prit soudain les mains.

— Vous vous êtes bien débrouillée, dit-elle. Dans mon écurie, il se passe aussi parfois des incidents imprévisibles et on ne parvient pas toujours à maîtriser la situation. Or, là, tous les chevaux sont de retour. Et, même si je suis encore un peu inquiète pour Caspar, je suis soulagée qu'il ne soit rien arrivé de grave.

— Merci ! Ce sont les expériences qui nous font progresser, n'est-ce pas ?

— Oui, elles sont toutes utiles, même les mauvaises.

À cet instant, j'entendis gronder un moteur de voiture. Jonas arrivait avec le vétérinaire.

— Nous allons enfin être fixées, dis-je à Ninna. Voyons ce que mon collègue a à nous apprendre.

Le Dr Borlind paraissait fâché, ce qui était fort compréhensible.

— Ah, voilà la propriétaire du domaine ! Vous avez du culot de me tirer du lit à cette heure !

— Je suis vraiment désolée, docteur Borlind. M. Carinsson a dû vous expliquer ce qui s'était passé.

— En effet. Et il s'est montré plus qu'insistant ! répliqua le médecin en lançant un regard furieux à Jonas.

— Je vous présente mes excuses, mais nous n'avions pas le choix. Un de nos chevaux a fait une chute dans un fossé. Je l'ai tout de suite examiné, mais j'ai jugé préférable de lui faire passer une radio. C'est ainsi qu'on procéderait avec une personne accidentée, n'est-ce pas ?

— Très juste. J'oubliais que vous êtes pour ainsi dire une collègue.

— Hélas je ne suis pas équipée comme il le faudrait. Et je ne dispose pas de la vision laser de Superman…

— Bon, allons voir le patient.

Ninna et moi le conduisîmes dans l'écurie où se trouvait Caspar. J'expliquai en quelques mots à Borlind ce qu'il y avait à faire puis, pendant que Ninna attendait le résultat des radios, je remontai dans ma chambre. Je n'avais pas encore eu le temps de me changer. La boue avait séché sur ma peau et j'avais besoin d'une bonne douche chaude. En chemin, je croisai ma grand-mère, tout habillée bien sûr, une Lejongård ne se promenait pas en robe de chambre.

— Qu'est-ce qui se passe ? s'enquit-elle. Vous étiez tous partis. Les femmes, en bas, m'ont dit que les chevaux s'étaient échappés.

— C'est juste, mais nous avons pu les récupérer.

— Et comment vont-ils ? Il y a des blessés ?

— Un des étalons de Ninna Swaab est tombé dans le fossé qui borde le champ. Je l'ai examiné, par chance il n'a que des égratignures, au pire des contusions. Mais par sécurité j'ai fait venir le vétérinaire de Kristianstad pour qu'il lui fasse des radios.

Je poussai un profond soupir.

— On devrait envisager de faire combler ce fossé ou de le sécuriser d'une manière ou d'une autre.

— Personne n'y tombe jamais, objecta-t-elle.

— Ingmar y a pourtant fait une chute, non ? Maman m'a raconté cette histoire.

— Oui, mais il s'était montré imprudent.

— Dans l'obscurité, le cheval n'a pas vu le fossé. J'espère que ce genre d'incident ne se répétera pas, mais on ne peut jamais savoir. Il serait préférable de prendre des mesures appropriées.

— Tu as raison. On va y réfléchir. Et toi, ça va ?

— Qu'est-ce que tu penses de ma tenue ? plaisantai-je en écartant les bras.

— Une toilette s'impose, répliqua-t-elle avec un petit sourire. Quand Mme Johannsen sera là, je l'aiderai à préparer le petit déjeuner.

— Tu ferais mieux de te recoucher, *Mormor*. Je pense que dans l'immédiat les uns et les autres ont surtout besoin de sommeil.

— Je doute de pouvoir me rendormir après toutes ces émotions, mais si tu insistes, je vais me remettre au lit.

Je l'embrassai sur la joue.

— La nature est parfois notre pire ennemie, dit-elle d'un air songeur. J'ai craint un instant qu'il puisse y avoir un incendie.

— Par chance ce n'est qu'une grosse branche qui s'est écrasée sur le toit.

Elle me prit la main et la serra.

— À tout à l'heure, Solveig, dit-elle, les larmes aux yeux.

Elle repensait de toute évidence à l'incendie qui avait coûté la vie à son père et à son frère. Même après de nombreuses années, on ne se débarrassait pas aisément de ses peurs…

— À tout à l'heure, *Mormor*. Et ne t'inquiète pas, tout ira bien.

— C'est ce que je te disais toujours quand tu avais peur de l'orage, répondit-elle en souriant. Tu te rappelles ?

La douche me fit du bien et chassa temporairement mes soucis. Mais en redescendant je me sentis reprise par mes inquiétudes. Borlind devait en avoir fini avec les radios à présent.

Lorsque j'entrai dans l'écurie, le vétérinaire était en train de ranger son appareil.

— Le gaillard a eu une sacrée chance, déclara-t-il. Pas de fracture, pas de déchirure de tendon. Je vous conseille de le laisser tranquille deux ou trois jours. Les chevaux sont intelligents, ils n'oublient pas si facilement une frayeur. Mais ensuite vous pourrez de nouveau le monter sans problème.

Ninna poussa un grand soupir de soulagement. Je me sentis moi aussi un peu plus calme. Tout dépendrait à présent de la réaction de nos hôtes. Allaient-ils questionner la sécurité de nos installations ou nous féliciter de la rapidité et de l'efficacité de notre intervention ? Nous verrions bien.

Soulagée, je pris congé de Borlind et souhaitai une bonne nuit à Ninna – pour ce qui en restait. Puis je ressortis faire une dernière ronde. Jonas se joignit à moi.

— Tu as été très impressionnante, dit-il.

— Comment ça ?

— La façon dont tu as géré la situation.

— On en reparlera quand on sera fixés sur la réaction des cavaliers. Tout de même, on accueille les membres de l'équipe olympique et les chevaux fichent le camp ! C'est une catastrophe !

— Que vous avez réglée en deux temps trois mouvements.

— Peut-être, mais une des bêtes a fait une chute dans un fossé.

— Ce genre d'incident aurait pu arriver n'importe où. Ça m'étonnerait que Löwenhof en pâtisse.

— Que Dieu t'entende !

Jonas m'enlaça et pressa doucement ma tête contre son épaule.

— Ç'aurait pu être bien pire, poursuivis-je.

— Oui, mais il ne s'est rien passé. Le système de sécurité a montré son efficacité. S'il y avait eu un incendie, tous les chevaux auraient pu être sauvés.

— Tous sauf deux, rectifiai-je. Il y a deux portes qui sont demeurées fermées. Si l'écurie avait pris feu, le cheval de Maud, Lucky Boy, et celui d'Ulla, Ajax, auraient péri dans les flammes. J'en ai des sueurs froides rien que d'y penser.

— Inutile de se faire peur avec ce qui aurait pu arriver. Réjouis-toi plutôt que tout se soit bien terminé.

Je me blottis contre lui. Tout ce que je voulais en cet instant, c'était être dans ses bras, savourer la chaleur de son corps et rêver.

Il déposa un baiser sur mon crâne.

— Repose-toi un peu avant le lever du jour. Je vais reconduire M. Borlind à Kristianstad.

— J'espère qu'il sera un peu plus aimable.

— Mais il l'a été dès le début. En dépit de ses protestations, il a été très content qu'on ait besoin de lui. En revanche, il sera nettement moins ravi que tu ouvres au domaine une clinique pour les chevaux.

— S'il était partant, je l'engagerais tout de suite. Ça m'éviterait d'avoir à acheter un appareil de radiographie.

Nous nous embrassâmes et Jonas s'en fut rejoindre le revêche vétérinaire. Je montai dans ma chambre, me couchai et, en quelques secondes, je fus au royaume des rêves.

Le matin, nous nous retrouvâmes dans le vestibule pour prendre congé de nos hôtes. Grand-mère avait les yeux battus, mais paraissait encore la plus fraîche de tous. En dépit des péripéties de la nuit passée, les adieux furent chaleureux.

— Merci pour ce merveilleux séjour, dit Ulla Håkansson, qui s'exprimait manifestement au nom de ses camarades. Nous nous sommes sentis très bien ici. Si vous le permettez, nous reviendrons vers vous dans quelques semaines ou quelques mois pour d'autres séjours d'entraînement.

Ces propos me surprirent, mais je compris alors que nous avions fait la preuve de notre compétence, jusque dans les situations d'urgence.

Avant qu'on ne commence à faire monter les chevaux dans les vans, Maud von Rosen eut un dernier échange avec ma grand-mère. Cette fois, je n'assistai pas à leur conversation, mais il me sembla que leurs relations s'étaient apaisées.

— Comment va Caspar ? demandai-je à Ninna Swaab.

— Compte tenu des circonstances, plutôt bien, répondit-elle, encore un peu sur la réserve.

— Je suis vraiment navrée qu'il ait eu à subir ça.

— Même les chevaux de dressage cèdent parfois à leur naturel. Mais il s'en remettra, répondit-elle avec un sourire forcé.

Nous nous regardâmes un instant en silence.

— Puis-je vous demander une faveur ? repris-je.

— Que voulez-vous dire ?

— Si vous voyez motif à réclamer des dommages et intérêts, pourriez-vous vous adresser directement à moi ? Le domaine souffrirait beaucoup d'une mauvaise publicité. S'il y a une indemnité à acquitter, je le ferai volontiers.

Ninna me considéra d'un air songeur.

— Je dois avouer qu'en apprenant la chute de Caspar, j'ai eu un moment de colère contre vous. S'il s'était cassé une ou plusieurs jambes, je vous aurais probablement poursuivie en justice. Mais vous vous êtes si bien occupée de lui et des autres ! Et en fin de compte, il ne lui est rien arrivé. Je n'ai donc aucune raison de vous en vouloir. Vous avez un domaine merveilleux et une équipe exceptionnelle. Je ne voudrais pas gâcher tout ça. Par conséquent, l'incident est clos.

— C'est très généreux de votre part.

— Et vous savez quoi ? J'ai l'impression qu'au cours de son séjour ici, Casanova a fait de grands progrès.

Quoique n'ayant aucune notion du dressage, j'avais d'emblée été frappée par l'élégance de l'étalon.

Ninna tourna le regard vers ses camarades, qui s'étaient rassemblées devant le manoir.

— Je serais ravie de vous revoir lors des Jeux olympiques à Munich, poursuivit-elle. Après notre victoire.

— Je ferai mon possible pour venir. Et, si je ne peux pas m'y rendre, je serai en pensée avec vous devant mon écran de télévision.

Nous nous serrâmes dans les bras.

— Bonne chance ! dis-je.

— À vous aussi !

Peu après, les vans quittèrent la propriété, suivis des cavaliers et de leurs équipes. Jönsson fut le dernier à partir, non sans m'avoir auparavant donné sa carte de visite.

— Pour le cas où vous seriez à Stockholm et auriez besoin d'un peu de compagnie, ajouta-t-il.

Je le remerciai tout en sachant que je n'en ferais pas usage. Mon cœur était tout entier à Jonas.

Lorsque le calme fut revenu à Löwenhof, je me rendis au manège découvert et m'accoudai à la clôture. Je revoyais en pensée Ulla Håkansson sur son Ajax, qui exécutait des pirouettes et pratiquait le piaffer sans que sa cavalière paraisse intervenir. Ulla était une femme fascinante et l'on aurait aisément pu croire qu'Ajax accomplissait les exercices de dressage par amour pour elle. Maud confiait l'échauffement de son cheval à un cavalier professionnel. Ulla, elle, n'en avait pas besoin : Ajax était une part d'elle-même.

En regardant s'entraîner les cavalières, je m'étais souvent demandé quelles qualités il fallait pour pouvoir obtenir d'aussi bons résultats. Un de nos chevaux parviendrait-il un jour à acquérir cette grâce ? Pourrions-nous convaincre un cavalier ou une cavalière de nous représenter aux compétitions internationales ?

En tout cas, M. Jönsson semblait vouloir nous acheter quelques bêtes en plus de Miracle pour le concours complet d'équitation. Nous pouvions considérer cela comme un grand succès. Cela dit, le dressage, avec ses subtilités, c'était tout de même autre chose.

— Nous voilà de nouveau entre nous, dit soudain la voix de ma grand-mère derrière moi.

Je me retournai.

— C'est drôle, tout de même, poursuivit-elle. Quand les cavaliers étaient là, c'était nettement plus vivant.

— Oui, mais j'aurais bien besoin d'un peu de repos.

— Le répit sera peut-être de courte durée.

— Comment ça ?

— J'ai parlé avec Maud. Elle a été conquise par son séjour ici et a promis de nous recommander à ses connaissances, suédoises mais aussi étrangères. Il y a quelques Anglais qui auraient envie de changer un peu d'air.

— Ce serait formidable ! Reste à savoir si elle se souviendra de sa promesse une fois qu'elle sera rentrée à Stockholm.

— Je n'ai aucun doute là-dessus. Heureusement qu'en dehors de la ressemblance physique elle n'est pas du tout comme son grand-père.

J'opinai. Je n'avais pas connu Clarence von Rosen mais, pour ce qui était de la réputation de Maud, ma grand-mère avait raison : c'était une femme douée d'une forte volonté, mais sincère et aimable. Du reste, son attitude à l'égard des chevaux le montrait bien.

— Je me demande si nous pourrons un jour participer à une compétition, dis-je. Un tournoi de dressage. Tu penses que nos chevaux en seraient capables ?

— Pourquoi ils ne le seraient pas ? Parce qu'ils sont issus d'une lignée de chevaux de cavalerie ?

— Jönsson a dit qu'on ne pouvait pas rêver mieux pour le concours complet d'équitation.

— C'est juste. À condition qu'on leur fasse suivre l'entraînement approprié. Je ne suis vraiment pas la spécialiste de la famille, mon père et mon frère étaient plus compétents que moi. Mais je pense que nos bêtes pourraient tout faire. Étant donné leur docilité, le dressage ne devrait pas être un problème.

Je regardai les traces de sabots dans le sable. Des chevaux de Löwenhof en compétition... Le chemin serait long, on ne devenait pas une écurie de dressage renommée du jour au lendemain. Mais cela valait la peine d'essayer.

— Pourquoi vous ne vous êtes jamais intéressés au sport ? demandai-je. À l'époque, les Jeux olympiques et les compétitions existaient déjà.

— Nous n'avons pas compris quelles possibilités ça offrait. Nous élevions des chevaux et nous les vendions. Cela dit, certains d'entre eux ont participé à des compétitions : courses ou saut d'obstacles. Mais leurs cavaliers n'étaient pas connus. Ça nous a paru... accessoire. Nous avons commis une erreur d'appréciation, je le sais. Et, quand Löwenhof s'est trouvé en difficulté, nous ne pensions plus qu'à colmater les brèches. Ta mère est une bonne administratrice, mais elle n'a pas de talent particulier pour les chevaux. Si elle avait grandi à Löwenhof, si elle avait pu se faire progressivement à ses futures fonctions, la situation aurait été différente. Le monde de ta mère, ce sont les chiffres. Toi, tu n'es pas comme elle. Tu viens d'ici, tu connais les chevaux, tu les aimes. Je suis certaine que tu réussiras là où nous avons échoué, Mathilda et moi.

— Je l'espère.

— Non, c'est une certitude, je le sais. Et peut-être donneras-tu au domaine une envergure qu'il n'a encore jamais eue.

L'après-midi, il fallut prendre congé de Jonas. J'aurais tant voulu le retenir, mais ses affaires ne pouvaient attendre. Combien de temps encore supporterions-nous ce mode de vie ? La nécessité où nous étions de vivre séparés ne laissait pas de me tourmenter. Mais, quand j'étais dans ses bras, j'oubliais toutes mes craintes. Un jour, pourtant, l'un de nous devrait prendre une décision.

CHAPITRE 24

Löwenhof continuait à se développer. En avril 1971, nous fûmes contactés par un journaliste désireux de publier un article sur nous dans une des revues spécialisées les plus réputées.

— Ça alors ! s'exclama ma grand-mère quand j'eus fini de lui lire sa lettre.

Elle était assise à son chevalet dans l'ancienne chambre d'Ingmar, devant un tableau représentant des lys bleu pâle. Ces derniers temps, elle peignait essentiellement des fleurs et m'envoyait parfois lui chercher d'autres spécimens en guise de modèles.

— Tu vois, nos efforts portent leurs fruits. Cet article nous fera connaître dans tout le pays. Enfin, de ceux qui s'intéressent au sport hippique. Mais c'est déjà ça, non ?

— Il va falloir mettre les petits plats dans les grands pour l'accueillir, répondit-elle en passant presque affectueusement sa main sur la lettre. Nous devons faire la meilleure impression possible.

— Ça ne nous changera pas de l'ordinaire, répliquai-je en l'entourant de mon bras.

Ces dernières semaines, elle n'avait pas été très en forme. Son corps semblait s'affaiblir, comme s'il avait épuisé ses ressources. Elle ne se déplaçait qu'avec une extrême prudence et en s'appuyant sur une canne, car elle redoutait de tomber et de se casser le col du fémur. Certains jours, elle n'arrivait même pas à descendre l'escalier.

Je me demandais parfois si l'équitation ne lui manquait pas. Jeune femme, elle était souvent sortie à cheval. Et je me souvenais de l'avoir encore vue monter dans mon enfance. Et puis elle avait arrêté. Cependant je lisais toujours une certaine nostalgie dans son regard lorsqu'elle contemplait nos pâturages. Regrettait-elle le temps de sa jeunesse ?

Le journaliste arriva quelques jours plus tard et fit des photos du domaine ainsi que du chantier. Il émit des doutes sur la pertinence de créer une clinique pour les chevaux en pleine campagne.

— Au contraire, je ne connais pas de meilleur endroit, répliquai-je. En ville, il y a déjà beaucoup de vétérinaires. Ici, nous avons la possibilité de nous spécialiser. Vous n'imaginez pas les problèmes que les entreprises agricoles de la région peuvent avoir avec leurs bêtes. Nous nous concentrerons sur les chevaux, mais nous soignerons aussi les bœufs, les moutons et les autres animaux d'élevage.

Après une interview au cours de laquelle nous vidâmes trois cafetières, il repartit en me promettant de m'envoyer un exemplaire de la revue à la parution de l'article. J'étais curieuse de voir comment réagiraient les lecteurs.

J'appelai Jonas pour le tenir au courant. À présent que les préparatifs pour la participation de l'équipe suédoise aux Jeux olympiques entraient dans une phase décisive, nous nous voyions beaucoup plus rarement. Nous nous appelions certes régulièrement, mais cela ne remplaçait pas la présence. Quand je ne supportais plus cet éloignement, je prenais la voiture et me rendais à Stockholm pour pouvoir passer au moins quelques heures ou un week-end avec lui.

— À certains moments, j'ai eu l'impression que le journaliste doutait qu'une femme puisse assurer le succès du domaine. C'est tout de même curieux que certains hommes continuent à penser en ces termes. Ma grand-mère a bien connu ça.

— Les mentalités ont parfois du mal à changer, soupira Jonas. Les pères transmettent leur façon de voir à leurs fils, qui la communiquent à leur tour à leurs propres fils. On ne peut rien y faire.

— J'ai vraiment de la chance que tu m'en croies capable.

— Mais c'est une certitude ! Alors, quand est-ce qu'on se voit ?

— Malheureusement pas avant la semaine prochaine.

— Si tard que ça ? Je me disais qu'on pourrait fêter ta victoire.

— J'ai un rendez-vous important vendredi, soupirai-je.

— Et si je venais ? Tu n'avais pas une jolie petite maison au bord de la mer ? Je serais ravi de la découvrir.

— Et moi de te la montrer. Mais mes parents sont partis pour la semaine et je ne voudrais pas laisser Grand-mère toute seule. Qu'est-ce que tu dirais de la semaine qui suit mon anniversaire ? On fêterait tout ça ensemble.

— Je me disais aussi… plaisanta Jonas. Je ne serai pas là le jour de ton anniversaire, parce que je dois me rendre à Londres, mais la semaine suivante me paraît bien.

— Formidable ! Même si je suis un peu triste que tu ne puisses pas être avec nous.

Jusque-là, il était venu à Löwenhof pour mon anniversaire. Nous sortions tous les deux dîner à Kristianstad et passions ensuite la soirée dans les bras l'un de l'autre. Il me faisait toujours un petit cadeau. L'année précédente, il m'avait offert des boucles d'oreilles en diamant.

Cela étant, son indisponibilité n'était pas une surprise. Ces derniers temps, il était souvent en déplacement, entre autres pour le compte du comité olympique. Il me manquait terriblement.

— Je me rattraperai, promis. Je vais réfléchir à un beau cadeau. Et je te raconterai Londres et la maison de couture pour laquelle je dois monter une campagne publicitaire. Un jeune couple de créateurs qui souhaitent donner de la visibilité à une nouvelle marque. Ils m'ont chargé de les aider.

— Ils n'auraient pas quelques échantillons pour toi ?

— Pour l'instant, je ne me prononce pas.

— Ce qui veut dire que tu essaieras d'obtenir quelque chose pour moi ?

— Oui, mais je ne peux rien te promettre. Et puis l'administratrice de Löwenhof doit déjà avoir une armoire bien remplie, non ?

— Une femme n'a jamais trop de vêtements, répliquai-je. Et, cette fois, la devise est de moi, pas de Grand-mère.

— Ce serait un bon slogan publicitaire. Tu me permets de l'utiliser ?

— Si tu m'en offres un bon prix, pourquoi pas ? plaisantai-je.

— Bravo, je vois que tu as compris comment fonctionne le monde des affaires.

— J'arrive bientôt au terme de mes cours de gestion, alors ne te moque pas de moi !

— Loin de moi cette idée.

Il marqua une pause.

— Est-ce que tu sais seulement à quel point je t'aime ? reprit-il.

— Je sais, répondis-je. Mais j'aimerais que tu puisses me le montrer au lieu de t'en tenir à des discours.

— Je le ferai, promis. Et alors on aura tout le temps du monde.

— Dans notre maison au bord de la mer.

— Oui ! Quel plaisir ce sera de te revoir ! Mais là, il faut que je raccroche. Tu veux bien me pardonner ?

— Bien sûr ! Sois prudent et fais-moi signe quand tu seras de retour.

— Oh, je te ferai signe bien avant !

Il m'envoya un baiser et mit fin à la communication.

Une bonne semaine plus tard, je fis mes bagages pour mes vacances avec Jonas à Åhus. J'étais ravie à l'idée de revoir cette jolie ville avec ses vieilles maisons peintes de couleurs vives. Un citadin habitant la capitale n'aurait rien trouvé d'extraordinaire au bâtiment jaune de la mairie ni aux anciens comptoirs de vente. Mais pour ma part j'aimais à me représenter l'activité qui avait régné à l'époque où ces bâtisses avaient été érigées.

En cette saison, les jardins et les fleurs sur les rebords des fenêtres étaient à l'apogée de leur floraison. Outre les chalutiers, qui sortaient toute l'année, on verrait de multiples bateaux, revenus de leurs quartiers d'hiver, osciller à l'ancre sur les eaux du petit port. Comparée aux élégantes villas qui bordaient la côte, notre maison était modeste, mais elle n'avait pas à se cacher. Je me réjouissais de montrer à Jonas cet endroit que j'adorais et où dans mon enfance j'avais passé les vacances d'été.

En mon absence, mes parents s'occuperaient de Löwenhof.

— Prenez du bon temps, dit mon père. Et essaie de ne pas penser au domaine. Tout roule ici. Si jamais il y a un problème, nous te passerons un coup de fil.

Jonas arriva de très bonne heure – il avait dû partir la veille au soir. Je sortis avec joie l'accueillir à sa descente de voiture.

— Tu es déjà levée ? s'étonna-t-il. J'avais prévu de me glisser dans ton lit…

— Mes parents sont là, quelqu'un t'aurait forcément remarqué.

— Tu crois ? demanda-t-il en me prenant dans ses bras. Je sais être très discret quand il le faut.

Il m'embrassa avec passion. Un instant, je fus tentée de remonter avec lui dans ma chambre. Ma famille était parfaitement au fait de nos relations. Cependant il arrivait à ma mère de laisser échapper que nous pourrions peut-être songer au mariage. Et je ne voulais pas la conforter dans cette attitude.

— Nous aurons tout le temps voulu à Åhus, dis-je. Si tu m'aidais avec les provisions de voyage ? Mme Johannsen semble croire que nous partons pour un mois.

— Oh, là là ! s'exclama Jonas en riant. À la fin du séjour, je ne rentrerai plus dans mon costume ! Mais oui, bien sûr, je vais te donner un coup de main.

Dans la cuisine nous attendaient deux grands paniers contenant des fruits, des boîtes de biscuits et de gâteaux ainsi que de nombreux sandwichs. On aurait dit que nous avions prévu d'embarquer un essaim de jeunes gens sur le trajet. Jonas parut avoir le même sentiment, mais il se garda bien de dire quoi que ce soit.

— J'espère que ça suffira, déclara Mme Johannsen. Vous êtes l'un et l'autre maigres comme un clou. Et puis le réfrigérateur de la maison sera vide et, quand on a un voyage derrière soi, on a besoin d'un bon repas. Pour autant que je sache, ils n'ont qu'un petit supermarché à Åhus.

Je dissimulai un sourire. Les supermarchés des environs n'étaient pas plus grands et nous devions parcourir des kilomètres pour nous approvisionner. Heureusement que mon père avait sa camionnette.

— Nous apprécions beaucoup votre sollicitude, merci, répondis-je en passant un panier à Jonas et en prenant l'autre.

— Il y a de quoi nourrir un régiment, fit remarquer ce dernier tandis que nous rejoignions la voiture. Ou tous les bureaux du bâtiment dans lequel je travaille.

— Faire un crochet par Stockholm nous prendrait trop de temps, répliquai-je. Nous arriverons bien à écouler tout ça. Les biscuits, par exemple, se conservent un bon moment.

— Et moi qui pensais t'emmener dans de bons restaurants ! Il doit y avoir ce qu'il faut à Åhus, non ?

— Ça dépend de ce que tu entends par là. Si tu espères trouver la qualité des restaurants de Stockholm, ce sera difficile. Mais il y a quelques jolis petits établissements. On y mange beaucoup de poisson.

— Ça ira très bien. J'ai beau être exigeant, je suis sensible aux charmes autochtones.

Il se pencha vers moi et m'embrassa.

— Et puis tu es tout ce dont j'ai besoin pour être heureux. La nourriture est secondaire.

Nous chargeâmes les provisions dans la voiture, puis Jonas prit ma valise. Il fut étonné de la trouver si légère.

— Normalement, les femmes emportent beaucoup plus de choses.

— Les autres femmes, peut-être, mais moi je sais exactement de quoi j'ai besoin là-bas. Tu as pris ton maillot ?

— Pourquoi ? Je pensais me contenter de la tenue d'Adam.

— Ne t'avise pas de faire ça ! m'exclamai-je, sachant bien qu'il plaisantait. Grand-mère ne me laisserait jamais partir avec un homme qui n'emporte pas de costume de bain.

— Parce qu'elle compte inspecter le contenu de ma valise ?

— Peut-être. Je vais lui demander ce qu'elle en pense.

Sur ce je regagnai le manoir.

— Jonas est déjà là ? s'enquit ma mère, qui descendait l'escalier.

— Oui, il vient d'arriver.

— Vous avez vu les provisions de voyage ?

— Oui, Mme Johannsen croit que nous partons pour l'Arctique. Elle a même ajouté les manteaux de fourrure.

— Tu te fiches de moi…

J'éclatai de rire. Je n'avais pas été aussi heureuse depuis longtemps.

— Mais oui, Maman.

Je montai frapper chez ma grand-mère.

— *Mormor*, tu es réveillée ?

— Qui est-ce ? demanda une voix ensommeillée.

— Solveig. Je ne voulais pas partir sans t'avoir dit au revoir.

— Qu'est-ce que tu attends ? Entre !

Je m'exécutai. Elle se redressa péniblement dans son lit. Je me demandai pourquoi elle n'en avait jamais changé. Le vieux lit conjugal dans lequel ses parents et ses grands-parents avaient dormi était dur et inconfortable. J'aurais aimé lui acheter un nouveau matelas, mais elle tenait à conserver l'ancien.

— Ton amoureux est là ?

— Il vient d'arriver. Je suis tout excitée ! C'est la première fois qu'on va passer une semaine ensemble.

— Pourquoi vous ne l'avez pas encore fait ? Vous vous entendez pourtant très bien.

— Trop de travail. Je suis d'autant plus ravie qu'on en ait enfin l'occasion.

— Le moment est peut-être venu de passer aux choses sérieuses, non ?

— Nous ne sommes pas pressés. Nous n'avons pas encore parlé de mariage.

— Ça fait combien de temps que vous êtes ensemble ?

— Presque deux ans. Mais au début, on ne se voyait pas beaucoup.

— Et maintenant ? C'est du solide ?

— Il semblerait.

— Alors tu devrais prêter l'oreille à ce qu'il dit. Dans ma jeunesse, j'ai pensé un temps pouvoir me débrouiller sans homme. Mais avec Lennard ma vie s'est améliorée. J'ai l'impression que Jonas est quelqu'un de bien lui aussi.

— Je crois, oui. Je regrette de ne jamais avoir connu Grand-père.

— C'était un homme très doux et plein d'attentions. Je n'ai pas eu le coup de foudre pour lui, l'amour est venu plus tard. Lennard a été là quand ça n'allait pas, il m'a toujours soutenue et aimée. Peux-tu dire ça de Jonas ?

— Je pense. En tout cas, il nous a beaucoup aidés.

— Il l'a fait pour toi. En cela déjà il ressemble beaucoup à ton grand-père. Même s'ils n'ont rien en commun physiquement.

— J'aime autant me laisser surprendre, répondis-je. Dans l'immédiat, j'ai envie de passer un moment agréable avec lui. On verra déjà si on arrive à se supporter plus d'un week-end.

— Je suis sûre que ce sera le cas, répliqua Agneta en me tendant les bras. Soyez prudents.

— Je t'appellerai dès que nous serons arrivés, répondis-je en l'embrassant.

— Vous ne prenez pas le petit déjeuner avec nous ?

— Non, nous partons tout de suite. Mme Johannsen nous a préparé de quoi ne pas mourir de faim.

— Ah, que ferions-nous sans elle ?

Je redescendis dans le vestibule et trouvai Jonas entre les griffes de mes parents. En me voyant, il eut l'air soulagé. Il n'était plus habitué à la sollicitude familiale.

— Tu as dit au revoir à Agneta ? s'enquit ma mère.

— Oui, et je lui ai promis d'appeler quand nous serions arrivés.

— Parfait ! Soyez prudents !

Après les derniers adieux, nous montâmes enfin en voiture.

Partir tôt nous permit d'échapper à la circulation. Jonas avait rabattu le toit du cabriolet, si bien qu'on entendait le grondement de la mer.

— Quand on voit tout ça, fit-il observer en désignant la plage, on a envie de faire du camping.

— Ce sera bien mieux dans notre maison. Et on y est à l'abri de la pluie.

— Tu es trop gâtée.

— Non, j'ai besoin d'un minimum d'hygiène.

La vue des vagues qui venaient paresseusement mourir sur le sable m'apaisait et clarifiait mes idées.

— Qu'est-ce que tu dirais d'aller un jour à Marseille ? demanda Jonas. Tu ne connais pas la Méditerranée, je crois ?

— Non, en effet. Ce serait formidable. Mais il faudrait que je voie comment faire. Je ne peux plus laisser Grand-mère seule et on a besoin de mes parents à Ekberg.

— Tu devrais peut-être engager une assistante. Ou des domestiques, comme autrefois.

— Les employés coûtent cher.

— Il arrivera un jour où tu ne pourras plus tout faire seule.

— Il arrivera un jour où Löwenhof aura recouvré sa notoriété et où nous pourrons nous permettre d'embaucher. Pour l'instant, priorité aux travaux de construction.

— Une assistante représenterait un bon investissement. Elle s'occuperait des affaires pendant que toi tu ferais une croisière en Méditerranée avec moi.

— Attends déjà de voir si tu me supportes une semaine entière.

— Oh, ça ne fait aucun doute !

— Je réfléchirai à ta suggestion. Mais, maintenant, oublions tout ça et ne pensons plus au travail. C'est la première fois qu'on peut passer autant de temps ensemble.

— Tu as raison.

La maison n'avait guère changé depuis notre dernier séjour. Un couple de voisins veillait sur elle, en échange de quoi nous la leur prêtions de temps à autre pour les vacances de leurs enfants. Alors que j'ouvrais les fenêtres pour laisser pénétrer l'air frais, je me rendis compte à quel point nos séjours ici étaient rares. L'idée d'engager une assistante commençait à faire son chemin…

Après nous être restaurés, nous défîmes les valises.

— Vous pourriez avantageusement louer cet endroit comme maison de vacances, fit observer Jonas. Je ne me doutais pas que c'était si grand.

— Je ne suis pas sûre d'en avoir envie. Quand des amis ou des relations me demandent s'ils peuvent venir passer un moment ici, j'accepte toujours volontiers. Mais je n'aurais pas le cœur de la louer. C'est le refuge de notre famille. Nous n'en faisons pas assez usage, je le sais, mais il est agréable de savoir que nous disposons de cette maison.

— Et dans quelle chambre allons-nous nous installer ?

— Il va falloir qu'on les essaie toutes, répliquai-je, traversée par un frisson de volupté. Et je sais comment déterminer celle qui nous convient le mieux.

Prenant Jonas par la main, je l'entraînai dans l'escalier.

Nous fîmes l'amour avec le bruit des vagues en arrière-fond. Puis nous restâmes étendus côte à côte à admirer la vue.

— Tu as déjà pensé au mariage ? demanda Jonas en me caressant l'épaule.

— J'ai été fiancée, lui rappelai-je.

Un léger écho de tristesse résonna en moi, puis disparut.

— Ce n'est pas ce que je voulais dire. As-tu déjà envisagé de m'épouser ? précisa-t-il.

— Oui, avouai-je. Mais comment ferions-nous ? Je vis à Löwenhof et toi à Stockholm. Nous ne pouvons ni l'un ni l'autre abandonner notre activité.

— Les choses sont plus faciles de nos jours. Je pourrais par exemple transférer mon bureau à Löwenhof. Ça lui donnerait du cachet.

— Et que fais-tu de tes clients de Stockholm ?

— Ils n'auraient qu'à faire le trajet.

— Et ceux de l'étranger ? L'aéroport de Kristianstad n'assure de liaisons qu'avec Stockholm.

— C'est parfait ! Je suis prêt à endurer tous les désagréments pourvu que je sois à ton côté.

— Moi aussi.

Je n'aurais pu rêver meilleur compagnon. Il était beau, intelligent, ne cherchait pas à restreindre ma liberté. Nous trouverions une solution concernant notre lieu d'habitation. Alors pourquoi pas ?

Je me blottis contre lui, savourant sa chaleur et le contact de sa peau. Dans l'immédiat, je n'avais besoin de rien d'autre.

Lorsque je me réveillai, le matin suivant, le lit était vide à côté de moi. Jonas devait s'être levé tôt, car sa place n'avait pas conservé la chaleur de son corps. Le soleil entrait à flots dans la chambre. Quelle heure pouvait-il être ? Jonas avait-il décidé de me laisser dormir ? Était-il sorti se promener ?

Je me retournai et j'enfouis mon visage dans son oreiller pour respirer son odeur. Puis je me levai et mis ma robe de chambre.

— Jonas ? lançai-je en descendant l'escalier.

Pas de réponse. Il devait être sorti. Peut-être avait-il prévu un petit déjeuner au lit ? Dans ce cas, autant l'accueillir en fleurant bon.

Je me rendis à la salle de bains, me douchai, mis quelques gouttes de mon parfum préféré, qui répandait de délicats effluves de rose, puis regagnai la chambre. Toujours pas de Jonas.

Cela commença à m'inquiéter. Le boulanger n'était pas loin, il aurait dû être de retour depuis longtemps.

J'enfilai ma robe d'été blanche, je nouai mes cheveux en chignon et descendis. Je pensais trouver un plateau ou une table mise. Mais je ne vis qu'une enveloppe blanche sur laquelle était écrit « Solveig ».

Surprise, je l'ouvris. Qu'est-ce que cela pouvait bien signifier ? Sur une feuille de papier il était écrit « Marina ».

« Marina » ? Je crus tout d'abord qu'il s'agissait du prénom féminin, puis je compris que Jonas parlait de l'embarcadère.

Je restai un instant à contempler son écriture, puis je remis le papier dans l'enveloppe et me dirigeai vers la porte, où je me chaussai. Aucun doute, Jonas me fixait rendez-vous à la marina.

Je pris le sentier qui conduisait à la plage. Nous l'avions fait revêtir de petites pierres quelques années plus tôt. J'avais l'impression d'être Dorothy en route vers le magicien d'Oz. À ceci près que je n'avais pas de lion, d'homme en fer-blanc et d'épouvantail pour compagnons.

Je dépassai quelques promeneurs qui marchaient pieds nus dans le sable. Puis le port apparut, avec son odeur puissante de sel et de poisson. Mon cœur battait à grands coups. Quelle surprise Jonas pouvait-il bien m'avoir réservée ?

Une fois dans la marina, je regardai à droite et à gauche sans rien percevoir d'inhabituel. Les bateaux oscillaient paisiblement sur l'eau. Quelques hommes qui chargeaient de provisions un des plus grands canots à moteur me jetèrent un bref regard.

Je longeai l'embarcadère en me demandant où Jonas pouvait être. Et soudain je m'immobilisai.

Derrière un petit yacht était amarré un bateau orné de roses que j'avais failli ne pas remarquer. Était-ce l'œuvre de Jonas ? Ou d'un autre, qui avait prévu une petite sortie en mer romantique ?

— Je finissais par penser que tu ne viendrais pas, dit une voix derrière moi.

Je me retournai en sursaut – comment Jonas avait-il fait pour surgir ainsi de nulle part ?

— M'aurais-tu filée par hasard ? demandai-je en lui tombant dans les bras.

— Depuis un moment, oui. Je ne savais pas quand tu te lèverais. Tu dormais si profondément !

— Rien d'étonnant après notre folle nuit.

Nous nous embrassâmes et échangeâmes un long regard.

— Alors, tu es prête ? demanda-t-il ensuite.

— Prête pour quoi ?

— Pour ça, répliqua-t-il en désignant le bateau. J'ai baratiné un vieux pêcheur afin qu'il me le loue pour la journée. Et la gentille fleuriste de la place du Marché m'a aimablement vendu toutes les roses qu'elle avait.

— Alors ce bateau est à nous ?

— Mais oui ! Qui d'autre aurait eu l'idée de faire à son amie la surprise d'une promenade à la rame ? Je voulais quelque chose de spécial.

Il m'aida à monter à bord, sauta à son tour dans l'embarcation et ôta l'amarre. Puis il s'installa à la rame.

— Tu voudras que je te relaie ? demandai-je.

— Non, pas la peine. Assieds-toi confortablement et savoure la promenade.

J'essayai de me détendre, mais j'avais l'esprit occupé par mille pensées. Était-ce la surprise qu'il m'avait promise pour mon anniversaire ? Jusque-là, il ne m'avait pas offert de cadeau. Alors c'était peut-être ça...

Nous longeâmes la côte pendant un moment, croisant de temps en temps d'autres embarcations d'où l'on nous considérait avec une certaine surprise.

— Pourquoi tu n'as pas loué de canot à moteur ? m'enquis-je.

— Je croyais que tu aimais les choses démodées, répliqua-t-il avec un sourire, ce qui lui valut de ma part une tape sur le genou. Non, sérieusement. Je préférais ça. C'est bien mieux qu'un bateau à moteur où on ne s'entend pas parler. Je sais aussi apprécier ce que le passé avait de bon.

En le regardant, je sentis mon cœur déborder d'amour. Pourquoi n'avions-nous pas plus souvent l'occasion de faire ce genre de chose ?

Nous fîmes halte dans une crique un peu isolée. Là, il y avait d'épais buissons de roses sauvages qui n'avaient pas encore éclos. Un saule laissait pendre ses branches dans l'eau, telle une ondine sa chevelure.

Nous n'avions pas apporté de pique-nique, mais Jonas avait sans doute pris des dispositions. Il attacha l'embarcation à un arbre, remonta les jambes de son pantalon et sauta dans l'eau peu profonde. Alors que je m'apprêtais à le suivre, il me retint.

— Non, non ! dit-il. Les reines doivent être portées à terre.

— Je ne suis qu'une comtesse, objectai-je tandis qu'il me soulevait et que je mettais mes bras autour de son cou.

— Mais tu es la reine de mon cœur !

Nous nous embrassâmes et, blottie contre son épaule, je me laissai porter à terre. Cependant il ne me déposa pas tout de suite sur le sable. Il continua à marcher jusqu'à ce que nous arrivions devant une grande couverture étendue sur le sol, dont les bords étaient couverts d'une profusion de roses. À côté trônait un imposant panier de pique-nique, auquel était attaché un petit bouquet.

— Oh, là là ! m'exclamai-je, abasourdie. Toutes ces roses !

— Je t'ai dit que j'avais acheté tout le stock.

— Et tu as préparé tout ça ce matin ?

— Ça te plaît ? demanda-t-il avec le sourire de celui qui sent ses efforts couronnés de succès.

— Oui ! Oui, c'est magnifique ! C'est la plus belle surprise d'anniversaire qu'on m'ait faite.

— L'idée m'en est venue cette nuit en rêve, expliqua-t-il. Elle m'a paru bonne, alors je l'ai mise en œuvre.

J'allais m'asseoir sur la couverture lorsqu'il me demanda d'attendre un instant.

— Tu as prévu des coussins brodés de roses ? demandai-je malicieusement.

— Bien mieux que ça, répliqua-t-il.

Il sortit de la poche de son pantalon un objet qui avait la forme d'un cube. Était-ce mon cadeau ? Puis il s'agenouilla devant moi.

— Solveig Lejongård, tu es l'amour de ma vie. Je ne saurais te dire à quel point tu m'as rendu heureux depuis que tu as accepté mes propositions. Je commence la journée et la finis en pensant à toi. Tu as apporté le soleil dans ma vie, tu m'as fait éprouver des sentiments que je croyais ne jamais connaître. Solveig, acceptes-tu de devenir ma femme ?

Sur ces mots, il ouvrit la petite boîte.

Un instant, je restai muette de stupéfaction. Puis une joie incroyable m'envahit.

— Oui ! Oui, j'accepte !

Je tombai à genoux, l'attirai dans mes bras et l'embrassai avec passion.

— Je t'aime, dis-je, les joues ruisselantes de larmes de joie. Je t'aime tellement !

— Moi aussi, je t'aime. Et en cet instant il n'y a pas d'homme plus heureux que moi sur cette Terre.

CHAPITRE 25

MON EUPHORIE PERSISTA les jours qui suivirent. Le temps se serait-il mis à la pluie que je n'aurais fait qu'en rire. Mais le soleil continua à illuminer notre bonheur.

Nous passâmes un séjour merveilleux, à nous aimer, à bien manger et à faire de longues promenades sur la plage. Lorsque nous étions assis dans la véranda, nous forgions des plans d'avenir sans trop savoir comment nos deux existences parviendraient à s'accorder. Mais nous trouverions assurément une solution. La bague de fiançailles que j'avais au doigt faisait de moi la plus heureuse des femmes. Pour le reste, on verrait. Je contemplais avec fierté la fine inscription gravée sur l'anneau et le petit diamant qui étincelait au milieu. Je n'avais jamais vu plus belle bague.

J'avais pensé un instant appeler à la maison pour annoncer la bonne nouvelle à mes parents et à *Mormor*, puis je m'étais ravisée. Nous aurions tout le temps d'en parler le week-end. Jonas devait repartir dimanche pour Stockholm, mais il avait accepté de rester samedi à

Löwenhof afin de demander très officiellement ma main à ma mère et mon père. J'étais certaine qu'ils seraient ravis, car ils l'appréciaient. Mais ils n'en seraient pas moins surpris.

Durant le trajet de retour, je fus très nerveuse et, plus nous approchions de Löwenhof, plus je me sentais sur des charbons ardents. Jonas ne manqua pas de le remarquer.

— Ne t'inquiète pas, je me conduirai en vrai gentleman, dit-il. Cela étant, moi aussi je suis dans mes petits souliers. C'est la première fois que je demande la main d'une femme. Si ce n'est pas parfait...

— Ça le sera, j'en suis sûre. Ne te mets pas martel en tête.

— Dit celle qui n'a pas décroché un mot de tout le trajet et qui regarde avec inquiétude par la fenêtre comme si nous allions au-devant de la tempête.

— Je ne suis pas inquiète. Je passais juste en revue toutes les éventualités.

— Tu penses que tes parents pourraient refuser ?

— Non, mais...

Je marquai une pause, puis décidai de faire fi de mes doutes.

— Rien, repris-je. Ce n'est rien. Je suis simplement très émue à l'idée que nous allons nous marier.

Jonas me prit la main et y déposa un baiser.

— Oui, nous allons nous marier.

— Tu pourrais poser pour un catalogue de séjours de vacances, fit remarquer ma mère, sortie nous accueillir. Je ne savais pas qu'il y avait autant de soleil à Åhus.

— Nous avons eu de la chance, répondis-je en la serrant dans mes bras. Nous avons pu passer beaucoup de temps dehors.

— La maison est vraiment ravissante, dit Jonas en serrant la main à ma mère.

— Où sont Papa et Grand-mère ? demandai-je.

— À l'intérieur. Pourquoi ?

— Nous avons quelque chose d'important à vous dire.

Ma mère haussa les sourcils.

— Est-ce qu'on pourrait se réunir ? ajoutai-je. Un peu plus tard, je veux dire.

— Bien sûr, répondit ma mère avec un soupçon d'inquiétude dans la voix. Maintenant si tu veux. Je vais avertir Paul et Agneta.

— On se retrouve au salon ?

Elle acquiesça et regagna le vestibule.

Je me sentis soudain les jambes en coton. Affolée, je saisis la main de Jonas. Il paraissait si calme ! Pourtant, j'étais sûre que lui non plus n'en menait pas large.

— Ça va aller, dit-il avec un sourire d'encouragement. N'aie pas peur, je suis à ton côté.

Si seulement j'avais pu parler à ma mère de la magnifique demande en mariage que j'avais reçue ! Mais j'avais bien fait d'attendre. Si on prenait la peine de s'adresser aux parents, on ne pouvait pas leur annoncer d'emblée que la fiancée avait déjà dit oui.

Mes parents et ma grand-mère arrivèrent peu après, inquiets. Nous nous rendîmes au salon et, tandis que nous nous asseyions, Jonas resta debout. Je lui jetai un regard d'expectative.

— Comtesse Lejongård, monsieur et madame Lejongård, commença-t-il, je dois dire que je suis très ému, même si ça ne se voit pas trop. Car c'est un moment très important de ma vie.

Il marqua une pause, prit une grande inspiration, s'éclaircit la gorge.

— J'aime Solveig, reprit-il enfin. Et elle m'aime. Nous nous fréquentons depuis déjà un moment et nous souhaitons passer le reste de notre vie ensemble. Aussi j'ai le plaisir de vous demander la main de votre fille et petite-fille.

Des regards stupéfaits accueillirent son discours. Tous étaient aussi surpris que je l'avais été une semaine plus tôt.

— Enfin ! s'exclama soudain Agneta.

Les yeux de ma mère se mouillèrent de larmes, tandis que mon père se levait.

— Je suppose que vous avez déjà fait votre demande à ma fille, n'est-ce pas ?

Jonas tourna le regard vers moi.

— Oui, Papa, répondis-je. Il l'a fait. Magnifiquement !

— Et tu souhaites l'épouser ?

— Oui, répondis-je sans l'ombre d'une hésitation. Oui, bien sûr.

Mon père tourna les yeux vers ma mère. D'ordinaire, c'était toujours elle qui prenait la parole pour eux deux. Cette fois, pourtant, elle ne paraissait pas en état de dire quoi que ce soit. Des larmes de bonheur coulaient sur son visage radieux.

— Alors je dirai : bienvenue dans la famille !

Il tendit la main à Jonas et lui donna une vigoureuse accolade.

— Vos fiançailles devront faire l'objet d'une annonce officielle, déclara ma grand-mère après nous avoir félicités et m'avoir longuement serrée dans ses bras. Vous le savez, n'est-ce pas ?

— Bien sûr, répondis-je.

— Et vous savez aussi qu'on ne peut pas se marier en deux temps trois mouvements. Nous sommes une maison respectable. Ça nécessite un certain nombre de préparatifs.

— Bien entendu, comtesse Lejongård, répondit Jonas. Nous sommes parfaitement d'accord. Et nous vous promettons de ne rien précipiter.

— Alors me voilà rassurée ! Nous organiserons le plus beau mariage qu'on ait jamais vu à Löwenhof.

Elle se leva avec une certaine peine – sans doute quelques douleurs rhumatismales. Mais elle se reprit et sortit d'un pas ferme.

Nous fêtâmes nos fiançailles au petit restaurant français jusque tard dans la soirée. Nous parlâmes du mariage, qui serait célébré avec tout le décorum voulu. Notre nom était connu dans la région. Et nous voulions continuer à restaurer la splendeur passée de Löwenhof.

La nuit, Jonas et moi nous retrouvâmes enfin seuls. La journée avait été longue, mais nous fîmes l'amour et restâmes ensuite étendus côte à côte, tout pleins de notre bonheur. J'aurais voulu lui dire que je n'avais jamais été si heureuse depuis la mort de Sören, mais je ne jugeai pas à propos de mentionner mon ancien fiancé. Il était temps de tourner les yeux vers l'avenir, même si Sören resterait à jamais dans ma mémoire.

Le lendemain matin, après le petit déjeuner, je dus laisser repartir Jonas. Son travail le rappelait à Stockholm.

— Sous peu, plus rien ni personne ne pourra nous séparer, dit-il tandis que nous nous dirigions vers sa voiture.

— Pas même ton travail ?

— C'est lui qui nous fera vivre.

Je haussai les sourcils. Lorsque Löwenhof serait devenu rentable, Jonas n'aurait plus besoin de travailler. Mais je savais qu'il était attaché à son entreprise et ne l'abandonnerait pas facilement. D'ailleurs ce n'était pas nécessaire – je voulais qu'il soit heureux.

— Oui, bon, mon travail contribuera à nous faire vivre, rectifia-t-il comme s'il avait lu dans mes pensées. Mais ce ne sera pas non plus un obstacle.

— Je l'espère.

Je l'embrassai et le serrai contre mon cœur. Nous restâmes un moment enlacés, puis je le lâchai. J'avais l'impression qu'il emportait une part de mon corps et de mon âme.

— Je t'appelle dès que je suis arrivé, dit-il en montant dans son cabriolet.

Je le suivis des yeux jusqu'à ce que la voiture ait disparu, puis je rentrai. Ma mère ramassait les assiettes dans la salle à manger en fredonnant tout bas. Elle paraissait aussi heureuse que moi.

Mon père était sans doute retourné à ses occupations, et Grand-mère n'était plus là elle non plus. Le matin, elle m'avait paru plus silencieuse que d'habitude, aussi pensai-je utile de vérifier si elle se sentait bien. Au cours de la petite fête de la veille, nous n'avions pas eu l'occasion de nous parler en tête à tête.

— Où est Grand-mère ? demandai-je à ma mère.

Celle-ci s'interrompit et me sourit.

— Dans son refuge, je suppose, répondit-elle. Toi et moi, nous devrions prendre un moment tout à l'heure pour discuter de l'annonce de vos fiançailles. Je ne saurais te dire à quel point je suis fière de vous. Tu sais combien j'aimais Sören et j'aurais été très heureuse qu'il devienne mon gendre. Mais Jonas est un bon choix. Et il t'aime, c'est évident.

— Moi aussi, je l'aime. Si tu avais vu de quelle manière il m'a fait sa demande ! Des roses partout !

— Il faut que tu me racontes ça. J'ai un mot à dire à Mme Johannsen, après quoi on se retrouve au salon, d'accord ?

— D'accord !

Je ressortis de la salle à manger et montai rapidement l'escalier.

Ma grand-mère se trouvait dans sa salle de peinture, où elle passait désormais plus de temps qu'au salon. Lorsque j'entrai, elle était assise devant la fenêtre en train de regarder au-dehors. À quoi pouvait-elle penser ?

— Bonjour, *Mormor*, dis-je.

Elle voulut se lever, mais je la priai de rester assise et la serrai dans mes bras.

— Il est reparti, hein ?

— Oui, et il me manque déjà. Nous avons passé ensemble une si belle semaine !

— Je n'ai pas de peine à le croire. Mais je suis contente que tu sois de retour, mon petit soleil. Tu as une mine formidable.

— Merci. Toi aussi.

— Mais non, je suis une vieille femme. Et j'ai la mine de mon âge. Toi, tu es rayonnante. Comme devrait l'être toute future mariée.

— Qu'est-ce que tu racontes, *Mormor* ? Tu aurais besoin d'un peu d'air frais, c'est tout. La prochaine fois, tu devrais m'accompagner.

— Je crains que, la prochaine fois, tu n'aies pas de temps à me consacrer, répliqua-t-elle avec un sourire entendu.

Je la considérai un instant en silence.

— Si tu descendais avec moi au jardin ? Je te raconterai comment Jonas m'a fait sa demande. Et puis j'ai envie de profiter de mes derniers instants de vacances.

Je lui offris mon bras. Elle eut un instant d'hésitation, puis se leva et glissa son bras sous le mien.

Le beau temps semblait lui faire du bien, car sa démarche avait plus de souplesse que la veille. Et l'escalier ne parut pas lui poser trop de problèmes.

Au rez-de-chaussée, nous tombâmes sur Mathilda, qui nous regarda avec étonnement.

— Alors pas de peinture aujourd'hui ? demanda-t-elle. J'ai passé une semaine à essayer sans succès de la faire sortir. Mais à peine notre jeune fiancée est-elle là...

— Il faut dire que je suis son petit soleil, lui rappelai-je.

— Elle n'a rien voulu entendre, renchérit Agneta. Ta fille est encore pire que toi !

— Mais tu l'aimes, c'est ce qui compte, n'est-ce pas ? répliqua ma mère en souriant.

Sur ce elle nous laissa. Ma grand-mère la suivit du regard avec une certaine mélancolie, puis se tourna vers moi.

— Bien, alors raconte-moi ta semaine et parle-moi de ton amoureux. Pas besoin de me rapporter les détails intimes, mais pour le reste je veux tout savoir.

Nous nous rendîmes au pavillon, qui était entouré d'une multitude de fleurs sauvages.

— Nous avons vraiment passé un bon moment à Åhus, commençai-je après avoir cueilli un brin d'herbe.

— Ça ne m'étonne pas. L'homme que tu aimes t'a demandée en mariage. Même le mauvais temps aurait pris des allures de soleil ! Je suis si heureuse que tu aies enfin rencontré un homme qui soit attentif à toi !

— Je crois que tout repose sur la réciprocité. Moi aussi, je suis attentive à lui.

Ma grand-mère sourit, puis elle tourna le regard vers le manoir. Pourquoi paraissait-elle soudain si songeuse ? La veille, elle s'était montrée d'une gaieté exubérante.

— N'attendez pas trop longtemps pour vous marier, reprit-elle. À mon âge, chaque jour est précieux. Et j'aimerais tant te voir devant l'autel !

— Ne t'inquiète pas, *Mormor*, nous fixerons rapidement une date. Mais, tu l'as dit toi-même, ça nécessite un certain nombre de préparatifs.

— Pour mon mariage, les préparatifs n'ont pris que quelques semaines, répliqua-t-elle avec un petit sourire. Nous n'avions pas de temps à perdre. Si l'on avait su que j'étais enceinte, ça aurait fait scandale. Heureusement les temps ont changé.

— Oui, c'est une chance. Tout est devenu tellement plus facile. Cela dit, je crains que la fête ne grève lourdement nos finances.

— Ne lésine pas pour ton mariage ! Ce qui t'arrive est merveilleux ! Ta mère, elle, a attendu longtemps son happy end.

— Tout se termine bien, tu as raison, mais j'espère que ce ne sera pas une fin, plaisantai-je.

— Non, ce sera le début d'une nouvelle et magnifique époque de ta vie.

Elle poussa un profond soupir, puis sourit.

— Je suis impatiente de voir mon petit-fils.

— Nous n'en sommes pas encore là ! Je pourrai peut-être accéder à ton désir de mariage dans les meilleurs délais. Pour voir ton petit-fils, en revanche, il faudra que tu restes encore quelque temps parmi nous.

— Je vais essayer.

Son regard se tourna de nouveau vers le manoir.

— Je ne pensais pas que la vie serait si généreuse avec moi. Ne l'oublie jamais : même dans les situations en apparence sans issue, l'existence te réserve toujours d'heureuses surprises. Il faut parfois attendre longtemps, mais ce n'est jamais en vain.

Elle posa ses mains sur mes joues.

— Je te souhaite tout le bonheur du monde, ma Solveig.

— Merci, *Mormor*. Je suis sûre que c'est bien parti pour. Et c'est une grande joie que vous nous ayez tous donné votre bénédiction.

— Nous n'avions pas vraiment le choix, n'est-ce pas ? rétorqua-t-elle avec un sourire malicieux. L'amour ne s'embarrasse pas de l'approbation des aînés. Il vit dans le cœur des amants, qui ne se soucient pas de ce que pensent les autres.

— Je ne me fiche pas du tout de ce que vous pensez ! protestai-je.

— Je sais. Alors il est heureux que ton amoureux nous plaise !

Elle me donna un baiser sur le front, puis nous restâmes un moment assises en silence à contempler le jardin. Le vent caressait l'herbe et les arbres bruissaient. Comme j'aurais aimé conserver ce moment à jamais !

CHAPITRE 26

Durant la nuit, je fus arrachée au sommeil par de violents coups frappés à ma porte. Hébétée, je tournai les yeux vers la fenêtre, pensant qu'il faisait déjà jour. Mais l'obscurité était totale.

— Oui ! lançai-je en m'efforçant de reprendre mes esprits.

La porte s'ouvrit brutalement et une ombre tomba dans la pièce.

— Solveig, viens vite ! lança ma mère en repartant aussitôt.

Un instant, je crus avoir rêvé, puis je compris qu'il n'en était rien. Et qu'un malheur s'était produit. Mon instinct me conduisit tout droit à la chambre de ma grand-mère. Un rayon de lumière filtrait par l'entrebâillement de la porte. On entendait du bruit dans la pièce. Avait-elle eu une rechute ?

En entrant, je la vis couchée dans son lit, les bras joints sur la couverture, les yeux clos. Elle paraissait dormir.

— Je suis passée vérifier si tout allait bien, dit alors ma mère en sanglotant. Et c'est là que j'ai vu...

Elle n'alla pas jusqu'au bout de sa phrase.

Je m'approchai du lit et remarquai que ma grand-mère ne respirait plus. Mon cœur se contracta douloureusement.

— *Mormor*, chuchotai-je en lui prenant la main.

La sentant déjà froide, j'eus un geste de recul.

— La mort a dû survenir peu après son coucher.

— Il faut appeler le médecin, m'entendis-je dire. Je m'en occupe.

Ma mère acquiesça et je ressortis précipitamment de la chambre. Je sentis alors que pénétrait en moi, lentement mais sûrement, ce fait incroyable : Grand-mère était morte ! Elle avait quitté ce monde sans un mot. Une fois dans le bureau, je m'exhortai au calme pour appeler le médecin. Le Dr Hansson promit de venir au plus vite.

Quand j'eus raccroché, je fondis en larmes. Ma grand-mère était partie ! Je n'avais même pas pu lui faire mes adieux !

Je retournai dans sa chambre. Mon père, qui entre-temps était arrivé, se tenait légèrement en retrait. Assise sur le lit, ma mère avait pris la main d'Agneta. Je me plaçai de l'autre côté. *Mormor*, livide et inerte, semblait avoir rapetissé. La voir ainsi me fendit le cœur. J'éclatai en sanglots. Au bout d'un instant, ma mère se leva et vint me prendre dans ses bras.

— Je suis sûre qu'elle est en paix à présent, dit-elle. Et tu sais combien elle t'aimait. Tout comme elle savait combien tu l'aimais.

Ces paroles étaient un baume, mais elles ne purent apaiser la souffrance qui m'emplissait le cœur. Il me semblait revenir à l'instant où j'avais appris la mort de Sören. Non, c'était même pis : la mort de mon ami était restée pour moi une abstraction, je n'avais pu la constater de visu alors que, cette fois, j'avais sous les yeux le corps de ma grand-mère, une simple enveloppe après le départ de son âme. Et ce peu après que nous avions parlé de mon mariage. Elle qui voulait me voir devant l'autel ! Pourquoi la mort l'avait-elle frappée si vite ?

Le Dr Hansson arriva un quart d'heure plus tard. Il ne nous présenta pas tout de suite ses condoléances, comme s'il tenait à vérifier par lui-même qu'il ne pouvait plus rien pour Agneta. Mais, avant de quitter la chambre, il nous serra la main.

— Soyez assurés de toute ma sympathie, dit-il. La comtesse a succombé à un arrêt cardiaque. La mort a dû être très rapide.

— Est-ce que nous aurions pu faire quelque chose ? demanda ma mère.

— Non, la mort semble avoir été soudaine. Votre mère n'a sans doute même pas eu le temps d'appeler qui que ce soit.

Savoir qu'elle n'avait pas eu à souffrir les affres de l'agonie était une puissante consolation. Pourtant, les paroles du médecin me fendirent le cœur. La main sur la bouche, je quittai la pièce en courant et sortis du manoir pour ne m'arrêter qu'une fois arrivée au pavillon. Je nous revis en pensée, assises l'une à côté de l'autre. « Je vais essayer », avait-elle dit lorsque je l'avais exhortée à attendre encore un peu pour voir son futur petit-fils. Elle ne le connaîtrait jamais… Pourquoi ne m'avait-elle pas dit qu'elle ne se sentait pas bien ? Elle avait pourtant sans doute pressenti l'imminence de sa fin…

Je gravis les marches en pleurant et m'assis sur le banc. Pourquoi la mort survenait-elle toujours lorsque l'horizon s'éclaircissait ?

Le soir arriva au terme d'une journée passée dans un état second. J'étais présente lorsque ma mère parla avec l'ordonnateur des pompes funèbres, mais j'eus l'impression de m'observer de très loin.

Vers 8 heures, je me retrouvai à la table de la cuisine à contempler le ciel du crépuscule, teinté de rouge et de violet. Je me sentais faible et vidée. Un bruit de pas dans l'escalier me fit me retourner. C'était ma mère, la mine lasse, qui vint s'asseoir en silence face à moi.

Je lui pris la main.

— Au moins, elle semble ne pas avoir souffert, dis-je. Et elle a eu le temps d'apprendre que j'allais me marier.

Mathilda serra les lèvres et acquiesça, les yeux humides.

— Oui, elle aura pu emporter ça au ciel, répondit-elle. Mais j'espérais qu'elle reste encore quelque temps parmi nous. Deux ou trois ans, peut-être.

— Moi aussi. Mais nous ne pouvons rien y faire.

— Non…

Mes yeux se remplirent de larmes. Ils étaient déjà brûlants des pleurs que j'avais versés durant la journée, mais à cet instant ce fut presque un réconfort.

— On dirait qu'elle a attendu mon retour, dis-je en essuyant mes joues. Si elle était morte durant mon absence…

— Rien ne laissait penser que c'était la fin, répliqua ma mère. Absolument rien. Elle était songeuse, c'est vrai, mais sinon tout à fait comme d'habitude.

— Elle m'a demandé de ne pas trop traîner pour le mariage. Un pressentiment, sans doute. Mais elle n'imaginait probablement pas que ce serait si rapide.

— Je ne crois pas qu'elle ait pressenti quoi que ce soit. L'annonce de vos fiançailles a été un si beau moment ! Elle avait l'air si heureuse !

Je me levai avec peine.

— Je vais appeler Jonas pour le mettre au courant.

Je fis le tour de la table, posai brièvement la main sur l'épaule de ma mère, puis remontai l'escalier.

Dans le bureau, une pile de lettres s'étaient accumulées durant mon absence, cependant ce n'était pas le moment de les ouvrir. Je m'assis et décrochai le téléphone. En attendant que Jonas réponde, je regardai le tableau que ma grand-mère avait peint dans sa jeunesse. Sa présence était un baume. Avec ses peintures, elle nous laissait un peu de son être, de son âme. Le téléphone continuait à sonner dans le vide. Jonas n'était sans doute pas encore rentré du bureau. Peut-être valait-il mieux que je ne lui gâche pas la soirée. J'allais raccrocher quand j'entendis un grésillement sur la ligne.

— Carinsson ! lâcha-t-il d'une voix haletante, comme s'il était monté chez lui en courant.

— C'est moi, Solveig, répondis-je.

— Chérie ? Qu'est-ce qui passe ? Tu as l'air triste.

— Grand-mère est morte la nuit dernière. Nous l'avons trouvée dans son lit. Elle est partie, comme ça.

Il y eut un silence.

— Jonas ? repris-je pour m'assurer qu'il était toujours là.

Il arrivait parfois que l'échange soit interrompu.

— Je suis profondément navré, dit-il enfin d'une voix qui trahissait l'affliction. Ç'a dû être terrible pour toi.

— Oui. Nous avions discuté dans la soirée. Rien ne laissait penser que sa fin était proche.

— C'est une mauvaise habitude de la mort, répondit Jonas en soupirant. Elle ne vient jamais au bon moment.

— C'est vrai, dis-je, sentant que mes larmes se remettaient à couler. Son cœur s'est arrêté. Cette fois, ce n'était sans doute pas un caillot.

— Quel âge avait-elle ?

— Quatre-vingt-quatre ans.

— C'est un bel âge. Je sais, on meurt toujours trop jeune, mais elle aura eu le temps de vivre.

J'ouvris le tiroir pour en sortir un mouchoir en papier.

— J'aurais tant voulu qu'elle soit présente à notre mariage…

— Moi aussi. Mais au moins elle a su pour nos fiançailles.

— Pourquoi ? m'exclamai-je en éclatant en sanglots. Pourquoi la vie est si cruelle ? Quelques mois de plus, ce n'était pas trop demander !

— L'existence nous demeure obscure, hélas. Et on a beau agir, elle fait ce qu'elle veut. Si j'avais la foi, je dirais qu'il a plu à Dieu de rappeler à lui ta grand-mère en cet heureux moment. Mais ça ne me paraît guère crédible. Mes parents aussi auraient été heureux de pouvoir assister à mon mariage.

— C'est vrai, Grand-mère aura au moins eu le temps d'apprendre la nouvelle. Elle a parlé de ses futurs petits-enfants, tu sais ? Et elle voulait qu'on se marie vite. Elle souhaitait avoir la joie de connaître tout ça.

— Elle le connaîtra. Parce qu'elle est dans nos cœurs. Nous ne la voyons plus, mais elle sera auprès de nous. À tout jamais.

J'avais beau sécher mes larmes, elles ne cessaient de couler.

— Est-ce que je peux faire quelque chose pour toi ? demanda Jonas. Je suis loin, je sais, mais dis-moi quand même.

J'aurais aimé le prier de venir, mais pouvais-je exiger sa présence ?

— Entendre ta voix me suffit, répondis-je finalement.

— Tu es sûre ?

— Non, mais je ne peux pas espérer que tu franchisses le seuil de ce bureau dans la seconde, n'est-ce pas ?

— Laisse-moi le temps de mettre ma cape de super-héros, répliqua-t-il, ce qui me fit rire. Bon, si tu as besoin de quoi que ce soit, si tu veux parler, sache que je suis là. Tu peux m'appeler de jour comme de nuit.

— D'accord, merci.

— Je t'aime, dit-il.

Et il ne raccrocha que lorsque je fus prête à mettre fin à notre échange.

Comme je ne parvenais pas à dormir, je restai un moment à déambuler dans le manoir. Il y régnait un calme à la fois agréable et angoissant. Mes parents préparaient leur déménagement à Ekberg. Lorsqu'ils seraient là-bas, je me retrouverais seule à Löwenhof. Je ne me sentais pas en danger, en revanche la solitude me faisait peur. Il faudrait que je prenne mon mal en patience jusqu'à mon mariage. Cela pouvait paraître démodé, mais nos noces devraient attendre la fin de la période de deuil. Peut-être serait-il indiqué d'engager des domestiques qui accepteraient de vivre au domaine ? Ou d'abandonner le manoir et d'embaucher un régisseur ? Non, cela aurait réduit à néant tous les efforts que nous avions faits pour moderniser Löwenhof.

Je fis halte devant la chambre de ma grand-mère. Il me semblait qu'elle était encore là, qu'en ouvrant la porte je la verrais étendue dans son lit. Ma main se posa d'elle-même sur la poignée et l'abaissa.

Ma mère avait changé les draps avec l'aide de Mme Johannsen, puis nous avions fait du rangement, remis les vêtements dans la penderie, aligné les paires de chaussures à côté de la porte. Nous avions eu beau aérer la pièce, il n'en subsistait pas moins un souffle de son parfum. Mon cœur se serra à la vue du lit vide. Je me promenai dans la chambre, touchai les vieilles colonnes du baldaquin, la couverture, les oreillers.

Le cœur empli de chagrin, je compris pour la première fois ce qu'elle devait ressentir lorsqu'elle se réfugiait dans l'ancienne chambre d'Ingmar. Le contact de ses vêtements, de ses affaires devait lui donner le sentiment qu'il était auprès d'elle. Puis je me laissai tomber sur le siège où elle avait coutume de s'asseoir dans la journée pour regarder par la fenêtre. C'était un très vieux fauteuil, qui datait sans doute de la jeunesse de ses parents. Le capitonnage était râpé et pâli par endroits, mais c'était son siège préféré.

La nuit n'offrait même pas le réconfort d'un clair de lune. Pendant que je réfléchissais à ce qu'il y avait à faire dans les prochains jours, enveloppée par le parfum de ma grand-mère, mes paupières s'alourdirent et je sombrai dans l'obscurité.

Le matin, je fus tirée de mon sommeil par un bruit de moteur. Surprise de me réveiller dans le fauteuil de *Mormor*, je mis un instant à me rappeler mes pérégrinations nocturnes. Ce grondement me paraissait familier. En regardant par la fenêtre, d'où l'on avait une bonne vue sur la cour, je fus ébahie d'apercevoir le cabriolet rouge.

— Je rêve, marmonnai-je en secouant la tête avec incrédulité tout en sachant que je ne me trompais pas.

Jonas était venu. Il avait dû rouler toute la nuit.

Je le vis descendre de voiture et marquer un instant d'hésitation au pied de l'escalier. Je m'arrachai à ma contemplation et sortis en courant de la pièce. Le cœur me battait jusque dans les tempes. Il était là ! Il était venu sans même que je le lui demande !

Je dévalai l'escalier et traversai le vestibule comme une flèche.

— Jonas !

À ma vue, il gravit le perron quatre à quatre tandis que je volais à sa rencontre. Nous tombâmes dans les bras l'un de l'autre.

— Tu es là ! sanglotai-je. Tu es venu !

— Que pouvais-je faire d'autre ? répliqua-t-il. Je serai bientôt ton époux, je n'allais pas te laisser seule en ce moment si difficile !

Il m'embrassa. Mes pleurs redoublèrent, de chagrin mais aussi de joie à le voir ainsi prendre part à ma vie.

— Tu ne sais pas à quel point ta présence m'est précieuse ! articulai-je avec peine.

— Je suis là pour toi, répondit-il en me tenant serrée contre lui afin que je puisse pleurer tout mon soûl. Je serai toujours là.

Lorsque je me fus calmée, je regagnai le vestibule avec lui. Entre-temps, ma mère s'était levée et vint à notre rencontre.

— Je suis profondément désolé, madame Lejongård, dit Jonas en lui serrant la main. Votre fille m'a appelé hier soir et j'ai annulé tous mes rendez-vous de la journée.

— C'est très aimable à vous, répondit ma mère en sortant un mouchoir. Entrez donc, le petit déjeuner sera prêt dans un instant.

Nous mangeâmes en échangeant quelques rares propos. Ma mère relata dans quelles circonstances elle avait fait la connaissance d'Agneta. Mon père garda le silence pendant presque tout le repas.

— J'aurais souhaité avoir le temps de mieux la connaître, déclara Jonas. J'espérais qu'elle me raconterait d'autres anecdotes de sa vie.

Je lui mis la main sur le bras.

— Je le ferai, dans la mesure de mes moyens.

— Puis-je vous être utile en quoi que ce soit ? s'enquit Jonas en nous regardant alternativement ma mère et moi.

— Si vous alliez en ville avec Solveig ? suggéra ma mère après un instant de réflexion. Il faudrait discuter avec le fleuriste. Je pourrais l'appeler, bien sûr, mais il est toujours mieux de se voir. Ça permet d'éviter les malentendus.

J'allais protester quand je compris qu'elle nous ménageait une pause.

— Avec grand plaisir, répondit Jonas.

— Il y a du travail... hésitai-je.

— Je m'en occupe, ne t'inquiète pas. Dis au fleuriste qu'on a aussi besoin de fleurs pour le caveau. Des roses, ses fleurs préférées.

Des roses. Curieux tout de même. Ces fleurs convenaient à des occasions bien différentes : demande en mariage, funérailles...

— D'accord, répondis-je en tournant le regard vers Jonas. On se mettra en route après le petit déjeuner.

Nous rentrâmes à Löwenhof dans l'après-midi. Tout était réglé avec le fleuriste et nous avions profité d'être à Kristianstad pour faire une promenade en ville. J'avais montré à Jonas les boutiques dans lesquelles ma grand-mère aimait m'emmener. Cela me faisait du bien de parler d'elle et de refaire nos trajets d'autrefois.

— Combien de temps tu restes ? m'enquis-je alors qu'il arrêtait la voiture sur la place circulaire devant l'entrée du manoir.

— Je vais devoir rentrer sans tarder, répondit-il. Demain matin, j'ai des rendez-vous importants. Et après-demain, je pars en déplacement professionnel pour la France.

— À Paris ?

— Non, dans un vignoble en Bretagne. En conséquence, je ne pourrai pas assister aux funérailles d'Agneta. J'aurais tant aimé pouvoir t'emmener avec moi, ajouta-t-il avec un soupir.

— Ce sera pour une autre fois.

Qu'il ne puisse être présent à l'enterrement m'attrista. Il m'embrassa et me tint un moment serrée contre lui.

J'eus du mal à me séparer de lui, mais il me promit de m'appeler dès le lendemain. Je le laissai partir à contrecœur, tout en sachant qu'au cours des jours suivants, je n'aurais guère le temps de céder à la nostalgie. Il y avait de nombreuses dispositions à prendre. Cela me fit songer qu'au moment de la mort de Sören, j'aurais bien voulu pouvoir participer à l'organisation de ses funérailles. Et il m'apparut alors qu'il serait bon que je reprenne contact avec les Lundgren. Deux ans s'étaient écoulés depuis notre dernière conversation téléphonique.

Après le départ de Jonas, ma mère me pria de la rejoindre dans le bureau. Elle avait déjà rédigé une grande partie des lettres que nous voulions envoyer aux amis et aux connaissances de *Mormor*.

— Tu as écrit à Magnus ? m'enquis-je.

— Bien sûr, répondit-elle et, sortant une enveloppe de la pile, elle me la tendit. Voilà. Le même mot que pour tout le monde.

— Pas une carte personnelle ?

— Qu'est-ce que tu voudrais que je lui dise ? Que ça me ferait plaisir de le revoir ?

— Je ne sais pas. C'est terriblement compliqué.

— Oui. Les échanges n'ont jamais été agréables entre nous. L'idée de le serrer dans mes bras ou de l'inviter ne me viendrait même pas. Tu te souviens de quelle façon se déroulaient ses visites au manoir, n'est-ce pas ?

— Dans mon enfance, je n'arrivais pas à croire qu'il puisse être foncièrement méchant.

— Il n'est pas méchant. Il est égocentrique et totalement dépourvu d'empathie. Même son frère avait renoncé à le comprendre.

— J'irai poster les lettres demain, de manière à ce que tout le monde ait l'information en temps voulu et puisse être présent samedi.

Je posai ma main sur le bras de ma mère.

— Tu aurais souhaité avoir des relations différentes avec Magnus ?

— Assurément ! C'est le seul lien qui me reste avec Ingmar. C'est son frère, son jumeau. J'ai toujours espéré que nous parviendrions à nous entendre. Mais rien à faire. Son caractère n'a fait qu'empirer avec les années. J'ai renoncé depuis longtemps à aller vers lui.

— La mort de Grand-mère produira peut-être un changement.

— Non, ne te fais aucune illusion. Magnus n'a jamais été un oncle pour toi, il t'a toujours considérée comme une moins-que-rien. Pourtant, il n'avait aucun motif de le faire. Nous ne lui sommes pas inférieures. Nous avons même des points communs. Tout comme moi, c'est un enfant illégitime. Mais il s'est toujours considéré comme un être supérieur et on n'y changera rien. Il vaut mieux que tu gardes tes distances.

Deux jours après le départ de Jonas, un véhicule noir remonta l'allée et s'arrêta devant notre porte. Je crus qu'il s'agissait des pompes funèbres, mais à ma grande surprise j'en vis descendre l'oncle Magnus et son fils

Finn, tous deux vêtus de noir. Ils avaient dû se mettre en route dès qu'ils avaient reçu le faire-part.

J'allai les accueillir à la porte.

— Bonjour, lançai-je.

— Ah, Solveig, excuse-moi, je t'avais prise pour une domestique, répliqua Magnus avec ironie.

— Ce n'est pas grave, répondis-je avec un sourire suave. Avec l'âge, la vue baisse. Qu'est-ce qui nous vaut l'honneur ?

Mon cousin m'adressa un sourire narquois. La mort de sa grand-mère ne lui causait aucune affliction, je le savais. Il n'avait jamais eu de véritable contact avec elle.

— J'accomplis la promesse que j'avais faite à ma mère, rétorqua Magnus, le regard étincelant de colère. Je lui avais dit que je reviendrais à Löwenhof lorsqu'elle aurait quitté ce monde. Eh bien, me voilà.

— Qu'est-ce que tu viens faire ici ? dit une voix derrière moi. Les funérailles ont lieu après-demain.

— Ah, cousine Mathilda, c'est toujours un plaisir de te voir.

— Plaisir non partagé, mais ça tu le sais. Nous avons toujours été parfaitement sincères l'un envers l'autre, non ?

Le regard de Magnus s'assombrit.

— Tu te réjouis sûrement de pouvoir enfin toucher l'héritage que tu t'es frauduleusement acquis, répliqua-t-il.

Je dois dire que je ne m'attendais pas à un tel propos. Ma mère non plus, d'ailleurs. Je vis qu'elle aurait apprécié de le pousser dans l'escalier.

— Si c'est pour le prendre sur ce ton, tu n'aurais pas dû te donner la peine de venir, riposta-t-elle.

— Et pourquoi donc ? Ma mère est morte. Il est tout à fait naturel que moi, son unique fils encore vivant, je veuille prendre congé d'elle.

— Comme tu le sais peut-être, l'époque où on exposait le corps du défunt à son domicile est révolue. Si tu veux lui dire adieu, tu pourras le faire comme tout le monde juste avant la cérémonie.

Magnus regarda longuement ma mère. Je me souvins de ce qu'elle m'avait raconté, de la façon dont il l'avait rabaissée à cause de ses origines sans savoir qu'elle était la fille de son oncle.

— Viens, allons-nous-en, intervint Finn en lui prenant le bras.

Magnus se dégagea. Je ne sus que penser de la réaction de Finn. Apparemment, il était plus raisonnable que son père.

— Elle ne mérite pas que tu t'énerves, ajouta-t-il, détruisant sur-le-champ mes dernières illusions.

Non, il était exactement comme lui. Seul enfant de Magnus, il avait trois ans de moins que moi.

— Bon, restons-en là, déclara Magnus sans faire mine de repartir. Vous vous souvenez de Finn, non ? C'est une bonne chose qu'il puisse revoir le domaine.

— Tu n'as rien à faire là, rétorqua ma mère.

— Mais c'est la maison où j'ai grandi ! protesta-t-il en feignant d'être vexé.

Il promena son regard alentour et fit un sourire qui me déplut souverainement.

— La situation semble s'améliorer, commenta-t-il. Je vois que vous avez fait construire de nouvelles écuries. Où avez-vous déniché l'argent ? J'avais pourtant cru comprendre que vous ne faisiez plus partie des fournisseurs de la cour.

— Ce n'est pas ton problème, ripostai-je. Nous avons trouvé d'autres moyens de renflouer le domaine.

— Aurais-tu fait un riche mariage ? Dois-je te féliciter ?

— Tu sembles oublier que les temps ont évolué. Crois-tu vraiment que les femmes soient incapables d'être à la tête d'une entreprise ?

— Nous verrons bien. Il se pourrait qu'il y ait du changement sous peu, déclara-t-il en regardant son fils.

Il avait une idée derrière la tête.

— Ta mère t'a déshérité. Tu ne l'as pas oublié, j'imagine ? intervint Mathilda, les jointures blanchies tant elle serrait les poings.

— Je ne l'ai assurément pas oublié. Mais il y a des recours. Et, tu peux me croire, je ferai tout ce qui est en mon pouvoir pour ne pas laisser Löwenhof entre les mains d'une bâtarde.

Ma mère parut près de s'effondrer. Je fus envahie par la fureur. Comment osait-il la traiter de bâtarde ? Et lui, n'en était-il pas un à proprement parler ? L'époque où l'on stigmatisait les femmes enceintes hors mariage n'était-elle pas révolue ?

À cet instant, je vis apparaître la voiture de mon père, qui s'était rendu au village afin de parler au pasteur. Il avait dû remarquer la présence de Magnus et de Finn. Il descendit de la camionnette et se dirigea vers nous d'un pas vif. Le tressaillement de Magnus me causa un certain plaisir. Physiquement, il était nettement plus faible que mon père.

— Ah, Magnus, lança-t-il sans le saluer. Je me disais bien que nous n'allions pas tarder à te voir débarquer. Est-ce qu'il vous importune ? nous demanda-t-il.

— Ainsi le menuisier est toujours là, lâcha Magnus.

— Ça te pose un problème ? demanda mon père d'un ton menaçant.

Il n'était pas du genre à user de violence, mais Magnus ne le connaissait pas assez pour le savoir. Son arrivée et le regard sombre qu'il posait sur lui parurent lui en imposer.

— Nullement. Ma mère n'étant plus là, je ne resterai pas plus longtemps. Mais nous aurons bientôt l'occasion de nous revoir, j'en suis certain. Viens, Finn, nous partons. Nous reviendrons quand l'air sera plus respirable ici.

— Qu'est-ce que ça veut dire ? s'échauffa mon père.

Je lui posai la main sur le bras pour le calmer. Je tremblais moi-même de fureur, mais ce n'était pas le moment de se laisser emporter par la colère.

Magnus se retira avec son fils et tous deux regagnèrent leur véhicule.

La tension qui habitait ma mère ne se relâcha que lorsqu'ils eurent quitté le domaine.

— Il ne manquait plus que ça, dit-elle. Une dispute avec Magnus. Et dire qu'il nous a laissés tranquilles toutes ces années. J'aurais dû me douter qu'il ne lâcherait pas le morceau.

— Tout ce qu'il voulait, c'était nous faire enrager, répondis-je sur un ton apaisant. Nous le connaissons.

— Oui, mais à présent Agneta n'est plus là pour le remettre à sa place.

— Nous l'avons fait, objectai-je. Sans nous énerver. Je l'aurais volontiers giflé pour ses propos, mais j'imagine que c'est précisément ce qu'il cherchait.

— Oui, c'était bien son intention, renchérit mon père.

— Nous n'aurions pas dû lui envoyer de faire-part, dit ma mère.

Je secouai la tête.

— Non, nous avons bien fait. C'est un membre de la famille. Ç'aurait été pire s'il avait appris la nouvelle par les journaux. Là, au moins, il n'a rien à nous reprocher. Il ne s'attendait pas à ce qu'on l'accueille à bras ouverts. Mais nous avons réagi comme il fallait, sans commettre d'imprudence. Il est reparti. Nous ne le reverrons probablement pas avant les funérailles.

— J'aimerais autant qu'il ne vienne pas, déclara ma mère avec amertume.

— Si, il faut qu'il vienne ! Il le doit à sa mère. Ce serait se nuire à lui-même que de ne pas le faire. On y arrivera, ne vous inquiétez pas. Cette journée passera, comme les autres. Et ensuite on sera tranquilles.

— Je n'en serais pas si sûre, rétorqua ma mère. Mais, tu as raison, dans l'immédiat nous avons mieux à faire que nous occuper de lui.

— Bien, dis-je. Alors commençons par rentrer et prendre un café. Ensuite, on avisera.

CHAPITRE 27

Le jour de l'enterrement d'Agneta Lejongård, le temps fut gris et couvert. J'avais le cœur terriblement lourd et me sentais emprisonnée dans ma robe noire. J'avais espéré ne plus avoir à porter le deuil de longtemps !

Ma mère n'était pas en meilleure forme. Je savais qu'elle redoutait la rencontre avec Magnus. Après son apparition impromptue au domaine, elle avait passé des heures seule au salon à ruminer. Comme si elle imaginait tous les scénarios possibles afin de se préparer.

Je me regardai dans la glace. En l'honneur de ma grand-mère, j'avais mis le collier qu'elle m'avait donné pour le gala auquel Jonas m'avait emmenée. Je me souvenais encore de ce qu'elle m'avait dit : j'étais la première Lejongård à avoir les yeux verts – couleur rare, que j'avais héritée de mon père. Pourquoi ces paroles me revenaient-elles en cet instant ? Je l'ignorais. Mais elles ne me sortaient pas de l'esprit. Je rajustai le collier, lissai ma robe et sortis de ma chambre.

Ma mère était assise dans la salle à manger, le regard tourné vers la fenêtre. Elle portait un tailleur et des bas noirs et était chaussée d'escarpins de la même couleur. Ses cheveux étaient ramenés sur sa nuque en un chignon strict.

— Tu es très belle, dit-elle en me voyant entrer.

— Toi aussi, répondis-je.

— Je suis une vieille femme, rétorqua-t-elle avec un geste de dénégation.

— Pourquoi une personne d'un certain âge ne pourrait-elle plus être qualifiée de belle ? Grand-mère l'a été jusqu'au bout.

— Oui. Mais je me sens si fatiguée... J'aimerais qu'on soit déjà à demain.

— Demain arrivera, dis-je en la prenant dans mes bras.

— J'espère que Magnus saura se tenir, pour une fois.

— J'en suis sûre. Et si tu n'as pas envie de lui parler, je peux m'en charger.

— Tu n'es pas de taille, répondit ma mère, soucieuse.

— Je pense que si.

Je l'embrassai sur la joue. Elle sentait la rose et la bergamote, son parfum préféré. Avec le muguet, c'était celui que j'associais toujours à elle.

— Vous êtes prêtes ? demanda mon père, qui apparut sur le seuil en costume noir et cravate.

Lorsque nous entrâmes dans l'église de la Sainte-Trinité, à Kristianstad, mon regard tomba sur le beau cercueil en bois brun-rouge que nous avions choisi pour ma grand-mère. La gerbe de fleurs était composée de roses dont la couleur rappelait celle du soleil couchant. L'air était empli de leur parfum suave et pénétrant. Nous fîmes halte à mi-chemin de l'allée pour prononcer une prière silencieuse, puis nous nous remîmes en marche. Je constatai à ma grande surprise que Magnus et sa famille étaient déjà là. Ils avaient pris place sur la droite. Ma mère nous dirigea donc vers la gauche.

— C'est lui tout craché, chuchota-t-elle en lui lançant un regard furieux.

Il fit comme s'il ne nous avait pas vus. Seule son épouse nous salua d'un signe de tête. Rosa avait été autrefois une très jolie femme. Ni Agneta ni ma mère n'avaient été invitées au mariage mais, peu après, elles avaient reçu une lettre dans laquelle se trouvait une photo d'eux. À l'époque, j'étais trop petite pour me rappeler par la suite la réaction de ma grand-mère. Plus tard, alors que j'étais en âge de comprendre ce qui se passait au sein de notre famille, j'étais tombée sur cette photo et avais demandé qui étaient ces deux personnes. Dans un premier temps, j'avais cru que l'homme était Ingmar. Mais ma grand-mère m'avait alors expliqué qu'il s'agissait de mon oncle Magnus et de son épouse.

— Qu'est-ce que tu veux dire ? demandai-je à ma mère lorsque nous nous fûmes assis.

— Il a choisi le côté droit. Il savait que nous ne voudrions pas être près de lui et qu'il ne nous resterait donc que le gauche.

— Et alors ? De toute façon là-bas il n'y a que quatre places.

— Ce n'est pas une question de places mais de côté. L'expression « de la main gauche » te dit quelque chose ?

En effet… Autrefois, la gauche était réservée aux maîtresses, aux épouses d'un rang inférieur. C'était le côté du « mal ». Magnus voulait-il nous signifier ainsi que nous n'appartenions pas à la famille ? Ou n'y avait-il aucune intention particulière dans ce choix ?

Je tournai les yeux vers eux. Le regard baissé, Finn tripotait sa veste comme s'il n'attendait que d'avoir cette corvée derrière lui. Rosa ne cessait de nous jeter des regards en coulisse. Magnus fixait le crucifix suspendu au-dessus de l'autel. Rien ne laissait supposer quelque manigance que ce soit. Mais je savais ce que ma mère répondrait : que c'était justement ce que Magnus voulait nous faire croire.

— Ne les regarde pas comme ça, chuchota-t-elle en posant sa main sur mon bras. Il pourrait lui venir l'envie de faire un scandale.

— Mais non ! Calme-toi, je suis sûre qu'il n'y aura aucun problème. Ignore-le, c'est tout. Ne le laisse pas te gâcher ce moment. Nous allons rendre hommage à *Mormor*, que Magnus soit là ou pas.

— Tu as raison. Il serait injuste à l'égard d'Agneta que nous nous laissions distraire par cet homme.

À cet instant, les gens commencèrent à entrer dans l'église. Du coin de l'œil, je les regardais s'arrêter un instant dans l'allée avant de rejoindre leur siège.

Le service funèbre fut digne et paisible. Le pasteur rappela les principaux moments de l'existence d'Agneta et je fus une fois de plus fascinée par la vie qu'elle avait eue. Mais peut-être aurait-elle souhaité autre chose ? Aurait-elle pu continuer à militer pour les droits des femmes si elle était devenue peintre ? Aurait-elle préféré rester libre plutôt que d'épouser Lennard ? Aurait-elle voulu établir des contacts entre Löwenhof et le sport hippique ?

Une chose était sûre en tout cas : elle n'avait jamais regretté d'avoir accueilli ma mère à Löwenhof, de l'avoir instituée son héritière et d'avoir été pour moi une grand-mère merveilleuse. J'avais le cœur débordant d'amour et, en dépit des larmes et du chagrin, j'éprouvais une forme de paix.

Quand la cérémonie fut terminée, le cercueil fut transporté hors de l'église au son de l'orgue. L'étape suivante était le cimetière du village.

Je jetai un regard à Magnus, qui se levait de son banc. Je crus discerner une tristesse sincère sur ses traits, mais cette impression se dissipa dès que nos yeux se rencontrèrent. Il afficha aussitôt un masque impénétrable et détourna le regard comme si je n'étais pas là.

En sortant de l'église, nous vîmes venir vers nous, poussée par une infirmière, une vieille femme en chaise roulante, les mains jointes sur ses genoux couverts d'un plaid à carreaux.

Comme ma mère m'effleurait le bras, je me raidis, craignant déjà une mauvaise surprise.

— Je rêve, me dit-elle tout bas. Puis, à voix haute, avec une certaine incrédulité : Madame Andersson ? Vous êtes bien Marit Andersson, n'est-ce pas ?

— C'était mon nom de jeune fille. Je suis étonnée que vous vous souveniez de moi…

— Je vous présente ma fille Solveig, répondit ma mère en tournant les yeux vers moi.

— Heureuse de vous revoir, dit la femme en levant une main tremblante. Lors de ma dernière visite, vous marchiez à quatre pattes dans le salon et mâchouilliez des cubes.

Je pris la main qu'elle me tendait.

— Tout le plaisir est pour moi. Vous êtes l'amie de ma grand-mère, c'est ça ?

— Oui, et je le serai toujours. Cela dit, je pensais que je serais la première à partir. Et voilà qu'Agneta a filé sans demander son reste. Mais je ne tarderai sûrement pas à la suivre.

Je dus avoir l'air effrayée, car elle poursuivit :

— Ne faites pas cette mine, ma petite. Quand on est jeune, on ne pense qu'à la vie. Mais, croyez-moi, à mon âge on est prêt pour le grand voyage.

— Vous pensez que, là-bas, vous reverrez ma grand-mère ?

— Bien sûr ! Je serai enfin débarrassée de cette enveloppe qui me pèse et on pourra faire les folles, comme autrefois. Vous savez, ajouta-t-elle en se tournant vers ma mère, je suis très heureuse que vous m'ayez écoutée lorsque je suis venue vous trouver avec la lettre d'Agneta. Vous lui avez tant donné, je vous en remercie.

— Vous étiez restées en contact ? s'étonna ma mère.

Ma grand-mère m'avait plus d'une fois parlé de son amie et je savais qu'elles s'écrivaient de temps à autre.

Mme Andersson fit un signe à son accompagnatrice, qui lui tendit un petit sac. Elle en sortit avec effort un paquet de lettres.

— Voici les lettres les plus récentes d'Agneta. La toute dernière est arrivée il y a une semaine. Je n'ai pas eu l'occasion de lui répondre. Mais je peux vous dire qu'elle a toujours parlé de vous deux avec beaucoup d'amour.

Elle rendit la liasse à l'infirmière.

— Bon, maintenant, il va falloir que je prenne note mentalement de ce que j'aurais voulu lui écrire pour le lui dire de vive voix quand on se retrouvera, hein ? poursuivit-elle avec un clin d'œil. Je suis heureuse de vous avoir revues. Il reste encore un peu d'Agneta en ce monde, c'est bon de le savoir.

— Vous venez à Löwenhof après l'enterrement ? s'enquit ma mère.

— Non, le trajet a été fatigant, j'ai besoin de me reposer. Je souhaite bonne chance à ces dames de Löwenhof.

— Merci, répondis-je.

Ma grand-mère aurait été ravie de savoir que tout le village s'était rassemblé au cimetière. Pendant que le pasteur affirmait qu'elle et son époux Lennard étaient enfin réunis, je regardais les visages. Toutes ces générations ! Quelques-uns avaient le même âge qu'elle, d'autres étaient plus jeunes que moi. Certains avaient leurs enfants dans les bras.

Qu'en serait-il le jour où je mourrais ? Me serais-je montrée à la hauteur de leurs attentes ? L'époque avait changé, c'est sûr, mais la dame de Löwenhof comptait encore beaucoup dans la région.

Lorsque le cercueil eut été transporté dans le caveau et placé dans la niche qui lui était réservée, je m'approchai de ma mère et la tins serrée contre moi. Nous pleurâmes ensemble un moment, jusqu'à ce que mon père se joigne à nous et nous prenne à son tour dans ses bras.

De retour à Löwenhof, où nous recevions tous ceux qui avaient accompagné Agneta à sa dernière demeure, je cherchai mon oncle du regard sans le trouver.

— Magnus et sa famille ne sont pas venus au cimetière ? demandai-je à mon père.

— Apparemment pas, répondit-il. Je les ai vus monter dans leur voiture à Kristianstad. Mathilda m'avait chargé de garder un œil sur eux. Tu les as vus ici ?

— Non, pas pour l'instant en tout cas. Les craintes de Maman étaient donc infondées.

— C'est une chance !

Vers la fin, nous remerciâmes nos hôtes et nous rendîmes à la cuisine, où Mme Johannsen nous servit un café bien fort.

— Merci, madame Johannsen, dis-je. Il n'est pas nécessaire que vous restiez plus longtemps. Vous avez eu une longue journée de travail.

— Ce n'est pas un problème. C'était le moins que je puisse faire pour votre grand-mère. Et pour vous.

— Nous vous en sommes très reconnaissants. Tenez, dit ma mère en sortant une petite enveloppe de sa poche.

— Non, laissez ! Je ne veux rien.

— Vous êtes sûre ? Vous avez passé tout le samedi au domaine.

— C'était pour une bonne cause. On se revoit lundi.

— Prenez votre journée si vous le souhaitez, intervins-je. Nous nous débrouillerons.

— Non, non, lundi je serai là. Je vous souhaite une bonne soirée.

— Bonne soirée à vous aussi, madame Johannsen.

La cuisinière ôta son tablier et sortit de la pièce. Nous restâmes un moment sans parler, le regard rivé sur notre tasse.

— Tu vas devoir rester seule à Löwenhof pendant un moment, dit ma mère, rompant le silence. Tu penses que ça ira ?

— Maman ! protestai-je. Je suis assez grande pour prendre soin de moi.

— Je sais. Mais la maison est grande. La nuit, elle est remplie d'ombres. Tu ne risques pas de te sentir très seule ?

— L'écuyer et les valets sont dans le bâtiment d'à côté. Il y a toujours quelqu'un à qui je peux m'adresser en cas de besoin. Et un jour viendra où nous aurons de nouveau davantage de personnel.

Je vis à sa mine que ce n'était pas à cela qu'elle pensait.

— Je suis très reconnaissante à ton fiancé qu'il soit venu te réconforter. Peut-être que…

— Tu voudrais que Jonas emménage au plus vite à Löwenhof ? m'étonnai-je.

Ma mère soupira.

— Je me sentirais mieux si tu avais quelqu'un auprès de toi. Quelqu'un de la famille. Que tu aimes. Surtout maintenant qu'Agneta n'est plus là.

Je tendis le bras par-dessus la table pour lui prendre la main.

— Ça ira, fais-moi confiance. Et puis vous êtes encore là au moins jusqu'à l'ouverture du testament.

— Oui, même si je préfère ne pas y penser. Cette fois, Magnus s'est tenu à carreau. Mais ça ne veut rien dire. Il est peut-être en train de préparer son prochain coup.

— Qu'est-ce qu'il pourrait faire ? Il cherche à nous effrayer, c'est tout. Mais il n'y réussira pas.

— Il voudra récupérer son héritage.

— Grand-mère l'a déshérité.

— Ça ne l'empêchera pas d'essayer. Il est très malin, Solveig. Ce qu'il fait de son intelligence est une autre question, mais il ne faut pas le sous-estimer. Il reviendra. Avec des exigences.

Le jour où devait avoir lieu l'ouverture du testament, je me sentis plus nerveuse que je ne l'avais jamais été. J'en voulais terriblement à mon oncle : à cause de lui, l'inquiétude avait pris le pas sur le chagrin. Et s'il parvenait à avoir gain de cause ? Si un avocat réussissait à nous imposer ses exigences ? Notre situation financière s'était améliorée, mais nos projets de construction ne nous laissaient pas une grande marge de manœuvre. Si nous nous retrouvions à devoir verser de l'argent à Magnus, nous serions de nouveau contraints de faire des dettes.

Je repensai au courrier qui m'attendait sur le bureau. Ces derniers jours, d'autres lettres étaient arrivées. Il me faudrait sans doute toute une journée pour le dépouiller. Alors que j'envisageais de me mettre à la tâche, on frappa à ma porte.

— Tu es prête ? demanda ma mère dans le couloir.

— Oui, entre donc.

On aurait dit qu'elle se rendait à un rendez-vous d'affaires. Son tailleur noir ressemblait au mien, mais il était d'une coupe plus stricte. Ses cheveux étaient relevés en chignon et elle n'avait mis qu'un soupçon de maquillage. Elle me rappela un de mes professeurs de lycée.

Pour ma part, j'avais opté pour un chignon plus souple, coiffure plus adaptée à mes goûts et qui ne m'obligeait pas à me martyriser les doigts.

— L'idée d'aller chez le notaire m'épouvante, dit-elle. Chaque fois que j'ai dû le faire, ç'a été l'occasion d'un choc.

Je savais à quoi elle faisait allusion. La première fois, elle avait appris qu'Agneta serait sa tutrice, puis, à sa majorité, qu'elle était sa tante. Le testament de Lennard l'avait instituée héritière pour moitié du domaine d'Ekberg, celui d'Ingmar lui en avait confié la totalité. Et, la dernière fois qu'elle s'était rendue chez le notaire, c'était pour la procédure d'adoption qui avait fait d'elle la fille d'Agneta. Positives ou négatives, ces visites avaient toujours eu pour résultat de provoquer un changement radical dans sa vie.

— C'est le propre des testaments, fis-je observer.

Je pris mon sac et glissai mon bras sous celui de ma mère. Ensemble, nous quittâmes la pièce et descendîmes l'escalier. Mon père nous attendait déjà dans la voiture.

À Kristianstad, il y avait beaucoup de circulation. Mon père tambourinait nerveusement sur le volant.

— Tout se passera bien, dis-je. Nous y verrons plus clair.

Nous finîmes par arriver au cabinet du notaire. Il était 9 h 55.

Nous dûmes patienter dans la salle d'attente. Magnus n'était pas là, ce qui procura un soulagement visible à mes parents. Moi aussi, j'en fus contente. En ces circonstances je n'avais pas besoin d'une querelle de plus. Ou bien était-il déjà dans le bureau du notaire ? Peut-être avait-il demandé à ne pas devoir patienter avec nous. Ou alors il avait voulu s'épargner la honte de s'entendre réitérer que sa mère le déshéritait.

Le notaire fit son apparition peu après 10 heures. C'était un bel homme d'une quarantaine d'années qui portait le nom de Daniel Ekengren. Il était vêtu d'un costume qui aurait fait pâlir d'envie certains hauts responsables sportifs et son after-shave paraissait d'une qualité supérieure. Il nous salua d'un sourire nonchalant et nous invita à entrer dans son bureau, dans les tons noir et blanc. Comment ma grand-mère en était-elle venue à faire appel à lui ?

— Pour commencer, je tiens à vous présenter mes plus sincères condoléances, dit-il. J'ai eu la chance de connaître personnellement votre mère et grand-mère après avoir succédé à maître Jensen. Tous les intéressés étant présents, je vais procéder à la lecture du testament.

Il brisa le sceau d'une grande enveloppe et en sortit deux feuilles.

Ekengren commença par les formules d'usage à l'intention de sa secrétaire, qui était présente, un bloc-notes à la main. Puis il commença la lecture.

« Chère Mathilda, chère Solveig,

Lorsque vous entendrez ces mots, j'aurai quitté ce monde. Je suis désolée de vous causer ce chagrin, cependant je n'ai pas eu le choix. Dans la vie, on a une marge de manœuvre, mais avec la mort il est impossible de négocier. Tout ce que je peux donc faire, c'est vous dire encore deux ou trois choses.

Et tout d'abord : quoi qu'il arrive, sachez profiter de votre existence et faites preuve d'optimisme. Au cours de la mienne, qui fut longue, j'ai appris qu'il n'était guère utile de s'en prendre au destin. Il faut tirer le meilleur parti de son sort. Les êtres passent, l'amour reste. Ne l'oubliez pas. C'est vous qui me l'avez enseigné.

Mathilda, j'ai commis une grande injustice à ton égard, mais le moment où tu m'as accordé ton pardon a été le plus beau de ma vie. Je ne sais pas ce que j'aurais fait sans toi. Tu as été la fille que je n'ai jamais eue et ta présence m'a aidée à supporter la perte de mon cher Ingmar. Tu as toujours été chez toi à Löwenhof et tu as une place unique dans mon cœur. Je te remercie pour les nombreuses et belles années que nous avons vécues ensemble.

Solveig, sais-tu que ton nom signifie "voie du soleil" ? Je ne sais plus si je te l'ai dit. Si tel est le cas, excuse-moi de me répéter. Je suis une vieille femme, ma mémoire n'est plus ce qu'elle était.

Tu es née le jour où la paix est revenue en Europe. Et tu es l'avenir de Löwenhof. Mais plus encore : tu es l'une des personnes que j'aime le plus en ce monde. J'espère que la souffrance que tu as connue ne t'empêchera pas d'être joyeuse. Je te souhaite amour et satisfaction et j'espère que tu auras une longue vie. S'il y a un ciel, j'essaierai de veiller sur toi, mon petit soleil.

Vous êtes toutes les deux les êtres qui comptent le plus dans ma vie. Faites attention à vous et, si jamais nous devions un jour nous revoir, je serais curieuse d'entendre ce que vous avez à me raconter.

Avec tout mon amour, Agneta »

Le notaire était ému. Cependant il se ressaisit, reposa la lettre, s'éclaircit la gorge et prit le document suivant.

« Moi, Agneta Lejongård, en pleine possession de mes facultés mentales, j'institue Solveig Lejongård héritière de ma fortune et du titre de comtesse de Lejongård. Elle deviendra donc propriétaire de tous les biens listés en annexe, à l'exception de ce qui revient à mon autre héritière.

Ma fille adoptive Mathilda Lejongård, née Wallin, recevra en une fois une somme de cent mille couronnes. Je déclare par la présente déshériter mon fils biologique Magnus Thure Lejongård. »

Je sentis le soulagement de ma mère. Magnus ne recevrait donc rien. Cependant, à la vue de l'expression du notaire, je ne pus m'empêcher de l'interroger.

— Cela signifie-t-il que mon oncle ne peut faire valoir aucun droit à une partie de l'héritage ?

— Ce n'est malheureusement pas si simple, répondit Ekengren en reposant le document.

— Pardon ? se récria ma mère.

— Le déshéritement ne recouvre que la partie juridique de l'héritage. Or, conformément à la législation sur les successions, la personne déshéritée peut faire valoir son droit à bénéficier de la part réservataire.

— La part réservataire ? m'étonnai-je. Qu'est-ce que ça veut dire ?

— Cela signifie que la personne déshéritée peut légalement réclamer la moitié de ce qu'elle aurait reçu si l'héritage avait été partagé de manière égale. Cette part est calculée sur la valeur des biens du testateur.

— Mais ce n'est pas possible ! s'emporta ma mère. Agneta ne voulait pas que son fils reçoive quoi que ce soit. Avez-vous une idée de la façon dont il a traité sa mère ?

Mon père et moi lui posâmes presque en même temps la main sur le bras. J'étais moi aussi choquée par ce que le notaire venait de nous apprendre, mais je voulais être sûre de bien comprendre les tenants et aboutissants juridiques de la situation.

— Autrement dit sur la valeur de la fortune de ma grand-mère, c'est bien ça ?

— Sa valeur actuelle, oui. Il arrive que les testateurs surestiment la valeur de leurs biens. En l'occurrence, il s'agit de la valeur fiscale. J'ajoute que la demande doit être faite dans les six mois qui suivent pour être recevable.

— Sera-t-il informé de la décision de sa mère ?

— Oui, la loi l'exige. Et hélas je suis tenu de lui faire part des conditions dans lesquelles il peut déposer un recours.

— Mais ce n'est pas légal ! explosa ma mère. Cet homme s'est comporté comme un véritable fléau et voilà que nous devrions lui verser de l'argent ?

Ekengren prit une grande inspiration.

— Je le regrette, mais telle est la situation. La loi ne tient pas compte de ce qui peut se passer au sein des familles. Ni du caractère des individus. Elle veille simplement à ce que personne ne soit désavantagé. Vous serez très probablement contraintes de verser à votre parent la somme qui lui est due s'il en émet la demande.

Ma mère regardait le notaire comme si son univers venait de s'effondrer. De mon côté, j'essayais de comprendre ce que cela pouvait signifier pour nous.

Si ma mère y voyait avant tout une injustice morale, mon point de vue était différent. Agneta ayant légué cent mille couronnes à sa fille adoptive, Magnus aurait sans doute droit à une somme conséquente. Cela nous obligerait à suspendre un de nos projets. Or, celui auquel nous pouvions le plus facilement renoncer dans l'immédiat, c'était la clinique vétérinaire…

Le notaire effectua les dernières formalités sans que ni ma mère ni moi n'y prêtions vraiment attention. Puis nous prîmes congé de lui tandis qu'il promettait de nous envoyer les documents au plus vite.

Ma mère, qui bouillait de colère et avait de plus en plus de mal à dissimuler ses sentiments, traversa le secrétariat sans presque saluer la collaboratrice du notaire, à laquelle mon père lança un regard d'excuse.

— Ce salopard le savait ! vitupéra-t-elle lorsque nous fûmes dans le hall de l'immeuble.

Il était désert, mais les paroles résonnaient fortement et devaient être audibles jusque dans les bureaux.

— Il le savait déjà quand il est venu nous voir !

— C'est la loi, répondit mon père avec calme. Nous n'y pouvons rien.

— Il n'aura rien ! Il ne l'a pas mérité !

Mon père me regarda.

— Mais tu as comme nous entendu le notaire, intervins-je. D'après la loi, il peut toucher une partie de l'héritage s'il dépose un recours dans les six mois. Papa a raison, nous n'avons pas le choix.

— Ce n'est pas légal !

— Maman, je t'en prie ! Pour l'instant, nous ne savons même pas s'il le fera.

— Parce que tu crois que Magnus laissera échapper cette occasion ?

— Non, mais nous sommes respectueux de la loi. Il n'y a rien d'autre à faire.

Ma mère me considéra avec colère.

Mon père l'entoura de son bras.

— Venez, dit-il. On en reparlera plus tard. Il y a sûrement une solution.

Lorsque nous fûmes rentrés, ma mère monta immédiatement dans sa chambre. Elle n'avait pas envie de parler. Elle n'avait presque rien dit de tout le trajet, mais le chaos de ses pensées était palpable.

La valeur de Löwenhof reposait sur le manoir et les terres que nous avions conservées, sur les chevaux et les écuries. La somme que nous avions sur notre compte avait augmenté au cours des derniers mois, mais pas de manière considérable. Ma mère m'avait déjà avertie qu'elle renoncerait dans l'immédiat à toucher l'argent qui lui revenait. Si Magnus faisait valoir ses droits, nous pouvions faire une croix provisoire sur notre projet de clinique.

Je me rendis dans le bureau et j'appelai Jonas. Il décrocha immédiatement, comme s'il attendait mon coup de fil.

— Alors, comment ça s'est passé ? demanda-t-il tout à trac.

— Comment sais-tu que c'est moi ? m'étonnai-je. Ç'aurait pu être quelqu'un d'autre.

— Une idée, comme ça. Les deux clients à qui j'ai posé cette question ont paru un peu surpris, mais je n'ai pas eu de mal à dissiper le malentendu.

Il marqua une pause, semblant attendre de ma part une remarque qui ne vint pas.

— Alors ? reprit-il au bout d'un instant.

— Ça s'est bien passé, répondis-je. Mais avec un arrière-goût amer, hélas.

— C'est-à-dire ?

— Grand-mère m'a instituée héritière de Löwenhof.

— Ce qui est la bonne nouvelle, je suppose.

— Oui. La mauvaise, c'est que, quoique déshérité, Magnus peut prétendre à la part réservataire. Tu vois tout de suite ce que ça veut dire.

— Oui… Tu vas devoir dégager les fonds nécessaires, ce qui vous portera un coup très rude. Ta mère sera sans doute obligée de vendre des terres supplémentaires.

— Ou alors il faudra que je renonce à ma clinique vétérinaire.

— Ce ne sera probablement pas suffisant.

— Ma mère ne vendra rien. Pas pour Magnus.

— Ni pour sa fille ?

— Crois-moi, la haine sera plus forte. Elle ne voudra pas m'aider si c'est au profit de Magnus. Tout en sachant qu'il n'y a pas d'alternative, elle insistera pour qu'on lui intente un procès.

— Ce qui serait également très coûteux.

— Je ne te le fais pas dire.

— Si tu veux, je peux appeler un de mes amis qui est avocat, proposa Jonas après un instant de réflexion. Il connaît bien le droit des successions.

— Pour quoi faire ? répondis-je en soupirant. Le notaire nous a clairement fait comprendre que nous n'avions pas le choix.

— On y arrivera. Pour l'instant, tu devrais te concentrer sur tes nouvelles responsabilités. Désormais tu es la maîtresse de Löwenhof, la comtesse Lejongård.

À vrai dire, cela me faisait peur. Jusque-là, c'est *Mormor* qui avait été à la tête de la famille. Et voilà que cette position me revenait.

— Avant je pouvais toujours me retrancher derrière ma grand-mère. Maintenant, je serai seule responsable du domaine.

— Quoique ce soit dans de tristes circonstances, tu jouis désormais d'une marge de manœuvre accrue. Tu n'es plus l'administratrice obligée de rendre des comptes. Même si vous le faisiez sûrement autour d'un café. Désormais, la comtesse, c'est toi. Les décisions t'appartiennent. Étant donné les changements que nous avons déjà menés à bien, je ne suis pas inquiet.

— Je vais essayer d'adopter ce point de vue, répondis-je.

Je me sentais près de pleurer. Pas tant à cause de Magnus que de la pression qui pesait sur mes épaules. Si j'échouais à faire face à mes responsabilités, tout ce que mes ancêtres avaient construit disparaîtrait. Je ne pouvais pas me le permettre !

— Écoute, reprit-il. Si tu en as besoin, je t'aiderai. Je pourrai te prêter de l'argent à titre privé. Ou nous trouverons une autre solution. Tu n'as rien à craindre.

— Merci, répondis-je tout en espérant ne pas avoir à le mettre à contribution.

CHAPITRE 28

Pour me changer les idées, je passai en revue le courrier de la semaine précédente. Ce faisant, je remarquai une enveloppe portant des armoiries qui n'étaient pas celles de la couronne suédoise. La lettre venait du Danemark et son expéditeur était le comte Svaneholm, propriétaire d'un des plus grands haras danois. Ses armoiries présentaient une lointaine ressemblance avec les trois couronnes de nos rois. Au milieu figurait un cygne. Je connaissais son nom, que Jonas avait mentionné lorsqu'il s'était renseigné sur l'équipe danoise. Dans sa lettre, écrite en anglais, le comte m'invitait à Copenhague. Caressant le projet d'apporter du sang neuf à son élevage grâce à nos chevaux, il me priait de lui fournir toutes les informations nécessaires afin qu'il puisse prendre une décision.

Je sursautai en constatant que j'avais dépassé de peu le délai de réponse qu'il m'avait fixé. Son courrier était arrivé deux jours après la demande en mariage de Jonas. Je pris le téléphone et composai le numéro qui figurait dans la lettre. Je laissai sonner, mais personne ne répondit.

— Zut, pestai-je à voix basse en raccrochant.

J'aurais dû réagir plus tôt. Svaneholm pensait sans doute que sa proposition ne nous intéressait pas.

Je regardai l'heure. Le secrétaire faisait peut-être sa pause déjeuner. Je me levai et pris la lettre pour la montrer à ma mère. Ne la trouvant ni dans sa chambre, ni au salon, ni dans la salle à manger, je jetai un coup d'œil par la fenêtre et vis une silhouette sombre dans le pavillon. Je sortis dans le jardin. Elle était assise sur le petit banc, le regard perdu dans le vague, un mouchoir froissé dans les mains.

— Ah, tu es là, dis-je.

Elle releva la tête. Elle avait les yeux gonflés.

— En triant le courrier, je suis tombée sur cette lettre.

— Qu'est-ce que c'est ?

— Une invitation à me rendre au Danemark. Un propriétaire de haras qui envisage de nous acheter des chevaux pour rafraîchir sa lignée. Il faudrait que j'y aille à la fin de la semaine – si j'arrive à joindre son secrétaire.

Les yeux humides, ma mère me regardait sans réagir.

— Tu es la nouvelle comtesse, répondit-elle enfin. Ton devoir est de représenter notre maison.

— C'est bien mon intention. Mais tu ne trouves pas ça formidable ? Nous avons de nouveau un client étranger ! De grande réputation. Si je m'y prends bien, nous devrions pouvoir vendre quelques chevaux pour un bon prix.

En disant ces mots, je fus parcourue par un frisson d'excitation. Cette responsabilité me mettait sous pression, mais la perspective de ce voyage me ravissait. Ma mère, en revanche, ne paraissait guère enthousiaste.

— Tu es fâchée contre moi ? Contre Grand-mère ? demandai-je en m'asseyant à côté d'elle.

Elle resta un moment silencieuse, puis secoua la tête.

— Non, c'est au destin que j'en veux. C'est Magnus qui aurait dû mourir, pas Ingmar. Tout aurait été plus facile si Ingmar était resté en vie.

— Parce que ça t'aurait épargné de lourdes responsabilités ?

Ma mère n'était pas du genre à vouloir du mal à qui que ce soit. Magnus était sans doute la seule personne pour qui elle éprouvait de la haine.

— Les responsabilités, c'est à toi qu'elles incombent, répliqua-t-elle. C'est toi qui vas devoir t'expliquer avec Magnus. Moi, je serai toujours restée à l'écart de la succession.

— C'est faux. Grand-père vous a légué Ekberg à parts égales à Ingmar et à toi.

— Je parle de Löwenhof. Personne n'aurait pu nous disputer la propriété d'Ekberg. Magnus, lui, sera toujours là. Il essaiera toujours de nous mettre des bâtons dans les roues.

— D'après ce que j'ai compris, il recevra la part réservataire, point final.

— Et avec quoi tu la paieras ? Regarde les chantiers en cours.

— Il faudra peut-être suspendre les travaux pendant un temps.

Ma mère serra les poings.

— Écoute, Maman, dans cette affaire nous ne pouvons pas gagner. Le droit est ce qu'il est. Nous pourrions nous risquer à faire un procès, mais ça nous coûterait cher et nous n'aurions aucune chance de gagner. Ce serait une dépense inutile.

— Donc tu comptes payer ?

— Oui. Mais pas avant que la valeur du domaine ait fait l'objet d'une estimation précise. Magnus recevra son dû, ni plus ni moins. Nous ne lui ferons pas cadeau de quoi que ce soit.

Ma mère acquiesça et se tamponna les yeux.

— Dis-toi bien une chose, poursuivis-je en lui caressant le dos. Une fois que nous l'aurons payé, nous serons tranquilles. Définitivement.

— C'est ce que tu crois, répliqua-t-elle avec amertume. Il est capable de tout. Même de nous saboter s'il juge la somme insuffisante.

— Je ne crois pas qu'il ira jusque-là.

— Il a fait rosser son propre père !

— Tu n'as pas été témoin de la scène.

Je connaissais l'histoire, mais je ne pouvais croire que Magnus ait pu impunément commettre cet acte.

— Il me l'a rapporté. En se vantant !

— Tu oublies qu'il est écrivain. Il a une imagination débordante. Il aurait très bien pu inventer ça pour te faire peur, non ?

— Essaierais-tu de le protéger ?

— Non, je veux juste te montrer qu'il est sans doute plus inoffensif qu'il ne voudrait le paraître. Il s'est assurément très mal conduit avec toi, mais il se pourrait que ce soit un chien qui aboie faute de pouvoir mordre. Attendons de voir et ne nous laissons pas intimider.

Je parvins à joindre le secrétaire de Svaneholm dans le courant de l'après-midi. Il fut surpris de ma réaction tardive, mais je lui expliquai que ma grand-mère venait de décéder et que mon travail en avait été bouleversé.

— J'en parle au comte et je vous rappelle, dit-il. Il est possible qu'il ait déjà des rendez-vous le jour dit. Mais, compte tenu des circonstances, votre retard est tout à fait excusable.

Je le remerciai, sûre que Svaneholm était disponible. On voulait juste me faire sentir que j'aurais dû me manifester plus tôt.

Je passai le reste de l'après-midi dans mon bureau afin de ne pas manquer l'appel. Mais mon attente fut vaine, ce qui me parut mauvais signe. Le comte me rendait-il la monnaie de ma pièce ? N'était-il plus intéressé par Löwenhof ? À 7 heures, alors que je m'apprêtais à partir, le téléphone sonna.

C'était le secrétaire. Il m'informa de but en blanc que le comte m'attendait dans deux jours. Après, il serait en déplacement professionnel. En le remerciant, je me sentis gagnée par la nervosité. Je ne disposais que du lendemain pour préparer la rencontre. Mais je ne protestai pas, c'était une occasion à saisir.

— Je pars après-demain pour Copenhague, dis-je à ma mère lorsque nous nous retrouvâmes pour le dîner.

— Copenhague ? s'étonna-t-elle comme si notre conversation au pavillon lui était sortie de l'esprit.

— Oui, j'ai rendez-vous avec le comte danois dont je t'ai parlé tout à l'heure.

— Ah oui !

— Vous pourriez recevoir le chef de chantier à ma place ? Nous devions nous voir après-demain pour discuter des travaux de la clinique. De toute façon, on ne peut rien commencer dans l'immédiat.

— D'accord, je m'en charge, répondit mon père. Je lui expliquerai la situation sans entrer dans les détails.

— Merci, Papa.

— Tu devrais vraiment engager une assistante, maintenant que tu es maître à bord.

— J'y réfléchirai à mon retour et quand nous saurons à quoi nous en tenir avec Magnus.

— Ce serait vraiment regrettable que le produit de la vente des chevaux aille directement dans sa poche, intervint ma mère.

— Commençons par les vendre, ensuite on verra.

Après avoir passé la soirée à éplucher la version actualisée de notre registre d'élevage à la recherche de candidats appropriés, je m'attelai le lendemain à la tâche d'établir une offre. La demande de Svaneholm manquait de précision, mais pourquoi ne pas d'emblée frapper un grand coup ?

— Tiens donc, notre jeune comtesse chercherait-elle à faire sensation jusqu'au-delà de nos frontières ? demanda Jonas lorsque je l'appelai pour le mettre au courant.

— Alors ce n'est pas toi qui es à l'origine de cette sollicitation ? m'assurai-je.

— Non, je n'ai rien à voir là-dedans. En revanche le fait que vous ayez accueilli les meilleurs cavaliers de Suède pourrait l'expliquer. Ninna est danoise. Elle y est peut-être pour quelque chose.

— Je te rappelle que son cheval a eu un accident pendant qu'elle était chez nous. Voudrait-elle amoindrir les chances de succès de ses compatriotes ?

— Ça m'étonnerait. Qui plus est, je ne la crois pas rancunière. Caspar n'a pas souffert de sa chute. Et j'ai entendu dire qu'il serait sa monture de remplacement pour les Jeux.

— J'en suis ravie !

En dépit de ce que m'avait certifié Ninna, je n'avais pu me départir de la crainte qu'elle fasse une mauvaise publicité à Löwenhof.

— Les Danois envisagent peut-être de venir s'entraîner chez vous, poursuivit Jonas.

— Pour l'instant, il s'agit de vente et d'élevage. Mais il n'est pas impossible que ce sujet vienne sur le tapis.

Jonas se tut, ce qui m'inspira soudain de l'inquiétude. Était-il contrarié que j'entreprenne seule ce voyage ? Avait-il des projets pour le week-end ?

— Est-ce que tu sais à quel point je suis fier de toi ? demanda-t-il.

— Non, répondis-je sur le ton de la plaisanterie. Mais je m'en doutais un peu.

— Je l'espère... Je suis sacrément fier de toi ! Même si ce voyage me prive d'un merveilleux week-end à deux. Mais je ne veux pas me plaindre. C'est moi qui t'ai poussée à moderniser Löwenhof. Et, ça y est, tu as pris les rênes.

— Oui, je suis la nouvelle comtesse Lejongård... répondis-je avec un profond soupir.

— Solveig ? Ça va ? s'enquit Jonas avec douceur.

— Oui... C'est juste que... Grand-mère me manque. J'aurais aimé qu'elle puisse voir ça.

— Elle est partie en sachant que Löwenhof était entre de bonnes mains et que tes efforts seraient couronnés de succès. Et puis, peut-être que son esprit est encore là, au manoir, et qu'il observe ce que tu fais. S'il y a un ciel, elle veillera à ce que tu sois heureuse. Et, ici, sur Terre, c'est moi qui essaierai de faire ton bonheur.

— C'est une des plus belles choses que tu m'aies dites !

— Je ne suis pas publicitaire pour rien ! rétorqua-t-il en éclatant de rire.

Le lendemain matin, je pris le train pour Copenhague. Une limousine noire, conduite par un chauffeur de belle allure, m'attendait à l'arrivée.

Le domaine de Svaneholm était nettement plus grand que Löwenhof. La maison de maître était un véritable château dont les tours massives d'un blanc éclatant se détachaient sur un ciel parfaitement bleu. J'étais nerveuse. J'avais les mains tremblantes, les joues brûlantes. Le sac que j'avais posé à côté de moi me semblait plus lourd qu'à mon départ et j'étais intimidée par cette gigantesque propriété très bien entretenue. Le nom de Lejongård avait peut-être une certaine notoriété en Suède, mais Svaneholm semblait avoir une tout autre envergure. Et la famille du comte paraissait avoir traversé la guerre sans trop de dommages.

Le chauffeur passa devant des écuries à couper le souffle. Les bâtiments dataient du XVIIe siècle, comme le château, mais tout paraissait extrêmement moderne. Nous avions beau avoir fait des progrès considérables au cours des dernières années, nos installations ne soutenaient pas la comparaison. Cela ne contribua pas à me rassurer.

Le chauffeur fit halte devant l'entrée principale. Alors que je descendais de voiture, un homme apparut sur le perron, vêtu d'un costume sombre bien coupé. Il se présenta comme le secrétaire du comte.

— Enchanté, comtesse Lejongård, dit-il en s'inclinant légèrement. Le comte Svaneholm vous attend.

Il me fit signe de le suivre. J'essayai de dissimuler mon étonnement et mon admiration. Le vestibule à lui seul écrasait déjà le visiteur de ses stucs et dorures. Pas de portraits d'ancêtres aux murs, mais de grands tableaux de paysage.

Nous montâmes l'escalier et nous arrêtâmes devant une haute porte à battants. Le secrétaire frappa discrètement et entra. Il reparut un instant plus tard et s'effaça pour me laisser passer.

Le comte Svaneholm se leva de son grand bureau en acajou pour me saluer. Il était à peine plus grand que moi, mais dégageait une incontestable autorité. Il avait d'épais cheveux argentés, un visage anguleux, et ses yeux sombres m'examinaient avec intérêt et attention. C'était un homme séduisant, ce qu'il n'ignorait pas.

— Bienvenue au château de Svaneholm, dit-il en me tendant la main. Je suis ravi que nous ayons enfin la possibilité de nous rencontrer.

— Tout le plaisir est pour moi, répondis-je. Merci de prendre le temps de me recevoir.

Le comte me conduisit vers le coin salon, devant la fenêtre, où l'on avait vue sur un magnifique jardin baroque.

— Je vous présente mes sincères condoléances, dit Svaneholm lorsque nous eûmes pris place dans les fauteuils en cuir. Je ne connaissais pas votre grand-mère, mais je sais ce que signifie la perte d'un être cher.

— Je vous remercie. Les préparatifs de l'enterrement m'ont malheureusement empêchée de prendre plus tôt connaissance de votre lettre.

— Ce n'est rien. Quoique je confesse avoir été légèrement déçu.

Il n'avait pas l'habitude qu'on le fasse attendre.

Comme il me demandait si je voulais boire quelque chose, j'optai pour un soda avec une rondelle de citron. J'avais la langue collée au palais.

— Il est inhabituel de voir une femme telle que vous voyager seule, dit-il après avoir posé devant moi un verre en cristal scintillant.

— Pourquoi inhabituel ? C'est mon travail, il faut bien que je me déplace, n'est-ce pas ?

En sortant mes dossiers de mon sac, j'essayai de venir à bout du tremblement de mes mains.

— Cela va de soi. Mais, en général, les hommes d'affaires de ma connaissance ont un assistant qui prend leurs rendez-vous et les accompagne.

Je rougis. Était-ce un signe d'amateurisme de ne pas avoir d'assistant ? Jusque-là, je m'étais toujours débrouillée seule.

— C'est sans doute le résultat de l'autonomie que j'ai acquise grâce à mes études, répliquai-je.

Mon argument parut porter.

— Ainsi vous avez fait des études ? demanda-t-il. À Stockholm ?

— Oui, pour devenir vétérinaire.

Svaneholm eut un bref éclat de rire.

— Vous êtes donc vétérinaire ?

— Oui. Cela vous paraît absurde ? C'est pourtant fort utile lorsqu'on est propriétaire d'un élevage de chevaux.

Ma profession lui inspirait-elle donc du mépris ?

— Non, non ! rétorqua-t-il en levant les mains en signe d'apaisement. Ne vous méprenez pas. D'habitude, les rejetons de l'aristocratie sont envoyés pour cinq ans en Amérique afin d'y faire des études d'économie.

— Mes parents m'ont laissé le choix. J'ai toujours été intéressée par les chevaux et j'ai très tôt été confrontée à leurs maladies. Sans compter que lorsqu'on pratique l'élevage, les connaissances médicales sont un plus. Aussi n'ai-je pas hésité le moment venu.

Je marquai une brève pause en regardant Svaneholm bien en face. J'avais compris qu'il tirait vanité de son statut social. Mais jamais je ne me serais attendue à ce qu'il juge divertissant qu'une noble soit vétérinaire.

— Pour ce qui est de l'économie, je bénéficie de l'aide de ma mère. Elle est elle-même à la tête d'un domaine et m'a donné des conseils très judicieux lorsque j'ai fait mes débuts à Löwenhof.

Je sentis que j'aurais beau l'assurer de ma compétence, mon interlocuteur ne verrait jamais en moi qu'une simple paysanne. Curieusement, cela me donna une certaine confiance. Je n'avais plus à prétendre quoi que ce soit.

— Bon, montrez-moi donc ce que votre domaine a à offrir, dit-il enfin à mon grand soulagement.

Si ma personne ne constituait pas une bonne publicité pour Löwenhof, il en irait peut-être autrement de nos chevaux.

Notre entretien professionnel fut aimable, même si je sentais que Svaneholm ne me considérait pas comme son égale. Je lui soumis notre registre, détaillai les améliorations que nous avions mises en œuvre et mentionnai incidemment qu'un des meilleurs cavaliers de Suède nous avait acheté des chevaux pour les entraîner aux épreuves du concours complet d'équitation. J'évoquai aussi la clinique vétérinaire, sans préciser qu'il ne s'agissait pour l'instant que d'un lointain projet.

Svaneholm paraissait impressionné, ce qui ne l'incita pas pour autant à s'engager sur-le-champ.

— Vos bêtes sont vraiment magnifiques, mais je suis également en négociation avec d'autres propriétaires, dit-il enfin. J'espère que vous le comprendrez.

— Bien sûr, répondis-je en m'efforçant de dissimuler ma déception.

D'autres propriétaires ? Était-ce un repli stratégique ? Il ne pouvait tout de même pas me faire venir jusque chez lui pour me payer d'un « peut-être » !

J'aurais pu baisser les prix, mais je m'y refusai. Nos chevaux étaient précieux ! Et même si à côté de Svaneholm Löwenhof faisait figure de petit domaine rural, nous avions nos traditions, notre fierté et une longue expérience de l'élevage. Seul bémol : cela ne nous était pas d'une grande utilité si nous ne vendions pas de chevaux.

— Laissez-moi votre offre, je vous recontacte dès que j'ai pris une décision.

Ces paroles me portèrent un nouveau coup. Normalement, on poursuivait la conversation en invitant son partenaire commercial à manger, mais Svaneholm s'excusa : il avait un autre rendez-vous, son chauffeur me reconduirait à la gare. Aurait-il agi autrement si j'avais été un homme ?

Je pris congé de lui en sachant qu'il me faudrait patienter quelques jours. Le secrétaire me raccompagna jusqu'à la voiture. Je n'osai pas lui demander si son patron était toujours aussi expéditif. Mes chances de succès étaient sans doute déjà minces, je ne voulais pas en rajouter.

CHAPITRE 29

J'ARRIVAI À LÖWENHOF À MINUIT PASSÉ. Je récupérai le courrier et montai dans mon bureau. Je pensais laisser l'examen des lettres au lendemain, mais en les passant rapidement en revue je vis que l'une d'elles émanait du cabinet du notaire Ekengren. Les honoraires étant réglés, que pouvait-il avoir encore à nous dire ? Saisie d'un mauvais pressentiment, j'ouvris l'enveloppe.

Je réprimai un cri en apercevant le nom de Magnus. Le notaire nous informait que l'avocat de mon oncle avait pris contact avec lui pour faire valoir les droits de son client à la part réservataire.

Je me laissai tomber sur mon siège. Ma mère avait vu juste. Je restai un moment à fixer le vide. Si nous réussissions à faire affaire avec le comte Svaneholm, la somme que nous retirerions de la vente de nos chevaux servirait intégralement à payer Magnus.

Quoique épuisée, j'avais besoin d'agir pour chasser le sentiment d'impuissance qui m'avait envahie. Je pris notre dossier « Impôts », en sortis la dernière déclaration que nous avions faite, et me mis au travail. L'établissement de la valeur fiscale du domaine me permit de calculer la part qui revenait à Magnus. La somme était élevée, mais moins que je ne l'avais pensé. Cela étant, je ne pourrais la lui verser en une seule fois. Et nous serions contraints de repousser la construction de la clinique à une date indéterminée. Il restait à espérer que Svaneholm se déciderait en notre faveur, mais je voulais être optimiste. Après avoir jeté un dernier regard sur la feuille, je me levai. Le jour ne tarderait pas à poindre, j'avais besoin d'un peu de sommeil.

Le matin, je descendis dans la salle à manger avec les calculs que j'avais faits quelques heures plus tôt. Ma mère me jeta un regard surpris.

— Qu'est-ce que c'est ? demanda-t-elle en reposant précautionneusement sa tasse.

— La somme que nous devons à Magnus. J'irai le voir dès demain.

— Tu veux le rencontrer personnellement ?

— Pourquoi pas ? Ce n'est pas un monstre, tout de même.

— C'est ce que tu crois. Tu ne le connais pas.

Je pris une grande respiration.

— Maman, n'exagère pas. Magnus est mon oncle. Il est ce qu'il est, mais c'est un membre de la famille. Il ne me fera rien. Peut-être même qu'il y verra un geste de réconciliation.

— Il va sans doute commencer par énumérer tout ce qui cloche chez moi. Et chez toi.

— Je sais. Si ça lui fait plaisir, tant mieux pour lui. Mais ça ne changera rien : il n'aura pas un centime de plus que ce qui lui est dû.

— Comment s'est passée ton entrevue avec le comte danois ? s'enquit mon père pour changer de sujet.

— Pas très bien. Enfin, il s'est montré poli, la plupart du temps du moins.

— La plupart du temps ?

— Il a trouvé drôle que je n'aie pas fait cinq ans d'études d'économie en Amérique comme les autres rejetons de l'aristocratie. Une vétérinaire n'était sans doute pas une interlocutrice digne de lui.

— Ah bon ? Pourtant, c'est un métier tout ce qu'il y a de respectable. Et très utile quand on est propriétaire d'un haras.

— C'est notre façon de voir. Mais, dans les cercles que fréquente Svaneholm, on semble penser très différemment. Tu aurais dû voir son château et ses écuries. À côté, nous avons l'air de petits nobles de campagne déchus.

— C'est bien ce que nous sommes, répondit tristement ma mère. Mais nous avons d'excellents chevaux et, ces dernières années, nous avons fait du bon travail. *Tu* as fait du bon travail. Et personne n'a le droit de faire la fine bouche parce que nous avons joué de malchance pendant un temps. Ni de se moquer de ma fille !

Je lui souris.

— J'ai fait de mon mieux pour nous présenter sous l'éclairage le plus favorable. Svaneholm connaît mon offre et mon prix. Il espérait peut-être marchander en me laissant repartir sans me donner de réponse, mais il en sera pour ses frais. Études d'économie ou pas, si nos chevaux ne lui plaisent pas, il n'en achètera pas. Et, s'il ne donne pas suite par mépris pour ce que je suis, ce sera tant pis pour lui. Ses bêtes ont un problème de consanguinité. Il a besoin de sang neuf.

— Ce serait dommage qu'il ait un jour des poulains à deux têtes ou sans oreilles, siffla ma mère.

En dépit de mon irritation, je ne pus réprimer un éclat de rire.

Le lendemain matin, je partis très tôt pour Stockholm.

— Vous êtes de nouveau en déplacement, fit observer le contrôleur à qui je tendais mon billet.

— Oui, une femme d'affaires ne se repose jamais, répondis-je, peu désireuse d'expliquer que, cette fois, je voyageais pour des raisons familiales.

Pendant le trajet, je me repassai ce que je voulais dire à mon oncle. Je l'avais toujours connu revêche et haineux et ne m'étais jamais posé de questions à son sujet. À présent je me demandais s'il détestait vraiment ma mère.

À la gare de Stockholm, je pris un taxi. Magnus habitait la vieille ville, non loin de la Brännkyrkagatan, où se trouvait la maison natale de ma mère. L'immeuble, quoique un peu décrépit, possédait le charme de l'ancien avec ses rosaces et ses ornements en stuc sur le faîte. Il me rappela l'ancien palais des Rosen, même s'il était nettement plus petit.

Quand j'eus sonné, la porte de l'immeuble s'ouvrit, laissant apparaître un visage de femme rougi. Ses yeux s'écarquillèrent de surprise.

— Bonjour, Rosa, dis-je. Je ne sais pas si tu te souviens de moi. Je suis la fille de Mathilda Lejongård.

— Bien sûr. Je t'ai vue à l'enterrement, répondit-elle en jetant un regard inquiet par-dessus son épaule.

— J'aurais aimé parler à mon oncle. Est-ce que ce serait possible ?

— Je ne suis pas sûre que le moment soit bien choisi, répliqua-t-elle en tripotant nerveusement la manche de son pull. Il est en train d'écrire et il ne veut pas qu'on le dérange.

Ce n'était pas mon problème…

— C'est important, insistai-je. Il s'agit de l'héritage de sa mère.

— Cette histoire le met de très mauvaise humeur, répondit craintivement Rosa.

Je lui adressai un sourire d'encouragement.

— Alors je crois au contraire que c'est le moment de lui apporter une bonne nouvelle. Je peux entrer ?

Nous montâmes ensemble au troisième. Rosa paraissait avoir du mal à gravir les marches. Pourquoi Magnus ne se déplaçait-il pas lorsqu'on sonnait à la porte ? Craignait-il de perdre le fil de l'inspiration ?

De l'appartement s'échappait un bruit de machine à écrire. Je n'avais jamais éprouvé l'envie de lire ses œuvres. Je savais toutefois qu'il s'était spécialisé dans la littérature policière et publiait sous un pseudonyme. Lui arrivait-il de penser à nous lorsqu'il élaborait ses intrigues ?

Rosa m'introduisit au salon. Aménagé avec de lourds meubles en bois, il paraissait un peu encombré. Des piles de livres étaient posées à côté du radiateur sous la fenêtre. Au centre de la pièce trônait un énorme canapé bleu. Une cafetière placée sur la table en verre répandait une odeur corsée. Sur le tapis aux motifs colorés gisait une corbeille contenant des pelotes de laine ainsi qu'un début d'ouvrage dont on ne pouvait deviner ce qu'il serait.

À quoi ressemblait donc la vie de Rosa dans cet appartement ? Était-elle entièrement au service de son mari ? Passait-elle le temps en faisant le ménage et en tricotant ?

— Un instant, dit-elle. Je vais l'avertir.

Elle frappa à une porte et fit coulisser un des battants en verre. Le claquement de la machine se poursuivit quelques secondes, puis s'arrêta. D'une voix légèrement tremblante, Rosa annonça ma présence. J'aurais bien aimé voir la réaction de Magnus. Un instant plus tard, il entra dans le salon.

Il s'approcha de moi et ôta ses lunettes, posées légèrement de travers sur son nez.

— Qu'est-ce que tu viens faire ici ? demanda-t-il sans me saluer. C'est ta mère qui t'envoie pour me signifier que j'ai été déshérité ? Dans ce cas, tu perds ton temps, j'ai le droit pour moi.

— Je sais, répliquai-je. C'est la raison de ma présence. Je voulais te parler de la part d'héritage qui te revient.

La ride d'amertume qu'il avait au coin des lèvres s'effaça un instant. Il paraissait surpris et, pour la première fois, je le vis coi.

— Très bien, reprit-il au bout de quelques secondes. Où est mon argent ?

— On pourrait peut-être s'asseoir, suggérai-je, peu désireuse de rester plantée au milieu du salon.

— Bien sûr. J'ai tout de même du savoir-vivre, n'est-ce pas ? Assieds-toi, mais sois brève. J'ai à faire.

Je pris place sur le canapé et posai mon sac sur mes genoux.

— Je suis venue te dire que j'étais d'accord pour te verser la somme qui te revient.

— Tiens donc ! répliqua Magnus en haussant un sourcil. Et qu'en dit ta mère ?

— Tu ne le sais peut-être pas, mais ma grand-mère m'a instituée héritière du domaine et du titre. Ma mère a reçu de l'argent, mais elle n'est pas l'héritière principale. Voilà pourquoi c'est moi qui suis là.

Magnus esquissa un étrange sourire. Il se pencha légèrement en avant et joignit les mains.

— Alors comme ça, son plan a échoué.

— Quel plan ?

— Faire main basse sur Löwenhof.

— Ma mère n'a jamais eu cette intention. Elle est déjà propriétaire d'un domaine.

— Celui de mon frère, oui, je me souviens. Il est vraiment regrettable qu'Ingmar ait péri en mer. J'aurais préféré que ce soit ta mère.

Je fus prise de fureur. Si je m'étais écoutée, j'aurais répondu sur le même ton, mais je me contraignis au calme. Pour arriver à mes fins, il fallait que je garde la tête froide.

— C'est le sort qui en a décidé ainsi, ripostai-je en le regardant bien en face. Personne n'est responsable de la mort d'Ingmar.

— Notre mère l'a chassé avec tous ses mensonges ! s'emporta-t-il. Elle nous a laissés dans l'incertitude sur l'identité de notre père. Et quand il s'est manifesté…

— Si votre « père » n'était pas venu, vous n'en auriez jamais rien su ! l'interrompis-je. Il a laissé tomber votre mère. Lennard a été un bon père pour vous. Ce Max, Hans ou quel que soit son nom était sans doute revenu avec l'idée de tout détruire. Tu n'as jamais essayé de voir les choses sous cet angle ?

Le regard de Magnus étincela de colère. Je m'attendais presque à ce qu'il me mette à la porte. Rosa voulut poser la main sur l'épaule de son mari, mais elle se ravisa.

— Je ne sais rien de ce qui s'est véritablement passé à l'époque, poursuivis-je. Je n'en connais que ce que m'a raconté ma grand-mère. Et, d'après elle, Lennard a été un bon père. L'homme à qui tu viens de donner ce nom l'a abandonnée. Tu n'as pas le droit de la juger.

Magnus inspira profondément. Son visage avait pris une teinte grisâtre.

— Mais je ne suis pas venue pour parler de ça. C'est avec ta mère que tu aurais dû discuter. Je crois que ça vous aurait fait du bien à tous les deux. À présent, ce n'est plus possible. Et je n'ai rien à voir là-dedans. Alors on peut parler de l'argent ?

Je sentis poindre une légère migraine. Ma mère n'avait pas exagéré : Magnus éprouvait un tel ressentiment qu'on voyait mal comment lui faire entendre raison. J'en éprouvai presque de la peine pour lui.

Il eut besoin d'un moment pour se calmer. J'ignorais à quels scénarios il se livrait en pensée. Peut-être imaginait-il un de ses personnages de roman en train de m'assassiner. Il inspira brusquement par le nez, comme s'il avait voulu réprimer un sanglot.

— Bon, dit-il alors. Je t'écoute.

Je fis un effort pour me ressaisir. Ce que j'avais à lui proposer ne pourrait que lui déplaire après son éclat de colère.

— Comme je te l'ai dit, je suis prête à te verser ta part, commençai-je. Cela étant, je ne suis pas en mesure de te régler la somme en une seule fois. Ça nous ruinerait, ce qui ne profiterait à personne.

— Je n'ai pas à le prendre en compte ! Ma mère m'a écarté si tôt que je me fiche pas mal du sort de Löwenhof.

— Mais j'espère que tu ne te fiches pas de ton propre sort ni de celui de ta famille, rétorquai-je.

Je parcourus le salon du regard. Il avait l'air aussi désuet que l'ancienne chambre d'Ingmar. À cela près que son occupant était toujours en vie et qu'il lui était possible de tourner la page.

— Parce que tu crois faire partie de ma famille ? se gaussa-t-il. Tu n'es que la fille d'une bâtarde.

— Je suis la petite-fille de ton oncle. On ne va pas revenir sur nos origines respectives, oncle Magnus, hein ? Par « famille », je voulais dire ta femme et ton fils.

— Qu'est-ce que Finn vient faire là-dedans ? demanda-t-il comme si Rosa n'existait pas.

— Tu pourrais évidemment me poursuivre en justice pour que je te verse l'intégralité de la somme en une fois. Mais il faudrait que tu paies un avocat. Or, comme je suis d'accord pour m'acquitter de ce qui te revient et que je demande seulement à pouvoir régler par acomptes, il ne pourra pas obtenir grand-chose. Mais il t'adressera une note d'honoraires qui engloutira probablement une part de cet héritage que tu pourrais utiliser avec profit.

Magnus me regarda d'un air impénétrable.

— Dans l'immédiat, je te règle vingt-cinq mille couronnes, dis-je en sortant le chèque. Tu recevras la seconde moitié dans le courant de l'année prochaine.

— Cinquante mille couronnes ? protesta Magnus. Le domaine vaut beaucoup plus !

— Il valait beaucoup plus. Les temps ont changé. Si tu avais parlé avec ta mère, tu aurais appris que la guerre a complètement rebattu les cartes. Qui plus est, tu n'as droit qu'à la part réservataire. Autrement dit, la moitié de ce qui te serait revenu si tu avais hérité. Ma mère et moi sommes héritières. Normalement tu aurais dû toucher un tiers de l'héritage. Et donc il t'en revient un sixième.

— Mais c'est n'importe quoi ! Je suis sûr qu'un avocat verra les choses très différemment !

— Je tiens ces informations du notaire. Un avocat ne pourra que t'en apporter la confirmation. Nous avons dû vendre des terres pour redresser la situation, ce qui a contribué à faire baisser la valeur fiscale du domaine. Mes calculs se fondent sur tous ces éléments.

— Vous avez vendu des terres ? s'exclama Magnus avec incrédulité.

— Oui, nous y avons été contraints.

— Ces terres m'appartenaient ! Comment avez-vous osé faire ça ? Je savais bien que ma mère était incapable de gérer quoi que ce soit.

— Tu déformes les faits. Ces terres étaient la propriété d'Agneta. Elle a accepté de les vendre parce que c'était nécessaire.

— Elle devait déjà avoir une case en moins !

— Magnus, je t'en prie ! dis-je en lui tendant l'enveloppe. Voici déjà un chèque de vingt-cinq mille couronnes. L'année prochaine, quand nous saurons à quoi nous en tenir sur nos rentrées, je te ferai un second chèque du même montant. Tu as ma parole d'honneur !

— Pour ce que ça vaut !

— C'est la parole d'honneur de la comtesse Lejongård, répliquai-je. Si tu veux, on peut aussi rédiger un contrat qui, en cas de non-paiement, te permettra de demander une saisie. Ton contentieux avec ma mère ne m'intéresse pas. En l'occurrence, ce n'est pas d'elle mais de moi qu'il s'agit. Aujourd'hui, je suis à la tête du domaine et en tant que nouvelle tenante du titre je fais preuve d'équité à l'égard des membres de ma famille. Ce chèque constitue une offre loyale et sincère. Tu recevras ce qui t'est dû, mais en deux fois. Si tu t'adresses à un avocat, tu ne feras que réduire ta part. En revanche, si tu acceptes mes conditions, tu auras cinquante mille couronnes. Ce qui sera tout à ton avantage.

— Et que voulez-vous en contrepartie ? Que je renonce à mon nom ? ironisa Magnus.

Je sentis toutefois que son arsenal n'était plus aussi fourni.

— Pas du tout. Tu pourras venir au domaine quand tu le souhaites, ce qui vaut aussi pour ta famille. Mais comprends une bonne fois pour toutes que tu n'es pas le maître à bord. L'héritière, c'est moi, de par la volonté de ma grand-mère. Je ne te dois rien de plus que ta part. En prenant cette enveloppe, tu souscris à tous les termes de notre accord.

Magnus était visiblement tiraillé. Je regardai sa femme, qui se tenait derrière lui avec un air d'excuse. Je lus aussi dans ses yeux le désir que son époux accepte ma proposition.

Magnus leva la main, prit l'enveloppe que je lui tendais, l'ouvrit lentement et en sortit le chèque.

— Dois-je te donner un reçu ? demanda-t-il après l'avoir considéré un instant.

— Si tu le veux bien, oui.

Il se leva et disparut derrière la porte coulissante. Je vis sa femme pousser un soupir de soulagement. Elle parut vouloir dire quelque chose, mais en fut empêchée par le retour de son époux.

— Voilà, dit-il en me tendant une feuille.

C'était la première fois que je voyais son écriture. Je fus surprise de sa beauté.

— Merci, répondis-je en rangeant le document dans mon sac.

— Si tu ne reviens pas l'année prochaine à la même date, je ferai appel à un avocat, déclara-t-il.

— Ce ne sera pas nécessaire, tu recevras ton chèque en temps et en heure, répliquai-je en me levant. Adieu, oncle Magnus. Au revoir, Rosa, ce fut un plaisir.

— Au revoir, lâcha-t-elle timidement.

Je sortis la tête haute. Une fois dehors, je m'efforçai de marcher bien droite, pour le cas où Magnus m'aurait observée de la fenêtre. Mais, quand j'eus tourné au coin de la rue, je m'arrêtai, saisie par un léger vertige, m'appuyai contre la façade et pris une grande inspiration. Incroyable, j'avais réussi à convaincre Magnus d'accepter un paiement échelonné ! Même si cela représentait une perte sèche, nous n'avions désormais plus rien à craindre.

En rentrant à Löwenhof, je vis qu'il y avait encore de la lumière au salon. Jonas était en déplacement professionnel dans le Nord, aussi étais-je rentrée directement au domaine. Je ne voulais pas être seule dans son appartement.

Quoique devant partir très tôt le lendemain pour Ekberg, ma mère était encore debout. En pénétrant dans le vestibule, j'entendis les notes assourdies d'une très vieille chanson de jazz. Je refermai la porte et m'arrêtai un instant pour écouter.

Il était un peu étrange d'entendre de la musique dans cette maison. Nous écoutions la radio, bien sûr, mais il était rare que quelqu'un mette un disque. Nous ne possédions même pas de tourne-disque, nous n'avions que le vieux gramophone de ma grand-mère. C'est tout juste si nous osions encore écouter les disques en gomme-laque – ils sommeillaient dans le coin le plus sombre et le plus frais de la bibliothèque.

Et voilà que j'en entendais un. Au son de cette mélodie, les tableaux du vestibule paraissaient soudain prendre vie. Jusqu'à mon arrière-grand-mère Stella, la « reine des neiges », qui semblait tout à coup plus douce et plus accessible. Comme si son âme trouvait un peu de paix. Peut-être devrais-je mettre plus souvent de la musique, juste comme ça.

Quand la chanson fut terminée, j'entrai au salon. Ma mère avait sorti le gramophone. Elle était assise sur le canapé en rotin, une pile de disques à côté d'elle.

— Bonsoir, Maman, lançai-je. Tu es encore debout ?

— Solveig ! Déjà de retour ? Je voulais trier les vieux disques. Certains sont si usés qu'on ne peut plus les écouter.

Je posai mon sac sur la commode, à côté de la porte, un geste qui aurait déplu à ma grand-mère... Puis je retirai mon trench-coat.

— Tu veux vraiment t'en débarrasser ? demandai-je. Ce sont des souvenirs.

Un instant, je fus tentée de lui faire part de l'impression qui m'avait saisie dans le vestibule.

— Comment ça s'est passé avec Magnus ? s'enquit-elle.

— Bien, répondis-je en m'asseyant en face d'elle dans un fauteuil.

— Bien ? répéta-t-elle en haussant les sourcils. Ce serait vraiment la première fois qu'on arrive à quelque chose avec lui.

— Ça n'a pas été facile. Mais j'ai trouvé ça intéressant. Je n'avais jamais vraiment parlé avec lui. Quand il venait ici, ça donnait lieu à un conflit et il repartait aussi sec. Tu te souviens de la fois où Finn a coupé les cheveux de ma poupée ? Rien que pour s'amuser. Ça ne faisait même pas un quart d'heure qu'il était là avec son père. Cependant cet entretien m'a donné l'occasion de mieux connaître mon oncle.

Ma mère paraissait toujours aussi incrédule.

— Il est rempli d'amertume, Maman, poursuivis-je. J'ignore pourquoi, mais il n'arrive pas à se détacher de ce qui s'est passé. Il ne peut pas pardonner.

— Il ne me pardonne pas d'être arrivée dans cette maison.

— Peut-être. Mais il n'aurait pas été plus heureux s'il ne t'avait pas connue. Magnus semble détester tout ce qui l'entoure, y compris sa femme. Je le crois incapable d'éprouver d'autres émotions que la haine. Il ne sait pas être aimable, il ne ressent probablement pas d'amour. Ou, plus exactement, il n'est pas en mesure de l'exprimer.

— Ingmar a dit un jour qu'il avait l'esprit un peu dérangé et qu'il devrait se faire examiner.

— Je ne peux pas en juger. Tout ce que je vois, c'est un individu incapable d'être heureux. Ou alors il le cache vraiment très bien.

Je marquai une pause. Soudain, je repensai à l'enterrement de ma grand-mère et à ce que j'avais cru percevoir chez Magnus.

— Lors des funérailles de *Mormor*, j'ai été frappée par l'émotion et le chagrin que j'ai lus sur son visage alors qu'il ne se croyait pas observé. Lorsqu'il a croisé mon regard, il a aussitôt repris son masque.

— Tu fabules, répliqua ma mère. C'est ce que tu voudrais croire.

— Non, je suis sûre de ce que j'avance, insistai-je. Il a des sentiments. Mais il ne les montrera sans doute jamais.

Il y eut un silence. Ma mère réfléchissait tandis que je me demandais comment on pouvait supporter de ne jamais témoigner que de la contrariété et de la haine.

— Et qu'est-ce qu'il a dit à propos de l'argent ? Il a été content au moins ?

— Il a accepté en grinçant des dents d'être payé en deux fois. J'ai réussi à le convaincre qu'une plainte en justice ne lui rapporterait que des frais inutiles.

— J'aurais tout de même préféré que tu ne lui donnes pas cet argent sans même discuter.

— J'étais légalement tenue de le faire. Même si c'était contraire à la volonté de Grand-mère. Elle n'a pas pensé à cette disposition de la loi. Pour le punir vraiment, elle aurait dû lui léguer un bien sans valeur, un bout de terrain, par exemple, dont il n'aurait rien pu faire. Mais elle l'a déshérité et dans ces conditions nous devons respecter la loi. Cela dit, je suis sûre qu'il nous laissera tranquilles. Il ne disparaîtra pas complètement de notre vie, mais il n'essaiera plus de nous nuire. Sauf s'il fait de nous les personnages d'un de ses romans ! D'ailleurs il nous a sans doute déjà assassinées à plusieurs reprises. Mais, si c'est le cas, il paraît ne pas en avoir retiré de soulagement.

— Magnus ne nous fichera pas la paix, tu peux en être sûre. On le verra revenir sous peu.

Je lui pris les mains. Elles étaient froides.

— Je suis sûre d'avoir fait ce qu'il fallait. C'était la seule façon de se débarrasser de lui. Lorsqu'il recevra le solde de son dû, nous en aurons fini. Il ne pourra plus rien demander.

— J'espère que tu as raison, répondit ma mère en me prenant dans ses bras.

Elle me tint serrée contre elle, puis me lâcha.

— Va te coucher, reprit-elle. Je vais rester encore un moment pour trier les disques. De toute façon, j'ai du mal à dormir ces derniers temps.

— Ne jette pas tout, d'accord ? J'aimerais bien pouvoir réécouter ceux qui sont encore en bon état.

— Entendu. Bonne nuit, chérie.

— Bonne nuit.

CHAPITRE 30

Les semaines passèrent et l'automne arriva. L'emplacement prévu pour la clinique vétérinaire demeurait vide. J'allais chaque jour le contempler. Le ruban qui en délimitait la surface flottait au vent. Des empreintes de pas décoraient le sable. La première pierre aurait dû être posée depuis longtemps, mais l'entreprise, à laquelle nous avions demandé de patienter, avait accepté entre-temps un autre contrat. Jonas faisait tout son possible pour me remonter le moral.

Peut-être n'était-ce que l'effet d'une mélancolie automnale, mais j'avais l'impression que, depuis la mort de ma grand-mère, nous étions poursuivis par la malchance. Mon mariage avec Jonas était encore loin, nous n'avions pas réussi à fixer une date. Ma mère avait fondu en larmes à la vue du magazine de mariage que j'avais rapporté de la ville. D'après elle, nous pouvions envisager une cérémonie à l'hiver, le délai de décence serait respecté. Cela ne m'en paraissait pas moins très éloigné.

J'avais tout de même réussi à trouver une assistante qui, pour le moment, me secondait à mi-temps.

Karin Sommer avait 20 ans et sortait de l'école de commerce. Comme elle devait s'occuper de sa mère malade qui vivait à Kristianstad, elle avait accepté de travailler à Löwenhof de midi au début de la soirée. Elle avait vite appris et était devenue pour moi un soutien efficace et compétent.

Un mercredi, alors que je revenais du caveau familial où j'avais changé les fleurs devant la niche où reposait le cercueil de ma grand-mère, Karin accourut à ma rencontre dans le vestibule.

— Mademoiselle Lejongård, il y a eu un appel pour vous. Le secrétaire d'un certain comte Svaneholm, qui voulait vous parler.

Je m'immobilisai. J'avais souvent pensé au comte danois dans les temps qui avaient suivi notre entrevue, puis, son silence se prolongeant, j'avais perdu l'espoir d'avoir une réponse positive. Cela faisait à présent trois mois que j'étais allée le voir dans son château.

— A-t-il laissé un message ?

— Il a demandé que vous le rappeliez dès votre retour. J'allais chercher un café quand je vous ai aperçue.

Je sentis mon estomac se nouer. Sans doute voulait-il un complément d'information, ou me dire que le comte avait choisi de ne pas donner suite. Je composai le numéro du secrétaire, qui décrocha à la troisième sonnerie. Quand j'eus dit mon nom, il passa du danois à l'anglais.

— Mon assistante m'a informée que vous aviez appelé, dis-je.

— En effet. Je vous transmets les salutations du comte. Il aurait souhaité venir vous voir la semaine prochaine afin d'examiner les chevaux dont vous lui avez parlé.

La semaine prochaine ?

— Le comte Svaneholm a-t-il décidé d'accepter mon offre ?

— Pas encore, mais vous êtes toujours sur les rangs, pour le dire familièrement. Il ne prendra de décision qu'après avoir vu les bêtes.

Toujours sur les rangs ? Cette précision suscita ma perplexité.

— Pensez-vous pouvoir le recevoir ? insista-t-il.

— Bien sûr. Quelle est la date qui lui conviendrait le mieux ?

— Il est invité chez le roi à la fin de la semaine, alors si le rendez-vous pouvait avoir lieu entre mardi et jeudi, ce serait parfait.

Le roi. Le secrétaire espérait m'impressionner. Cela étant, je me voyais mal lui dire que le prince Bertil était venu chez nous.

— Alors je serai ravie de vous accueillir ici mercredi prochain. Inutile de prendre une chambre à l'hôtel, nous pouvons vous héberger au domaine. À moins que vous ne souhaitiez faire autrement.

Je partais du principe qu'il accompagnerait son maître.

— Non, votre proposition nous convient parfaitement. Je vais en parler au comte et reprendrai contact avec votre assistante.

— Très bien, je vous remercie !

Je raccrochai et me tournai vers Karin.

— Il rappellera. Tenez-moi au courant et préparez-vous à le voir arriver mercredi prochain.

Lorsque je fis part de la nouvelle à ma mère, le soir au téléphone, elle se montra agacée. Entre-temps, le secrétaire de Svaneholm nous avait confirmé le rendez-vous.

— Qu'est-ce qui lui prend de vouloir venir si rapidement ? demanda-t-elle. Après tout ce temps !

— Il faut croire que les autres offres qu'il a reçues ne l'ont pas convaincu.

— J'espère que tu plaisantes !

— Bien sûr, soupirai-je. Je suis juste furieuse qu'il nous ait laissés poireauter si longtemps et qu'il faille maintenant réagir au quart de tour.

— Tu as tout de même une semaine pour te préparer. Est-ce que tu as besoin de quelque chose ? Tu veux qu'on vienne t'aider ?

— Non, je te remercie. J'aimerais me débrouiller seule. Et puis Karin est là. Ça lui permettra d'apprendre comment on accueille les visiteurs à Löwenhof. Le comte s'attend sûrement à ce qu'on ait des domestiques.

— Il risque d'être déçu. Il en a, lui ?

— Oh oui ! Très discrets, mais présents.

— Dans ce cas, il va falloir que tu fasses au mieux. Si tu as besoin de quoi que ce soit, n'hésite pas.

— Merci.

Je lui souhaitai une bonne nuit et raccrochai.

Peu avant le jour J, les chambres étaient impeccables, les lits garnis de draps propres, et l'on aurait pu se croire dans un hôtel de standing, quoique ancien. Mme Johannsen s'était préparée de son côté. Cependant j'étais épuisée et presque tentée de prier ma mère de venir. Je ne voyais pas comment m'en sortir seule avec Karin.

J'exprimai mes doutes à Jonas par téléphone, mais il ne parvint pas à me rassurer. Je décidai alors de faire un tour de la maison pour me calmer.

Qu'espérais-je faire croire à Svaneholm ? Que notre manoir pouvait rivaliser avec son château ? Il verrait tout de suite que ce n'était pas le cas. Si j'engageais des domestiques, on devinerait vite qu'elles ne travaillaient pas chez nous à demeure. Avec les cavaliers de l'équipe olympique, cela n'avait pas posé de problème. Mais, avec le comte, qui me prenait déjà de haut...

Je m'arrêtai devant les portraits de mes arrière-grands-parents. Des personnages imposants, efficacement mis en scène par ma grand-mère. Eux auraient su comment se comporter avec un homme tel que le comte danois. Moi, j'étais une femme ordinaire, qui n'avait pas été élevée dans les valeurs et les habitudes aristocratiques. Je venais d'une famille de la bonne bourgeoisie qui m'avait dispensé une éducation libérale. Aurais-je préféré qu'il en soit autrement ? Assurément pas. Les libertés qu'on m'avait accordées étaient précieuses et personne n'avait le droit de les dénigrer. Qu'il s'agisse de mes études ou de la façon dont je tenais ma maison. Si seulement ce rendez-vous n'avait pas été si important pour nous ! Je sentais combien la présence de ma grand-mère aurait été réconfortante...

Je demeurai un moment devant les tableaux, comme si j'espérais un signe de mes ancêtres. Mais rien. Le vent faisait craquer les fenêtres. Je me détournai. Il fallait que je prenne un peu de repos.

J'avais pensé que Svaneholm arriverait en limousine mais, vers 10 heures du matin, un taxi s'arrêta devant notre porte. J'accueillis notre hôte sur le perron, accompagnée de Karin, que j'avais chargée de faire la conversation au secrétaire. Je ne voulais pas qu'il tourne autour de son maître comme un chien obséquieux pendant notre entretien.

— Bienvenue à Löwenhof, dis-je en tendant la main au comte. J'espère que vous avez fait bon voyage.

— Il a été très agréable, merci, répondit-il poliment. J'étais curieux de voir enfin votre domaine. Un vrai bijou, rustique et charmant.

Un bijou. Rustique. Il ne se donnait pas la peine de dissimuler le fond de sa pensée. Notre manoir était effectivement bien plus petit que son château. J'espérais toutefois que cela n'entrerait pas en ligne de compte dans sa décision…

— Karin va vous conduire à vos appartements. Et je serais ravie que vous me rejoigniez pour une petite collation quand vous serez installés. J'imagine qu'un rafraîchissement sera bienvenu après le voyage.

— Plus que bienvenu, répondit le comte en faisant signe à son secrétaire de prendre ses bagages.

Je les suivis du regard sans pouvoir réprimer un sourire. À présent, le secrétaire avait l'air d'un valet de chambre. Sortait-il les chaussettes de son maître ? Brossait-il sa veste le soir ? En tout cas, nous avions fait en sorte qu'il n'ait pas à dormir sur le banc placé au pied du lit du comte…

Une demi-heure plus tard, une délicieuse odeur de café flottait dans le salon. Le présentoir posé sur la table en verre était rempli de sept sortes de biscuits préparés la veille par Mme Johannsen.

Conformément aux conseils de Jonas, j'engageai la conversation en parlant de choses et d'autres : l'arrivée de l'hiver, le temps qu'il faisait, les perspectives de l'année à venir et les Jeux olympiques. Svaneholm paraissait déstabilisé. Il avait dû penser que j'entrerais d'emblée dans le vif du sujet. Cependant je ne voulais pas lui donner l'impression que j'avais besoin de lui.

Au bout d'un moment, je l'invitai à m'accompagner à l'extérieur et nous entamâmes un tour du domaine. Il remarqua tout de suite les faiblesses du bâtiment.

— Que se passe-t-il avec l'aile est ? s'enquit-il après avoir examiné attentivement le manoir. Elle paraît un peu délabrée par rapport à l'aile ouest.

— La guerre nous a empêchés de procéder aux travaux de réfection qui auraient été nécessaires. Nous avions d'autres priorités.

— Je pensais que la Suède n'avait pas trop souffert du conflit.

— Vous avez raison, ses conséquences n'ont pas été aussi graves qu'au Danemark. Mais nous n'en avons pas moins ressenti les effets. Pénurie de matériaux, jeunes hommes réservistes et mobilisés… Comme nous nous refusions à tirer profit de la guerre, nous n'avions pas les moyens d'entretenir le manoir.

— Vous avez connu des difficultés financières ?

C'était le moins qu'on puisse dire !

— Le peu que nous avions servait à entretenir les écuries. Qui plus est, nous avons essayé d'apporter notre aide aux victimes du conflit. C'est ainsi que nous avons hébergé pendant un temps des citoyens norvégiens qui avaient fui leur pays occupé par les nazis.

— C'était très généreux de votre part.

— Un de mes oncles s'était engagé dans la résistance norvégienne. Il est mort au cours d'une mission.

— Vraiment ? Cela a dû être très dur pour votre famille.

— Quelqu'un m'a dit un jour que la qualité d'un homme ou d'une femme d'affaires tenait en partie à sa capacité à encaisser et à surmonter les échecs.

— Je ne connaissais pas cette devise, mais elle me paraît pleine de sagesse, répondit Svaneholm en m'examinant avec attention. Cependant tout cela s'est passé avant votre naissance, n'est-ce pas ? Vous me semblez trop jeune pour l'avoir vécu.

— Je suis née le jour de la capitulation allemande. Mais ma mère m'a parlé de ces événements et m'a montré des photos. Chez nous, on a toujours veillé à ce que les enfants connaissent bien l'histoire de la famille. Et à ce qu'ils apprennent à aimer les chevaux.

Je désignai les écuries.

— On y va ?

Les chevaux tournèrent la tête à notre entrée. J'entendis les étalons inspirer comme s'ils essayaient de deviner à notre odeur ce que nous avions en tête.

— Vous avez des bêtes magnifiques, dit Svaneholm après avoir jeté un premier coup d'œil autour de lui.

— Seules celles qui se trouvent dans les box de droite sont à vendre, expliquai-je. C'est également dans ce bâtiment que sont logés les étalons. Et puisque nous sommes entre nous : vous avez évoqué un problème de consanguinité. Vous pourriez m'en dire plus ?

— Quel rapport avec ce qui nous occupe ? demanda le comte avec un brin d'irritation.

Le sujet lui était désagréable.

— N'oubliez pas que je suis vétérinaire. Si vous me dites quel est le problème, je pourrai réfléchir à la manière d'y remédier. S'agit-il de dommages organiques, une faiblesse pulmonaire par exemple ?

— Mes bêtes ont un problème de ligaments, répondit-il avec un air sombre. Nous avons cherché à accroître leur endurance par le biais d'accouplements entre cousins au premier degré, mais il en est résulté des effets négatifs qui n'ont pas été immédiatement perceptibles. À présent, ils apparaissent de plus en plus clairement, ce qui sous peu pourrait nous empêcher de prendre part à des compétitions.

— Pourquoi avez-vous tardé à adopter les mesures nécessaires ?

— Parce que leur endurance s'est effectivement accrue.

— Ce qui vous a valu des succès.

Ce genre de pratique était irresponsable. Les grands haras établissaient des listes et des arbres généalogiques précisément pour éviter les risques de consanguinité. Certains éleveurs, pourtant, faisaient fi de ces précautions afin d'éliminer les caractéristiques indésirables. Sauf que le résultat allait parfois à l'encontre de leurs attentes.

— En effet. Jusqu'à ce qu'un de nos chevaux de course soit victime d'une déchirure de tendon en pleine compétition.

Je fis la grimace – je savais à quoi ressemblait ce type d'accident.

— En tant que vétérinaire, je vous conseillerais de ne plus utiliser pour la reproduction celles de vos bêtes qui présentent une déficience des ligaments. Dans nos pratiques d'élevage, nous avons toujours veillé à ce que nos chevaux ne soient pas trop directement apparentés. Ce sont plutôt leurs qualités que nous avons prises en compte. Et cela dès l'époque où mes ancêtres commerçaient encore avec l'armée. Un étalon courageux et une jument peu sensible au bruit, voilà qui donnait un cheval parfaitement adapté au champ de bataille. Depuis que nous ne vendons plus de chevaux à des fins belligérantes, nous nous sommes concentrés sur d'autres qualités. Mais le processus reste le même.

— Vous paraissez avoir un très grand choix de bêtes aptes à l'élevage.

— Nous avons toujours mis l'accent moins sur la robe que sur la robustesse. Chacun de nos chevaux pourrait sur le long terme remédier aux problèmes de tendons de vos bêtes – à condition que vous abandonniez les saillies entre animaux apparentés. Sinon, leurs descendants développeront les mêmes faiblesses.

Svaneholm parut soudain avoir perdu de sa superbe. Mais cette impression se dissipa lorsque son regard tomba sur notre meilleur étalon.

— Voilà une bête magnifique, dit-il sans commenter mon exposé.

— Son nom est Roi-Soleil. C'est le père d'un grand nombre de chevaux qui nous ont été achetés. Lui, en revanche, n'est pas à vendre.

Svaneholm s'approcha de l'étalon et tendit la main vers ses paturons. À la façon dont il s'en saisit, je vis qu'il avait l'habitude des chevaux.

— Il me paraît avoir des tendons très solides.

Le comte se redressa avec un regard qui trahissait presque de la convoitise.

— Venez, je vais vous montrer les juments, dis-je afin de le détourner de Roi-Soleil.

Je voulais éviter qu'il s'en entiche, car je n'avais aucune intention de le lui céder.

Nous nous rendîmes dans le bâtiment voisin. Entretemps, le système de sécurité avait été amélioré : désormais, l'interrupteur était protégé par une grille des contacts involontaires. J'espérais que Svaneholm le remarquerait, mais il n'avait d'yeux que pour les juments. L'une d'elles était pleine.

— Le père est-il Roi-Soleil ? s'enquit-il.

— Non, c'est Neptune, un autre de nos étalons. Nous essayons de combiner les patrimoines génétiques de façon à assurer la plus grande diversité possible.

Svaneholm jeta un dernier regard sur les bêtes.

— Je veux Roi-Soleil, dit-il alors. Et cinquante chevaux. Dix étalons et quarante juments.

Jusque-là, nous n'avions pas parlé de quantité. Je fus surprise de ce chiffre élevé – pourtant, cela tombait sous le sens : étant donné les problèmes qu'il m'avait exposés, il fallait qu'il reconstitue son élevage. Mais, ce qui m'étonna le plus, ce fut la surdité dont il faisait preuve.

— Je suis désolée mais, comme je vous l'ai dit, Roi-Soleil n'est pas à vendre, répondis-je en repensant à Roscoe, grâce à qui j'avais rencontré Jonas. Il est le pilier de notre haras. Nous pourrons si vous le souhaitez lui faire saillir quelques-unes de vos juments, mais il restera notre propriété.

— Et si je ne fais affaire avec vous qu'à la condition de pouvoir l'acheter ?

Mon pouls s'accéléra. Croyait-il vraiment que j'allais lui vendre notre meilleur cheval sans autre forme de procès ?

— Ce ne serait pas très avisé de votre part. Vous y perdriez cinquante de nos meilleurs chevaux et la possibilité de renouveler votre élevage. Je serais même disposée à vous vendre Dauphin, le fils de Roi-Soleil. Il ne lui cède en rien, il est plus jeune et vous sera très utile.

— Mais il n'est que le fils de ce magnifique étalon.

— Si on l'accouple avec des juments bien choisies, on obtiendra sans doute de formidables chevaux. De futurs champions. Vous savez, comte Svaneholm, je n'ai peut-être pas fait d'études d'économie, mais je sais compter. La perte de Roi-Soleil nous causerait un préjudice considérable. Vous non plus, vous ne vendriez pas un tel étalon. Ce que je vous propose est tout à fait correct : cinquante chevaux, un étalon plein d'avenir. Moi, je garde le fleuron de notre élevage. Et je suis disposée à organiser des saillies en échange d'une somme raisonnable. Et si vous souhaitez participer à des tournois, vos cavaliers peuvent venir s'entraîner chez nous.

Svaneholm me fixait, impassible, comme s'il espérait me faire baisser les yeux. Cependant je le regardais bien en face. Il n'avait pas affaire à une petite fille, mais à la comtesse Lejongård. J'étais certaine que ma grand-mère se serait comportée de même.

— Reparlons-en au dîner, proposa-t-il finalement.

— C'est une excellente idée. Je vais informer notre cuisinière, qu'elle nous prépare un de ces repas dont elle a le secret.

— Oh, mais je pensais sortir en ville ! Cela ne vous coûterait-il pas trop d'efforts ? Vous ne semblez pas avoir de domesticité.

J'eus l'impression d'avoir reçu un coup dans l'estomac. Croyait-il donc que faute de domestiques nous n'étions pas capables de nous nourrir décemment ?

— Ne vous inquiétez pas, nous avons tout ce qu'il faut, répliquai-je en m'efforçant de dissimuler mon irritation sous un sourire. Nous fonctionnons peut-être différemment de chez vous, mais nous avons tout de même un certain standing. Je serais ravie que vous me fassiez l'honneur d'être mon invité ce soir.

Svaneholm parut contrarié, mais il ne voulut pas se montrer impoli.

— Avec plaisir, comtesse Lejongård, répondit-il en inclinant la tête.

— Quel salopard, tout de même ! grommelai-je lorsque j'eus regagné mon bureau. Toujours la même tactique : nous tenir en haleine…

— La discussion ne s'est pas bien passée ? s'enquit Karin.

— Il veut Roi-Soleil, mais pas question que je le lui cède. Soit il prend les bêtes que je lui ai proposées, soit il repart les mains vides.

J'aurais bien voulu pouvoir dire que je n'avais pas besoin de son argent, mais ç'aurait été mentir. Ma clinique vétérinaire ne se construirait pas toute seule. Et dans l'immédiat je n'avais pas d'autre client de cette envergure.

— Que comptez-vous faire ?

— Dîner avec lui. Et j'aurais bien aimé que vous restiez ici ce soir, pour le cas où il lui viendrait de sottes idées. Cela vous serait-il possible ? Je sais que votre mère a besoin de compagnie, mais votre sœur pourrait peut-être vous remplacer exceptionnellement ?

Ma question parut la déstabiliser, mais elle m'assura qu'elle pourrait s'arranger.

— Merci beaucoup ! Peut-être réussirez-vous à dégeler son secrétaire, ajoutai-je avec un clin d'œil.

Je descendis à la cuisine. J'avais déjà averti Mme Johannsen qu'il y aurait un dîner. Mais cela ne suffisait pas : il fallait impressionner Svaneholm.

Proposer un dîner comme à l'époque de mes arrière-grands-parents était strictement impossible en l'absence de personnel. Mme Johannsen n'en releva pas moins le défi.

— Il serait bon que vous ayez des domestiques pour assurer le service, fit-elle remarquer en soupirant, tandis que j'observais l'avancée des préparatifs. Ma grand-mère disait qu'il fallait parfois quatre ou cinq personnes pour servir à table dans une grande maison. Ce comte doit être habitué à un certain décorum. Si c'est vous qui apportez les plats…

— Je sais, répondis-je.

Pourquoi n'avais-je pas fait appel aux jeunes filles qui nous avaient aidés durant le séjour de l'équipe olympique ? C'est alors que je repensai au curriculum vitae d'un cavalier professionnel que j'avais engagé quelques semaines plus tôt. Peut-être avais-je une solution…

Je le fis venir dans mon bureau. Thomas Haraldsson, responsable du dressage des jeunes chevaux.

— Thomas, vous avez travaillé dans la restauration, n'est-ce pas ? demandai-je

— En effet, répondit-il, surpris. J'ai été formé à Stockholm.

— Vous serait-il possible d'assurer le service, ce soir au dîner ? Je sais que c'est en dehors de vos heures de travail, mais notre invité est un peu… spécial.

— Le comte qui est venu voir les chevaux ? Il se croit tout permis, celui-là.

— Thomas ! Ce n'est pas une façon de parler de nos clients potentiels. Même si ce que vous dites est vrai…

Il m'adressa un large sourire.

— Ce soir, j'aimerais que vous fassiez comme si vous étiez au Grand Hôtel. Vous pensez pouvoir y arriver ?

— J'essaierai.

— Je vous paierai en conséquence – à condition que tout se passe bien.

— Tout se passera bien. Je me souviens parfaitement de ce qu'il y a à faire. Il faudrait juste que vous me donniez une tenue appropriée, dit-il en baissant les yeux vers son pantalon de travail et sa chemise à carreaux.

— On devrait avoir ça dans nos armoires. Je suis sûre qu'on a gardé quelques livrées d'anciens domestiques.

Je fus heureuse que ma mère m'ait écoutée et ne se soit pas débarrassée de tous ses disques. Cela me permit d'accueillir le comte en musique. Nous prîmes l'apéritif, puis nous nous mîmes à table. Nous n'avions pas encore abordé le sujet qui nous réunissait.

Quoique dévorée d'impatience, je me contraignis au calme. Tel que je connaissais à présent Svaneholm, il ne daignerait pas me faire part de sa décision durant le repas. Il préférerait continuer à me laisser mariner. Dans ces conditions il valait peut-être mieux jouer la décontraction.

Thomas avait fort belle allure dans le costume que nous avions exhumé de notre fonds et je fus étonnée de son savoir-faire. Il montrait avec la vaisselle le même doigté qu'avec les chevaux.

Svaneholm ne laissa évidemment rien paraître – il avait l'habitude d'être servi. Repensant au portrait de Stella Lejongård exposé dans le vestibule, je m'efforçai de me comporter comme aurait pu le faire mon arrière-grand-mère. En femme accoutumée à la domesticité.

J'essayai d'aborder des sujets d'ordre général, mais le comte brûlait d'en savoir plus sur nous.

— Une propriété comme la vôtre ne devrait-elle pas avoir beaucoup de terres ? s'enquit-il après avoir goûté le gigot d'agneau.

Je dissimulai de mon mieux la frayeur que me causa sa question. Avait-il appris d'une manière ou d'une autre que nous avions vendu du terrain ?

— Cela a effectivement été le cas, répondis-je. Mais nous avons fait depuis longtemps le choix de nous concentrer sur l'élevage équin. Autrefois, nous produisions du fourrage, ce qui n'est plus nécessaire. Nous avons d'autres sources d'approvisionnement. Cela dit, nous avons conservé suffisamment de terres pour pouvoir faire paître nos chevaux et offrir aux cavaliers un espace où s'entraîner.

Je marquai une pause. Dans son regard avait reparu la lueur d'amusement que lui inspiraient nos façons de faire, si différentes des siennes et donc nécessairement erronées…

— L'été dernier, nous avons accueilli les membres de l'équipe olympique suédoise et, pour autant que je sache, ils ont tous été ravis de leur séjour ici.

Je décidai d'aller un peu plus loin.

— Connaissez-vous Ninna Swaab ?

Une expression de mépris apparut sur ses traits.

— Mme Swaab aurait dû suivre l'exemple de son mari et rejoindre l'équipe néerlandaise.

— Pour quelle raison ? Vous pensez qu'en Suède le sport hippique n'offre pas de possibilités de carrière ?

— Je n'ai pas dit ça.

— Les cavaliers suédois de ces dernières décennies ont fait sensation aux Jeux olympiques et remporté d'autres compétitions, répliquai-je en commençant à lui énumérer quelques-unes de leurs victoires.

Svaneholm fit machine arrière.

— Excusez-moi, ce n'est pas ce que je voulais dire. Les succès de l'équipe suédoise sont incontestables.

— Ninna Swaab est fermement convaincue qu'elle fera mieux que son mari, ajoutai-je. D'après ce que j'ai pu voir de son entraînement, cela ne me paraît pas impossible. Quant aux autres cavaliers et cavalières, ils sont véritablement excellents.

— Les Allemands sont très forts. On dit que Liselott Linsenhoff est invincible.

— Nous verrons bien, répondis-je en prenant une gorgée de vin. Vous êtes en contact avec l'équipe danoise ?

— Oui. Même si, cette année, je ne peux malheureusement pas mettre de cheval à leur disposition, répliqua-t-il en me regardant avec un air pensif. J'espère que cela changera quand j'aurai trouvé de nouvelles bêtes.

Je levai mon verre.

— Buvons à la santé et au succès de nos deux maisons ! dis-je.

Svaneholm acquiesça d'un signe de tête et leva également son verre.

Lorsque le comte et son secrétaire nous quittèrent pour aller se coucher, ils paraissaient fatigués mais satisfaits. C'était déjà ça !

— On a réussi, dis-je à Karin qui, vêtue d'une de mes robes, les cheveux relevés, avait très bien tenu son rôle.

— Oui. Et le comte semble avoir apprécié la soirée.

— Nous avons fait de notre mieux. Désormais, la balle est dans son camp.

Le lendemain matin, je pris congé de Svaneholm. Il était comme à l'accoutumée, d'un flegme poli, et rien dans son expression ne laissait deviner s'il avait ou non pris une décision. Repensant aux conseils de Jonas, je m'efforçai de ne rien laisser paraître.

— Ainsi vous vous rendez à la cour ? m'enquis-je tandis que je l'accompagnais jusqu'à son taxi.

— Oui, la reine donne une fête pour célébrer l'automne. Nos relations sont étroites et nous sommes traditionnellement invités à tous les grands événements.

— Tout comme nous, à ce que je vois. Nos liens avec la famille royale remontent au XVIIe siècle.

— Oui, j'ai pu admirer les portraits de vos ancêtres.

— Nous avons reçu le domaine au terme de la guerre de Scanie, qui ne constitue pas le moment le plus glorieux des relations entre la Suède et le Danemark, il faut le dire. Mais chaque famille a ses zones d'ombre. Quoi qu'il en soit, nous nous efforçons d'administrer au mieux les terres qui nous ont été dévolues et d'entretenir des liens cordiaux avec les habitants de la région.

La famille royale passe traditionnellement une partie de l'été chez nous. Elle apprécie le « charme rustique » de l'endroit, pour reprendre vos termes.

Il fallait espérer qu'il n'était pas au courant de la disgrâce que nous avions durablement subie…

— Dernièrement, nous avons eu la joie d'accueillir Son Altesse le prince Bertil pour la fête du crabe. Je n'ai donc aucun mal à imaginer les obligations auxquelles vous êtes soumis.

Le comte me regarda comme s'il avait été frappé par la foudre. Du coin de l'œil je remarquai que son secrétaire lui aussi paraissait impressionné.

— Alors nous avons plus de choses en commun que je ne le pensais, dit Svaneholm en me tendant la main. Je vous recontacte dès mon arrivée à Copenhague.

— J'attends de vos nouvelles. Je vous souhaite un bon retour.

Lorsque le taxi démarra, je poussai un grand soupir de soulagement.

Jonas m'appela peu après le départ de Svaneholm.

— Alors, comment ça s'est passé ? demanda-t-il. Je m'attendais à un coup de fil hier et je commençais à m'inquiéter.

— Nous étions encore accaparés par le comte. Figure-toi que notre cavalier professionnel a l'étoffe d'un véritable maître d'hôtel.

— Pardon ?

— Nous avons invité le comte à dîner. Je n'ai pas voulu lésiner, aussi j'ai sorti un majordome de mon chapeau. Thomas a été très convaincant. Et Svaneholm a essayé de me baratiner pour acheter Roi-Soleil. L'étalon qui avait tapé dans l'œil de ton ami Roscoe, tu te souviens ?

— Oui ! Et je crois que Roscoe a conservé quelques regrets.

— Eh bien, il sera désormais en bonne compagnie ! Svaneholm ne l'aura pas non plus. Il a pris des airs offensés et remis une fois de plus sa décision. Je crois qu'il aime ça, faire lanterner les gens.

— C'est typique de la noblesse.

— De la noblesse danoise ! Nous, nous avons toujours bien traité nos partenaires commerciaux. Quand il y a une décision importante à prendre, nous ne les faisons pas attendre.

— Il est vrai que la noblesse suédoise est connue pour sa politesse.

— Tu te fiches de moi !

— Bien sûr, j'adore ça, répliqua-t-il en m'envoyant un baiser. Non, sérieusement, je suis sûr qu'il acceptera ton offre. Il teste tes limites. Reste ferme. S'il n'était pas intéressé, il n'aurait pas pris la peine de se déplacer. À mon avis tu as peu de concurrents – à supposer même que tu en aies. Il t'a fait son numéro, c'est tout.

Je soupirai.

— Tu me manques, dis-je.

— Toi aussi. Quand tu auras conclu l'affaire, on fêtera ça dignement. Qu'est-ce que tu en dis ?

— Je dis oui. Quelle que soit l'issue de la négociation.

J'avais à peine raccroché que le téléphone sonna de nouveau.

— Ah, comtesse Lejongård, je suis heureux d'avoir pu vous joindre.

Je fus surprise : d'habitude, c'était le secrétaire de Svaneholm qui appelait.

— Bonjour, comte. Vous êtes bien arrivé à Stockholm ?

— Oui, merci ! Je voulais vous dire que j'ai beaucoup apprécié mon séjour chez vous.

— J'en suis ravie.

— Pendant le trajet, j'ai eu tout le loisir de réexaminer votre proposition en détail.

Viens-en au fait ! aurais-je voulu crier.

— Même si je regrette beaucoup que vous ne vouliez pas vendre Roi-Soleil, je me satisferai de l'option que vous avez suggérée. Et avec Dauphin en réserve…

— Cela signifie-t-il que vous acceptez mon offre ?

— En effet. Et, si jamais votre domestique avait envie de changer de maison, envoyez-le-moi, je vous prie. Je serai ravi de le prendre à mon service.

QUATRIÈME PARTIE

1972

CHAPITRE 31

Les mois d'hiver apportèrent beaucoup de neige, et la gaieté fit un timide retour au manoir. C'était le premier Noël que nous passions sans ma grand-mère mais, cette fois, Jonas fut présent pendant les fêtes de fin d'année. Nous passâmes d'heureux moments ensemble à parler d'avenir et à faire des projets pour le domaine et la clinique. Grâce à ce que nous avait rapporté la vente des chevaux à Svaneholm, nous allions pouvoir débuter les travaux au printemps.

Ma mère vint me rendre visite à Löwenhof à la mi-février avec une surprise dans ses bagages.

— Tiens, dit-elle en me tendant une revue sur papier glacé dont la couverture montrait une jeune femme souriante coiffée d'un voile de mariée.

— Un magazine de mariage ?

— Tu es fiancée, non ? répliqua-t-elle en retirant son manteau. Il est temps que nous réfléchissions à ta robe.

— Nous n'avons même pas encore fixé de date pour la cérémonie !

— Il va falloir y songer, répondit-elle en souriant. Parles-en à Jonas.

— Mais la mort de Grand-mère ne remonte...

— Ne t'inquiète pas pour ça. Ta grand-mère n'aurait pas voulu que vous attendiez la fin de l'année de deuil. Ce délai vaut pour le veuf ou la veuve, pas pour les petits-enfants, qui ont encore toute la vie devant eux. Sans compter que vous souhaiterez probablement vous marier l'été. Il fera beau, ce qui nous permettra de fêter vos noces dans le jardin.

— Merci, Maman ! dis-je, radieuse, en lui sautant au cou.

— Merci de quoi ? s'étonna-t-elle.

— D'avoir pensé à m'apporter le magazine, répondis-je à défaut de pouvoir lui exprimer toute la gratitude que je ressentais à son égard.

Après le déjeuner, nous nous installâmes au salon. Ma mère avait pris quatre magazines au total.

— Tu as dévalisé le kiosque de Kristianstad ou quoi ? m'exclamai-je. Je ne savais pas qu'il en existait autant.

— Apparemment il y a une forte demande, répliqua-t-elle en étalant les revues sur la table en verre.

Deux blondes et deux brunes, photographiées sous différents angles, souriaient à l'objectif. L'une d'elles portait un voile bouffant, une autre un simple ruban blanc autour du chignon. Les numéros trois et quatre avaient de petites perles dans les cheveux.

Rien de tout cela ne me plaisait vraiment. J'imaginais plutôt une couronne, peut-être agrémentée d'un petit voile. Mais pour l'instant ce n'était pas la priorité.

— Tu as déjà réfléchi à ta robe ? s'enquit ma mère en ouvrant la première revue.

J'eus un instant d'hésitation. La joie que m'avait causée la demande en mariage de Jonas avait été troublée par la mort de ma grand-mère. Aussi ne m'étais-je pas souciée de ce que je porterais le jour J. Il y avait pourtant une chose dont j'étais sûre.

— Je voudrais une robe courte, déclarai-je.

— Courte ? s'étonna ma mère.

— Oui, une robe qui arrive au-dessus du genou.

— Mais pourquoi ? Toutes les jeunes filles rêvent de s'habiller en princesse le jour de leurs noces. Même Jackie Kennedy a porté une robe longue.

— C'était il y a près de vingt ans.

— La plupart des robes de mariée sont longues et bouffantes. C'est la règle, si l'on peut dire. Si tu…

— Maman, l'interrompis-je. Au moment de l'accident, j'ai rêvé de mon mariage. Tout me paraissait si réel. Et alors…

Ma mère prit une profonde inspiration, puis posa sa main sur mon bras.

— C'est du passé, maintenant. Et Jonas est quelqu'un de bien. Il faut laisser reposer les défunts.

— Je les laisse reposer, ne t'inquiète pas. C'était juste pour dire que dans mon rêve je portais une ample robe longue, alors que ce n'était pas ce dont j'avais envie. J'ai fait mon deuil. Je voudrais simplement une tenue moderne, qui reflète notre époque.

Ma mère me considéra en silence, puis acquiesça d'un signe de tête.

— Va pour une robe courte.

Nous eûmes du mal à trouver une tenue qui me plaise. Les deux premiers magazines semblaient vouloir étouffer les jeunes mariées sous le tulle, la soie et les dentelles. La plupart des robes étaient assez proches de celles qu'avaient portées ma mère et ma grand-mère le jour de leur mariage. C'est dans la troisième revue que je trouvai enfin ce que je cherchais : deux pages timides, sur lesquelles les mannequins étaient vêtues d'une robe simple, ajustée et très courte. Ma mère fut horrifiée.

— Tu es sûre de ton choix ? demanda-t-elle, perplexe. Je verrais bien ce type de robe pour un deuxième ou un troisième mariage. Mais pour le premier…

— C'est vrai qu'elles sont très sobres. Mais elles ont la bonne longueur.

— Je doute que tu trouves quelque chose de mieux dans ce style.

Elle marqua une pause.

— Et si on s'adressait à ta tante Daga, qu'est-ce que tu en penses ?

— Je ne sais pas. La dernière fois que je l'ai vue, j'avais dans les 16 ans, non ?

— Ça doit être ça.

Autrefois, ma mère et elle avaient été très liées, mais leurs relations s'étaient distendues après le mariage de Daga. Et, même si les enfants de celle-ci étaient grands à présent, elles n'avaient pas réussi à renouer le contact. Elles s'écrivaient de temps à autre, se parlaient au téléphone, mais ne s'étaient pas revues.

— Ça m'étonnerait que ma demande la ravisse.

— Je pourrais m'en charger.

— Ce ne serait pas un peu égoïste ? m'inquiétai-je. Ça fait des années qu'elle ne m'a pas vue et voilà qu'elle devrait me faire une robe ? Elle pourrait répondre à juste titre qu'elle ne me connaît pas.

— Une autre couturière te connaîtra encore moins.

— Oui, mais elle ne pourrait pas me reprocher de ne jamais donner de nouvelles. Excuse-moi, je ne le sens vraiment pas. Invitons-la au mariage, mais ne lui demandons rien. Ce serait malvenu.

— Bon, d'accord, se résigna ma mère.

Je vis toutefois qu'elle continuait à cogiter. Nul doute qu'elle aborderait la question avec Daga la prochaine fois qu'elle l'aurait au téléphone.

— Je devrais peut-être demander à Jonas ce qu'il pense d'une robe courte, repris-je pour changer de sujet.

— Surtout pas ! Tu sais ce qu'on dit : ça porte malheur quand le marié voit sa future épouse dans sa robe de noces avant la cérémonie.

Je pris le magazine et le brandis.

— Je ne porterai pas une de ces robes. Je veux juste savoir ce qu'il en dit. Et puis je ne crois pas à ce genre de superstition. La robe de mariée est un symbole de virginité, or de nos jours il est rare qu'on arrive vierge au mariage.

Ma mère rougit.

— Maman, dis-je en la prenant par les épaules, soyons plus informels. Je te promets que tu n'auras pas à avoir honte de moi. En ce qui concerne la fête, je te laisse carte blanche. À condition qu'il n'y ait pas de pièce montée à cinq étages qu'on ne puisse couper qu'en se hissant sur une échelle.

Le soir, j'eus du mal à m'endormir. Curieux tout de même que je ne puisse me faire une idée plus claire de mon mariage. L'accident dans lequel Sören avait trouvé la mort avait détruit tous mes rêves. Puis il y avait eu la disparition de ma grand-mère.

Je n'avais que deux certitudes : je voulais une robe courte et je souhaitais que nous fêtions la noce dans le jardin. En dehors de cela, toutes les options restaient possibles.

Quelques jours plus tard, je partis pour Stockholm avec la ferme intention de fixer une date avec Jonas. Je savais qu'il attendait cela depuis longtemps, mais qu'il s'était abstenu d'évoquer la question par égard pour mon chagrin. Quand j'arrivai à la gare, le temps était froid et humide. À cette heure, Jonas était encore au bureau. Il avait proposé de venir me chercher, mais j'avais refusé. Je ne voulais pas qu'il néglige ses clients.

Quoiqu'il fasse encore jour, les voitures roulaient phares allumés. Leur lumière se reflétait dans les grandes flaques qui s'étaient formées sur la place de la gare. L'air glacé s'insinuait sous mon manteau. J'étais impatiente de retrouver Jonas et l'agréable chaleur de son appartement. Il avait libéré une partie de sa penderie afin que je puisse y ranger quelques vêtements. J'avais pris l'habitude de toujours emporter un peu plus que ce dont j'avais besoin pour pouvoir le laisser chez lui en repartant.

Cette fois, j'avais pris quelques tenues de soirée. Les Jeux olympiques approchant, il se devait d'assister à certaines réceptions. Je me réjouissais déjà à l'idée de revoir Ulla Håkansson et les autres cavalières.

Je montai dans le bus et m'assis. À cette heure, il était presque vide et il y avait peu de circulation. Nous passâmes devant des immeubles de bureaux aux fenêtres éclairées, puis arrivâmes dans le quartier où vivait Jonas. Je descendis et me dirigeai vers le petit immeuble moderne où se trouvait son appartement. On n'aurait pu imaginer plus grand contraste avec Löwenhof, mais l'endroit lui allait comme un gant. J'espérais qu'il se sentirait bien au domaine. Il n'avait cessé de m'assurer qu'il était très adaptable, cependant je souhaitais qu'il en vienne à aimer vraiment sa nouvelle demeure.

Quelques mois plus tôt, Jonas m'avait remis un double de ses clés afin que je puisse aller et venir à ma guise. J'ouvris la porte et, comme chaque fois, je commençai par me rendre dans la cuisine. Une petite enveloppe était posée sur la table, à côté d'un vase contenant des roses. Je souris en l'ouvrant. À chacune de mes visites, Jonas m'accueillait avec un petit mot.

Cette fois, il avait dessiné un grand cœur rouge sur une carte. Au-dessous était écrit : « Je me réjouis de te voir, mon cœur. À tout à l'heure ! Baisers, Jonas. »

Je humai le parfum des roses, puis portai ma valise dans la chambre. J'en sortis les vêtements que j'avais apportés et les rangeai dans l'armoire. Après quoi je m'assis sur le lit et m'abandonnai à mes pensées. Quand nous serions mariés, Jonas résilierait son bail, nous en étions convenus. Cependant notre petit nid d'amour me manquerait. Nous aurions toujours la maison à Åhus, bien sûr, mais cet appartement était empli de sa présence, de son odeur, de sa chaleur. J'avais toujours l'impression de pénétrer dans son cœur.

Au bout d'un moment, je me levai et sortis de mon sac le magazine de mariage. Je voulais avoir l'avis de Jonas sur la robe courte, mais surtout je souhaitais que l'idée lui plaise.

J'allai à la cuisine me faire un café et m'installai à la table avec la revue. Tandis que je la feuilletais, une idée commença à prendre forme dans mon esprit. Je me représentais une longue table installée dans un jardin, des lampions dans les arbres et des guirlandes de fleurs au-dessus de la piste de danse. Rien à voir avec les fêtes élégantes et cérémonieuses recommandées dans les magazines. Nos fêtes les plus joyeuses avaient toujours été celles qui étaient organisées à l'extérieur. Alors pourquoi pas ?

Deux heures plus tard, j'entendis des pas dans l'escalier, puis le cliquetis des clés. Il m'arrivait de me cacher pour faire croire à Jonas que je n'étais pas encore là, mais il sentait toujours ma présence.

Lorsque j'allai à sa rencontre, il ouvrit les bras avec un large sourire.

— Pas de jeu de cache-cache aujourd'hui ? demanda-t-il.

Je me lovai contre lui et l'embrassai. Mon corps s'embrasa au contact de ses lèvres chaudes et soyeuses et je me serrai contre lui comme pour abolir toute distance entre nous.

Il laissa tomber son sac, me poussa doucement contre le mur et s'appuya contre moi. Je ne pouvais plus lui échapper. Je l'enlaçai, lui caressai la nuque et lui passai la main dans les cheveux avec espièglerie.

— Qu'est-ce qui me vaut cet accueil ? chuchota-t-il lorsque nos lèvres se séparèrent un bref instant.

— Ça fait si longtemps qu'on ne s'est pas vus. Tu ne sais pas à quel point tu m'as manqué.

— Et ce alors qu'on est ensemble depuis un bon moment déjà.

— Mais pas tout le temps. J'ai de plus en plus de mal à supporter l'éloignement.

— Moi aussi. Il va falloir y remédier…

Nous recommençâmes à nous embrasser, tandis qu'il m'attirait dans la chambre. Nous nous dévêtîmes en un tournemain et nous laissâmes tomber sur le lit. Nous fîmes l'amour avec presque autant d'ardeur que la première fois. Quelle joie ce serait de l'avoir chaque jour à mon côté !

— Alors, l'éloignement te pèse toujours autant ? demanda-t-il lorsque nous fûmes étendus l'un près de l'autre, épuisés, le souffle court.

— Ça oui, répondis-je en souriant. Mais je m'accorde un petit répit. Au fait, tu ne crois pas qu'il serait temps de fixer la date de notre mariage ?

— Tu es sérieuse ?

— Oui. Six mois se sont écoulés depuis la mort de Grand-mère. Il est temps de penser à l'avenir.

— C'est une excellente nouvelle !

— Attends, j'ai quelque chose pour toi, répliquai-je en rabattant le drap.

— Que pourrais-je vouloir de mieux que ce que tu viens de me donner ? demanda-t-il en tendant vainement la main pour me retenir.

— Tu vas adorer ! déclarai-je.

Je courus à la cuisine, j'allumai car la nuit était tombée, je pris le magazine et revins dans la chambre.

— Tu es allée comme ça dans la cuisine ? demanda Jonas avec un sourire malicieux en m'attirant à lui.

— Oui, pourquoi ?

— Nous ne sommes pas à Löwenhof ici, tu te rappelles ?

Je lui lançai un regard perplexe, puis compris ce qu'il voulait dire : les stores de la cuisine n'étaient pas baissés.

Mon expression le fit rire.

— Si mes voisins regardaient par la fenêtre à ce moment-là, ils ont eu un joli spectacle sous les yeux.

— Il n'est pas dit qu'ils m'aient vue, répliquai-je en rougissant.

— À cette heure, tout le monde est rentré. Je ne serais pas étonné que Mme Herven me demande sous peu qui est l'impudique créature qui se promène nue dans mon appartement.

— Tu n'auras qu'à lui répondre que c'est ta future épouse.

— Ce serait pis. Pour certains, le sexe avant le mariage est encore un crime.

— Tout au plus un péché ! Il ne faut pas exagérer. Tiens, dis-je en lui montrant le magazine.

— Qu'est-ce que c'est ?

— C'est la question que j'ai posée à ma mère. Pourtant, la réponse est évidente, non ?

— Un magazine de mariage ! Alors cette fois c'est du concret ?

— Oui ! On va se marier, figure-toi !

Jonas me caressa la joue et m'embrassa.

— Je finissais par croire que ça n'arriverait jamais.

— Nous nous sommes promis l'un à l'autre, non ? Grand-mère s'en réjouissait tellement ! Comment aurions-nous pu deviner…

— Chut, fit-il en posant un doigt sur mes lèvres. Tout va bien. On ne pouvait pas faire l'économie de la période de deuil. Je voudrais que, le jour venu, tu me dises oui le cœur léger et non plein de tristesse.

— Le cœur empli d'amour, rectifiai-je. Je te dirai oui avec amour.

— Moi aussi !

J'ouvris le magazine à la page où figuraient les robes dont je souhaitais m'inspirer.

— Qu'est-ce que tu penserais de ça ? demandai-je.

— Une robe courte ? s'enquit-il en passant le doigt sur les genoux du mannequin. Tu es sûre ?

— Pourquoi pas ?

— Que dirait ta famille ? Toutes les vieilles tantes et les cousines dispersées de par le monde ?

— La famille n'est pas très nombreuse. La sœur de mon père, tante Daga, n'aurait sûrement rien contre. Et ma grand-mère aurait trouvé ça très bien.

— Et les proches de ta mère ?

— Magnus ne viendra pas, j'en suis certaine. D'ailleurs je ne sais même pas si je dois l'inviter. Depuis que je lui ai versé la première partie de son héritage, il se tient remarquablement tranquille. Je lui réglerai le solde cet automne.

— Tu devrais peut-être le faire sans attendre. Ce serait un souci en moins. Et dans ces conditions il acceptera sans doute ton invitation.

Je poussai un profond soupir. Magnus était la dernière personne dont j'avais envie de parler à cet instant.

— Réfléchissons plutôt à la date de notre mariage, dis-je. Qu'est-ce que tu dirais de le fêter dans notre parc, en pleine verdure ?

— Une noce paysanne ? Avec ballots de paille et costumes folkloriques ?

— Le costume n'est pas obligatoire. En revanche, je n'ai rien contre la paille. Ni contre les épis de blé et les coquelicots. Ne l'oublie pas : tu épouses une femme de la campagne.

— J'en suis bien conscient, répondit-il en déposant un baiser sur mon épaule.

— On pourrait aussi transformer le parc en une forêt de conte de fées, poursuivis-je. Avec des lampions dans les arbres et de petits cristaux qui captent la lumière du soleil.

— Tout ce que tu voudras. Y compris la robe. Quelle importance si ça choque les gens au point qu'ils en tombent de leur banc d'église ?

— Je pense qu'ils s'en remettront. Ça ne te dérange pas que je renonce à la longue robe blanche bouffante ? Tu es sûr ?

— Évidemment ! Je trouve même cette proposition étonnamment moderne pour une Lejongård. Et puis, ce qui compte, c'est la femme qui porte la robe. Et à cet égard je t'épouserais même toute nue.

— Dans ce cas je vais encore réfléchir, repartis-je en riant. Peut-être qu'un simple voile fera l'affaire. Mais bon, sérieusement, qu'est-ce que tu penserais d'une date en été ?

— Ce serait très bien. Cela dit, en août je serai en Allemagne, comme tu sais. Et avant j'aurai beaucoup de rendez-vous.

— Alors attendons la fin des Jeux olympiques. Et on partira en voyage de noces dans la foulée.

— Voilà une séduisante perspective ! Faisons comme ça.

— Vraiment ?

— Oui, répondit-il, radieux. Mi-septembre, donc. À cette période, il devrait faire encore assez chaud pour que nous fêtions à l'extérieur. Et ce sera l'époque de la moisson…

— On aura toutes les balles de paille qu'on souhaite ! Mais d'ici là il va falloir prendre notre mal en patience. Nous ne sommes qu'en février.

Le lendemain étant un samedi, Jonas ne travaillait pas. Au petit déjeuner, il me prit soudain la main et la baisa. Je lui lançai un regard interrogateur.

— J'ai une proposition à te faire, commença-t-il sur un ton mystérieux. Qu'est-ce que tu dirais de m'accompagner quelques jours aux Jeux olympiques ? Ce serait un petit avant-goût de notre lune de miel.

— J'aimerais beaucoup ! Mais je crains d'être très occupée avec les préparatifs du mariage et la construction de la clinique…

— Allez ! répliqua-t-il. Tu n'as pas un peu de temps à consacrer à ton futur époux ? Je ne te parle pas de partir en qualité de vétérinaire attitrée de l'équipe.

Je fis mine de réfléchir un instant, puis lui adressai un grand sourire.

— Ah, tu te fichais de moi !

J'éclatai de rire.

— Bien sûr que j'ai du temps pour toi ! Je serai ravie de t'accompagner. En tout cas pour quelques jours.

— Ça me suffit. Je vais pouvoir crâner devant tout le monde avec ma ravissante fiancée ! Et puis je crois que tu avais promis à Ulla d'être dans le public, non ?

— Je lui ai dit que je ferais mon possible. Mais tu m'as devancée et je t'en remercie. Et puis j'aurai besoin d'un peu de repos après les préparatifs du mariage.

— Je doute que Munich soit très reposant. Il y a tant de choses à voir ! Et si nos athlètes se débrouillent bien, il faudra fêter la victoire.

— Tu seras bien obligé de travailler de temps en temps, non ? J'en profiterai pour assister aux compétitions et visiter les parcs et châteaux.

— Chercherais-tu à te débarrasser de moi ? Tu ne comptes tout de même pas te promener seule à Munich ?

— Si tu es libre, je serai enchantée que tu m'accompagnes, répliquai-je en riant.

À mon retour à Löwenhof, j'appelai immédiatement ma mère à Ekberg. Je ne me sentais plus de joie à l'idée de pouvoir enfin fixer une date.

— Nous avons choisi le 16 septembre, déclarai-je. Ça tombe un samedi.

— Septembre ? dit ma mère, surprise. Mais c'est dans une éternité ! Je pensais que vous souhaitiez vous marier l'été.

— Il faudra du temps pour tout organiser. Et puis je rêve d'une noce campagnarde.

— Une noce campagnarde ?

— Mais oui ! Je suis une Lejongård, c'est vrai. Mais nous avons un lien très étroit avec la nature. Notre parc sera le décor idéal. Et puis, à l'époque des moissons, le temps est encore beau. Pour la décoration nous pourrons nous servir de tout ce que la nature nous offre. Jonas est d'accord. La dernière épreuve des Jeux olympiques aura lieu le 7 septembre. Après, il sera nettement moins pris par le comité olympique. Sans compter que ça permettra aux cavaliers et cavalières qui se sont entraînés chez nous d'être présents.

Ma mère observa un instant de silence.

— Bon, d'accord pour septembre, dit-elle enfin.

Je devinais sans mal ce qu'elle pensait : cela ferait alors un an que *Mormor* nous aurait quittés.

— Oui, septembre, repris-je. Tu n'imagines pas à quel point je suis heureuse !

— C'est l'essentiel. Et, tu as raison, ça nous laissera le temps de préparer la fête.

Je crus discerner une pointe de déception dans sa voix.

— Tu aurais préféré que nous choisissions une date plus proche ?

— Non, c'est très bien, répondit-elle avec un entrain forcé. Tu as demandé son avis à Jonas à propos de la robe ?

— Oui. Et pour s'assortir à ma mini-robe il viendra en culottes courtes.

— Pardon ?

J'éclatai de rire.

— Je plaisantais, Maman ! Ne t'inquiète pas ! Bien sûr qu'il portera un costume. Et moi je vais me chercher la plus belle tenue de mariée qu'on puisse imaginer.

— Au fait, Daga serait d'accord pour te confectionner une robe.

— Tu lui as posé la question ?

— Oui, et j'ai prévu une rencontre avec elle.

— Mais tu ne m'as même pas demandé mon avis !

— La robe n'est qu'un prétexte. J'avais envie de la voir, c'est tout. De pouvoir discuter avec elle. Je pense que ça nous fera du bien à toutes les deux. D'autant que tu seras bientôt mariée...

— Enfin, Maman, je n'ai pas l'intention de m'établir à l'autre bout du monde ! Et puis tu as Papa.

— C'est vrai, mais il est bon de savoir qu'on a quelqu'un d'autre à qui parler. Je n'ai pas l'intention de me mêler de vos affaires. Agneta ne l'a jamais fait avec Paul et moi.

— Oui, mais je te le répète, je continuerai à être là. Et tante Daga sera la bienvenue si elle souhaite me rendre visite. Nous avons beaucoup de choses à rattraper.

— Je lui transmettrai.

— Si on se voyait la semaine prochaine pour établir la liste des invités ? proposai-je. D'ailleurs il faudra absolument convier Daga, qu'est-ce que tu en dis ?

— Je trouve aussi. D'accord pour la semaine prochaine. C'est moi qui viendrai, la bonne cuisine de Mme Johannsen me manque.

— Parfait ! répondis-je en riant. Je me réjouis de te voir.

La semaine suivante, nous nous retrouvâmes comme convenu pour passer en revue la liste de nos parents, connaissances et amis. Ils étaient plus nombreux que je ne l'avais pensé.

— La grand-tante Lisbeth viendra sûrement avec sa famille, dis-je.

La sœur de Lennard n'était pas d'une santé florissante, mais elle restait vaillante. Et elle pouvait compter sur le soutien de ses enfants et petits-enfants.

— Très certainement, répondit ma mère, qui notait les noms sur un grand bloc-notes. Nous n'avons plus beaucoup de contacts avec eux, mais ils font partie de la famille et ils seront peut-être heureux de revoir Löwenhof.

— Il y a aussi Daga… Magnus et sa famille…

Ma mère sursauta.

— Magnus ? demanda-t-elle tandis qu'une ride se creusait sur son front. Tu veux vraiment l'inviter ? Après la scène qu'il a faite à la mort d'Agneta ?

— C'est une question de politesse. Même s'il y a entre nous des différends, nous ne pouvons pas l'exclure du cercle familial.

— Et s'il accepte et gâche l'ambiance ? Je ne me le pardonnerais jamais.

— Rien ne dit qu'il le fera. Il a reçu la première partie de son héritage. Je lui verserai la seconde en avril et l'affaire sera réglée. Il n'aura plus rien à nous reprocher.

— Chérie, tu le connais pourtant ! Il nous en voudra toujours pour quelque chose.

— Mais ça fera peut-être plaisir à Rosa. Sa femme m'a semblé très gentille. Quant à Finn… De toute façon ça m'étonnerait qu'il vienne.

Ma mère poussa un profond soupir.

— Je t'en prie, Maman. C'est une façon de leur tendre la main. Libre à eux de la prendre ou pas. Je ne laisserai personne gâcher mon mariage. Magnus pas plus qu'un autre. Et puis j'aurai Jonas à mon côté.

— Bon, d'accord, invitons-le. Mais attends-toi à un refus de sa part.

— Sois un peu positive, Maman. Il se peut que Magnus te surprenne. Nous verrons bien. Et maintenant passons aux autres. Kitty sera ma demoiselle d'honneur. Restent nos partenaires commerciaux.

— Je suis fière de toi, ma fille, dit ma mère en me prenant la main. J'espère que tu le sais.

— Oui, répondis-je en souriant.

CHAPITRE 32

UN JOUR DE FIN AVRIL QUE JE RENTRAIS TARD de Kristianstad après avoir évoqué la charpente de la clinique avec le chef de chantier, Karin m'informa qu'« une Katrina Ingersson » avait appelé.

Kitty ? Je fus surprise.

— Elle a laissé un message ?

— Non, elle a simplement dit qu'elle rappellerait. J'ai noté son numéro.

Je me sentis mal à l'aise. Y avait-il un problème ? De nous deux, Kitty était celle qui avait toujours eu de la chance. Se pouvait-il qu'il soit arrivé quelque chose ?

Je pris le papier sur lequel Karin avait inscrit son numéro et l'appelai. Je laissai sonner un moment, mais personne ne répondit. Pourtant, vu l'heure, Kitty aurait dû être chez elle. C'était le moment où Marten rentrait du travail ; il y avait le dîner à préparer.

Mon imagination s'emballa. Marten était-il malade ? Non, il ne fallait pas nourrir de pensées funestes. C'était le meilleur moyen d'attirer le malheur.

Je passai le reste de la soirée sur des charbons ardents. Heureusement, j'avais à discuter avec Karin de son emménagement au manoir. Sa mère s'étant installée chez son autre fille, Karin n'était plus tenue de l'assister au quotidien. Aussi avais-je proposé à mon assistante de travailler désormais à temps complet et de loger à Löwenhof. La perspective d'avoir des employés à demeure me plaisait et ma mère n'avait rien trouvé à redire à ce projet. De toute façon, le manoir était trop grand pour une personne seule. Il avait besoin d'être habité.

— Nous allons choisir vos appartements, dis-je à Karin en me rendant avec elle dans l'aile ouest. Prenez les meilleures chambres.

— Je n'ai besoin que d'une pièce.

— Non, il vous en faut au moins deux. Une pièce à vivre et une chambre à coucher. Nous avons des suites, ce serait parfait.

Karin paraissait un peu dépassée.

— Je ne sais pas quoi choisir. Je n'ai jamais eu de logement à moi. Ni de meubles pareils.

— S'ils vous paraissent trop prétentieux, nous pouvons en changer. De toute façon il faudra rafraîchir les lieux.

— Non, non, le mobilier me convient tout à fait. Et puis je n'aurais pas de quoi payer un nouvel ameublement… Ça ressemble à ce qu'il y avait chez ma grand-mère, mais en plus coûteux.

Je lui fis visiter deux chambres séparées par une porte de communication, équipées d'une salle de bains et meublées avec sobriété. C'était l'endroit de l'aile ouest où les murs avaient subi le moins de dommages. Karin y serait assez loin pour ne pas être gênée par ma présence.

— Alors, qu'en pensez-vous ? demandai-je. Ces pièces ont autrefois accueilli la famille royale. Nous n'avons pas de plus belles chambres d'amis.

— Ne vaudrait-il pas mieux les réserver aux vétérinaires qui travailleront à la clinique ? objecta-t-elle.

Je lui avais parlé de mon projet d'héberger le personnel de la clinique s'il le souhaitait.

— Vous êtes mon assistante, l'une des personnes les plus importantes de la maison. Pensez-vous pouvoir vous sentir bien ici ?

Karin fit quelques pas dans la chambre, qui comportait un lit et une grande armoire. La pièce de devant contenait un canapé, une table en verre et un bureau avec une chaise. Elle était suffisamment vaste pour accueillir d'autres meubles si nécessaire.

— Ça me plaît beaucoup, dit-elle enfin. Ma mère n'en reviendra pas quand je lui annoncerai que je loge dans les anciens appartements du roi à Löwenhof.

— Alors vous les prenez ?

— Je les prends.

— Bien. Je vais faire équiper les portes de nouvelles serrures. Et vous me direz quand vous souhaitez vous installer.

J'essayai une nouvelle fois d'avoir Kitty au téléphone, mais sans succès. Elle me rappela finalement le lendemain.

— Ah, tu es là, dit-elle. Je pensais que tu étais en déplacement.

— J'ai passé la soirée à essayer de te joindre, répliquai-je. De toute façon j'avais l'intention de t'appeler, j'ai un tas de choses à te raconter. Où tu étais ?

— Je… j'avais besoin de prendre l'air et je suis allée chez une amie.

— Une amie ? Et Marten ?

— Il va bien… Lui aussi il aurait dû être là, mais…

Kitty hésita. Je sentis approcher l'instant de vérité.

— Marten et moi, on a quelques difficultés en ce moment.

— Des difficultés ? demandai-je, effrayée. Financières ?

— Non, de couple. Je cherche un endroit où séjourner un certain temps avec Frieda. C'est pourquoi j'ai pensé à ton merveilleux domaine.

— C'est si grave que ça ?

Cette nouvelle me désolait. Kitty et Marten m'étaient toujours apparus comme le couple idéal.

— Oui, ça va vraiment mal. On s'est disputés et je pense qu'il a quelqu'un d'autre, même si je n'en ai pas la preuve.

— Je suis navrée.

— Comme quoi on se trompe parfois sur les gens, hein ? dit-elle avec une désinvolture feinte. Mais tu avais des choses à me raconter. Vas-y, je t'écoute !

J'hésitai. Après l'accident qui avait coûté la vie à Sören, j'avais mal supporté de la voir avec Marten alors que je leur souhaitais sincèrement d'être heureux. Le moment était-il bien choisi pour lui annoncer que j'allais me marier ?

— Jonas et moi avons fixé la date de notre mariage au 16 septembre.

Il y eut un silence au bout du fil. J'étais sûre que cette nouvelle lui faisait plaisir, mais elle renforçait sans doute son chagrin.

— C'est formidable ! s'écria-t-elle avec une gaieté forcée. Enfin, il était temps !

— Oui ! Et si tu es disponible, sache que j'aurais bien besoin de quelqu'un pour m'aider à tout organiser. Ma mère n'est pas convaincue qu'une robe courte soit une bonne idée.

— Avec plaisir ! répondit-elle avec plus d'entrain. Et si tu cherches une demoiselle d'honneur…

— Je ne pourrais pas en imaginer de meilleure que toi.

— Je suis si contente pour toi ! poursuivit-elle. Après tout ce que tu as vécu… Tu as vraiment mérité d'être heureuse.

Elle fondit en larmes – sous l'effet de la joie ou du chagrin, je n'aurais su le dire.

— Sache que Frieda et toi vous êtes les bienvenues ici. Et si vous me faisiez une petite visite ? Je serais ravie de voir ma filleule.

Je ne l'avais pas vue depuis son baptême. À présent, la petite avait 2 ans et j'étais curieuse de voir à quoi elle ressemblait.

— Merci, c'est très gentil. Si je pouvais, je partirais séance tenante, mais j'ai encore des trucs à régler.

— Prends le temps qu'il faut et viens, c'est tout.

Elle parut sur le point d'éclater en sanglots.

— J'ai tellement de chance de t'avoir pour amie, dit-elle après un instant de silence.

— Pas la peine d'en parler. On s'est toujours entraidées, non ?

Comme j'aurais aimé pouvoir la prendre dans mes bras ! Le téléphone était si impersonnel. Mais je me rattraperais le moment venu.

Le printemps passait et il me semblait être engloutie par le travail. Cependant les jours rallongeaient, le soleil finit par chasser la fraîcheur de mai et, avant que j'aie eu le temps de dire ouf, il fallut organiser la fête de la Saint-Jean. Kitty et moi avions longuement parlé de mon mariage. L'idée de la noce campagnarde la ravissait, cependant elle pensait qu'une robe longue aurait été plus adaptée.

« Tu aurais l'air d'une fée, m'avait-elle répété dans l'espoir de me convaincre. Les femmes ont envie de ressembler à une fée le jour de leur mariage.

— Les fées peuvent très bien porter une robe courte, avais-je objecté. Regarde la fée Clochette, par exemple.

— Parce que tu voudrais une robe verte ?

— Pourquoi pas ? L'essentiel, c'est qu'elle soit courte.

— Bon, tu as gagné, avait-elle grogné. Et la coiffure de Clochette t'irait aussi sûrement très bien. Avec tes cheveux, tu peux porter sans problème un chignon. Entouré d'une couronne de myrte à laquelle on accrochera un voile, et le tour sera joué. Tu seras parfaite ! »

Début juin, Kitty arriva dans sa Ford flambant neuve avec une montagne de cartons de déménagement. Quoiqu'elle ne m'en ait rien dit, j'étais certaine qu'elle avait quitté l'appartement où elle vivait avec Marten. J'en étais chagrinée. En les voyant si radieux le jour de leur mariage, j'avais pensé qu'ils resteraient unis pour la vie.

Lorsqu'elle se fut garée sur la rotonde, je descendis à sa rencontre.

— Je suis contente de te voir ! dis-je en l'embrassant. Tu as fait bon voyage ?

— Quelques embouteillages à Kristianstad, mais sinon pas de problème.

— Oui, il y a des travaux partout. La ville semble vouloir devenir le centre du sud de la Suède. Ils ont commencé par agrandir l'aéroport et maintenant ils s'attaquent aux rues.

— Sous peu, tu vivras à côté d'une véritable métropole.

— J'espère que non ! Je préfère notre paisible petite ville.

Kitty se tourna vers sa passagère, qui avait suivi attentivement notre échange.

— Tu te souviens de Frieda ? me demanda-t-elle en prenant l'enfant dans ses bras.

La fillette lui ressemblait nettement plus qu'à Marten.

— Bien sûr ! Mais je me la rappelais nettement plus petite.

Kitty eut un sourire.

— Regarde, dit-elle à sa fille. C'est Solveig, ta marraine.

Frieda me considéra avec de grands yeux et se fourra deux doigts dans la bouche.

— Bonjour, Frieda, dis-je en lui caressant le bras.

Elle émit un petit grognement et se détourna.

— Oh, mais c'est pas gentil, ça ! s'exclama Kitty.

— Non, non, elle est timide, c'est tout, répliquai-je. Je suis sûre qu'on va bien s'entendre.

— J'espère !

Elle désigna les cartons et les caisses.

— Ça ne te gêne pas que j'aie apporté quelques affaires ? J'aimerais autant ne pas retourner à l'appartement dans l'immédiat. Et je ne veux pas avoir à déranger Marten chaque fois que j'ai besoin de quelque chose. Alors j'ai tout pris.

— Aucun problème. J'ai toute la place qu'il faut, comme tu vois.

— Oui, le château est aussi vaste que dans mon souvenir.

— Le manoir, rectifiai-je. Un château, c'est nettement plus grand.

— C'est tout de même une sacrée baraque !

— Oui, et il faut qu'il y ait de la vie dans cette maison ! Bon, allons voir vos appartements. Qu'est-ce que tu en dis, Frieda ?

La petite continuait à me fixer avec de grands yeux.

Je leur avais choisi une chambre avec des murs crème à motif de roses. Frieda tendit la main pour toucher les fleurs.

— Ça a l'air de plaire à ta fille, fis-je remarquer.

— Elle n'est pas la seule. Cette pièce est magnifique.

— Elle n'est pas très loin de ma chambre. Et d'ici on entend le téléphone. Pour le cas où Marten appellerait...

— Il ne le fera pas. Et d'ailleurs je ne le souhaite pas. Dans l'immédiat, il vaut mieux qu'on fasse une pause.

— Et ta fille ?

— Il y a déjà quelques mois qu'elle ne voyait quasiment plus son père. Le week-end parfois, lorsqu'il n'était pas en déplacement professionnel. Sinon, le soir, quand il rentrait, elle dormait déjà. Et lorsqu'il partait travailler, elle n'était pas encore levée. Je n'ai pas l'impression qu'il lui manque beaucoup.

— Mais Marten voudra sûrement la voir.

— Dans ce cas, je ne m'y opposerai pas. Mais, crois-moi, elle ne l'intéresse pas vraiment. Ce n'est plus l'homme que j'ai connu.

— Je suis vraiment désolée.

— Bah, c'est comme ça. Tu veux bien m'aider à monter les cartons ?

Après le dîner, quand Frieda se fut endormie, nous nous installâmes dans le pavillon. Nous avions déballé l'essentiel des cartons et constaté qu'il faudrait rajouter une commode. Je demanderais à nos palefreniers de bien vouloir en descendre une du grenier.

Entourées de verdure, vêtues de vestes en laine pour nous protéger de la fraîcheur du soir, nous attaquâmes une bouteille de vin rouge de notre cave. Les Lejongård n'étaient pas de grands œnologues, mais Mme Johannsen savait choisir du bon vin.

— C'est étrange, tout de même, commença Kitty.

Elle prit une gorgée de vin et resta un moment à contempler le manoir, qui s'était coloré de rose sous les rayons du soleil couchant.

— Si on m'avait dit il y a cinq ans qu'un jour je romprais avec Marten, je ne l'aurais jamais cru. Tu te rappelles le concert de jazz ? Qu'est-ce que j'ai eu mauvaise conscience vis-à-vis de toi ! J'étais au comble du bonheur quand toi tu avais tout perdu. Comment aurais-je pu deviner que je me retrouverais dans la situation inverse ? Maintenant, c'est toi qui es heureuse. Tu as trouvé l'homme parfait et tu seras bientôt mariée ! Je suis si contente que tu en aies fini avec le chagrin et le deuil.

— Quand Sören est mort, j'ai cru que je ne pourrais plus jamais connaître le bonheur. Et pourtant c'est le cas. Et je n'ai jamais eu autant d'idées et de rêves.

— C'est une excellente chose, répondit Kitty en appuyant sa tête sur mon épaule. Moi, mes rêves se sont envolés au fil du temps.

— Tu les retrouveras.

— Tu crois ?

— J'en suis sûre. Et peut-être que tu auras envie de rester ici un certain temps. Et de reprendre une activité professionnelle.

— Ah, le travail, soupira-t-elle. Parfois, je me demande si nos problèmes ne viennent pas du fait que je suis restée deux ans à la maison.

— Non, sûrement pas. Mais ça te fera du bien de recommencer à pratiquer ce que tu as appris. Depuis quelque temps, je ne fais presque plus que des tâches administratives. Si tu savais comme ça me manque de ne plus m'occuper d'animaux !

— Tu as tes chevaux.

— Ce n'est pas pareil. Mais bon, je ne me plains pas. Ce que je voulais dire, c'est que j'ai prévu d'ouvrir une clinique vétérinaire pour les chevaux.

Je lui montrai le chantier, bien visible depuis le pavillon.

— Regarde, la construction est en cours. Si tout se passe bien, on ouvrira à l'automne. Peut-être que tu auras envie d'y travailler et de loger ici.

— Ça signifierait abandonner tout ce que j'ai construit, répondit-elle, songeuse. Et renoncer définitivement à Marten.

Je me mordis la lèvre. Croyait-elle pouvoir un jour reprendre sa vie d'antan ? Je le lui souhaitais, mais savais que c'était peu probable.

— Cela dit, poursuivit Kitty, qu'est-ce que j'ai construit au bout du compte ? J'ai travaillé dans un cabinet. C'est Marten qui gagne le plus, même si ça ne nous a pas encore permis d'acheter une maison. Et lui…

— Tu as une fille adorable. Tu possèdes un diplôme de médecine vétérinaire. Ce n'est pas rien, tout de même !

— Tu as raison. Mais pour l'instant j'ai l'impression d'être dans un champ de ruines.

— C'est normal. Je voulais juste t'offrir une perspective. Tu seras toujours la bienvenue. Et si tu refuses, ce n'est pas un problème. Tout ce que je souhaite, c'est que tu sois heureuse.

— C'est tellement gentil de ta part, répondit Kitty en essuyant une larme. Il y a au moins quelqu'un qui tient à moi.

— N'oublie pas ta fille. Elle t'aime. Et peut-être que tout finira par s'arranger avec Marten.

— Je ne sais pas. Je doute qu'il débarque ici pour me faire des excuses touchantes.

— Tu lui as dit où tu étais ?

— Bien sûr. Mais je n'y compte pas.

— Sois patiente. Il est possible qu'il ait besoin d'un moment pour réaliser ce que tu représentes pour lui.

Kitty ne répondit pas.

— On a peut-être un peu trop bu pour parler de l'avenir, repris-je. Mais j'ai bien l'intention de faire venir un tas de gens ici. Qui vivront et travailleront au domaine. J'ai déjà engagé une assistante et, un jour, il y aura des médecins et du personnel auxiliaire.

— J'espère que tu embaucheras quelques hommes séduisants.

— S'ils ont envie de travailler ici, pourquoi pas ?

— Tu sais, je n'ai jamais souhaité vivre à la campagne. Je suis une citadine. Mais quand je vois cet endroit, je me dis que je pourrais très bien craquer.

— Alors tu vas réfléchir à ma proposition ?

— Oui. À condition que je m'en souvienne encore demain… répondit-elle en regardant son verre vide.

Pendant que Kitty s'installait, je me consacrai aux préparatifs de la fête de la Saint-Jean. Nous nous retrouvions le soir pour de longues discussions au cours desquelles nous parlions d'une foule de choses – excepté de Marten.

J'espérais qu'elle aborderait l'offre que je lui avais faite, mais elle n'en fit rien. Je décidai de ne pas insister. Elle espérait probablement que Marten la supplie de revenir. Je la surprenais parfois à la fenêtre, le regard nostalgique. Mais il ne donnait pas signe de vie.

À l'approche de la Saint-Jean, Kitty parut oublier un peu ses soucis. Il y avait beaucoup à faire et je pus compter sur son aide. Elle se lia également d'amitié avec l'écuyer. Une fois, je les vis tous deux assis dehors à fumer. Elle ne m'en disait rien mais, depuis qu'elle parlait de temps à autre avec Sven Bergmann, elle semblait retrouver un peu d'optimisme.

L'organisation du mariage paraissait également lui faire du bien. Elle consultait des magazines et des catalogues à la recherche de ce dont nous avions besoin pour ensuite changer d'avis et bousculer tous nos plans. En tout cas, nous savions déjà qui ferait le gâteau. Comme Mme Johannsen serait accaparée par le banquet, Kitty avait déniché à Kristianstad une charmante pâtisserie tenue par une vieille dame du nom de Jolanda Benlund. Pour nous montrer à quoi ressemblaient ses gâteaux, celle-ci nous sortit un joli classeur contenant des dessins de sa main.

— Soyez sûre qu'ils ressemblent exactement à ces illustrations, nous assura-t-elle en voyant mon air sceptique. Quand j'étais jeune, je peignais. Ça ne m'a pas permis d'entrer dans une école de beaux-arts, mais je réussis très bien les gâteaux. Il m'arrive d'en dessiner rien que pour le plaisir.

Je repensai à ma grand-mère. Cette femme était un peu plus jeune qu'elle, mais elles auraient très bien pu se connaître. Elles avaient probablement postulé à la même académie sans toutefois se rencontrer.

— Vos gâteaux sont magnifiques, dis-je. Et vous avez un vrai talent d'artiste.

Mme Benlund eut un sourire flatté.

— Ah, laissez, jeune dame. Je ne serais jamais devenue une grande peintre, je le sais. Mais je pense être une bonne pâtissière. Je vous promets de satisfaire tous vos souhaits en la matière.

Je lui montrai alors l'image d'un gâteau à trois étages, décoré d'asters rouges et jaunes et de feuilles, aussi éclatant qu'une journée ensoleillée dans une forêt automnale.

— J'aimerais bien celui-ci, dis-je.

— C'est un choix inhabituel pour un mariage. En général, on me commande ce gâteau pour la fête des moissons.

— Mon mariage aura lieu au seuil de l'automne, répondis-je avec un large sourire. Et je suis sûre que ce petit couple de mariés très mignon se sentira bien au milieu des fleurs.

Les traits de la vieille dame s'adoucirent et une lueur d'enthousiasme brilla dans son regard.

— Je vais vous concocter une petite merveille, me promit-elle.

— Ton choix est vraiment peu courant, fit remarquer Kitty lorsque nous remontâmes en voiture. Un gâteau de mariage orange ? D'habitude ils sont blancs, jaunes ou roses.

— Mais tu sais que je ne fais rien comme tout le monde ! Et si je portais une robe en feuilles d'arbre ?

— Ah non, ne me demande pas l'impossible ! gémit Kitty.

Lorsque je décrivis au téléphone le gâteau à Jonas, je le sentis sourire.

— Ça m'a l'air formidable ! Je suis impatient de voir cette œuvre d'art de près – et de la déguster. Ça nous changera du gâteau de princesse.

— Oui ! Il faut bien ça pour notre mariage.

Un flot de joie me traversa. Sous peu je serais mariée, avec le meilleur homme qu'on puisse imaginer.

En revanche, je ne parvenais pas à trouver de robe qui me plaise. Non que j'aie des exigences compliquées du genre feuilles ou tulle orange, mais les boutiques ne proposaient pas de robes courtes.

Après avoir fait plusieurs magasins avec Kitty, j'avais l'impression que toutes les robes se ressemblaient.

Partout les mêmes corsages et les mêmes jupes en tulle. Et rien qui ait l'air un tant soit peu moderne.

Un soir que j'exprimais ma déception à ma mère, elle me rappela que nous pouvions faire appel à Daga. Entre-temps, elle avait revu sa vieille amie. Je soupirai. Pouvais-je vraiment lui demander ce service ?

— Ça me gêne un peu, avouai-je.

— Il n'y a aucune raison. Vous en parlez, tu la mets rapidement au courant de la situation. Elle sait ce qui s'est passé et ne te posera pas de questions désagréables. Elle serait vraiment ravie de te voir. La seule chose un peu pénible, c'est la prise de mesures. Je sais par expérience combien c'est long.

— Bon, alors voyons ça avec tante Daga.

Une semaine plus tard, j'étais debout en sous-vêtements devant ma tante, venue pour l'occasion à Löwenhof. Les retrouvailles avaient été étonnamment chaleureuses. C'était une dame sympathique, bien de sa personne, coiffée d'un chignon, énergique sans être brusque.

Je craignais qu'elle me reproche de ne jamais lui avoir donné de nouvelles, mais elle n'en fit rien. Elle m'apprit qu'elle se demandait qui serait capable de reprendre sa boutique.

— J'ai du mal à réaliser que, dans quelques années, je serai à la retraite. J'ai l'impression d'avoir ouvert mon affaire hier. Le temps file à une allure incroyable.

— Il n'y a personne à qui tu puisses confier ton atelier ?

— De nos jours, les jeunes filles sont très frivoles. Ma nouvelle apprentie n'est pas aussi sérieuse que je le souhaiterais. Elle ne s'intéresse qu'au garçon qui vient chaque jour la chercher en Mobylette.

— Je suis sûre que tu trouveras quelqu'un.

Elle aussi en son temps avait dû montrer plus d'intérêt pour les jeunes gens que pour les leçons de sa formatrice.

— Espérons-le. Heureusement je ne suis pas pressée. Lève les bras, chérie, on en vient à la partie plus fastidieuse.

— Alors, ce n'était pas si terrible, si ? dit ma mère lorsque Daga fut repartie.

— Non, mais pour être franche je préfère le prêt-à-porter. Avec toutes les mesures qu'elle a prises elle pourrait réaliser de moi une sculpture.

— Oui, la confection d'une robe, c'est de la sculpture. Sauf qu'on utilise du tissu et non de la pierre. Je suis contente que nous reprenions des relations plus suivies avec elle. La vie nous offre toujours une seconde chance, n'est-ce pas ?

La fête de la Saint-Jean fut célébrée en petit comité, comme nous avions pris l'habitude de le faire depuis quelques années. Kitty et sa fille, qui s'étaient un peu acclimatées, s'amusèrent visiblement beaucoup. Pour ma part, je savourai les quelques journées et nuits, trop peu nombreuses, que je pus passer avec Jonas.

— Encore un peu de patience, nous partirons bientôt à Munich, dit-il une nuit que nous reposions dans les bras l'un de l'autre, à contempler le ciel. Ça te fait plaisir ?

— Et comment ! Je brûle d'impatience de voir la ville et les athlètes. Et je suis curieuse de savoir si Ninna atteindra son objectif.

— De faire mieux que son mari ? Ça se pourrait bien. Notre équipe est remarquable. Entraîneurs, responsables, tous sont très satisfaits.

— Ça dépendra de la qualité des concurrents, n'est-ce pas ? Vous avez pu faire un peu d'espionnage ?

— Tu veux dire que le comité olympique suédois devrait engager des gens qui se déguisent en palefreniers pour examiner les chevaux des équipes étrangères ? demanda-t-il en riant.

— Exactement. Il doit bien y avoir un moyen d'évaluer nos chances, non ?

— Il me semble que les compétitions qui ont précédé les Jeux nous ont renseignés sur ce point. Les Russes sont très forts et il faudra également se méfier des Allemands. En dressage ils sont excellents.

— Sans compter qu'il y a deux équipes, renchéris-je. Celle de l'Allemagne de l'Ouest et celle de l'Est.

— Si tu veux, on ira à la frontière voir les installations de sécurité. Ou on se rendra directement à l'Est. Des collègues m'ont raconté de ces choses… Les gens de l'Ouest peuvent entrer dans le pays. Mais ceux qui vivent en RDA n'ont pas le droit de sortir. Je ne serais pas surpris que certains athlètes profitent de l'occasion pour tenter de s'enfuir.

— Si ce sont de bons cavaliers, tu devrais essayer de les attirer en Suède. Je leur offrirai volontiers l'asile au manoir.

Jonas éclata de rire.

— Comme tu l'as fait avec ton amie, c'est ça ?

— Je suis contente qu'elle soit là. Et, tu as pu le constater, c'est quelqu'un de très sympathique.

— En effet. Je suis heureux qu'elle t'ait transmis ma carte il y a quelques années.

— Et moi donc !

Je posai ma tête sur sa poitrine pour écouter battre son cœur.

— Qu'est-ce que tu penses de mon idée d'héberger mes employés et mes amis ?

— Ce n'est pas ce que vous avez toujours fait ?

— Pas de la même façon. Autrefois, le personnel logeait sous les toits. Moi, j'aimerais plutôt que chacun ait sa chambre.

— Comme dans une grande communauté. C'est très progressiste, et très beau. Et imagine que ces personnes fondent une famille. Leurs enfants pourraient jouer dans le parc. Et alors cette vieille demeure déborderait de vie.

Cela me fit songer que mes futurs enfants auraient des camarades de jeu. J'avais si souvent souhaité avoir des amis de mon âge avec qui courir les champs !

À la fin du mois de juillet, un petit camion de déménagement apporta les affaires de Karin à Löwenhof. Elle n'avait pas grand-chose, mais une simple voiture n'y aurait pas suffi. Karin était accompagnée de sa sœur, qui me témoigna immédiatement sa satisfaction.

— Elle a toujours été là pour aider notre mère, dit-elle. Il est temps qu'elle commence enfin à vivre.

Kitty et moi aidâmes Karin à s'installer et j'eus le sentiment qu'elles s'entendraient bien.

Août approchait à grands pas et avec lui mon voyage à Munich. Ma mère m'avait annoncé qu'elle viendrait me remplacer à Löwenhof.

Elle fut enchantée de revoir Kitty et sa fille.

— C'est incroyable ce que la petite a grandi ! dit-elle. Quel plaisir d'avoir de nouveau un enfant à Löwenhof !

Je sentis qu'elle me jetait un regard en coulisse. *Commençons par le mariage*, faillis-je dire. *Ensuite on verra.*

CHAPITRE 33

La veille de mon départ pour Stockholm, j'étais sens dessus dessous. Je fis et défis mes valises, me débarrassant des affaires que je croyais inutiles pour m'apercevoir ensuite que j'en avais besoin. Lorsque j'eus fini, je regardai avec satisfaction le sac sur lequel j'avais posé mon passeport muni du visa nécessaire. À Stockholm, je prendrais l'avion avec Jonas pour Munich ! Cette pensée m'emplissait d'une joie fébrile.

Le soir, nous nous retrouvâmes au jardin, mes parents, Kitty, Karin et moi. Frieda dormait déjà. Comme j'avais un train tôt le matin, je n'avais pas l'intention de prolonger la soirée.

— Je t'envie, dit Kitty. Les Jeux olympiques, Munich ! Si seulement je pouvais t'accompagner.

— Mais tu pourrais !

Kitty secoua la tête.

— Le voyage ne réussirait pas à Frieda. Et prendre l'avion…

— Ta fille est plus solide que tu ne le penses, objecta ma mère.

— Peut-être, mais ça m'ennuierait de faire un si long trajet avec elle. Sans compter que les hôtels et les compétitions doivent afficher complet depuis longtemps. Et puis je ne voudrais pas être dans vos pattes.

— Mais tu ne nous dérangerais pas, répliquai-je.

— Si, bien sûr. Il faut que vous puissiez apprécier ce moment ensemble. De mon côté, je vais essayer de régler mes affaires.

Elle parlait sans doute de Marten. Je tournai les yeux vers ma mère.

— Ne t'inquiète pas, je suis là, dit-elle. Je sais comment marche la boutique. Profite bien de tes dernières journées de célibataire. Et, quand tu seras de retour, on fêtera votre mariage !

La matinée fut fraîche. Heureusement j'avais pris ma veste en laine. Une fois dans le train, je feuilletai un guide touristique sur l'Allemagne. J'avais également apporté deux journaux qui parlaient de l'ouverture prochaine des Jeux. Il y avait un article consacré à notre équipe équestre, avec une photo de Maud, d'Ulla et de Ninna, un sourire confiant sur les lèvres. J'étais ravie à l'idée de les revoir.

À Stockholm, je pris le bus. Comme nous passions devant le campus, je fus prise de nostalgie. Cela ne faisait pas si longtemps que j'y avais étudié et vécu. Pourtant, il me semblait s'être écoulé une éternité.

Comme à mon habitude, j'arrivai trop tôt chez Jonas. Mais, en pénétrant dans l'entrée, je m'immobilisai, surprise. Un petit rire de femme avait retenti. Jonas était donc chez lui ? Avait-il de la visite ? Après un instant d'hésitation, je me remis en mouvement et traversai le couloir jusqu'au salon. Arrivée à l'angle, je m'arrêtai. La première chose que je vis, ce furent deux verres de vin. Puis la manche de chemise de Jonas et, en face, une jambe de femme gainée d'un bas de soie.

— Jonas ? dis-je en entrant dans la pièce.

Deux têtes se tournèrent vivement vers moi.

— Solveig ? Tu es déjà là ? demanda Jonas en se levant.

Mais je n'avais d'yeux que pour la femme.

Elle était plus petite que moi et ses cheveux noirs étaient crêpés à l'arrière. Son corps gracile était moulé dans une robe fourreau rayée vert, blanc et bleu. À ma vue, son sourire la quitta instantanément.

— J'ai pensé que c'était une bonne idée d'arriver tôt, dis-je, le regard toujours rivé sur la femme.

Son trait d'eye-liner était parfaitement dessiné, on aurait dit un top model. Je l'aurais bien vue travailler dans la mode. Mais que faisait-elle donc ici ?

— Je crois que tu ferais mieux de partir, entendis-je dire Jonas.

Sur le moment, je ne sus à qui de nous deux il s'adressait. Mais l'inconnue prit son sac avec un sourire contraint, me toisa et se leva.

— À bientôt, Jonas, dit-elle avant de quitter la pièce.

Ses pas s'entendirent à peine sur le tapis du couloir. Quelques secondes plus tard, la porte d'entrée claqua.

Je regardai Jonas, l'esprit en déroute.

— Qui était cette femme ? demandai-je enfin, désorientée.

— Personne, je…

Jonas était devenu rouge écrevisse. Je ne l'avais jamais vu si embarrassé.

— Personne ?

Je sentis mon estomac se nouer.

— Alors pourquoi tu bois un verre avec elle en fin d'après-midi ? Elle est de l'agence ? C'est une cliente ?

Jonas eut soudain l'air d'un animal acculé.

— Ce n'est pas une cliente, répondit-il en évitant mon regard.

— Alors qui est-ce ?

Quelque chose explosa soudain dans ma poitrine. Jonas ne m'avait jamais donné motif à jalousie. À présent, je la sentais se frayer un chemin dans mon ventre et me mordre le sein tel un serpent venimeux.

— Ava et moi…

Bon sang, mais pourquoi avait-il tant de mal à répondre ?

— Pourquoi tu ne me dis pas franchement ce qui se passe ? lançai-je, furieuse. Tu as quelqu'un d'autre, c'est ça ?

— Non, nous ne sommes plus ensemble.

— Vous n'êtes plus ensemble ?

J'eus l'impression qu'un poids énorme m'attirait vers le sol.

Jonas se passa la main sur le visage.

— On est sortis ensemble, avoua-t-il finalement. Pendant un bon moment, avant que…

Je secouai la tête. Quelque chose clochait dans cette histoire.

— Avant que quoi ? Que tu fasses ma connaissance ?

Il ne m'avait jamais parlé d'une petite amie.

— Ce n'était pas une relation stable. On se voyait de temps en temps, c'est tout.

— Et pourquoi elle est venue ? demandai-je en désignant les verres.

— Elle souhaitait qu'on ait une discussion. À l'époque, elle n'a pas réussi à accepter notre rupture. On s'est quittés fâchés. Entre-temps, un an et demi a passé, et elle a demandé à ce qu'on se voie pour parler.

— Un an et demi ?

Je fus comme assommée. Jonas et moi étions ensemble depuis trois ans. Et leur rupture remontait à un an et demi ?

Il baissa la tête d'un air coupable.

— J'aurais préféré que tu arrives plus tard.

— Plus tard ? répétai-je en secouant la tête. Qu'est-ce que tu veux dire ?

— Je ne voulais pas que tu l'apprennes de cette façon.

— Quoi ? Que j'apprenne quoi ? Tu vas parler à la fin ? criai-je, les poings serrés.

Le sol se dérobait sous mes pieds. Le sang grondait à mes oreilles.

Jonas prit une grande inspiration.

— Je suis désolé. Ava et moi, on a continué à se voir pendant un temps, avoua-t-il enfin. Et puis j'ai compris que c'était toi que j'aimais vraiment. J'ai mis fin à cette histoire deux mois avant de te demander en mariage.

Cette fois, j'eus la sensation d'une chute libre, sans rien à quoi me raccrocher.

Moi aussi, je regrettai soudain d'être arrivée si tôt. Je n'en croyais pas mes oreilles : il n'avait rompu avec cette femme que deux mois avant de me faire sa demande ? Alors qu'il n'avait cessé de me dire qu'il m'aimait ?

Le cœur battant, je me sentais incapable de proférer le moindre son.

— Mais à présent c'est du passé, poursuivit-il. Il faut que tu me croies, Solveig : je n'aime que toi.

Ses paroles s'abattaient sur moi comme une averse. Pendant tout ce temps il était sorti avec une autre !

— Et tu as jugé bon d'ouvrir une bouteille de vin pour cette discussion ? demandai-je, la voix enrouée, les larmes aux yeux.

— C'est elle qui l'a apportée. Qu'est-ce que j'aurais dû faire ?

— La renvoyer chez elle ! Refuser de lui parler ! Qu'est-ce qu'on a besoin de se dire au bout d'un an et demi ? Elle voulait te souhaiter bon voyage ?

Je me sentis tout à coup terriblement faible. Mon corps réclamait le contact de Jonas, ma raison me conseillait de partir.

— Solveig…

Je secouai la tête, repris ma valise.

— Mais, Solveig, nous…

— Bon voyage, répondis-je en me détournant.

Je ressortis du salon, repris le couloir et jetai au passage les clés sur la commode.

J'entendis les pas de Jonas derrière moi. Alors que je posais la main sur la poignée de la porte, il me saisit le bras.

— Je t'en prie, écoute-moi. Il n'y a plus rien entre Ava et moi. Solveig !

Mais, à cet instant, je me fichais pas mal de savoir si tout était fini entre eux ou pas. Je me dégageai et dévalai l'escalier. Une fois dans la rue, je me mis à courir et parvins je ne sais comment à attraper un bus.

J'arrivai à la gare dans un état second et me mis dans la file pour acheter un billet. Je ne repris mes esprits qu'en recevant une légère bourrade.

— C'est à vous, dit un homme derrière moi.

— Oui, mademoiselle ? demanda une voix de femme au guichet.

Je sursautai. Je ne m'étais pas aperçue que mon tour était venu.

— Un billet pour Kristianstad, je vous prie, dis-je. Pourriez-vous m'indiquer quand part le prochain train ?

La guichetière fit glisser son doigt sur une fiche horaire.

— Dans une heure.

— Très bien.

J'achetai mon retour et allai m'asseoir sur un banc. En regardant l'horloge de la gare, je vis que c'était l'heure à laquelle nous avions prévu de partir pour l'aéroport.

Aurais-je dû fermer les yeux sur cette histoire ? Non, impossible. Jonas n'avait cessé de me mentir et, pis encore, il avait cru pouvoir me la cacher. Je ne savais pas ce que j'allais faire, mais dans l'immédiat je ne voulais plus le voir.

En arrivant à Löwenhof, je me sentais rompue. Le manoir était plongé dans l'obscurité. Seules deux fenêtres étaient éclairées à l'étage supérieur. Kitty devait être encore debout. Ma mère, elle, dormait sans doute déjà. Tant mieux. Je trouvais plus facile de parler à mon amie. Mais devais-je l'ennuyer avec cette histoire ?

Je gravis le perron avec peine. Jamais je ne m'étais rendu compte qu'il y avait autant de marches. J'avais l'impression d'être revenue à l'époque de mon retour de l'hôpital. Mais cette fois, seul mon cœur était blessé.

Dans le vestibule, j'enlevai mon manteau et je posai ma valise au pied de l'escalier. Je la prendrais plus tard.

Épuisée, je montai à l'étage des chambres. Ma déception avait besoin de s'épancher auprès d'une oreille compatissante. Des appartements de Kitty s'échappaient les sons étouffés d'une musique. Je frappai à sa porte avec l'impression que mes membres étaient en plomb.

— Solveig ! s'exclama Kitty, surprise. Mais qu'est-ce que tu fais ici ? Il s'est passé quelque chose ?

Elle me prit la main et me fit entrer. Puis elle m'examina des pieds à la tête.

— Je vais bien, articulai-je. Physiquement en tout cas. Mais…

— Tu étais censée aller à Munich avec Jonas ! Est-ce qu'il…

— Non, lui aussi va bien. Mais il s'est produit quelque chose que je n'avais pas prévu.

Mes larmes jaillirent. Pendant tout le trajet de retour, j'avais été comme anesthésiée. À présent, mes sentiments revenaient en force.

— Mais encore ?

— Quand je suis arrivée chez lui, il était avec une femme, répondis-je.

Les digues se rompirent et j'éclatai en sanglots.

— Il t'a trompée ?

Kitty me fit asseoir sur le bord du lit et prit ma main. La voix entrecoupée, je lui fis le récit de ce qui s'était passé. Elle m'écouta attentivement en secouant la tête.

— Mais ce n'est pas possible ! dit-elle. Après tout ce que tu m'as raconté de lui. La façon dont il s'est mobilisé pour te venir en aide. Pourquoi aurait-il fait ça ? Il t'a même demandée en mariage !

— Je ne sais pas. Je ne sais vraiment pas pourquoi il veut m'épouser.

— Parce qu'il t'aime, répondit Kitty en repoussant une mèche qui me tombait dans la figure. Je ne comprends pas pourquoi il a revu cette femme, mais sa demande en mariage prouve que c'est toi qu'il a choisie.

— Oui, mais avant ? Il voulait se ménager une porte de sortie ?

Kitty garda le silence, se bornant à me caresser les cheveux. Qu'aurait-elle pu dire pour me consoler ? La situation paraissait sans issue…

— Tu devrais te reposer un peu, dit-elle. Si tu veux, tu peux dormir ici. Comme au bon vieux temps de nos études.

J'acquiesçai en me laissant tomber sur le lit. Pleurer m'avait épuisée. Je me sentais brisée comme si on m'avait rouée de coups.

La petite voix de Frieda se fit entendre – je l'avais réveillée. Je fermai les yeux tandis que Kitty la calmait à voix basse. Quelques minutes plus tard, l'enfant s'était rendormie.

Je sentis mon amie se coucher sur le matelas à côté de moi et remonter la couverture. Elle me croyait sans doute assoupie. J'étais incapable de faire le moindre geste. Puis la fatigue finit par l'emporter.

Lorsque je me réveillai au point du jour, Kitty et sa fille dormaient profondément. Le souffle de leur respiration accompagnait le silence qui régnait au manoir. Je repoussai la couverture et me levai avec précaution. Je sortis de la chambre sur la pointe des pieds. Mes vêtements me collaient à la peau. J'avais besoin d'un bain et d'une tenue plus confortable.

Encore mal réveillée, je mis un moment à réaliser que les événements de la veille n'étaient pas un rêve. Quand je fus de retour dans ma chambre, la réalité me frappa de plein fouet : Jonas m'avait trompée et espéré que je ne le découvrirais pas. Il avait trahi ma confiance.

La colère m'envahit telle une flamme qui dévore le papier. J'arrachai mes vêtements pour me plonger tout entière sous l'eau. Il fallait que je me débarrasse de cette horrible journée ! Que je me récure comme si j'étais couverte d'une couche de crasse ! Peut-être alors me sentirais-je un peu mieux.

Lorsque je sortis du bain, ma colère m'avait quittée. Je ne ressentais plus que du désarroi face au caractère irrémédiable de ce qui s'était produit. D'un côté, je regrettais d'avoir surpris Jonas avec cette femme. De l'autre… Je savais par expérience – l'histoire de ma famille l'avait amplement montré – que les mensonges et les secrets finissaient toujours par apparaître au grand jour. D'une manière ou d'une autre je l'aurais appris. Et peut-être que Jonas aurait recommencé à me tromper. La déception contenait toujours une part de vérité. On ne se laissait plus duper si facilement.

Je choisis une robe légère puis, lorsque je fus prête, je quittai ma chambre et descendis au rez-de-chaussée. J'avais beau ne pas avoir d'appétit, mon estomac me rappelait que je n'avais rien mangé depuis la veille au matin. Il était encore un peu tôt pour le petit déjeuner, mais il fallait que je me cale l'estomac.

En descendant dans la cuisine, je sentis que je n'étais pas seule. Ma mère était levée. Sans doute avait-elle une fois de plus mal dormi. Je la surpris devant le réfrigérateur et crus d'abord qu'elle ne savait que choisir, puis je compris qu'elle se rafraîchissait la figure.

— Bonjour, Maman.

Elle sursauta et referma promptement le frigidaire.

— Seigneur ! lâcha-t-elle, la main sur la poitrine. Tu m'as fait une de ces peurs !

— Désolée, ce n'était pas mon intention.

— Qu'est-ce que tu fais ici ? Je te croyais à Munich. Il y a eu un problème ?

— C'est tombé à l'eau, répondis-je. Jonas et moi on s'est disputés. Je suis rentrée hier soir.

— Pourquoi tu ne m'as pas réveillée ?

— Je ne voulais pas te causer de souci. Et puis j'étais trop fatiguée. Tout ce que je souhaitais, c'était dormir.

Je m'abstins de mentionner que j'avais fait appel à Kitty. Mathilda m'en aurait sans doute voulu de l'avoir tenue à l'écart.

— Viens, je vais nous faire un café et puis tu me raconteras.

Je m'assis à la longue table marquée par le temps.

— Solveig ? dit la voix de ma mère.

Je levai les yeux. Apparemment, elle m'avait posé une question que je n'avais pas entendue.

— Oui ?

— Je t'ai demandé si tu voulais du lait dans ton café.

— Oui, s'il te plaît. Excuse-moi, je suis encore un peu fatiguée.

Un instant plus tard, elle posa devant moi un café fumant dans un vieux gobelet en céramique. Son arôme me ranima un peu.

— Alors comme ça vous vous êtes disputés, commença-t-elle en remuant son café. Je peux savoir pourquoi ?

— Au sujet d'une autre femme.

Je lui racontai ce qui s'était passé en m'efforçant de ne pas céder à l'émotion. Cela ne me fut pas facile, car ce récit réactivait ma souffrance.

— Je vais me jeter à corps perdu dans le travail, déclarai-je en guise de conclusion. Les prochains Jeux olympiques auront lieu à Montréal. J'aurai peut-être la possibilité de m'y rendre avec nos chevaux.

Ma mère me considéra avec compassion.

— Tu auras constamment affaire à lui vu ses liens avec le comité olympique suédois, objecta-t-elle avec douceur.

— On devrait arriver à trouver un modus vivendi, répliquai-je. Il pourra avoir toutes les petites amies qu'il veut, et moi je m'occuperai du domaine. C'est sans doute mieux comme ça.

— Tu sembles si blessée…

— Oui, c'est sûr. Mais qu'est-ce qu'on y peut ?

Je pris une profonde respiration et vidai ma tasse.

— Ça ira, repris-je ensuite. J'ai surmonté bien pire avec la mort de Sören. Je ne veux pas vivre avec un homme incapable de se décider.

— Je n'arrive pas à croire que Jonas ne t'aime pas. Il a déployé une énergie considérable pour nous aider et ce parce qu'il était tombé amoureux de toi. Il t'a demandé de devenir sa femme. Il n'a pas fait tout ça à la légère.

— La moindre des choses aurait été de me mettre au courant. Au plus tard au moment où il a manifesté l'intention de m'épouser.

— Ça t'aurait heurtée, tu ne crois pas ? Il craignait sans doute que tu le repousses s'il t'avouait avoir eu une autre femme parallèlement à toi.

— Je ne sais pas. J'aurais sans doute été furieuse. Mais il aurait mieux valu qu'il m'en parle. Au moins j'aurais pu lui garder ma confiance.

Ma mère baissa les yeux vers sa tasse vide.

— Il a commis une erreur, c'est clair. Mais, avant de le condamner sans recours, pense qu'il a rompu avec cette ancienne amie. C'est toi qu'il a choisie. C'est toi qu'il veut épouser.

— Comment peux-tu en être sûre ? Il avait une bouteille de vin. On n'invite pas une simple connaissance à prendre un verre de vin chez soi.

— Détrompe-toi ! Je l'ai souvent fait les premiers temps où je vivais à Stockholm. Avec certains hommes ça allait plus loin, avec d'autres non. Je ne te l'ai jamais dit, mais ton père et moi... lorsque nous nous sommes revus après plusieurs années de séparation, il est venu à la maison et...

— Tu veux dire que tu as couché avec Papa alors qu'il était encore marié ?

— Oui. Sa femme était à l'hôtel. J'ai cédé parce que nos retrouvailles m'avaient bouleversée. Après quoi je l'ai fichu à la porte en me jurant que ça ne se reproduirait pas. Et puis le destin en a décidé autrement.

Ma mère respira profondément.

— Dans les relations, il n'est pas toujours facile de reconnaître ce qui est juste. Jonas aurait dû se montrer honnête et te dire qu'il avait quelqu'un d'autre. Mais il avait sans doute peur de ta réaction. Mon exemple t'a montré que les gens qui nous aiment ne nous disent pas toujours la vérité par crainte de nous perdre.

— Mais Grand-mère et toi ce n'était pas pareil.

— En effet, Agneta était ma tante et ma tutrice. Jonas est ton fiancé. Le sentiment d'avoir été trahi est encore plus vif. Mais les hommes aussi ont peur. Et, s'il a dit la vérité, il t'a été fidèle pendant au moins un an et demi.

— S'il a dit vrai, répondis-je avec amertume.

J'avais les tempes douloureuses. Je ne souhaitais plus parler de ça. Jonas était le seul à savoir ce qui se passait dans sa tête.

— Merci pour le café, dis-je en me levant. On se voit tout à l'heure après le petit déjeuner.

— À plus tard, Solveig.

Je sortis du manoir et traversai la cour, longeant les écuries et le nouveau bâtiment pour me rendre au pavillon. À mi-chemin, il me revint que j'y étais souvent allée avec Jonas. Je fis demi-tour, mais ce fut la même chose dans le jardin anglais. Je finis par renoncer et rentrer. Mais là non plus je ne pus échapper au souvenir de sa présence.

Je montai dans la salle de peinture de ma grand-mère. Tout était resté en l'état. Dans la famille, on semblait avoir du mal à se défaire des lieux où avaient vécu les personnes aimées. Sur le chevalet était posé son dernier tableau. Un champ de lupins bleus devant une forêt sur laquelle le soleil se couchait. Quoique peint dans un style démodé, le tableau était magnifique. Je restai un moment à le contempler. *Mormor* me manquait... Qu'aurait-elle dit de cette histoire ?

— Ah, Grand-mère, tu crois que je peux encore lui faire confiance ? demandai-je tout bas en promenant mes doigts sur le vernis. Comment tu aurais réagi si tu avais été à ma place ?

Elle ne m'avait évidemment jamais parlé en détail de sa vie amoureuse – ce n'était pas le genre de sujet qu'on abordait avec un enfant. Mais elle aussi avait connu des déceptions. Le père de Magnus et d'Ingmar l'avait abandonnée pour s'enrôler dans l'armée lors de la Première Guerre mondiale. Il s'était présenté à elle sous une fausse identité sans lui révéler qu'il était marié. Et elle était tombée enceinte de lui.

Pour ma part, je n'avais pas à craindre une grossesse non désirée. Mais moi aussi j'avais été dupée. Pourquoi Jonas m'avait-il dissimulé sa liaison ? Était-il si peu sûr de mes sentiments ?

J'avais encore dans l'oreille la voix de *Mormor* et l'impression de sentir sa présence. Mais elle était trop loin désormais pour m'aider. Je devais me débrouiller seule.

Les jours suivants, je passai la plus grande partie de mon temps avec Kitty. Son soutien me réconfortait. Ce qui ne m'empêchait pas d'avoir des nuits difficiles.

— Tu ne regrettes pas de ne pas être allée à Munich ? me demanda-t-elle un après-midi où nous faisions la tournée des écuries.

— Non, répondis-je sans pouvoir me défendre d'un pincement au cœur.

— Tu ne me dis pas la vérité. Il n'a pas essayé de t'appeler ?

Je secouai la tête.

— Tu aurais été la première à l'apprendre. Il a dû partir avec son autre chérie.

— Mais non ! Il n'est pas comme ça.

— C'est aussi ce que j'aurais dit il y a quelques jours encore.

Kitty prit le temps de la réflexion.

— Peut-être que tu as une vision trop étroite des choses, reprit-elle au bout d'un instant.

— Qu'est-ce que tu veux dire ?

— À notre époque, les relations ne sont plus ce qu'elles étaient autrefois. Regarde les communautés hippies. On y papillonne allègrement de partenaire en partenaire et ça ne dérange personne.

— Depuis quand tu t'intéresses aux hippies ? demandai-je, stupéfaite.

— Ce que je veux dire, c'est qu'aujourd'hui les relations sont plus flexibles. On est avec quelqu'un, on sait que ce n'est pas pour la vie. Et puis on rencontre le grand amour, mais comme on n'est pas tout à fait sûr de ses sentiments, on reste avec l'autre. Et on se retrouve à mener deux relations de front jusqu'au moment où on se sent prêt à faire un choix.

— Ça ne rend pas cette attitude plus excusable.

J'étais un peu agacée. Voilà que Kitty défendait Jonas !

— Sans doute pas. Mais essaie de te mettre à sa place. Il entretient une relation satisfaisante, rien de fixe. Et, un jour, il te rencontre. Il te trouve super, mais se rend compte que ce n'est pas gagné. C'est toi qu'il veut, sauf que tu n'es pas prête à quitter Sören. Alors dans un premier temps, il continue à mener sa vie comme avant. Et, lorsque tu te décides à sauter le pas, il comprend que tu es la femme de sa vie et il rompt avec l'autre pour pouvoir t'épouser.

— Et il la revoit ? Juste avant les Jeux olympiques ?

— Peut-être que c'est vraiment elle qui l'a souhaité. Que tu l'aies surpris avec cette femme ne prouve rien.

Je réfléchis. J'aurais tellement aimé lui pardonner ! Mais je n'y arrivais pas. La pensée qu'il ait entretenu deux relations pendant un an et demi m'était trop douloureuse. J'étais jalouse, j'aurais préféré qu'il m'appartienne entièrement tout en sachant que c'était absurde.

— Si on regardait la retransmission des Jeux à la télévision ce soir ? proposa Kitty. Je ne connais rien au sport, mais ça pourrait être amusant. Tu verras peut-être les cavalières dont tu m'as parlé.

— Je ne sais pas trop… je risque de l'apercevoir dans le public.

— Dans ce cas tu sauras s'il est parti seul ou pas, répliqua-t-elle en me donnant une légère bourrade. Allez, laisse-toi tenter. On nous montrera peut-être quelques lutteurs musclés ou des types en short. On aura au moins de quoi se rincer l'œil.

En dépit de ma contrariété, je ne pus m'empêcher de rire.

Une fois devant la télévision, je me surpris à être plus attentive aux spectateurs qu'aux athlètes. Mais, l'appareil n'étant plus de prime jeunesse, l'image n'était pas d'une netteté égale sur toute sa surface, si bien qu'il était impossible de distinguer les visages éloignés.

— Tu devrais peut-être acheter un nouvel appareil, fit observer Kitty, qui grignotait une pomme. Une télévision couleur. Là, on peut tout juste deviner ce que portent les gens.

— Ce téléviseur a toujours bien rempli son office, protestai-je.

— Oui, mais la Terre a continué à tourner, hein ! De quand il date ? Du début des années soixante ?

— Ça doit être ça. À l'époque, acheter une télévision était un événement. Elle restera là jusqu'à ce qu'on ne puisse plus s'en servir.

Je m'interrompis. Sur l'écran avait surgi le parcours d'obstacles des cavaliers. Puis la caméra se focalisa sur les rangées de spectateurs et je crus apercevoir Jonas.

Kitty, qui m'observait et m'avait vue tressaillir, déclara qu'il ne s'agissait pas de lui.

— Quoi ? demandai-je, prise sur le fait.

— L'homme, là. Ce n'était pas Jonas.

À présent, on voyait de nouveau les cavaliers sur le parcours.

— Je suis sûre que les choses peuvent s'arranger entre vous, ajouta-t-elle avec un sourire entendu. Tu devrais peut-être quand même te rendre en Allemagne.

Je secouai la tête. Non, pas question. Si nous avions besoin de nous expliquer, cela attendrait son retour.

— Bon, répondit-elle sans insister. Alors j'ai l'impression qu'on pourra bientôt fonder un club de femmes, ici.

CHAPITRE 34

Le lendemain après-midi, alors que j'étais en train de signer des chèques, Karin arriva en coup de vent dans mon bureau.

— Quelqu'un souhaiterait vous parler !

Quelqu'un ? Était-ce Jonas ? Dans ce cas il pouvait aller au diable ! Mon cœur ne s'en mit pas moins à battre à coups redoublés.

— Qui est-ce ? m'enquis-je.

— Une jeune femme qui vient de Stockholm.

Je n'étais pas d'humeur à discuter avec qui que ce soit, mais cette visite me distrairait peut-être de mes idées noires.

— Très bien, j'arrive, répondis-je en me levant.

La visiteuse était restée à l'extérieur, aussi n'aperçus-je tout d'abord que sa silhouette. Elle était brune, petite, coiffée d'un foulard en mousseline de soie, et sa robe moulante était imprimée d'un motif Pucci très coloré. En m'entendant abaisser la poignée de la porte, elle se retourna. Je restai figée sur place. Derrière les lunettes de soleil à monture blanche se cachait le visage de la femme que j'avais vue chez Jonas.

— Vous avez vraiment une propriété magnifique, dit-elle. Je n'aurais jamais cru qu'il en existait encore de nos jours. Je suis Ava Nordstrom.

Elle me tendit la main d'un geste élégant.

Je m'efforçai de dissimuler la frayeur que me causait sa subite apparition.

— Que puis-je faire pour vous ? demandai-je sans répondre à son salut.

— J'aurais souhaité vous parler. De Jonas.

— Je n'en ai aucune envie. Comment avez-vous eu mon adresse ?

— C'est lui qui me l'a donnée. Il m'a appelée hier pour me demander mon aide.

— Votre aide ?

Ce ne pouvait être qu'une mauvaise plaisanterie ! Je parvins à surmonter la nausée qui m'avait prise, mais demeurai impuissante à calmer les battements désordonnés de mon cœur.

— Il m'a dit que vous aviez été très fâchée. Et qu'il avait dû partir seul.

— Parce qu'il a parlé de ça avec vous ? répliquai-je en croisant les bras.

— Nous sommes amis, rien de plus. Comme vous aviez refusé de le croire, il m'a priée de vous expliquer quelles étaient nos relations. Je ne veux pas qu'il soit malheureux, aussi j'ai accepté de le faire. Alors ? Souhaitez-vous en savoir plus ou dois-je reprendre ma voiture et retourner à Stockholm ?

Je tournai le regard vers le véhicule à l'étincelante carrosserie vert olive. Cette femme avait fait le voyage depuis Stockholm ! Quoique dévorée par la colère, la jalousie et la peur, j'acquiesçai et l'invitai à entrer.

Je la conduisis dans l'ancien fumoir, où ma grand-mère avait pris l'habitude de recevoir les visiteurs.

J'espérais un peu que le décor l'intimiderait, mais j'en fus pour mes frais. Ava Nordstrom ne parut pas le moins du monde impressionnée.

— On croirait entrer dans un musée, fit-elle observer sans que je sache s'il fallait y voir une critique ou un compliment. Ce n'est pas le genre de Jonas. Il aime plutôt la modernité.

— Vous êtes venue pour parler architecture ? demandai-je avec irritation.

Ses manières me rappelaient un peu celles de Jonas lors de sa première visite. Lui aussi avait fait des commentaires désobligeants sur l'âge de notre demeure. En quoi avais-je pu l'intéresser ? Je me le demandais vraiment.

— Non, c'était juste une remarque. On trouve beaucoup de ces vieux palais à Stockholm. Ils me procurent la même impression. J'ai du mal à comprendre que nos ancêtres aient pu se sentir bien dans ces pièces oppressantes.

— Asseyez-vous, je vous prie. Et ne craignez rien : les sièges ne risquent pas de céder. Mes prédécesseurs les ont bâtis pour l'éternité.

Elle eut un sourire railleur.

— Vous voulez boire quelque chose ? m'enquis-je en songeant que j'aurais dû lui proposer du vin rouge...

— Comme je dois reprendre le volant, je vais éviter l'alcool. Vous auriez du tonic ou un soda ?

— Bien sûr, répondis-je avec raideur.

Je me tournai vers le bar en forme de globe terrestre que nous avions transféré de la bibliothèque, où il se trouvait initialement. Elle m'observa tandis que j'ouvrais les bouteilles, ce qui me rendit nerveuse. À quoi bon cette discussion ? Je n'arrivais toujours pas à croire qu'elle soit venue à la demande de Jonas.

— C'est incroyable comme vous avez réussi à le changer, commença-t-elle lorsque j'eus apporté les verres et me fus assise à mon tour. Je ne m'en suis pas rendu compte tout de suite. Et puis j'ai remarqué qu'il était moins disponible, qu'il ne voulait plus me voir aussi souvent, qu'il ne faisait plus de projets avec moi. Il ne me demandait plus de l'accompagner aux réceptions. Quand j'ai voulu savoir ce qui se passait, il m'a répondu qu'il avait une nouvelle cliente qui avait besoin d'aide. Je l'ai cru.

— À cet égard il vous a dit la vérité, intervins-je. Je n'étais qu'une cliente qui lui avait demandé son soutien.

— Mais vos relations ont évolué.

Elle prit une gorgée de tonic et regarda autour d'elle.

— Nous sommes dans la pièce où les messieurs se réunissaient pour fumer, n'est-ce pas ? L'odeur du cigare imprègne encore les tentures.

— Tenons-nous-en à ce qui vous amène, si vous le voulez bien, répliquai-je, peu désireuse de m'engager dans une conversation sur le manoir.

— Oui... Il y a un peu plus de deux ans, j'ai compris qu'il devait avoir une autre femme dans sa vie. Je ne savais pas de qui il s'agissait. Cela étant, Jonas ne me laissait nullement penser qu'il pouvait se détourner de moi. On se voyait plus rarement, c'est vrai, mais nous continuions à nous aimer avec passion. Et puis j'ai remarqué peu à peu un changement dans sa manière d'être. Il devenait plus doux, plus songeur. Il a commencé à s'intéresser aux vieux trucs. Il passait beaucoup de temps en déplacement professionnel. Comme on ne vivait pas ensemble, ses absences n'avaient rien d'exceptionnel. Mais je suppose que certains de ses voyages vous étaient consacrés.

Je serrai les poings. Son récit mettait ma patience à rude épreuve.

— Et puis ç'a été la fin. Il m'a invitée chez lui autour d'un verre de vin pour m'expliquer ce que j'avais déjà deviné : qu'il s'était épris d'une autre femme et que c'était sérieux. J'aurais pu l'étrangler.

Le regard scrutateur, elle marqua une pause comme pour souligner l'effet de ces dernières paroles. Je me contraignis au calme.

— Finalement, nous avons décidé de rester amis et de nous revoir le jour où je serais heureuse. C'est désormais le cas. J'ai un nouvel homme dans ma vie. Je voulais en parler à Jonas. Lui donner l'absolution. Le jour où vous avez débarqué trop tôt, c'était la première fois qu'on se revoyait depuis notre rupture. Il venait de m'apprendre que vous étiez fiancés et que vous alliez bientôt vous marier. Et c'est alors que vous êtes arrivée.

Elle me toisa.

— Ma première pensée a été que vous n'étiez pas son type. Il avait plutôt l'habitude de sortir avec des brunes, un peu plus âgées que lui. Mais alors j'ai vu comment il vous regardait. En dépit de sa frayeur et de sa gêne, il y avait chez lui une chaleur qu'il avait rarement manifestée avec moi. J'ai compris à cet instant que vous étiez la femme de sa vie. Celles qui vous avaient précédée n'avaient été pour lui qu'une compagnie.

Ces paroles m'ébranlèrent. Pourquoi fallait-il que je les entende de cette femme et non de Jonas ? Redoutait-il que je ne le croie pas ? Il me connaissait sans doute déjà assez pour savoir que je refuserais d'ajouter foi à pareille déclaration. Mais l'entendre de la bouche d'Ava n'en demeurait pas moins étrange.

— Je peux vous assurer qu'il n'y a plus rien entre nous, dit-elle.

— Je vous crois. Mais je suis blessée qu'il ait attendu si longtemps pour rompre avec vous. Et que de fait il nous ait trompées toutes les deux. Qu'il ne m'ait rien dit de vous.

— Il ne m'a pas davantage parlé de vous, répliqua-t-elle. Et d'ailleurs il n'a jamais voulu me dire avec qui il sortait. C'est votre arrivée impromptue qui l'a obligé à le faire. Il a vraiment été stupide. Il aurait dû vous mettre au courant. Mais il craignait que vos valeurs soient aussi… démodées que cette maison.

Je réprimai à grand-peine le désir de l'attraper par le bras et de lui faire quitter la pièce.

— Mes valeurs n'ont rien de démodé, protestai-je. Simplement je n'ai pas envie de me retrouver dans un triangle amoureux.

— Parce que vous croyez être la seule à qui arrive ce genre de chose ? Vous pensez sincèrement qu'il n'y a pas eu de liaisons dans cette magnifique demeure ? De cœurs brisés, de fiertés blessées ? Vous ne croyez pas qu'il y a eu des secrets, ici ? Des amours interdites ?

En l'entendant, je fus envahie par la colère. Non, mais pour qui se prenait-elle ? Soudain, je repensai à cette scène au grenier, lorsque *Mormor* m'avait empêchée d'ouvrir le médaillon de mon arrière-grand-mère. Que pouvait-il contenir ? Le portrait d'un homme qui l'avait déçue ? Ou bien cela allait-il plus loin ? Mais de toute façon les liaisons secrètes de ma famille ne regardaient en rien cette dinde pomponnée.

— Vous ne savez rien de nous, répondis-je en me contenant avec peine. Alors abstenez-vous de ce genre de spéculation. En l'occurrence, c'est de vous et moi qu'il s'agit.

— Oui, je vous prie de m'excuser. Bon, à ce que je vois, c'est vous qui êtes la gagnante dans cette histoire. Et c'est la perdante qui vous le dit. Si ça peut vous rassurer, je vous promets de ne jamais revoir Jonas. Je dois avouer que nos retrouvailles ne m'ont pas laissée totalement indifférente.

— Vous avez encore des sentiments pour lui ?

— Bien sûr. Mais j'en ai aussi, et de plus forts, pour mon nouveau partenaire. Nous nous sommes rencontrés il y a peu. En dépit de la façon dont il s'est comporté avec moi, je considérerai toujours Jonas comme un ami. Vous devriez peut-être essayer de voir la situation de mon point de vue avant d'émettre un jugement.

Il y eut un silence, mais je ne sentis aucun changement en moi. Ava Nordstrom avait sans doute raison : c'était elle qui avait subi le plus grand tort. J'étais la femme qui lui avait volé son ami. Mais cela n'exonérait pas Jonas.

— Je ne vais pas vous retenir plus longtemps, dit-elle en se levant. J'ai une longue route à faire. Parlez avec Jonas. J'ai fait ma part et j'imagine que nous n'aurons pas l'occasion de nous revoir, vous et moi.

Elle se dirigea vers la porte. Je me levai à mon tour et la suivis.

— Attendez ! lançai-je.

Elle s'arrêta et se retourna.

— Merci d'être venue, dis-je en lui tendant la main.

Notre échange m'avait déplu, mais je lui savais gré d'avoir fait l'effort de se déplacer jusqu'à Löwenhof. Je n'étais pas certaine qu'à sa place j'aurais fait la même chose.

— Je vous raccompagne à la porte.

Je regagnai le vestibule avec elle.

— Bon retour.

— Merci. Et ne commettez pas l'erreur de votre vie en repoussant Jonas. Il vous aime sincèrement.

— Au revoir, répliquai-je, sûre et certaine que cette rencontre serait la première et la dernière.

Ava Nordstrom venait de partir quand ma mère et Kitty arrivèrent. Elles s'étaient rendues en ville avec

Frieda pour faire des courses. Je n'étais pas encore tout à fait remise de la discussion.

— Hello, Solveig ! lança Kitty. Tu as eu de la visite ? Belle voiture, dis donc.

Je tournai les yeux vers ma mère. Devais-je lui dire la vérité ? Elle tomberait des nues.

— C'était pour les affaires ? demanda-t-elle.

— Non, répondis-je, comprenant qu'esquiver ne servirait à rien. C'était l'ancienne amie de Jonas.

Ma mère parut se figer sur place.

— Celle que tu as vue chez lui ? s'étonna Kitty. Elle en a du toupet !

— Elle voulait me parler, c'est tout.

— Et pour ça elle a fait le trajet depuis Stockholm ? Elle aurait pu te téléphoner.

— Elle préférait qu'on se voie.

— Pour te dire quoi ? Qu'elle souhaite renouer avec Jonas ? s'échauffa ma mère.

— Non, que tout est fini entre eux.

— Parce qu'il ne pouvait pas te le dire lui-même ? intervint Kitty. Elle est venue quêter ton pardon pour lui ?

Leurs paroles tournoyaient autour de moi comme des oiseaux de proie. Chacune avait son opinion – que je ne voulais pas entendre. Moi-même je ne savais pas quoi penser !

— Arrêtez de vous mêler de mes affaires ! criai-je.

Je rentrai aussi sec dans le vestibule. Mais, au lieu de remonter dans ma chambre, je descendis à la cuisine, traversai la pièce en trombe à la grande surprise de Mme Johannsen et ressortis par la porte de derrière. Tout ce que je voulais en cet instant, c'était être seule.

Je passai devant les écuries et pris la direction de la vieille cabane. Là, je m'installai dans la véranda. J'ignorais pourquoi j'avais cherché refuge à cet endroit. Mon père y avait logé pendant un temps. Et Magnus en avait fait son fief dans sa jeunesse. Ma grand-mère avait toujours dit qu'elle portait malheur. C'était peut-être pour cela que ce lieu me paraissait fait pour moi.

Je restai un moment à contempler la forêt en tripotant un brin d'herbe. D'un côté, je continuais à trouver inexcusables les cachotteries de Jonas. De l'autre, je me disais qu'il me fallait commencer par écouter ce qu'il avait à dire. Et que je ne devais pas prendre de décision irrévocable avant qu'il m'ait exposé ses motivations.

Je passai tout l'après-midi à ruminer et à m'interroger. Puis, alors que le soir tombait, j'entendis soudain un bruit non loin de moi. Je m'attendais à voir sortir du couvert des arbres un chevreuil, mais c'était Kitty.

— *Hej*, dit-elle à voix basse. Ça te dérange si je m'assieds à côté de toi ?

— Non, répondis-je en secouant la tête. Vas-y, je t'en prie.

Elle gravit les marches donnant accès à la véranda et s'installa près de moi.

— Alors comme ça l'ex de Jonas est venue te voir ? demanda-t-elle après avoir observé un instant de silence.

Je tournai les yeux vers elle.

— Si tu ne veux pas en parler, ce n'est pas grave, dit-elle. Mais je trouve ça un peu curieux…

— Moi aussi. Elle a déclaré qu'elle agissait à la demande de Jonas. Mais elle m'a peut-être raconté un bobard.

— Non, elle savait où te trouver. Il lui a parlé. Elle lui a sans doute proposé d'arranger les choses. Ce qui demandait tout de même un certain courage. Tu devrais aller le voir.

Entre-temps, j'étais moi aussi parvenue à cette conclusion.

— Ce serait la meilleure chose à faire, n'est-ce pas ?

— Oui. Tu t'es laissé quelques jours, le premier mouvement de colère est passé. Parle avec lui. Je suis sûre qu'il pourra t'expliquer. Et ensuite, tu lui diras que tu as besoin de franchise et d'honnêteté dans une relation amoureuse. Le pire, ce n'est pas la séparation mais le mensonge qui pèse comme une ombre sur le couple jusqu'à ce qu'on ne puisse plus l'ignorer.

Je me laissai le temps d'assimiler ses paroles, puis la serrai dans mes bras.

— Merci.

— Pas de quoi. J'ai beaucoup de choses qui me trottent dans la tête quand les journées sont longues et que je ne trouve pas de dérivatif. J'ai décidé de clarifier la situation avec Marten. Même si ça signifie divorcer. Non, en réalité, le divorce est devenu inévitable. Mais je veux qu'on se sépare à l'amiable et qu'ensuite on puisse de nouveau se regarder en face. Pour en revenir à toi : les Jeux olympiques durent encore une semaine. Ce sera peut-être l'occasion d'une réconciliation…

— Je vais à Munich, dis-je à ma mère lorsque nous nous retrouvâmes pour le dîner.

Je posai ma valise à côté de ma chaise. Le dernier train pour Stockholm partait de Kristianstad à 10 heures du soir, je pouvais encore l'avoir. Et, avec un peu de chance, je serais dans l'avion dès le lendemain matin. Mon visa était encore valable quelques jours.

Ma mère me regarda comme si j'avais perdu l'esprit.

— Pardon ?

— Il faut que je parle à Jonas. Je lui dois bien ça.

— Ça ne peut pas attendre son retour ?

— Non. Il a demandé à Ava d'arranger les choses. Maintenant, c'est à moi d'agir. Sur le moment, je n'ai pas voulu écouter ce qu'il avait à dire. Il est temps que je le fasse.

— Tu comptes donc toujours l'épouser ?

— Nous n'avons pas rompu. J'ai simplement refusé de l'accompagner à Munich.

— Mais tu disais que tu n'étais plus sûre de pouvoir lui faire confiance…

— Je n'ai pas changé d'avis. Mais, pour y voir plus clair, il faut que je lui parle. Et alors je prendrai ma décision.

CHAPITRE 35

Ce matin-là, il régnait un certain désordre dans le hall d'arrivée de l'aéroport de Munich. Je mis un bout de temps à récupérer ma valise, après quoi je fis la queue à la station de taxis, regardant avec envie les bus qui emmenaient les voyageurs vers la ville. Malheureusement, je ne savais pas comment me rendre à l'hôtel de Jonas. Tout ce que j'avais, c'était le nom et l'adresse de l'établissement.

Lorsque mon tour arriva enfin, le soleil avait dépassé le zénith. Le chauffeur, un homme d'un certain âge coiffé d'une casquette, m'adressa la parole dans un allemand mâtiné d'un drôle d'accent. Comme j'avais du mal à le comprendre, je passai à l'anglais. Par chance il le parlait aussi.

— Ah, vous êtes américaine ? demanda-t-il.

— Non, suédoise.

— Le pays de Fifi Brindacier ! s'exclama-t-il.

Je restai interloquée. Puis me revint en mémoire le vieux livre pour enfants d'Astrid Lindgren, qui devait encore se trouver quelque part dans notre bibliothèque.

On me l'avait offert pour mes 10 ans. Ma grand-mère m'avait immédiatement exhortée à ne pas me conduire comme la fillette aux tresses rousses. J'avais été fascinée par l'idée que Fifi puisse soulever un cheval et je m'étais demandé si une personne normale en était capable. J'avais posé la question à l'un de nos palefreniers, que cela avait bien fait rire.

— Vous avez lu le livre ? demandai-je, envahie par une vague de nostalgie.

— Non, mais ma petite-fille adore le film, répondit-il en s'insérant dans la circulation. Je l'ai vu au cinéma avec elle. Depuis, elle ne veut plus porter que des nattes.

Je souris en mon for intérieur. Oui, moi aussi j'avais eu ma période tresses. Mais elles n'avaient jamais été aussi réussies que celles de Fifi.

— Moi aussi j'aimais beaucoup cette histoire. Comme tous les enfants, d'ailleurs.

— Vous en avez ?

— Pas encore.

Jonas et moi avions rarement évoqué le sujet. Pour ma part, je souhaitais ardemment être mère. Mais qu'en serait-il à présent ?

— Une jolie femme comme vous ne devrait pas avoir de mal à trouver chaussure à son pied ! Vous ferez peut-être une rencontre à Munich. Il y a beaucoup de gars sympas de votre âge ici, surtout en ce moment avec les Jeux olympiques.

Je me voyais mal lui dire que j'étais venue m'expliquer avec mon fiancé. Et que mon sort, heureux ou malheureux, se déciderait sous peu.

Comme la conversation marquait le pas, j'eus le temps de regarder les rues que nous traversions durant le trajet. Il y avait beaucoup de circulation, de sorte que nous restâmes coincés plus d'une fois. L'occasion pour moi d'admirer les parcs, les magnifiques bâtiments de style néo-Renaissance et les fontaines aux jets d'eau étincelants sous le soleil.

Nous nous retrouvâmes une fois de plus bloqués à proximité d'une rue commerçante. Des passants, pour l'essentiel des hommes en chemise à manches courtes mais aussi quelques femmes, s'étaient rassemblés devant la vitrine d'un magasin où l'on vendait des téléviseurs. Des appareils diffusant les programmes en cours y étaient exposés. L'un d'eux avait un écran couleur ! Les spectateurs voulaient sans doute suivre les compétitions.

Le chauffeur alluma la radio pour écouter le bulletin d'informations. Je regardais par la fenêtre en écoutant distraitement le speaker quand soudain je sursautai. Avais-je bien compris ? Il y avait eu un attentat dans le village olympique ?

— Excusez-moi, dis-je au taxi. Je voudrais être sûre de ne pas me tromper. Il y a eu un attentat au village olympique ?

— Oui, répondit-il, on ne parle que de ça. Apparemment, il s'agirait d'une prise d'otages. Le gouvernement est en train de parlementer avec ces salopards de terroristes. Je suis sûr que la police aura bientôt libéré les athlètes.

Cette nouvelle me glaça le sang. Un attentat au village olympique ! Jonas n'y logeait pas, il n'était que conseiller de l'équipe. Mais il se pouvait qu'il ait été sur place au moment de la prise d'otages. Que s'était-il passé, d'ailleurs ? Cela expliquait-il la tension qui régnait à l'aéroport quand j'avais débarqué ?

— Vous avez l'air très inquiète, mademoiselle, dit le chauffeur. Ne craignez rien, nos policiers vont régler cette affaire. Les hommes politiques ne devraient pas tarder à s'exprimer.

J'ignorais tout des prises d'otages, mais ça ne présageait rien de bon. Les agresseurs étaient nécessairement armés. Je m'étais attendue à tout sauf à ça. Et s'il était arrivé quelque chose à Jonas ? Il y avait peut-être eu une explosion…

Je fus tentée de demander à l'homme de s'arrêter devant une cabine téléphonique, mais qui aurais-je pu appeler ? Devais-je plonger ma mère dans l'inquiétude ?

Lorsque nous arrivâmes à l'hôtel, j'entendis le son perçant des sirènes de police. Je payai la course, montai sur le trottoir et levai les yeux vers la façade du bâtiment. En dépit du soleil qui se reflétait sur les vitres je me sentais transie. Pourrait-on m'en dire davantage à l'intérieur ?

Si seulement j'étais partie avec Jonas ! Cela n'aurait rien changé à ce qui avait pu se passer, mais au moins j'aurais été à son côté.

Je franchis la porte à tambour et me retrouvai dans un hall spacieux. La lumière dispensée par le lustre me parut trop crue ; j'avais les nerfs à fleur de peau. *Il ne s'est rien passé*, me dis-je. *Il était avec les cavaliers. Les compétitions de sport hippique se déroulent sans doute un peu à l'écart.* Cependant l'attentat avait été commis dans la matinée. Qui sait où Jonas se trouvait au moment des faits…

À la réception, je demandai en anglais à l'employé si M. Carinsson était bien descendu ici. Jonas avait réservé une chambre pour nous dans l'établissement, mais il avait peut-être changé ses plans.

— Oui, répondit-il en me considérant avec attention. Cependant je crains qu'il soit absent pour le moment. Sa clé est là.

Je me contraignis à rester calme. Jonas avait sûrement mieux à faire que rester dans sa chambre. S'il était arrivé quelque chose, il devait être avec les autres officiels.

— Vous savez à quelle heure il rentre d'ordinaire ? m'enquis-je.

Avec tous ses rendez-vous il ne serait probablement pas de retour avant minuit. Mais l'attentat avait peut-être bouleversé son emploi du temps.

— Je l'ignore, mademoiselle. Si vous voulez lui laisser un message, je le lui transmettrai.

— Est-ce que je peux l'attendre ? demandai-je en jetant un coup d'œil sur les canapés du hall.

C'était mieux que rien et, dans cet endroit passant, j'en apprendrais peut-être un peu plus sur l'attentat.

— Bien sûr, mais ça risque de durer un moment.

— Ce n'est pas grave.

— Si vous voulez manger un morceau, il y a un café tout près d'ici.

— Je vous remercie.

Je me dirigeai vers les canapés et m'assis en face d'un homme qui lisait le journal. Mon regard tomba sur ma valise. Il me fallait une chambre. J'aurais peut-être dû me renseigner auprès du réceptionniste. Au bout d'un moment, je me relevai et retournai le voir.

— M. Carinsson n'est pas encore rentré, dit-il, légèrement goguenard.

— Je sais, répliquai-je. Je voulais savoir s'il vous restait une chambre.

— Je suis navré, mais avec les Jeux olympiques nous n'avons même plus un placard à balais de libre.

— Et il n'y a aucune chance qu'un de vos clients libère sa chambre aujourd'hui ?

— Si ça arrivait, je vous la réserverais très volontiers. Sans quoi je serais obligé de vous envoyer tenter votre chance dans un autre hôtel.

— Vous pensez que je trouverai ailleurs où loger ?

— Non, répondit-il sans surprise. Tout est bondé. Ce serait vraiment un miracle.

Allait-il falloir que je rentre le soir même en Suède ? À supposer que je puisse avoir un avion et que la police n'ait pas bouclé la ville.

— Excusez-moi, j'ai une dernière question. J'ai appris qu'il y avait eu un attentat au village olympique. Pourriez-vous me dire ce qui s'est passé exactement ?

L'homme parut étonné.

— Je suis désolé, je n'ai pas eu l'occasion d'écouter la radio. Vous feriez peut-être bien d'aller au café que je vous ai indiqué. Là, vous en saurez sûrement davantage.

Je soupirai. Une file de clients s'était formée derrière moi. Je ne pouvais pas prolonger l'échange.

Je remerciai le réceptionniste et retournai m'asseoir sur le canapé. L'homme au journal était parti. Je consultai l'horloge murale : il était un peu plus de 2 heures de l'après-midi. Quand Jonas rentrerait-il ? Devais-je aller au café ?

Je pris le journal allemand abandonné sur la petite table en verre. Il ne parlait pas de l'attentat, on y lisait juste les résultats des compétitions de la veille. Une athlète allemande de 16 ans avait remporté la médaille d'or du saut en hauteur et recevait les éloges qui lui étaient dus.

J'essayai de me concentrer sur ma lecture, mais j'étais trop nerveuse, aussi finis-je par renoncer. Où pouvais-je aller ? À qui m'adresser ?

Une demi-heure plus tard, je décidai de me rendre au château de Nymphenburg, où s'entraînaient les cavaliers de dressage. J'y trouverais peut-être Jonas. Ou quelqu'un qui pourrait me renseigner. Il fallait que je sache comment il allait, il fallait que je lui parle.

Ne voulant pas m'encombrer de ma valise, je m'adressai une fois de plus à la réception.

— Excusez-moi, puis-je vous laisser mon bagage ? demandai-je.

L'homme me gratifia d'un regard agacé, mais acquiesça.

— Donnez-le-moi. Ici, il sera en sécurité.

— Merci.

Je ressortis dans la rue. Par chance, il y avait un taxi libre devant l'hôtel. Je montai en voiture et demandai au chauffeur de se rendre au camp d'entraînement.

La façade blanc et jaune du château de Nymphenburg resplendissait sous le soleil de l'après-midi. Dans le jardin, c'était un feu d'artifice de couleurs. Les tribunes étaient presque désertes et, sur le terrain, seuls quelques cavaliers s'échauffaient.

Je n'avais pas d'autorisation pour entrer, mais peut-être me laisserait-on passer si je demandais à voir Jonas. Je fus accueillie par un homme de grande taille vêtu d'un costume beige.

— L'entrée est interdite aux spectateurs, me dit-il en allemand.

— Excusez-moi, répondis-je, mon fiancé fait partie du comité olympique suédois et j'aurais souhaité lui parler. Savez-vous si M. Carinsson est là ?

Il me jeta un regard perplexe.

— Je ne connais pas de M. Carinsson, répondit-il.

— Mais vous l'avez forcément rencontré ! En ce moment, il est peut-être en rendez-vous, mais il fait partie de l'équipe.

Je glissai un regard dans le long couloir qui s'étendait derrière lui.

— Vous pourriez appeler quelqu'un à qui je puisse parler ? insistai-je, désespérée. Je vous en prie ! Je suis au courant de ce qui se passe en ce moment au village olympique. Je dois voir mon fiancé de toute urgence !

— Mademoiselle Lejongård ? dit alors une voix de femme derrière moi.

Dans mon désarroi je ne m'étais pas aperçue que quelqu'un d'autre venait d'arriver.

Maud von Rosen, en costume d'équitation, me considérait avec surprise.

— Jonas nous a dit que vous étiez restée en Suède.

— Maud ! Dieu soit loué ! m'exclamai-je. Je ne suis pas arrivée à faire comprendre à ce monsieur que je cherchais Jonas. J'ai appris qu'il y avait eu un attentat au village olympique et je voudrais savoir s'il va bien.

Elle acquiesça et se tourna vers l'agent de sécurité, qui nous observait avec un air soupçonneux.

— Tout va bien, je la connais.

Elle posa sa main sur mon bras et me fit entrer.

— Venez, pour parler nous serons mieux à l'intérieur.

Nous longeâmes le couloir jusqu'aux salles communes, désertes, mais où flottait une odeur de nourriture.

— Il n'est rien arrivé à Jonas, commença Maud lorsque nous nous fûmes assises. Nous sommes tous sains et saufs. Apparemment, c'est l'équipe israélienne qui était visée. Un entraîneur de lutte et un athlète ont été abattus et leurs collègues pris en otage. L'un d'eux a pu s'enfuir.

— Mais c'est terrible ! m'exclamai-je.

Je n'en éprouvai pas moins un immense soulagement : Jonas n'avait rien. À cet instant, c'était la seule chose qui comptait pour moi.

— Oui, nous avons été très secoués. Heureusement, nos compétitions ne commencent que dans deux jours. Espérons que cette histoire se terminera bien.

Maud me prit la main et m'adressa un sourire d'encouragement.

— Ne vous inquiétez pas, il est en sécurité. Pour autant que je sache, il a des rendez-vous en ville.

J'opinai et dus faire un gros effort sur moi pour ne pas fondre en larmes de soulagement.

— Au fait, félicitations pour vos fiançailles ! Je suis très heureuse que vous vous soyez rencontrés. Vous formez un si beau couple !

— Merci, répondis-je, mon envie de pleurer ne faisant que croître.

Apparemment, Ava était la seule à qui Jonas ait parlé de notre dispute.

— Et merci de nous avoir invitées à votre mariage, poursuivit Maud. Avec tout ce stress je n'ai même pas encore eu la possibilité de m'en réjouir. Ninna et Ulla sont folles de joie à l'idée de revenir à Löwenhof et d'y prendre un peu de repos. Nous n'avons pas eu un instant de répit ces dernières semaines, et ce n'est sans doute rien à côté de ce qui nous attend.

Le mariage aurait-il lieu ? L'idée que nos espoirs, nos efforts et notre enthousiasme puissent être réduits à néant me fut insupportable.

— Je croise les doigts pour vous, dis-je en me levant. Merci d'avoir pris le temps de me parler.

— Restez donc encore un moment pour voir l'entraînement. Les chevaux devraient être échauffés maintenant. C'est un spectacle auquel on a rarement l'occasion d'assister lors des Jeux olympiques.

J'aurais préféré retourner attendre Jonas à l'hôtel. Mais, s'il était en rendez-vous, cela n'avait guère d'intérêt. D'ailleurs il n'était pas exclu qu'il passe à Nymphenburg.

— Très bien, répondis-je. Je serais ravie de vous regarder.

— Formidable ! Alors venez avant que l'agent de sécurité ne s'avise de vérifier ce que fait l'intruse. Jusqu'à présent, il n'y avait pas de mesures particulières, mais depuis les événements de ce matin…

Maud me conduisit aux tribunes, puis s'éclipsa pour se rendre aux écuries. Peu après, je pus regarder les cavalières de l'équipe de dressage répéter leur programme de figures libres et imposées. Un spectacle fascinant. Les chevaux étaient au mieux de leur forme. Ulla concourait évidemment avec Ajax. Maud montait Lucky Boy et Ninna, Casanova. On ne voyait quasiment pas de différence entre elles. Toutes avaient le même niveau d'excellence.

Lorsque les chevaux furent ramenés à l'écurie, je décidai de rentrer. J'aurais volontiers parlé à Ulla et Ninna, mais elles étaient accaparées par leur monture et les membres de l'équipe. Je ne voulais pas les déranger.

Avant de quitter Nymphenburg, je priai l'agent de sécurité de saluer Maud de ma part, ce qu'il promit de faire. Et il eut l'amabilité de me donner un numéro auquel joindre un taxi. Il y avait une cabine téléphonique tout près du château. Je commandai une voiture et patientai sur place jusqu'à son arrivée.

Une fois dans le taxi, je cédai de nouveau à l'angoisse : Jonas serait-il là ? Comment se passerait notre discussion ? Quelle décision prendrions-nous ?

J'arrivai à l'hôtel au comble de la nervosité, angoissée à la perspective de la confrontation qui m'attendait. Alors que je me dirigeais vers la réception, une voix d'homme me héla.

— Solveig ?

Je me retournai prestement et vis Jonas en compagnie d'un autre homme. Une expression d'incrédulité s'était peinte sur ses traits. Il se dirigea vers moi à grands pas.

— Jonas ! m'écriai-je en me jetant à son cou.

À cet instant, je ne pensais plus à ce qui s'était passé la semaine précédente. J'étais toute à ma joie de le revoir.

— Solveig, mais qu'est-ce que tu fais ici ? demanda-t-il en me caressant les cheveux. Quand es-tu arrivée ?

— À midi. J'ai entendu parler de l'attentat et de la prise d'otages et je suis allée à Nymphenburg. Maud m'a dit que notre équipe n'avait pas été concernée. Et que tu allais bien.

Dans mon euphorie j'oubliai complètement ma colère.

— Oui, c'est une sale histoire, mais nous n'avons couru aucun danger.

Il se tut un instant, puis me demanda pourquoi je ne l'avais pas informé de ma venue.

— Je me suis décidée spontanément. Comment vas-tu ? demandai-je, ne voulant pas parler d'Ava dans le vestibule.

— Ça va. Fatigué, rien de plus.

J'opinai. Je le lâchai et me rendis compte qu'il n'avait pas répondu à mon étreinte.

— Et toi ? s'enquit-il.

— Épuisée. Mais heureuse de te voir sain et sauf. J'aurais souhaité te parler. Mais si tu es en rendez-vous…

— Non, j'ai fini. M. Bergen, que voilà, loge à l'hôtel lui aussi. Nous avons partagé un taxi. Si nous montions dans ma chambre ?

— Très bien, répondis-je en sentant l'inquiétude m'envahir.

Dans l'ascenseur, nous restâmes côte à côte comme si nous ne savions pas quoi faire. Naguère, nous en aurions profité pour nous embrasser impétueusement, mais ce temps était révolu. Ma joie de le revoir diminua légèrement. Nous étions tenus à distance par nos différends.

En entrant dans la chambre, la première chose que je vis fut le grand lit. Il avait été fait avec soin, mais je n'en remarquai pas moins qu'un des côtés était demeuré inoccupé.

Jonas referma la porte derrière moi. Il n'avait toujours pas prononcé un mot. Je me dirigeai vers la fenêtre, d'où l'on voyait la rue. Une rue qui ressemblait à celles de Stockholm, si ce n'est que des fanions colorés décoraient la façade du bâtiment d'en face, probablement en l'honneur des Jeux olympiques.

Je me retournai. Debout à côté du lit, Jonas avait retiré sa veste, la mine contrite. Il ne savait pas par où commencer.

— Ava est venue me voir hier, dis-je pour l'aider. Elle a essayé de m'expliquer la situation.

— Alors elle l'a fait ! Je l'en avais priée, mais elle a refusé au motif qu'elle n'avait aucune envie de discuter avec ma future femme.

Il se tut et une ride se creusa sur son front.

— Elle m'a dit que vous aviez rompu il y a un an et demi. Mais ça je le savais. Et je n'en doute pas. Ce qui m'a blessée, c'est ce qui s'est passé avant. Pendant un an et demi tu nous as fréquentées l'une et l'autre.

Jonas baissa la tête.

— Je sais, c'est inexcusable. Je... j'étais plein d'incertitude. Je ne savais pas quoi faire. Quand on s'est rencontrés, tu as éveillé ma curiosité. J'ai compris que tu étais une femme intéressante et que pour t'approcher il fallait passer par Löwenhof. Alors j'ai décidé de t'aider. Je l'ai fait parce que je voulais te connaître, savoir qui tu étais. Au début, ce n'était que de l'attirance physique. Je te désirais parce que tu es séduisante et que tu faisais vibrer une corde en moi. Et puis je me suis rendu compte que j'étais en train de tomber amoureux de toi. Mais il y avait Ava...

— Et tu ne voulais pas lui faire de mal ?

— Solveig, dit-il en me prenant la main, il faut que tu me croies. Tu es la seule femme que j'aime. Je n'en aimerai plus jamais d'autre.

— Ne dis pas ça, répondis-je en le regardant dans les yeux. Les sentiments peuvent changer. L'amour peut disparaître. Si jamais ça devait arriver, je veux que tu me le dises, en toute sincérité.

Il acquiesça d'un signe de tête, sans lâcher ma main. Je sentis qu'il tremblait légèrement.

— J'ai eu le temps de réfléchir ces derniers jours, reprit-il. J'ai compris que j'avais eu tort de ne pas être franc avec toi. J'aurais dû te mettre au courant. Au plus tard après t'avoir fait ma demande. J'aurais dû te dire que j'avais continué à entretenir une autre relation. J'y ai mis fin à l'instant où j'ai compris qu'il n'existait pour moi qu'une seule femme. Une femme que je voulais épouser. Mais j'ai laissé passer cette chance. Tout ce que je peux faire, à présent, c'est te prier de me pardonner et te promettre qu'à l'avenir je serai honnête avec toi. Que si un jour je devais cesser de t'aimer je te le dirais.

Il me regarda avec un air d'expectative.

— Mais en cet instant, ajouta-t-il, mon amour est aussi fort qu'au moment où j'ai réalisé que je m'étais épris de toi.

— Je ressens la même chose, répondis-je. Et sois sûr que je saurai te rappeler ta promesse si j'ai l'impression que quelque chose cloche.

Mes joues se couvrirent de larmes.

— Je ne l'oublierai pas, dit-il en ouvrant les bras. Solveig, acceptes-tu encore de devenir ma femme ? Car c'est toi que je veux et nulle autre !

Je me sentis traversée par un flot de joie qui balaya mes sombres pensées.

— Oui ! répondis-je en me serrant contre lui.

Nous nous embrassâmes avec une passion que nous n'avions encore jamais connue. Puis nous restâmes un moment enlacés sans rien dire. Je sentis la tension me quitter. En vérité j'avais encore du mal à digérer qu'il ait eu une autre femme dans sa vie. Mais il avait droit à une chance. Et quant à moi je voulais lui pardonner.

— Ça te dérange si je reste ici ? Le réceptionniste m'a dit qu'ils n'avaient plus une chambre de libre.

Jonas fit la grimace.

— Je serais très vexé que tu veuilles loger ailleurs. Ta mère sait que tu es avec moi ?

— Oui. Elle s'occupe du domaine avec Karin et Kitty.

— Comment va Kitty ?

Je haussai les épaules.

— Je ne sais pas ce qu'il adviendra de son couple. Mais c'est à elle que je dois d'être ici. Elle m'a dit qu'elle était dans la situation qu'Ava a connue il y a quelque temps.

— J'en suis navré, répondit Jonas en repoussant une mèche qui me tombait sur le front. Ce ne sera pas facile pour elle. Ni pour son mari.

— Non, en effet.

Je regardai le lit. Si je n'avais pas appris l'existence d'Ava, nous nous y serions sans doute aimés chaque nuit avec passion.

— Je prends le côté libre, dis-je. Celui qui est près de la fenêtre.

— Tu es sûre ? Je peux aussi te donner le mien.

— Non, non. Mais il m'arrivera peut-être de franchir la frontière, ajoutai-je en souriant.

— J'espère bien, répliqua-t-il avant de m'embrasser derechef.

Pendant que Jonas prenait une douche pour se rafraîchir, j'appelai ma mère à Löwenhof et l'informai que je resterais à Munich jusqu'à la fin de la semaine.

— Je suis heureuse d'apprendre que vous vous êtes réconciliés, répondit-elle. Mais, étant donné les nouvelles de Munich, je m'inquiète pour vous.

— Il n'y a aucun Suédois parmi les otages. Tout le monde est en sécurité.

— Et s'ils font exploser une bombe quelque part ?

— Ne te mets pas martel en tête. La police viendra à bout des terroristes. Je suis chez Jonas, il ne peut rien m'arriver.

Je lui souhaitai une bonne nuit et raccrochai.

Nous passâmes la soirée devant la télévision à suivre le déroulement de la prise d'otages, les exigences des terroristes et les mesures prises par la police.

Les survivants de l'équipe israélienne furent conduits dans la ville de Fürstenfeldbruck, où un avion était supposé attendre les ravisseurs.

— Je me demande ce que font les familles de ces hommes en ce moment, dis-je, la tête appuyée contre l'épaule de Jonas. Est-ce qu'elles regardent les actualités elles aussi ?

— J'imagine que oui, répondit-il, captivé par les images diffusées.

— J'ai eu si peur qu'il te soit arrivé quelque chose ! N'importe qui aurait pu être touché.

— Mais ça n'a pas été le cas. Rien ne sert de s'inquiéter pour ce qui n'a pas eu lieu. Et, maintenant, si on allait se coucher ? On en saura plus demain.

J'acquiesçai – j'étais épuisée. La tension des derniers jours était retombée et je n'avais plus qu'une envie : savourer la chaleur et la proximité de Jonas.

Je dormis d'un sommeil profond et sans rêves jusqu'à ce qu'une main se pose sur mon épaule.

— Solveig !

Je me retournai en essayant à grand-peine d'ouvrir les yeux.

— C'est déjà le matin ? demandai-je.

Il y avait de la lumière, mais je compris vite qu'elle venait d'une lampe.

— Non, je viens de recevoir un appel. Un de nos responsables sportifs faisait partie des otages… Petersen…

Jonas paraissait sous le choc. Sur le moment, je fus incapable de lier ce nom à un visage, mais cela n'avait pas d'importance.

— Il s'est passé quelque chose ? m'enquis-je, saisie d'un mauvais pressentiment.

Je dormais si profondément que je n'avais pas entendu le téléphone.

— Les otages… Ils sont tous morts.

— Quoi ? me récriai-je, horrifiée.

Ce n'était pas possible ! On nous avait pourtant dit qu'ils étaient saufs !

— Le bulletin d'informations avait annoncé leur libération hier vers minuit, mais c'était faux, répondit tristement Jonas. À cet instant, ils étaient déjà tous morts.

Je fermai les yeux. Puis je l'attirai contre moi.

— Tu ne sais pas à quel point je suis heureux que tu sois là, dit-il.

Nous restâmes dans les bras l'un de l'autre jusqu'à l'arrivée du jour.

CHAPITRE 36

Le lendemain, nous nous retrouvâmes tous dans le grand stade pour les funérailles des athlètes tués. Les cavaliers et cavalières étaient en noir. Ulla Håkansson avait les yeux rougis, Maud von Rosen paraissait pétrifiée et Ninna Swaab reniflait dans son mouchoir.

Non loin de nous j'aperçus Charles Gustave, le prince héritier de Suède, venu assister aux compétitions. Le prince Bertil était à son côté et tous deux étaient accompagnés de gardes du corps.

Peu auparavant, Jonas m'avait raconté que l'héritier du trône s'était entiché d'une jeune hôtesse d'accueil, ce qui m'avait fait sourire. Mais l'heure n'était plus à la plaisanterie ni à l'insouciance. La joie qui devait présider aux Jeux n'était plus qu'un lointain souvenir.

Seuls les fanions décorant la tribune indiquaient qu'il y avait eu un « avant ». Une gaieté anéantie par la terrible issue de la prise d'otages.

Le silence fut interrompu par la lecture des noms des défunts et les allocutions du président du comité olympique allemand et de divers hommes d'État. Tous furent unanimes : les Jeux devaient se poursuivre. Les compétitions reprendraient dès le lendemain.

Je sentis dans l'assistance un manque certain d'enthousiasme, mais aussi une détermination à continuer. Pas question de baisser les bras.

Nous quittâmes le stade en silence, puis les gens se remirent peu à peu à parler. La vie reprenait le dessus, comme toujours. Je ne le savais que trop bien.

Au lieu de rentrer directement à l'hôtel, Jonas et moi nous rendîmes au Jardin anglais, une mer de verdure traversée par une rivière en plein cœur de la ville. Il s'y trouvait de vieux bâtiments tels que la Tour chinoise ou le salon de thé japonais. Nous flânâmes dans les allées du parc.

— Si tu veux, tu peux assister aux compétitions de dressage qui se dérouleront demain à Nymphenburg, dit Jonas.

— Vraiment ? Ce serait formidable !

— Tu seras assise tout près de notre prince héritier. L'occasion de parler chevaux ou d'échanger sur le bon vieux temps à Löwenhof.

— Je pense qu'il est plutôt tourné vers la modernité, répliquai-je, m'attirant un grand sourire.

— En effet. Je suis curieux de savoir de quoi vous parlerez. Et ensuite je t'emmènerai à la réception.

— Une réception ? Après les terribles événements d'hier ?

— Nous nous sommes bien défendus au cross. Et si nos cavalières remportent une médaille, il faudra fêter ça. Alors je pourrai danser en public pour la première fois avec ma ravissante fiancée.

Après une nuit passionnée, nous partîmes de bonne heure. Jonas avait des rendez-vous, mais voulait d'abord me déposer à Nymphenburg.

— Tu penses qu'il serait possible d'échanger un mot avec Ulla et les autres ? demandai-je à notre arrivée au château. Je les ai brièvement aperçues avant-hier, mais elles étaient prises par l'entraînement.

— Bien sûr.

Il tapota l'étiquette à son nom qu'il portait autour du cou en guise de laissez-passer.

— Je dispose encore d'un peu de temps pour te faire entrer en douce.

Nous longeâmes la tribune jusqu'aux box des chevaux. Ce fut pour moi l'occasion de voir pour la première fois les montures des concurrents. C'étaient des bêtes magnifiques et je me surpris à chercher chez elles les signes d'un bon dressage : vivacité, intelligence, souplesse – les qualités dont nos chevaux étaient pourvus.

Lorsque nous voulûmes rejoindre l'équipe suédoise, nous eûmes de nouveau affaire à l'agent de sécurité en costume beige, mais Jonas régla rapidement la question.

— Comtesse Lejongård ! lança Ulla Håkansson, assise avec les autres dans la salle commune. Alors comme ça vous avez pu vous libérer !

— Je vous l'avais promis, répondis-je. Et, s'il vous plaît, appelez-moi Solveig.

— D'accord, et moi ce sera Ulla.

— Un grand merci pour vos condoléances. Ma mère et moi avons été très touchées par votre lettre et vos fleurs.

— La mort de votre grand-mère m'a bouleversée. C'était vraiment une femme merveilleuse. Je regrette de ne pas avoir eu l'occasion de mieux la connaître.

Nous nous serrâmes la main, puis je me tournai vers Ninna, qui paraissait nerveuse.

— Comment va Caspar ? m'enquis-je.

— Il est complètement rétabli. Mais je monterai Casanova. C'est décidément le meilleur.

C'était aussi ce que j'avais constaté à l'entraînement.

— Vous avez parlé avec votre mari aujourd'hui ?

— Oui, répondit-elle en soupirant. Il pense que je n'y arriverai pas. Gentil, hein ?

— Je suis sûre que c'est l'appréhension qui le fait parler ainsi. Si vous réussissez, il sera fier de vous.

— Je l'espère.

— Sinon tu n'auras qu'à chercher un autre époux, lança Maud, qui nous avait rejointes.

Elle me tendit la main.

— J'espère que vous avez pu régler votre problème.

— Oui, tout va bien, répondis-je en lançant un regard à Jonas. Merci de m'avoir permis d'assister à votre séance d'entraînement hier.

— Je suis sûre que vous nous porterez chance, répliqua-t-elle en mettant son chapeau.

— Espérons-le.

Je pris congé d'elles et suivis Jonas jusqu'à la tribune.

— J'aurais aimé pouvoir rester, dit-il. Mais ce rendez-vous est important.

— Tu auras peut-être la possibilité d'assister aux épreuves de samedi.

— J'aimerais bien.

Il m'embrassa et, juste avant de s'éclipser, me glissa à l'oreille :

— Profites-en pour observer notre prince héritier : il déshabille du regard une certaine jeune personne !

— Jonas ! le réprimandai-je en lui donnant une légère bourrade. Ça s'appelle un crime de lèse-majesté !

— Pas du tout ! Attends de voir la demoiselle !

Jonas m'avait ménagé une excellente place. Je ne pus savoir si Charles Gustave de Suède jetait un regard de convoitise sur quelqu'un, mais il était très séduisant avec ses boucles sombres. L'heureuse élue devait être ravissante – j'avais déjà repéré quelques jolies hôtesses.

La tribune était située juste en face du château. La veille, je n'avais pas apprécié cette vue à sa juste valeur, accaparée que j'étais par mes inquiétudes. Mais à présent j'en savourais la beauté.

Dans ce décor, les chevaux offraient un pittoresque spectacle. Ma grand-mère en aurait sûrement tiré un magnifique tableau. Pour ma part, je me contentai de photos. Elles donneraient à ma mère une fidèle idée de la scène.

Quelques équipes avaient déjà été éliminées, mais les Suédois se défendaient bien. La concurrence était d'un niveau remarquable.

Les mains moites, je regardai les cavaliers et cavalières faire danser leur cheval. Je pris conscience alors du travail qu'exigeait cette discipline. Ce que j'avais pu observer à Löwenhof n'était qu'une infime partie de ce dont ils étaient capables. Fascinée, j'admirai la façon dont nos cavalières dirigeaient leur monture comme si de rien n'était. Cela relevait presque de la magie.

Cette maîtrise ne s'improvisait pas. Il faudrait des années avant qu'un cheval de Löwenhof puisse prendre part à un championnat de cette envergure. Mais j'étais certaine que nous y arriverions. En tout cas, je m'en fis la promesse solennelle. Dès que la clinique vétérinaire serait en état de fonctionner, je m'occuperais de trouver des entraîneurs de dressage. Et peut-être produirions-nous alors un futur champion olympique.

Les Allemands de l'Ouest et les Russes étaient remarquables et, dans le public, on se plaignait à mi-voix que les Allemands n'aient pas été notés aussi bien qu'ils l'auraient dû.

C'est alors que le miracle se produisit : l'équipe suédoise remporta la médaille de bronze ! Je ne voulais pas le croire mais, lors de la remise des médailles, je vis nos cavalières monter sur le podium : Ulla, Maud et Ninna, en costume d'équitation, le visage rayonnant de joie et de fierté.

Ninna Swaab avait atteint son objectif : elle remportait le bronze tandis que son époux rentrait les mains vides. Nul doute que leurs retrouvailles seraient intéressantes...

Le soir, nous nous retrouvâmes tous pour fêter la victoire dans un splendide hôtel. Les portes de la terrasse étaient grandes ouvertes et dans l'air flottait l'odeur sucrée des fraises présentes dans nombre de plats du buffet. L'établissement s'était même donné la peine de préparer quelques recettes suédoises, si bien que pour un peu on se serait cru dans une fête de la Saint-Jean tardive.

J'étais contente de porter une robe d'été bleu ciel, car il faisait très chaud dans la salle. Il y avait encore peu de monde. En temps normal, nous n'arrivions pas si tôt. Jonas préférait attendre.

— Le prince Bertil sera là ? demandai-je.

— Je l'espère. Et nous aurons aussi le plaisir de saluer le prince héritier. Il a confirmé qu'il viendrait. C'est la moindre des choses après cette formidable victoire.

Il regardait autour de lui et me prit soudain le bras.

— Ah, regarde qui est là ! dit-il en m'entraînant vers une ravissante jeune femme brune vêtue d'un surprenant costume folklorique allemand rose.

— Qui est-ce ? m'enquis-je à voix basse.

— Tu vas voir.

Jonas l'aborda et la salua.

— Bonsoir, Silvia. Ravi que vous ayez pu venir.

— C'est un plaisir, répondit-elle dans un suédois parfait qui contrastait avec sa tenue.

Jonas se tourna vers moi.

— Silvia, je vous présente la comtesse Solveig Lejongård, propriétaire d'un célèbre haras en Scanie. Solveig, voici Silvia Sommerlath, notre hôtesse en chef. C'est elle qui s'occupe de nous pendant les Jeux. Ou plus exactement qui dirige les autres jeunes filles.

— À vous entendre, on croirait que je joue à la cheffe, répliqua-t-elle avec un charmant sourire en me tendant la main. Enchantée, comtesse Lejongård.

— Tout le plaisir est pour moi. Vous parlez remarquablement suédois.

Elle sourit d'un air flatté.

— Mon père travaille en Suède et il a voulu que nous apprenions plusieurs langues, ce dont je lui suis reconnaissante. Sans lui je ne serais probablement pas ici.

Je commençai à entrevoir pour quelle raison Jonas avait tenu à ce que je fasse sa connaissance.

— Vous avez des chevaux en compétition ? s'enquit Silvia avec un intérêt sincère.

J'étais fascinée par son assurance.

— Pas encore, répondis-je, mais ce n'est qu'une question de temps. À l'heure actuelle, j'emploie tous mes efforts à moderniser notre domaine. Après quoi je pourrai me concentrer sur l'entraînement. Passez donc me voir la prochaine fois que vous serez en Suède.

— J'accepte votre invitation avec grand plaisir.

Et elle m'adressa un sourire si joyeux et si sincère que je commençai à comprendre ce qu'un homme comme Charles Gustave pouvait lui trouver en dehors de sa beauté.

Peu après, le prince héritier fit son entrée, vêtu d'un costume d'été léger qui soulignait le caractère informel de la réception. Je vis le regard de Silvia Sommerlath se tourner aussitôt vers lui, comme aimanté par sa présence.

Le prince serra quelques mains, puis se dirigea vers nous. Mon cœur s'accéléra. Jusque-là, je n'avais eu affaire qu'au prince Bertil. Je n'avais jamais eu l'occasion de rencontrer le prince héritier.

Il serra la main à Jonas et embrassa Silvia sur la joue.

— Votre Altesse Royale, je vous présente la comtesse Solveig Lejongård, dit Jonas. Solveig, voici Son Altesse Royale, le prince héritier Charles Gustave.

Je revis soudain en pensée ma grand-mère faire la révérence devant Bertil. Mais, avant que j'aie pu esquisser un geste, le prince m'avait déjà pris la main pour la baiser.

— Ravi de faire votre connaissance, comtesse Lejongård. Mon oncle m'a parlé de ses séjours à Löwenhof. Il en a toujours retiré un grand plaisir.

— Vous êtes très aimable, répondis-je. Sachez que vous êtes également le bienvenu au domaine, de même que la famille royale.

— Si mon emploi du temps le permet, j'irai vous rendre visite. Je suis généralement très pris, mais je trouverai peut-être le moyen de venir l'été.

À cet instant il tourna les yeux vers Mlle Sommerlath. On sentait entre eux une curieuse intimité. Leur regard trahissait les sentiments qu'ils éprouvaient l'un pour l'autre.

— Il était de tradition chez nous d'accueillir votre famille, dis-je. Ma grand-mère m'en a souvent parlé.

— Mon oncle trouvait que c'était une femme fascinante. Il est fort regrettable qu'elle ne soit plus parmi nous. Mais les liens qui existent entre votre famille et la mienne se poursuivront.

— Je le souhaite, pour moi et pour nous.

Le prince et Mlle Sommerlath prirent congé de nous pour aller saluer d'autres invités. Jonas m'apporta un verre de punch.

— Tu as vu ? dit-il. Je ne serais pas étonné qu'ils s'éclipsent au terme de cette réception pour continuer la fête en privé.

— J'imagine que leur liaison est un secret de polichinelle, non ?

— Non, peu de personnes sont au courant. Par chance j'en fais partie, répliqua-t-il avec une mine de conspirateur.

— Heureusement que je t'ai ! plaisantai-je.

Je tournai les yeux vers Silvia, qui s'entretenait avec un grand ponte du sport.

— Tu crois que cette histoire a de l'avenir ? Elle n'est pas noble, elle travaille comme hôtesse d'accueil... Un prince suédois ne peut pas épouser une femme de la bourgeoisie, sauf à devoir renoncer à ses titres et ses fonctions.

— Oui, c'est un obstacle de taille. Quand on pense que Bertil a dû embaucher sa compagne comme gouvernante... Mais les temps changent. S'il ne s'agit pas d'un feu de paille, Charles Gustave trouvera un moyen de parvenir à ses fins. L'amour finit toujours par triompher, n'est-ce pas ?

Je lui caressai la joue.

— Oui, tu as raison.

CHAPITRE 37

Je me réveillai en sursaut au moment où l'avion se posait à l'aéroport de Stockholm. Le pilote nous remercia d'avoir pris place à bord de la compagnie et nous souhaita une bonne fin de voyage.

Je me redressai sur mon siège. Comme je m'étais levée très tôt ce matin-là, je ressentais encore de la fatigue, mais la perspective d'être bientôt rentrée me revigora. Je me réjouissais à l'idée de raconter mon séjour à Kitty. Et surtout nous allions pouvoir nous remettre aux préparatifs du mariage. Je regrettais juste que Jonas ne soit pas avec moi.

« Quand on se reverra, je ne te quitterai plus, m'avait-il assuré à l'aéroport.

— Il faudra bien que tu fasses tes déplacements professionnels, avais-je répliqué.

— C'est vrai, mais tu m'accompagneras toujours – dans mon cœur. »

Jonas devait rester à Munich jusqu'à la cérémonie de clôture des Jeux, puis il rentrerait à Stockholm. Et, quelques jours plus tard, ce serait le mariage.

Je descendis de l'avion et pus par chance récupérer rapidement ma valise, ce qui me permit de me rendre sans tarder à la gare.

Je m'accordai encore un petit somme dans le train afin d'arriver en pleine forme à Kristianstad dans l'après-midi. Là, je pris un taxi pour Löwenhof. Au domaine, je fus accueillie par ma mère, qui me serra dans ses bras avec un grand sourire.

— Je suis si contente de te revoir ! s'exclama-t-elle.

— Moi aussi je suis heureuse d'être de retour. Est-ce que Kitty est là ? J'ai une foule de choses à vous raconter.

— Elle est partie hier pour s'expliquer avec Marten.

Toute à mon bonheur, je l'avais oublié.

— Mais je lui ai dit que tu t'étais réconciliée avec Jonas et que le mariage aurait bien lieu, poursuivit-elle. Je ne me suis pas trompée, n'est-ce pas ?

— Non, c'est bien ça ! Tu n'imagines pas à quel point je suis excitée !

— Parfait ! Alors j'ai quelque chose pour toi.

— Quoi donc ?

— Tu vas voir, répondit-elle en plaçant un bras sur mes épaules. Ça vient juste d'arriver.

Elle me conduisit au salon. Un petit paquet blanc de forme allongée était posé sur le canapé en rotin. Je crus d'abord qu'on m'avait envoyé un carton de roses à longues tiges. Cependant l'adresse de l'expéditeur n'était pas celle d'un fleuriste, mais celle de l'atelier de couture de ma tante.

— Ça vient de Daga ? m'étonnai-je avant de comprendre de quoi il s'agissait.

— Oui, elle en a fait tout un mystère. Elle n'a même pas voulu m'envoyer de photos !

Mon cœur se mit à battre la chamade. Ma robe de mariage ! À peine m'étais-je réconciliée avec Jonas qu'elle arrivait ! N'était-ce pas un heureux présage ?

Les mains tremblantes, je me mis en demeure d'ouvrir le paquet. Ma mère me tendit une paire de ciseaux.

— Tiens ! Et inutile de te presser, elle ne s'enfuira pas !

Je m'assis sur le canapé et tranchai le ruban qui entourait le carton, partagée entre la joie et le regret que Jonas ne soit pas là. J'aurais tant voulu lui montrer tout ça ! Mais pour la robe il faudrait patienter.

Je soulevai les couches de papier de soie lilas. Une délicate dentelle blanche apparut ainsi qu'une carte.

« Je me réjouis à l'idée de te voir à l'église dans cette robe, avait écrit Daga. Tu seras la plus belle mariée du monde ! »

Les larmes me montèrent aux yeux. Cet instant était merveilleux !

Je reposai la carte et sortis la robe de son emballage. Aussi légère qu'une plume, elle fit entendre un mystérieux froufroutement lorsque le voile de dentelle blanche brodé de roses retomba sur une tunique courte en soie crème, dépassant de peu la bordure.

— Oh, là là ! m'exclamai-je avec enthousiasme. Elle l'a faite aussi courte que je le souhaitais !

Je me levai et plaçai la robe devant mon corps. Elle s'arrêtait à une dizaine de centimètres au-dessus du genou. Le corsage était simple et étroit, les manches entièrement en dentelle. De petites perles brillaient sur le décolleté.

— Tu croyais qu'elle ne respecterait pas ton souhait ? demanda ma mère en me contemplant avec fascination. Cette robe est vraiment ravissante. Je ne serais pas étonnée que quelques jeunes femmes aient envie de t'imiter. Et elle aurait plu à Grand-mère.

— J'en suis certaine. Et toi, qu'est-ce que tu en penses ?

— Je l'aime beaucoup. Les temps ont changé. On n'est plus obligé de porter une longue traîne. Une femme peut avoir l'air d'une reine même avec une robe courte.

Je montai la robe dans ma chambre. Quel dommage que Kitty ne soit pas là ! Mais je la lui montrerais à son retour. J'étalai la tenue sur le lit et en touchai l'étoffe. Mes pensées se tournèrent vers Jonas. Heureuse de notre réconciliation, je me promis de ne plus laisser rien ni personne s'interposer entre nous à l'avenir.

Après avoir contemplé la robe un moment, je me déshabillai. J'avais dit à ma mère que je l'essaierais le lendemain, mais j'étais trop impatiente pour attendre. La soie épousa mon corps et me picota agréablement la peau. Il faudrait qu'on m'aide à la fermer dans le dos, mais j'avais déjà une idée de ce à quoi elle ressemblait. Je me sentais effectivement comme une reine. Que dirait Jonas ? Il savait seulement que je porterais une robe courte. Même moi je n'aurais pu rêver si belle réussite.

Un instant, j'envisageai de descendre dans cette tenue, puis je me ravisai. Ce moment n'appartenait qu'à moi. Ma mère la verrait le lendemain comme convenu.

J'ôtai précautionneusement la robe pour me rhabiller.

Ma mère et moi passâmes une grande partie de la soirée à parler de ma réconciliation avec Jonas et de nos noces. Elle ne tarissait pas d'éloges sur Kitty.

— Si elle n'était pas vétérinaire, elle ferait une bonne organisatrice de mariages.

— Je suis de ton avis. Mais c'est pour moi qu'elle l'a fait. Ce qui l'intéresse, ce sont les animaux.

— C'est vraiment regrettable qu'elle ait dû quitter son mari.

— Peut-être qu'ils parviendront à se retrouver. Gardons espoir. Mais, si Marten et elle décident en fin de compte de divorcer, je suis sûre qu'elle ne restera pas longtemps seule. Tu as remarqué de quelle façon Sven Bergmann la regarde ? Si Kitty emménage définitivement à Löwenhof, ces deux-là se rapprocheront, j'en suis certaine.

Une fois couchée, je passai encore un moment à penser à Kitty et Marten, puis mes yeux se fermèrent, mais je fus réveillée par l'arrivée d'une voiture. Je me levai et m'approchai de la fenêtre. C'était mon amie. Elle coupa le moteur, descendit de voiture et récupéra sa fille qui dormait sur la banquette arrière.

J'enfilai ma robe de chambre et, depuis le palier, je vis Kitty traverser le vestibule, passablement éprouvée.

— Oh, tu es rentrée ! dit-elle en se forçant à sourire.

— Oui, je suis arrivée dans l'après-midi. Figure-toi que j'ai reçu aujourd'hui même ma robe de mariée !

— Formidable ! J'ai hâte de la voir.

Elle monta l'escalier avec sa fille dans les bras.

— Maman m'a dit que tu étais allée voir Marten ? demandai-je lorsqu'elle m'eut rejointe.

— Oui.

— Alors ?

Elle secoua la tête.

— Tout est fini entre nous. Il me l'a enfin dit clairement et m'a annoncé dans la foulée qu'il voulait emménager chez son amie.

— Je suis désolée pour toi.

— Il paraissait content que l'affaire soit réglée. Pour ma part, je suis soulagée que ce soit terminé. Reste Frieda. Mais j'attendrai demain pour réfléchir à tout ça.

Elle se contraignit à sourire.

— Alors comme ça ta robe est arrivée ? Ta mère m'a dit que vous vous étiez réconciliés, Jonas et toi.

— Oui, mais je te raconterai tout ça demain. Commence par te reposer. Et si tu as besoin de quoi que ce soit, tu me le dis, d'accord ?

Je serrai dans mes bras Kitty et Frieda et donnai à mon amie un baiser sur le front.

CHAPITRE 38

LE JOUR DE MON MARIAGE, je me glissai au petit matin hors du manoir. L'air était frais, mais la journée promettait d'être ensoleillée. Heureusement, il faisait encore assez chaud pour qu'on puisse rester dans le jardin.

Je passai devant les tentes, montées la veille. La longue table à laquelle s'installeraient les invités était également en place. Elle était flanquée de balles de paille et au-dessus des têtes s'étireraient des guirlandes de fanions, de fleurs et de feuilles. Pendant la cérémonie à Kristianstad, le personnel engagé pour l'occasion couvrirait la table de nappes blanches et la dresserait.

Non loin se trouvait une estrade de planches grossières qui accueillerait un orchestre. Les musiciens nous avaient proposé leurs services en nous envoyant un échantillon enregistré et, depuis, j'avais constamment leurs mélodies dans la tête, ce qui avait fait sourire Jonas.

« On ne pourra pas danser la valse, avait-il fait remarquer.

— Est-ce vraiment nécessaire ? avais-je demandé. Il est temps qu'on se mette à la page, non ? »

Tout était parfaitement organisé – Kitty et ma mère avaient tout vérifié au moins trois fois –, ce qui ne m'empêchait pas d'être terriblement nerveuse. Dans les faits ce mariage ne changerait rien à ma vie, et pourtant tout serait différent ensuite. Jonas serait enfin à mon côté ! Les premiers meubles de son appartement de Stockholm étaient arrivés quelques jours plus tôt. Pour des raisons professionnelles il garderait encore son logement pendant quelques mois, mais emménagerait à Löwenhof au plus tard au printemps suivant. Nous avions déjà trouvé à Kristianstad des locaux où il pourrait installer son agence de publicité. Quelques-uns de ses collaborateurs s'étaient déclarés prêts à le suivre. Ensuite ? L'avenir nous le dirait.

Mon regard se tourna vers le chantier. Cette semaine m'avait apporté une autre source de joie : ma petite clinique vétérinaire était enfin achevée ! L'inauguration aurait lieu en octobre, lorsque nous serions rentrés de notre lune de miel en Italie. Le bâtiment était exactement comme je l'avais imaginé. Il y avait une salle d'attente accueillante où les propriétaires des bêtes pourraient souffler un peu. Derrière avait été installée une grande salle d'opération. L'essentiel des soins aurait lieu dans l'« écurie », une sorte d'infirmerie pouvant abriter jusqu'à quatre chevaux.

J'ouvris la porte et entrai dans la salle d'attente, où se trouvait aussi le guichet d'accueil. En dehors des chevaux et bêtes d'élevage, nous traiterions les petits animaux domestiques tels que chats et chiens. Je savais, par exemple, qu'il arrivait aux chiens du garde forestier de se blesser à la chasse. Autrefois, nous avions eu notre propre garde forestier. Mais nous n'organisions plus de chasse depuis un moment et avions conféré ce droit à des tiers qui seraient sûrement ravis de pouvoir faire soigner leurs chiens sur place s'il leur arrivait quelque chose.

Je regardai autour de moi avec un mélange de fierté et de mélancolie. Aux murs étaient accrochés de ravissants tableaux représentant des chevaux qui avaient appartenu à Hendrik Lejongård – petites toiles, gravures sur cuivre et eaux-fortes. Ma grand-mère m'avait parlé de l'amour de son frère pour nos bêtes.

Si nous voulions moderniser le domaine, j'avais cependant tenu à conserver ces tableaux. Hendrik aurait salué l'installation de la clinique vétérinaire, comme l'avait fait Agneta. Et sans doute aurait-il approuvé les changements que nous avions mis en œuvre.

Mormor me manquait tellement ! J'aurais tant voulu pouvoir encore discuter avec elle ! L'avoir à mon côté le jour de mon mariage. Les larmes me montèrent aux yeux. La veille, je m'étais rendue au caveau familial et lui avais parlé, mais ce n'était pas pareil. J'espérais en tout cas qu'il existait un ciel d'où elle pouvait me voir et vivre elle aussi ce grand jour. Je restai un moment à penser à elle, puis je séchai mes joues. Pas question de faire une apparition éplorée en ce jour de réjouissances ! J'avais prévu de prononcer un petit discours qui me donnerait l'occasion de faire son éloge.

Je ressortis de la salle d'attente et verrouillai la porte. Des pas se firent entendre derrière moi. J'avais encore les yeux rougis, mais je m'efforçai de me ressaisir. Ce devait être notre écuyer ou Kitty, partie à ma recherche en ne me trouvant pas dans ma chambre. Mais je restai bouche bée en découvrant l'identité du visiteur matinal.

— Finn ? Mais qu'est-ce que tu fais là ?

— C'est ma mère qui m'envoie, expliqua-t-il un peu gêné. Elle ne peut pas venir au mariage, mais elle m'a chargé de te donner ça.

Il ouvrit le sac qu'il portait à l'épaule et en sortit un petit paquet.

J'étais figée sur place. Ma mère avait finalement accepté que nous invitions Magnus et sa famille. Nous n'avions pas reçu de réponse de leur part et je n'avais pas compté sur leurs vœux de bonheur.

— C'est un cadeau de mariage. De notre part.

— Pardon ?

Un cadeau de mariage de Magnus ? Je n'osais pas prendre le paquet.

— Un cadeau de mariage, répéta Finn. Ma mère m'a demandé de ne pas en parler à mon père.

C'était donc plutôt un cadeau de la tante Rosa.

— Et alors ? Tu vas le lui dire ?

— Je ne suis pas fou ! rétorqua-t-il. Il m'arracherait les yeux s'il savait que j'ai écouté ma mère. Au fait, ç'a été très correct de ta part de ne pas contester le droit de mon père à une part de l'héritage. Depuis ta visite, il a cessé d'en parler. Ce n'est pas rien.

Ce n'était pas rien, en effet, pour quelqu'un qui était pétri de ressentiment.

— C'est pour ça que je suis venu. Bonne chance, cousine.

— Merci, Finn. Si vous nous rendiez visite un de ces jours, ta mère et toi ?

— Ce n'est pas possible. Mon père est là.

— En profitant d'une de ses absences. En tout cas, vous serez les bienvenus. Ça vaut aussi pour ton père s'il le souhaite.

Finn pinça les lèvres. Je n'eus pas de mal à deviner ce qu'il pensait.

— Merci, se borna-t-il à répondre.

— Finn, je... je suis vraiment désolée que nos familles se soient brouillées.

— Moi aussi. Et je regrette de ne pas vous connaître. Mais peut-être qu'un jour ce sera le cas.

— Peut-être, répondis-je, encore sous le coup de la surprise.

— Tous mes vœux de bonheur, dit-il.

Je le suivis des yeux tandis qu'il repartait en direction du portail, devant lequel il avait garé sa voiture.

Le petit paquet pesait dans ma main. Rosa l'avait fait avec soin. Que pouvait-il contenir ? Et, plus important encore : nos familles parviendraient-elles un jour à renouer ? Je l'ignorais et n'avais nulle envie de m'interroger sur ce que nous réservait l'avenir. À cet instant, seul comptait pour moi le présent : Jonas, mes parents, Kitty, Löwenhof et la clinique vétérinaire.

Je m'empressai de regagner le manoir et montai l'escalier pour me rendre chez ma mère. Dans le couloir, je tombai sur Frieda, qui jouait toute contente sous la fenêtre.

— Frieda ! Mais qu'est-ce que tu fais ici ? demandai-je.

Elle me tendit son lapin en peluche comme s'il l'avait convaincue de prendre la fuite. À cet instant, Kitty apparut.

— Ah, tu es là ! s'exclama-t-elle en prenant sa fille dans ses bras. Ces derniers temps, elle a tendance à sortir se promener.

— Je crois que c'est son petit compagnon qui l'a entraînée, répondis-je en désignant le lapin. Si tu veux, on fera installer une grille de sécurité devant l'escalier.

— Ce ne serait pas une mauvaise idée. On verra ça plus tard. Pour l'instant, il faut que tu te prépares pour la cérémonie. Qu'est-ce qu'il y a dans ce paquet ? Ta couronne de fleurs ?

— Non, c'est mon cousin qui vient de me l'apporter.

— Le fils de cet homme abominable qui est ton oncle ?

— Que je sache, je n'ai pas d'autre cousin.

— Et qu'est-ce qu'il y a dedans ?

— Je ne sais pas. Avant de l'ouvrir, je voulais montrer le paquet à ma mère. Elle va tomber des nues.

— J'espère que non ! répondit Kitty en riant. Vas-y, je t'attends dans ta chambre.

— J'arrive. À tout à l'heure, ma puce, ajoutai-je en passant la main dans les cheveux de Frieda.

Je frappai à la porte de la chambre d'amis, où ma mère logeait à présent. Elle avait décidé que la chambre de la comtesse nous revenait, à Jonas et moi.

— Entrez ! lança-t-elle.

Elle était assise devant la coiffeuse tandis que mon père fouillait dans la penderie.

— Qu'est-ce qu'il y a, chérie ? s'enquit-elle, le pinceau à poudre à la main.

— Finn vient de passer.

— Finn ? dit-elle en reposant son pinceau. Grands dieux, qu'est-ce qu'il voulait ? Pourquoi tu ne me l'as pas dit ?

— Il venait juste m'apporter ça, de la part de Rosa. C'est un cadeau de mariage.

Ma mère me regarda d'un air stupéfait. Mon père se cogna la tête contre un tiroir ouvert en se redressant brusquement.

— C'est incroyable ! s'exclama-t-il en se frottant le crâne.

— C'est pourtant ce qu'il m'a dit. Et il a ajouté qu'il ne fallait pas que son père l'apprenne.

Ma mère se leva et s'approcha de moi. Sa nervosité était palpable.

— Qui sait ce qu'il contient ? dit-elle. Le dernier cadeau que j'ai reçu de Magnus était empoisonné.

— Il ne vient pas de Magnus mais de Rosa, rectifiai-je en dénouant le ruban.

Sous le papier apparut un écrin en cuir. En l'ouvrant, je vis une série de fourchettes à gâteau et de petites cuillères au manche orné de minuscules têtes de lion.

Les épaules de ma mère s'affaissèrent et je l'entendis pousser un soupir de soulagement.

— Des couverts…

— En argent, ajouta mon père.

Lui aussi paraissait rassuré comme s'il s'était attendu à voir surgir un diable de l'écrin.

— Regarde-moi ces petites têtes de lion, dit-il.

— Elles sont magnifiques, répondis-je en souriant.

— Qui aurait cru que Magnus soit capable d'un tel geste ? commenta ma mère, visiblement émue.

— C'est un cadeau de Rosa, répétai-je en refermant la boîte. J'ai proposé à Finn qu'ils nous rendent visite un de ces jours. C'est peut-être un signe de rapprochement à venir, tu sais. Tout change, même les gens.

— Je l'espère, répondit-elle, les yeux humides. Mais pour le moment, il faut que tu manges quelque chose et que tu te prépares. La coiffeuse arrive à 8 heures, vous aurez le temps.

— La cérémonie n'est qu'à 10 heures ! répliquai-je.

Ma mère se mit à rire.

— Coiffer une mariée, c'est toute une affaire, répliqua-t-elle. Tu verras !

Elle m'embrassa sur le front.

— Tu seras une ravissante mariée, ajouta mon père en me serrant dans ses bras. Je suis fier de pouvoir te conduire à l'autel.

Au cours de l'heure qui suivit, j'assistai devant le grand miroir de ma chambre à ma métamorphose. Je commençai par enfiler ma robe, sur laquelle on posa ensuite une multitude de serviettes afin de préserver de tout accident la tunique de dentelle. Puis la coiffeuse se mit à l'œuvre avec l'aide de Kitty et d'un fer à friser.

Lorsque je me vis dans la glace, vêtue de ma robe, les cheveux relevés, une vague de bonheur me traversa. Jonas m'admirerait sous peu dans mes atours de mariage ! La femme que je contemplais dans le miroir était la Solveig que je connaissais, mais aussi une personne nouvelle, tournée vers l'avenir. Je n'oublierais jamais celle que j'avais perdue, mais il était important de regarder devant soi.

— Tu es magnifique, dit Kitty. Bien plus belle que je ne l'étais. Et quelle robe !

— À ton avis, quels sont les risques de scandale ? demandai-je avec un sourire.

— Plutôt élevés. Mais les gens s'en remettront. Et peut-être ne verront-ils que ce qui compte réellement : un couple amoureux qui souhaite être uni pour la vie.

— Merci d'être là pour moi, répondis-je en la prenant dans mes bras.

— À ton service ! Mais il est temps que j'aille me changer. Ta demoiselle d'honneur ne peut tout de même pas se rendre à l'église en jean.

Elle s'éclipsa. Je remerciai la coiffeuse et restai encore un moment devant le miroir, les mains glacées par la nervosité. J'essayais vainement de me calmer en écoutant le bruissement des feuilles agitées par le vent.

Peu après, je fus rejointe par ma mère. Elle portait une élégante robe vert foncé ornée de dentelle sur le corsage et les manches. À ses oreilles brillaient des boucles en argent en forme de tête de lion qu'Agneta lui avait offertes. Ses cheveux étaient joliment crêpés.

— Tu es magnifique, chérie ! s'exclama-t-elle. On dirait une princesse.

— Après tout, je suis une comtesse... répliquai-je avec un sourire quelque peu tremblant. Pour ma part, je suis prête.

— On ne va pas tarder à partir. Profite encore un peu de ce moment de plaisir anticipé avant les émotions de la cérémonie.

Elle effleura le voile que la coiffeuse avait fixé sur la couronne de myrte entourant mon chignon.

— Je me rappelle mon mariage comme si c'était hier. Sache que ce jour restera à jamais gravé dans ta mémoire. Et j'espère qu'il constituera pour toi une ancre de salut si jamais tu devais affronter la tempête et l'obscurité. Mais je forme des vœux pour que tu ne connaisses plus que le soleil.

— Il y a toujours des nuages, repartis-je. Tu m'as dit que ma tenue aurait plu à Grand-mère, n'est-ce pas ?

— Elle l'aurait adorée. Et je suis sûre que si ç'avait été la mode à son époque, elle aurait choisi une robe de ce style.

— Comme j'aurais aimé qu'elle soit là, soupirai-je.

— Elle est là. Dans ton cœur et dans le mien. Certainement aussi dans le cœur de Jonas et à coup sûr dans celui de ton père. Il est resté à Löwenhof quelque chose d'elle qui t'accompagnera aujourd'hui à l'autel et sera à ton côté jusqu'à la fin de tes jours.

Nos regards se rencontrèrent dans le miroir. Je me retournai et la serrai dans mes bras.

— Hé, attention, tu vas froisser ta robe !

— Ne t'inquiète pas, elle n'est pas si fragile.

Nous restâmes un moment à contempler le jardin, où l'on accrochait les dernières guirlandes et lanternes.

— Bon, il est temps de se mettre en route, dit ma mère. Je pars devant, je t'attendrai à l'église. Je te laisse faire le trajet avec ton père.

Elle m'embrassa une dernière fois et sortit. En descendant, je tombai sur Kitty, rayonnante dans sa tenue rose pâle de demoiselle d'honneur. On aurait pu croire que c'était elle la mariée.

— Sven Bergmann n'en reviendra pas de te voir si jolie, lui glissai-je à l'oreille.

— Qu'est-ce que tu racontes ? répliqua-t-elle en rougissant.

— Je crois qu'il a un faible pour toi. Est-ce que je me trompe ?

— Hum, c'est bien possible, répondit-elle sans vouloir s'engager plus avant.

J'étais sûre qu'au bal elle danserait avec notre écuyer. Et qui sait ? Peut-être serait-ce elle qui attraperait mon bouquet.

Durant le trajet, mon père parut presque plus agité que moi.

— Le jour de mon mariage, raconta-t-il, j'étais nerveusement une vraie loque. Et ta mère était si belle ! Comme son père n'était plus en vie, c'est Agneta qui l'a conduite à l'autel. Ç'a été un des plus beaux jours de ma vie. J'espère que ce sera pareil pour toi. Tu vas sans doute user la semelle de tes souliers en dansant jusqu'à l'aube, hein ?

— Je n'y manquerai pas !

J'étais au comble de l'agitation, mais mon émotion avait une certaine douceur. Lorsque l'église de la

Sainte-Trinité apparut, mon cœur s'accéléra et je sentis mes joues devenir brûlantes comme si j'avais de la fièvre.

— Veille à ce que je ne trébuche pas, d'accord ? intimai-je à mon père lorsque nous descendîmes de voiture.

Cela le fit rire.

— Sur quoi crains-tu de trébucher ? Pas sur ta robe, tout de même ?

— Peu importe, tiens-moi bien, hein ?

— Je te le promets.

L'organiste commença à jouer tandis que nous gravissions les marches de l'église entre des haies de badauds. Nos invités avaient déjà pris place à l'intérieur. J'avais les jambes en coton tout en ayant l'impression de marcher sur un nuage.

Nous entrâmes aux sons de la marche nuptiale. Du coin de l'œil, je vis l'assistance se lever. Cependant j'avais le regard rivé sur l'autel, où se tenait Jonas, accompagné de son meilleur ami et témoin. Kitty était là elle aussi, un bouquet à la main. Elle m'adressa un large sourire.

Avec son frac gris, sa chemise blanche et sa cravate Ascot rouge foncé, Jonas ressemblait à un lord anglais. Il avait refusé de porter du noir au motif que cela lui aurait rappelé l'enterrement de ses parents. Son choix me parut parfait.

Je ne pouvais savoir quelle était la réaction des gens autour de moi, mais à son expression je sus que j'avais bien fait les choses. Il paraissait ému et fier, ses yeux brillaient, et il fit tourner son haut-de-forme dans ses mains avec un brin de gêne. Son ami sourit en remarquant son embarras, mais Jonas ne s'en aperçut pas. Nos regards s'étaient enlacés et l'allégresse m'envahit.

Quand nous fûmes arrivés devant l'autel, mon père céda la place à Jonas. Lorsque sa main toucha la mienne, je sentis qu'il était aussi tremblant que moi. En apparence il semblait calme, mais ce n'était qu'une façade. Nous échangeâmes un regard et il parut vouloir me dire quelque chose mais, à cet instant, l'orgue se tut et le pasteur s'approcha de nous.

Il commença son discours par une citation de la Bible, puis parla de la responsabilité qui accompagnait le mariage, et de l'amour qui surmontait tous les obstacles. Je repensai aux multiples épreuves que j'avais traversées. Quel bonheur que Jonas soit désormais à mon côté ! Que nos relations professionnelles aient fait place à l'amour.

Je n'entendis pas grand-chose de la suite, occupée que j'étais à contempler mon futur époux et à rêver de notre avenir commun. Cependant, lorsque le pasteur eut fini, je repris pied dans la réalité, le cœur battant. Il allait à présent nous poser à tous les deux la question décisive.

— Jonas Carinsson, veux-tu prendre pour épouse Solveig Lejongård, ici présente, et promets-tu de l'aimer, de l'honorer et de la chérir jusqu'à ce que la mort vous sépare ?

Un sourire traversa le visage de Jonas, ses yeux se mouillèrent.

— Oui, je le veux.

— Et toi, Solveig Lejongård, veux-tu prendre pour époux légitime Jonas Carinsson, ici présent, et promets-tu de l'aimer, de l'honorer et de le chérir jusqu'à ce que la mort vous sépare ?

Je tournai les yeux vers mes parents et vis ma mère essuyer une larme.

— Oui, je le veux.

À notre arrivée à Löwenhof, nous étions attendus. Mme Johannsen avait rassemblé au pied du perron le personnel que nous avions engagé pour la fête.

— Voilà à quoi ça devait ressembler quand ta grand-mère s'est mariée, dit Jonas en me prenant la main pour la baiser. Je dois dire que ce spectacle a une certaine allure.

— On pourrait embaucher quelques domestiques, répliquai-je. Qu'est-ce que tu dirais d'un valet ?

— Qui collerait son oreille au mur de notre chambre ? Pas question ! Je préfère avoir ma femme pour moi seul.

Nous sortîmes de la voiture sous les applaudissements et les acclamations. Quelques fillettes du village vinrent répandre des pétales de rose sur notre chemin tandis que nous nous dirigions vers le perron.

Mme Johannsen apparut sur le seuil et nous tendit la main.

— Je suis si heureuse pour vous, dit-elle, les joues humides de larmes. Je vous souhaite tout le bonheur possible !

— Merci, madame Johannsen, répondis-je. Et merci également pour tout le mal que vous vous êtes donné.

— Mais c'est bien naturel !

Puis ce fut au tour de Karin de s'approcher de nous, un petit paquet à la main.

— C'est pour vous, dit-elle d'une voix tremblante. Je sais que vous avez beaucoup de cadeaux, mais je tenais à vous le remettre personnellement. En témoignage d'estime. Je vous souhaite à tous les deux beaucoup de bonheur.

— Merci, Karin, répondis-je en la serrant dans mes bras.

Entre-temps, ceux qui avaient assisté à la cérémonie commençaient à arriver. Nous serrâmes une quantité innombrable de mains, embrassâmes je ne sais combien de personnes. Au bout d'un moment, je me sentais comme ivre de tous les vœux de bonheur que nous avions reçus.

Ceux qui n'avaient pas eu l'occasion de nous féliciter au sortir de l'église se rattrapaient à présent. À commencer par Maud von Rosen, Ulla Håkansson et Ninna Swaab. L'apparition de l'équipe olympique qui venait de remporter un succès éclatant à Munich fit sensation.

— Je vous souhaite tout le bonheur imaginable, dit Maud en nous embrassant. Vous formez un couple merveilleux !

Ulla et Ninna nous embrassèrent à leur tour.

— Je suis très heureuse pour vous, renchérit Ulla.

— Et je vous souhaite beaucoup d'enfants ! ajouta Ninna avec un sourire malicieux.

— S'il ne tient qu'à moi... répliqua Jonas en me regardant.

— Il faudra attendre la nuit de noces, répliquai-je en lui donnant une légère bourrade.

Nous nous dirigeâmes tous vers la longue table, où le champagne pétillait déjà dans les verres. Elle était décorée de gerbes de roses jaunes, de glaïeuls roses et d'asters rouges – pas vraiment ce qu'on avait l'habitude de voir lors d'un mariage. Mais les fleurs brillaient d'un éclat magnifique, qui s'accordait bien avec la région et avec nous. Et le gâteau constituait l'apogée de toutes ces merveilles. La pâtissière était vraiment une artiste et son œuvre ressemblait à un tableau. Il était parsemé de feuilles délicates dans les tons rouges et jaunes, entre lesquelles de minces rubans remontaient vers les petits mariés, qui se tenaient par la main.

Je regrettais presque d'avoir à le couper. Mais nous le fîmes ensemble, Jonas et moi, sous les applaudissements de l'assistance. Sa main chaude et protectrice reposait sur la mienne et, quand nous eûmes terminé, nous nous regardâmes dans les yeux. L'amour que j'y lus me fit oublier un instant que nous n'étions pas seuls. Mais les acclamations des invités me ramenèrent dans le présent et je donnai un baiser passionné à mon cher époux.

Peu après, nous trinquâmes et ma mère prononça un petit discours sur l'amour et la confiance. Lorsqu'elle en vint à parler de *Mormor,* je sentis poindre les larmes.

— Agneta nous manque beaucoup. Elle aurait dû être avec nous en ce jour. Mais je me console en pensant qu'elle est présente dans tout ce qui vit à Löwenhof. Elle est en nous, elle est dans nos pensées et dans nos cœurs. Et elle ne veillera pas seulement à ce que vous soyez heureux, Solveig et Jonas. Elle se réjouira aussi de tout son cœur de votre bonheur. Comme nous sommes réunis pour le faire en cet instant.

Des applaudissements éclatèrent. Émue, je pris la main de Jonas.

Après le premier plat, ce fut à mon tour de prononcer quelques mots.

— Quand j'étais enfant, ma grand-mère m'a raconté l'histoire des lions sur la façade du manoir, commençai-je. Son frère et elle avaient imaginé que deux d'entre eux, Sture et Bror, se parlaient et commentaient tout ce qui se passait à Löwenhof. Apparemment, ils se moquaient volontiers des gens. Quoi qu'il en soit, ma grand-mère a affirmé que, le jour de ma naissance, elle les a vus sourire pour la première fois. Depuis, de nombreuses années ont passé. Et je sais que Sture et Bror ont pleuré avec nous quand ma grand-mère a quitté ce monde. Mon chagrin est toujours là, mais aujourd'hui, la joie d'avoir rencontré un homme qui a rempli d'amour mon cœur l'emporte sur la tristesse. Et ce n'est pas tout. Je suis heureuse que mes parents bien-aimés soient présents. Et je voudrais les remercier de ce qu'ils ont fait pour moi. Je remercie aussi chaleureusement ma meilleure amie Kitty, qui ne m'a pas seulement aidée à préparer ce mariage. Cela fait bien longtemps qu'elle tient une place importante dans mon existence. Et je te remercie, Jonas, mon amour, d'être apparu dans ma vie et d'avoir tenu bon jusqu'à ce que je sois prête à t'offrir mon cœur. Ainsi, j'espère qu'aujourd'hui, les deux lions sentent notre bonheur et sourient au lieu de se moquer. Et qu'ils le feront aussi le jour où nos enfants s'ébattront à Löwenhof.

— Ils le feront sans aucun doute ! s'exclama mon père en levant son verre à notre santé, imité par tous les convives.

Le repas terminé, ce fut l'heure du bal. La main dans celle de Jonas, je m'élançai sur la piste de danse en jetant un regard autour de moi. Kitty se tenait à côté de Sven Bergmann, qui s'efforçait de ne pas la regarder trop ouvertement. Mes parents attendaient sur le bord de la piste, main dans la main. Ils nous rejoindraient dès que nous aurions fait les premiers pas.

— Je t'aime, dis-je tout bas à Jonas. J'espère que tu le sais.

— Oui, répondit-il. Moi aussi, je t'aime. Plus que tout au monde.

— Alors tu continueras à m'aimer même si je te marche sur les pieds ?

— Ne t'inquiète pas pour ça, répliqua-t-il en riant. Moi, je m'efforcerai de ne pas trébucher.

Ma mère fit signe aux musiciens, qui commencèrent à jouer. À cet instant, j'eus l'impression d'avoir oublié tous les pas que j'avais appris. Mais, lorsque la main de Jonas fut sur ma taille, mes pieds suivirent d'eux-mêmes la musique et je ne touchai plus terre.

« *Give me a kiss to build a dream on**… » chanta l'un des musiciens.

---

* « Embrasse-moi, que je puisse bâtir un rêve. »

Je ne pus faire autrement que m'abîmer dans les yeux de Jonas. Il se pencha et m'embrassa.

— Pour que nous puissions bâtir notre rêve, chuchota-t-il en posant sa joue contre la mienne.

Plus tard, lorsque le gâteau eut sensiblement diminué et que les invités marquèrent une pause avant de retourner sur la piste de danse, je m'éclipsai un moment avec Kitty. Nous nous rendîmes au vieux pavillon, lui aussi décoré de fleurs.

— Tu as organisé tout ça à la perfection, la complimentai-je.

— Je suis heureuse de ton bonheur, répondit-elle en me prenant dans ses bras.

Elle avait les joues rougies par le vin et je me sentais moi aussi un peu grise – sans savoir si c'était l'alcool que j'avais bu ou les beaux moments que je venais de vivre.

— Et ta robe a épaté tout le monde, tu peux me croire.

— J'espère qu'ils la trouveront encore jolie demain quand ils auront la gueule de bois. Dis-moi, tu sembles bien t'entendre avec Sven Bergmann…

Ils s'étaient plutôt bien débrouillés sur la piste et paraissaient avoir eu plaisir à danser ensemble.

— Oui, reconnut-elle. Il est vraiment sympathique. Mais je prends mon temps. Je ne suis pas encore sortie de cette histoire avec Marten.

Je repoussai une mèche qui lui tombait sur le visage.

— En tout cas c'est bien que l'horizon semble s'éclaircir. Il faut que tu sois là quand je jetterai mon bouquet. C'est peut-être toi qui l'attraperas.

— Pour le moment, je n'ai pas follement envie de me remarier, répliqua-t-elle. Aujourd'hui, on peut très bien sortir ensemble sans être mariés, non ?

— L'essentiel, c'est que tu sois heureuse.

— Tu as fait tout ce qu'il fallait pour. Je suis ravie à l'idée de travailler à la clinique. Et Löwenhof est presque devenu mon second foyer.

— J'espère qu'un jour, tu t'y sentiras vraiment chez toi. En ce qui me concerne, je n'imagine pas pouvoir vivre ailleurs.

À cet instant, ma mère apparut.

— Ah, vous voilà ! lança-t-elle. La mariée ne devrait-elle pas se trouver sur la piste de danse ?

— Je crains d'avoir épuisé mes cavaliers, répondis-je avec un sourire en désignant mes chaussures, qui avaient passablement souffert.

Ma mère s'assit sur le banc à côté de nous.

— Même dans les plus belles fêtes on a parfois besoin de faire une pause, dit-elle avec un soupir en ôtant ses souliers.

Elle resta un moment les yeux fermés à écouter le vent.

— Tu as prononcé un très beau discours, reprit-elle enfin. Agneta aurait été fière de toi.

— C'est étrange, répondis-je après un instant de silence. Tu as raison. D'une certaine manière, Grand-mère est avec moi. Et elle le sera toujours.

— Oui, toujours. Et elle serait au comble de la joie que tu aies redonné de l'avenir à notre domaine. Il y aura beaucoup de travail dans les prochaines années, mais tu es en bonne voie pour réussir. Et, avec Jonas auprès de toi, tu devrais être heureuse.

— Je l'espère.

— Je le sais.

Entendant un bruit, elle tourna les yeux.

— Tiens donc, voilà un monsieur qui cherche sa femme, dit-elle.

Jonas avait surgi sur le chemin et se dirigeait vers nous.

— Ces dames acceptent-elles que je me joigne à elles ? demanda-t-il en montant les quelques marches qui menaient au pavillon.

— Bien sûr, répondit ma mère.

Elle glissa son bras sous celui de mon amie.

— D'ailleurs, je m'apprêtais à faire un petit tour avec Kitty.

Sur ces mots, elles s'éclipsèrent et nous laissèrent seuls. Nous nous serrâmes l'un contre l'autre.

— Tu es heureuse ? demanda Jonas à voix basse.

— Oui, plus que je ne l'ai jamais été.

— Moi aussi. Et tu as bien compris que désormais tu ne pourrais plus te débarrasser de moi, j'espère, ajouta-t-il avec un sourire espiègle.

— Bien sûr ! répliquai-je. Je l'ai compris à l'instant où je t'ai dit oui à l'église. Mais de toute façon je n'ai pas l'intention de me débarrasser de toi. Je veux être pour toujours à ton côté.

— Et moi au tien.

Nous nous embrassâmes et je sentis son désir. Je brûlais moi aussi d'être dans ses bras, mais il faudrait patienter encore un peu. La soirée était loin d'être terminée, nous avions devant nous une longue nuit sous les lampions du jardin. Et toute une vie.

— Je t'aime, Solveig, dit Jonas en me tenant serrée contre lui.

— Moi aussi, je t'aime.

Nous demeurâmes encore un moment dans le pavillon, à savourer le calme qui nous entourait. Puis nous reprîmes le chemin de la fête. Et de notre nouvelle vie.

La communauté Charleston a aimé !

Chez Charleston, nous sommes convaincus que, loin d'être une aventure solitaire, la lecture est une invitation au partage. Nous échangeons constamment avec nos lecteurs et lectrices, et nous sommes fiers de la belle communauté d'amoureux des livres que nous formons tous ensemble. Chaque année, nous choisissons au sein de cette communauté vingt lectrices et lecteurs qui nous accompagnent tout au long de l'année et découvrent nos romans en avant-première. Voici leurs avis !

« Un roman magistral qui nous fait vivre un torrent d'émotions ! Un régal à lire ! »

@book_by_tom_

« L'autrice possède un talent fou et nous transporte dans une histoire familiale addictive avec une plume délicate et sincère. »

@marie_livresque

« Corina Bomann dessine un personnage féminin doux et spontané. Solveig incarne une jeunesse pleine de rêves et d'idées nouvelles. »

@voslivresenunclic

« Ce livre est un tableau vivant d'un monde en pleine évolution qu'on redécouvre page après page, comme si on y était. »

@lilysreadings

« Ce troisième tome est à la hauteur de cette saga exceptionnelle. »

@viedelivres

« Une saga familiale qui se dévore et qui a tous les ingrédients pour conduire le lecteur au coup de cœur. »

@emmalectures

« Que de femmes fortes, déterminées et inspirantes qui font face au temps qui passe et à l'évolution du monde ! Les pages se tournent à une vitesse folle. »

@lalectricegourmande

« Un dernier tome que j'ai pris beaucoup de plaisir à lire ! Il met en avant des personnages féminins forts, attachants et inspirants. »

@coconlitteraire

« Coup de cœur ! Je suis conquise par la plume de Corine Bomann. »

@uninstantpourlire

DE LA MÊME AUTRICE

Brillante avocate berlinoise, Diana Wagenbach se rend à Londres dans le manoir familial au chevet de sa grand-tante adorée dont les jours sont comptés et qui lui confie sa dernière volonté : percer le lourd secret qui, depuis plus d'un siècle, pèse sur leur famille.

Un secret qui conduit Diana au Sri Lanka, terre de ses ancêtres, propriétaires d'une somptueuse plantation de thé à Ceylan. Sur cette « île aux papillons », elle découvre une prophétie qui semble avoir changé le destin des générations de femmes qui l'ont précédée, et l'histoire d'un amour interdit plus fort que la mort.

9,50 €
608 pages

Cet ouvrage a été imprimé en utilisant des papiers composés de fibres naturelles, renouvelables, recyclables et fabriquées à partir de bois issus de forêts qui adoptent un système d'aménagement durable. En outre, les fournisseurs de papier s'inscrivent dans une démarche de certification environnementale reconnue.

Achevé d'imprimer en janvier 2023
par CPI Bussière
À Saint-Amand-Montrond (18)
Dépôt légal : février 2023
N° d'impression : 2068114
Imprimé en France